JOHANNA LINDSEY

LEIDENSCHAFT

Wildes Herz
Lodernde Leidenschaft

Zwei Romane in einem Band

WILHELM HEYNE VERLAG

MÜNCHEN

HEYNE ALLGEMEINE REIHE
Nr. 01/8911

Inhalt

WILDES HERZ

Seite 7

LODERNDE LEIDENSCHAFT

Seite 371

WILDES
HERZ

In Liebe für Martha und Bill

1

In vollkommener Stille lag die Callan Ranch an jenem Sommertag da – abgesehen von dem unheilvollen Zischen einer Peitsche. Auf dem Rasen vor dem Ranchgebäude hatte sich mehr als ein halbes Dutzend Männer versammelt, aber nicht einer von ihnen gab einen Laut von sich, als sie zusahen, wie Ramsay Pratt mit der Meisterschaft, für die er bekannt war, die Peitsche schwang. Als ehemaliger Viehtreiber gab Pratt gern mit seinem Können an. Er konnte einem Revolverhelden mit einer schnellen Drehung des Handgelenks die Waffe aus der Hand schlagen oder eine Fliege auf dem Hinterteil eines Pferdes zu Brei zerquetschen, ohne das Pferd zu berühren. Im Gegensatz zu anderen Männern, die ihre Schußwaffen auf der Hüfte trugen, hatte Pratt dort eine zusammengerollte Rinderpeitsche von dreieinhalb Metern Länge stecken. Aber heute unterschied sich seine Darbietung ein wenig von seinen sonstigen Tricks. Diesmal riß er einem Mann das Fleisch vom Rücken.

Ramsay tat es auf Walter Callans Geheiß, und es bereitete ihm gewaltiges Vergnügen. Es war nicht das erste Mal, daß er einen Mann zu Tode peitschte und dabei feststellte, wieviel Spaß es ihm machte, doch hier in Wyoming wußte das niemand. Er hatte es nicht so leicht wie die Revolverhelden. Wenn die einen Mann umbringen wollten, konnten sie Streit suchen und ihn innerhalb von Sekunden erledigen und – sowie sich die Wogen geglättet hatten – behaupten, es sei Notwehr gewesen. Dagegen war Ramsay durch die Wahl seiner Waffe gezwungen, einen Mann erst zu entwaffnen und ihn dann langsam, aber sicher totzupeitschen. In einem solchen Fall kaufte einem kaum jemand ab, es sei Notwehr gewesen. Diesmal jedoch führte er die Befehle des Bosses aus, und das Opfer war ohnehin ein unbedeutendes Halbblut, und daher würde sich niemand weiter aufregen.

Er setzte nicht die Rinderpeitsche ein, die bei jedem Hieb

gut einen Zentimeter Fleisch wegreißen konnte. Damit hätte der Spaß nicht lange genug gedauert. Callan hatte eine kürzere, dünnere Pferdepeitsche vorgeschlagen, die immer noch Hackfleisch aus dem Rücken eines Mannes machen konnte, wenn man sich die entsprechende Zeit ließ. Ramsay war das nur recht. Er konnte den Spaß auf eine gute Stunde, wenn nicht länger ausdehnen, ehe ihm der Arm lahm würde.

Wenn Callan nicht derart außer sich vor Wut gewesen wäre, hätte er den Indianer wahrscheinlich einfach erschießen lassen. Aber er wollte ihn leiden sehen, seine Schreie hören, ehe er stürbe, und Ramsay hatte vor, seinen Wünschen pflichtgetreu nachzukommen. Bisher spielte er nur mit dem Opfer und setzte dieselbe Technik ein wie mit der Rinderpeitsche, hier eine kleine Platzwunde und dort ein unbedeutender Riß in der Haut, und er richtete noch keinen wirklichen Schaden an, sondern sorgte dafür, daß sein Opfer jeden einzelnen Hieb spürte.

Der Indianer hatte bis jetzt noch keinen Laut von sich gegeben, noch nicht einmal hörbar nach Luft geschnappt. Das würde er aber noch tun, wenn Ramsay erst dazu überging, die Peitsche knallen zu lassen, statt sie harmlos zu schnippen. Aber er hatte keine Eile – es sei denn, Callan würde es langweilig, und er blies die Sache ab. Aber das war unwahrscheinlich, wenn man bedachte, wie wütend der Boß war. Ramsay wußte, wie ihm selbst zumute wäre, wenn er gerade herausgefunden hätte, daß der Mann, der um seine einzige Tochter warb, ein verdammtes Halbblut war. Monatelang hatte er sich zum Narren halten lassen, und Jenny Callan wohl auch, denn sonst hätte sie nicht so ausgesehen, als ihr Vater sie mit dieser Tatsache konfrontiert hatte. Sie war ganz blaß geworden und schien plötzlich krank, und jetzt stand sie neben ihrem Vater auf der Veranda und wirkte genauso wütend wie er.

Es war eine verfluchte Schande, denn sie war wirklich ein hübsches Mädchen. Aber wer würde sie jetzt noch wollen, nachdem bekanntgeworden war, wer ihr Gesellschaft geleistet hatte und von wem sie sich hatte berühren lassen. Was er sonst noch mit ihr getan hatte, konnte sich jeder selbst ausmalen. Sie hatte sich täuschen lassen, genau wie ihr Vater, aber wer hätte schon ahnen können, daß ein enger Freund der Summers ein Halbblut war? Er kleidete sich wie ein Weißer, sprach wie ein Weißer, trug sein Haar kürzer als die meisten Weißen und hatte einen Revolver um die Hüfte geschnallt. Von seinem Äußeren her war es wirklich schwer zu sagen, was er war, denn das einzige, was indianisch an ihm hätte wirken können, war sein glattes schwarzes Haar und seine dunkle Haut, die aber, um bei der Wahrheit zu bleiben, nicht viel dunkler als die vieler anderer Männer war, die als Cowboys auf der Ranch arbeiteten.

Die Callans wüßten es bis heute nicht, wenn Long Jaw Durant es ihnen nicht gesagt hätte. Durant war von der Rocky Valley Ranch gefeuert worden und hatte erst gestern bei Callan angefangen. Er war im Stall gewesen, als Colt Thunder, wie sich das Halbblut nannte, auf diesem grobknochigen Appaloosa hereingeritten war, einem Sohn von Mr. Summers bestem Zuchthengst. Natürlich war Durant so neugierig gewesen, einen der Männer zu fragen, was Thunder hier zu suchen hätte, und als er gehört hatte, daß er schon seit drei Monaten hinter Jenny Callan her war, konnte er es einfach nicht glauben. Er kannte Colt von seinem bisherigen Arbeitsplatz her als einen engen Freund des Bosses, Chase Summers, und dessen Frau Jessica. Er wußte aber auch, daß er ein Halbblut war und bis vor drei Jahren als anerkannter Krieger bei den Cheyenne gelebt hatte, wenn dieses Wissen anscheinend auch kaum über die Grenzen des Rocky Valley hinausgedrungen war – bis heute.

Durant hatte wenig Zeit verstreichen lassen, ehe er seinen neuen Boß aufgesucht und ihn von dieser Tatsache in Kenntnis gesetzt hatte. Wenn nicht drei oder vier andere Rancharbeiter dabeigewesen wären, hätte Callan den Fall vielleicht anders behandelt. Aber nun, da seine Männer von der Schande seiner Tochter wußten, blieb ihm nichts anderes auf Erden übrig: Er konnte das Halbblut nicht am Leben lassen. Er hatte seine restlichen Männer zusammengetrommelt, und als Colt Thunder auf die Veranda trat und mit der kleinen Jenny zu einem nachmittäglichen Picknick aufbrechen wollte, sah er sich einem halben Dutzend Revolvern gegenüber, die angespannt auf seinen Bauch gerichtet waren. Und angesichts dieser Übermacht wäre es unsinnig gewesen, die eigene Waffe zu ziehen, die ihm eilig abgenommen wurde.

Er war groß, größer als die meisten Männer, die ihm gegenüberstanden. Diejenigen, die ihn im Lauf der letzten Monate ein und aus gehen gesehen hatten, hatten nie einen Grund gehabt, vor ihm auf der Hut zu sein, denn er lächelte häufig, lachte gern und erweckte ganz den Anschein, ein äußerst umgänglicher Mann zu sein – bis jetzt. Jetzt bestand kaum noch ein Zweifel daran, daß er von den Cheyenne aus dem Norden aufgezogen worden war, eben jenen Cheyenne, die sich mit den Sioux zusammengeschlossen hatten, um Lieutenant Colonel Custer und sein Bataillon von zweihundert Männern vor nicht mehr als zwei Jahren oben in dem Gebiet von Montana zu massakrieren. Aus Colt Thunder wurde im Handumdrehen ein zäher Cheyenne-Krieger, todbringend und gefährlich, und die rohe Wildheit des Indianers brach heraus und flößte zivilisierten Männern tiefe Furcht ein.

Er ergab sich nicht einfach, als ihm erst klargeworden war, daß sie nicht die Absicht hatten, ihn zu erschießen. Sieben Männer waren nötig, um ihn an den Pfahl vor dem Haus zu binden, und nicht einer von diesen sieben kam ungeschoren davon. Blaue Flecken und blutende Nasen erstickten jegliche Skrupel und Bedenken, die die Männer hätten haben können, als Walter Callan Ramsay befahl, eine Pferdepeitsche zu holen, damit das Halbblut langsam stürbe. Der Indianer hatte mit keiner Wimper gezuckt, als er diesen Befehl hörte. Er war bis jetzt kein einziges Mal zusammengezuckt, obwohl sein Hemd inzwischen zerrissen und mit Blut getränkt war, denn Ramsay hatte ihm viele kleine Platzwunden zugefügt.

Er stand immer noch aufrecht da, preßte die Hüften gegen den Pfosten und hatte die Hände ausgebreitet auf der knapp zwei Meter langen Querstrebe liegen, an der sonst die Pferde festgebunden wurden. Die Fesseln verhinderten nicht, daß er auf die Knie sank, und früher oder später würde er heruntersinken, aber noch stand er gerade und aufrecht da, hatte den Kopf trotzig erhoben und ließ nur daran, wie fest seine

Finger die Querstrebe umklammerten, Schmerz erkennen – oder Zorn.

Diese Haltung war es, diese verdammt stolze Pose, die Ramsay ins Gedächtnis rief, daß es diesmal etwas anderes war als sonst, wenn seine Peitsche sich in menschliches Fleisch geschnitten hatte. Die beiden Mexikaner, denen er in Texas genau dasselbe angetan hatte, waren nach den ersten drei oder vier Peitschenhieben zusammengesackt. Der alte Goldgräber, den Ramsay in Colorado um Geld und Leben gebracht hatte, hatte schon vor dem ersten Peitschenknall zu schreien begonnen. Aber das hier war ein Indianer, oder zumindest war er als Indianer erzogen worden; hatte Ramsay nicht irgendwo gehört, daß die Indianer aus den Prärien im Norden sich irgendwelchen Ritualen der Selbstquälerei unterzogen? Er hätte wetten können, daß das Halbblut zum Beweis ein paar Narben auf der Brust oder dem Rücken hatte, und das stachelte ihn an. Es hieß, daß es eine ganze Weile dauern und viel Mühe kosten würde, diesem Exemplar einen Schrei zu entlocken. Es war an der Zeit, ernst zu machen.

Der erste Peitschenhieb war wie ein rotglühendes Eisen, das dem Halbblut auf den Rücken gepreßt wurde, um es zu brandmarken, und der Unterschied bestand nur darin, daß der Gestank verbrannten Fleisches ausblieb. Colt Thunder zuckte mit keiner Wimper, und das würde er auch nicht tun, solange Jenny Callan auf dieser Veranda stand und zusah. Er sah ihr fest in die Augen, die so blau waren wie seine eigenen, wenn auch wesentlich dunkler, ähnlich dem Saphirring, den Jessie so gern trug. Jessie? Mein Gott, sie würde wütend werden, wenn sie das hörte, weil sie ihn schon immer beschützen wollte, und sie fühlte sich in noch höherem Maß für ihn verantwortlich, seit er vor drei Jahren vor ihrer Tür gestanden hatte und sie es auf sich genommen hatte, einen Weißen aus ihm zu machen. Sie hatte sogar fertiggebracht, daß er schließlich selbst glaubte, es könnte klappen. Er hätte wissen müssen, daß daraus nichts werden konnte.

Wenn er an sie dachte... nein, er konnte sich Jessie nur

weinend vorstellen bei dem Gedanken, sie würde die Reste seines Körpers sehen, wenn die hier mit ihm fertig waren. Jenny – auf sie mußte er alle seine Gedanken richten.

Verdammt noch mal, wie viele Hiebe waren es jetzt? Sechs? Sieben?

Jenny, so schön, so goldgelb und so süß wie Jessies selbstgebackene Plätzchen. Ihr Vater hatte sich erst letztes Jahr in Wyoming niedergelassen, nachdem die Kriege mit den Indianern vorbei waren und man die Sioux und die Cheyenne geschlagen und in Reservate verbannt hatte. Als der Krieg am schlimmsten wütete, war Colt mit Jessie und Chase in Chicago gewesen, und Jessie hatte alles getan, um die Neuigkeiten von ihm fernzuhalten, weil sie glaubte, er würde sonst zurückgehen und mit seinem Volk kämpfen wollen. Er hätte es nicht getan. Seine Mutter, seine Schwester und sein jüngerer Bruder waren damals bereits tot. Zwei Monate, nachdem er 1875 den Stamm verlassen hatte, waren sie von ein paar Goldsuchern auf dem Weg in die Black Hills aufgefunden und getötet worden. Seit man dort 1874 Gold entdeckt hatte, wimmelte es in der ganzen Gegend nur so von Goldgräbern.

Das war der Anfang vom Ende, dieses Gold im Herzen indianischen Territoriums. Die Indianer hatten immer gewußt, daß es da war, aber als es die Weißen erst erfahren hatten, waren sie nicht mehr fernzuhalten. Obwohl sie durch ihr Erscheinen den Vertrag brachen, hatte schließlich das Militär eingegriffen, um sie zu beschützen, und so war es zu dem letzten großen indianischen Sieg am Little Bighorn gekommen, aber das war das Ende.

Colts Mutter, Wide River Woman, hatte all das kommen sehen. Deshalb hatte sie den Streit zwischen ihm und seinem Stiefvater Runs With The Wolf angestiftet, und damit war Colt regelrecht gezwungen gewesen, den Stamm zu verlassen. Sie hätte seine Schwester mit ihm fortgeschickt, wenn Little Gray Bird Woman nicht schon verheiratet gewesen wäre.

All das erzählte sie ihm erst hinterher, als es aus und passiert war, zu spät, um den Zwist beizulegen. Erst dann hatte sie ihm ihre Gründe genannt. Damals war er wütend auf sie gewesen. Ihre Zukunftsängste bedeuteten ihm nichts. Er sah nur das Ende seiner bisherigen Lebensweise. Aber sie hatte dieses Ende bereits vorhergesehen und plante ein neues Leben für ihn, indem sie ihn zwang fortzugehen.

Es wurmte ihn, daß sie mit ihrer Vermutung recht behalten hatte, daß er heute in einem Reservat leben würde, wenn er den Krieg überlebt hätte, genau wie sein Stiefvater und sein älterer Bruder – falls sie überlebt hatten. Aber es war noch ärgerlicher, von dieser Erniedrigung verschont geblieben zu sein, um jetzt das hier zu erleben.

Fünfundzwanzig? Dreißig? Es war sinnlos mitzuzählen, oder? Wenn er gekommen war, um Jenny zu besuchen, hatte er schon einige Male gesehen, wie geschickt Ramsay Pratt mit einer Peitsche umging. Der Mann war stolz auf sein Können. Und jetzt gab er vor den Männern an, die um ihn herumstanden. Er ließ die Peitsche immer wieder auf dieselbe Stelle knallen, bis sich Striemen bildeten, die Haut sich öffnete, und dann wieder, um die Wunde zu vertiefen, und dann noch einmal an dieselbe Stelle, diesmal aus reiner Schinderei und um Schmerzen zu bereiten.

Colt wußte, daß Pratt diese Peitsche endlos und unermüdlich schwingen konnte. Er war ein Bär von einem Mann und sah auch aus wie einer; seine Nase war so flach, daß sie kaum zu sehen war, eine zottige Mähne schmutzigbraunen Haares flatterte wüst um seine Schultern und ging in einen langen Vollbart unter einem Schnurrbart über. Wenn jemand wie ein Wilder aussah, dann war es Pratt. Und Colt hatte den freudigen Glanz in seinen Augen bemerkt, als ihm gesagt worden war, er solle seine Peitsche holen. Er hatte eine Aufgabe, die ihm Spaß machte.

Fünfundfünfzig? Sechzig? Warum versuchte er immer noch, auf dem laufenden zu bleiben? Hatte er denn überhaupt noch Haut auf dem Rücken? War er so übel zugerichtet, wie es ihm vorkam, oder war Pratt nur so geschickt, daß es schien, als ginge sein Rücken in Flammen auf? Vage nahm er das Blut wahr, das in seine Stiefel sickerte.

Wie lange würde Jenny noch dort stehen und mit einem Gesicht zusehen, dessen Ausdruck so hart und gefühllos wie der ihres Vaters war? Hatte er wirklich mit dem Gedanken gespielt, dieses Mädchen zu heiraten und von dem Gold, das er unter seiner Habe gefunden hatte, als er im Rocky Valley eingetroffen war – dem Abschiedsgeschenk seiner Mutter –, eine Ranch zu kaufen?

Seit er sie das erste Mal gesehen hatte, hatte er Jenny begehrt. Jessie hatte ihn mit seinem Interesse an ihr aufgezogen und ihn ermutigt, etwas zu unternehmen. Sie hatte ihm außerdem genügend Selbstvertrauen gegeben, und daher hatte er nicht lange gezögert.

Als sie sich zum ersten Mal wirklich miteinander trafen, hatte er festgestellt, daß dieses Interesse auf Gegenseitigkeit beruhte, daß Jenny sich sogar so sehr zu ihm hingezogen fühlte, daß sie ihm nach weniger als einem Monat ihre Unschuld zum Geschenk machte. In derselben Nacht hatte er sie gebeten, ihn zu heiraten, und seitdem schmiedeten sie Pläne und warteten nur noch den richtigen Moment ab, um es ihrem Vater zu sagen. Aber der alte Mann hatte geahnt, was auf ihn zukam. Da die Rinder der Rocky Valley Ranch praktisch bis an die Grenzen zur Callan Ranch weideten, war es ihm ein leichtes gewesen, drei- oder viermal in der Woche mittags oder auch abends zu Besuch zu kommen. Das Wissen, wie ernst es Colt mit seiner Tochter war, hatte wahrscheinlich eine Menge damit zu tun, wie wütend und entrüstet er jetzt war. Und was war mit Jennys Entrüstung?

Ihm wurde klar, daß er ihr von seiner Vergangenheit hätte erzählen müssen, daß sein wirklicher Name White Thunder lautete und daß es Jessies Idee gewesen war, sich Colt als Vornamen zuzulegen. Das Ärgerliche war nur: Niemals würde Jenny ihm das glauben. Sie würde denken, er hätte sich nur einen Scherz mit ihr erlauben wollen. Jessie hatte ihre Sache zu gut gemacht; die meiste Zeit dachte er sogar wie ein Weißer.

Aber für Jenny war er kein Weißer mehr. Er hatte ihre Wut gesehen, ehe sich ihr Gesicht verschlossen hatte und so hart wie das ihres Vaters geworden war, als die Folter begann. Es gab keine Tränen, und sie dachte jetzt auch nicht an seine Hände und seinen Mund auf ihrem Körper und daran, wie sie ihn jedesmal, wenn sie miteinander allein gewesen waren, angefleht hatte, sie zu lieben. Jetzt war er nichts weiter als irgendein Indianer, der bekam, was er dafür verdient hatte, sich anzumaßen, die Zuneigung einer weißen Frau für sich zu gewinnen.

Seine Beine wollten unter ihm nachgeben. Vor seinen Augen verschwamm alles. Das Feuer war nach oben gestiegen und knisterte explosiv in seinem Gehirn. Er wußte nicht, wie er es fertigbrachte, noch zu stehen, wie er seine Gesichtsmuskeln davon abhalten konnte, in Krämpfen zu zucken. Er hatte geglaubt, beim Ritual des Sonnentanzes die allergrößten Schmerzen, die denkbar waren, erlebt zu haben, aber gegen das hier war es ein Kinderspiel gewesen. Und Jenny hatte ihre Augen immer noch nicht geschlossen oder ihren Blick von ihm abgewandt. Aber schließlich konnte sie von der Veranda aus auch seinen Rücken nicht sehen. Nicht etwa, daß das eine Rolle gespielt hätte. Und es ging auch nicht mehr darum, den Blickkontakt mit ihr beizubehalten. Das reichte nicht aus, um den Schmerz abzublocken.

Walter Callan bedeutete Ramsay, einen Moment innezuhalten, als Colts Augen sich schlossen und ihm der Kopf auf die Schultern zurückfiel. »Lebst du noch, Junge?«

Colt reagierte nicht darauf. Die Schreie waren da, in seinem Kopf, in seiner Kehle, und sie warteten nur darauf, ihm zu entkommen, sowie er den Mund öffnete. Er würde sich eher die Zunge abbeißen, als sie herauszulassen. Es war nicht der glühende Stolz des Indianers, der ihn beschließen ließ, keinen Laut von sich zu geben. Die Indianer respektierten den Weißen, der dem Tod mutig ins Gesicht sehen konnte. Von diesen Männern erwartete er keinen solchen Respekt vor seiner Tapferkeit. Sich selbst zuliebe blieb er stumm, um seiner Selbstachtung willen.

Aber Callans Frage hatte das Schweigen um ihn herum gebrochen. Ausrufe des Erstaunens darüber, daß er immer noch auf den Füßen war, wurden laut, und es kam zu einer Diskussion darüber, ob es möglich war, ohnmächtig zu werden, ohne umzukippen; es wurde vorgeschlagen, einen Eimer Wasser zu holen, um es ihm über den Kopf zu schütten, falls er wirklich ohnmächtig wäre. Das war der Punkt, an dem er die Augen aufschlug, denn selbst jetzt war ihm noch klar, daß die Grenzen seiner Selbstbeherrschung überschritten würden, wenn man ihm Wasser über den zerfleischten Rükken gösse. Noch schwerer war es, den Kopf zu heben, doch auch das gelang ihm.

»Wenn ich es nicht mit meinen eigenen Augen sehen würde, könnte ich es nicht glauben«, sagte jemand in seiner Nähe.

Das Zischen und Knallen der Peitsche setzte wieder ein, aber jetzt schenkte ihm niemand mehr allzuviel Aufmerksamkeit, nur noch der, der die Peitsche schwang, und der, der die Hiebe zu spüren bekam.

»Ich glaube es immer noch nicht«, murrte eine Stimme hinter Colt. »Es ist völlig ausgeschlossen, daß er noch stehen kann.«

»Was hast du denn erwartet? Schließlich ist er nur zur Hälfte ein Mensch. Das, was noch auf den Füßen steht, ist die andere Hälfte.«

Ramsay blockte ihre Stimmen ab; er konzentrierte sich jetzt ganz darauf, nur noch in die offenen Wunden zu schlagen. Er war wütend, weil er den Indianer noch nicht kleingekriegt hatte, und die Wut schlug sich in seiner Zielstrebigkeit nieder. Das konnte der Mistkerl ihm nicht antun. Er konnte nicht einfach sterben, ohne einen Laut von sich zu geben.

Ramsay war so wütend, daß er die Reiter nicht hörte, die seitlich um das Haus herum kamen, doch die anderen hörten sie. Sie wandten sich um und sahen Chase und Jessica Summers mit etwa zwanzig ihrer Cowboys heranpreschen.

Wenn Ramsay sie gehört hatte, mußte er angenommen haben, daß es sich um Callans Männer handelte, die von der Weide kamen, denn er ließ immer noch nicht von seinem Opfer ab. Er war gerade dabei, zu einem weiteren Peitschenhieb auszuholen, als Jessie Summers nach ihrer Waffe griff und einen Schuß abgab.

Die Kugel, die Ramsay den Schädel spalten sollte, flog über seinen Kopf hinweg, da Summers im allerletzten Moment den Arm seiner Frau in die Luft gerissen hatte, als er ihre Absicht erkannte. Doch dieser Schuß war wie ein Signal, auf das hin jeder der Männer von Rocky Valley sein Gewehr oder seinen Revolver zog. Callans Männer rührten keinen Finger und stellten selbst das Atmen ein.

Walter Callan wurde klar, daß er einen schwerwiegenden Fehler gemacht haben könnte. Er wollte den Tod des Halbbluts, aber vielleicht hätte er nicht ganz soviel Aufmerksamkeit erregen sollen.

Ramsay Pratt starrte entsetzt das Sperrfeuer an, das vorwiegend auf ihn gerichtet war. Gegen eine solche Übermacht war eine Peitsche nichts nutze, noch nicht einmal seine Rinderpeitsche. Behutsam senkte er den Arm, bis das blutgetränkte Leder sich wie eine rote Schlange um seine Füße wand.

»Du Mistkerl!« schrie Jessie Summers, aber sie schrie ihren Mann an. »Warum hast du mich daran gehindert? Warum?«

Ehe er etwas darauf antworten konnte, war sie von ihrem Pferd geglitten und lief los; sie stieß Männer aus dem Weg, die es immer noch nicht wagten, sich unaufgefordert von der Stelle zu rühren, und zwar nicht gerade sanft. Sie war rasend vor Wut. In den gesamten fünfundzwanzig Jahren ihres Lebens war sie nie derart außer sich gewesen. Weder bei ihrem Vater noch bei ihrer Mutter oder ihrem Mann, mit denen sie dann und wann uneinig gewesen war, hatte sie derart die Selbstbeherrschung verloren. Wenn Chase sie nicht zurückgehalten hätte, hätte sie ihr gesamtes Magazin auf Callans Männer abgeschossen und sich die letzte Kugel für Callan selbst aufgehoben.

Aber als sie Thunder erreicht hatte und aus der Nähe sah, wie groß der Schaden war, den diese Peitsche angerichtet hatte, wich jede Wut aus ihr. Sie krümmte sich mit einem durchdringenden Stöhnen, das abrupt endete, als sich ihr Mageninhalt auf den blutbespritzten Boden ergoß.

Chase stand neben ihr, während sie sich noch übergab, und schlang seine Arme um sie. Aber dann starrte er Thunder an, und ihm drehte sich selbst der Magen um. Er hatte mit der Zeit einen Freund in diesem Mann gesehen, obwohl Colt Jessie näherstand. Sie liebte ihn wie einen Bruder. Sie hatten mehr als ihr halbes Leben lang eine Beziehung ganz besonderer Art gehabt. Colt war immer für sie dagewesen, wenn sie einen Freund brauchte, und Jessie würde sich vorwerfen, daß sie nicht rechtzeitig gekommen war. Und Chase hatte ganz stark das Gefühl, sie seien zu spät. Wenn der Schock Colt nicht umbrachte, dann würde der Blutverlust ihn töten.

»Nein!« schrie Jessie jetzt, als sie den Kopf wieder hob und Thunder ansah. »O Gott, o Gott! Tu doch etwas, Chase!«

»Ich habe schon einen Mann losgeschickt, damit er den Arzt holt.«

»Das dauert zu lange. Tu gleich etwas. Es muß sofort etwas geschehen. Er darf nicht noch mehr Blut verlieren – o Gott, warum ist er nicht längst losgeschnitten?«

Es war nicht wirklich als Frage gemeint. Jessie wußte in dem Moment gar nicht, was sie sagte. Fast wie in Trance ging sie um den Pfahl herum. Das war gleich viel besser. Von vorn sah er aus, als sei er in Ordnung – abgesehen von seiner bleichen Haut, der Todesstille und dem flachen Atem. Sie hatte Angst, ihn zu berühren. Sie wollte ihn in ihre Arme nehmen, wagte es aber nicht. Jede Berührung mußte schmerzhaft für ihn sein. Jede Bewegung würde eine Folter darstellen.

»O Gott, White Thunder, was haben sie dir bloß angetan?«

Sie flüsterte es unter Tränen. Colt hörte sie. Er wußte, daß sie da war und vor ihm stand, doch er öffnete die Augen nicht. Wenn er den Schmerz sah, der ihr ins Gesicht geschrieben stand, würde er seine Selbstbeherrschung verlieren, die nur noch an einem seidenen Faden hing. So wie die Dinge standen, graute ihm davor, sie könnte ihn berühren, und doch brauchte er ihre Zärtlichkeit, brauchte sie dringend.

»Weine... nicht...«

»Nein, nein, ich werde ganz bestimmt nicht weinen«, versicherte sie ihm, während ihr weiterhin die Tränen über die Wangen strömten. »Aber versuch jetzt, nicht mehr zu reden, ja? Ich werde mich um alles kümmern. Ich bringe sogar Callan für dich um.«

Versuchte sie, ihn zum Lachen zu bringen? Dasselbe Angebot hatte er ihr einmal gemacht, doch der Mann, den er für sie getötet hätte, war jetzt ihr Ehemann, den sie von ganzem Herzen liebte.

»Töte... niemanden.«

»Psst, schon gut, schon gut, ganz, wie du willst, aber sag jetzt nichts mehr.« Und dann: »Verdammt noch mal, Chase, eil dich mit diesen Fesseln! Wir müssen verhindern, daß er noch mehr Blut verliert.«

Colt bewegte seine Arme nicht, als sie frei waren. Chase stand jetzt vor ihm. Seine Stimme war sehr sanft, als er erklärte: »Jessie, Liebling, diese Peitsche ist immer wieder durch den Schmutz gezogen worden. Sein Rücken muß vorher gereinigt werden, damit er nicht an Infektionen stirbt.«

Eine drückende Stille senkte sich herab. Colt wäre erstarrt, wenn er nicht ohnehin schon starr dagestanden hätte.

»Tu es, Chase«, sagte Jessie ruhig.

»Himmel, Jessie...«

»Du mußt es tun«, beharrte sie.

Die drei kannten einander so gut, daß beide Männer wußten, daß es ihr nicht darum ging, die Wunde zu säubern oder ihn von diesem Ort zu entfernen. Colt hätte fast erleichtert aufgeseufzt. Es war aber auch an der Zeit, daß ihr etwas Vernünftiges einfiel.

»Wir brauchen als allererstes eine Matratze und zwei Männer, die ihn festhalten, damit er nicht stürzt.«

Jessie war ganz in ihrem Element und erteilte Anweisungen, aber als sie zwei Männer ins Haus schickte, um eine Matratze zu holen, besann sich Walter Callan wieder darauf, auf wessen Grund und Boden sie sich befanden, und er trat vor die Tür, um den Männern den Weg zu verstellen.

»Ihr werdet nicht eine meiner Matratzen für dieses schmutzige...«

Er beendete den Satz nicht. Jessie war herumgewirbelt, als sie hörte, daß er Einwände erhob, und jetzt galt ihm ihre gesamte Aufmerksamkeit, und ihre gesamte Wut von vorhin richtete sich gegen ihn. Sie stieg die Stufen zur Veranda hinauf, und ehe jemand ihre Absicht erkannte, hatte sie einem der Männer, denen Callan den Weg vertrat, den Colt abgenommen. Diesmal war Chase nicht da, um ihn ihr aus der

23

Hand zu schlagen. Kein anderer würde es wagen, das auch nur zu versuchen.

»Ist schon mal auf Sie geschossen worden, Callan?« fragte sie im Gesprächston, während sie den beiden Männern bedeutete, ins Haus zu gehen, und den Lauf des alten 44er Dragon beiläufig streichelte. »Es gibt Körperteile, die man wegschießen kann, ohne daß allzuviel Blut fließt, aber es tut teuflisch weh. Ein Zeh zum Beispiel oder ein Finger... oder das, was einen Mann zum Mann macht. Was glauben Sie, wie viele Kugeln nötig wären, wenn man mit jeder zweieinhalb Zentimeter davon wegschösse? Vielleicht drei? Ach, sogar noch weniger? Was meinen Sie – könnte das Ihrer eigenen Grausamkeit entsprechen?«

»Sie sind ja verrückt«, flüsterte Walter entsetzt.

Seine Hand hatte sich in einer schützenden Geste auf seine Waffe gelegt. Jessie tat nichts, um ihn aufzuhalten, sondern starrte nur auf seine Hand und hoffte, er würde die Waffe ziehen. Er sah den Hoffnungsschimmer in ihren Augen und zog seine Hand langsam zurück.

»Feigling«, zischte sie und spielte nicht länger mit ihm. »Packen Sie Ihre Sachen, Callan, und seien Sie bei Sonnenuntergang verschwunden, Sie und Ihre Männer. Wenn Sie meine Warnung mißachten, werde ich Ihnen das Leben zur reinsten Hölle machen. Es wird keinen Ort auf diesem Territorium geben, auf dem Sie sich vor meiner Rache verstecken und sicher fühlen können.«

Damit hatte er nicht gerechnet. »Sie haben nicht die geringste...«

»O doch, zum Teufel!«

Er sah ihren Mann flehentlich an. »Summers, können Sie Ihre Frau nicht bändigen?«

»Ich habe Ihnen bereits einen Gefallen getan, Sie elender Mistkerl«, schrie Chase ihn an. »Ich habe verhindert, daß sie Ihnen eine Kugel in den Schädel jagt. Was sie auch sonst noch vorhaben mag – es ist das mindeste, was Sie verdient haben, und Sie sollten sich vorsehen. Sie haben Glück gehabt, daß einer Ihrer Männer, der mitangehört hat, was Sie vorhaben, ein Trinkkumpan meines Vorarbeiters ist. Und Sie haben ganz verdammtes Glück gehabt, daß er nicht den ganzen Weg ins Rocky Valley zu reiten brauchte, sondern uns auf der Weide gefunden hat. Aber damit endet Ihre Glückssträhne. Was Sie hier getan haben, ist die gemeinste Form von Barbarei, die nur einem Tier gemäß ist.«

»Ich hatte alles Recht dazu«, wandte Walter ein. »Er hat meine Tochter entehrt.«

»Dieses kalte Miststück, das Sie zur Tochter haben, hat ihn dazu angestachelt«, fauchte Jessie und trat zur Seite, als die Matratze durch die Tür getragen wurde. Ein Wagen war schon aus dem Stall geholt worden. »Alles, was ich Ihnen noch zu sagen habe, ist, daß Sie sterben werden, wenn er stirbt, Callan. Sie sollten besser Stoßgebete sprechen, während Sie von hier verschwinden.«

»Der Sheriff wird davon erfahren.«

»O ja, ich hoffe, daß Sie so blöd sind, das hoffe ich wirklich. Wenn ich nicht den Verdacht hätte, daß Sie nicht mehr als einen Klaps auf die Hand bekämen, würde ich Sie persönlich dort abliefern und anzeigen. Stellen Sie sich gegen mich, und ich nehme das Gesetz selbst in die Hand, das schwöre ich bei Gott. Ich sollte es ohnehin tun«, schloß Jessie mit einem gewissen Verdruß, als sie sich abwandte.

»So was Blödes«, murrte Walter hinter ihr. »Er ist nichts weiter als ein verdammtes Halbblut.«

Jessie machte auf dem Absatz kehrt und sah ihn aus ihren türkisen Augen flammend an. »Sie Dreckskerl! Sie niederer, nichtsnutziger Dreckskerl! Der Mann, den Sie beinah getötet hätten, ist mein Bruder! Sagen Sie noch ein Wort zu mir, und ich knalle Ihnen eine Kugel zwischen die Augen!«

Sie ließ ihm zwei Sekunden Zeit, um zu sehen, ob er ihre letzte Warnung in Zweifel zog, ehe sie sich abwandte und wieder zu Colt ging. Seine Augen waren weit geöffnet. Sie starrten einander lange an.

»Du ... hast es gewußt?«

»Nicht immer. Hast du es gewußt?«

»Erst, als ich weggegangen bin.«

Sie legte ganz sacht einen Finger auf seine Lippen. »Mich überrascht, daß sie es dir überhaupt gesagt hat. Ich habe mich schon immer darüber gewundert, daß ich zu dir diese Nähe gespürt habe, aber nicht zu deiner Schwester oder deinen Brüdern. Schließlich habe ich deine Mutter unverblümt danach gefragt. Sie wollte mir keine Antwort geben. Sie wollte bestimmt nicht gern zugeben, daß ihre älteste Tochter nicht die einzige war, die meinem Vater ein Kind geboren hat. Aber mir hat es als Antwort genügt, daß sie es nicht bestritten hat, vor allem auch deshalb, weil ich wollte, daß es wahr ist.«

»Jessie, findest du nicht, daß du für dieses Gespräch einen günstigeren Zeitpunkt abwarten solltest?« sagte Chase.

Sie nickte und ließ einen Finger liebevoll und zärtlich über Colts Wange gleiten. Das war das Signal für die beiden Männer, die hinter ihm standen, vorzutreten und seine Arme zu packen. Colt schloß die Augen wieder, als Chase sich direkt vor ihn stellte.

»Tut mir leid, mein Freund.«

»Sei kein Arsch, Chase«, sagte Jessie beiläufig, und das trug ihr einen Blick von ihrem Mann ein, der besagte, daß er ihr das später noch heimzahlen würde, und wie es ihre Art war, ignorierte sie diesen Blick. »Das ist das einzige, wofür er an diesem gräßlichen Tag dankbar sein kann. Bring es hinter dich.«

Chase tat es. Er holte aus und hieb Colt mit seiner vollen Kraft die Faust ins Gesicht.

2

Cheshire, England, 1878

Vanessa Britten schenkte der Stickerei auf ihrem Schoß keinerlei Beachtung und beobachtete die Herzogin bei ihrer nächsten Runde durch das Zimmer. Was sie tat, war nicht einfach als auf und ab gehen zu bezeichnen, und Vanessa bezweifelte, ob das Mädchen auch nur wahrnahm, daß sie dabei war, einen Pfad in den edlen Teppich aus dem Osten zu treten.

Wer hätte geglaubt, daß die Herzogin sich aus der kleinen Tragödie, die sich oben abspielte, auch nur das geringste machen würde. Vanessa hatte es jedenfalls bestimmt nicht für möglich gehalten, als sie letzten Monat die Stellung einer Gesellschafterin bei der neunzehnjährigen Herzogin angenommen hatte. Es war durchaus üblich, daß junge Mädchen ältere Adelige um deren Reichtum und Adelstitel willen heirateten. Und Jocelyn Fleming hatte sich einen der besten geangelt, Edward Fleming, den sechsten Duke of Eaton, der schon weit in den mittleren Jahren und bereits kränklich war, als sie letztes Jahr geheiratet hatten.

Aber es hatte nicht lange gedauert, bis Vanessa ihre Meinung über die junge Herzogin von Eaton geändert hatte. Oh, sie war allerdings verarmt gewesen, als der Herzog um ihre Hand angehalten hatte. Ihr Vater hatte in Devonshire ein Gestüt besessen, eine der besten Pferdezuchten in England, wenn man Jocelyn glauben konnte. Aber wie allzu viele seiner Zeitgenossen war er ein Mann mit einem abträglichen Hang zum Glücksspiel, und als er gestorben war, war er derart hoch verschuldet, daß Jocelyn ohne einen Heller zurückblieb. Edward Fleming hatte das arme Mädchen buchstäblich vor allem bewahrt, was als das größte aller Übel für eine Dame von adeliger Abstammung galt – sich eine Anstellung zu suchen.

Vanessa hätte zu einem solchen Meisterstück einfach ›Bravo!‹ gesagt. Sie liebte Erfolgsmeldungen und war kein Mädchen von der Sorte, das einer anderen ein wenig Glück mißgönnt hätte, aber auch nicht das große Glück, das die Herzogin gehabt hatte. Dennoch war Jocelyn Fleming nicht die Erbschleicherin, für die sie sie anfangs gehalten hatte.

Vanessa hatte zu viele Jahre in London gelebt und hatte die kaltblütige Schar derer gesehen, die auf alles aus waren, was sie nur in die Finger kriegen konnten. Jocelyn hätte selbst dann nicht kaltblütig sein können, wenn sie es versucht hätte. Sie war bei weitem zu naiv, zu offen, zu vertrauensselig und so unschuldig, daß es kaum zu glauben war. Und doch war sie genau das, was sie zu sein schien. Das erstaunlichste an ihr war, daß sie den Mann wirklich liebte, der eben in diesem Moment im oberen Stockwerk im Sterben lag.

Für genau dieses Ereignis war Vanessa engagiert worden. Der Herzog hatte im Laufe der letzten Monate viele ungewöhnliche Vorkehrungen getroffen; er hatte Familienbesitz verkauft, Geld aus dem Land herausgebracht und alles Notwendige gekauft, was man für eine Reise brauchte. Er hatte sich um alle erforderlichen Kleinigkeiten gekümmert. Das einzige, was Jocelyn und ihre recht große Entourage noch tun mußten, war aufbrechen. Sogar gepackt war schon alles.

Vanessa hatte den Gründen für diese Voraussicht des Herzogs recht skeptisch gegenübergestanden, bis sie seine entfernten Verwandten kennengelernt hatte, die ›Geier‹, wie er sie nannte, die nur darauf warteten, sich auf seine Besitztümer zu stürzen und sie zu zerpflücken.

Hatte man je einen Menschen als habgierig, hart und erbarmungslos bezeichnen können, so war das Maurice Fleming, der derzeitige Erbe des Herzogtums. Edward hatte keine nahen Verwandten. Maurice war nur ein Cousin zweiten Grades, mit dem es der Herzog noch nicht einmal im selben Raum aushielt. Aber Maurice mußte eine weitverzweigte Familie unterstützen, die angeheiratet war, und außerdem eine Mutter und vier Schwestern, und zu behaupten, er könne Edwards Ableben kaum erwarten, wäre zu gelinde ausgedrückt. Er hatte auch seine Spitzel in Fleming Hall, die ihn über Edwards Zustand auf dem laufenden hielten, und in dem Moment, in dem der Herzog für tot erklärt würde, würde es zweifellos an der Haustür klopfen.

Die arme Jocelyn war in etwas hineingezogen worden, was man nur noch als eine Familienfehde über die Generationen bezeichnen konnte. Edwards Verwandte hatten ihr Bestes getan, um ihn davon abzubringen, sie zu heiraten. Als sie damit gescheitert waren, hatten sie gewisse Drohungen ausgestoßen, zwar nicht in Edwards Hörweite, aber er hatte trotzdem davon erfahren. All die Vorkehrungen, die er für die Zukunft seiner jungen Ehefrau traf, gingen nicht nur auf einen übermäßig ausgeprägten Beschützerinstinkt zurück, sondern waren leider begründet.

Vanessa wäre jetzt die erste gewesen, die ihm zugestimmt hätte, daß es Irrsinn war, in England zu bleiben und das Schicksal herauszufordern. Der neue Herzog würde nicht untätig dasitzen und zusehen, wie ein Großteil des Familienbesitzes seinem Zugriff entzogen wurde. Er hätte alles getan, was in seiner Macht stand, um alles wieder an sich zu bringen, und in seinem Rang als der neue Duke of Eaton würde seine Macht immens sein. Aber Edward legte es mit großer Entschlossenheit darauf an, daß Maurice und seine habgierige Familie nichts von ihm bekommen sollten, was nicht rechtlich als Erbe an sie fiel, und daß Jocelyn für ihre Anhänglichkeit und ihre selbstlose Aufopferung alles bekommen sollte.

Wenn jemand Vanessas Rat und Unterweisung brauchte, dann war es dieses junge Mädchen mit den feuchten Augen. Jocelyn wollte England und alles, was ihr lieb und vertraut war, nicht verlassen. Seit er diesen Vorschlag zum ersten Mal gemacht hatte, diskutierte sie mit ihrem Mann darüber, doch es war zwecklos. Sie war in dieser Hinsicht wie ein Kind, das sich vor dem Unbekannten fürchtete. Sie konnte nicht begreifen, in welche Gefahr sie sich begäbe, wenn sie bliebe und Maurice in die Hände fiele. Vanessa dagegen begriff es. Gütiger Himmel, man durfte es sich gar nicht vorstellen. Jocelyn mochte zwar die Herzogin – und zwangsläufig bald die Herzoginwitwe – sein, aber Maurice hatte eine Frau, die die neue Duchess of Eaton sein würde, doch Jocelyns Titel würde sie nicht im geringsten schützen, wenn Maurice sie erst in der Hand hätte.

»Euer Gnaden?« Die Haushälterin tauchte zögernd in der Tür auf, und der persönliche Arzt der Königin stand an ihrer Seite. »Euer Gnaden?«

Sie mußte noch ein drittesmal »Euer Gnaden« sagen, ehe es ihr gelang, Jocelyn aus ihren trübsinnigen Gedanken zu reißen. Vanessa konnte ihr ansehen, daß sie immer noch Hoffnung gehegt hatte, wenn auch noch so wenig. Aber ein

Blick in das Gesicht des Arztes reichte aus, um diese Hoffnung endgültig sterben zu lassen.

»Wie lange noch?« fragte Jocelyn tonlos.

»Bis heute abend, Euer Gnaden«, erwiderte der alte Arzt. »Es tut mir leid. Wir wußten, daß es nur noch eine Frage der Zeit war...« Seine Stimme verklang.

»Kann ich ihn jetzt sehen?«

»Gewiß. Er hat nach Ihnen gefragt.«

Jocelyn nickte und straffte die Schultern. Wenn sie in diesem letzten Jahr etwas von ihrem Mann gelernt hatte, dann waren das Haltung und ein gewisses Selbstvertrauen, das einer bedeutenden Position entsprang. Sie würde nicht weinen, nicht vor den Hausangestellten. Aber wenn sie erst allein war...

Er war erst fünfundfünfzig Jahre alt. Sein braunes Haar war vor vier Jahren, als Jocelyn ihn kennengelernt hatte, leicht grameliert gewesen. Er war nach Devonshire gekommen, um von ihrem Vater ein Jagdpferd zu kaufen. Sie hatte ihm eines der unauffälligeren Reitpferde empfohlen, und Edward hatte ihren Rat angenommen und nicht den des Zureiters ihres Vaters. Das Jagdpferd, das sie vorzog, hatte mehr Charakter und Durchhaltevermögen. Edward hatte seinen Entschluß nicht bereut.

Er war im nächsten Jahr wiedergekommen, um zwei Rennpferde zu kaufen. Wieder hatte er sich nur nach ihren Empfehlungen gerichtet. Das hatte ihr sehr geschmeichelt. Sie kannte sich mit Pferden aus und war mit ihnen aufgewachsen, aber niemand nahm sie in ihrem zarten Alter ernst. Edward Fleming war jedoch von ihrem Wissen und ihrer Selbstsicherheit beeindruckt gewesen. Die reinrassigen Vollblüter, die sie ihm verkauft hatte, hatten ihm seit der Zeit eine Menge Geld eingebracht. Wieder bereute er seinen Entschluß nicht. Und irgendwie hatten sie sich trotz des immensen Altersunterschiedes miteinander angefreundet.

Er erschien augenblicklich, als er vom Tod ihres Vaters erfuhr. Er machte ihr einen Antrag, den sie nicht zurückweisen konnte. Es war kein obszöner Handel. Er wußte bereits, daß er sterben würde. Die Ärzte gaben ihm nur noch ein paar Monate zu leben. Was er wollte, war eine Gefährtin, ein Freund, jemand, dem er etwas bedeutete und der vielleicht ein oder zwei Tränen über sein Hinscheiden vergießen würde. Er hatte Freunde, aber niemanden, der ihm nahestand.

Er sagte immer wieder gern, sie hätte ihm einen Grund gegeben, noch etwas länger zu leben. Jocelyn gefiel die Vorstellung. Sie war so dankbar für die zusätzlichen Monate, die ihr mit ihm vergönnt gewesen waren; er war ihr alles, Vater, Bruder, Lehrer, Freund und Held, alles, nur nicht ihr Liebhaber, aber dagegen ließ sich nichts machen. Schon viele Jahre bevor er sie kennengelernt hatte, war er außerstande gewesen, mit einer Frau zu schlafen. Aber als eine unschuldige Braut von achtzehn Jahren wußte sie nicht, was ihr entging, und daher bedauerte sie nicht, daß es in ihrer Beziehung einen Bereich gab, in dem sie keine Erfahrungen machen konnte. Sie wäre mehr als gewillt gewesen, fühlte sich aber um nichts betrogen, da keine Möglichkeit bestand. Sie liebte Edward schlicht und einfach für alles andere, was er ihr war.

Manchmal hatte sie das Gefühl, sie sei erst wirklich geboren worden, als sie ihn kennengelernt hatte. Ihre Mutter war so früh gestorben, daß Jocelyn sich nicht wirklich an sie erinnern konnte. Ihr Vater hatte seine meiste Zeit in London verbracht. Gelegentlich bemerkte er sie, wenn er nach Hause kam, aber sie hatte nie das Gefühl, ihm nahe zu sein. Sie hatte ein einsames und abgeschiedenes Leben auf dem Lande geführt, und ihr einzig wahres Interesse hatte den Pferden gegolten, die ihr Vater züchtete. Edward hatte ihr eine ganz neue Welt eröffnet, in der es Vergnügungen und sportliche Veranstaltungen gab, gesellschaftlichen Umgang und Freundinnen, schicke Kleider und einen Luxus, den sie sich nie erträumt hatte. Jetzt stand es ihr bevor, wiederum ein neues Leben zu beginnen, doch diesmal ohne ihn und seine Führung. O Gott, wie sollte sie es ohne ihn schaffen?

Jocelyn atmete flach, als ihr der Geruch des Krankenzimmers entgegenschlug. Sie wollte sich kein duftendes Taschentuch ins Gesicht pressen, um die unangenehmen Gerüche von sich fernzuhalten. Das konnte sie ihm nicht antun.

Um sich das Atmen zu erleichtern, lag er vorwärts geneigt in dem riesigen Bett des prunkvollen Zimmers. Sie sah, daß er sie beobachtete, als sie näher kam. Seine grauen Augen waren stumpf, jetzt schon fast leblos, und die Haut, die unter den Augen eingesunken war, war totenblaß. Ihr traten Tränen in die Augen, als sie ihn so sah, denn bis vor wenigen Wochen war er noch halbwegs aktiv gewesen und wenige Wochen davor gesund und munter. Zumindest hatte er sie in diesem Glauben gelassen, doch bei alledem hatte er Pläne geschmiedet und Vorkehrungen für sie getroffen, da er wußte, daß seine Zeit sich zum Ende neigte.

»Schau nicht so traurig, meine Liebe.«

Sogar seine Stimme klang nicht mehr wie früher. O Gott, wie sollte sie sich von ihm verabschieden, ohne daran zu zerbrechen?

Sie nahm seine Hand, die auf der samtenen Tagesdecke lag, und führte sie an ihre Lippen. Als sie den Kopf hob, lächelte sie, um ihm einen Gefallen zu tun, doch das hielt sie nur eine Sekunde lang durch.

»Das ist Betrug«, schalt sie sich selbst und ihn. »Ich bin traurig. Ich kann nichts dagegen tun, Eddie.«

Ein Anflug des Humors, der bei ihm so ausgeprägt war, kehrte beim Klang dieses Namens in seine Augen zurück. Niemand hatte je gewagt, ihn so zu nennen, selbst in seiner Kindheit nicht. »Du warst immer schon beklagenswert ehrlich. Das gehört zu den Dingen, die ich am meisten an dir bewundert habe.«

»Und ich dachte, es sei mein ausgeprägtes Gespür für Pferde.«

»Das auch.« Auch ihm mißlang der Versuch zu lächeln.

»Hast du Schmerzen?« fragte sie zaghaft.

»Nichts, was ich inzwischen nicht gewöhnt wäre.«

»Hat der Arzt dir etwas...«

»Für später, mein Liebling. Ich wollte klar bleiben, um mich zu verabschieden.«

»O Gott!«

»Davon will ich jetzt nichts hören.« Er bemühte sich, streng zu wirken, doch es war ihm nie gelungen, streng mit ihr umzugehen. »Bitte, Jocelyn. Ich ertrage es nicht, dich weinen zu sehen.«

Sie wandte den Kopf ab, um die Tränen fortzuwischen, doch als sie ihn wieder ansah, strömten neue Tränen über ihre Wangen. »Es tut mir leid, aber es tut einfach so weh, Eddie. Ich hätte dich nicht lieben dürfen, nicht so sehr«, sagte sie unumwunden.

Eine Bemerkung wie diese hätte ihn noch vor wenigen Tagen zum Lachen gebracht. »Ich weiß.«

»Du hast von zwei Monaten gesprochen, und ich dachte – ich dachte, ich würde mich in so kurzer Zeit nicht so sehr mit dir verbunden fühlen. Ich wollte dir die letzten Monate verschönen, dich glücklich machen, wenn ich könnte, weil du so viel für mich getan hast. Aber ich wollte dir nicht so nahekommen, daß es weh tut, wenn... aber das hätte nichts geändert, stimmt's?« Ein verschmitztes Lächeln trat auf ihre Lippen und verschwand sogleich. »Ehe diese zwei Monate vorüber waren, habe ich mir schon viel zuviel aus dir gemacht. O Eddie, kannst du uns nicht noch etwas mehr Zeit lassen? Du hast die Ärzte schon einmal zum Narren gehalten. Du kannst es ein zweites Mal tun, oder nicht?«

Wie sehr er sich danach verzehrte, ja zu sagen. Er wollte dieses Leben nicht hergeben, nicht gerade jetzt, da er erst so spät sein Glück gefunden hatte. Aber er hatte ihr nie etwas vorgemacht, und das würde er jetzt auch nicht tun. Es war egoistisch von ihm gewesen, sie zu heiraten, denn es hätte so viele andere Möglichkeiten gegeben, ihr zu helfen. Aber es war geschehen, und er konnte die Zeit, die er mit ihr verbracht hatte, nicht wirklich bereuen, wenn sie auch noch so kurz gewesen war und ihr jetzt diesen Kummer bereitete. Er hatte sich jemanden gewünscht, dem er etwas bedeutete, und er bedeutete ihr sehr viel. Ihm war nur einfach nicht klargewesen, daß es ihm selbst das Herz brechen würde, sie jetzt verlassen zu müssen.

Er drückte als Antwort auf ihre flehentliche Bitte ihre Hand. Als er ihre Schultern heruntersacken sah, wußte er, daß sie verstanden hatte. Er seufzte und schloß die Augen, aber nur einen Moment lang. Es hatte ihm immer so viel

Freude bereitet, sie anzusehen, und genau das brauchte er jetzt.

Sie war unglaublich schön, obwohl sie die erste gewesen wäre, die ihn verspottet hätte, wenn er das gesagt hätte, und zwar mit Recht, denn ihre Schönheit entsprach nicht im entferntesten der Mode ihrer Zeit. Ihr Teint war zu kräftig, um als elegant zu gelten, ihr rotes Haar so leuchtend wie eine auflodernde Flamme, ihre grünen Augen von einem ungewöhnlich hellen und doch strahlenden Grün, und zudem waren sie zu ausdrucksvoll. Wenn Jocelyn jemanden nicht mochte, sah man es ihr an den Augen an, denn sie war so aufrichtig, daß sie sich selbst damit schadete. Schon die elementarsten Grundlagen der Falschheit waren ihr fremd. Sie hatte aber auch nichts mit anderen Rotschöpfen gemeinsam, da ihre makellose Elfenbeinhaut keine einzige Sommersprosse aufwies und so hell war, daß sie fast durchscheinend wirkte.

Ihre Gesichtszüge waren schon eher eingängig, ein kleines ovales Gesicht mit sanft geschwungenen Augenbrauen, einer kleinen, geraden Nase und einem zarten, weichen Mund. Ihr Kinn reckte sich stur in die Luft, aber darin lag kein Hinweis auf ihr Verhalten, zumindest nicht, soweit Edward es wußte. Das einzige Mal, daß sie sich ihm gegenüber stur gezeigt hatte, war, als es um den Plan ging, England zu verlassen. Sie hatte dagegen protestiert, aber schließlich hatte sie auch in diesem Punkt nachgegeben.

Was den Rest anging – nun ja, selbst er mußte zugeben, daß ihre Figur etwas voller hätte sein können. Sie war eine Spur größer als der Durchschnitt, wenn auch ein ganzes Stück kleiner als er mit seiner mittleren Statur. Sie war immer aktiv gewesen und hatte noch mehr Aktivitäten entfaltet, nachdem sie nach Fleming Hall gekommen war, und das war wohl auch der Grund für ihre schlanke, schmale Figur. Und im letzten Monat hatte sie vor Sorge um ihn abgenommen, und ihre Kleider saßen nicht mehr richtig. Nicht etwa, daß sie sich daran gestört hätte. Sie war absolut kein eitles Mädchen. Sie nahm hin, was sie vorfand und machte sich keine allzu große Mühe, das Beste aus sich zu machen.

Edward hatte jedoch in seiner Vernarrtheit feststellen müssen, daß er extrem eifersüchtig war, wenn es um sie ging, und daher war er froh, daß andere Männer sie nicht so hübsch fanden wie er. Und da seine Beziehung zu ihr keine sexuelle war, war ihre Figur kein Thema.

»Habe ich dir schon gesagt, wie dankbar ich dir dafür bin, daß du bereit warst, meine Herzogin zu werden?«

»Mindestens hundertmal.«

Wieder drückte er ihre Hand. Sie spürte es kaum.

»Habt ihr gepackt, die Gräfin und du?«

»Eddie, laß uns...«

»Wir müssen darüber reden, meine Liebe. Du mußt auf der Stelle verschwinden, selbst, wenn es mitten in der Nacht ist.«

»Das gehört sich nicht.«

Er wußte, worauf sie anspielte. »Beerdigungen sind deprimierend, Jocelyn. Niemandem ist damit gedient, wenn du auf meinem Begräbnis erscheinst, aber du könntest alles zunichte machen, was ich getan habe, damit du in Sicherheit bist. Versprichst du es mir?«

Sie nickte, wenn auch widerstrebend. Er ließ ihre bevorstehende Abreise so real werden. Sie hatte sich bemüht, nicht daran zu denken, als könne er länger bei ihr bleiben, wenn sie sich keine Gedanken darüber machte. Das war jetzt nicht mehr möglich.

»Ich habe eine Abschrift des Testaments an Maurice geschickt.« Als er sah, wie sich ihre Augen weiteten, erklärte er es ihr. »Ich hoffe, das wird ihn von drastischen Maßnahmen abhalten. Ich hoffe auch, wenn ihm erst klar ist, daß du das Land verlassen hast, wird er die Dinge ihren Lauf nehmen lassen und sich mit dem Familienbesitz zufriedengeben, der an ihn fällt. Eaton wirft genug ab, um ihn und seine große Familie zu ernähren.« Sie brauchte nicht bis zur Testamentseröffnung zu bleiben, da er bereits alles andere, was er besaß, auf sie überschrieben hatte.

»Wenn du ihm einfach alles überlassen hättest...«

»Niemals! Eher würde ich es für Wohltätigkeitsverbände spenden, als... Jocelyn, ich will, daß du es bekommst, und zwar alles. Das ist einer der Gründe, aus denen ich dich geheiratet habe. Ich will wissen, daß es dir nie an etwas fehlen wird. Und ich habe für deine Sicherheit gesorgt. Die Männer, die ich als Wächter für dich eingestellt habe, sind die besten, die man finden kann. Sowie du England verlassen hast, wird Maurice nicht mehr imstande sein, die Gerichte gegen dich zu manipulieren. Und wenn du erst volljährig wirst oder falls du einmal wieder heiraten solltest...«

»Sprich jetzt nicht von einer Heirat, Eddie... jetzt nicht«, sagte sie mit gebrochener Stimme.

»Es tut mir leid, meine Liebe, aber du bist noch so jung. Der Tag wird kommen, an dem du...«

»Eddie, bitte!«

»Von mir aus. Aber du weißt doch, daß ich dein Glück will?«

Er hätte nicht so viel mit ihr reden dürfen. Jetzt war er müde; er konnte kaum noch die Augen offenhalten. Und doch gab es noch so vieles, was er noch sagen wollte.

»Die Welt gehört dir... genieße sie.«

»Das werde ich tun, Eddie, ich verspreche es dir. Ich werde diese Reise zu einem Abenteuer machen, genau, wie du gesagt hast. Ich werde mir alles ansehen, alles tun.« Sie sprach jetzt schnell, denn er schien vor ihren Augen hinzuscheiden. Sie umklammerte seine Hand fester, bis sich sein Blick wieder auf sie richtete. »Ich werde auf Kamelen und Elefanten reiten, in Afrika Löwen jagen, in Ägypten die Pyramiden besteigen.«

»Und vergiß nicht... dein Gestüt.«

»Das werde ich nicht vergessen. Ich werde die edelsten Pferde züchten, die besten reinrassigen Vollblüter auf... Eddie?« Seine Augen hatten sich geschlossen, und seine Finger waren schlaff heruntergefallen. »Eddie?«

»Ich liebe... dich... Jocelyn.«

»Eddie!«

3

Es war weniger eine Straße als ein Trampelpfad, und der war stellenweise so schmal, daß die vorderste Kutsche mehrfach steckenblieb, einmal zwischen einer Bergwand und Felsbrocken, die sich nicht von der Stelle bewegen ließen, und ein anderes Mal zwischen zwei hohen Felshängen. Jedesmal vergingen etliche Stunden damit, den Weg mit Schaufeln und Hacken zu verbreitern, Werkzeug, das sie zum Glück mitgenommen hatten. An diesem heißen Morgen im Oktober hatten sie nicht allzu viele Meilen zurückgelegt.

Heiß. Das war es allerdings, aber in Mexiko war es schlimmer gewesen, viel schlimmer, vor allem im Juli, eine ungünstige Jahreszeit, um gerade in dieses Land einzureisen. Die Kolonne von Kutschen und Wagen hatte die mexikanische Grenze in der vergangenen Nacht überquert, und im selben Moment war ihr Reiseführer verschwunden – der Grund, weshalb sie jetzt nicht auf einer anständigen Straße waren. Sie waren inmitten von Gebirgsketten verloren, die sich in alle Ewigkeit zu erstrecken schienen, obwohl der Weg, dem sie folgten, doch sicherlich irgendwo enden mußte.

Sie waren auf dem Weg nach Bisbee. Oder war es Benson? Für diese Gegend brauchten sie wirklich einen Führer. Der Mexikaner, den sie vor einigen Monaten eingestellt hatten, hatte seine Sache bewundernswert gemacht, als er sie ohne jeden Zwischenfall über die Grenze gebracht hatte, doch was seine Kenntnisse dieser Gegend von Nordamerika betraf, hatte er offensichtlich gelogen, sonst wäre er nicht fortgelaufen und hätte sie ohne jede Vorwarnung sich selbst überlassen.

Natürlich hatten sie keine Eile, irgendwo anzukommen. Sie hatten genügend Vorräte für einen Monat dabei und ausreichend Gold, um ihre Vorräte wieder aufzufüllen, wenn sie endlich in Bisbee oder Benson ankämen, in der von den beiden Städten, die als erste auf ihrem Weg lag. Eigentlich konnte es auch jede beliebige Stadt sein. Es spielte wirklich keine Rolle.

In der letzten Zeit waren häufig Münzen geworfen worden, um zu entscheiden, in welche Richtung sie als nächstes reisen würden, etwas, womit Jocelyn schon in Europa angefangen hatte, weil sie sich nicht entscheiden konnte, welches Land sie sich als nächstes ansehen sollte. Sie hatte die erklärte Absicht, diesmal irgendwann nach Kalifornien zu gelangen, denn dorthin hatte sie ihr Schiff geschickt, die *Jocel*, um sich von ihr abholen zu lassen. Falls sich in der Zwischenzeit etwas ereignen sollte, was sie andere Entschlüsse fassen ließe, könnte sie natürlich immer noch eine Nachricht an den Kapitän schicken, er solle sie an einem anderen Ort erwarten. So hatte sie es bisher schon häufiger getan.

Sie war unschlüssig gewesen, ob sie einige Monate hier verbringen und sich das Land näher ansehen sollte, wie sie es in Mexiko gemacht hatten, oder ob sie nach Kanada oder Südamerika weiterreisen sollten, wenn sie Kalifornien erst erreicht hatten. Es war eine Frage der Prioritäten, die sie setzte, oder genauer gesagt, es ging um die Frage: Sicherheit oder Vergnügen. Sie wollte sich mehr von diesen Territorien im Westen ansehen, und sie hätte sich auch gern weitere amerikanische Staaten und deren Städte angeschaut. Bisher war sie nur in New York und in New Orleans gewesen. Und insbesondere wollte sie die Gestüte in Kentucky aufsuchen, von denen sie gehört hatte, um sich ein Bild davon zu machen, wie die Vollblüter, die dort gezüchtet wurden, im Vergleich zu ihren Pferden dastanden und ob es dort Stuten gab, die sie vielleicht für Sir George kaufen wollte, den Zuchthengst, den sie mitgenommen hatte.

Aber wenn sie tat, was sie wollte, war es wahrscheinlich, daß John Longnose sie wieder einholen würde. Das war der Kerl, der ihnen um die Welt gefolgt war, seit sie England vor drei Jahren verlassen hatten. In den verschiedenen Ländern hatte er Banditen angeheuert, wie sie ihm gerade über den Weg liefen. Daher wußten sie nie wirklich, wen sie verdächtigen und vor wem sie auf der Hut sein sollten. Sie hatten den Mann nie zu sehen bekommen, und sie kannten ihn auch nicht bei seinem richtigen Namen. John Longnose war ganz einfach der Name, den sie ihm gegeben hatten, weil er so oft Gegenstand ihrer Unterhaltungen war und sie einen Namen für ihn brauchten. Das sicherste wäre es gewesen, wieder den Seeweg zu nehmen, sowie sie Kalifornien erreicht hätten. Die Chancen standen gut, daß Longnose in dem Fall ihre Fährte verlieren würde, jedenfalls für eine Weile. Es sei denn, er hätte ihr Schiff bereits an der Westküste ausfindig gemacht und würde sie dort erwarten. Aber zum Teufel, sie hatte es satt, auf Nummer Sicher zu gehen, sie hatte es wirklich satt. Sie hatte nichts anderes getan, seit dieses irrsinnige Abenteuer begonnen hatte, und oft hatte sie einen Ort vorzeitig verlassen müssen, häufig die Hotels wechseln müssen und noch häufiger ihren Namen ändern müssen.

»Ach, du meine Güte, du grübelst ja schon wieder«, bemerkte Vanessa und sah betont auf den Fächer, mit dem Jocelyn immer heftiger wedelte. Als sie ein Stirnrunzeln zur Antwort bekam, fügte sie noch hinzu: »Es ist natürlich schrecklich heiß, nicht wahr?«

»Wir sind schon in heißeren Ländern gewesen, nicht zuletzt das, aus dem wir gerade kommen.«

»Ja, allerdings.«

Vanessa sagte nichts mehr. Sie sah sogar wieder aus dem Fenster, als sei das Thema abgehandelt. Jocelyn wußte, daß es keineswegs so war. Die Gräfin hatte eine Vorliebe dafür, einen zurückgezogenen Eindruck zu vermitteln, obwohl ihr das ganz und gar nicht entsprach. Das war eine ärgerliche Gewohnheit, an die Jocelyn jedoch längst gewöhnt war und auf die sie meistens gar nicht einging. Es war leichter, Vanessa einfach das zu sagen, was sie wissen wollte, als zu versuchen, sich ihr gegenüber zu verschließen.

Man hätte meinen können, zwei Frauen würden einander auf die Nerven gehen, wenn sie über einen so langen Zeitraum ständig Gefährtinnen waren, aber dazu war es nie gekommen. Die Freundschaft, die in England begonnen hatte, war enger geworden, bis es nichts mehr gab, was die beiden nicht übereinander wußten, nichts, worüber sie nicht hätten reden können.

Sie waren ein merkwürdiges Paar, Jocelyn mit ihrem leuchtenden Haar und den strahlendgrünen Augen und Vanessa bleich und aschblond und mit hellbraunen Augen. Die Gräfin war jetzt fünfunddreißig, aber sie sah zehn Jahre jünger aus und hatte eine volle Figur, die die Blicke der Männer auf sich zog. Jocelyn war immer noch dünn, und all das reichhaltige exotische Essen, das sie in jedem Land probiert hatte, in dem sie bisher gewesen waren, hatte kein bißchen dazu beigetragen, sie fülliger zu machen. Wenn sie nebeneinander standen, wirkte Jocelyn neben der kleinen Vanessa größer als ihre ein Meter fünfundsechzig und dürrer, als sie war. Vanessa war zugänglich, entsprach äußerlich den allgemeinen Vorstellungen und schüchterte niemanden ein, wogegen Jocelyn nur deshalb den Anschein vom Gegenteil erweckte, weil sie so ungewöhnlich aussah.

Jocelyn hätte nicht gewußt, was sie ohne die Gräfin anfangen sollte. Sie hatte sich schon oft darüber gewundert, daß die ältere Frau sie nicht längst im Stich gelassen hatte, spätestens in New York, denn dort hatte die Hetzjagd unheilvollere Formen angenommen, als Jocelyns amerikanischer Anwalt ermordet worden war. Doch Vanessa schien bei diesem Abenteuer aufzublühen. Und im Gegensatz zu Jocelyn hatte sie sich schon immer die ganze Welt ansehen wollen, und daher kostete sie jede Minute ihrer Reisen voll aus. Sie klagte selten, selbst dann nicht, wenn ihre Unterkünfte bei weitem nicht angemessen waren oder wenn das Wetter sich von seiner schlimmsten Seite zeigte.

Vanessa war nicht die einzige, die all das loyal mitgemacht hatte. Sie hatten immer noch Babette und Jane bei sich, ihre Zofen aus Fleming Hall. Die drei Stallknechte, die sich um die Pferde kümmerten, und Sidney und Pearson, die beiden Diener, die ihnen von größtem Nutzen waren, wenn sie unter freiem Himmel ihr Lager aufschlugen, waren immer noch dieselben Männer, die Edward als Begleitung für Jocelyn ausgesucht hatte. Als erstes waren ihnen die Köchin und deren beide Gehilfinnen abtrünnig geworden, doch Philippe Marivaux, der temperamentvolle französische Küchenchef, den sie in Italien als Ersatz gefunden hatten, war immer noch bei

ihnen, ebenso der Spanier und der Araber, die später eingestellt wurden, um ihm zur Hand zu gehen, aber auch, um die
Wagen zu lenken, wenn es nötig wurde. Nur vier Personen
ihrer ursprünglich achtzehnköpfigen Begleitung waren aus
Jocelyns Diensten ausgeschieden. Die waren nicht so leicht
zu ersetzen, denn es gab nicht so viele Männer, die geschickt
im Umgang mit Waffen waren und gleichzeitig bereitwillig
ihre Heimat verlassen hätten, um eine Reise in fremde Länder anzutreten, die inzwischen endlos zu werden schien.

Es waren bestenfalls fünf Minuten vergangen, als Vanessa
wieder anfing. »Du machst dir doch nicht etwa Sorgen, weil
wir auf diesem winzigen Pfad sind, oder?«

»Es ist nur ein Trampelpfad, glaube ich, aber nein, ich
denke nicht, daß er noch allzuweit führt, denn wir scheinen
schon wieder bergab zu fahren.«

»Dann hast du also doch wieder gegrübelt«, sagte Vanessa
in einem selbstgefälligen Tonfall, der ausdrückte, sie habe es
ja ohnehin schon gewußt. »Doch nicht etwa wegen dieses
Kerls, den du in New York zurücklassen mußtest, hoffe ich.
Ich dachte, du seist zu dem Schluß gekommen, du könntest
ihn nicht heiraten, solange du das klitzekleine Problem deiner Jungfräulichkeit nicht aus dem Weg geräumt hast?«

Jocelyn errötete nicht wie beim ersten Mal, als ihre ungewöhnliche Situation Gesprächsthema gewesen war. Von der
Zeit an hatten sie so oft darüber geredet, daß sie nicht mehr
erröten konnte.

»Ich habe es mir nicht anders überlegt«, erwiderte Jocelyn.
»Charles hat von Edward gewußt, hat ihn auf seiner Europareise sogar getroffen. Unter keinen Umständen würde ich zulassen, daß Charles etwas von Edwards Leiden erfährt. So
kann ich das Andenken an Edward nicht beschmutzen lassen. Und wenn ich ihn heiraten würde, wäre es ausgeschlossen, daß Charles nichts davon erführe – es sei denn, natürlich, er hätte dasselbe Leiden, und so jung, wie er ist, ist das
höchst unwahrscheinlich.«

»Und so angriffslustig, wie er im Sexuellen ist. Du hast mir
doch erzählt, daß er dich in diesem Schlafzimmer in die Enge
getrieben und fast ...«

»Ja, gut, wir waren uns beide einig, daß er in der Lage wäre, mehr als nur seine ehelichen Pflichten wahrzunehmen.«

Jetzt errötete Jocelyn. Sie hatte nicht vorgehabt, Vanessa diesen Zwischenfall anzuvertrauen, aber wie üblich hatte die ältere Frau es aus ihr herausgeholt. Nicht etwa, daß sie sich dessen schämte, was passiert war. Charles hatte ihr damals schon einen Heiratsantrag gemacht. Und wenn sie bei dieser Party eine Spur zuviel getrunken und sich deshalb von Charles hätte verführen lassen, dann wäre das gar nichts so Schlimmes, wenn man bedachte, was sie füreinander empfunden hatten. Aber in jener Nacht hatte sie ihre mißliche Lage vergessen, und wenn Vanessa nicht gekommen wäre, um nach ihr zu sehen, und damit Charles leidenschaftlichen Umarmungen ein Ende gesetzt hätte, gäbe es längst keine Probleme mehr. Charles wäre dahintergekommen, daß die Witwe des Duke of Eaton noch jungfräulich war.

»Wenn du in Marokko lockerer gewesen wärst«, rief ihr Vanessa jetzt ins Gedächtnis zurück, »hättest du doch eine nette kleine Affäre mit diesem Scheich – wie hieß er doch noch mal – haben können, der dir ständig nachgelaufen ist. *Er* hat Edward nicht gekannt, hat noch nicht einmal gewußt, daß du verwitwet bist, konnte kaum ein Wort Englisch, und nichts hätte sich geändert. Und dabei ist alles, was du brauchst, meine Liebe, ein einziger Liebhaber, und dein Problem ist aus der Welt geschafft.«

»Es war noch zu früh, Vanessa. Ich war noch im Trauerjahr, denk doch daran.«

»Ich sehe nicht ein, was das damit zu tun hat. Ich hoffe du glaubst nicht, ich hätte ein Jahr gewartet, nachdem der Graf gestorben ist, ehe ich mir einen Liebhaber genommen habe. Meine Güte, nein. Eine Frau kennt genauso viel Verlangen wie ein Mann.«

»Da kann ich nicht mitreden.«

Vanessa grinste, als sie den zimperlichen Tonfall hörte. »Nein, allerdings nicht – aber eines Tages wirst du es können. Oder wirst du schon wieder nervös?«

»Keineswegs«, sagte Jocelyn und meinte es ernst, doch es

war etwas ganz anderes, darüber zu reden, als es tatsächlich zu tun. »Es ist an der Zeit, daß ich endlich herausfinde, worum dieser ganze Wirbel sich dreht. Das bloße Wissen, wie man es macht, befriedigt meine Neugier nicht mehr. Aber es kann nicht einfach irgendein Mann sein.«

»Nein, natürlich nicht. Beim ersten Mal reicht eine gewisse Anziehungskraft nicht. Du mußt wenigstens vor Begeisterung ganz hinüber sein.«

»Ich habe mich umgesehen«, sagte Jocelyn zu ihrer Verteidigung.

»Das weiß ich doch, meine Liebe. Offensichtlich waren diese dunkelhäutigen, schwarzhaarigen Männer in Mexiko einfach nicht dein Fall. Wärst du bloß zu diesem Entschluß gekommen, bevor du einen ernst zu nehmenden Ehekandidaten wie Charles getroffen hattest.«

»Aber woher hätte ich denn wissen sollen, daß ich noch einmal heiraten möchte?«

»Ich habe dich gewarnt, daß diese Dinge einfach passieren. Niemand plant, sich zu verlieben.«

»Trotzdem war ich davon überzeugt, daß ich niemals würde heiraten wollen. Schließlich müßte ich in dem Fall eine Menge Freiheit aufgeben, die ich inzwischen sehr auskoste.«

»Bei dem richtigen Mann spielt das nicht die geringste Rolle.«

Auf der langen Seereise von New York nach Mexiko hatten sie gemeinsam ausgeheckt, daß Jocelyn jetzt, da eine Ehe ihr in Zukunft denkbar war, ihre Jungfräulichkeit loswerden mußte. Das war die einzige Möglichkeit, Edwards Namen davor zu bewahren, durch häßliches Gerede in den Schmutz gezogen zu werden. Und schließlich ging es nicht an, daß eine Witwe Jungfrau war. Daß sie es mit zweiundzwanzig Jahren noch war, war nichts, worauf sie stolz sein konnte, denn es war das Allerletzte, was irgend jemand von ihr erwartet hätte.

Ihre Jungfräulichkeit stand ihr inzwischen im Weg, und, wie Vanessa gesagt hatte, war das etwas, wogegen sie längst hätte Abhilfe schaffen sollen. Jetzt waren ihre Möglichkeiten recht begrenzt. Eine bestand darin, sich durch einen ärztlichen Eingriff die Unschuld nehmen zu lassen. Aber bei dem Gedanken, Instrumente würden in sie eingeführt, um das Jungfernhäutchen zu durchtrennen, schauerte sie vor Ekel zusammen. Die einzige andere Möglichkeit bestand darin, sich einen Liebhaber zu nehmen, jemanden, der nicht ihren gesellschaftlichen Kreisen angehörte, jemanden, der nie etwas von Edward gehört hatte, und vor allem jemanden, bei dem es unwahrscheinlich war, daß sie ihn hinterher je wiedersehen würde. Ob sie dann nach New York und zu Charles Abington III. zurückkehrte oder ob sie einen anderen Mann kennenlernte, der standesgemäß war und über die entsprechenden Mittel verfügte – sie konnte dann unbesorgt heiraten. Edwards Leiden würde nie ans Licht der Öffentlichkeit kommen.

Jocelyn war bereit, schon seit dem Zeitpunkt, als sie in Mexiko an Land gegangen waren. Und Vanessa irrte sich. Sie hatte einige Mexikaner recht anziehend gefunden. Leider wurde ihr Interesse nicht erwidert, oder falls doch, dann war sie zu unerfahren, um die subtilen Zeichen deuten zu können. Sie war so ganz und gar nicht geübt im Flirten.

Es würde nicht einfach werden, einen Liebhaber zu finden. Abgesehen von ihrer Unerfahrenheit mußte sie auch an Mr. Longnose denken und konnte daher an keinem Ort lange genug bleiben, um eine Beziehung bis an den Punkt zu verfolgen, an dem sie einen Mann in ihr Bett hätte locken können. So hoffte sie darauf, daß ihr wieder nachgestellt werden würde wie im Mittleren Osten und an der Ostküste Amerikas. Manche Länder brachten eben Männer hervor, die draufgängerischer als andere oder zumindest verwegener in ihren Gelüsten waren. Jetzt hätte sie etwas von dieser Verwegenheit gebrauchen können, einer Verwegenheit, die sie bislang als reine Arroganz und Unverfrorenheit angesehen hatte.

Als ihr der Spürhund wieder einfiel, der ihnen immer noch auf den Fersen war, sagte Jocelyn: »Ich habe mir keine Gedanken über Charles gemacht, verstehst du. Es ist sogar eine ganze Weile her, seit ich das letztemal auch nur an ihn gedacht habe. Glaubst du, daß ich ihn vielleicht gar nicht so gern hatte, wie ich dachte?«

»Meine Liebe, du kanntest ihn wirklich noch nicht lange genug. Es heißt, daß Liebe manchmal ganz plötzlich erwacht, aber so etwas habe ich selbst noch nie erlebt. Meistens braucht die Liebe einige Zeit, um zu wachsen. Wir mögen zwar ein paar Monate in New York verbracht haben, aber du hast diesen Mann erst drei Wochen, ehe wir abreisen mußten, kennengelernt. Ich finde, es ist schon ein gutes Zeichen, daß du überhaupt Interesse an ihm gehabt hast, da du die Männer in diesen letzten Jahren doch weitgehend ignoriert hast. Und jetzt sag mir, warum unser beharrlicher Freund Longnose dir Sorgen macht. Du kannst doch nicht im Ernst glauben, daß er unsere Fährte so schnell wiedergefunden hat, nicht nach alldem Zickzack durch ganz Mexiko?«

Jocelyn mußte lächeln, als sie feststellte, wie sicher Vanessa war, daß sie nur zwei Gründe zum Grübeln hatte. »Nein, ich wüßte nicht, wie er hätte erfahren können, daß wir mit dem Schiff nach Süden gereist sind, wenn wir doch ebensogut nach Europa hätten zurückkehren können.«

»Wir wissen auch nicht, wie er uns in New York gefunden hat, aber es ist ihm gelungen. Ich fange an, mich zu fragen, ob er nicht einen von unseren Leuten für sich arbeiten läßt.«

Grüne Augen flackerten vor Entsetzen auf, denn wenn Jocelyn den Leuten nicht mehr trauen konnte, auf die sie sich einließ, dann hatte sie wahrhaft Sorgen. »Nein! Das kann ich nicht glauben!«

»Ich meine niemanden aus deinem Gefolge, meine Liebe. Aber du weißt, daß die Mannschaft der *Jocel* ständig wechselt. In so gut wie jedem Hafen verliert der Kapitän eine Reihe von Männern, die er jedesmal durch neue ersetzen muß. Auf der Reise von New York nach New Orleans waren sechs neue Männer hinzugekommen, und als wir nach Mexiko gesegelt sind, waren es noch einmal zehn. Und da es inzwischen in immer mehr Ländern Telegrafen gibt, kann es sein, daß Longnose Zugang zu genaueren Angaben hat, wo wir uns aufhalten, und er wird nicht viel Zeit verlieren.«

Erstaunlicherweise löste das eher Wut als Angst bei Jocelyn aus. Zum Teufel mit dem Mann! Sie hatte sich nur Sorgen gemacht, er könne das Schiff aufspüren, ehe sie nach Kalifornien kamen. Jetzt war es denkbar, daß er wußte, wo sie sich in eben diesem Moment aufhielten oder zumindest, wohin sie unterwegs waren. Ihr einziger Vorteil ihm gegenüber war, daß er kein Schiff zur Verfügung hatte, das stets für ihn bereitstand und ihm die Verfolgung erleichtert hätte.

»Damit steht wenigstens fest, wohin wir reisen«, sagte Jocelyn mit gepreßter Stimme. »Jedenfalls nicht nach Kalifornien.«

Vanessa zog eine Augenbraue hoch. »Ich habe lediglich Mutmaßungen angestellt, meine Liebe.«

»Ich weiß. Aber wenn das stimmt, dann würde es mit Sicherheit erklären, wie er uns immer wieder finden konnte, selbst dann, wenn wir von Bord gegangen sind, um über Land zu reisen, und das nur, um ihn von unserer Fährte abzuschütteln. Ich schwöre es dir, Vanessa, ich bin demnächst am Ende. Es war schon schlimm genug, als Longnose nur versucht hat, mich zu entführen, um mich nach England zurückzubringen. Aber seit ich einundzwanzig bin, hat er zweimal versucht, mich umzubringen. Vielleicht ist es an der Zeit, daß ich die Herausforderung annehme.«

»Ich frage lieber nicht, was du damit sagen willst.«

»Ich weiß nicht, was ich damit sagen will, aber ich werde mir etwas einfallen lassen«, versicherte ihr Jocelyn.

4

»Mir gefällt die Vorstellung nicht, eine Frau zu töten, Dewane.«

»Was stört dich das? Es ist ja nicht so, daß du je selbst Chancen bei ihr haben könntest, Clydell. Und sie ist nicht von hier, wie der Kerl selbst. Sieh ihn dir doch an, so ruhig und geduldig, daß es kaum zu fassen ist. Er zieht sich nicht an wie wir, er benimmt sich nicht wie wir, er redet nicht wie wir. Und er behauptet, daß sie auch Engländerin sei. Was also stört dich daran?«

Clydell warf einen Blick auf den Fremden. Groß, schlank, in diesen schicken Klamotten von der Ostküste – oder waren es schicke englische Klamotten? – und gut zehn Jahre älter als sie alle. Der Mann war derart fehl am Platz, daß er die Blicke auf sich zog wie eine Warze auf der Nase. Und er war sauber, selbst nachdem er mit den anderen draußen auf der Klippe genächtigt hatte, wie letzte Nacht. Wie blieb er bloß so sauber?

»Und doch...«, setzte Clydell wieder an, aber nur, um einen Blick hinter sich zu werfen und zu sehen, wie sein Bruder die Augen zusammenkniff.

»Sieh mal, er hat uns aus Mexiko rausgeholt, oder etwa nicht, als wir sicher geglaubt haben, wir brächten nie genug zusammen, um über die Grenze zu kommen. Ich sage dir, ich bin froh, wieder da zu sein, wo ein Mann spucken und pissen kann und niemand daran Anstoß nimmt. Wir sind ihm was schuldig, Clydell, da führt kein Weg dran vorbei. Und keiner von den anderen meckert hier, oder? Mein Gott, es ist doch nur ein Job!«

Wenn Dewane in dem Ton mit ihm sprach, wußte sein jüngerer Bruder, daß es an der Zeit war, den Mund zu halten. Dewane war lediglich dazu zu bringen, zu erklären, warum sie etwas taten. Postkutschen auszurauben war gar nicht so übel gewesen, ein paar kleinere Viehdiebstähle auch nicht. Und natürlich war es normal, viel Wirbel zu machen und sich auf ein oder zwei Schlägereien einzulassen, wenn sie in eine Stadt kamen. Clydell hatte zwar einiges gegen den Bankeinbruch einzuwenden gehabt, aber er hatte trotzdem mitgemacht. Das hatte ihnen ein Polizeiaufgebot auf den Hals gehetzt, das einfach nicht aufgeben wollte.

Sie hatten sie nach Mexiko gejagt, und dort waren sie endlich in Sicherheit gewesen oder hatten sich wenigstens sicher geglaubt, bis eine miese Bande von Banditen aus den Bergen ihnen nicht einen Cent und nur das Leben gelassen hatte. Den Engländer hatte Gott gesandt, und das in einem Moment, in dem sie ganz unten waren. Gegen Unterkunft und notdürftige Verpflegung hatten sie in einem schmutzigen kleinen Lokal gearbeitet und konnten nicht einmal die Sprache verstehen. Die Monate waren vergangen, und Clydell hatte schon angefangen zu glauben, er würde bis an sein Lebensende dort festhängen.

Er hätte sich wirklich nicht beklagen oder sich Gedanken machen sollen. Dewane hatte wie üblich recht. Diese vier Jungen, die sie in Bisbee aufgegabelt hatten – zwei von ihnen waren frühere Viehdiebe, die sie in New Mexiko schon getroffen hatten –, hatten mit keiner Wimper gezuckt, als sie hörten, was es zu tun gab. Clydell war der einzige, der das Gefühl hatte, es sei einfach nicht richtig, eine Frau zu töten. Und wenn er daran dachte, welche Todesart für sie beschlossen worden war, dann drehte sich ihm regelrecht der Magen um. Natürlich konnte es sein, daß es so nicht klappte, und Gott sei Dank war er keiner von den beiden, die es übernehmen sollten, falls der Felsbrocken sie nicht zermalmte. Wenn jemand schon abtreten mußte, war ein Stückchen Blei die sauberste Art. Aber er war einer von den vieren, die diesen Felsbrocken von der Klippe stoßen würden. Deshalb stöhnte er innerlich, als der Mexikaner, der weiter hinten in den Hügeln seinen Posten bezogen hatte, um nach dem Opfer Ausschau zu halten, auftauchte und berichtete, es würde jetzt nicht mehr lange dauern.

Elliot Steele ließ den Deckel seiner Taschenuhr aufspringen, um nach der Zeit zu sehen. Es war kurz vor Mittag. Die Herzogin hatte sich verspätet – wie gewöhnlich. Und es gelang ihr immer, etwas zu unternehmen, womit sie seine sorgsam ausgearbeiteten Pläne zu Fall brachte. Warum er glaubte, diesmal würde es anders kommen, wußte er selbst nicht. Aber die Tageszeit war glücklicherweise unwesentlich. Hier gab es nur einen Pfad, und auf dem nahte sie. Sie konnte keine anderen Richtung einschlagen als die, die sie weiterführte, direkt in seine Falle.

Wie oft hatte er das bisher schon gesagt, und doch zog sie immer noch fröhlich umher. Das Mädchen hatte ein unverschämtes Glück. Wie sonst hätte sie seinen Fallen immer wieder entgehen können?

Elliot war gut in seiner Branche oder hatte sich dafür gehalten, bis der Duke auf Eaton ihn engagiert hatte. Im Laufe der Jahre hatte er sich ein kleines Vermögen damit verdient, für den Adel zu arbeiten und zu erledigen, was notwendig war, ganz gleich, wie unappetitlich es auch sein mochte, und er hatte seine Sache wirklich gut gemacht. Was Maurice Fleming von ihm wollte, war so einfach. Er sollte lediglich das Mädchen finden und sie nach England zurückbringen, damit er sie und ihr Geld dort ganz in der Hand hätte, und mehr hatte Fleming nicht verlangt.

Elliot hatte Kontakte in anderen Ländern, Männer, die in derselben Branche arbeiteten. Und er wußte, wie man vorging, wenn man Männer von der Sorte anwerben wollte, die billig zu haben waren und keine näheren Fragen stellten, wenn man ihnen sagte, was sie zu tun hatten. Das Ganze hätte nicht länger als ein paar Monate dauern dürfen, eben die Zeit, um herauszufinden, wo die *Jocel* einen Hafen anlaufen würde. Und doch hatten seine Männer sie in fast zwei Jahren, in denen der Herzog weiterhin Elliots gesamte Spesen bezahlt hatte, nur ein einziges Mal in die Finger gekriegt.

Es war gräßlich, weil sie überall so leicht aufzufinden war – wenn sie nicht an Bord ihres Schiffes war, reiste sie mit einer auffällig großen Entourage an Kutschen und Wagen und berittenen Wachen. Das war keine Karawane, die unbemerkt vorüberziehen konnte, und sie versuchte auch nie, ihr Gefolge zu verbergen, es auszutauschen oder es zurückzulassen. Schon ihre eigene Kutsche war von edelster Ausführung, groß und leuchtend blau, und sie wurde von sechs hochbeinigen Stuten gezogen, die alle das gleiche graue Fell hatten. Sie hätte ebensogut gleich das herzogliche Wappen prangend auf die Türen malen können, und ihr Gefährt wäre nicht einprägsamer gewesen.

Und doch war es nie leicht gewesen, wirklich an sie heranzukommen, sooft er sie auch schon ausfindig gemacht hatte. Ihr kleines Heer an Dienstboten und Wachen erschwerte das sogar außerordentlich, und sie hielt sich nie allzu fern von ihnen auf. Als es seinen Männern ein einziges Mal gelungen war, sie zu entführen, war sie noch am selben Tag gefunden und gerettet worden, und dabei waren seine vier Männer gestorben und nicht einer von ihren Leuten verletzt worden.

Aber diese Zeiten waren jetzt vorbei. Da das Mädchen jetzt volljährig war, würde es Fleming nicht mehr leichtfallen, die Gerichte zu manipulieren, sie ihm zu unterstellen. Er wollte sie nicht mehr und zahlte Elliot keine Spesen mehr, um sie zu finden, und Elliot hatte für all die Zeit seiner Mühen und Enttäuschungen, ehe er entlassen worden war, nichts bekommen. Zwei Jahre hatte er vergeudet, ohne etwas vorweisen zu können. Er war kein Mann, der das mit einem lässigen Achselzucken abgetan hätte. Unter gar keinen Umständen.

Jetzt verfolgte er einen zweifachen Zweck. Er würde dieses rothaarige Miststück zu seinem eigenen Vergnügen töten. Zu oft hatte sie ihm das Gefühl vermittelt, unfähig zu sein, und sie hatte ihm den mühsam erworbenen Ruf eines Mannes verdorben, auf den man sich verlassen konnte, wenn man eine Angelegenheit schnell und fehlerlos abgewickelt haben wollte. Und wenn er dem Herzog mitteilte, er habe seine Aufgabe erledigt und dafür gesorgt, daß sie kein Testament zurückließ, und Fleming könne somit ganz einfach als ihr einziger Verwandter ihren Reichtum für sich fordern, würde Elliot endlich doch noch entschädigt werden.

Ihm war gleich, wie lange es dauerte oder wie viel von seinem eigenen Geld es ihn kostete – ihm ging es nur noch darum, sie zu erledigen. Und es war wesentlich einfacher, sie zu töten, als sie entführen zu wollen. Das ließ sich aus der Ferne regeln. Es ließ sich auf eine unzählige Anzahl von Arten regeln. Wenn er es schon zweimal versucht hatte und zweimal daran gescheitert war, bewies das nur, daß ihr Glück sie noch nicht im Stich gelassen hatte.

Selbst die verdammten Länder, die sie durchquerte, waren meistens nicht allzu vorteilhaft für sie. Mexiko war ideal für seine Zwecke gewesen, oder zumindest hatte er das geglaubt; riesig, außerhalb der Städte nur spärlich besiedelt, meilenweit nichts als Wildnis, in der ein Massaker tage-, wenn nicht wochenlang unentdeckt bleiben konnte. Und die Herzogin schlug praktischerweise immer wieder einmal ihr Lager inmitten der Einöde auf. Das war die perfekte Gelegenheit, sie gewaltsam anzugreifen, eine Mannschaft zu engagieren, die es gegen ihre aufnehmen konnte. Und es wäre leicht und billig gewesen, Heerscharen für einen anderen Zweck anzuwerben. Aber es war nahezu ein Ding der Unmöglichkeit, einen Mexikaner zu finden, der bereit war, eine Frau zu töten. Er hatte es immer wieder versucht und war jedesmal abgewiesen worden. Wieder hatte sie ihm eine Niederlage zugefügt, ohne selbst das geringste zu unternehmen. Es war ihr schlicht und einfach durch den Charakter des mexikanischen Volkes gelungen, ihm diese Schlappe zu verpassen.

Dann hatte er Dewane und Clydell Owen gefunden, zwei heruntergekommene Amerikaner, in denen Elliot sofort Kerle erkannte, die zu allem bereit und für alles zu haben waren. Er hatte sie nach Norden über die Grenze geschickt, und sie waren mit vier weiteren von derselben Sorte aufgetaucht und hatten auch schon einen geeigneten Ort für einen Hinterhalt ausfindig gemacht. Sie wollten sich in der Goldgräberstadt Bisbee treffen, die er gestern endlich gefunden hatte. Den restlichen Tag hatte er damit zugebracht, auf dem schmalen Trampelpfad hin und her zu reiten, um für sein Vorhaben einen idealen Ort zu finden.

Der Platz war nicht so perfekt, wie er es sich gewünscht hätte: schon fast hinter den Bergen, und der Hang, an dem der Pfad entlangführte, reichte bis zum Talboden. Am Hang unter dem Pfad gab es schon wieder Bäume, zwar nicht im Überfluß, aber doch genügend, um eine Kutsche, die sich überschlug, zu bremsen, falls der Felsbrocken nicht mehr anrichten sollte, als das Fahrzeug abstürzen zu lassen. Aber das war unwahrscheinlich. So steil, wie der Hang direkt unter dem Felsbrocken abfiel, und so breit, wie der Pfad an dieser Stelle war, mußte es so gut wie narrensicher dazu kommen, daß der Felsbrocken mit Wucht hinabstürzte und nicht weiterrollte.

Wenn sie mehr Zeit gehabt hätten, hätte er den verdammt großen Felsbrocken auf dem Pfad an einen besseren Platz gerollt, an eine Stelle, an der er sich zwischen zwei Hängen eingekeilt hätte und unbeweglich gewesen wäre; damit wäre der

Weg für Pferd und Wagen abgeschnitten. Er hätte die Herzogin in dem Fall auch vorher diese Stelle passieren lassen, schlicht und einfach um des Vergnügens willen, sie eigenhändig zu töten. Aber so, wie die Dinge standen, war der Weg für den Rest der Eskorte versperrt, falls der Felsbrocken nicht tat, was er sollte, und direkt auf der Kutsche landete, die vornweg fuhr. Die anderen saßen hinter dem Felsbrocken fest, und Elliots Männer konnten sie unter Beschuß nehmen und eine Zeitlang dort festhalten. Solange die Herzogin auf der anderen Seite des Felsbrockens war, konnten sich die beiden Männer, die für den Fall bestimmt worden waren, herunterschleichen und sie problemlos erledigen.

Jetzt konnten sie gerade die Pferde langsam näher kommen hören. »Wie viele Reiter sind vorausgeritten?« fragte Elliot den Mexikaner.

»Sechs, Señor.«

Elliot nickte. Er hätte wissen müssen, daß ihre Wachen nicht mit ihren Gewohnheiten brechen würden, weil der Pfad schmaler als sonst war. Sechs ritten immer voraus, und sechs ritten hinter der Kutsche her. Es war gar nicht dumm, daß unten auf dem Pfad genügend Platz war, denn die Reiter, die voranritten, würden sich an der Kutsche vorbeimanövrieren, wenn der Mexikaner das Feuer eröffnete, um ihre Aufmerksamkeit auf das Ende der Kolonne zu lenken. Wenn sie nicht umkehrten, um nachzusehen, war nicht viel zu machen, denn es stand zu bezweifeln, daß alle sechs erwischt wurden, ehe sie Deckung suchen könnten. Und falls die Kutsche dem Felsblock entkäme, wären andernfalls noch zu viele Wachen zu ihrem Schutz übrig.

»Bezieh deinen Posten wieder«, befahl Elliot dem Mann, »und warte das Signal ab.«

Dewane sah ihm nach, ehe er höhnte: »Sie haben dem Mexikaner nicht gesagt, daß sie sterben wird, oder?«

Elliot starrte den älteren der Owen-Brüder kühl an. Seine Taktik bestand darin, so wenig wie möglich zu erklären, und er sah keinen Grund, jetzt auf seine Erfahrungen mit den Mexikanern zu sprechen zu kommen. Er hätte zugeben müssen, daß er mit dem Mann nichts riskieren wollte, der die Herzogin von den Hauptstraßen fortleiten und sie damit zwingen sollte, hier vorbeizukommen.

»Ganz richtig«, war alles, was er sagte, und das genügte. Diese Männer trauten ihm nicht über den Weg, und so sollte es auch sein. Ihre Nationalität ließ eine Kameradschaft zwischen ihnen aufkommen, die ihn nicht einschloß, und so hätte er es selbst dann haben wollen, wenn sie sich nicht voneinander unterschieden hätten. Wenn man Männer einstellte, die genauso kaltblütig und erbarmungslos waren wie man selbst, mußte man sich von ihnen absondern, damit sich nie die Frage stellte, wer das Wort hatte.

Elliot wandte sich ab und sah dem Mexikaner nach, der auf der Felsböschung eilig zu seinem zugeteilten Posten sprang. Es war wirklich ein idealer Ort. Da der obere Felsvorsprung vom unteren aus nicht zu sehen war, eignete er sich perfekt für einen Hinterhalt. An der anderen Seite der Klippe führte sogar ein Pfad zu dem Ort hinunter, an dem sie ihre Pferde versteckt hatten. Und die, die unten waren, konnten sie selbst dann nicht jagen, wenn sie wollten, denn die beiden Wege führten auf dieser Seite erst auf dem Talboden zueinander. Der Pfad, der an der anderen Seite der Steilwand hinabführte, traf im Westen auf die Vorgebirge, doch die Pferde konnten ihn nicht zurücklegen, weder bergauf noch bergab.

Bald... bald schon konnte er sein normales Leben weiterführen. Diesmal würde nichts schiefgehen. Es konnte nichts dazwischenkommen. Es war an der Zeit, daß er endlich einmal Glück hatte.

Er bezog seinen Posten, von dem aus er einen unbehinderten Ausblick auf den unteren Pfad hatte. Er konnte die vordersten Reiter jetzt sehen, und Sir Parker Graham, der Kommandant der Wache, ritt wie üblich voran. Er kannte alle ihre Leute namentlich, und auch der Lebensweg einiger war ihm bekannt. Er hatte mit ihnen geredet, ihnen Getränke ausgegeben und es beinahe geschafft, diese alberne französische Zofe, Babette, zu verführen, als sie in Ägypten waren. Ihm wurde dadurch alles erleichtert, daß sie keine Ahnung hatten, wer er war oder wie er aussah. Solange er auf keinen von ihnen zuging, der nicht allein war, und sich keinem ein zweites Mal in einer anderen Stadt oder einem anderen Land näherte, schöpften sie nicht den geringsten Verdacht.

»Sie sollten sich bereitmachen, meine Herren«, sagte Elliot leise zu den Männern, die hinter ihm standen.

Er lag ausgestreckt links neben dem Geröllblock. Diesen Posten würde er nicht aufgeben, denn er wollte die Verheerungen, die er anrichtete, mit eigenen Augen sehen. Der riesige Felsblock stand direkt am Rand der Klippe. Sie hatten nicht mehr zu tun brauchen, als ihn vom Fels zu lösen, und jetzt fehlte ihm nur noch ein Stoß.

Die vier Männer, die bereitstanden, um den Felsen hinunterzustoßen, preßten ihre Hände dagegen und warteten. Elliot wartete ab, bis die ersten Reiter vorbeigekommen waren und die vordersten der Pferde, die die Kutsche zogen, sich direkt unter ihnen befanden, ehe er dem Mexikaner das Signal gab, seinerseits zu beginnen. Dewane schloß sich ihm mit einer Waffe in jeder Hand an, legte jedoch die eine zum späteren Gebrauch hin. Der letzte Mann holte den Spiegel heraus, der das Signal an den Mexikaner weitergeben sollte.

»Ich will, daß der Fahrer der Kutsche getötet wird, ehe er bremsen kann.« Elliot wiederholte diesen speziellen Befehl noch einmal. »Sowie die Wachen vor ihm umkehren, um nachzusehen, was es mit den Schüssen am hinteren Ende auf sich hat, wird er stehenbleiben, aber ganz gleich, ob die Wachen schon an der Kutsche vorbei sind oder noch nicht – es muß verhindert werden, daß der Fahrer bremst. Ohne Lenker werden die Pferde von allein weiterlaufen.«

»Kein Problem.« Dewane grinste und konnte jetzt den dicken Mann sehen, der die vorderste Kutsche lenkte. »Den verfehlt man nicht so leicht.«

Elliot sah, daß einer der Stallknechte heute die Kutsche der Herzogin lenkte. Zu schade, daß es nicht der Spanier war. Dieser Mann konnte teuflisch gut mit Messern umgehen und hatte in New York einen von Elliots Männern getötet, den er dabei ertappt hatte, als er sich an der Kutsche der Herzogin zu schaffen machte.

Die Wachen ritten jetzt vorbei. Noch einen Moment, und noch einen...

»Gebt das Signal«, befahl Elliot über die Schulter.

Er wartete gespannt und hielt den Atem an. Die beiden ersten Grauen waren vorbeigekommen, das zweite Zweiergespann zog gerade unter ihnen vorbei. Verdammt und zum Teufel, wenn dieser Mexikaner ...

Sie hörten den Schuß. Auch die Wachen unten vernahmen ihn. Alle drehten sich um, aber Grahame schickte nur zwei von ihnen nach hinten, um nachzusehen. Sämtliche Fahrzeuge hielten an. Schreie zogen durch die Luft, und Stimmen verlangten zu wissen, was geschehen war. Der Kutscher der ersten Kutsche stand auf, um sich umzusehen.

Das dritte Zweiergespann der Grauen war jetzt unter dem Felsbrocken.

Zwei weitere Schüsse wurden dicht hintereinander abgegeben. Die vier verbleibenden Wachen manövrierten sich auf der Hangseite an der Kutsche vorbei, denn nur dort hatten sie Platz. Grahame hielt sein Pferd jedoch an, zweifellos, um die Herzogin zu beruhigen. Während er ihn beobachtete, sah Elliot nicht, daß der Fahrer bremste, doch Dewane sah es. Der Schuß, der direkt neben ihm abgefeuert wurde, ließ ihn zusammenzucken, aber nicht so sehr, daß ihm entgangen wäre, wie der Kutscher die Zügel sinken ließ und vom Kutschbock stürzte. Er fiel hinter Grahames Pferd, das sich aufbäumte und scheute. Der Kutscher traf dicht genug vor dem dritten Zweiergespann auf den Boden, damit auch diese beiden Grauen scheuten, zurückweichen wollten, es nicht konnten und die anderen Pferde, die mit ihnen angeschirrt waren, in Panik versetzten.

Aus dem vollkommenen Stillstand rasten die Pferde so panisch los, daß es zu schnell ging. »Jetzt!« rief Elliot und fluchte dann das Blaue vom Himmel, als er zusah, wie der Felsbrocken auf dem Felsvorsprung unter ihm beim Aufprall zerschellte und nicht mehr anrichtete, als daß er Staub um die eilig fliehende Kutsche aufwirbelte.

Er sprang mit einem erbosten Fauchen auf und entging knapp einer tödlichen Kugel. Die Wachen erwiderten bereits das Feuer, das seine Männer auf sie herunterhageln ließen.

Die beiden Männer, die ursprünglich herunterklettern

sollten, um zur Kutsche zu gelangen, falls der Felsblock sie verfehlte, standen da und erwarteten neue Befehle.

»Holt eure Pferde, und kommt von der anderen Seite aus dahin, wo der Pfad endet«, wies Elliot sie an. »Bei dem verdammten Glück, das sie hat, wird die Kutsche auf wundersame Weise die Talsohle erreichen, ohne vorher von dem Pfad abzukommen und sich zu überschlagen. Folgt ihr, so schnell ihr könnt, haltet sie an, wenn es sein muß, aber laßt bloß niemandem am Leben, der darin sitzt. Niemanden.«

5

»Vanessa? Vanessa, ist alles in Ordnung mit dir?«

»Das kannst du mich später fragen. Im Moment kann ich es dir wirklich nicht sagen.«

Jocelyn lag auf dem Boden, oder genauer gesagt, auf der Tür. Nach dieser grauenhaften Fahrt, die den Eindruck gemacht hatte, als würde sie niemals enden, war die Kutsche irgendwie umgekippt. Jocelyn war gegen die Tür gefallen, als die Kutsche sich zur Seite neigte, und derzeit war ihr Rücken flach gegen die Tür gepreßt, und ihre langen Beine streckten sich auf dem eigentlichen Fußboden aus, der jetzt senkrecht in die Luft aufragte. Vanessa war es auch nicht viel besser ergangen, obwohl sie auf ihrem Sitz geblieben war, der jetzt an der Seitenwand der Kutsche über Jocelyns Kopf war.

Sie setzten sich beide etwa gleichzeitig auf, Vanessa unter Stöhnen, Jocelyn unter Murren. »Ich kann mir vorstellen, daß uns dieses Erlebnis ein paar blaue Flecken eingebracht hat.«

»Ist das alles?« erwiderte Vanessa, deren Stimme gar nicht so klang wie sonst. »Mir kommt es eher vor...«

»Hast du dich doch verletzt?« fragte Jocelyn besorgt, und sie sah, daß sich die Gräfin die Hand gegen den Kopf preßte.

»Ich denke, daß es nur eine Beule ist. Ich habe versucht, mich abzustützen, aber mein Arm ist weggerutscht.«

»Dreh dich um, und lehne dich mit dem Rücken an den Sitz. Der ist besser gepolstert als die Seitenwand.«

Jocelyn half ihr, bis sie bequemer dasaß, und dann kniete sie sich hin. Sie sahen beide schlimm aus. Ihre Kleider waren verrutscht, ihre Frisuren zerzaust. Jocelyn zog sich die wenigen Haarnadeln aus dem Haar, die sich nicht von allein schon gelöst hatten, und warf ihr Haar zurück, weil es ihr im Weg war. Das war der Punkt, an dem sie gegrinst hätte, weil sie dieses Erlebnis heil überstanden hatte, wenn Vanessa nicht vor Schmerz das Gesicht verzogen hätte.

»Was glaubst du, was passiert ist, Vana?«

»Ich denke, daß John Longnose einmal seine alten Tricks ausprobiert hat, und sonst gar nichts.«

»Glaubst du wirklich?« Jocelyn biß sich einen Moment besorgt auf die Unterlippe, als sie diese Möglichkeit in Betracht zog. »Aber wie kann er vor uns gewesen sein? Woher hätte er denn überhaupt wissen sollen, welchen Weg wir nehmen?«

Vanessa öffnete die Augen nicht, als sie antwortete. »Wir sind nicht gerade allzu eilig durch Mexiko gezogen, meine Liebe. Er hatte jede Menge Zeit, uns zu überholen. Du fragst, woher er wissen könnte, wohin wir fahren – tja, ich habe mich gefragt, warum dieser Reiseführer so plötzlich verschwunden ist, das hat mir wirklich zu denken gegeben. Äußerst praktisch, oder etwa nicht, uns direkt an den Anfang dieses Bergwegs zu führen.«

»Was! Dieser kleine Verräter!«

»Es ist wahrscheinlicher, daß er schon von Longnose bezahlt worden ist, ehe wir ihn eingestellt haben. Er ist auf uns zugekommen, wenn du dich erinnerst; wir haben ihn nicht gesucht. Außerdem erkenne ich die Stimme eines Engländers, wenn ich sie höre, und es war eindeutig eine britische Stimme, die ›Jetzt‹ gerufen hat, ehe wir diesen Lärm gehört haben. Was war das überhaupt für ein Krach?«

»Ich habe keine Ahnung. Eine bessere Frage wäre die, was aus dem Fahrer geworden ist.«

Jetzt seufzte Vanessa. »Ich glaube wirklich nicht, daß er

diese irrsinnige Fahrt, die wir hinter uns haben, mitgemacht hat, denn sonst hätten wir gehört, wie er die Pferde angeschrien hätte, selbst, wenn er sie nicht hätte bremsen können. Dieser Schuß, der ganz nah klang...«

»So etwas darfst du noch nicht einmal denken!« fiel Jocelyn ihr scharf ins Wort. »Wenn wir ihn nicht bei uns haben, dann ist er zweifellos nur von seinem Sitz gefallen – wie es uns beiden selbst unzählige Male passiert ist.«

»Zweifellos«, stimmte Vanessa ihr um des lieben Friedens willen zu. Sie würden schon noch früh genug erfahren, was sich abgespielt hatte. »Aber ich glaube, die Pferde haben wir auch verloren.«

Jocelyn hatte auch gespürt, daß die Kutsche sich anders vorwärtsbewegte, ehe sie umgekippt war, und daher wandte sie nichts gegen diese Äußerung ein. »Die werden schon aufzufinden sein«, sagte sie zuversichtlich. »Und auch uns wird man demnächst finden. Bis dahin...«

Vanessa öffnete ein Auge und sah, daß die Herzogin aufstand. »Was hast du vor?«

Als sie auf einer Tür stand, erkannte Jocelyn, daß ihr Kopf nicht ganz bis zur anderen reichte. »Ich wollte mir ansehen, wie wir hier rauskommen könnten, aber selbst, wenn ich diese Tür aufstoßen könnte...«

»Mach dir gar nicht erst die Mühe, Jocelyn. Es wird nicht lange dauern, bis unsere Leute uns...« Sie beendete ihren Satz nicht, weil sie jemanden im Galopp näher kommen hörten. »Siehst du? Das hat wirklich nicht lange gedauert.«

Als sie die Ohren spitzten, hörten sie, daß das erste Pferd ganz in ihrer Nähe abrupt stehenblieb, wahrscheinlich das Reitpferd einer der Wachen, die vorausritt, sicher Sir Parker Grahame persönlich. Er war immer gewissenhaft, und außerdem war er in Jocelyn verliebt. Daher lag es nahe, daß er sich jedesmal, wenn Longnose einen seiner Anschläge versuchte, mehr aufregte als alle anderen.

Im nächsten Moment ächzte die Kutsche, als ihr Retter daraufstieg, und dann wurde die Tür hochgehoben und mit einem Knall fallengelassen. Die Sonne hatte von oben durch das Fenster geschienen, aber das war nichts im Vergleich zu dem, was jetzt an Licht durch die offene Tür strömte. Jocelyn war im ersten Moment geblendet, als sie aufsah, aber sobald die Silhouette eines Mannes auftauchte und einen Teil der strahlenden Helligkeit verdeckte, fiel es ihr leichter, wieder etwas zu sehen, aber sie konnte nicht gleich erkennen, wer er war.

»Parker?«

»Nein, Ma'am«, ertönte träge eine tiefe, gedehnte Stimme.

Wenn er in dem Moment mehr gesagt hätte, hätte sich Jocelyn nach ihrem Retikül umgesehen, in dem sie den kleinen Derringer aufbewahrte und den sie in New Orleans gekauft hatte. Aber in der Zwischenzeit hätte er sie erschießen können, ehe sie die Tasche unter den am frühen Morgen abgelegten Hüten und Jacken gefunden hätte.

Als er wieder etwas sagte, klang es ungeduldig. »Wollen Sie nun raus oder nicht?«

»Ich bin mir nicht ganz sicher«, sagte Jocelyn ehrlich und sah wieder zu ihm auf; sie wünschte, sie hätte mehr als die schwarze Silhouette sehen können, die von der Türöffnung umrahmt wurde.

Wie fragt man einen Mann, ob er gekommen ist, um einen zu töten? Aber hätte er sich anerboten, sie rauszuholen, wenn er vorgehabt hätte, sie zu erschießen? Das konnte er auch so tun. Aber andererseits konnte er von John Longnose die Anweisung bekommen haben, sie zu ihm zu bringen. Die Hoffnung, daß er nichts weiter als ein Fremder war, der gerade zufällig vorbeikam, war zu kühn.

»Es könnte uns vielleicht weiterhelfen, Sir«, brach Vanessa das ausgedehnte Schweigen, »wenn Sie uns sagen würden, wer Sie sind – und was Sie hier zu suchen haben.«

»Ich habe Ihr Pferdegespann gesehen, als es auf den Fluß zugerast ist, und ich habe mir ausgerechnet, daß sie wohl irgendwo eine Postkutsche abgehängt haben, obwohl ich noch nie solche Pferde vor einer Postkutsche gesehen habe.«

»Und Sie wollten einfach nur nachsehen? Sie haben nichts mit... dem Engländer zu tun?«

»Ich habe mit niemandem etwas zu tun, wenn Sie es so wollen. Himmel, was sollen all diese Fragen? Entweder Sie wollen raus, oder Sie wollen nicht raus. Ich kann zwar Ihre Furcht verstehen, sich Ihre Hand schmutzig zu machen, wenn ich Sie hochziehen würde« – hier wurde aus der Ungeduld eindeutig Verbitterung – »aber ich sehe im Moment kaum eine Alternative – es sei denn, Sie wollen warten, bis wieder einmal jemand vorbeikommt.«

»Keineswegs«, sagte Jocelyn erleichtert und war jetzt sicher, daß er ihnen nichts Böses antun wollte. »Ein wenig Schmutz läßt sich leicht abwaschen«, fügte sie lächelnd hinzu, da sie den Sinn seiner Worte mißverstanden hatte.

Mit dieser Antwort überraschte sie ihn ganz schön, sogar so sehr, daß er die Hände, die sie ihm entgegenstreckte, nicht gleich nahm. Und dann dämmerte ihm, daß sie ihn nicht richtig sehen konnte. Wenn sie ihn erst sähe, würde sie andere Saiten aufziehen, und zwar im Handumdrehen. Er konnte von Glück sagen, wenn sie sich für seine Hilfe auch nur bedankte.

Jocelyn schnappte nach Luft, als ihre Hände gepackt wurden und sie schnell hochgezogen wurde. Dann saß sie auf der Kutsche, und ihre Beine baumelten noch durch die offene Tür. Jetzt lachte sie darüber, wie leicht sich das machen ließ, und sie warf einen Blick auf Vanessa, die sich bisher noch nicht gerührt hatte.

»Kommst du nicht, Vana? Es ging wirklich ganz leicht.«

»Ich bleibe hier, wenn du nichts dagegen hast, meine Liebe. Ich würde lieber warten, bis die Kutsche wiederaufgerichtet werden kann – falls sich das sanft machen läßt. Vielleicht lassen diese Kopfschmerzen bis dahin ein wenig nach.«

»Gut, von mir aus«, willigte Jocelyn ein. »Es sollte nicht allzu lange dauern, bis Sir Parker uns findet.« Sie sah sich um, aber ihr Retter stand direkt hinter ihr. Sie wollte aufstehen, drehte sich um und sagte zu ihm: »Sie brauchen sie nicht hochzuheben. Sie hat sich den Kopf angestoßen, verstehen Sie, und sie fühlt sich nicht... ganz...«

Die Worte entschwanden ihr einfach und waren vergessen. Jocelyn hatte sich keine solche Ehrfurcht mehr einflößen lassen, seit sie zum ersten Mal die Pyramiden in Ägypten gesehen hatte. Aber das hier war etwas ganz anderes, denn nicht nur ihre Augen, sondern auch andere Sinne wurden angesprochen. Ihre gesamten Körperfunktionen schienen einen Moment lang auf dem Kopf zu stehen und sandten Signale aus, die ihr nicht vertraut waren – Atemlosigkeit, beschleunigter Herzschlag, ein Adrenalinstoß, Anzeichen von Furcht, und dabei fürchtete sie sich nicht im geringsten.

Er trat einen Schritt zurück. Sie war zwar nicht sicher, warum er es tat, doch jetzt konnte sie ihn noch besser sehen, da er so groß war. Ihr erster Eindruck war der gewesen, daß er unverschämt gut aussah, und jetzt drängte sich ihr seine Kraft auf, die sie selbst gespürt hatte, dann das Dunkle und das Fremdartige, in dieser Reihenfolge. Pechschwarzes Haar, das vollkommen glatt war und weit über unglaublich breite Schultern hinunterfiel. Dunkle, gebräunte Haut mit einem kantigen Adlergesicht, eine gerade, klassische Nase und tiefliegende Augen unter geraden, niedrigen Augenbrauen, gutgezeichnete Lippen und ein energisches, eckiges Kinn.

Ein langer, sehniger Körper rundete das Bild ab und steckte in einer seltsamen Jacke aus Leder mit langen Fransen und kniehohen Stiefeln ohne Absatz, die aus demselben weichen, hellen Leder waren und ebenfalls Fransen hatten. Jocelyn hatte sich während ihres Mexikoaufenthalts an den Anblick von Schußwaffen, die auf der Hüfte hingen, gewöhnt und staunte daher nicht mehr darüber. Ein breitkrempiger Hut warf soviel Schatten auf seine Augen, daß sie die Farbe nicht genau bestimmen konnte, aber sie sah, daß sie nicht so dunkel waren wie alles andere an ihm.

Seine Hose war dunkelblau und umschloß eng die wohlgeformten Beine. Das war nicht weiter ungewöhnlich. Aber er trug kein Hemd. Die Jacke war fast geschlossen, und doch sah man, daß er kein Hemd darunter anhatte, und nur dieselbe glatte, gebräunte Haut wie in seinem Gesicht schaute heraus – glatte, unbehaarte Haut. Er hatte wahrhaftig kein einziges Haar auf den Stellen, die sie von seiner Brust und seinem Bauch sehen konnte. Absolut ungewöhnlich, soweit sie wußte, aber sie mußte sich natürlich fragen, wie viel sie über Amerikaner wußte, und überhaupt, wie viel sie eigentlich über die Brust eines Mannes wußte.

Um die Wahrheit zu sagen, sie hatte so etwas wie ihn noch nie gesehen. Seine Fremdartigkeit beunruhigte sie, aber nicht annähernd so sehr wie seine dunkle Schönheit.

»Laufen Sie immer... halb entblößt herum?«

»Ist das alles, was Sie mir zu sagen haben, Ma'am?«

Sie konnte spüren, wie Röte in ihre Wangen stieg. »Ach, du meine Güte, seien Sie mir bitte nicht böse. Ich kann mir gar nicht vorstellen, woher diese Frage... ich bin im allgemeinen nicht so aufdringlich.« Ein lautes »Ha!« drang aus der Kutsche, und Jocelyn grinste. »Ich glaube, die Gräfin ist nicht meiner Meinung, und das zu recht. Ich nehme an, meine Direktheit grenzt ziemlich oft an Unhöflichkeit.«

»Wer dumme Fragen stellt...«, murmelte der Mann, als er sich abwandte und auf den Boden sprang.

Jocelyn runzelte die Stirn und sah ihm nach, als er auf sein Pferd zuging, ein schönes Tier mit einem kräftigen Knochenbau von einer Art, wie sie es bisher nie gesehen hatte, und zudem war es schwarz-weiß gescheckt. Sie hätte sich das Pferd liebend gern näher angesehen, es sogar geritten, aber im Moment galt ihre einzige Sorge den Absichten des Mannes.

»Sie wollen doch nicht fortgehen, oder?«

Er machte sich nicht die Mühe, sich umzusehen. »Sie haben davon gesprochen, daß in Kürze jemand kommen wird. Es wäre zwecklos, wenn ich...«

»Aber Sie können doch nicht einfach gehen!« rief sie voller Besorgnis aus und war nicht sicher, warum sie derart erregt war, doch sie war es. »Ich hatte noch gar keine Gelegenheit, mich bei Ihnen zu bedanken, und – und wie soll ich eigentlich hier runterkommen, wenn Sie mir nicht helfen?«

»Mist«, hörte sie ihn sagen, und sie spürte, daß ihre Wangen wieder glühten. Aber er kam zurück. »Okay, springen Sie.«

Sie sah seine Hände an, die sich zu ihr ausstreckten, und zögerte nicht. Er hatte seine Kraft bereits unter Beweis gestellt. Nicht einen Moment lang zweifelte sie daran, daß er sie

nicht auffangen könnte, wenn sie sich ihm einfach entgegen-
warf. Er verfehlte sie nicht. Aber sie prallte gegen ihn. Nur
war das weniger verblüffend, als fast im selben Atemzug von
ihm abgerückt auf die Füße gestellt zu werden. Und wieder
wandte er sich ab.

»Nein, warten Sie.« Sie streckte eine Hand aus, aber er
blieb nicht stehen, sah sich nicht um, und daher lüpfte sie
ihre Röcke, um ihm nachzulaufen. »Haben Sie es wirklich so
eilig, daß Sie sofort wieder gehen müssen?«

Diesmal prallte sie gegen seinen Rücken, als er stehenblieb, und wieder hörte sie ihn fluchen, ehe er sich umdrehte
und sie finster ansah. »Sehen Sie, zufällig habe ich nun mal
mein Gepäck *und* mein Hemd am Fluß gelassen, weil ich gerade baden wollte, ehe ich in die Stadt reite. In dieser Gegend
kann man Dinge nicht einfach rumliegen lassen und erwarten, daß sie noch da sind, wenn man zurückkommt.«

»Ich ersetze Ihnen alles, was Ihnen unter Umständen verloren geht, aber lassen Sie uns bitte nicht gleich allein. Da
meine Leute inzwischen noch nicht gekommen sind, müssen
sie in den Bergen hinter uns festsitzen. Wir brauchen wirklich Ihre...«

»Sie haben eine Fährte hinterlassen, der jeder folgen kann,
Ma'am.«

»Ja, aber wir sind voneinander getrennt worden, als wir
von Männern angegriffen worden sind, Männer, die mir etwas antun wollen. Es ist ebenso wahrscheinlich, daß sie mir
folgen, nicht nur meine Leute.«

»Ihre ›Leute‹?«

»Mein Gefolge.« Als er sie daraufhin noch stirnrunzelnd
ansah, fügte sie hinzu: »Meine Wachen und die Dienstboten,
die, mit denen ich reise.«

Bei diesen Worten glitt sein Blick über sie, und er sah den
Samtrock und die Seidenbluse mit den Rüschen, Kleidungsstücke von der Sorte, die er nur im Osten gesehen hatte.
Dann warf er noch einmal einen Blick auf die blinkende blaue
Kutsche. Er hatte seinen Augen nicht getraut, als er vorhin einen Blick hineingeworfen hatte. Diese schicken privaten Gefährte waren sonst nicht so luxuriös wie dieses.

Als er die Kutsche auf der Seite liegen gesehen hatte, hatte er nicht damit gerechnet, Frauen darin vorzufinden, und schon gar nicht solche Frauen, von denen eine so etwas wie eine Gräfin sein mußte. War das nicht ein Adelstitel oder ähnliches? Was es auch sein mochte, es war etwas aus einem anderen Land. Und dann die hier mit ihrem flammend roten Haar und Augen, Himmel, leuchtender als das Laub im Frühling. All seine frühere Bitterkeit war zurückgekehrt, als er sie auch nur gesehen hatte. Aber das änderte nichts daran, daß sein sexuelles Verlangen aufgelodert war. Er fürchtete sich zu Tode, denn seit Jahren hatte er sich nicht mehr zu einer Frau dieser Art hingezogen gefühlt.

»Wer sind Sie eigentlich?«

»Ach, entschuldigen Sie bitte. Ich hätte mich viel eher vorstellen müssen. Ich bin Jocelyn Fleming«, sagte sie, nachdem sie festgestellt hatte, es sei diesmal ziemlich zwecklos, einen falschen Namen zu nennen, wenn Longnose so dicht hinter ihnen war.

Er starrte die Hand an, die sie ihm hinhielt, starrte nur einfach, bis sie sich gezwungen sah, ihre Hand zurückzuziehen.

»Vielleicht hätte ich statt dessen fragen sollen, was Sie sind?«

»Wie bitte?«

»Sind Sie die Frau eines dieser reichen Goldgräber aus Tombstone?«

»Nein, keineswegs. Ich bin schon seit ein paar Jahren verwitwet. Und wir sind gerade aus Mexiko gekommen, haben unsere Reise aber ursprünglich in England angetreten.«

»Soll das heißen, daß Sie Engländerin sind?«

»Ja.« Sie lächelte über seine abgehackte Art, ihre Muttersprache zu sprechen, konnte ihn jedoch bestens verstehen, und seine gedehnte Sprechweise gefiel ihr. »Ich vermute, Sie sind Amerikaner?«

Er kannte das Wort, hatte aber bisher noch nie gehört, daß jemand es benutzte. Die Leute gaben ihre Herkunft gewöhnlich an, indem sie den Staat oder das Territorium nannten, aus dem sie kamen, nicht das Land. Und jetzt erkannte er auch ihren Akzent wieder. Er hatte zwar noch nie gehört, daß eine Frau in diesem zivilisierten Tonfall sprach, doch er hatte einige Engländer kennengelernt, die durch den Westen zogen. Ihre Nationalität erklärte jedoch, warum es ihr nichts ausgemacht hatte, mit ihm in Berührung zu kommen. Sie war noch nicht lange genug im Westen, um zu erkennen, wer er war. Das war also nicht der Grund, aus dem sie ihn oben auf der Kutsche so lange angestarrt hatte, nahm er an. Wieder ergriff eine vertraute Spannung seinen Körper.

Eine halbe Sekunde spielte er mit dem Gedanken, es ihr nicht zu sagen. Wahrscheinlich würde er sie ohnehin nie wiedersehen, und warum also hätte er die Distanz, die er gewohnt war, zwischen sie legen sollen? Weil er diese Distanz brauchte. Sie war für ihn unerreichbar, und diese gottverdammte Anziehungskraft, die sie auf ihn ausübte, war gefährlich. Aber er war nicht gewohnt, es auszusprechen. Er kleidete sich so, wie er sich kleidete, damit kein Irrtum möglich war.

»Ich bin in diesem Land geboren, aber hier nennen die Leute mich anders. Ich bin ein Halbblut.«

»Wie interessant«, sagte sie. Sie hatte wahrgenommen, daß sein Tonfall wieder erbittert klang, doch sie entschied, nicht darauf einzugehen. »Das klingt, als hätte es etwas mit Kreuzungen bei der Zucht von Tieren zu tun. Was bedeutet das bei Menschen?«

Er starrte sie einen Moment lang an, als sei sie übergeschnappt; dann fluchte er tonlos, ehe er fauchte: »Was zum Teufel glauben Sie wohl, was das bei Menschen bedeutet? Es heißt, daß ich nur zur Hälfte ein Weißer bin.«

Sein Tonfall ließ sie zusammenzucken, aber sie fragte trotzdem weiter: »Und die andere Hälfte?«

Wieder bedachte er sie mit einem Blick, der ausdrückte, sie gehörte zum Schutz ihrer Umwelt eingesperrt. »Indianer«, zischte er dann. »Cheyenne in meinem Fall. Und wenn Sie jetzt noch nicht schreiend davonlaufen, kann ich Ihnen auch nicht helfen!«

»Warum sollte ich das tun?«

»Himmel, Frau, Sie sollten sich ein wenig mit einem Land beschäftigen, ehe Sie dorthin reisen.«

»Aber das tue ich doch immer«, erwiderte sie und nahm nur am Rande wahr, daß er sie angeschrien hatte. »Ich weiß eine ganze Menge über dieses Land.«

»Dann müssen Sie genau die Seiten überschlagen haben, auf denen steht, daß Indianer und Weiße Todfeinde sind«, höhnte er. »Erkundigen Sie sich in der nächsten Stadt, durch die Sie kommen. Dort wird man Ihnen klar und deutlich sagen, warum Sie nicht hier stehen und mit mir reden sollten.«

»Wenn Sie etwas gegen Weiße haben, wie Sie sie nennen, dann hat das doch nichts mit mir zu tun, oder?« erwiderte sie unerschrocken. »Ich bin nicht Ihr Feind, Sir. Gütiger Himmel, wie können Sie so etwas auch nur andeuten, wenn das einzige, was ich für Sie empfinde, Dankbarkeit für Ihre Hilfe ist, die uns so gelegen kam?«

Er sah sie kopfschüttelnd an und lachte dann tatsächlich in sich hinein. »Ich gebe auf, Ma'am. Wenn Sie lange genug hierbleiben, werden Sie sich eines Besseren belehren lassen.«

»Heißt das, daß wir jetzt Freunde sein können?« Als er einen murrenden Laut von sich gab, fügte sie hinzu: »Sie haben mir noch nicht gesagt, wie Sie heißen.«

»Colt Thunder.«

»Colt, wie die Schußwaffe? Wie ungewöhnlich, nach so etwas benannt zu sein.«

»Jessie hat wohl einen ungewöhnlichen Sinn für Humor.«

»Ist Jessie Ihr Vater?«

»Die Tochter meines Vaters, obwohl es bis vor ein paar Jahren keiner von uns beiden gewußt hat. Vorher war sie meine beste Freundin.«

»Wie interessant. Dann nehme ich also an, daß Colt Thunder nicht Ihr richtiger Name ist? Ich mußte selbst schon häufig falsche Namen annehmen, aber im Moment ist es nicht nötig, da mein Verfolger mich sowieso wiedergefunden hat.«

Er würde sie nicht fragen. Unter gar keinen Umständen. Je weniger er über sie wußte, desto schneller würde er sie wieder vergessen – Himmel, falls ihm das gelang. Dieses Haar, das ihr bis auf die Hüften fiel, als züngelten glühende Flammen an ihnen. Lange Zeit würde er dieses Haar in seinen Träumen sehen, das wußte er nur zu gut. Und auch diese Augen. Verdammt noch mal, warum sah sie ihn bloß immer wieder an, als fühlte sie sich ebensosehr zu ihm hingezogen wie er zu ihr?

Sie hatte noch etwas zu ihm gesagt, aber er hatte kein Wort gehört, denn sie war bei ihren Worten näher getreten und hatte eine Hand auf seinen Arm gelegt. Diese Berührung, diese absichtliche und überflüssige Berührung, ließ ihm das Herz gegen die Rippen schlagen. Sie ließ ihn auf Gedanken kommen, die er nicht weiterzuspinnen wagte. Verdammt und zum Teufel, sie spielte mit Feuer und wußte es noch nicht einmal.

Der Schuß ließ seinen Hut fortfliegen und löste ihn aus dem hypnotischen Bann, den sie über ihn verhängt hatte. Er wirbelte herum und feuerte ab, ohne vorher nachzudenken, und beide Schüsse trafen. Einer der beiden Männer, die teuflisch schnell auf sie zugeritten waren, fiel zu Boden, blieb aber nicht liegen, da sich sein Fuß im Steigbügel verfangen hatte. Der andere hatte sein Gewehr fallen lassen, als ihn die Kugel in die rechte Schulter traf, und jetzt ließ er sein Pferd umkehren, um in die Richtung zu fliehen, aus der er gekommen war. Colt ließ ihn fortreiten. Er schoß nicht von hinten auf einen Mann, und er schoß meistens auch nicht, um zu töten.

Das Pferd ohne Reiter kam weiterhin näher. Die einfachste Weise, es zum Stehen zu bringen, war die, aufzuspringen, wenn es vorbeikam, und genau das tat Colt.

Jocelyn hatte all das mit ihren eigenen Augen gesehen und konnte es doch nicht glauben, am allerwenigsten, wie schnell Colt Thunder gezogen und abgefeuert hatte. Und sie hatte auch noch nie etwas so Unglaubliches gesehen wie diesen Sprung auf ein galoppierendes Pferd. Die Chancen, bei dem Versuch nicht flach auf den Bauch zu fallen, waren minimal, und doch tat er es, indem er einfach die Mähne des Tieres mit einer Hand packte und aufsprang.

Versonnen beantwortete sie Vanessas besorgte Frage, ob alles in Ordnung sei, und dann eilte sie auf das Pferd zu, das er nur wenige Meter von ihr gebändigt hatte. Sie kam in dem Moment bei ihm an, als Colt das Pferd zum Stehen brachte und den Fuß des Mannes aus dem Steigbügel zog. Dann bückte er sich, um sich ein Bild von der Verfassung des Mannes zu machen, und wieder bekam sie einen seiner farbenfrohen Flüche zu hören. Sie konnte selbst sehen, daß der Mann tot war, weil er sich das Genick gebrochen hatte. Colts Kugel hatte nur seine Schläfe gestreift, und daher war er wahrscheinlich bewußtlos gewesen, als es passiert war.

»Der Mistkerl hat den Kopf eingezogen«, sagte Colt angewidert, als er wieder aufstand.

»Haben Sie auf einen bestimmten Punkt gezielt?«

»Auf das rechte Schlüsselbein. Die einfachste Methode, einen Mann zu entwaffnen, der direkt auf einen zukommt. Kennen Sie ihn?«

Er sah ihr jetzt mitten ins Gesicht, und sie bekam die volle Kraft seiner Augen zu spüren. Da der Hut jetzt keinen Schatten mehr warf, konnte sie sehen, daß seine Augen weder hell noch dunkel waren, sondern von einem klaren, reinen Blau, das sich in einem so tiefbraunen Gesicht absolut verblüffend ausnahm. Diese Augen raubten ihr buchstäblich den Atem, und sie mußte ihren Blick senken, ehe sie ihm überhaupt eine Antwort geben konnte, die auch nur auf ein normales Maß an Intelligenz schließen ließe.

»Nein, wir haben diesen Mann noch nie gesehen, und den anderen auch nicht. Aber ich habe kaum Zweifel daran, daß sie beide von John Longnose angeheuert worden sind. Er hat die Gewohnheit, in jedem Land, in dem wir gerade sind, neue Leute aus der Gegend einzustellen, damit sie seine Schmutzarbeit erledigen. Es sieht ganz so aus, als hätten Sie mir durch Ihren Beistand inzwischen schon das Leben gerettet.«

»Kein Mann, der bei klarem Verstand ist, würde Sie umbringen wollen. Ich kann mir vieles vorstellen, was ein Mann Ihnen gern antäte, aber bestimmt nicht, Sie töten.«

Er hatte sich bei seinen letzten Worten abgewandt, um seinen Hut wiederzuholen, aber sie hatte ihn trotzdem gehört und errötete freudig. Mit ihrem Teint und ihrem Haar fanden sie nicht viele Männer attraktiv, aber im allgemeinen merkte sie, wenn sie einem Mann gefiel. Bei diesem Mann wußte sie es nicht. Er hatte sie finster angesehen, sie angeschrien und es kaum erwarten können, loszureiten und sie nie wiederzusehen. Daher überraschte es sie eindeutig, festzustellen, daß die Möglichkeit, die klitzekleine Möglichkeit bestand, sie könne seine Aufmerksamkeit geweckt haben, wie er ihre – das hieß, falls sie diese Äußerung als schmeichelhaft deuten konnte.

Sie folgte ihm wieder eilig und versuchte, es ihm zu erklären. »Er versucht erst seit dem letzten Jahr, mich zu töten, verstehen Sie. Vorher hat er nur das Ziel verfolgt, mich wieder nach England zu bringen. Ich wollte das um jeden Preis verhindern. Es ist eine ziemlich lange Geschichte, aber es ist so, daß ich jetzt schon seit drei Jahren vor diesem Mann davonlaufe, und ich habe es, offen gesagt, satt.«

Er schlug sich den Hut gegen das Bein, um den Staub abzuklopfen, und dann setzte er ihn verwegen schief wieder auf den Kopf. »Das geht mich nichts an, Ma'am.«

»Nein, natürlich nicht. Wahrhaftig nicht. Ich käme auch im Traum nicht darauf, Sie in meine Probleme zu verwickeln, schon gar nicht nach allem, was Sie bereits für mich getan haben.«

Er sah sie fest an, nachdem sie diesen Wortschwall losgelassen hatte, wenn doch ein schlichtes zustimmendes Nicken genügt hätte. »Das höre ich gern«, erwiderte er trocken.

»Das war noch nicht alles, was ich sagen wollte, Mr. Thunder.«

»Hören Sie, hängen Sie mir bloß kein ›Mister‹ an. Sie können mich Colt oder Thunder nennen. Ich reagiere auf beides.«

»Wie Sie wünschen. Aber wie ich gerade sagen wollte, ist mir natürlich nicht entgangen, mit welcher superben Könnerschaft Sie diese Waffe handhaben, die Sie bei sich tragen.«

»Superbe Könnerschaft?« Er grinste. »Sie haben einen Hang zu seltsam eleganten Formulierungen.«

»Wie bitte?«

»Schon gut. Was wollten Sie sagen?«

»Was ich... ach so, ja. Könnte man Sie unter Umständen vielleicht engagieren?«

»Sie wollen, daß Longnose getötet wird?«

Es beunruhigte sie, wie leichthin er das sagte, vollkommen unbeteiligt, aber sie ließ dieses Gefühl nicht aufkommen. »Nein, ich will nur, daß er ergriffen und an die Gesetzeshüter übergeben wird, die es in diesem Territorium gibt. Er wird in New York wegen des Mordes an meinem Anwalt gesucht.«

»Ihres was?«

»Meines amerikanischen Anwalts.«

»Weshalb hätte er Ihren Anwalt töten sollen?«

»Mit Sicherheit konnten wir lediglich feststellen, daß der bedauernswerte Mann ihn in seinem Büro überrascht hat, als er gerade dabei war, das Testament zu stehlen, das ich am selben Tag dort unterschrieben hatte. Nach den Angaben seines Partners war das das einzige, was aus dem Büro abhanden gekommen ist. Und es gab etliche Zeugen, die er gefragt hatte, wie er zu der Anwaltskanzlei kommen würde. Sie alle schwören, daß es ein Engländer war, der sie danach gefragt hatte. Und außerdem war es nicht das erste Testament, das mir abhanden gekommen ist.«

»In meinen Ohren klingt das, als bräuchten Sie nichts anderes als einen Kopfgeldjäger, »Ma'am, und ich bin keiner. Oder noch besser sollten Sie einfach dem Marshal drüben in Tombstone melden, was hier passiert ist, wenn Sie die Leiche dort abgeliefert haben. Er braucht nichts weiter als den Namen und eine Personenbeschreibung dieses Kerls.«

»Aber ich kenne seinen Namen nicht, und ich weiß auch nicht, wie er aussieht.« Als er die Stirn runzelte, fügte sie eilig hinzu: »John Longnose ist nur der Spitzname, den wir ihm gegeben haben. Das einzige, was ich über ihn weiß, ist, daß er Engländer ist.«

»Sie haben gute Chancen, daß es im Umkreis von hundert Meilen keinen zweiten Engländer hier gibt, aber so genau weiß man das ja nie. Ich habe schon welche durchreisen sehen, und daher könnte allzu leicht ein Irrtum vorkommen. In dem Fall ist es das Sicherste, wenn Sie sich irgendwo verschanzen, bis er kommt. Sie sagten doch, daß Sie Leibwächter haben?«

»Ja, aber...«

»Dann brauchen Sie keinen zusätzlichen Revolverhelden.«

Ehe ihr klar wurde, daß er ihr Angebot abgelehnt hatte, hatte er seine Waffe wieder gezogen und drückte ab. Jocelyn drehte sich um und sah eine lange Schlange, die keinen Kopf mehr hatte, deren Körper sich jedoch noch wand, und sie zuckte zusammen, als sie sah, wie dicht hinter ihr das Tier schon war. Sie hatte nichts gehört und auch keine Gefahr gewittert. Sie brauchte keinen weiteren Beschützer, der gut schießen konnte? Er hatte selbst gerade unter Beweis gestellt, daß das nicht stimmte.

Colt warf einen Seitenblick auf sie, nachdem er die Schlange gepackt und weggeworfen hatte. Eins mußte er ihr lassen: Auf sie war geschossen worden, sie war fast von einer Schlange gebissen worden, und all das, nachdem ihre Kutsche umgestürzt war. Und er konnte nicht ahnen, was vorher schon passiert war. Und doch hatte sie sich keinen Moment lang angestellt. Ja, sicher, der Schlange war es gelungen, sie zum Schweigen zu bringen. Sie war die redseligste Frau, die ihm je begegnet war. Nicht etwa, daß es ihn gestört hätte. Dieser Akzent, mit dem sie sprach, war wirklich angenehm anzuhören.

Er drehte sich um und starrte die Staubwolke an, die auf sie zukam. Ihre Leute, hoffte er, denn er ging davon aus, daß eine Staubwolke dieser Größe auf eine größere Anzahl von Reitern hinwies. Er lud seine Waffe für alle Fälle nach.

Dann sah er sie wieder an und stellte fest, daß sie ein kleines Spitzentaschentuch herausgezogen hatte und sich die Stirn abtupfte. Ihr süßer Duft trieb ihm noch stärker in die Nase und brachte sein Blut in Wallung. Verdammt noch mal, sie war wirklich gefährlich. Jedesmal, wenn er sie ansah, wurde sie irgendwie immer hübscher und eindeutig noch begehrenswerter. Und jedesmal, wenn sie ihn aus diesen wunderschönen grünen Augen ansah, mußte er gegen alte Instinkte ankämpfen. Wenn er vor sechs Jahren auf sie gestoßen wäre, hätte er sie einfach auf sein Pferd gezogen, wäre mit ihr fortgeritten und hätte sie zur Seinen gemacht. Aber jetzt war er ›zivilisiert‹ und daher konnte er seine natürlichen Veranlagungen nicht mehr ausleben.

Doch diese Instinkte waren ausgeprägt, zu ausgeprägt, und das war der Grund, aus dem er es nicht wagte, in ihrer Nähe zu bleiben und ihr aus der Patsche zu helfen. Etwas anderes wäre es gewesen, wenn sie nicht ohnehin schon Hilfe gehabt hätte, mehr als genug, wie es aussah. Dann hätte er keine andere Wahl gehabt, denn ihm behagte die Vorstellung überhaupt nicht, jemand könne ihr etwas antun wollen. Es mochte zwar sein, daß sie hier nicht hingehörte, doch sie war hier, und ihre Wege hatten sich gekreuzt. Er würde sich jetzt Sorgen um sie machen, bis sie in Sicherheit wäre. Das hatte ihm gerade noch gefehlt.

»Sind das Ihre Leute, die dort angeritten kommen?«

Jocelyn zuckte bei seiner Frage zusammen, die kaum zu hören war, weil die Schüsse noch in ihren Ohren hallten. Sie hatte versucht, sich etwas einfallen zu lassen, damit er es sich anders überlegte und doch für sie arbeitete. Sie wollte einfach nicht, daß er fortritte und sie ihn vielleicht nie wiedersehen würde. Es mußte sein, wenn sie sich auch noch fragen mußte, weshalb bloß.

Sie sah die Reiter jetzt und erkannte Sir Parker Grahame ganz vorn. »Ja, so, wie es aussieht, ist das meine Eskorte, und einige der Dienstboten scheinen auch dabei zu sein.«

»Dann verschwinde ich jetzt. Ihre Männer werden Ihr Pferdegespann unten am Fluß finden, weniger als eine Meile östlich von hier – das heißt, wenn inzwischen niemand vorbeigekommen ist und die Pferde gestohlen hat.«

Die unausgesprochenen Worte waren deutlich aus seinem Tonfall herauszuhören. Wenn ihre Pferde verschwunden waren, würden auch seine Sachen fort sein.

»Ich danke Ihnen. Ich bin sicher, daß wir die Pferde leicht wiederfinden. Aber sind Sie ganz sicher, daß Sie es sich nicht anders überlegen und...«

»Ma'am, das, was da auf uns zukommt, ist ein kleines Heer. Sie brauchen mich nicht.«

»Wir werden so oder so einen Reiseführer brauchen.«

»Den können Sie in Tombstone finden.«

Jocelyn biß die Zähne zusammen, als sie ihm zu seinem

Pferd folgte und zusah, wie er aufstieg. Offensichtlich war er nicht zu gewinnen, aus welchen Gründen auch immer.

»Wo liegt diese Stadt, von der Sie gesprochen haben?«

»Etwa sechs Meilen weiter. Direkt am anderen Ufer des San Pedro. Sie ist so groß, daß Sie sie nicht verfehlen können.«

»Leben Sie zufällig dort?«

»Nein, Ma'am.«

»Aber werde ich Sie dort wiedersehen, was meinen Sie?«

»Ich bezweifle es.«

Er hatte sie nicht mehr angesehen, seit er auf sein Pferd zugegangen war, doch jetzt tat er es, und er mußte sich an seinem Sattelknauf festhalten. Die Enttäuschung stand so deutlich auf ihrem Gesicht, daß er sich bis ins Innerste von unsichtbaren Fäden zu ihr hingezogen fühlte. Was zum Teufel wollte sie von ihm? Wußte sie denn nicht, daß sie mit diesem Blick Schwierigkeiten provozierte?

»Ich wünschte wirklich, Sie würden es sich noch einmal überlegen«, sagte sie mit einer zarten, flehentlichen Stimme, die sich um ihn schlang und ihn stöhnen ließ.

Nach allem, was er ohnehin schon empfand, war das zuviel. Er mußte höllisch schnell von hier verschwinden.

»Vergessen Sie es. Diese Form von Ärger kann ich nicht gebrauchen.«

Sie wußte nicht, daß er von ihr selbst sprach und nicht von den Problemen, die sie hatte. Sie stand da und sah ihm nach, als er fortritt, und sie war schuldbewußt, weil sie versucht hatte, ihn in eine Situation hineinzuziehen, die wirklich sehr gefährlich war. Er hatte recht, wenn er sich dem widersetzte. Er hatte ihr, so, wie die Dinge standen, ohnehin schon genug geholfen. Aber verdammt und zum Teufel, sie wollte sich einfach nicht damit abfinden, ihn nie wiederzusehen.

6

Als Ed Schieffelin in die Wildnis des Südostens von Arizona aufbrach, in der es von Apachen wimmelte, war er von dem Kommandanten des Postens in Fort Huachuca gewarnt worden, er würde dort nichts anderes als seinen eigenen Grabstein finden. Der langjährige Goldsucher mißachtete diese Warnung, und als er den Glückstreffer machte, den er sich erträumt hatte, nannte er ihn prompt Tombstone – Grabstein. Es wurde noch mehr Gold in der Gegend gefunden, doch Eds Tombstone gab der Stadt ihren Namen, die 1877 um seine Fundstelle herum entstand. Vier Jahre später konnte die Stadt rund fünfhundert Gebäude aufweisen, darunter mindestens hundert, denen die Lizenz für den Ausschank von Alkohol zugestanden worden war, und vielleicht halb so viele, die am östlichen Ende der Stadt, hinter der sechsten Straße, als Bordelle und schäbige Puffs betrieben wurden. An sich eine kleine Anzahl, wenn man bedenkt, daß die Einwohnerzahl auf mehr als zehntausend gestiegen war.

Colt hatte es sich zur Gewohnheit gemacht, einiges über eine Stadt in Erfahrung zu bringen, ehe er dort ankam, und über diese Stadt hatte er, als er durch Benson gekommen war, alles in Erfahrung gebracht, was er wissen mußte. Ebenso hatte er genug über Benson erfahren, als er durch Tucson gekommen war. Als er die Stadt jetzt selbst sah, konnte er verstehen, warum ein siebzehnjähriger Junge, der auf dem Weg nach Mexiko war, eine Zeitlang hier verweilen würde. Er rechnete damit, hier endlich Billy Ewing zu finden. Hier sollte er ihn weiß Gott finden. Nachdem er vor vier Monaten Billys Fährte in St. Louis aufgenommen und sie zwischendurch mehrfach wieder verloren hatte, war Colt mit seiner Geduld am Ende und reichlich übellaunig.

Was er so alles für Jessie tat...

Es würde jedoch nicht leicht sein, einen siebzehnjährigen Jungen in einer Stadt dieser Größe zu finden. Er hatte gehört, daß es fünf größere Hotels und sechs Pensionen gab, aber wer konnte wissen, ob Billy sich unter seinem eigenen Namen einquartiert hatte? Er hatte auch gehört, jetzt sei der

Zeitpunkt ungünstig, um diese Stadt zu besuchen, da jederzeit mit einem Ausbruch von Gewalttätigkeiten zwischen den Banditen der Umgebung und dem Marshal der Stadt und dessen Brüdern zu rechnen war, die jetzt schon seit einer ganzen Weile aufeinanderprallten und ihre Fehde ausfochten.

Colt blieb mitten auf der Toughnut Street abrupt stehen, als ihm das wieder einfiel. Wo hatte sich dieses Wissen versteckt, als er mit dem Rotschopf gesprochen hatte? Er war auf dem Weg nach Tombstone gewesen, um Billy so schnell wie möglich dort rauszuholen, und gleichzeitig hatte er eine Frau wie sie in diese Stadt geschickt. Hatte sie ihn derart aus der Fassung gebracht, oder hatte er sich unterbewußt gewünscht, daß sie dieselbe Richtung einschlüge wie er? So etwas Blödes. So etwas verdammt Blödes! Jetzt mußte er sie noch einmal wiedersehen, um ihr zu sagen, es sei vernünftiger, nicht allzu lange in dieser Stadt zu bleiben. Nein, sie wiederzusehen war noch dümmer. Er würde Billy mit dieser Nachricht zu ihr schicken – sowie er ihn erst gefunden hatte.

Er trieb sein Pferd wieder an, und sein Gesicht verfinsterte sich vor Ärger, der ihm selbst galt; einige Minuten lang nahm er nichts von dieser Stadt wahr, bis er wieder bei Sinnen war und feststellte, daß er die dritte Straße schon überquert hatte, in die er nach links hatte abbiegen wollen. Ihm war Fly's Lodging House empfohlen worden, das in der Fremont Street zwischen der dritten und der vierten lag, und daher zog er es vor, durch die vierte Straße zu reiten und nicht umzukehren.

Die Stadt war in Quadraten angelegt, und die Hauptverkehrsstraßen, die sich hindurchzogen waren die Toughnut, die Allen, die Fremont und die Safford Street, die alle in Nordsüdrichtung verliefen, und die Erste bis Siebente Straße, die alle in Ostwestrichtung verliefen. Nachdem er die Allen Street überquert hatte, ritt er auf der Vierten nach Norden, kam an der Kreuzung an Hafford's Saloon vorbei, an dem Can-Can-Restaurant direkt daneben und an einer Kaffeebar auf der anderen Straßenseite. Die Auswahl an Speiselokalen war ihm eine willkommene Abwechslung. In manchen der kleineren Städte, durch die er gekommen war, hatte man Glück, wenn es ein einziges Restaurant gab.

Zwischen den meisten Geschäften, die die Straße säumten, waren unbebaute Grundstücke, und dort fand er auch einen Stall, den er vielleicht später noch brauchen würde. Aber das wäre erst fällig, wenn er seine Unterkunft gefunden und alle anderen Pensionen der Stadt auf der Suche nach Billy abgeklappert hätte, und daher ritt er weiter und kam an einer Schmiede vorbei, an einem Prüfbüro für Edelmetalle, an einem Einrichtungshaus. Spangenburg's Gun Shop folgte kurz vor der Kreuzung, dann an der Ecke der Capital Saloon, und dort bog er nach links in die Fremont ein und ritt in Richtung Dritter Straße zurück. Neben dem Saloon war der *Nugget* von Tombstone untergebracht, eine der beiden Zeitungen der Stadt. Die Konkurrenz, der *Epitaph* von Tombstone, war gleich gegenüber auf der anderen Straßenseite einquartiert.

Kurz vor der nächsten Kreuzung fiel sein Blick endlich auf Fly's, und er trieb sein Pferd zu etwas mehr Eile an. Es wäre eine zu große Hoffnung gewesen, Billy könnte sich dort ein Zimmer genommen haben, und daher malte er sich aus, daß er den Rest des Tages für seine Suche brauchen würde. Und bei dem Glück, das er hatte, würde ihn die Suche wahrscheinlich auch in eine Reihe von Saloons führen, ehe er am Ende war, und dort war die Gefahr, daß er Ärger bekäme, am größten. In seiner derzeitigen Verfassung störte er sich nicht besonders daran.

Billy Ewing fuhr sich mit einer Hand nervös durch das dunkelbraune Haar, ehe er sich noch einen Schluck von dem Zeug einschenkte, das einem in der Oriental Bar und im Gambling Saloon als Whiskey vorgesetzt wurde und von dem man nicht allzuviel trinken konnte, bis Lähmungen einsetzten. Er steckte tief in der Scheiße und wußte es, aber ihm fiel nichts ein, wie er sich aus seiner Lage befreien konnte, ohne eine Kugel in den Kopf zu kriegen. Er hatte geglaubt, das Oriental sei der allerletzte Ort, an dem sein neuer ›Freund‹ auftauchen würde, da ein Teil eben dieser Bar Wyatt Earp gehörte, und zu den Dingen, die er erst vor kurzem herausgefunden hatte, gehörte, daß die Brüder Earp und die Clanton-Bande in einer Fehde miteinander lagen. Aber im Moment war keiner der Earps in der Nähe, und Billy Clanton, der jüngste der Clanton-Brüder und sein neuer Freund, hatte ihn selbst hier gefunden.

Wie trügerisch der Schein doch sein konnte, aber wie hätte jemand, der es nicht wußte, ahnen können, daß der junge Clanton, der nicht älter als sechzehn sein konnte, wenn überhaupt, bereits ein kaltblütiger Killer war? Himmel noch mal.

Billy war Clanton in Benson begegnet, und als sie festgestellt hatten, daß sie am nächsten Tag beide nach Tombstone aufbrechen wollten, hatten sie beschlossen, gemeinsam zu reiten. Billy war dankbar gewesen, in Gesellschaft eines Jungen weiterreiten zu können, der sich in der Gegend auskannte, und noch dankbarer für den Job, den man ihm auf der Clanton-Ranch bei Galeyville angeboten hatte. Wenn er sich mit den Arbeiten auskannte, die auf einer Ranch anfielen, dann lag es an all den Sommern, die er in Wyoming bei seiner Schwester verbracht hatte, und er brauchte entschieden Arbeit, da ihm das Geld gerade ausgegangen war. Aber diesmal war seine Unwissenheit deutlich herausgekommen. Er hatte versucht, sich als etwas auszugeben, was er nicht war, er hatte die Fragen nicht gestellt, die er hätte stellen sollen, und er hatte festgestellt, daß er nicht etwa auf einer Ranch eingestellt worden war, sondern bei einer Bande von Viehdieben, Postkutschen- und Eisenbahnräubern. Die Ranch bei Galeyville war lediglich ihr Unterschlupf.

Ein paar Bergarbeiter, die in der Montain Maid Mine arbeiteten, hatten ihn mit Clanton reiten sehen und ihn noch in der allerersten Nacht in der Stadt aufgeklärt. Nicht, daß er bereit gewesen wäre, ihnen aufs Wort zu glauben. Aber jeder, den er später danach gefragt hatte, hatte ihm dasselbe erzählt. Die Clanton-Bande trieb ihr Unwesen schon seit Jahren in dieser Gegend, und sie war deshalb in Tombstone auch schon mit dem Gesetz aneinander geraten. Man kannte sie immer noch unter dem alten Namen, obwohl der alte Clanton, der die Bande gegründet hatte, vor ein paar Monaten getötet worden war und Curly Bill Brocius jetzt der Boß war.

Neben Bill Brocius und den drei Brüdern Ike, Finn und Billy Clanton hatte die Bande weitere bekannte Mitglieder, die außerdem hier in Tombstone auch allgemein als Störenfriede bekannt waren. Einer von ihnen war John Ringo, von dem man wußte, daß er am Mason County-Krieg unten in Texas teilgenommen hatte, ehe er sich der Bande angeschlossen hatte, und der vor nicht allzu langer Zeit in einem Saloon in der Allen Street Louis Hancock getötet hatte. Frank und Tom McLaury gehörten auch dazu, und ihre Namen hörte man häufig. Und Billy Claiborne, ebenfalls ein junger Glücksjäger, der darauf beharrte, Billy the Kid genannt zu werden, da der echte Kid jetzt tot war. Claiborne hatte schon drei Männer dafür getötet, daß sie über eine solche Großmäuligkeit gelacht hatten, und Ike und die McLaury-Brüder hatten ihn gerade erst in der letzten Nacht gewaltsam aus dem San Pedro-Gefängnis befreit, nachdem er für diesen dritten Mord verhaftet worden war.

Der junge Billy Clanton war in das verwickelt gewesen, was jetzt als das ›Massaker im Guadelupe Canyon‹ bezeichnet wurde und seinen Vater in den Tod geführt hatte. Ewing hatte schon so einiges über dieses spezielle Verbrechen der Clantons gehört. Die Bande hatte einen Maultiertreck überfallen, der im Juli dieses Jahres Silberbarren durch die Chiricahua Range befördert hatte, und sie hatten die neunzehn Mexikaner, die den Treck anführten, abgeschlachtet. Der alte Clanton war ein paar Wochen später gestorben, als Freunde der toten Maultiertreiber ihm und ein paar Mitgliedern seiner Bande einen Hinterhalt legten, während sie eine gestohlene mexikanische Herde durch dieselben Berge trieben. Der junge Clanton war bei dem tödlichen Zusammenstoß nicht dabeigewesen, obwohl berichtet wurde, daß er sich schon als Viehdieb betätigte, seit er zwölf Jahre war.

Und mit *dem* sollte sich Billy Ewing eingelassen haben? Er konnte es immer noch nicht glauben. Und er wußte ganz schlicht und einfach nicht, wie er sich aus dieser Situation herauswinden sollte. Er hatte es versucht. Er hatte dem jungen Clanton mitgeteilt, er hätte es sich anders überlegt. Aber die Anspielungen, er sei ein Feigling, und die Art, wie der

Junge seine Hand auf dem sechsschüssigen Revolver liegen hatte, hatten Billy dazu gebracht, diesen Entschluß noch einmal zu überdenken. Als nächstes hatte er versucht, Clanton ganz einfach aus dem Weg zu gehen. Aber es wurde von ihm erwartet, daß er morgen mit ihm zusammen zur Ranch aufbrach. Wenn er sich nicht blicken ließ, würde Clanton dann nach ihm suchen? Und wenn er heute nacht verschwände, würde er dann die ganze verdammte Bande auf den Fersen haben?

»Hier ist nichts los, Mann. Warum probieren wir es nicht im Alhambra oder bei Hatch?«

Billy sah sich um; die Tische und die Stühle am Tresen waren besetzt, und die Minenarbeiter von der Frühschicht hatten mindestens die Hälfte der Plätze besetzt, die Gästen vorbehalten waren, die zum Essen kamen. Nichts los? Er fürchtete, daß sein ›Freund‹ an diesem letzten Abend in der Stadt schlicht und einfach Streit suchen wollte.

»Es ist noch früh, noch weit vor dem Sonnenuntergang«, erwiderte Billy. »Ich wollte hier nur kurz etwas trinken, ehe ich zum Abendessen das New Orleans-Restaurant ausprobiere. Hast du Lust mitzukommen?«

Er machte dieses Angebot nur aus Höflichkeit und war daher froh, als er die Antwort hörte. »Ich hab' keinen Hunger, und du bist nicht gerade groß im Trinken, was? Außerdem redest du komisch, wie ein Geck aus dem Osten. Ich weiß auch nicht, warum mir das nicht eher aufgefallen ist. Was hast du nochmal gesagt, wo du herkommst?«

»Ich habe gar nichts gesagt«, wich Billy aus. »Ist das denn wichtig?«

»Wohl kaum, aber . . . na ja, sieh mal . « Clanton richtete sich in seinem Stuhl auf, und seine rechte Hand legte sich automatisch auf den Griff seines Revolvers, als sein Blick auf den großen Fremden fiel, der die Flügeltüren gerade aufgestoßen hatte. »Ein Apache oder ein Kommanche ist das nicht, aber ich kann Indianer eine Meile weit riechen, und wenn ich ein Halbblut sehe, weiß ich mit teuflischer Sicherheit, daß ich es mit einem zu tun habe. Vielleicht tut sich hier doch noch etwas . . .«

»Ach, so ein Mist«, stöhnte Billy, und als er sich den Hut weit in die Stirn zog und tief auf seinem Stuhl herunterrutschte noch einmal: »Ach, so ein verdammter Mist.«

Clanton sah ihn angewidert an. »Kennst du den, oder fürchtest du dich nur vor einem Halbblut?«

Und es hieß, sein Bruder Ike sei der großmäulige Angeber? Billy reichte es allmählich mit diesem Clanton, ob er ein Killer war oder nicht.

»Sei kein Idiot, Mann«, zischte er dem jüngeren und wesentlich kleineren Jungen zu. »Das ist kein normales Halbblut, das bei den Weißen aufgewachsen ist. Der da war noch vor ein paar Jahren ein vollwertiger Cheyenne-Krieger. Und seit er seinen Stamm verlassen hat, hat er gründlich gelernt, wie man Schußwaffen gebraucht. Ich habe nie jemanden gesehen, der schneller zieht.«

Die Warnung ging zum einen Ohr rein und zum anderen wieder hinaus, denn Clanton hielt sich für reichlich schnell. »Du kennst ihn also. Er sucht dich doch nicht zufällig?«

Ein Blick in das Gesicht des Jungen, der vor Vorfreude strahlte, genügte, und Billy stöhnte wieder. »Vergiß es.«

»Aber er kommt direkt auf uns zu.«

Billy riskierte es, kurz aufzusehen, und diese blauen Augen, die soviel leuchtender waren als seine eigenen, durchbohrten ihn. Wenn es ihm möglich gewesen wäre, wäre er unter den Tisch gekrochen.

»Colt«, sagte er kläglich zur Begrüßung.

Er bekam noch nicht einmal ein Nicken zur Antwort, und Colt sah nicht länger ihn an, sondern behielt Clanton im Auge, der von seinem Stuhl aufsprang. Ehe der Junge auch nur aufrecht dastand, hatte Colt seinen Revolver gezogen und bedeutete ihm, sich wieder hinzusetzen, was er auch tat; seine Augen waren weit aufgerissen, und ein großer Teil der Farbe war aus seinem jungen Gesicht gewichen.

Billy stand langsam, ganz langsam auf, wurde aber etwas ruhiger, als Colt seinen Revolver wegsteckte. Colt hatte immer noch kein Wort gesagt, und Billy glaubte auch nicht, daß er es tun würde, jedenfalls nicht hier. Aber später...

Die Röte strömte jetzt in Clantons Gesicht und zeigte, wie

wütend er darüber war, derart mühelos abgefertigt worden zu sein, aber er machte keine Anstalten, wieder aufzustehen. Er hielt aber auch nicht ganz still, nicht, wenn es Zeugen gegeben hatte, darunter auch noch ausgerechnet Earps Barkeeper Buckskin Frank Leslie. Kein Wort war gesagt worden, doch das Halbblut hatte die Aufmerksamkeit schon beim Betreten der Bar auf sich gezogen, und als er den jungen Clanton wortlos gezwungen hatte, sich wieder hinzusetzen, hatten sie ebenfalls Zuschauer gehabt.

»Du brauchst nicht mit ihm zu gehen, Ewing, was du auch getan haben magst. Du hast jetzt jemanden hinter dir. Wenn ich meinen Brüdern sage, daß...«

»Vergiß es, Mann«, sagte Billy mit einem Seufzer der Erleichterung, denn ihm war jetzt klar geworden, daß Colt ihn mit seinem Auftauchen aus seiner Patsche befreit hatte. Er grinste seinen kurzzeitigen Freund sogar an. »Ich muß allerdings mit ihm gehen.«

»Einen Dreck mußt...«

»Oh, ich bezweifle nicht, daß ich es höllisch abkriege«, fiel ihm Billy ins Wort und grinste noch breiter, ehe er hinzufügte: »Verstehst du, er ist mein Bruder.«

7

Billy hatte seinen Spaß gehabt. Er grinste nicht mehr, als er auf den Gehsteig aus Holzbrettern vor dem Oriental trat und wartete, bis Colt durch die Schwingtüren gekommen war, mit dem Rücken voran, und schnell zur Seite getreten war, ehe sich seine Schußhand entspannte. Jetzt fühlte er sich eher hundeelend. Colt Thunder hier? Er machte sich gar nicht erst die Hoffnung, daß das ein Zufall war.

»Wo ist dein Pferd?« fragte Colt barsch.

Billy schnitt eine Grimasse, als er vor einem anderen Saloon ein paar Häuser weiter den Appaloosa mit dem kräftigen Knochenbau sah. »Ich bin zu Fuß von Noble' Hotel gekommen. Dort wohne ich.«

»Dann komm schon.«

Sie waren fast gleich groß, aber Billy kam sich vor, als stolperte er über seine eigenen Füße, während er versuchte, mit Colt Schritt zu halten. »Ich hätte nicht geglaubt, daß sie dich hinter mir herschickt, Colt, ich schwöre dir, daß ich das nicht gedacht hätte.«

»Dachtest du etwa, sie nimmt selbst die Verfolgung auf?«

»Natürlich nicht! Ich wußte, daß sie Jessie schreiben würde, und ich schätze, ich habe angenommen, daß sie Chase losschickt, damit er mich sucht. Sie hat sich immer auf ihn verlassen, wenn sie Hilfe brauchte.«

»Das war, ehe er Jessie geheiratet hat. Aber wahrscheinlich hätte es ihn erwischt, wenn er zu dem Zeitpunkt zu Hause gewesen wäre, aber das war er nicht. Und außerdem hat mich nicht deine Mutter geschickt, sondern Jessie. Sie hatte die dämliche Vorstellung, für mich sei es unproblematisch, dich aufzuspüren.«

»Es tut mir leid«, sagte Billy unbeholfen.

»Warte, bis ich entschieden habe, ob ich dich windelweich prügele oder nicht, ehe es dir leid tut.«

Billy zuckte zusammen. Er wünschte, er hätte Colt ins Gesicht sehen können, als er das sagte, aber der Mann lief immer noch mehrere Schritte vor ihm her und hatte sich beim Reden nicht umgesehen. Er hegte jedoch wenig Zweifel daran, daß er es ernst meinte. Wie er sich in dem Fall entschied, hing ausschließlich davon ab, wie wütend er war. Aber wenn er es sich genauer überlegte, hätte Billy die Antwort darauf auch nicht gefunden, wenn es ihm möglich wäre, Colt ins Gesicht zu sehen. Bei Colt konnte man nie wissen, woran man war, nicht wenn man bedachte, wie gut er jede Gefühlsregung verbergen konnte, wenn er es wollte.

In den letzten Jahren hatte Billy eine Überraschung nach der nächsten erlebt. Er war in Chicago bei seiner Mutter Rachel und seinem Stiefvater aufgewachsen, hatte aber nicht gewußt, daß Jonathon Ewing nur sein Stiefvater war. Er hatte auch nicht gewußt, daß er eine Schwester hatte, bis Jessies Vater gestorben war und Rachel nach Wyoming gefahren war, um die Vormundschaft für sie zu übernehmen. Er war damals erst neun Jahre alt gewesen, und jemanden wie Jessie kennenzulernen, war ein beeindruckendes Erlebnis gewesen. Ihr Vater hatte sie wie einen Jungen aufgezogen, und sie führte die Ranch, die er ihr hinterlassen hatte, so gut wie jeder beliebige Mann. Sie trug Kniebundhosen, war bewaffnet und wußte alles, was man nur irgend über die Aufzucht von Rindern wissen konnte. Billy hatte sie angebetet und war begeistert gewesen, als er erfahren hatte, daß sie nicht nur seine Stiefschwester, sondern seine richtige Schwester war, da Thomas Blair auch sein Vater war.

Aber Rachel war nach Chicago zurückgekehrt und hatte Billy mitgenommen, und erst ein paar Jahre später hatte Billy die Rocky Valley-Ranch wieder aufsuchen können. Es war ausgerechnet an dem Tag gewesen, an dem Colt zum ersten Mal aufgetaucht war, doch damals wurde er noch Weißer Donner genannt.

Billy hatte natürlich von ihm gehört. Der Cheyenne-Krieger war viele Jahre lang Jessies engster Freund gewesen, doch er war vorher nie auf ihre Ranch gekommen. Aber anfangs hatte Billy nicht gewußt, wer er war, und nachdem er von all dem Ärger gehört hatte, den die Sioux und die Cheyenne zu der Zeit machten, war es erschreckend, einen Indianer derart kühn und verwegen auf die Ranch reiten zu sehen, um es gelinde auszudrücken. Und es war offensichtlich, daß er keiner von der zahmen Sorte war.

Halbnackt und mit seinem Haar, das ihm bis mitten auf den Rücken wehte, nein, White Thunder hatte nichts Zahmes an sich – solange man ihn nicht mit Jessie sah und ihn Englisch sprechen hörte. Und zwar kein überdeutliches und pedantisches Englisch, wie man es von einem Indianer erwartet hätte, dem diese Sprache beigebracht worden war, sondern die gedehnte Aussprache, die man im Westen gewohnt war, ein genauer Abklatsch der Art, in der Jessie sprach, was schließlich nicht weiter erstaunlich war, denn er hatte sein Englisch bei ihr gelernt.

Mit seinen elf Jahren war Billy von Thunder genauso beeindruckt gewesen wie von Jessie. Es war ihm nicht gelungen dazubleiben und bei seiner Umwandlung in einen ›Weißen‹

zuzusehen, und daher hatte er ihn kaum wiedererkannt, als Colt weniger als ein Jahr später zu Rachels Hochzeit mit Chases Vater Carlos Silvela mit Jessie und Chase in den Osten gekommen war. Aber ihm war immer noch etwas geblieben, was es Billy unmöglich machte, sich in seiner Gesellschaft ganz und gar zu entspannen, obwohl er damals offen und zugänglich gewesen war. Und Billy glaubte nicht, daß sich daran je etwas ändern würde, vor allem, da Colt nicht mehr unbeschwert war. Seine Sorglosigkeit hatte er seit diesem Ärger, den er damals im Jahre 78 gehabt hatte, als er fast gestorben war, nicht wiedergefunden.

Damals war Billy dahintergekommen, daß Colt nicht nur Jessies bester Freund war, sondern dazu noch ihr Halbbruder und somit auch Billys. Thomas Blair hatte sie alle gezeugt. Leider hatte Billy auch dann nicht das Gefühl, Colt näherzukommen, jedenfalls nicht so, wie Jessie mit ihm stand. Ob Bruder oder nicht – Colt konnte ihm mehr Angst einjagen als zehn Billy Clantons, ohne auch nur etwas dafür zu tun.

Als hätte er seine Gedanken gelesen, fragte Colt: »Wer war dein hitzköpfiger kleiner Freund?« Billy antwortete, ohne sich vorher etwas dabei zu denken, und im nächsten Moment war er gegen die Mauer des Sattelgeschäftes gepreßt, an dem sie gerade vorbeikamen, und Colts Fäuste hatten sich in seine Hemdbrust gegraben. »Hast du deinen Verstand im Osten gelassen, Kleiner? Ich habe genug von dieser Horde gehört, ehe ich auch nur den halben Weg durch dieses Territorium hinter mich gebracht hatte, genug, um zu wissen, daß man diesen Kerlen aus dem Weg geht.«

»Tja, ich eben nicht«, sagte Billy zu seiner Verteidigung. »Jedenfalls nicht, bevor es zu spät war.« Er war außerstande, Colt in die stechenden Augen zu sehen, als er hinzufügte: »Ich habe mich sozusagen anheuern lassen, weil ich dachte, ich würde auf einer Ranch arbeiten.«

»Du dämlicher I...«

»Um Gottes willen, Colt, ich wußte doch nicht, worauf ich mich einlasse! Mir ist das Geld ausgegangen.«

»Du hättest nichts weiter zu tun brauchen, als nach Hause zu telegrafieren.«

»Wenn ich das getan hätte, hätte ich nach Hause kommen müssen, und ich bezweifle, daß meine Mutter bereit ist, die Dinge von meiner Warte aus zu sehen.«

»Ob sie das ist oder nicht – ach, Mist, vergiß es.« Er ließ Billy los und warf einen Blick auf das Oriental, aber nach ihnen war niemand mehr aus der Bar gekommen. Er lief weiter, um sein Pferd zu holen, und dabei rief er Billy über die Schulter zu: »Bist du ausgestiegen?«

»Ich habe es versucht, aber wie du selbst schon gesagt hast, ist der junge Clanton aufbrausend. Er konnte sich mit einem ›Nein‹ als Antwort kaum anfreunden.«

»Schon gut, vergiß es. Wenn jemand etwas dagegen einzuwenden hat, daß du die Stadt verläßt, kann er es ja gegen mich aufnehmen. Wir werden dein Zimmer im Noble's kündigen und deine Sachen holen, und dann...«

Colts Gedanken überschlugen sich, als er eine leuchtend blaue Kutsche entdeckte, die auf der Straße auf sie zukam und von einem Dutzend bewaffneter Reiter umgeben war. Darauf folgte eine andere Kutsche, die nicht ganz so groß war, dann noch eine. Das Schlußlicht bildeten drei große Wagen, die mit Gepäck und Vorräten beladen waren, und neben ihnen wurden vier der prächtigsten Vollblüter hergeführt, die man je westlich des Mississippi gesehen hatte.

»Himmel nochmal, was zum Teufel...«

Colt hörte Billys Frage kaum. Es mußte dieselbe Frage sein, die allen anderen außer ihm durch den Kopf schoß. Auf beiden Straßenseiten waren die Leute stehengeblieben, um zu gaffen, und sie kamen auch aus Geschäften herausgelaufen oder beugten sich aus Fenstern, um besser sehen zu können. Mindestens die Hälfte aller Kinder dieser Stadt liefen neben den Gefährten her, als sei ein Zirkus in die Stadt gekommen, und sie wollten sich nicht einen Moment dieser Geschehnisse entgehen lassen.

»Ich dachte, sie sei schon viel eher angekommen«, sagte Colt geistesabwesend und hielt seinen Blick auf die vorderste Kutsche gerichtet.

Billy warf einen Seitenblick auf ihn, als hätte er behauptet, der Mond sei grün. »Du kennst diese Leute?«

Colt kam wieder zu sich und trat vom Gehsteig, um sein Pferd loszubinden. Er kehrte der Straße den Rücken zu – und ihr. »Ich bin den Damen in der vordersten Kutsche auf der anderen Seite des San Pedro begegnet. Sie waren von den anderen getrennt worden, und die Kutsche war umgestürzt, und daher brauchten sie Hilfe.«

Billy entging nicht, daß Colt das Spektakel auf der Straße bewußt ignorierte. »Am anderen Flußufer, so? Was hattest du soweit westlich von hier zu suchen?«

»Ich folge lieber Flüssen als Straßen. Auf die Art trifft man auf weniger unerwünschte Personen.«

Billy erfaßte die tiefere Bedeutung und verzog das Gesicht. »Und wer sind die Damen?«

»Die Damen sind Engländerinnen. Ihre Eskorte habe ich nicht kennengelernt, aber es sieht so aus, als seien es ausschließlich Ausländer.«

»Das kann man wohl sagen«, bemerkte Billy.

Er starrte einen der Kutscher an, der ein weites weißes Gewand trug und anstelle eines Hutes eine Art riesiges Taschentuch auf dem Kopf. Die zwölf Mann starke Garde war ebenfalls seltsam gekleidet, nämlich mit identischen roten Jacken, an denen Umhänge befestigt waren, und marineblauen Hosen mit schwarzen Satinstreifen an der Außennaht und Hüten, die einen militärischen Eindruck machten.

»He, die halten ja an«, sagte Billy recht überrascht.

Colt drehte sich eilig um und fluchte. »Himmel, sie wird doch nicht – und dann auch noch vor einem verdammten Saloon?« Sie tat es, und eine ihrer Wachen eilte herbei, um ihr auch noch die Tür aufzuhalten. Er konnte einen Blick auf dieses prächtige rote Haar werfen, ehe er eilig aufstieg. »Diese Frau besitzt genausowenig Verstand wie du, Billy.«

»Wieso? Sie tut doch nichts weiter, als auszusteigen und... und ich glaube, daß sie auf dich zukommt und mit dir reden will.«

Colt war nicht bereit, sie noch einmal anzusehen. Sein Blut kochte jetzt schon, allein von dem Wissen, daß sie nur wenige Meter von ihm entfernt war.

»Das wird sie nicht tun, solange ich es verhindern kann. Ich treffe dich vor deinem Hotel.«

Billy riß die Augen weit auf. »Du willst nicht warten und...«

»Du weißt selbst, wie diese Leute reagieren, wenn sie sie mit jemandem wie mir sehen.«

Billy stellten sich die Haare auf; er haßte es, wenn Colt sich derart schlechtmachte. »Vielleicht könnte sie den Leuten endlich einmal zeigen, woran man den Wert eines Menschen erkennt.«

Colt machte sich gar nicht erst die Mühe, etwas darauf zu antworten. Er riß sein Pferd herum und ritt los. Billy blieb stehen und starrte den schönsten Rotschopf an, den er je gesehen hatte. Sie war mitten auf der Straße stehengeblieben, und auf ihrem Gesicht breitete sich heftige Enttäuschung aus, als sie zusah, wie Colt fortritt. Billy hätte seinem Halbbruder am liebsten einen Tritt in den Hintern verpaßt, als er dieses Gesicht sah – nicht, daß er es je wirklich gewagt hätte, aber ihm war danach zumute.

Und was hatte Colt damit erreicht, wenn alle, die sie ansahen – und jeder auf der ganzen Straße sah sie an – sehen konnten, wem *sie* nachstarrte und mit wem sie hatte reden wollen? Billy war es ganz bestimmt nicht, denn nachdem Colt losgeritten war, drehte sich der elegante Rotschopf um, und nachdem sie ein paar Worte an einen ihrer Begleiter gerichtet hatte, stieg sie wieder in ihre Kutsche und fuhr weiter.

8

Vanessa öffnete die Tür ihrer Suite im Grand Hotel und fand Babette vor, die kichernd mit einem Mr. Sidney im Korridor stand, einem von zwei Lakaien, die ständig um ihre Aufmerksamkeit warben. »Komm schon, Mädchen«, sagte Vanessa ungeduldig und bedachte Sidney mit einem finsteren, mißbilligenden Blick, woraufhin er schnell verschwand. »Ich konnte sie dazu bringen, sich mit einer kalten Kompresse hinzulegen, aber sie wird nicht ruhig sein, solange sie nicht gehört hat, was Alonzo zu melden hatte. Du hast seinen Bericht doch?«

»Aber natürlich.« Babette grinste, und ihre kunstvoll frisierten blonden Ringellöckchen hüpften, als sie ins Zimmer eilte. »Alonzo, der hat rausgefunden, wohin der Amerikaner geht, aber wie lange er dortbleibt...« Die französische Zofe zuckte die Achseln.

»Solange er nur bleibt, bis sie ihr Vorhaben hinter sich gebracht hat – auch wenn ich mir gar nicht vorstellen kann, worum es geht. Sie hat allerdings gesagt, daß er sich weigere, sich von ihr einstellen zu lassen.« Vanessa runzelte jetzt die Stirn und starrte die geschlossene Tür an, die zu Jocelyns Schlafzimmer führte. »Wenn ich es mir genauer überlege, wäre es vielleicht doch das Beste, wenn sie ihn nicht wiedersähe. Seit den ersten Monaten nach dem Tod des Herzogs habe ich nicht mehr erlebt, daß sie derart in Tränen ausgebrochen ist.«

»Das ist doch kein Wunder, nach allem, was ihr heute zugestoßen ist...«

»Ja, ja, ich weiß«, erwiderte Vanessa, die sich immer noch darüber wunderte, daß keiner von ihren Leuten in diesem Hinterhalt ernstlich verletzt worden war. Zwei Männer waren verletzt worden und lagen unter ärztlicher Aufsicht im Bett, doch sie konnten mit ihnen weiterreisen, wenn es soweit wäre. »Aber deshalb hat sie nicht geweint. Die Dreistigkeit dieses Halunken, sie derart vor den Kopf zu stoßen...«

»Vielleicht hat er sie nicht gesehen, oder?«

»Vielleicht.«

Aber das glaubte Vanessa nicht einen Moment lang. Und wenn es sie auch überraschte, wie groß Jocelyns Interesse an diesem Mann war, dann war sie doch nicht sicher, ob es klug von ihr gewesen wäre, dieses Interesse weiterzuverfolgen – nicht nach allem, was sie Vanessa über ihr Zusammentreffen mit ihm erzählt hatte. Es klang, als sei er viel zu... ungewöhnlich.

»Hat Alonzo auch herausgefunden, was ein Halbblut ist?«

Babettes hellblaue Augen wurden kugelrund, als sie sich an diesen Teil des Berichts erinnerte. »Oh, ja, aber ich glaube, das wird Ihnen gar nicht gefallen.«

»Damit habe ich auch nicht gerechnet«, bemerkte Vanessa trocken. »Na los, erzähl schon.«

Die Gräfin klopfte leise an, ehe die beiden Frauen in das verdunkelte Schlafzimmer traten. Die Sonne war gerade erst untergegangen, doch durch die offenen Fenster war noch ein lavendelblauer Himmel zu sehen, und das Licht reichte gerade noch aus, um zu erkennen, daß Jocelyn nicht schlief; sie saß da und sah ihre junge Zofe erwartungsvoll an.

Vanessa bedeutete Babette, die Lampen anzuzünden, ehe sie sagte: »Ich habe mir die Freiheit herausgenommen, eine leichte Mahlzeit zu bestellen, die demnächst gebracht werden sollte. Ich weiß nicht, was mit dir ist, aber mir ist bestimmt nicht danach zumute, mich heute zum Abendessen umzuziehen.«

Jocelyn sah ihre Freundin stirnrunzelnd an. »Du solltest diejenige sein, die sich hinlegt, Vana, vor allem nach den schrecklichen Kopfschmerzen, die du heute morgen gehabt hast. Mir fehlt gewiß nichts...«

»...was sich nicht durch eine Kleinigkeit zu essen und durch etwas Ruhe heilen ließe«, beendete Vanessa ihren Satz, und ihr Tonfall duldete keinen Widerspruch.

Jocelyn seufzte. Es war einfacher, sich der Gräfin zu fügen. Seit Jocelyn sich diesem albernen Gefühlsausbruch hingegeben hatte, war sie dazu aufgelegt, sie zu bemuttern. Jocelyn sah Babette wieder an, die immer noch von Lampe zu Lampe huschte. Allein in diesem Zimmer gab es sechs davon.

Die Unterkünfte waren ganz zu ihrer Zufriedenheit, wenn man bedachte, was sie erwartet hatten. Es hatte geheißen, die meisten Städte im Westen seien klein, ihre Hotels noch kleiner. Da das hier die erste Stadt im Westen war, die sie kennenlernten, war ihre große Ausdehnung eine willkommene Überraschung gewesen, ebenso die Zahl der Hotels, unter denen sie wählen konnten. Das Grand Hotel konnte es nicht mit den luxuriösen Hotels an der Ostküste aufnehmen, aber man bemühte sich entschieden, nicht hinter diesem

Standard zurückzubleiben. Und hier war es ihnen möglich gewesen, den gesamten zweiten Stock zu mieten, was aus Sicherheitsgründen ideal war.

»Das genügt, Babette«, stellte Jocelyn ungeduldig fest. »Wieviel Licht hat Alonzos Bericht auf die Dinge geworfen?«

Die junge Französin grinste frech, da ihre Hinhaltetaktik durchschaut worden war. »Es sieht gar nicht so übel aus. Wenigstens sagt Alonzo, das sei alles nur eine Frage von Vorurteilen. Ein Halbblut wird als dasselbe wie ein Indianer angesehen, und die Indianer, denen begegnet man mit Verachtung und Abscheu.«

»Verachtung?«

»Um seine Angst nicht zu zeigen, verstehen Sie? Die Indianer, die fürchtet man hier immer noch sehr. Sie plündern und morden immer noch und...«

»Welche Indianer?«

»Die Apachen. Wir haben doch in Mexiko schon von ihnen gehört, oder nicht?«

»Ja, aber ich kann mich nicht erinnern, gehört zu haben, daß sie derart feindselig sind.«

»Das kommt nur von Geronimo. Alonzo sagt, er sei ein Abtrünniger, der nur eine kleine Zahl an Anhängern habe, die in Mexiko untergeschlüpft seien; aber sie machen auch auf dieser Seite der Grenze Überfälle.«

»Gut, aber Colt Thunder ist kein Apachenhalbblut, er ist Cheyenne«, hob Jocelyn hervor. »Was hat Alonzo über die Cheyenne-Indianer in Erfahrung bringen können?«

»Die sind in dieser Gegend nicht bekannt.«

»Warum sollte Mr. Thunder dann glauben, ich sollte ihm nicht über den Weg trauen?«

»Ich glaube, dir ist das Wesentliche entgangen, meine Liebe«, warf Vanessa ein. »Die Vorurteile richten sich nicht gegen einen bestimmten Stamm. Es scheint, als würden in diesen westlichen Territorien alle Mischlinge gleich angesehen, ungeachtet, zu welchem Indianerstamm sie gehören.«

»Aber das ist ja gräßlich«, beharrte Jocelyn. »Ganz zu schweigen davon, daß es unfair ist. Außerdem hatte Colt Thunder nichts, aber auch gar nichts an sich, was verachtens-

wert gewesen wäre. Ich habe ihn als äußerst höflich empfunden – jedenfalls vorwiegend als höflich. Und er war außergewöhnlich hilfsbereit. Herr im Himmel, in weniger als
einer Stunde hat er mir zweimal das Leben gerettet.« Außerdem war er ungeduldig, aufbrausend, störrisch und widersetzte sich hartnäckig, irgend etwas mit ihr zu tun haben zu wollen, aber das war es nicht wert, aufgezählt zu
werden.

»Jocelyn, meine Liebe, wir sind diesem Kerl alle dankbar
dafür, daß er zur rechten Zeit gekommen ist und uns geholfen hat. Das sind wir wirklich. Aber wie er dieser Angelegenheit gegenübersteht, hätte er nicht deutlicher ausdrücken können, als er es heute nachmittag getan hat. Er
ist noch nicht einmal bereit, mit dir zu reden.«

»Das habe ich inzwischen auch verstanden. Heute morgen hat er sich wieder genauso benommen, als ließe ich
mir einen groben Fehler zuschulden kommen, indem ich
auch nur in derselben Stadt bin wie er. Es ist alles so albern.«

»Der Meinung ist er aber wohl nicht.«

»Ich weiß, und er hat offensichtlich geglaubt, daß er mir
etwas Gutes täte, indem er mir hier in der Stadt aus dem
Weg geht, was sicher äußerst löblich ist, aber wohl kaum
notwendig. Ich denke gar nicht daran, mich von den Vorurteilen anderer beeinflussen zu lassen. Und auf die öffentliche Meinung gebe ich keinen roten Heller. Wenn ich etwas mit dem Mann zu tun haben will, dann werde ich mit
ihm zu tun haben. Ich werde mir von niemandem einreden
lassen, das ginge nicht.«

Vanessa zog eine dunkelblonde Augenbraue hoch, als
Jocelyn das Kinn stur in die Luft reckte. Der Herzog hatte
ihr, bei ihrem Einstellungsgespräch, einmal gesagt, seine
Herzogin sei liebreizend, umgänglich und gefügig. Vanessa wußte es inzwischen besser.

»Was für eine Form von Umgang hast du dabei eigentlich im Sinne?« fragte Vanessa voller Widerstreben, denn
sie fürchtete, es bereits zu wissen.

Jocelyn zuckte die Achseln, doch in ihren strahlend grünen Augen spielte ein Funkeln. »Ach, das weiß ich selbst nicht. Vielleicht das, worüber wir uns heute am frühen Morgen unterhalten haben.«

»Ich habe gefürchtet, daß du genau das sagen wirst.«

9

»Ich gehe schon hin«, rief Billy und sprang von dem Bett, auf dem er ausgestreckt gelegen hatte, während Colt sich die vereinzelten Barthaare abrasierte. Er hatte es zu eilig, um sie auszuzupfen, wie er es gewöhnlich tat.

Doch ehe Billys Hand sich auch nur auf den Türgriff gelegt hatte, hörte er das unverwechselbare Geräusch, mit dem Colt den Abzug seines Revolvers spannte, und er wußte, daß er schon wieder etwas falsch gemacht hatte. In einer Stadt, in der mit Ärger zu rechnen war, machte man nicht einfach die Tür auf – jedenfalls nicht, ohne sich vorher zu vergewissern, wer angeklopft hatte. Man mußte auf alle Möglichkeiten vorbereitet sein. Billy Clanton hatte die Stadt bisher noch nicht verlassen. Es war zwar unwahrscheinlich, daß er Billy in seiner Pension aufsuchen würde, aber ausgeschlossen war es nicht.

Er glaubte, Colt würde ihn wieder zusammenstauchen, wie er es gestern nacht getan hatte, als Billy vergessen hatte, die Tür ihres gemeinsamen Zimmers abzuschließen. Aber offensichtlich war er heute morgen besser aufgelegt. »Mach schon«, war alles, was er sagte, als Billy zögernd vor der Tür stehenblieb. »Aber komm nicht in die Schußlinie.«

Billy schluckte, als er diesen Rat hörte, ehe er die Tür aufschloß, sie weit aufriß und abwartete. Als er allein unterwegs gewesen war, hatte er sich über solche Dinge keine Gedanken gemacht, und er hatte nicht hinter jeder Ecke Gefahr gewittert. Jessie hatte ihn diese Lektion gelehrt, doch auf dieser Reise in den Westen hatte er sie aus Bequemlichkeit vergessen. Es war ein Wunder, daß er überhaupt so lange überlebt hatte.

Aber diesmal war Vorsicht anscheinend unnötig. Zwei Männer standen draußen im Gang, und keiner von beiden war der junge Clanton. Sie blieben regungslos stehen, denn sie sahen Colt, der hinter Billy stand und seinen Revolver auf die Männer gerichtet hatte und nichts weiter trug als seine Hose und die kniehohen Mokassins. Als Colt sich augenblicklich abwandte, um den Revolver wieder in den Halfter zu stecken, das über dem Waschbecken hing, staunte Billy, bis auch er diese roten Jacken erkannte. Die Männer hatten immer noch kein Wort gesagt, obwohl sie nicht mehr in den Lauf eines 45er Colts blickten, aber das war verständlich. Die Waffe mochte sie entgeistert haben, aber ein Blick auf Colts Rücken, als er sich abgewandt hatte, um die Waffe wegzustecken, hatte ihnen die Sprache verschlagen.

Es war allerdings besser, wenn Colt das nicht merkte. Wenn ihn irgend etwas in rasende Wut versetzen konnte, dann war das, daß jemand voller Grauen seine Narben ansah. Jessie hatte gesagt, es hätte viel mit seinem Stolz zu tun, und er wollte nicht, daß jemand wußte, welche Qualen er über sich hatte ergehen lassen müssen, um jetzt so auszusehen. Woran es auch liegen mochte – Billy wußte, wie gehässig er zu seinem Selbstschutz werden konnte, wenn er auch nur eine Spur von Mitleid, das ihm galt, an anderen wahrnahm. Er wollte lieber gehaßt als bemitleidet werden.

Billy kam hinter der Tür heraus und zwang die beiden Männer, ihn und nicht Colt anzusehen. Er erinnerte sich wieder an seine Manieren und fragte freundlich: »Womit können wir Ihnen dienen, Gentlemen?«

Der größere von beiden war etwa so groß wie Billy, schien aber eher in Colts Alter zu sein, und sein kastanienbraunes Haar war kurz geschnitten, die Augen hatten etwa dieselbe Farbe wie sein Haar. Das, was er gesehen hatte, brachte ihn immer noch durcheinander, als er die Frage beantwortete: »Sagen Sie, Sie sind doch nicht etwa Colt Thunder, oder?«

Die Frage wurde so hoffnungsvoll gestellt, daß Billy unwillkürlich grinste. »Ich fürchte nein.«

Die beiden Männer mit den roten Jacken sahen einander an, und ihr Unbehagen hing spürbar in der Luft, doch dann sagte der größere von beiden: »Das dachte ich mir schon, aber – ach, schon gut.« Er trat einen Schritt zur Seite, um Colt noch einmal anzusehen, ehe er sich stramm aufrichtete und nachdrücklicher sagte: »Wir haben eine Nachricht für Ihren Begleiter, falls es sich bei ihm um Mr. Thunder handelt.«

Billy grinste noch breiter. Er konnte es nicht lassen, die Anrede zu wiederholen, von der er wußte, daß Colt sie haßte. »Mr. Thunder, die Herren wollen zu Ihnen.«

»Das habe ich gehört, aber ich bin nicht an ihrer Nachricht interessiert.«

Billy drehte sich abrupt um und war gar nicht mehr belustigt, als er sah, wie Colt sich das Hemd überzog. Es mochte zwar sein, daß Colt kein Interesse an ihnen hatte, aber Billy war verdammt neugierig, denn er wußte nur zu gut, von wem diese Nachricht kam.

»Komm schon, Colt, sie wollen dir doch nur etwas ausrichten. Du vergibst dir nichts, wenn du es dir anhörst.«

Colt trat mit unergründlichem Gesicht vor, doch Billy erkannte die subtilen Anzeichen seiner Ungeduld. Colt hatte sich nicht die Mühe gemacht, sein Hemd zuzuknöpfen, sondern es nur in die Hose gesteckt. Hemd und Hose waren schwarz, und vielleicht war das der Grund dafür, daß die beiden Engländer besorgt einen Schritt zurückwichen, als Colt in die Tür trat, aber wahrscheinlich hatte es noch mehr mit seiner einschüchternden Körpergröße und Statur zu tun.

»Sagen Sie, was Sie zu sagen haben«, forderte er sie barsch auf.

Der größere von beiden räusperte sich. Anscheinend war er der Sprecher. »Dero Gnaden, die Herzoginwitwe von Eaton, bittet um die Ehre, Sie…«

»Die was?« fiel ihm Colt in dem Moment ins Wort, in dem Billy ächzte: »Himmel, eine englische Herzogin!«

Colt warf Billy einen unwilligen Blick zu. »Was zum Teufel ist eine Herzogin?«

»Willst du damit etwa sagen, daß du nicht… nein, natürlich nicht… woher solltest du es auch wissen…?«

»Spuck es aus, Junge, ehe du daran erstickst.«

Billy errötete, aber er war zu aufgeregt, um den Mund zu

halten. »Eine Herzogin ist ein Mitglied des englischen Adels, die Frau eines Herzogs. Im englischen Adel gibt es verschiedene Ränge, die eine Art Stufenleiter der Bedeutung darstellen – Barone, Grafen und dergleichen. Du kannst sie mit euren unbedeutenden Stammeshäuptlingen und den obersten Kriegern vergleichen. Aber ein Herzog oder eine Herzogin haben gleich nach der königlichen Familie den höchsten Rang, den man erreichen kann.«

Colt runzelte die Stirn und sah die beiden Boten an. »Stimmt das, was er sagt?«

»Ja, ziemlich genau«, erwiderte der Sprecher, der beschloß, die Größe des Landbesitzes und das Ausmaß des Einflusses seien nicht erwähnenswert, denn ihm lag an nichts anderem, als so schnell wie möglich von hier zu verschwinden. »Aber wie ich bereits sagte, Mr. Thunder, ersucht Sie dero Gnaden um die Ehre, Sie um die Mittagszeit ins Mai... Maisy...«

»Maison Dorée«, flüsterte ihm sein unauffälliger Begleiter zu.

»Richtig, ins Restaurant Maison Dorée einladen zu dürfen.«

Als der Mann seine Nachricht endlich übermittelt hatte, lächelte er. Colt sah Billy an, der wieder breit grinste. »Sie will dich zum Mittagessen treffen«, erklärte er.

»Nein«, sagte Colt schlicht und einfach und wandte sich ab.

»Warten Sie, Mr. Thunder! Für den Fall, daß Sie diese erste Einladung ablehnen, habe ich Anweisung, eine zweite Einladung auszusprechen. Dero Gnaden würde sich freuen, Sie in ihrer Suite im Grand Hotel empfangen zu dürfen, natürlich zu einem Zeitpunkt, der Ihnen genehm ist.«

»Nein.«

»Nein?«

»Ich treffe die Frau nirgends und zu keinem Zeitpunkt. Habe ich mich klar genug ausgedrückt?«

Beide Männer schienen schockiert zu sein, jedoch nicht über seine Ablehnung, wie er feststellte, als der Sprecher sagte: »Es gibt vorgeschriebene Formen der Anrede für eine

Herzogin, Sir. Sie können von ihr als dero Gnaden oder dero Ladyschaft oder sogar als Lady Fleming sprechen, aber man spricht niemals über sie als ›die Frau‹. Das gehört sich einfach nicht, Sir.«

»Ich glaube, ich traue meinen eigenen Ohren nicht«, murmelte Colt und wandte sich wieder ab. »Sieh zu, daß du sie los wirst, Billy.«

Billy wußte nicht, von wem er mehr enttäuscht war, von Colt und seinem Desinteresse an einer echten Herzogin – einer prachtvollen echten Herzogin – oder von ihrem Boten, der derart snobistisch war. »Sie sind nicht allzu geschickt vorgegangen, Mister...«

»Sir Dudley Leland, Sir«, informierte ihn der Mann gewichtig. »Zweiter Sohn des Earl von...«

»Himmel, Mann, Sie begreifen nicht, worum es geht. Sie sind hier in Amerika, und wenn Sie sich freundlichst erinnern, haben wir vor etwa hundert Jahren einen Krieg gegen Ihre Vorfahren geführt, um die Klassenunterschiede abzuschaffen. Es mag sein, daß Ihre Titel irgendwelche ambitionierten Matronen an der Ostküste beeindrucken, aber einem Cheyenne-Krieger bedeuten sie nicht das Geringste.«

»Ja, Sie haben recht. Entschuldigen Sie. Aber ich habe Ihrem Freund noch etwas auszurichten.«

Billy drehte sich um und sah Colt an dem einzigen Fenster des Zimmers stehen; er sah auf das unbebaute Grundstück neben Fly's Lodging House herunter. Dahinter lag nichts weiter als eine Prüfstelle, und es bot sich absolut kein Ausblick, der einen fesseln konnte, und daher wußte er, daß Colt Sir Dudley gehört hatte. Er wollte sich nur einfach nicht mit ihm abgeben.

»Vielleicht sollten Sie es mir lieber sagen, und ich gebe es an ihn weiter«, schlug Billy vor.

Sir Dudley erkannte nur zu gut, daß Colt sich aus dem Gespräch zurückgezogen hatte, und daher nickte er. Ihm war ebenfalls klar, daß Colt ihn deutlich hören konnte, doch er wandte sich mit der Nachricht an Billy.

»Dero Gnaden hat damit gerechnet, daß beide Einladungen abgelehnt werden könnten. Wenn das der Fall ist, bestehen meine letzten Anweisungen darin, Mr. Thunder mitzuteilen, dero Gnaden habe sich, wie er es vorgeschlagen hat, nach den Vorurteilen erkundigt, die mit seiner Abstammung verknüpft sind, und einen ausgiebigen Bericht erhalten. Sie wünscht ihm mitzuteilen, daß diese Vorurteile ihr nichts bedeuten und daß sie sich ihnen nicht anschließt. Sie hofft, daß Mr. Thunder dem Rechnung tragen und eine ihrer Einladungen annehmen wird.«

Als Colt sich daraufhin nicht umdrehte, war das ein klarer Beweis dafür, daß er es sich keineswegs anders überlegt hatte. Billy bemerkte jedoch, daß seine Hände sich jetzt an die Fensterbank klammerten und daß sein gesamter Körper eine gespannte Haltung angenommen hatte.

»Ich glaube, Sie haben eine Antwort bekommen, Gentlemen«, sagte er mit gesenkter Stimme. »Sie dürfen der Herzogin mitteilen...«

»Leg mir nichts in den Mund, was ich nicht gesagt habe, Junge«, ertönte ein Fauchen hinter Billy. »Es gibt keine Antwort. Und jetzt mach diese verdammte Tür zu!«

Billy sah die Boten achselzuckend an, als wolle er damit sagen, wenn Colt schon keine Manieren habe, dann erstrecke sich das nicht auch auf ihn. Aber er machte ihnen die Tür vor der Nase zu. Und er fing stumm an zu zählen und hatte sich vorgenommen, bis fünfzig zu kommen, doch er schaffte es nur bis zehn, ehe er explodierte: »Das war das gröbste, mieseste und empörendste Benehmen, das ich je miterlebt habe. Und auch noch absichtlich, das möchte ich wetten. Aber warum um Himmels willen? Du weißt, daß sie ihr alles berichten werden, und... und das war es dann, oder nicht?«

»Du redest zuviel«, sagte Colt, als er sich umdrehte und nach seinem Halfter griff.

Billy schüttelte den Kopf. »Weißt du, ich habe es gestern schon nicht verstanden, und jetzt verstehe ich überhaupt nichts mehr. Ich habe mir die Dame genau angesehen, und ich bin mir vorgekommen, als bräche ich durch den Gehsteig. Sie ist wunderschön...«

»Und weiß«, schnitt ihm Colt das Wort ab. Er hatte den

Gürtel umgeschnallt und griff nach seinen Satteltaschen, die am Fußende des Bettes lagen.

Billy war total verstummt, denn plötzlich leuchtete ihm Colts Benehmen restlos ein. Und er fand es fürchterlich. Er hatte noch nie besonders gut mit Colts verbitterten Gefühlen umgehen können, Gefühlen, die auf die gräßliche Zeit zurückgingen, als Colt fast gestorben wäre. Billy liebte seinen Bruder und war der Meinung, daß es keinen besseren, mutigeren und zuverlässigeren Mann gab, und daher verletzte es ihn bis ins Mark, wenn Colt sich selbst herabsetzte und die Haltung dieser weißen Ignoranten mit ihren Vorurteilen annahm, die in ihm den Abschaum dieser Menschheit sahen.

»Ist mir etwas entgangen? Ich könnte schwören, daß ich gehört habe, die Dame gäbe keinen roten Heller darauf, welches Blut in deinen Adern fließt.«

»Sie fühlt sich zu Dankbarkeit verpflichtet, Billy«, erwiderte Colt mit ruhiger Stimme. »Das ist alles.«

»So? Und deshalb warst du so unausstehlich und grob zu ihren Boten? Du willst von ihrer Dankbarkeit nichts wissen, das ist alles? Und deshalb ist sie derart darauf versessen, dich wiederzusehen, nur, um dir ihre Dankbarkeit auszudrücken? Jetzt mal im Ernst, Colt...«

»Es ist mein Ernst. Denk doch, was du willst. Und jetzt lauf' schon zum Stall, und hol' unsere Pferde. Wir treffen uns in fünfzehn Minuten auf der Straße. Wenn wir schnell genug reiten, schaffen wir es rechtzeitig zu einem späten Mittagessen nach Benson zu kommen.«

›Ja, und schinden unsere Pferde bald zu Tode‹, dachte Billy verdrossen. Da es schon kurz vor zwölf war und Benson rund zwanzig Meilen weiter im Norden lag, würde es wahrscheinlich genauso kommen. Nein, er war ungerecht. Colt hätte seine schlechte Laune nie an einem Pferd ausgelassen. Aber er war verflucht entschlossen, Tombstone zu verlassen, und zwar schnell. Ehe der Herzogin etwas Neues einfiele, wie sie ihn sehen könnte?

Colt war bereits aus dem Zimmer gegangen, um die Rechnung zu bezahlen. Daher packte Billy seine Sachen zusammen und verließ die Pension durch den Hintereingang, wie es mit Colt abgesprochen war. Es war nicht weit bis zum Stall. Camillus S. Fly hatte hinter seiner Pension eine Fotogalerie, und direkt dahinter lag der Mietstall, mitten auf dem Platz, den man von jedem freien Grundstück in der Dritten und der Vierten Straße, der Fremont und der Allen aus erreichen konnte.

Billy war vorzeitig wieder in der Fremont, aber ohne die Pferde, wie Colt bemerkte, als er aus Fly's Lodging House kam. »Jetzt schau mich nicht so an«, wandte Billy eilig ein. »Mein Pferd hat sich gerade einen Beschlag vom Fuß getreten, als ich es aus dem Stall geführt habe. Es dauert nur zwei Stunden...«

»Zwei Stunden?«

»Der Hufschmied hat viel zu tun«, erklärte Billy. »Die zwei Stunden hat er veranschlagt, nicht ich. Was sagst du zu einem frühen Mittagessen? Anschließend könnte ich dich drüben bei Bob Hatch in der Allen Street zu einem kleinen Billardturnier rausfordern.«

»Du suchst wohl Ärger, Junge?« erwiderte Colt, aber seine Miene war nicht mehr halb so finster wie vorher.

»Ich glaube nicht, daß wir dem jungen Clanton über den Weg laufen, falls du das meinst.« Billy grinste. »Wenn du es genau wissen willst – ich habe gerade gehört, daß sein Bruder Ike heute morgen von einem der Earp-Brüder überlistet und dann vor den Richter geschleift und verurteilt worden ist. Es muß Wyatt gewesen sein. Es heißt, er hätte eine Schwäche dafür, Dickschädel einzufangen. Billy hat seinen Bruder wahrscheinlich inzwischen wieder auf die Ranch gebracht. Also, wo möchtest du gern zu Mittag essen? In der Maison Dorée?«

Das beantwortete Colt mit einem leichten Tritt in Billys Hinterteil.

10

Mrs. Addie Bourlands Modewarengeschäft in der Fremont Street war zwischen dem Büro einer Postkutschenlinie und der Praxis eines Arztes eingezwängt. Das Allerletzte, was Jocelyn gebrauchen konnte, war ein neuer Hut, aber sie war hergekommen, um sich einen, zwei oder ein Dutzend zu bestellen, je nachdem, wie lange es dauerte, bis sie Colt Thunder sähe, wenn er sein Hotel genau gegenüber gerade verließe oder beträte. Vanessa hatte ihr vorgeschlagen, schlicht und einfach selbst vor seiner Tür zu erscheinen, aber davor schreckte sie zurück. Den Männern, die sie an diesem Morgen zu ihm geschickt hatte, war nicht freundlich begegnet worden, und sie hatte keinen Grund zu der Annahme, daß ihr Erscheinen besser aufgenommen würde. Nein, ein zufälliges Treffen auf der Straße war genau das Richtige, und wenn es auch keineswegs ein Zufall wäre, bräuchte Mr. Thunder das nicht zu erfahren. Sie würde nicht zulassen, daß er sie noch einmal ignorierte.

Sie war kurz vor zwei hier eingetroffen, hatte die Kutsche fortgeschickt, und die Neugierigen, die die Kutsche angelockt hatte, waren ebenfalls auseinandergelaufen. Jetzt wies nichts mehr darauf hin, daß sie sich im Hutladen aufhielt. Die Wachen, diesmal sechs Männer, waren eine Notwendigkeit, auf die sie nicht verzichten konnte. Sie hatten sich an der Tür zur Straße und am Hintereingang aufgestellt. Diejenigen, die sie mit hineingenommen hatte, versuchten, unauffällig im Hintergrund zu bleiben, doch das mißlang ihnen gründlich. Mrs. Bourland war ganz aus dem Häuschen. Sie war es nicht gewohnt, so viele Männer in ihrem kleinen Geschäft zu haben. Schon einer allein war eine Seltenheit. Aber inzwischen schenkte sie ihnen keine Beachtung mehr, da die Aussichten auf eine so große Bestellung sie ganz in Anspruch nahm.

Vanessa hatte sich hinter einem der Fenster aufgestellt, um nach Colt Ausschau zu halten, und Jocelyn hielt Mrs. Bourland mit der riesigen Auswahl an Federn, Blumen, Farben und Materialien auf Trab. Sie war noch nie so unschlüssig bei ihrer Wahl gewesen, aber schließlich hatte sie keine Ahnung, wie lange sie noch hierbleiben müßte. Einen Teil der Zeit brachte sie damit herum, die kunstvollen europäischen Hutmoden detailliert zu beschreiben, die sie bevorzugte, aber dann war selbst dieses Thema erschöpft. Es wurde nicht nur für Ladeninhaberin, sondern auch für Jocelyn reichlich ermüdend, aber ihr blieb nichts anderes übrig. Wenn Colt allerdings nicht auftauchte, ehe der Laden schloß ...

»Jocelyn, meine Liebe, ich glaube, du solltest lieber herkommen und dir das ansehen«, rief Vanessa vom Fenster aus. »Es scheint, als würde sich gleich etwas ... Ungewöhnliches hier abspielen.«

Jocelyn stellte sich zu ihr ans Fenster, und Addie Bourland trat hinter sie. Sie sah augenblicklich, was Vanessa meinte. Langsam, aber zielstrebig schlenderten vier schwarzgekleidete Männer mitten über die staubige Straße. Mit ihren schwarzen Stetsons, den schmalen Krawatten und den herunterhängenden Schnurrbärten sah einer wie der andere aus, alle bis an die Zähne bewaffnet. Weniger fein gekleidet waren die fünf Männer auf dem freistehenden Grundstück auf der anderen Straßenseite, die sie zu erwarten schienen.

»Meine Güte, jetzt ist es soweit, jetzt wird es ernst!« sagte Addie Bourland aufgeregt.

»Was wird jetzt ernst?« erkundigte sich Jocelyn.

»Jetzt kommt der Showdown«, sagte Addie, ohne ihren Blick auch nur einen Moment lang von der Straße abzuwenden. »Damit war schon seit langem zu rechnen.«

»Was um Himmels willen ist ein Showdown?« fragte Vanessa die Ladenbesitzerin.

Die Frau sah Vanessa einen Moment lang seltsam an, doch dann lachte sie. »Ich fand gleich, daß die Damen irgendwie seltsam reden. Sie kommen nicht aus dieser Gegend, oder?« Aber sie wartete keine Antwort ab. »Ein Showdown ist eine Schießerei, mit der eine Fehde endlich offen ausgetragen wird. Das da ist Virgil Earp, unser Marshal, und die anderen, die über die Straße kommen, sind seine Brüder Wyatt und Morgan. Der mit der Schrotflinte ist Doc Holiday, Wyatts bester Freund.«

»Ein Arzt, der sich auf eine Schießerei einläßt?« Von etwas

101

moralisch derart Unvertretbarem hatte Vanessa noch nie gehört.

»Er war früher im Osten mal Zahnarzt, Ma'am. Jetzt verdient er sich den Lebensunterhalt als Spieler. Mich wundert, daß man ihn schon so früh am Tag auf den Beinen sieht. Der Kerl ist eine Nachteule.«

»Und die Herren, die sich anscheinend verstecken, um auf sie zu warten?«

»Das sind Nichtsnutze!« fauchte Addie. »Raufbolde und Störenfriede, jeder einzelne von ihnen. Diebe und Verbrecher noch dazu. Das sind Mitglieder der Clanton-Bande.« Als Vanessa sie verständnislos ansah, drückte Addie sich klarer aus. »Ike und Billy Clanton, Frank und Tom McLaury, und es sieht so aus, als hätten sie den jungen Billy Claiborne heute auch dabei. Sie können lange nicht mehr in der Stadt gewesen sein, wenn Sie noch nichts von der Clanton-Bande gehört haben. Sie sind die Erzfeinde der Earps.«

»Wir sind gestern nachmittag erst hier angekommen. Aber wenn das da draußen, wie Sie sagen, ein offizieller Hüter des Gesetzes ist, warum sollte es dann zu einem Showdown kommen, wie Sie es nannten? Wäre es nicht logischer, davon auszugehen, daß der Marshal lediglich vorhat, diese Männer zu verhaften?«

»Ja, das mag er vorhaben, und wahrscheinlich ist es auch seine Absicht, aber deshalb wird noch lange nichts daraus. Diese Jungen auf der anderen Straßenseite halten nicht still und sehen sich an, wie er sie verhaftet. Wenn sie dortstehen und warten, dann heißt das, daß sie sich mit den anderen schießen wollen. Darauf würde ich meinen Laden wetten, denn wie ich schon sagte, bahnt sich das schon lange an.«

Vanessa und Jocelyn sahen einander an. Keine von beiden wußte, ob sie die Frau ernst nehmen sollten oder nicht. Es stimmte, daß sie nie zuvor so viele Männer gesehen hatten, die ihre Waffen so deutlich zur Schau trugen wie hier in Tombstone. Wo man sich auch umsah, es war in der ganzen Stadt dasselbe. Aber dafür mußte es einen Grund geben, der schwerer wog; es konnte nicht nur darum gehen, auf einen möglichen ›Showdown‹ vorbereitet zu sein.

Die vier dunkelgekleideten Männer hatten das leerstehende Grundstück jetzt beinahe erreicht. Jocelyn beobachtete fasziniert, wie sie rasche Sprünge machten und sich mit dem Rücken zum Hutgeschäft auffächerten. Die fünf Männer auf dem Grundstück stellten sich ebenfalls mit dem Gesicht zu ihnen in einem Halbkreis auf. Ein Befehl war zu hören, die Aufforderung, die Waffen unverzüglich fallen zu lassen. Aber ehe man sich versah, begann die Schießerei.

Jocelyn wurde von einer ihrer Wachen vom Fenster fortgerissen und nahezu zu Boden geworfen. Genauso erging es Vanessa und einer heftig protestierenden Addie Bourland. Jocelyn dachte gar nicht daran, Einwände zu erheben, jedenfalls nicht mehr, als sie eine Kugel hörte, einen Irrläufer, der die Hauswand streifte. Es erschien ihr, als wollten die Schüsse nicht enden, obwohl der gräßliche Lärm sich tatsächlich nur über vielleicht dreißig Sekunden hinzog. Sie durfte aber nicht aufstehen, solange sich nicht einer ihrer Männer vergewissert hatte, daß es wirklich vorbei war.

Addie hatte sich schon vor ihr losgerissen und stand wieder am Fenster und zählte begierig die Leichen. »Es sieht so aus, als hätte es die beiden McLaurys erwischt und den jungen Clanton auch. Man könnte fast Mitleid mit dem Jungen haben. Älter als sechzehn kann er kaum gewesen sein. Aber sein Daddy war ein übler Kerl, und ihn hat er auch zu einem üblen Kerl erzogen, wie man es nicht anders erwarten konnte.«

Jocelyn hatte nicht vor, sich an den scheußlichen Einzelheiten zu ergötzen. Gütiger Himmel, lag dort draußen wirklich ein sechzehnjähriger Junge, der jetzt tot war?

»Ich . . . ich glaube, wir sollten lieber in unser Hotel zurückgehen«, schlug sie mit bebender Stimme vor.

»Sie sollten besser noch ein wenig warten«, erwiderte Addie. »Ike und der junge Claiborne haben sich verzogen, aber man kann es nie so genau wissen. Warten Sie wenigstens, bis Earp den Schauplatz verlassen hat. Sie helfen Morgan gerade auf die Füße. Er scheint eine Kugel in die Schulter abgekriegt zu haben. Sieht so aus, als seien auch der Marshal und der Doc verwundet, aber sie stehen noch, also kann es sie nicht allzu ernst erwischt haben.« Sie lachte in sich hinein. »Nein, die haben keine ernstlichen Verletzungen. Sie gehen jetzt, und die Neugierigen drängen auf die Straße. Ich denke, ich werde mich mal mit Mr. Fly unterhalten. Es sieht ganz so aus, als hätte er das Ganze aus nächster Nähe mitangesehen.«

Sie hatte die große Bestellung vergessen, aber sie vergaß nicht, den armen Sir Dudley mit einem ingrimmigen Blick zu bedenken, weil er versucht hatte, sie gegen ihren Willen zu beschützen. Dann eilte sie aus ihrem Laden und ließ die Tür hinter sich offen. Der Geruch von Schießpulver drang nun herein, und Jocelyn wurde übel. Vanessa war sehr blaß geworden und preßte sich ein parfümiertes Taschentuch auf die Nase.

»Ich weiß nicht, wie es dir geht, Vana, aber ich habe keine Lust, auch nur noch einen Moment länger hierzubleiben. Hättest du etwas dagegen, zu Fuß zurückzulaufen? Es würde zu lange dauern, die Kutsche kommen zu lassen.«

Ihr Gefährt war fortgeschickt worden, damit es sie unauffällig in der Safford Street erwartete, doch Vanessa willigte sofort ein, zu Fuß aufzubrechen. Ihr war jede weitere Sekunde, die sie noch hier bleiben sollte, zuviel. Und Jocelyns Wachen, die immer umsichtig waren und auf ihre Wünsche eingingen, ehe sie sie deutlich geäußert hatte, verließen bereits Mrs. Addie Bourlands Hutladen, um einen Weg auf dem Bürgersteig zu bahnen, auf dem die Leute sich jetzt drängten.

Der Anblick dieser Gestalten in den roten Jacken lenkte Billy Ewings Aufmerksamkeit auf die andere Seite der Straße. Er war von der Stelle fortgezerrt worden, an der er gestanden und auf die Leiche seines vorübergehenden Gefährten Billy Clanton heruntergeblickt hatte, der aus Wunden in Brust und Bauch blutete, und es kostete ihn alle Mühe, das Mittagessen bei sich zu behalten, das er vor nicht allzu langer Zeit zu sich genommen hatte. Er brauchte Ablenkung, brauchte sie ganz dringend, und die Gestalt, mit der er jetzt jeden Moment rechnete, würde ihm diese Ablenkung bieten. Daher ließ er keine wertvolle Zeit verstreichen, ehe er die Straße überquerte, und als die beiden Damen ihrer Wache auf den Bügersteig folgten, war er schon da.

Nach ihren Mienen zu schließen, waren sie ebensowenig wie Billy den Anblick von Leichen gewohnt. Beide waren blaß, und die ältere Frau sah aus, als würde sie jeden Moment ohnmächtig. Keine von beiden blickte auf die Straße, obwohl zu bezweifeln war, daß man noch etwas hätte sehen können, denn Menschenmengen drängten sich um die Leichen. Sie schienen allerdings genau zu wissen, was passiert war, wenn sie es nicht sogar mit eigenen Augen mitangesehen hatten.

Billy sprang auf den Gehsteig, sowie er festgestellt hatte, in welche Richtung sie liefen, und er ließ sich von den beiden Wachen, die ihnen vorangingen, nicht zur Seite stoßen. Die beiden und die vier anderen hatten die beiden Frauen umringt, und da keine der Wachen im Moment besonders liebenswürdig wirkte, wünschte Billy, Colt stünde hinter ihm. Aber Colt tauchte eben erst aus der Menge hervor und führte ihre Pferde auf die Straße. Selbst wenn er gesehen hätte, wohin Billy gegangen war, konnte Billy nicht damit rechnen, daß Colt ihm folgte.

Als eine der Wachen handgreiflich wurde und Billy an der Hemdbrust hochhob, ehe er ein Wort rausbrachte, und ihn aus dem Weg räumen wollte, wurde der Mann von Sir Dudley zurückgehalten. »Laß ihn los, Robbie. Das ist der junge Kerl, der heute morgen bei diesem Thunder war.«

Billy hatte Glück, und der rothaarige Robbie hörte auf seinen Freund. Er stellte Billy augenblicklich wieder hin. Er ging sogar so weit, das Hemd wieder glattzustreichen, das er mit seiner groben Faust zerknittert hatte, und sich mit einem Grinsen zu entschuldigen. Der Mann war der größte der Wächter, fast einen Meter achtzig groß und zudem stämmig, niemand, mit dem sich ein schlaksiger siebzehnjähriger Junge gern angelegt hätte, ganz gleich, unter welchen Umständen. Aber Billy hatte keine Unruhe stiften wollen. Er hatte lediglich versucht, ein paar Worte mit der Herzogin zu wechseln, weil er hoffte, damit das Bild des Todes, das er immer noch vor Augen hatte, verbannen zu können. Leider hatte er nicht bedacht, daß sie selbst außer sich war und daß jetzt nicht der rechte Zeitpunkt für einen freundlichen Plausch war, selbst dann nicht, wenn sie sich dazu herabgelassen hätte, mit ihm zu reden.

Sie sprach ihn aber an, und sie war nicht so abgelenkt, daß sie Dudleys Bemerkung überhört hätte. »Dann sind Sie ein Freund von Mr. Thunder?«

Die beiden Wachen vor ihr waren augenblicklich zur Seite getreten, damit sie auf Billy zugehen konnte. Aus der Nähe war sie noch schöner, als er geglaubt hatte. Diese Augen waren etwas ganz Besonderes, so leuchtend grün, daß sie fast glühten. Er nahm unterbewußt wahr, daß sich eine wesentlich dunklere grüne Seide um die zarten Rundungen ihrer geschmeidigen Gestalt schmiegte, aber er konnte seinen Blick nicht von ihrem Gesicht losreißen. Etliche Sekunden vergingen, ehe ihm wieder einfiel, daß sie ihn etwas gefragt hatte.

»Ich glaube nicht, daß ›Freund‹ ein angemessener Begriff ist, Lady Fleming. Ich bin Colts Bruder.«

»Sein Bruder!« sagte sie überrascht. »Aber Sie sehen ihm überhaupt nicht ähnlich. Sind Sie denn auch ein Halbblut?«

Billy hätte fast gelacht. Die Leute im Westen hätten diese Frage nicht gestellt. Sie setzten als selbstverständlich voraus, daß sie ein Halbblut erkannten, wenn sie es sehen. Und wenn ein Mann für ein Halbblut gehalten wurde, ob er es nun war oder nicht, hätte er ebensogut gleich eines sein können.

»Nein, Ma'am«, antwortete Billy und stellte überrascht fest, daß er die knappe, abgehackte Ausdrucksweise abgelegt hatte, die er jedesmal aufgriff, wenn er in den Westen kam. Als Reaktion auf ihre gewählte Redeweise setzte sich seine Erziehung im Osten wieder durch. »Colt und ich haben denselben Vater, aber nicht dieselbe Mutter.«

»Dann muß es wohl seine Mutter sein, die eine Cheyenne ist«, bemerkte sie mehr zu sich selbst. »Ja, er muß nach ihr geschlagen sein. Aber andererseits haben Sie beide blaue Augen, wenn auch nicht im selben Blau... Verzeihen Sie. Ich wollte nicht so viel reden.«

Billy grinste über die leichte Röte, die in ihre Wangen stieg, als ihr klar wurde, daß sie vor sich hin geplappert hatte. »Das macht gar nichts, Ma'am. Colt hat seine Augen von einem der Vorfahren unseres Vaters geerbt, denn Thomas Blair hatte türkisfarbene Augen, habe ich gehört. Jessie ist die einzige, die die Haarfarbe und die Augenfarbe von ihm hat.«

»Jessie... ja, Ihr Bruder hat ihren Namen genannt, als wir uns gestern getroffen haben. Aber wenn Sie nichts dagegen haben, wüßte ich gern, wie Sie das meinen: Sie haben gehört, welche Augenfarbe Ihr Vater hatte? Wie kommt es, daß Sie es nicht selbst wissen?«

»Meine Mutter hat ihn vor meiner Geburt verlassen, und daher bin ich im Osten aufgewachsen. Ich war schon halb erwachsen, als ich überhaupt zum ersten Mal von ihm gehört habe. Damals habe ich auch erst erfahren, daß ich eine ältere Schwester habe. Und es hat noch ein paar Jahre gedauert, bis ich dahintergekommen bin, daß ich außerdem noch einen Stiefbruder habe. Wir sind alle nicht gemeinsam aufgewachsen, verstehen Sie. Jessie ist bei unserem Vater auf einer Ranch in Wyoming aufgewachsen. Colt hat mit dem Volk seiner Mutter in den Prärien im Norden gelebt, und ich habe meine Jugend in einer Villa in Chicago verbracht. Warum das alles so gekommen ist, das ist komplizierter, als man meint.«

»Das ist ja äußerst faszinierend, junger Mann«, mischte sich Vanessa an diesem Punkt ein, »und ich möchte nicht unhöflich sein, aber wir haben es ein wenig eilig, diesen... Ort zu verlassen. Ich bin sicher, daß die Herzogin dieses Gespräch gern fortsetzen wird, aber in einer etwas ruhigeren Umgebung. Wenn Sie wollen, können Sie uns in unser Hotel begleiten...«

»Das täte ich nur zu gern, Ma'am, aber ich fürchte, das geht nicht. Colt erwartet mich« – sein eiliger Blick über die Straße sagte deutlich, wo Colt ihn erwartete – »und ich wollte Ihnen nur erklären, warum er sich heute morgen so benommen hat, und Ihnen sagen, daß es nichts mit Ihnen persönlich zu tun hat, Lady Fleming. Er hat diese festgefahrenen Vorstellungen, verstehen Sie, und...«

Billy unterbrach sich, denn die Dame hörte ihm nicht mehr zu. Sie war seiner Blickrichtung gefolgt und sah immer noch auf die andere Straßenseite und starrte Colt an, der sie seinerseits auch anstarrte. Aber es war deutlich zu sehen, daß er von sich aus nichts tun würde. Er nickte nicht einmal zur Begrüßung, und er rührte sich nicht vom Fleck, sondern stand einfach da, hielt die Zügel der Pferde und wartete geduldig, bis Billy sich verabschiedete und zu ihm kam. Geduldig? Wohl kaum. Wahrscheinlich war Colt wütend. Man konnte es ihm nur einfach nicht ansehen.

»Er verläßt doch nicht etwa die Stadt?«

Es konnte ihr nicht schwerfallen, zu diesem Schluß zu kommen, wenn Colt beide Pferde, die reisefertig bepackt waren, an den Zügeln führte. Dennoch überraschte Billy die Panik, die sich in ihrer Stimme und in ihrem Ausdruck zeigte. Er kam nicht dahinter, welches Interesse eine Frau wie sie an jemandem wie Colt haben konnte. Sie kannte ihn kaum, jedenfalls bestimmt nicht gut genug, um Grund für derartige Besorgnis zu haben.

Billy fühlte sich immer unbehaglicher, da er die Antwort kannte, die er geben mußte, und sich die Reaktion darauf ausmalen konnte. »Colt macht sich nicht viel aus Städten, Ma'am, vor allem nicht aus denen, die er nicht kennt. Er ist nur hergekommen, weil er mich gesucht hat, und da er mich jetzt gefunden hat, kann er es kaum abwarten, wieder aufzubrechen. Wir wären schon fort, wenn mein Pferd nicht ein Hufeisen verloren hätte.«

»Mr. Thunder sieht das ganz richtig«, bemerkte Vanessa. »Ich bin absolut dafür, diese Stadt zu verlassen – und zwar augenblicklich.«

»Wir haben noch keinen Reiseführer«, erwiderte die Herzogin geistesabwesend.

»Wohin geht es denn, Ma'am, wenn ich mir diese Frage gestatten darf?«

Jocelyn zögerte nur einen Moment lang, ehe sie sagte: »Nach Wyoming.« Billy war nicht der einzige, den diese Antwort überraschte. Aber er war der einzige, der sich ohne jeden Argwohn zu einer Äußerung hinreißen ließ.

»Das ist ja kaum zu glauben«, sagte Billy mit kindlicher Freude. »Dahin wollen wir auch, oder wenigstens Colt, denn er hat noch nicht gesagt, ob er mich irgendwo auf der Strecke in ein Schiff setzen wird oder nicht. Es ist wirklich ein Jammer, daß wir nicht alle...«

Er beendete diesen Gedanken nicht, da ihm gerade noch rechtzeitig einfiel, daß es nicht seine Sache war, jemanden aufzufordern, mit ihnen zu kommen, und schon gar nicht eine Frau, der Colt hartnäckig aus dem Weg ging. Aber er hatte ohnehin schon zu viel gesagt, und sie griff die Idee begierig auf, ohne ihm eine Chance zu geben, seinen Fehler noch zu korrigieren.

»Aber das ist ja eine großartige Idee, Mr.... Blair, nicht wahr?«

»Ewing«, erwiderte er mit einem ziemlich flauen Gefühl im Magen. »Ich habe den Namen meines Stiefvaters angenommen.«

»Also, Mr. Ewing, Sie sind wirklich mein Lebensretter«, redete sie überstürzt weiter. »Ich stimme der Gräfin zu, daß wir in einem Ort, in dem solche Gewalttätigkeiten vorkommen, nicht länger bleiben können. Und wir werden so gut wie keine Zeit brauchen, ehe wir aufbruchsbereit sind.«

»Aber...«

»Ach, Sie brauchen nicht zu glauben, daß wir vorhaben, Ihre Gutmütigkeit auszunutzen, Sir. Keineswegs. Da wir wirklich einen Reiseführer brauchen, müssen Sie mir gestatten, Sie und Ihren Bruder zu diesem Zweck zu engagieren. Ich kann Sie außerordentlich gut bezahlen, damit es sich für Sie lohnt, sich mit uns abzugeben, bis wir Wyoming erreicht haben.«

»Aber...«

»Nein, nein, Sie können die Bezahlung nicht ablehnen. Darauf muß ich wirklich bestehen. Andernfalls würde ich es ablehnen, daß wir uns Ihnen aufdrängen. Wenn Sie uns also bitte innerhalb der nächsten Stunde vor dem Grand Hotel treffen würden, werden wir unsere Abreise nicht länger hinauszögern. Also bis in einer Stunde, Mr. Ewing.«

Sie nickte zum Abschied, als sie an ihm vorbeiging, und ehe er das nächste ›Aber‹ herausbrachte, war sie fort, doch auch das hätte ihm nicht weiter geholfen als seine bisherigen Versuche, Einwände zu erheben. Er blieb allein auf dem Gehsteig zurück – und sah Colt auf der anderen Straßenseite stehen. Himmel! Was zum Teufel war eben gerade passiert? Er hatte doch nicht etwa wirklich eingewilligt, die Herzogin und ihr Gefolge nach Wyoming zu begleiten, oder? Aber er hatte sich auch nicht dagegen verwahrt.

Seine Gedanken drehten sich im Kreis, und Billy rührte sich nicht von der Stelle. Aber jetzt, da er allein war, kam Colt über die Straße auf ihn zu und führte immer noch die beiden Pferde am Zügel.

»Steig auf, Junge.«

Einfach so. Er interessierte sich noch nicht einmal für Billys Unterhaltung mit der Herzogin, oder wenn er doch neugierig war, dann tat er nichts, um seine Neugier zu stillen. Für Billy wäre es leichter gewesen, wenn er ihn angeschrien und ihn als den größtmöglichen Idioten beschimpft hätte, weil er diesen Frauen auch nur nahegekommen war. Er kam sich jedenfalls sicherlich wie ein Idiot vor. Die Dame hatte ihn eingewickelt, und jetzt mußte er versuchen, dasselbe mit Colt zu tun.

»Wir, äh... wir können nicht einfach aufbrechen, Colt.«

»Willst du wetten?«

Billy stöhnte innerlich, doch dann wagte er sich mit einem Kopfsprung zum Kern der Sache. »Ich habe sozusagen eingewilligt, daß wir die Dame nach Wyoming mitnehmen.«

Eine lange Stille brach an, die vor Spannung knisterte, während er darauf wartete, daß Colt explodieren würde. Als Colt etwas dazu sagte, war seine Stimme kaum mehr als ein Flüstern. »So, wie du sozusagen eingewilligt hast, dich von den Clantons engagieren zu lassen?«

»Tja, also, genau genommen hat sie mir gar keine Chance gegeben, einzuwilligen oder abzulehnen. Sie hat es sozusagen als selbstverständlich vorausgesetzt.«

»Steig auf, Billy«, war alles, was Colt dazu sagte.

»Aber diesmal ist es etwas anderes! Sie ist in ihr Hotel gegangen, um zu packen. Sie erwartet uns in einer Stunde vor ihrem Hotel.«

Colt stieg seelenruhig auf sein Pferd, ehe er antwortete:

»Dann wird sie eben erkennen, daß sie sich geirrt hat, wenn wir nicht dort auftauchen, oder etwa nicht?«

Das stimmte nur zu gut, und es war die einfachste Lösung, um aus all dem herauszukommen, nur ...

»Du verstehst das nicht, Colt. Diese Damen fürchten sich, nach dem, was sie hier miterlebt haben, noch länger in der Stadt zu bleiben. Sie haben vor, die Stadt noch heute zu verlassen, ob in Begleitung oder nicht. Würdest du wirklich zulassen, daß sie allein diese Gegend durchqueren, über die sie nichts wissen? Sie kennen die Gefahren nicht, vor denen sie sich vorsehen müssen, und sie wissen auch nicht, wie man die Zeichen der Indianer deutet oder sonst etwas. Sie werden sich verirren oder ertrinken, wenn sie einen Fluß an der falschen Stelle überqueren, oder man wird sie ausrauben. Du weißt, daß es Hunderte von kleinen Banditen gibt, die allein hier in der Umgebung ihr Unwesen treiben. Sie bräuchten nichts weiter zu tun, als sich bei den falschen Leuten nach der Richtung zu erkundigen, um in eine Falle zu gehen. Sie sind Greenhorns, Colt, hundertmal schlimmer als ich.«

Irgend etwas mußte zu Colt vorgedrungen sein, denn jetzt geriet er außer sich. »Verdammt nochmal, ich habe ihr doch gesagt, daß ich nicht zu haben bin!«

»Aber hast du da schon gewußt, daß sie nach Wyoming will? Und sie sagt, daß sie sehr gut bezahlt. Du könntest an dieser Reise wenigstens etwas verdienen, wenn ich dir schon so viel Ärger gemacht habe.«

Es war vielleicht nicht gerade das Klügste, Colt mit der Nase darauf zu stoßen, was ihn eigentlich hierher geführt hatte. Billy war erschlagen von dem Blick, mit dem Colt ihn bedachte, doch dann riß Colt sein Pferd herum – und ritt auf das Grand Hotel zu.

11

Billy hätte wissen müssen, daß es nicht so leicht war, Colt zu überreden. Er hatte nicht die Absicht, die Herzogin und ihre Entourage in den Norden zu begleiten. Oder, wie er es formulierte, während sie vor ihrem Hotel auf ihr Erscheinen warteten: Sie sei jetzt schon seit drei Jahren ununterbrochen auf Reisen. Sie hätte mit ihrem kleinen Heer jeglichen Schutz, den sie bräuchte, und es gäbe die Routen der Postkutschen, auf denen sie bleiben könnten, wenn sie sich nicht verirren wollten. Wenn sie unbedingt einen Reiseführer bräuchten, wäre es wahrscheinlich eine Frage von Stunden, bis sie einen aufgetrieben hätten, und sie könnten sich problemlos heute noch auf den Weg machen und die Stadt verlassen. Was diese Menschen nicht bräuchten und auch nicht bekommen würden, das wäre er, und er wäre da, um das ohne Zweifel klarzustellen.

Billy wußte nicht, was er davon halten sollte. Colt hatte gesagt, was er zu sagen hatte, und dann war nichts mehr aus ihm herauszuholen gewesen. Aber als sie vor dem Grand Hotel auf ihren Pferden saßen und zusahen, wie die Gepäckstücke und die Koffer auf die Wagen verladen wurden, die schon vor dem Haus bereitgestanden hatten, als sie dort ankamen, fürchtete Billy, daß Colt nicht gerade freundlich vorgehen würde. Und Colt konnte äußerst unfreundlich sein, wenn er wollte. Aber er benahm sich auch nicht normal. Während sie warteten, war sein Kiefer ständig in Bewegung, als bisse er die Zähne aufeinander, er rückte sich den Hut ein halbes Dutzend mal auf dem Kopf zurecht, und er schien sich jedesmal anzuspannen, wenn die Hoteltüren sich öffneten. Hätte Billy es nicht besser gewußt, hätte er glauben müssen, Colt sei nervös, aber das konnte einfach nicht sein. Es gab nichts auf Erden, was Colt hätte einschüchtern können, soweit Billy wußte. Er reagierte einfach nicht so auf Dinge, wie andere Männer reagiert hätten.

Im Hotel konnte kein Zweifel an der herrschenden Nervosität aufkommen. Jocelyn zitterte fast vor Aufregung, als sie auf den Eingang zuging. Man hatte ihr mitgeteilt, daß Colt

Thunder mit seinem Bruder draußen auf sie wartete. Sie hatte sich bemüht, nicht wirklich daran zu glauben, daß er kommen würde, aber sein Auftauchen hieß noch lange nicht, daß sie bekommen würde, was sie wollte. Weit gefehlt. So, wie sie seinen Bruder manipuliert hatte, war es sein gutes Recht, wütend auf sie zu sein. Bei *ihm* wäre sie damit nicht durchgekommen, und wahrscheinlich war er nur da, um ihr mitzuteilen, was er von ihrer herablassenden Art hielt.

»Bleib' einen Moment stehen, und atme tief durch, ehe dir übel wird«, sagte Vanessa mit strenger Stimme und legte ihre Hand auf Jocelyns Arm, um sicherzugehen, daß sie auch stehenblieb. Sie bedeutete den Wachen, zurückzutreten. »Was geschehen ist, ist geschehen. Jetzt bleibt dir nichts anderes mehr übrig, als dich zu entschuldigen.«

»Ich könnte ihn darum bitten.«

»Du wirst nichts dergleichen tun!« fauchte Vanessa empört. »Wir sind nicht in äußerster Not und auf seine Hilfe angewiesen, und du mußt nicht unbedingt seinen Körper haben, oder jedenfalls noch nicht. Du fühlst dich gewaltig zu ihm hingezogen, aber warte es nur ab: Aus den Augen, aus dem Sinn. Du wirst ihn schneller vergessen, als du glaubst.«

»Und ewig Jungfrau bleiben«, seufzte Jocelyn.

Vanessa konnte sich nicht helfen. Als sie Jocelyns hilflose Miene sah, mußte sie unwillkürlich lächeln. »Das ist äußerst unwahrscheinlich, meine Liebe, und das weißt du selbst. Du vergißt, daß du dich gerade erst entschlossen hast, dir einen Liebhaber zu nehmen. Vorher hast du nicht aktiv nach einem Ausschau gehalten, aber jetzt, nachdem du erst damit angefangen hast, wirst du erstaunt sein, wie viele Männer du anziehend findest, von denen du andernfalls gar keine Notiz genommen hättest.«

»Aber ich habe meine Wahl getroffen.«

»Aber diese Entscheidung scheint sehr einseitig zu sein, meine Liebe, oder ist dir das etwa entgangen?« sagte Vanessa trocken, aber nur, um ihre Worte gleich wieder zu bereuen, als Jocelyn zusammenzuckte. »Jetzt laß uns davon aufhören. Wahrscheinlich gibt es gute Gründe dafür, daß diese amerikanischen Indianer als Wilde angesehen werden, verstehst du. Es ist zu bezweifeln, daß es dir gefallen würde, dich von ihm lieben zu lassen, und daher solltest du froh sein, daß nichts daraus wird.«

»Er ist kein Wilder, Vana.«

»Spar dir deine Meinung lieber auf, bis du ihm gegenübergetreten bist. Und das Beste ist, wir bringen es hinter uns. Jetzt komm schon.«

Als sie sich wieder in Bewegung setzten, liefen die vier Wachen, denen Vanessa ein Zeichen gegeben hatte, wieder hinter ihnen her, und die beiden, die im Foyer aufgestellt gewesen waren, schlossen sich ihnen an. Die übrigen sechs waren bereits draußen. Sie mußten sich inzwischen genau umgesehen haben, sogar die Gebäude auf der anderen Straßenseite überprüft haben. Wenn auch nur eine Person in der Nähe war, die sich irgendwie verdächtig gemacht hätte und sich nicht hätte fortschicken lassen, wäre es Jocelyn untersagt worden, das Hotel zu verlassen. Mit solchen Sicherheitsvorkehrungen konnten sie Stunden vergeuden, was auch schon häufig vorgekommen war. Wenn Longnose je einen anständigen Scharfschützen eingestellt hätte, wären diese Sicherheitsmaßnahmen umsonst gewesen, aber zum Glück war keiner der Männer, die er je anheuerte, ein guter Schütze gewesen, jedenfalls nicht auf Distanz.

Sir Parker war zur Stelle und hielt ihnen mit einem entgegenkommenden Lächeln die Tür auf. Er betete Jocelyn an, aber nur aus der Ferne. Sie war für ihn so etwas wie ein Ideal, das man ungefährdet anbeten durfte, aber er hätte sich nie angemaßt, ihr seine Gefühle zu erklären. Als hätten es nicht alle gewußt, auch Jocelyn. Sie war der Stoff, aus dem die Träume sind, wogegen erdverbundene Geschöpfe wie Babette die Wirklichkeit ausmachten, und Parker und die Hälfte der Wachen machten sich häufig den Realitätssinn des Mädchens zunutze. Doch es war amüsant mitanzusehen, wie Parker und Jocelyn sich solche Mühe gaben, seine Empfindungen zu übergehen.

Es war wirklich ein Jammer, daß er glaubte, Jocelyn sei für ihn nicht zu haben, fand Vanessa, denn mit dreißig hatte er genau das richtige Alter, er hatte beträchtlichen Grundbesitz in Kent, und mit seinem schwarzen Haar und seinen dunkel-grünen Augen sah er mit Abstand besser aus als alle übrigen Wachen. Das Ärgerliche war nur, daß er sich niemals damit begnügt hätte, nichts weiter als ihr Liebhaber zu sein, selbst dann nicht, wenn sie ihn als Kandidaten ins Auge gefaßt hätte. Er war noch nicht soweit, daß er sich niederlassen und einen Hausstand gründen wollte – der Grund, aus dem er die Aufgabe so genoß, die der Herzog ihm angeboten hatte – aber wenn er geglaubt hätte, daß Jocelyn ihn genommen hätte, hätte er noch in diesem Moment um ihre Hand ange-halten.

Nein, Jocelyn hätte niemals einen ihrer eigenen Männer für ihre ersten Erfahrungen in Betracht gezogen, denn das hätte ihrem Anliegen, das Andenken des Herzogs nicht zu schädigen, den Todesstoß versetzt. Aber Vanessas böse Ah-nungen, was Mr. Thunder anging, hatten sich heute be-trächtlich verstärkt, und sie war jetzt entschieden der Mei-nung, daß er auch nicht der Richtige für sie war.

Eine Jungfrau brauchte bei ihrer ersten sexuellen Erfah-rung Einfühlsamkeit und eine sachte Behandlung, und es war höchst fragwürdig, ob Mr. Thunder entsprechend ver-anlagt war. Angesichts seiner äußeren Erscheinung und sei-ner Ausdrucksweise, die gepflegter war als die der meisten Leute aus dem Westen, waren sie davon ausgegangen, daß er trotz seiner Abstammung so aufgewachsen war, daß man es hier im Westen noch als eine Form von Zivilisation hätte bezeichnen können. Es war überraschend gewesen, als sie von seinem Bruder gehört hatten, daß dem nicht so war. Wenn ein Mann von Wilden aufgezogen worden war, machte ihn das dann nicht auch zum Wilden? Colt Thunders zivilisiertes Auftreten war höchstwahrscheinlich nur eine glatte Oberfläche, die nicht unter die Haut reichte; und des-halb war es auch ein Segen, daß er Jocelyns Interesse an ihm nicht erwiderte.

Vanessa war gezwungen, ihre Meinung wieder einmal zu ändern, als sie auf den Gehsteig vor dem Hotel traten und sie den Mann sah, der noch auf seinem Pferd saß. Nicht bis unter die Haut? Noch nicht einmal das. An dem Blick, mit dem er

Jocelyn bedachte, war nichts Zivilisiertes. Er sagte deutlicher aus als Worte, daß sie in ernsten Schwierigkeiten gesteckt hätte, wenn sie in dem Moment allein gewesen wären. Wurde ihr das klar, oder ließ sie sich immer noch von der dunklen Schönheit dieses Mannes blenden? Und er war wirklich eine Schönheit. Vanessa hatte ihn bisher nie aus der Nähe gesehen, aber jetzt fiel es ihr leichter, zu verstehen, warum er Jocelyn derart stark angezogen hatte.

Jocelyn verkannte nicht, was Colt mit seinem Blick besagen wollte, aber schließlich hatte sie mit so etwas gerechnet. Der Mann war wütend auf sie und wollte, daß sie es wußte. Trotzdem schrie er sie nicht an, noch nicht jedenfalls, aber auch damit hatte sie gerechnet. Natürlich war sie diesmal nicht allein mit ihm. Sie war von ihrer Wache umgeben. Aber irgendwie glaubte sie nicht, daß ihn das zurückhalten würde, wenn er sie anschreien *wollte*.

Das Schweigen zog sich in die Länge, und er starrte sie weiterhin an, bis ihre Nerven am Ende waren. Sie hätte sich entschuldigen sollen. Das war es, was er wahrscheinlich von ihr erwartete. Aber die Worte wollten nicht herauskommen, und dann kam er zu Wort.

»Fünfzigtausend Dollar, Herzogin. Nehmen Sie das Angebot an, oder lassen Sie es bleiben.«

Es war ihr Glück, daß Jocelyn die Gesichter der Männer nicht sehen konnte, die hinter ihr standen, oder sie hätte geglaubt, es käme zu einem Blutvergießen. Sie hörte jedoch, wie Vanessa nach Luft schnappte, und sie merkte, daß die Gräfin Parker eine Hand auf den Arm gelegt hatte, um ihn zurückzuhalten, damit er nicht auf die Beleidigung reagierte, die Jocelyn zugefügt worden war. Und ihr wurde auch klar, daß sie beleidigt worden war, und zwar nicht nur mit Worten, die besagten, daß nur ein Vermögen ihn dazu bringen könnte, für sie zu arbeiten, und daß es ihm so oder so egal sei, sondern auch der Tonfall, in dem diese Worte vorgebracht worden waren, stellte eine Beleidigung dar.

Ja, er war geschickt, dieser Colt Thunder. Er rechnete fest damit, daß ein solches Honorar sie empören würde. Er verließ sich darauf. Er war vollkommen sicher, daß sie nicht darauf eingehen würde; er hatte eine so hohe Summe genannt, daß sie gezwungen war, abzulehnen; andernfalls hätte er das Angebot nicht gemacht. Sie mußte ihr Lächeln mühsam zurückhalten. Für den Preis konnte sie hundert Reiseführer engagieren, und das wußten sie beide, aber was er nicht wußte, war, daß sie ihn gar nicht als Reiseführer haben wollte. Höchstwahrscheinlich war er der teuerste Liebhaber, den sich je eine Frau gekauft hatte, aber wofür hätte sie ihr Vermögen sonst ausgeben sollen?

»Abgemacht, Mr. Thunder«, sagte Jocelyn vergnügt. »Sie arbeiten ab jetzt für mich.« Sie mußte sich eilig abwenden, da sie andernfalls laut über den Ausdruck ungläubigen Staunens gelacht hätte, der auf sein schön geschnittenes Gesicht trat.

12

»Das hat er aus reiner Bosheit getan, verstehst du«, klagte Vanessa aufgebracht, als sie sich mit einem feuchten Tuch den Staub aus dem Gesicht wischte. »Diese Stadt, durch die wir gekommen sind, liegt keine drei bis vier Meilen hinter uns, und als wir dort waren, war es schon fast Abend. Es gab keinen ersichtlichen Grund für uns weiterzureisen und jetzt hier unter freiem Himmel unser Lager aufzuschlagen. Er wollte dir lediglich heimzahlen, daß du ihn heute beim Wort genommen hast. Denk' an meine Worte, Jocelyn! Dieser Mann hat vor, dich dafür büßen zu lassen, daß du ihn reingelegt hast.«

»Ich habe ihn nicht reingelegt. Ich bin nur auf seine Bedingungen eingegangen.«

»Sei nicht einfältig, meine Liebe. Diese lachhaften Bedingungen waren nicht dazu gedacht, daß du auf sie eingehst, und das weißt du selbst. Du hättest sein Gesicht sehen sollen...«

»Ich habe es gesehen.« Jocelyn grinste so schelmisch, daß Vanessa gegen ihren Willen auch belustigt war. »Ich glaube nicht, daß Edwards Geld mir je zuvor so viel Freude gemacht hat. Er hat nach den Sternen gegriffen, und ich konnte sie ihm geben. Mein Gott, war das wohltuend.«

»Ich hoffe, der Meinung bist du immer noch, wenn wir die nächsten Wochen in diesem Zelt verbringen.«

»Ach, hör doch auf, dich so anzustellen, Vana. Eigentlich kann von einem Zelt keine Rede sein.« Das Ding war riesig, sie hatten viel Platz über den Köpfen, ein weicher Perserteppich lag auf dem Boden, und sie hatten Seidenkissen, auf denen sie lehnen konnten, und dicke Felle, auf denen sie schliefen.

»Wir haben alle erdenklichen Annehmlichkeiten.«

»Bis auf ein Bad«, gab die Gräfin zurück und enthüllte somit den Quell ihres Verdrusses.

»Du kannst ein Bad nehmen, das weißt du selbst.«

»Nachdem Sidney und Pearson vor nicht allzu vielen Stunden die Wagen beladen haben, käme ich im Traum nicht darauf, sie jetzt zu bitten, mir Wasser vom Fluß herzuschleppen. Ich denke doch, daß ich nicht ganz so rücksichtslos bin.«

»Die Lakaien sind nicht die einzigen, die Wasser holen könnten, Vana. Du willst einfach schwierig sein, und ich wüßte gern, warum.«

»Ich bin hier nicht diejenige, die schwierig ist. Ich sehe nur einfach nicht ein, warum wir im Freien übernachten müssen, wenn wir nur ein paar Meilen von einer Stadt entfernt sind. Wenn sich hier jemand als schwierig erweist, dann ist das dein unheimlich kostspieliger Reiseführer.«

»Und was ist, wenn er einen einleuchtenden Grund dafür hat, einen Bogen um diese Stadt zu machen?«

»Den Grund würde ich zu gerne hören. Warum gehst du nicht hin und fragst ihn? Was ist? Worauf wartest du noch?«

»Er ist nicht da«, mußte Jocelyn einräumen. »Sein Bruder hat gesagt, daß er die nähere Umgebung auskundschaftet.«

»Pah! Ich halte es für wahrscheinlicher, daß er nach Benson zurückgeritten ist, um sich dort ein weiches Bett zu verschaffen, und wenn du ihn morgen früh siehst, wird er ausgeruht und in Hochform sein und uns weitere Unannehmlichkeiten zumuten. Das wäre genau die Form der Rache, die jemandem wie ihm gefallen könnte.«

»Nein, da täuschst du dich, Vana. Wenn er sich rächen wollte, täte er es nicht annähernd so subtil, und seine Rache würde sich gegen mich richten und nicht gegen alle Beteiligten.«

»Dann hast du es auch in seinen Augen gesehen, oder nicht?« fragte Vanessa wesentlich sanfter und kniete sich dort, wo Jocelyn saß, zwischen die Kissen. Als Jocelyn kläglich nickte, legte sie eine zarte Hand auf ihre Wange. »Ist dir endlich klar geworden, daß er ganz anders ist als alle anderen Männer, die dir bisher begegnet sind? Er ist grob und gefährlich und...«

»Ich will ihn trotzdem«, schnitt ihr Jocelyn flüsternd das Wort ab. »Sogar, als er mich angesehen hat, als wollte er mir etwas antun, war mir ganz anders, genauso wie beim ersten Mal, als ich ihn angesehen habe.«

Vanessa seufzte. »Er wird nicht sanft mit dir umspringen, Liebes. Das weißt du doch selbst, oder nicht? Und wenn du ihn in Versuchung führst, solange er noch wütend auf dich ist, kann es sein, daß er dir weh tut – absichtlich.«

»Das kannst du nicht wissen«, wandte Jocelyn ein, obwohl Unsicherheit in ihre Augen trat. »Er ist nicht grausam. Ich hätte doch gespürt, wenn er es wäre – oder nicht?«

»Vielleicht«, räumte Vanessa ein. »Aber ich glaube nach wie vor nicht, daß er sachte mit dir umgehen könnte. Er ist das Produkt einer Kultur und einer Lebensform, die wir uns nicht im entferntesten vorstellen können. Wirst du dir das wenigstens merken?«

Jocelyn nickte und ließ sich dann seufzend auf die Kissen sinken. »Ich weiß nicht, weshalb du dir überhaupt Sorgen machst. Er wird mir wohl kaum verzeihen, daß ich reich genug bin, um mir ihn leisten zu können.«

Vanessa mußte lachen. »Was wiederum nur beweist, wie anders er ist. Welcher andere Mann wäre wütend, wenn er feststellte, was für ein unverhofftes Glück er hat? Und dabei muß er für uns noch nicht einmal einen Umweg machen. Seinetwegen reisen wir dahin, wo auch er hinfährt. Wo zum Teufel liegt übrigens dieses Wyoming?«

»Was, zum Teufel, ist denn das?«

Billy kicherte, als er sah, wohin Colt starrte. »Die Unterkunft der Damen. Das haben sie einem Wüstenscheich abgekauft, als sie drüben durch die nordafrikanischen Länder gereist sind. Du kannst dir gar nicht vorstellen, in welchen Ländern die schon gewesen sind, Colt. Die Geschichten, die sie zu erzählen haben, werden uns als Unterhaltung für die ganze Strecke reichen.«

Colt sah Billy angewidert an, ehe er abstieg. »Wo hast du deinen Verstand diesmal gelassen, Junge? Ich habe damit gerechnet, bei meiner Rückkehr ein Lager vorzufinden und nicht eine verdammte Ortschaft. Ist dir denn gar nicht klar, wie viele Männer nötig sind, um ein so großes Areal zu bewachen?«

Es gab noch andere Zelte außer dem der Damen, und sie waren zwar nicht ganz so groß, doch recht geräumig, und die Zelte und die Wagen waren weit verstreut. Das einzige, womit Colt zufrieden war, war, daß man die Tiere an einer Stelle zusammengetrieben hatte, die gegen den Wind lag.

»Warum beruhigst du dich nicht, Colt? Setz dich doch. Ich habe dir etwas von unserem Abendessen aufgehoben. Sie haben einen französischen Koch, und ich kann ruhigen Gewissens sagen, daß ich noch nie etwas... so...«

Seine Worte verklangen, als Colt, der seinem Pferd den Sattel abgenommen hatte, sich mit bedrohlicher Miene umdrehte. »Dir macht das wohl Spaß, Junge, was?«

Billy schluckte schwer. Es wäre ihm wesentlich lieber gewesen, wenn Colt ihn angeschrien hätte, doch statt dessen sprach er mit dieser leisen, beherrschten Stimme. Er war so verdammt schwer einzuschätzen, wenn seine indianische Seite die Oberhand gewann. Billy mußte ihn beschwichtigen, und zwar schnell.

»Die wußten genau, was sie tun, Colt. Beim Campieren sind sie alte Hasen. In weniger als zwanzig Minuten war alles ausgepackt und aufgebaut. Und du vergißt, wie viele Männer hier tatsächlich sind. Sie haben schon die Wachen eingeteilt...«

Wieder verhallten Billys Worte. Colt hatte sich wieder seinem Pferd zugewandt, aber schon allein seine kantigen Bewegungen sprachen Bände. Er war bis zum Zerreißen angespannt, und Billy wurde endlich klar, daß er sich nicht wirklich über das Lager aufregte. Es diente nur als Ventil für seine Wut, die er nicht gegen den wahren Auslöser zu richten vermochte. Dieser ›Auslöser‹ hatte sich zum Glück schon zurückgezogen.

Billy konnte immer noch nicht so recht glauben, daß Colt jetzt für die Herzogin arbeitete. *Nehmen Sie das Angebot an, oder lassen Sie es bleiben*, diese wenigen Worte hatten ihn in die Falle gelockt, und zwar endgültig. Wahrscheinlich richtete sich ein Teil seines Zorns gegen sich selbst, weil er der Frau völlig unbeabsichtigt diese Chance gegeben hatte. Fünfzigtausend Dollar. Billy war fast vom Pferd gefallen, als er diese Zahl gehört hatte, doch das war nichts im Vergleich zu dem Schock, den es nicht nur ihm, sondern auch Colt versetzt hatte, als die Herzogin auf das Angebot eingegangen war.

Jetzt, im Nachhinein, war es komisch. Zumindest war er dieser Meinung. Aber er wußte, daß Colt es wohl nicht komisch fand – und es auch nie komisch finden würde.

Colt besaß zwar ein kleines Vermögen in Form von Rohgold, das seine Mutter ihm gegeben hatte, doch Billy bezweifelte, daß er je darauf zurückgegriffen hatte. Für jemanden wie Colt hatten Reichtümer keinerlei Bedeutung. Er lebte nach wie vor von dem, was die Natur ihm bot, wie immer. Jessie war es mißlungen, ihn in dieser Hinsicht umzuerziehen. Manchmal schlief er in dem großen Ranchgebäude, das Chase für Jessie gebaut hatte, nachdem das alte abgebrannt war, und manchmal schlief er in der Hütte, die er sich in den Hügeln oberhalb der Ranch gebaut hatte. Doch in den meisten Nächten schlug Colt sein Lager irgendwo unter den Sternen auf, vor allem, wenn es wärmer war. Und er hatte bisher noch nie für jemanden gearbeitet, noch nicht einmal für Jessie.

Sie hatte versucht, ihm die Grundlagen der Arbeit auf einer Ranch beizubringen, aber es war nichts, was ihm lag, und daher war er nicht bei der Sache gewesen. Schließlich hatte er sich entschlossen, das zu tun, worin er schon immer das größte Geschick besessen hatte, nämlich Pferde zuzureiten. Jetzt versorgte er das Rocky Valley, aber auch die anderen Rancher in der Umgebung, mit sämtlichen Pferden, die sie für die Arbeit brauchten, Tiere, die früher aus Colorado – wenn nicht von noch weiter – hergebracht worden waren. Und der Hengst, den er Chase geschenkt hatte, hatte in den beiden vergangenen Jahren das jährliche Pferderennen in Cheyenne gewonnen. Daher war jetzt auch die Nachfrage nach seinen Rennpferden groß.

Doch Geld bedeutete ihm immer noch nichts. Er fing Wildpferde ein und ritt sie zu, weil es ihm Spaß machte, und nicht wegen der lukrativen Summen, die damit einzunehmen waren. Nichtsdestoweniger kannte er sich mit Geld aus und wußte, welchen Preis man wofür zahlte. Jessie hatte seine Erziehung in dieser Hinsicht abgerundet. Er war mit ihr und Chase nach Denver und St. Louis zum Einkaufen gefahren. Und während seines Aufenthaltes in Chicago war er in einigen der prächtigsten Häuser gewesen, hatte sich durch manche der teuersten Geschäfte schleifen lassen und hatte mit eigenen Augen gesehen, wie die Reichen lebten und wofür sie ihr Geld ausgaben. Er hatte sich vollkommen sicher in seinem Glauben gefühlt, daß der Preis, den er für seine Dienste genannt hatte, so exotisch war, daß niemand, der bei klarem Verstand war, ihn ernst genommen hätte, und darin hatte sein Fehler gelegen.

Ja, ihm war klar gewesen, daß die Herzogin reich war. Das konnte einem nicht entgehen. Ihre Equipage, ihre hochwertigen Pferde, ihre Kleidung und die Anzahl von Leuten, die sie bereits in ihren Diensten hatte, all das schrie ihren Reichtum heraus. Unverständlich war dagegen, selbst für Billy, das Ausmaß von Reichtum, die fünfzigtausend Dollar zu einer lächerlichen Summe werden ließ, die es nicht wert war, mit der Wimper zu zucken. Selbst Billy kannte niemanden, der so reich war.

Aber selbst die Reichen warfen ihr Geld nicht derart leichtsinnig raus, und genau das tat die Herzogin. Warum bloß? Sie mochte zwar verschwenderisch sein, aber sie kam Billy nicht dumm oder verrückt vor. Weit gefehlt. War sie einfach derart verzogen, daß sie es nicht ertragen konnte, wenn ihr jemand einen Wunsch ausschlug?

Das war nicht einleuchtend. Was sie haben wollte, war ein Reiseführer – oder etwa nicht? Es schien eher, als hätte sie unbedingt Colt persönlich für diesen Posten haben wollen, obwohl er ihr gesagt hatte, daß er nicht zu haben war. Sie hatte zwar mit ihm eine ausgezeichnete Wahl getroffen, wenn sie sicher von einem Ort an einen anderen gelangen wollte, aber das konnte man auch von vielen anderen Männern behaupten, Männern, die diese Stellung gern angenommen hätten. Colt wollte sie nicht haben und hatte das deutlich klargestellt, aber daran schien sich die Herzogin nicht zu stören. Daher mußte es einen speziellen Grund geben, weshalb sie Colt um jeden Preis in ihren Diensten wissen wollte. Doch Billy kam nicht hinter diesen Grund.

Colt auch nicht, und er hatte diese Frage weit gründlicher durchdacht als Billy, und er hatte mehr Fakten in der Hand. Er wußte, daß sie ihn ursprünglich haben wollte, damit er ihr ihren Feind vom Hals schaffte. Ihr zweites Angebot war das gewesen, ihn als Reiseführer einzustellen. Er fragte sich, ob sie ihm noch eine dritte Möglichkeit angeboten hätte, wenn er eingewilligt hätte, sich mit ihr zu treffen. Wahrscheinlich. Hielt sie ihn für die Lösung ihrer Probleme? Wußte sie denn nicht, daß man niemanden zwingen konnte, einem zu helfen? Sie hatte sich einen Reiseführer gekauft, und das war alles, was sie bekommen würde.

Warum also erboste es ihn derart, daß das Lager weite Angriffsflächen bot? Diese verfluchte Frau würde seinen Schutz bekommen, ob er wollte oder nicht. Aber er würde ihr ihren Feind nicht vom Hals schaffen. Wenn sie glaubte, ihn dazu überreden zu können, müßte sie sich auf ein rauhes Erwachen gefaßt machen.

Und doch konnte das nicht der eigentliche Grund für ihr so stures Beharren sein, ihn auf dieser Reise bei sich haben zu wollen. Für den Preis, den sie ihm zu zahlen bereit war, konnte sie ein Dutzend Kopfgeldjäger engagieren. Aber vielleicht wollte sie gar nicht so viel Geld rausschmeißen. Vielleicht hatte sie seinen Bluff mit einem Bluff beantwortet und dachte gar nicht daran, tatsächlich zu bezahlen. Und vielleicht konnte er sich aus dieser ganzen Klemme befreien, indem er das Geld im voraus verlangte – damit er wieder wie der letzte Trottel dastand, falls sie zufällig solche Summen hier herumliegen hatte? Der Teufel sollte ihn holen, wenn er das riskierte. Er hatte heute schon einmal zuviel riskiert.

Colt ließ seinen Sattel so dicht neben dem Feuer auf den Boden fallen, daß Billy, der darin herumstocherte, eilig auf seine Kleidung einschlagen mußte, weil Funken durch die Luft stoben. Colt bemerkte es nicht. Er starrte diese riesige beigeweiße Monstrosität an, die weniger als zehn Meter entfernt war, und dabei sah er das Zelt überhaupt nicht, sondern stellte sich die Frau vor, die darin war. War ihr Haar wieder gelöst und fiel bis auf ihre Hüften wie beim ersten Mal, als er sie gesehen hatte? Hatte sie ihre edlen, teuren Kleider abgelegt und sich etwas anderes angezogen – aber was? Worin schlief eine Frau wie sie?

Colt knirschte mit den Zähnen und wandte sich wieder seinem Pferd zu. Es wäre ihm wesentlich lieber gewesen, wenn Billy ihr Feuer nicht in der Nähe des Zelts angezündet hätte, aber jetzt war es geschehen. Er rechnete ohnehin nicht damit, heute nacht allzuviel Schlaf zu bekommen, und daher spielte es eigentlich keine Rolle, wie nah er ihr war.

»Ich bin gleich wieder da, Junge. Schaff' dieses ausländische Essen weg. Ich mache mir selbst etwas.«

Billy wollte Einwände erheben, doch er war so klug, es zu unterlassen. Colt war heute schon genug aufgezwungen worden. *Ihr* Essen würde ihm im Moment wahrscheinlich im Hals steckenbleiben, ganz gleich, wie gut es schmeckte.

Billy seufzte, als er Colt nachsah, der seinen Appaloosa zu den anderen Tieren brachte. Er war nicht der einzige, der ihn dabei beobachtete. Seit er ins Lager geritten war, hatte er die Blicke aller auf sich gezogen, und sie beäugten ihn alle mit einem gewissen Maß an Neugier, Argwohn oder Feindselig-

keit. Diese Leute wußten nicht, was sie von ihm halten sollten, und sie wußten schon gar nicht, wie sie mit ihm umgehen sollten. Alles, was sie wußten, war, daß ihre Herrin entschlossen war, ihn bei sich zu haben. An Billy waren sie herangetreten und hatten ihn auf nette, ja sogar freundschaftliche Art behandelt, aber Colts Auftreten ermutigte nicht zu
solchen Annäherungen. Selbst wenn er die Herzogin nicht in
Hörweite der Hälfte ihrer Männer beleidigt hätte – was
Grund genug für sie war, eine Abneigung gegen ihn zu fassen –, dann drückte sein Benehmen allzu deutlich aus, man
solle es nicht wagen, ihm zu nahe zu kommen. Und diejeni-
nige, die sich am fernsten von ihm hätte halten sollen, war
die Herzogin persönlich, doch schon während Billy diesen
Gedankengang beendete, verließ sie ihr Zelt, um Colt zu den
Pferden zu folgen.

13

Er wußte, daß sie da war. Er hatte sie kommen hören, obwohl
sie sich bemüht hatte, leise zu sein. Und er brauchte sich
nicht umzudrehen und sie zu sehen, um zu wissen, daß sie es
war. Ihr Duft wehte ihm jetzt kräftig in die Nase, aber schon
ehe er sie gerochen hatte, hatte er ihre Nähe gefühlt, fast wie
ein Tier seinen Partner spürt.

Sie blieb einfach hinter ihm stehen und wartete darauf, daß
er ihre Anwesenheit zur Kenntnis nähme. Eigentlich sollte er
es unterlassen. Je weniger er mit ihr redete, desto besser.
Aber er glaubte nicht, daß sie gehen würde, solange er nichts
sagte. Diese Frau war einfach zu hartnäckig. Wenn auch ihr
Schweigen bewies, wie nervös sie war, dann war sie doch auf
ihn zugekommen, und ihre Entschlossenheit war stärker als
ihre Unsicherheit.

»Es ist klug von Ihnen, sie immer in Ihrer Nähe zu haben.«

Es dauerte einen Moment, bis Jocelyn sich von dem
Schrecken erholt hatte, den seine abrupten Worte ihr eingejagt hatten, und dann brauchte sie noch einen Moment, um

zu verstehen, wovon er sprach. Sie wandte sich um und sah, wer ihr gefolgt war. Mindestens vier ihrer Wachen hatten sich um sie herum aufgestellt und versuchten gar nicht erst, sich unauffällig zu benehmen. Sie hielten einen gehörigen Abstand ein, aber offensichtlich waren sie nicht bereit, sie mit ihrem neuesten Führer ganz allein zu lassen.

»Die Männer kennen Sie noch nicht. Mit der Zeit werden sie in ihrer Wachsamkeit nachlassen.«

»Sie kennen mich auch nicht.«

Sie erschrak über die Art, in der er das sagte, als schwinge eine Drohung darin mit. Wahrscheinlich war es so, und es wäre das Klügste gewesen, wenn sie darauf gehört hätte und teuflisch schnell weggelaufen wäre. Sie war schon nervös genug ohne die Dinge, die er sagte. Aber sie wollte sich nicht vor ihm fürchten. Und sie wollte nicht, daß er weiterhin wütend auf sie war. Und sie würde nie Fortschritte bei ihm machen, wenn sie sich einfach abschrecken ließe.

»Das könnten wir ändern«, sagte sie zögernd und wünschte, er würde sich umdrehen und sie ansehen. »Ich würde Sie sehr gern näher kennenlernen.«

»Warum?«

»Weil ich Sie... faszinierend finde.« *Und erregend und unendlich begehrenswert und, verdammt noch mal, Colt, dreh dich schon um und sieh mich an!*

Er tat es nicht. Er rieb sein Pferd weiterhin mit langsamen, geschmeidigen Bewegungen trocken, als sei sie gar nicht da. Sie war es nicht gewohnt, bewußt übersehen zu werden. Das baute das Selbstvertrauen einer Frau nicht gerade auf, und ihres war ohnehin schon auf dem Tiefpunkt angelangt.

Eine Zeitlang sah sie stumm zu, wie seine Hand sich über die Flanken des Tieres bewegte, und sie war wie hypnotisiert, als sie sich vorstellte...

Jocelyn schüttelte diese Gedanken eilig ab und trat vor das Pferd, um seine Nüstern zu streicheln, und einen Moment lang bewunderte sie das Tier und nicht mehr seinen Besitzer – der immer noch nicht in ihre Richtung sehen wollte.

Sie versuchte es noch einmal. »Können wir nicht wenigstens miteinander reden?«

»Nein.«

Aus irgendwelchen Gründen ärgerte sie sich derart über diese glatte Verweigerung, daß Zorn in ihr entfacht wurde. Dieser Mann war unmöglich, absolut unmöglich.

»Hören Sie, ich weiß, daß Sie noch wütend auf mich sind, aber...«

»Mit wütend beschreiben Sie meine Gefühle nicht annähernd.«

Er hatte sich aufgerichtet und sah sie endlich an, und jetzt wünschte sie, er hätte es nicht getan. In diesen unglaublich blauen Augen schwelte eine heftige Empfindung, die ihren Atem stocken ließ. War es Wut? Sie war nicht ganz sicher.

Colt war sich auch nicht sicher. Er hatte versucht, seinen Zorn beizubehalten, doch andere Dinge kamen ihm in die Quere – ihr Duft, ihre Stimme, Erinnerungen. Jedesmal, wenn er einer weißen Frau so nahe kam, konnte er fast spüren, wie die Peitsche das Fleisch von seinem Rücken riß. Bei ihr war es fast noch schlimmer, denn trotz seines Wissens, daß er sie nicht haben konnte, begehrte er sie. Das hätte ihm absolut nicht passieren dürfen. Seit drei Jahren war es ihm nicht mehr widerfahren. In all der Zeit hatten Frauen von ihrer Sorte ihn kalt gelassen. Er war vor Abscheu erstarrt und hatte sich immer wieder daran erinnert, was er wegen einer von ihnen erlitten hatte. Er war ein Mann, der denselben Fehler nur einmal machte. Warum also fühlte er sich von ihr nicht abgestoßen? Warum war sein Körper von dem Verlangen entflammt, sie zu packen und sie noch näher an sich zu ziehen? Und warum zum Teufel wich sie nicht vor ihm zurück, ehe er den letzten Rest an Selbstbeherrschung verlor?

»Was war der Grund?« fragte er, und sein Tonfall war bewußt schneidend. »Hat Ihnen noch nie jemand etwas abgeschlagen?«

»Nein... keineswegs.«

»Warum mußte es denn sein, Herzogin?«

Die Verachtung, mit der er ihren Titel aussprach, war der Funke, der noch gefehlt hatte. Jedes Gefühl der Einschüchterung wich einem Ausbruch von Entrüstung.

»Warum denn nicht Sie? Anscheinend hatten Sie ja Ihren

Preis, oder Sie wären jetzt nicht hier.« Sie wußte, daß sie sich dumm stellte, aber sie wollte noch etwas klarstellen, ehe er dazu kam, ihr das zu sagen. »Ich lasse Sie nicht gehen, verstehen Sie, selbst dann nicht, wenn Sie diese grimmige Haltung weiterhin an den Tag legen.«

»Wenn ich glaubte, es gäbe etwas, was ich tun könnte, um hier rauszukommen, dann täte ich es«, versicherte er ihr matt. Doch dann fiel sein Blick zufällig auf ihren Mund und blieb einen Moment lang, in dem ihr Herzschlag aussetzte, darauf liegen, ehe er weitaus sanfter hinzufügte: »Aber andererseits – vielleicht gibt es doch etwas...«

Sie wußte schon, daß es passieren würde, ehe er die Hand nach ihr ausstreckte. Sie wußte sogar, daß es nicht angenehm sein würde, daß das, was er mit ihr vorhatte, eine Beleidigung war, daß er sie verletzen wollte oder etwas dergleichen, damit sie ihn fortschickte. Aber er gab ihr reichlich Gelegenheit, ihn zurückzuhalten. In seinen Bewegungen lag nichts Übereiltes, als er seine Hand nach ihrem Nacken ausstreckte. Und die erste Berührung seiner Finger war sachte, ohne Nachdruck.

Bis zu diesem Punkt hätte sie noch entkommen können, aber etliche qualvolle Herzschläge später war es zu spät. Seine Finger glitten höher, gruben sich in ihren dicken Knoten, um sie festzuhalten, und dann zog er sie an sich. Und doch tat er es so langsam, daß sie es hätte verhindern können. Sie hätte anfangen können, sich zu wehren, zu zappeln oder zu schreien – aber sie tat es nicht.

Wahrscheinlich glaubte er, sie fürchte sich so sehr, daß sie außerstande sei, sich zu rühren oder auch nur einen Laut von sich zu geben, aber die schlichte Wahrheit war die, daß sie ihn nicht zurückhalten wollte. Sie wünschte sich so sehr, seinen Mund auf ihrem zu spüren, daß sie bereit war, die Schmerzen in Kauf zu nehmen, die damit verbunden sein würden. Das hatte sie schon gewußt, als Vanessa sie gewarnt hatte, er würde nicht sanft mit ihr umgehen. Wenn sie jetzt irgend etwas fürchtete, dann war es, er würde sie doch nicht küssen.

Aber als er es tat, war es brutaler als alles, was sie erwartet hatte. Das Verlangen, sie abzustoßen, war ihm ernst, sie vielleicht sogar dazu zu bringen, daß sie ihn haßte, aber zumindest zu erreichen, daß sie ihn loswerden wollte. Was er nicht wußte, war, daß der Kuß nur die Hälfte dessen auslöste, was sie empfand. Die andere Hälfte ihrer Empfindungen, die unglaubliche Erregung, die von ihrem restlichen Körper Besitz ergriff, hielt sie dort fest und ließ sie hinnehmen, was sie bekam, ohne sich zu widersetzen.

»Sind Sie jetzt bereit, mich zu feuern?«

Die Frage wurde ihr zugefaucht, während sich seine Finger schmerzhaft in ihr Haar krallten. Aber sie glaubte nicht, daß er merkte, wie weh er ihr tat. Ihre Lippen waren taub und pochten, ihr Atem ging stockend, und ihre Knie waren so weich, daß sie kaum noch stehen konnte, doch seine gesamte Konzentration schien auf ihren Mund gerichtet zu sein und ihre Antwort zu erwarten, als würden allein ihre Worte darüber entscheiden, was er als nächstes tun würde.

»Nein«, antwortete sie atemlos und überraschte ihn damit ebensosehr wie sich selbst. Sie wollte nicht, daß er ihr noch einmal wehtat, aber sie war auch noch nicht bereit, ihn aufzugeben.

Er sah ihr in die Augen, und vielleicht versuchte er dahinterzukommen, ob sie lediglich stur oder ganz einfach verrückt war. Dann spannte sich sein Körper an, als die Realität ihn einholte und er in einem leisen, unheilverkündenden Tonfall sagte: »Sag ihm, er soll die Finger von mir lassen. Wenn ich dafür sorge, wird er dir eine Zeitlang kaum von Nutzen sein.«

Sie blinzelte und sah Robbie direkt hinter ihm stehen. Seine breite Hand lag auf Colts Schulter. Colt hatte ihn nicht angesehen. Sein Blick war immer noch auf sie gerichtet, aber sie bezweifelte, daß Robbies Statur irgend etwas an dem geändert hätte, was er gesagt hatte. Keineswegs. Er war bereit, gewalttätig zu werden, er legte es geradezu darauf an. Und das wußte sie, auch wenn es der stämmige Schotte nicht ahnte.

»Es ist schon gut, Robbie. Mr. Thunder wollte lediglich... etwas klarstellen. Sie brauchen sich deshalb keine Sorgen zu machen.«

Der kräftige Schotte zögerte unschlüssig. Wieviel er in dem schwachen Lichtschein zahlreicher Lagerfeuer, die hinter ihnen brannten, auch von diesem strafenden Kuß mitangesehen haben mochte – es reichte aus, um ihn an ihrer Beteuerung zweifeln zu lassen. Wie hatte sie nur vergessen können, daß ihre Männer in der Nähe waren? Natürlich brauchte sie sich vor ihnen nicht zu rechtfertigen, aber trotzdem...

Und dann erkannte sie, daß Colts Finger sich immer noch in ihr Haar gruben und sie festhielten, und wahrscheinlich war das der Grund für Robbies Sorge. Als Robbie sich eingemischt hatte, war ihr das völlig entgangen, und Colt hatte es wahrscheinlich auch nicht gemerkt. Aber als sie die Schulter hochzog, die Colts Handgelenk berührte, um ihn unauffällig daran zu erinnern, ließ er sie nicht los. Ein Blick in seine Augen sagte ihr, daß er nicht vergessen hatte, wo seine Hand lag. Er würde nicht zurückweichen, aus welchem Grund auch immer.

Sie verstand nicht, was ihn jetzt dazu antrieb. Wollte er Streit mit ihren Männern suchen, weil er hoffte, sie könne ihn *deshalb* entlassen? Oder war das auch nur ein Mittel, um ihr Angst einzujagen, um ihr zu zeigen, daß ihre Männer sie nicht wirklich beschützen konnten, jedenfalls nicht gegen ihn? Welche Gründe er auch haben mochte – sie behagten ihr nicht.

Wenn sie ihm Vorschriften machte, die er dann mißachtete, dann würde es wirklich zu einer Schlägerei kommen. Wenn sie Robbie zwänge, die Szene zu verlassen, solange Colt sie noch festhielt, dann stellte sie Colt frei, da mit ihr weiterzumachen, wo er vorhin aufgehört hatte. Aber wenn sie gar nichts tat, dann würde Colt etwas tun, und Vanessa würde ihr nie verzeihen, wenn sie zuließe, daß er ihrem liebsten Wächter etwas antäte. Und sie hegte kaum einen Zweifel daran, *wem* hier etwas zustoßen würde. Robbie mochte zwar ein großer, kräftiger Mann sein, der im Highlander-Regiment Ihrer Majestät gedient hatte, aber deshalb war er noch lange nicht kalt, stahlhart und erbarmungslos, und von Colt Thunder ging eine spürbare Gefahr aus.

Es blieb ihr nichts anderes übrig. »Ich weiß Ihre Sorge zu schätzen, Robbie, aber in Mr. Thunders Gesellschaft bin ich vollkommen sicher. Sie können jetzt gehen – und nehmen Sie die anderen Gentlemen gleich mit. Ich komme gleich zurück.«

Da sie ihm einen Befehl erteilt hatte, hatte er keine andere Wahl mehr, als sich zu fügen, wenn auch noch so widerstrebend. »Wie Sie wünschen, Euer Gnaden.«

In dem Moment, in dem Robbie Colt losließ und sich abwandte, ließ Colt auch sie los. Das war also alles, was er gewollt hatte. Dieser verdammte Kerl, und sie hatte sich wirklich Sorgen über seine Absichten gemacht.

»Das war eine verabscheuungswürdige Gemeinheit«, zischte sie, als sie eine Hand auf ihren Hinterkopf legte, um sich die schmerzende Kopfhaut zu reiben. »Und ich rede nicht von dem, was Sie mit mir getan haben, obwohl auch das eine verabscheuungswürdige Gemeinheit war. Ich bezweifle nicht, daß Sie in der Lage sind, größeren Schaden bei meinen Männern anzurichten, aber zu diesem Mittel zu greifen, um Ihre Entlassung zu provozieren, ist feige, und was ich auch von Ihnen gehalten haben mag, Sir, als einen Feigling habe ich Sie bislang nicht eingeschätzt.«

»Und was halten Sie jetzt von mir?« fragte er mit einer tiefen, festen Stimme.

Sie trat einen Schritt zurück und war sich durchaus darüber im klaren, daß er von dem sprach, was er mit ihr getan hatte. Was hielt sie davon, abgesehen von dem Umstand, daß er sich gnadenlos nehmen würde, was er wollte?

»Ich halte Sie für einen sehr entschlossenen Mann, Colt Thunder, aber diese Eigenschaft wird mir selbst schließlich auch nachgesagt. Und so sehr es mir auch verhaßt ist, Sie zu enttäuschen, Ihre kleine Demonstration hat Ihnen nichts genützt. Ich brauche Sie weiterhin.«

Dann ließ sie ihn stehen, aber was sie ihm mit diesen letzten Worten angetan hatte, rächte diesen Kuß bei weitem. Ihre Definition des Begriffs ›brauchen‹ und die Auslegung, die sein Körper dafür wählte, waren nicht identisch, und doch hielten ihn diese Worte die ganze Nacht wach, und er fühlte sich gräßlich.

14

»*Ferme là!*«

»*Hein? Espèce de salaud, je vais te casser la gueule!*«

»*Mon cul!*«

»Mein Gott, muß man uns denn mit solchen Flüchen wekken?« fragte Jocelyn gereizt, als sie sich auf den Fellen umdrehte. »Worüber streiten sie denn diesmal?«

Vanessa, die in der Zeltöffnung stand und sich den Tumult draußen ansah, zuckte die Achseln. »Ich glaube, Babette hat seine Kochkunst wieder einmal beleidigt. Du weißt ja, wie heikel Philippe ist, wenn es um sein Können geht.«

»Sie wird ihm doch nicht wirklich das Gesicht einschlagen, wie sie ihm gerade angedroht hat, oder?«

»Sie hält eine seiner Bratpfannen in der Hand, aber er hat auch eine. Im Moment funkeln sie einander nur wütend an.«

»Ruf' sie zurück, Vana. Ich habe sie immer wieder gewarnt, daß sie sich nicht mit Philippe streiten soll. Was glaubt sie denn, wie ich ihn ersetzen soll, wenn er mir ihretwegen fortläuft? Sie ist diejenige, die ich durch jemand anderen ersetzen sollte. Der Ärger, den sie ständig macht...«

»Sie sorgt für ein wenig Leben, das mußt du selbst zugeben, und ich könnte noch dazufügen, daß sie den Männern viel Freude macht. Und warum bist *du* heute morgen eigentlich so reizbar?«

Jocelyn ging nicht auf ihre Frage ein. »Ruf' sie bloß zurück, ehe mein Frühstück verdorben ist. Warum brennen die Lampen denn noch? Was um Gottes willen ist hier eigentlich los?«

Jetzt lachte Vanessa. »Ich könnte mir vorstellen, daß es etwa sechs Uhr morgens ist. Dein reizender Mr. Thunder hat vor rund dreißig Minuten das ganze Lager geweckt. Er hat sinngemäß gesagt, wir würden bei Sonnenaufgang aufbrechen, um kein Tageslicht zu vergeuden.«

»Bei Sonnenaufgang? Ist er übergeschnappt?« rief Jocelyn aus.

»Ich würde die Behauptung riskieren, daß er lediglich seine Verpflichtungen mit der größtmöglichen Eile hinter sich bringen will.«

»Ich werde mit ihm reden.«

»Viel Glück.«

»Was findest du daran eigentlich so komisch, Vana?«

»Ich habe dich gewarnt, meine Liebe, oder etwa nicht? Dieser Mann wird sein Äußerstes geben, um sicherzugehen, daß du es noch bereuen wirst, ihn je eingestellt zu haben. Ein schöner Reiseführer. Er ist der geborene Sklaventreiber, genau das und nichts anderes.«

Vanessa ging, um dafür zu sorgen, daß unter den Franzosen in ihrem Gefolge kein Bürgerkrieg ausbrach. Aber im nächsten Moment kam sie mit Jane zurück, die eine Schüssel warmes Wasser und ein sauberes Handtuch brachte. Babette hielt sich verdächtig fern, und zweifellos war sie gewarnt worden, daß sie Jocelyns Mißfallen erregt hatte. Daher legte Jane Jocelyns Kleider zurecht, ehe sie wieder ging.

Jocelyn blieb unter der Decke liegen und kämpfte gegen eine Gereiztheit an, die nichts mit dem Gespräch eben gerade zu tun hatte. Ihre Lippen fühlten sich aufgequollen und wund an, und ein Spiegel würde zweifellos zeigen, daß sie geschwollen waren. Wie sollte sie etwas Derartiges verbergen? Und wenn Colt es sah, würde er wissen, daß er ihr wirklich wehgetan hatte. Dann würde er niemals verstehen, warum sie ihn nicht auf der Stelle entlassen hatte. Und was konnte sie ihm sagen, wenn er eine Erklärung verlangte? Daß sie es genoß, mißhandelt zu werden? Oder die Wahrheit etwa – daß sie ihn unbedingt als ihren ersten Liebhaber haben wollte und daher übersehen konnte, wie roh er sie gestern abend behandelt hatte?

»Und? Was ist? Er wird an die – äh, an die Zeltplane hämmern, wenn du zu dem Zeitpunkt, den er bestimmt hat, nicht abreisefertig bist. Oder wolltest du vielleicht genau das? Soll ich gehen, damit die Luft rein ist?«

Vanessa war ihr an diesem Morgen mit ihrem trockenen Humor wirklich keine Hilfe. Wenn sich erwies, daß sie recht gehabt hatte, rieb sie es einem zu gern unter die Nase, und Jocelyn nahm an, sie faßte dieses gottlos frühe Aufbrechen als einen Beweis dafür auf, daß Colt sich immer noch an ihr rächen wollte, weil sie ihn in eine Falle gelockt hatte und er jetzt für sie arbeiten mußte.

»Wenn er herkommt und anklopft, ist das wirklich ein Jammer«, murrte Jocelyn. »Ich breche nämlich nicht auf, solange ich nicht soweit bin.«

»Was soll denn das heißen? Bereiten wir uns gerade auf unsere erste Auseinandersetzung mit dem Kerl vor? Jetzt schon? Darf ich zuhören?«

»Vana!«

»Schon gut«, räumte die Gräfin ein, als sie näher kam und sich auf das Fußende von Jocelyns Fellen setzte. »Ich nehme an, ich habe gesagt, was ich zu sagen hatte. Aber warum bist du heute morgen so reizbar?«

Jocelyn seufzte. »Ich habe nicht gut geschlafen.«

»Willst du darüber reden?«

»Nein, nicht unbedingt«, sagte Jocelyn, als sie sich umdrehte, und dann zuckte sie zusammen, als sie Vanessa hörte, die tief Luft holte, als sie ihr erstmals voll ins Gesicht sehen konnte.

»Gütiger Himmel, es ist also schon passiert! Wann? Warum hast du mir nichts davon gesagt? Und du bist immer noch heil und ganz, Gott sei Dank. Na ja, wenigstens können wir fortan auf die Dienste dieses Grobians verzichten.«

»Es ist nichts passiert.«

»Blödsinn«, schnaubte Vanessa. »Ich weiß doch, wie ein Mund aussieht, der heftig geküßt worden ist.«

»Das ist aber auch schon alles, was passiert ist, und das hat er nur getan, damit ich ihn entlasse.«

»Hast du ihn entlassen? Nein, natürlich nicht, denn sonst wäre er ja nicht mehr da. Aber... hast du wenigstens Fortschritte gemacht?«

»Fortschritte?« Jocelyn war zum Lachen zumute. »Vana, er hat mich nicht geküßt, weil er mich küssen wollte. Er hat versucht...«

»Ja, das habe ich gehört. Damit du ihn entläßt. Aber war es das... was du erwartet hast?«

»Erwartet? Ja. Gewollt? Nein. Er ist so brutal wie möglich vorgegangen, und ich hoffe, daß seine verdammten Lippen ihm heute morgen genauso wehtun!«

Vanessa blinzelte, als sie diese hitzige Antwort hörte. »Nun, ich nehme an, wir können guten Gewissens behaupten, daß keine Fortschritte gemacht worden sind«, räumte sie ein. »Es sei denn, du glaubst, daß er die Selbstbeherrschung verloren hat und deshalb so wüst war.«

Die Selbstbeherrschung? Seine Stimme war nicht gerade allzu fest gewesen, als er sie gefragt hatte, ob sie jetzt bereit sei, ihn zu feuern. Und wenn sie es sich jetzt genauer überlegte, war auch sein Atem stoßweise gegangen. Und seine Finger hatten sich nach dem Kuß wirklich fester in ihr Haar gekrallt, und nicht vorher. War es möglich, daß eine gewisse Leidenschaft in diesen Kuß eingeflossen war, obwohl er es nicht so geplant hatte? O Gott, wie gern sie das geglaubt hätte, aber sie war einfach zu unerfahren, um sicher sein zu können.

»Ich weiß es nicht, Vana, aber eigentlich spielt es gar keine Rolle. Schließlich habe ich ihm ja doch wieder einen Strich durch die Rechnung gemacht, und er wird mich wohl eher verflucht und zum Teufel gewünscht haben, als er ins Bett gegangen ist, statt vor Verlangen nach mir zu schmachten. Und wenn ich es mir jetzt genauer überlege«, fügte sie hinzu und schlug ihre Decke zurück, um aufzustehen, »wäre es das Klügste, was ich tun kann, ihm ein paar Tage lang nicht zu nahe zu kommen. Ich hätte gestern abend nicht auf ihn zugehen dürfen, denn ich wußte ja selbst, daß er noch keine Gelegenheit hatte, seine Wut abzukühlen. Diesen Fehler mache ich lieber nicht noch einmal.«

»Pete kommt geritten.«

»Das war aber auch an der Zeit«, murrte Dewane.

»Hat er einen Arzt mitgebracht?« fragte Clay von seinem Strohsack in der Ecke.

»Hör auf zu jammern«, fauchte Dewane den Verwundeten an. »Hab' ich dir die verdammte Kugel rausgeholt, oder nicht?«

»Pete ist allein, Clay«, sagte Clydell, der in der offenen Tür stand und von dort aus den nahenden Reiter gesehen hatte. »Ein Arzt könnte im Moment ohnehin nicht allzuviel tun, und dann müßten wir ihn auch noch umbringen, damit er die Schnauze hält. Willst du noch mehr Whiskey?«

Elliot sah schweigend zu, als eine Flasche mit dem unsauberen Feuerwasser, das in dieser Gegend als Whiskey durchging, an den Mann weitergereicht wurde, der Clay hieß. Der Kerl lag im Sterben und merkte es einfach nicht. Er hatte zuviel Blut verloren, ehe er zu ihnen zurückgekommen war. Statt ihn durch ein Entfernen der Kugel noch mehr leiden zu lassen, hätte Elliot ihn einfach von seinem Elend erlöst, aber er war nicht nach seiner Meinung gefragt worden, und von sich aus äußerte er sie nicht. Er hätte ihn ohnehin gern getötet, weil er bei der Ausführung seines Auftrags versagt hatte, aber auch diesen Wunsch hatte er für sich behalten.

Die größte Schuld an diesem letzten Fehlschlag traf ihn, und das wußte er, denn er hatte unfähige Männer engagiert, er hatte sich keinen besseren Plan einfallen lassen, und er hatte nicht mehr als zwei Männer hinter der Gräfin hergeschickt. Wieder hatte sie Glück gehabt, ihr teuflisches Glück, das ihr diesmal inmitten der Einöde Beistand geschickt hatte, und noch dazu blendenden Beistand. Wie stellte sie das nur immer wieder an?

Clay war wieder in einen Halbschlaf gesunken, was heißen sollte, daß er eine Zeitlang nicht ganz so laut stöhnen würde. Es hatte Elliot um den Verstand gebracht, dieses ewige Stöhnen. Aber er hatte nichts gesagt. Er ließ es zu, damit es auch den anderen auf die Nerven fiele, damit niemand allzu heftige Einwände erheben würde, wenn er vorschlüge, den Kerl liegen zu lassen, damit er in Frieden sterben könnte.

Dewane stellte die Kaffeekanne auf den Tisch, aber Elliot machte keine Anstalten, seinen Blechnapf mit dem gräßlichen Gebräu nachzufüllen. Ihre Unterkünfte waren widerwärtig, aber wenigstens hatten sie ein Dach über dem Kopf.

Clydell hatte den Schuppen gefunden, eine Hütte, in der die Cowboys aus der Umgebung Unterschlupf suchten, wenn sie auf der Weide waren und das taten, womit sie sich ihren Lebensunterhalt verdienten, was auch immer sie dort tun mochten. Es gab einen Tisch und zwei Stühle, einen alten Herd, ein paar rostige Blechbüchsen in einer Truhe und eine schimmelige Matratze auf einer geflochtenen Matte. Sicher war das Dach leck, wenn es regnete, aber zumindest konnten sie hier warten, bis Pete Saunders soviel wie möglich über das nächste Reiseziel der Herzogin herausgefunden hatte.

Nachdem sie zwei Nächte lang gewartet hatten, hatte Elliot allmählich schon geglaubt, das jüngste Mitglied seiner kleinen Bande hätte sie im Stich gelassen. Das hätte ihn nicht übermäßig gewundert. Nachdem bei ihm schon so lange nichts mehr klappte, rechnete er inzwischen schon mit dem Schlimmsten. Aber Pete war zurückgekommen, und jetzt konnte er endlich anfangen, seine nächsten Schritte zu planen.

Pete schlenderte in die Hütte, grinste und klopfte sich mit einem verbeulten Hut, der vermutlich älter war als er, den Staub aus den Kleidern. Elliot hatte anfangs Bedenken gehabt, den Jungen zu engagieren, obwohl ein brauner Vollbart sein zartes Alter ein wenig überdeckte. Aber nachdem er sich die Liste von dessen bisherigen Taten angehört hatte, darunter bewaffneter Raubüberfall, Viehdiebstahl und ein Duell, aus dem er als Sieger hervorgegangen war, hatte Elliot es sich anders überlegt. Er konnte sich immer noch nicht für die Begeisterung und die Fröhlichkeit des Achtzehnjährigen erwärmen, der so tat, als sei das alles nur ein Spiel.

»Ich dachte schon, du hättest dich verirrt, Pete«, bemerkte Clydell anstelle einer Begrüßung.

»Oder dich so besoffen, daß du nicht mehr aus dem Klo

rausfindest«, fügte Dewane mit einem hämischen Lachen hinzu.

»Ich habe keinen Tropfen getrunken«, protestierte Pete, der immer noch grinste, als er sich Elliot gegenüber auf den einzigen anderen Stuhl fallen ließ. »Aber jetzt hätte ich gar nichts gegen einen Drink einzuwenden. Wie geht es Clay?«

»Unverändert«, sagte Clydell und stellte seine Flasche Fusel auf den Tisch.

Elliot ließ den Jungen nur ein paar Schlucke aus der Flasche nehmen, ehe er ihn anherrschte: »Falls Sie etwas zu berichten haben, Mr. Saunders, dann würde ich es mir gern *jetzt* anhören.«

Das Grinsen war immer noch da, als er die Flasche von seinen Lippen senkte. Elliot hätte dieses ständige Grinsen für eine Verunstaltung des Mundes dieses Jungen gehalten, wenn er nicht selbst gesehen hätte, wie es ihm vergangen war, als Clay blutüberströmt zu ihnen zurückgekommen war.

»Sowieso, Boß«, erwiderte Pete. »Als ich nach Tombstone gekommen bin, war es nicht schwer, die Dame zu finden. Mit all ihren Wachen und diesen schicken Kutschen hat sie ganz schön für Aufregung gesorgt. So ziemlich jeder hat nur über sie gesprochen, und sie haben daran herumgerätselt, wer sie wohl sein möge und was sie wohl täte...«

»Ja, ja, das passiert doch überall, wo sie auftaucht«, unterbrach ihn Elliot ungeduldig. »Kommen Sie schon zur Sache.«

»Tja, also, sie ist mit ihrem ganzen Gefolge im Grand Hotel eingezogen, und daher dachte ich, sie würde eine Zeitlang dortbleiben. Deshalb wollte ich am nächsten Morgen losreiten, aber vorher noch rausbringen, ob wir uns über eine eventuelle Verfolgung durch die Polizei Sorgen machen müssen...«

»Werden wir gesucht?« wollte Dewane wissen.

»Nee. Der Kerl, den ich gefragt habe, fegt das Gefängnis, und er hat gesagt, daß wir als ›Unbekannte‹ angegeben worden sind, als sie die Leiche hingebracht haben. Sie haben keine Personenbeschreibungen abgegeben, und daher hatte der Marshal nichts in der Hand. Aber wie ich gerade sagen wollte, war es nur gut, daß ich am nächsten Morgen verschlafen habe und nicht gleich aufgebrochen bin.«

»Hast wohl deinen Spaß gehabt, während wir hier rumgesessen und Däumchen gedreht und auf dich gewartet haben?« fragte Dewane in einem mißmutigen Tonfall.

»Ach, hör schon auf, Dewane, was hätte ich schon tun sollen, um die Zeit totzuschlagen? Also war ich am ersten Abend doch recht lange auf. Wenn ich es mir nicht hätte gutgehen lassen, wäre ich nicht mehr dagewesen, als sie die Stadt wieder verlassen hat.«

»Sie ist schon wieder unterwegs?« erkundigte sich Elliot überrascht.

»Ja, klar. Sie ist direkt nach der Schießerei aufgebrochen – he, Dewane, du wirst nicht glauben, wen es erwischt hat!« fügte Pete aufgeregt hinzu. »Die Brüder McLaury und den kleinen Clanton.«

»Die Earps?«

»Wer sonst?«

»Hast du's selbst gesehen?« fragte Clydell.

»Nee. Es ist passiert, als ich gerade mal geschaut habe, was sich im Gefängnis rausbringen läßt. Aber man konnte die Schüsse überall hören. Als ich hingekommen bin, war alles schon vorbei.«

»Wenn Sie so freundlich wären, Mr. Saunders«, warf Elliot ein. »Mich interessiert die Herzogin und nicht irgendeine obskure Schießerei im Wilden Westen.«

»Klar, Boß, aber verstehen Sie, die Dame war dabei. Und direkt danach hat sie sich in Bewegung gesetzt. Man braucht sich nicht erst groß auszurechnen, daß sich ihr bei all dem Morden der Magen umgedreht hat und sie deshalb weg wollte. Jedenfalls, ich dachte mir, wenn es sowieso schon so spät ist, kann ich auch gleich noch mal in ihrem Hotel vorbeischauen, und bei der Gelegenheit habe ich gesehen, daß die Wagen vor der Tür stehen und gerade beladen werden.«

»Ich muß doch annehmen, daß Sie so klug waren, ihr zu folgen?«

Pete nickte. »Bis sie letzte Nacht ein paar Meilen hinter Benson ihr Lager aufgeschlagen haben. Sie bleiben auf den

Routen, die die Postkutsche nimmt, obwohl sie ein Halbblut als Führer mitgenommen haben, ehe sie aus der Stadt verschwunden sind. Er hat sie heute morgen in der Dämmerung aufbrechen lassen, und sie ziehen nach Tucson weiter. Dann bin ich umgekehrt und zurückgekommen.«

»Wohin fährt sie jetzt?« fragte Elliot.

»Sieht ganz nach Tucson aus«, mischte sich Clydell hilfreich ein.

Elliot seufzte in sich hinein. Schwachköpfe. Nichts weiter als ein Haufen Schwachköpfe.

»Ich versichere Ihnen, daß die Herzogin nicht beabsichtigt, in diesem Territorium zu bleiben, Mr. Owen. Was mich interessiert, ist ihr Fernziel.«

»Sie reist jetzt nach Norden, aber es ist sonnenklar, daß sie nicht nach Utah rauf will«, sagte Dewane, der einzige, der erfaßte, worauf Elliot hinaus wollte. »Da gibt's nichts anderes als Wüsten. Sie können entweder nach Kalifornien abbiegen oder jederzeit quer rüber nach New Mexiko und dann vielleicht nach Colorado. Da oben gibt es Eisenbahnen, die sie wieder bis rüber in den Osten bringen, wenn sie will.«

»Ausgezeichnet.« Endlich lächelte Elliot, wenn es auch nur ein kaltes Lächeln war, das seine Vorfreude ausdrückte. »Solange sie auf den Straßen bleibt, was bei ihren behäbigen Fahrzeugen fast sicher ist, können wir sie leicht überholen, wenn wir flott weiterreiten. Wie weit ist es bis zu diesem Tucson?«

»Zu weit für diese schicken Gefährte, um es heute noch zu schaffen, aber wenn wir jetzt aufbrechen und die Nacht durchreiten, kommen wir vor ihnen an.«

»Großartig, aber wir werden auch mehr Männer brauchen. Sollten Sie zufällig jemanden in Tucson kennen?«

»Könnte sein«, erwiderte Dewane. »Sie überlegen sich, ob Sie jetzt geballt angreifen?«

»Sie vergessen, wie viele bewaffnete Männer sie bei sich hat, Mr. Owen, und jetzt hat sie sogar noch einen mehr. Das mit diesem Führer ist jammerschade. Einer von Ihnen hätte ihr seine Dienste anbieten können, und wenn erst jemand in ihrem Lager gewesen wäre, wäre es ein Leichtes gewesen, ihr die Kehle aufzuschlitzen und zu entkommen – in der ersten mondlosen Nacht. Übrigens, können Sie mir genauer erklären, was ein Halbblut ist?«

»Ein Halbblut? Sie wissen schon, jemand mit Indianerblut. Was war er, Pete? Ein Apache?«

»Nee, zu groß. Und ich habe noch nie ein Apachenhalbblut gesehen, das einen Colt so trägt, als wüßte es wirklich, wie man damit umgeht. Die bleiben bei den Flinten.«

»Groß, so?« sagte Dewane voller Unbehagen. »Du hast nicht zufällig irgendwo seinen Namen aufgeschnappt?«

»Ich war tatsächlich so nah, daß ich zwei der Wachen über ihn reden gehört habe, ehe sie mehr oder weniger darauf bestanden haben, daß ich abhaue. Sie haben ihn Mr. Thunder genannt.«

»Ach, Mist!« fluchte Dewane und fügte dem noch ein paar erlesene Flüche hinzu. »Die hat sich doch wirklich einen Scharfschützen geangelt, einen echten Scharfschützen!«

»Soll ich daraus schließen, daß Sie diesen Thunder kennen?«

Dewane ließ sich dazu hinreißen, den Engländer böse anzuschauen, weil er angesichts seiner eigenen Unruhe so ruhig blieb. Colt Thunder, der einzige Bastard, der ihn je dazu gebracht hatte, sich vor einem Kampf zu drücken. Mist! Was zum Teufel hatte er so weit im Süden zu suchen?«

»Man könnte wohl sagen, daß ich ihn kenne, ja. Ich habe vor ein paar Jahren gesehen, wie der den Revolver zieht, und da kommt keiner mit.«

»Aber, Dewane, das war...«

»Halt's Maul, Clydell!« knurrte Dewane seinen Bruder an. »Ich weiß selbst, was ich gesehen habe.« Dann sprach er in einem ruhigeren Ton weiter. »Mit diesem Indianer legt man sich nicht an, Boß. Der läßt sich von niemandem beleidigen, und der hört sich auch keine Scheiße an. Das hat er auch nicht nötig, so gut, wie er ist. Und man kann sein Leben darauf setzen, daß er derjenige war, der Ihre Jungen abgeknallt hat. Das würde auch erklären, warum sie ihn so schnell engagieren konnte. Sie muß ihn schon vorher gekannt haben.«

»Und wo liegt das Problem? Sie werden ihn schlicht und einfach aus dem Weg schaffen.«

»Und wie zum Teufel sollen wir das anstellen? Ich habe Ihnen doch gesagt...«

»Keine Sorge, mein Guter«, erwiderte Elliot zynisch. »Ich will damit nicht sagen, daß Sie ihn zu einem Duell herausfordern sollen. Eine Kugel in den Rücken sollte genügen, und dann wird die Herzogin einen neuen Reiseführer brauchen, oder etwa nicht?«

»Doch, dann wohl schon.« Dewane grinste. Solange *er* Colt Thunder nicht zu nahe zu kommen brauchte...

»Wenn Sie sonst nichts mehr zu berichten haben, Mr. Saunders, schlage ich vor, daß wir uns auf den Weg machen«, sagte Elliot, als er aufstand, um zu gehen. »Ich werde Zeit brauchen, um festzustellen, ob diese nächste Stadt für uns günstig angelegt ist.«

»Was wird mit Clay?« wollte Pete wissen.

»Wenn Sie glauben, daß er den Ritt überlebt, dann nehmen Sie ihn unter allen Umständen mit.«

Pete warf einen Blick auf Dewane, als der Engländer hinausging, aber sie zögerten nicht lange, ehe sie ihm folgten. Der fünfte Mann, der zu ihnen gehörte und nichts zu dem Gespräch beigetragen hatte, tat es ihnen gleich. Er kannte Clay erst ein paar Monate, aber er war nicht bereit, sein Mitgefühl auf einen Mann zu vergeuden, der so unvorsichtig gewesen war, auf sich schießen zu lassen, denn dieses Risiko gingen sie schließlich alle ein. Clydell war der einzige, der einen letzten Blick auf den Sterbenden warf und seine Whiskeyflasche im letzten Moment neben Clays Strohsack auf den Boden stellte, ehe auch er den anderen folgte.

Sie waren ein wunderbarer Anblick, die Frau und das pracht-
volle Pferd. Im ersten Moment ließ sich Colt in den Bann der
Geschicklichkeit ziehen, der sie als einen Teil des Tieres erscheinen ließ, als es wild über die kaktusbewachsene Ebene
raste. Er hätte nie geglaubt, daß sie so reiten könnte; schon gar
nicht sie als eine Frau, die sich entschieden hatte, in eleganten
Kutschen durch die Gegend zu fahren. Und dabei saß sie noch
nicht einmal richtig auf dem Pferd. Sie saß seitlich da, im Damensitz, um Himmels willen. Er mußte sich fragen, welche
falschen Vorstellungen er sich sonst noch von ihr machte.

Aber er stellte sich nicht lange Fragen. Sein Zorn brauste
schnell auf, und als sie ihn erreicht hatte, stand er kurz vor
dem Überkochen. Er ließ ihr gar nicht erst die Gelegenheit,
wieder Luft zu schöpfen. Seine Stimme war so laut, daß ihr
Hengst scheute, und sie mußte ihn erst unter Kontrolle bringen, bevor sie wenigstens verstehen konnte, weshalb Colt sie
anschrie.

»...dieses dumme, idiotische... Sie sind wohl übergeschnappt, stimmt's? Das hätte ich wissen müssen! Warum
sonst sollten Sie ein Dutzend Männer dafür bezahlen, daß sie
Sie bewachen, und dann reiten Sie ohne einen einzigen von
ihnen los!«

»Wovon reden Sie eigentlich?« fragte Jocelyn, als sie Sir
George endlich dazu gebracht hatte, neben Colt stehenzubleiben. »Ich habe Sie aus der Ferne gesehen. Ich bin direkt
auf Sie zugeritten. Falls es Ihnen entgangen ist, es gibt hier
keine Hügel und Bäume oder auch nur Sträucher, hinter denen sich jemand verstecken könnte. Es war absolut ungefährlich, diesen Weg allein zurückzulegen.«

»Meinen Sie? Dann sehen Sie noch einmal hin, Herzogin.
Dieser Berglöwe da drüben hat sich zwar ein wenig von seinen Jagdgründen entfernt, aber trotzdem steht er da. Ob er
das Abendessen, das ihn soweit aus seinem Revier fortge-
lockt hat, gekriegt hat, kann man nur raten, aber eine leichte
Beute würde er gewiß nicht einfach laufen lassen – so etwas
wie Sie, falls er Sie gewittert hat.«

Er wartete einen Moment lang, bis sie entgeistert die Wild-
katze angestarrt hatte, die nur etwa dreihundert Meter süd-
lich von ihnen mit langsamen Bewegungen voranschlich.
Zum Glück schien sie nicht allzusehr interessiert zu sein,
aber das wußte Jocelyn nicht, und Colt war noch nicht zu
Ende mit ihr.

»Und die Schlange, die Ihr nervöses Pferd so scheu macht,
daß es Sie abwirft, wird immer noch da sein und sich auf Sie
stürzen, wenn Ihr Pferd längst davongaloppiert ist, um sich
in Sicherheit zu bringen. Sie glauben, daß jemand Sie noch
rechtzeitig erreicht, um das Gift herauszuschneiden, ehe Sie
tot sind? Denken Sie doch nach. Der Mensch ist hier draußen
nicht die einzige Gefahr.«

»Ich glaube, Sie haben sich klar genug ausgedrückt«, sagte
Jocelyn kleinlaut.

»Gut«, erwiderte er tief zufrieden und fügte doch noch
hinzu: »Was zum Teufel haben Sie also hier draußen zu suchen?«

»Sir George und ich brauchten beide Bewegung«, erklärte
sie hastig. »Seit wir aus Mexiko abgereist sind, hat er keinen
richtigen Auslauf mehr gehabt, und außerdem habe ich die
Gewohnheit, ihn täglich eine Zeitlang zu reiten. Diesmal
wollte ich... mit Ihnen reden, und da ich nicht den Eindruck
hatte, als kämen Sie vor Einbruch der Nacht wieder, wußte
ich nicht, was es schaden könnte... also gut, jetzt sehe ich
ein, daß es falsch war; aber als ich mich entschlossen habe, zu
Ihnen zu reiten, war es mir nicht klar.«

»Steigen Sie ab.«

»Wie bitte?«

»Er ist hart galoppiert, Herzogin, und zwar etwa drei Meilen weit. Und jetzt lassen Sie ihn verschnaufen. Himmel,
wissen Sie denn nicht...«

»Wagen Sie es nicht, mir zu sagen, wie ich mit meinem
Pferd umzugehen habe!« fauchte sie, doch sie stieg augenblicklich ab und ging um Sir George herum auf Colt zu. »Sie
können mich in jedem anderen Punkt belehren, wenn es Ihnen paßt, aber nicht, wenn es um Pferde geht. Ich habe sie
mein Leben lang gezüchtet und aufgezogen, und niemand,

aber auch *niemand*, kann mir etwas über Pferde erzählen, was ich nicht bereits weiß. Und ich weiß es sogar besser.«

Colt sagte nichts dazu. Der Umstand, daß sie aufbrausen konnte, überraschte ihn so sehr, daß sein eigener Zorn sich legte. Er zweifelte nicht daran, daß sie sich mit Pferden auskannte. Jemand, der so gut reiten konnte wie sie, mußte mit Pferden bestens vertraut sein. Aber sie züchten und aufziehen? Das war nicht gerade eine typische Beschäftigung für Frauen, jedenfalls nicht für eine weiße Frau.

Es stellte sich heraus, daß sie wirklich anders war, als er geglaubt hatte, zumindest in mancher Hinsicht. Aber er hatte nichts gegen diese Form von Überraschungen, denn schließlich nahmen sie ihm eine Sorge. Wenn sie gejagt wurde, weil man sie zufällig allein erwischte, wer zum Teufel hätte sie dann auf diesem Pferd fangen sollen? Und das wußte sie zweifellos. Er fragte sich, warum sie dieses Argument nicht angeführt hatte, als er sie heftig angegriffen hatte.

»Haben Sie ihn gezüchtet?«

Sie hatte stumm vor sich hingeschaut, und bei dieser Frage blickte sie argwöhnisch auf. »Ja.«

Jetzt stieg er ab und trat vor sie, damit sie stehenbliebe. Der Braune wich nervös zurück, bis Colt die Hand ausstreckte und zu dem Tier etwas in einer Sprache sagte, die Jocelyn noch nie gehört hatte. Sie sah ungläubig zu, wie Sir George seine Nüstern in diese ausgestreckte Hand grub und Jocelyn dann zur Seite stieß, um dem Mann noch näher kommen zu können.

»Das ist ja erstaunlich!« stieß sie hervor. »Bei Leuten, die er kennt, ist er schon ziemlich nervös, aber er läßt Fremde nie in seine Nähe kommen. Sie sehen ihn nicht zum ersten Mal, oder?« fragte sie argwöhnisch.

»Doch.«

»Wie konnten Sie dann – gütiger Himmel! Sie haben eine Ader für Pferde, stimmt's?«

»Eine Ader?«

»Von Ihnen geht etwas aus, was Tieren Vertrauen einflößt. Mir geht es genauso, aber ich habe noch nie gesehen, daß es so schnell geht.«

Es ärgerte ihn, daß sie eine Gemeinsamkeit entdeckt hatte, während er sich krampfhaft an die Unterschiede zwischen ihnen klammern mußte. »Worüber wollten Sie mit mir reden, Herzogin?«

»Ach so, ja, Sie sind heute morgen aufgebrochen, ehe irgend jemand dazu gekommen ist, Sie zu fragen, warum wir gestern so plötzlich nach Osten vom Weg abgebogen sind.«

»Sie sind gestern verfolgt worden«, war alles, was er sagte.

»Wir... wieso... ach! Sie können uns nicht allzu nahe gekommen sein, wenn sie niemand sonst bemerkt hat, aber Sie sind natürlich weiter durch die Gegend geschweift als...«

»Es war nur ein Mann«, warf er ein, ehe der nächste Wortschwall über ihn hereinbrach. »Er hat sein Lager etwa eine Meile hinter uns aufgeschlagen, und kurz, nachdem Sie wieder auf dem Weg nach Tucson waren, ist er umgekehrt und wieder in die Richtung geritten, aus der er gekommen ist.«

»Also wird er berichten, daß wir auf dem Weg nach Tucson sind, obwohl wir nahezu die entgegengesetzte Richtung eingeschlagen haben«, schloß sie lachend. »Oh, ich wußte doch, daß Sie von unschätzbarem Wert für mich sein würden, Thunder. Mir war nur noch nicht klar, von *wie* hohem Wert. Jetzt sehen Sie mich nicht so an. Was habe ich denn gesagt?«

»Ich bin kein Reiseführer, Herzogin, und ich habe mich auch nie als einen ausgegeben. Wie dieser Berglöwe bin ich höllisch weit von meinen Jagdgründen abgekommen. Ich weiß noch nicht einmal, wann wir auf das nächste Wasserloch stoßen. Alles, was ich weiß, ist, daß hinter diesen Bergen, die Sie vor uns sehen, New Mexiko liegt und daß die alte Santa Fé-Route uns in die Prärien führt. In den Prärien kenne ich mich aus. Aber was von hier aus dazwischen liegt...« Er schloß mit einem Achselzucken.

»Gütiger Himmel, ich dachte... wollen Sie damit sagen, daß wir uns verirren könnten?«

»Verirren nicht, aber eine Zeitlang wird es keine Straßen

geben, die uns das Vorankommen erleichtern, und ich kann nicht dafür garantieren, daß der Weg durch diese Berge für Ihre Kutschen passierbar ist.«

»Wie sind Sie dann von Wyoming hergekommen? Sie sind doch von dort gekommen, oder nicht?«

»Auf dem Weg, den ich gekommen bin, kämen Ihre Wagen unter keinen Umständen weiter. Aber auf dem Hinweg habe ich Billy verfolgt, und der wußte nicht, wo zum Teufel er eigentlich hin will.«

»Sie scheinen sich keine allzu großen Sorgen zu machen«, hob sie hervor.

»Einen Weg gibt es immer. Es dreht sich nur darum, wieviel Zeit man damit verliert, ihn zu finden. Vor uns liegt Apachengebiet. Dort muß es zwangsläufig Wege geben, die häufig benutzt werden.«

»Und die Apachen?«

»Denen hätten Sie in Mexiko eher über den Weg laufen können. Die meisten von ihnen haben sich in Reservaten angesiedelt, wie alle anderen Stämme im Land auch. Wenn Sie sich wegen der Indianer hätten sorgen sollen, Herzogin, dann war das, als Sie mir begegnet sind, und nicht jetzt.«

Die Bitterkeit in seiner Stimme ließ sie sich abwenden, und sie ging auf sein Pferd zu. »Fangen Sie bitte nicht wieder davon an«, sagte sie, ohne ihn anzusehen. Ihre Aufmerksamkeit hatte sich voll und ganz auf das Tier mit dem kräftigen Knochenbau gerichtet, das gefügig stehenblieb, als sie mit der Hand über seinen Hals strich. »Es gibt nichts, was Sie tun könnten, um mich glauben zu machen, Sie seien der unzivilisierteste Wilde, als den Sie sich ständig hinstellen wollen. Mich überzeugen Sie nicht davon.«

Es war ein Fehler, ihm eine derartige Herausforderung ins Gesicht zu schleudern und nicht damit zu rechnen, daß er sie annahm. Aber sie war es nicht gewohnt, mit Männern wie ihm zu tun zu haben. Ehe sie etwas Böses ahnte, lag sie auf dem Boden, und er lag auf ihr. Beide Pferde waren zurückgescheut, und seine Hand riß bereits ihren Rock hoch.

»Nichts, Herzogin?« sagte er mit einer kalten, entschlossenen Stimme. »Sehen wir doch mal, wie Sie darüber denken, wenn ich mit Ihnen fertig bin.«

Sie war derart überrumpelt, daß sie ihn kaum hörte, doch sie spürte den Ruck, mit dem er ihren Schlüpfer zerriß, und dann den Finger, den er brutal in sie steckte. »Colt, nein, ich lasse nicht zu, daß Sie...«

»Du kannst mich nicht davon abhalten, Weib. Hast du das denn immer noch nicht begriffen? Du hast dafür gesorgt, daß wir allein sind, und der einzige, der dich beschützen könnte, bin ich. Wer also soll dich vor mir beschützen?«

Sie preßte ihre Hände fest gegen seine Schultern, um ihn abzuwerfen, aber er hatte recht – sie konnte nichts gegen ihn tun. »Das machen Sie nur, um mir Angst einzujagen!« Und das gelang ihm auch.

»Glaubst du, es sei viele Jahre her, seit ich das Leben aufgegeben habe, in dem ich mir alles genommen habe, was ich haben wollte? Und für das Recht, mir zu nehmen, was ich will, getötet habe? Weißt du, was aus dir geworden wäre, wenn ich dich damals getroffen hätte? Genau das wäre dir zugestoßen – und noch eine ganze Menge mehr. Wir haben weiße Frauen nicht nur vergewaltigt, wir haben sie zu unseren Sklavinnen gemacht.«

Sie fürchtete, daß er ihr diesmal nicht nur etwas beweisen wollte, sondern sie hier, an Ort und Stelle nehmen würde, während die späte Nachmittagssonne auf sie herabglühte. So wollte sie es nicht haben, und das drückten die Tränen in ihren Augen deutlich aus, doch er sah sie nicht.

Instinktiv schlang sie die Arme um seinen Hals, als sie ihn anflehte: »Bitte, tu mir nicht weh, Colt.«

Mit einem üblen Fluch rollte er sich augenblicklich von ihr herunter. Wieder war sie überrumpelt. Sie hatte nicht geglaubt, daß es so einfach sein würde, ihn zurückzuhalten, doch die Gefahr war eindeutig vorübergegangen. Also hatte er *doch* nur versucht, ihr wieder einmal Angst einzujagen!

»Ich sollte Sie auspeitschen lassen!« wütete sie, als sie ihren Rock herunterriß und auf die Füße sprang. »Sie können mir nicht ständig etwas antun, Colt Thunder! Das lasse ich nicht zu!«

Er warf ihr einen Blick über die Schulter zu, während er dasaß und sich bemühte, seinen erhitzten Körper wieder unter Kontrolle zu bekommen. »Noch ein Wort aus deinem verdammten Mund, und du liegst flach auf dem Rücken!«

Er hatte sie furchtbar angefahren, aber sie war zu wütend, um sich einschüchtern zu lassen. »Ach, wirklich, Sie unehelicher Sohn einer... einer... einer Indianerin!«

Er sah zu, wie sie zu *seinem* Pferd lief, ihren Rock hob und aufstieg – auf die übliche Art, und dabei rutschte ihr der Rock bis über die Knie. Er sah auch zu, wie sie seine Büchse herauszog, und er stand immer noch nicht auf. Er wußte nicht, was zum Teufel sie vorhatte, aber solange sie die Waffe nicht auf ihn richtete...

»Ich will Sie dieser großen Katze nicht zum Abendessen überlassen, aber ich hoffe wirklich, daß Sie sich abgeregt haben, ehe Sie mit uns zu Abend essen.«

Mit diesen Worten feuerte sie zwei Schüsse ab, die direkt vor den Pranken des Löwen den Staub aufwirbelten und ihn eilig davonrasen ließen. Der Lärm scheuchte ein halbes Dutzend Hasen, Waldhühner und sogar einen wilden Truthahn auf, die sie vorher nicht bemerkt hatten. Drei weitere Schüsse, die schnell hintereinander abgegeben wurden, bereiteten der Flucht von zwei Hasen ein Ende und erlegten den Truthahn.

Colt starrte die drei toten Tiere immer noch entgeistert an, als ihre Stimme durch sein Staunen zu ihm vordrang. »Nur, wenn die Gefahr sich durch ihre Umgebung tarnen kann, erweist sie sich als eine Gefahr, Mr. Thunder. Seien Sie so liebenswürdig, die Tiere aufzusammeln, ehe wir uns wieder treffen. Unser Koch, Philippe, wird es zu schätzen wissen.«

Er verstand nicht die Hälfte ihrer letzten Worte, bis sie losgeritten war. Eine Staubwolke wirbelte auf, und dann stieß sie den schrillen Pfiff aus, bei dem der Braune den Kopf hob und im Galopp hinter ihr herlief. Aber Colt stand selbst jetzt noch nicht auf. Er staunte immer noch ungläubig über ihre Schießkünste, die sich fast an seinem eigenen Können messen konnten – schon wieder eine Fertigkeit, von der er nie geglaubt hätte, daß sie sie besitzen könnte – und daher hatte er ihre Dreistigkeit, ihn ohne Pferd hier sitzen zu lassen, noch gar nicht erfaßt.

Zumindest glaubte sie, sie hätte ihn dort sitzen lassen. Er hätte sein Pferd ebenso leicht zurückpfeifen können, wie sie ihr Pferd dazu gebracht hatte, ihr nachzulaufen. Aber das hätte ihn wieder auf Armeslänge in ihre Nähe gebracht, und es hatte sich bereits bis zum Exzeß erwiesen, daß er seine Finger nicht von ihr lassen konnte, wenn sie ihm zu nahe kam. Himmel, ihm war jeder Vorwand recht, um sie zu berühren, und sei es nur, um ihr Angst einzujagen, damit sie ihm nicht mehr so nahekam, daß er weitere Vorwände fand.

Als ihm endlich aufging, daß er immer noch dasaß und drei tote Tiere um ihn herum lagen, die garantiert bald die Geier anlocken würden, ließ er einen Schwall von Flüchen los, bei denen dieser rachsüchtige Rotschopf rote Ohren gekriegt hätte. Er brauchte wirklich Zeit, um sich abzuregen, körperlich vor allem, und da der Treck noch gut eineinhalb Meilen entfernt war, würde ihm das zweifellos gelingen. Andererseits staute sich schon wieder Wut in ihm auf.

17

»Was wirst du tun, wenn dieser Mann anfängt, dich zu verprügeln?«

Jocelyn winkte diese Vorstellung ab. »Sei nicht albern, Vana. Das würde er nicht wagen.« Aber sie unterbrach sich in ihrem Auf-und-ab-Laufen im Zelt, und sogar sie selbst hörte die Unsicherheit aus ihrer Stimme heraus. »Oder?«

»Sieh mich nicht an, meine Liebe. Du bist hier diejenige, die immer wieder mit dem Feuer spielt. Ich habe bisher noch nicht einmal mit dem Kerl geredet. Aber hättest du dir das nicht überlegen sollen, ehe du ihm das Pferd weggenommen hast?«

»Ich habe es ihm nicht weggenommen, ich habe es mir nur ausgeliehen. Außerdem hat er es nicht besser verdient.«

Sie hatte für einigen Trubel gesorgt, als sie im üblichen Reitersitz der Männer auf dem großen Appaloosa zurückgekommen war, aber ein Blick in ihr erbostes Gesicht hatte ausgereicht, um keine Äußerung laut werden zu lassen, und selbst Colts Bruder hatte nichts dazu gesagt oder jedenfalls nicht ihr gegenüber. Aber inzwischen waren ein paar Stunden vergangen.

Die Kolonne war an der Stelle vorbeigekommen, an der sie Colt zurückgelassen hatte, doch dort war er nicht mehr. Auch als sie ihr Lager für die nächste Nacht aufgeschlagen hatten, war noch nichts von ihm zu sehen gewesen. Ihre Leute fingen wahrscheinlich schon an sich zu fragen, ob sie ihn sich dauerhaft vom Hals geschafft hatte. Schließlich mußten sie die Schüsse gehört haben, die sie abgefeuert hatte. Sie fing selbst schon an, sich Sorgen zu machen. Es gab doch die Schlangen, von denen er gesprochen hatte, und dieser verdammte Berglöwe schlich auch noch irgendwo herum. Natürlich hatte sie ihn nicht unbewaffnet zurückgelassen. Er hatte immer noch seinen Revolver. Zweifellos wollte er, daß sie sich Sorgen um ihn machte.

»Ich mag diesen Teppich recht gern, aber wenn du so weitermachst, wird er nicht mehr lange halten«, sagte Vanessa in ihrem trockensten Tonfall. »Warum kommst du nicht her und trinkst einen Sherry vor dem Abendessen?«

»Entschuldige bitte«, sagte Jocelyn, doch sie lief weiterhin auf und ab. »Ich weiß, daß du es in den letzten Tagen nicht allzu leicht mit mir gehabt hast.«

»Das soll wohl ein Witz sein«, schnaubte Vanessa. »Deine kleinen Reibereien mit Mr. Thunder waren so ziemlich das Unterhaltsamste, was sich bei uns getan hat, seit unsere beiden strammen Lakaien sich wegen Babette gegenseitig umbringen wollten. Du hast mir zwar nicht erzählt, was heute passiert ist, aber wenn du makellos gekleidet losreitest und als das Gegenteil zurückkommst, ist es nicht allzuschwer zu erraten. Ich kann wirklich kaum erwarten, mir anzusehen, was wohl als Nächstes passiert.«

Damit handelte sich die Gräfin einen finsteren Blick ein, doch fast im selben Augenblick schloß Jocelyn die Augen und zuckte zusammen, denn sie konnten beide den Aufruhr hören, der draußen vor dem Zelt ausgebrochen war. Mr. Thunder war angekommen.

»Sieh mal, Kumpel«, sagte einer der Wächter verdrossen. »Du kannst nicht einfach unaufgefordert eintreten.«

Die einzige Antwort darauf war das Geräusch von Fleisch, das auf Fleisch trifft, höchstwahrscheinlich in Form von Knöcheln in einem Gesicht. Dann war die Stimme einer anderen Wache zu hören, und dann hörte man Schritte und zwei weitere kräftige Schläge.

»Du solltest lieber deinen Derringer rausholen, meine Liebe, solange er sich nicht soweit beruhigt hat, wieder Vernunft anzunehmen.«

Aber Jocelyn rührte sich auf Vanessas Aufforderung hin nicht von der Stelle, und sie hätte auch gar keine Zeit gehabt. Es war ein Witz, daß keine von beiden glaubte, die Wachen könnten dieses Handgemenge gewinnen, und beide hatten recht. Die Zeltklappe flog abrupt auf, als Colt eintrat, ohne langsamer zu laufen, und mit zornigen Schritten kam er direkt auf Jocelyn zu. Sie wappnete sich, rührte sich aber immer noch nicht vom Fleck. Vielleicht bewirkte das, daß er sie nicht anrührte, als er vor ihr stand. Er warf lediglich seinen Hut vor ihre Füße auf den Boden – und schrie.

»Ich sollte ... wage es nicht ...«

Er beendete keinen von beiden Gedanken. Die offenkundige Ruhe, mit der sie seiner Wut begegnete, entwaffnete ihn. Es war faszinierend, ihm zuzusehen, wie er darum rang, die Kontrolle über seine Gefühle wiederzufinden. Er stand mit geschlossenen Augen da, und sie konnte fast spüren, welche Turbulenz in ihm herrschte, die Glut und die Wucht, die so dicht unter der Oberfläche tobten und doch nicht mehr zu sehen waren.

Jocelyn hatte das Gefühl, es sei ihm vollkommen fremd, in

irgendeiner Form die Selbstbeherrschung zu verlieren. Sie hielt ihn für einen Mann, der sich damit brüstete, seine Gefühle zu verbergen und ebenso seine Gedanken und seine körperlichen Regungen, und niemals einen Anhaltspunkt dafür zu geben, welche innere Aufruhr vielleicht in ihm wütete. Genau diese Selbstbeherrschung hatte sie schon an ihm erlebt. Aber andererseits war es nicht das erste Mal, daß er sie anschrie.

Ob es wohl ein gutes Zeichen war, fragte sie sich, daß der Mann nur dann seine Ruhe zu verlieren schien, wenn er in ihrer Nähe war? Oder lag es nur an der Lage, in die er sich gebracht hatte und mit der er nicht zurechtkam? Sie wünschte, sie wüßte, was von beidem es war, aber sie hatte ihn für heute schon genug gepiesackt. Vanessa hatte wie üblich recht. Es ging nicht an, daß sie mit Feuer spielte, solange sie sich nicht vorher über die möglichen Konsequenzen klar war.

Ehe er die Augen öffnete, kamen weitere Eindringlinge in das Zelt, diesmal sechs Wachen. »Sie kommen zu spät«, sagte Colt leise zu Jocelyn, während Vanessa den Männern eilig versicherte, es bestünde kein weiterer Grund zur Sorge. »Es ist viel zu einfach, an Sie ranzukommen, Frau, verdammt nochmal«, sagte er.

»Nicht wirklich«, sagte sie genauso ruhig. »Der einzige Grund, aus dem Sie bis ins Zelt kommen konnten, ist der, daß die Männer Sie kennen. Hätte ein Fremder dasselbe probiert, dann wäre er nicht nur gemahnt worden, sondern sie hätten statt dessen auf ihn geschossen. Haben Sie draußen viel Schaden angerichtet?«

»Nein.«

»Gut.«

Sie lächelte, ehe sie sich ihren Männern zuwandte und ihnen noch einmal beteuerte, daß alles nur ein Mißverständnis war. Sie nahm sogar die gesamte Schuld auf sich, berichtete allerdings keine Einzelheiten, sondern gab lediglich zu, sie hätte Colt unnötig provoziert. Da alle im Lager wußten, daß sie auf Colts Pferd und ohne Colt zurückgekommen war, war sein Aufbrausen sowohl verständlich, als auch verzeihlich.

Er brauchte kein Wort zu seiner Verteidigung vorzubringen, aber das hätte er wohl auch kaum getan.

Sir Parker war der einzige, dem es widerstrebte zu gehen, solange Colt noch da war, aber da Colt jetzt die Ruhe selbst war und beide Frauen beharrlich beteuerten, es werde keinen weiteren Ärger geben, blieb ihm in der Angelegenheit wenig anderes übrig. Sobald die Wachen gegangen waren, war es jedoch reichlich beunruhigend, sich Colts Äußerung anzuhören, die er leise, aber sehr ernst vorbrachte.

»Ich habe versucht, mich zu beruhigen, indem ich laufe. Dann habe ich es mit Rennen versucht, aber beides hat nicht das Geringste genutzt. Nichts anderes, als dir den Hals umzudrehen, hätte wirken können.«

Vanessa, die diese Worte entgeistert mitanhörte, machte den Mund auf, um die Wachen zurückzurufen, doch Jocelyn kam ihr zuvor. »Mein Hals weiß zu schätzen, daß Sie wieder bei Sinnen sind. Vielleicht sollte ich mich bei Ihnen entschuldigen...«

»Das ist verdammt richtig.« Selbst das sagte er in einem gemäßigten Tonfall.

»...aber Sie sollten sich auch bei mir entschuldigen, warum also einigen wir uns nicht darauf, daß wir diesmal quitt sind?«

Er sagte kein Wort zu ihrem Vorschlag und nickte auch nicht, und Jocelyn wurde es unbehaglich zumute, als er sie mit stechenden Augen anstarrte. Was diese Augen sie empfinden lassen konnten, war wirklich tödlich, und dadurch, daß sie ihn ebenfalls anstarrte, wurde alles nur noch viel schlimmer. In diesen blauen Tiefen sah sie eine intime Kenntnis ihres Körpers. Erst vor wenigen Stunden hatte sein hartes Glied sich an sie gepreßt. Seine Hand hatte die Haut auf ihren Beinen versengt, als er ihren Rock hochgezerrt hatte. Als sie jetzt wieder daran dachte, daß er mit seinem Finger in sie gedrungen war, wurden ihre Knie weich. Und sie hatte das Gefühl, daß er sich an genau das erinnerte, wenn er sie so ansah. Sie betete, es möge nicht so sein.

Sie wandte sich ab, sah Vanessas besorgten Blick und hätte vor Erleichterung beinah schallend gelacht. Einerseits hatte

Vanessa ihre schneidenden Kommentare und Warnungen von sich gegeben, die sich schließlich auf ihre Spekulationen begründet hatten, doch als sie diesen Mann jetzt mit eigenen Augen sah und wahrnahm, wozu er in der Lage war, wußte sie wahrscheinlich überhaupt nicht mehr, was sie von ihm halten sollte. Mit Sicherheit war er nicht leicht zu durchschauen, und schon gar nicht, wenn er so war wie jetzt. Die Wut war wahrscheinlich immer noch da, aber er hatte sie jetzt so tief in sich begraben, daß es harmlos war – zumindest für den Moment.

»Die Gräfin hat mich vorhin darauf hingewiesen, daß ich es versäumt habe, sie mit Ihnen bekannt zu machen. Colt Thunder, gestatten Sie mir, Ihnen meine liebste Freundin und Gefährtin Vanessa Britten vorzustellen.«

»Ma'am«, sagte Colt mit einem Nicken.

Vanessa ließ sich dadurch soweit ermutigen, zu ihm zu sagen: »Sehr erfreut, Mr. Thunder.«

»Ach, übrigens, er mag es nicht, wenn man ihn Mister nennt, Vana. Er läßt sich mit jedem seiner beiden Namen anreden.«

»Ohne einen von beiden zu bevorzugen? Wie ungewöhnlich.«

»Aber das ist doch hübsch, diese Ungezwungenheit, oder nicht? Es gibt einem das Gefühl, einen Menschen besser zu kennen, als es der Fall ist.«

»Wenn Sie mich jetzt entschuldigen würden, meine Damen.«

Während er das sagte, ging er schon auf den Ausgang zu, und das veranlaßte Jocelyn, ihm den Weg zu vertreten. »Aber Sie können doch nicht gleich wieder gehen. Sie müssen dableiben und mit uns zu Abend essen.«

»Ich muß?«

Sie schlug die Augen nieder, ehe sie sich verbesserte. »Würden Sie uns freundlicherweise Gesellschaft leisten?«

»Ich habe nicht die...«

»Dann bleiben Sie wenigstens, und trinken Sie etwas mit uns«, beharrte sie. »Sie müssen großen...« Es wäre falsch gewesen, zu erwähnen, daß er sicher Durst hatte. »Wir haben

Sherry... nein, das mögen Sie sicher nicht. Vana, warum schaust du nicht nach, was Jane an hochprozentigeren Getränken unter den Vorräten finden kann?«

»Hast du immer noch nicht begriffen, daß du nicht sicher bist, wenn du mit mir allein bist?«

Jocelyn drehte sich eilig um und sah, daß Vanessa gegangen war, ohne vorher zu antworten. Die Zeltplane flatterte noch. Sie waren tatsächlich allein miteinander – für den Moment.

»Sie wird gleich wieder da sein, und...« Sie warf einen schnellen Blick auf ihn. Herr im Himmel, schon wieder diese Augen. Sie sandten Schauer der Erregung über ihre Haut, selbst dann, wenn sie so unergründlich waren wie jetzt. »Und haben Sie immer noch nicht begriffen, daß ich mir nicht so leicht Angst einjagen lasse?«

»Du bist schlicht und einfach verrückt, Frau... und du bist selbst schuld, wenn du mich provozierst«, gab er zurück.

Natürlich provozierte sie ihn, und natürlich war sie selbst schuld, aber nicht in der Form, in der er es dachte. Warum sah er denn nicht, daß sie ihn haben wollte? Warum bemühte er sich so sehr, gemein und verabscheuungswürdig auf sie zu wirken? *Weil er in Wirklichkeit gemein und verabscheuungswürdig ist*, meldete sich eine winzige Stimme in ihr zu Wort. Nein, das konnte sie nicht glauben, nicht einen Moment lang. Und außerdem hätte Sir George keine Zuneigung zu einem Mann gefaßt, der von Natur aus grausam war.

»Ich bin nicht verrückt, Colt Thunder. Was mit mir los ist«, hauchte sie flüsternd und sah ihm wieder in die Augen, »ist ganz einfach. Ich bin von Ihnen außerordentlich...«

»Jane kommt jeden Augenblick. Ich habe ihr gesagt, sie soll die Flasche alten Cognac suchen, die du gekauft hast, als... he, sag mal, ich habe doch nicht gestört, oder?« fragte Vanessa.

Jocelyn errötete heftig, doch es gelang ihr, den Kopf zu schütteln, als sie einen Schritt von Colt zurücktrat. »Nein, ganz und gar nicht«, brachte sie heraus und erstickte fast an den Worten.

Sie konnte nicht glauben, daß sie ihm beinah gestanden

hätte, wie sehr er sie reizte. So ging es doch wirklich nicht, und schon gar nicht, wenn die Gefühle des Gegenübers absolut unklar waren. Gütiger Himmel, wie demütigend wäre es gewesen, wenn sie ihm das gesagt hätte und er nicht darauf eingegangen wäre, oder noch schlimmer, wenn er darauf erwidert hätte, daß das ihr Problem und nicht seines sei. Es *war* ihr Problem, aber dieses eine Mal konnte sie sich nicht zielstrebig darauf stürzen, es zu lösen.

»Gut, daß du so schnell zurückgekommen bist, Vana, denn ich wollte Colt gerade eben fragen, warum er gestern wollte, daß wir einen Bogen um die Stadt machen. Das hat dich doch ganz besonders interessiert, oder nicht?«

»Ja, wirklich«, erwiderte Vanessa zögernd.

Es war alles schön und gut, wenn sie sich bei Jocelyn über die anscheinende Gehässigkeit ihres Reiseführers beklagte, fand Vanessa, aber es war ganz etwas anderes, ihn persönlich auf dieses Thema anzusprechen, und erst recht, wenn er so gar keinen freundlich gestimmten Eindruck machte. Wie er Jocelyn ansah, wenn sie ihn gerade nicht beachtete... Gütiger Himmel, was war bloß geschehen, solange sie fort gewesen war? Seine Augen schwelten vor Glut, aber was mochte das für eine Glut sein?

Er schien dem Gespräch nicht gefolgt zu sein, da seine gesamte Konzentration sich gebannt auf Jocelyn richtete, und daher hakte Vanessa nach: »Hat es einen Grund dafür gegeben, äh... Colt?«

Der Blick, der auf sie fiel, drückte etwas aus, was man nur als Ungeduld bezeichnen konnte, doch die Glut war jetzt erstickt, und dann sah er die Herzogin wieder an, fast so, als bliebe ihm nichts anderes übrig. »Ich habe Sie einen Bogen um Benson machen lassen, weil Sie hier, unter freiem Himmel, besser geschützt sind. Hier sieht man seinen Feind nahen. In einer Stadt weiß man nicht, vor wem zum Teufel man auf der Hut sein soll, da Sie noch nicht einmal wissen, wie dieser Engländer und seine Männer aussehen. Hier draußen ist jeder, der einem nahe kommt, verdächtig. Es ist die grundlegendste aller Sicherheitsvorkehrungen, Herzogin, für sich zu bleiben.«

Der letzte Satz war doppeldeutig. Selbst Vanessa entging das nicht. Jocelyn entschloß sich, diese Doppeldeutigkeit vollkommen zu überhören.

»Siehst du, Vana, ein ausgezeichneter Grund. Und dazu kommt noch, daß Longnose vorübergehend in die Irre geführt worden ist, und das haben wir dem Umweg zu verdanken, den Colt an diesem Morgen beharrlich durchgesetzt hat. Wir könnten einfach nicht in besseren Händen sein, bist du nicht auch der Meinung?«

Vanessa nickte, aber ihre Aufmerksamkeit richtete sich immer noch auf Colt, denn sie wollte seine Reaktion sehen. An Jocelyns uralten Taktiken war nichts auszusetzen. Sie hatte dem Mann zu verstehen gegeben, daß seine Gesellschaft erwünscht war, hatte scheu seinen Blick gemieden, als wagte sie es nicht, ihn anzusehen, weil sie fürchten mußte, ihre Gefühle seien ihr zu offenkundig anzusehen, und jetzt schmeichelte sie ihm. Aber nichts von alledem schien bei diesem Mann zu wirken, oder zumindest nicht so, wie man es hätte erwarten können. Wenn überhaupt, dann hatte man den Eindruck, je freundlicher Jocelyn war, desto mehr schien es ihn zu bestürzen.

Hatte er die Lage erfaßt und wollte nichts damit zu tun haben? Oder war es das Vorgehen eines Mannes, der beschlossen hatte, er könne nicht haben, was er wollte? Dieser Überlegung konnte Vanessa schlecht auf den Grund gehen. Sie fragte sich, ob sie Jocelyn darauf ansprechen sollte. Nein, es war besser, wenn das Mädchen es auf seine Art machte. Und außerdem konnten nur direkte Fragen zu einer Antwort führen, und wenn Jocelyn auch in den meisten Dingen äußerst direkt war, hoffte Vanessa doch, daß sie so vernünftig wäre, dieses Thema nicht anzuschneiden. Man durfte sich gar nicht vorstellen, welche Peinlichkeit daraus erwachsen könnte.

Keine von beiden Frauen konnte wissen, daß Colt in dem Moment ein wenig Direktheit äußerst willkommen gewesen wäre, denn er durchschaute die Beweggründe der Herzogin nicht im geringsten. Das letzte, worauf er je gekommen wäre, war, sie könnte ihn begehren, obwohl sie seine Abstammung kannte.

Aber sein Verlangen nach ihr verselbständigte sich, und es wurde alles noch schlimmer, weil er ihr schon wieder so nah war. Es war ein großer Fehler gewesen, ins Zelt zu kommen, selbst dann, wenn seine Wut ihm Halt gegeben hatte. Da sie jetzt verflogen war, mußte er verschwinden, und zwar höllisch schnell.

Er tat es genau in dem Augenblick, in dem die Zeltplane sich wieder hob und das Dienstmädchen den Cognac auf einem silbernen Tablett brachte. »Meine Damen«, war alles, was er im Gehen noch sagte, doch auf dem Weg nahm er dem verblüfften Mädchen die Flasche ab. Das war wenigstens etwas, was er sich ohne Schuldbewußtsein von Jocelyn nehmen konnte, und genau das hatte er heute nacht verdammt nötig.

18

In den nächsten Tagen bekam Jocelyn nichts von Colt zu sehen, doch andere konnten ihr versichern, daß er sie nicht im Stich gelassen hatte. Er war ganz einfach schon verschwunden, wenn sie erwachte, und er kehrte erst zurück, wenn sie sich abends hingelegt hatte. Es war nicht unverständlich, daß sie sich während seiner langen Abwesenheit Sorgen um ihn machte, während sie mitten durch das Land der Apachen zogen, aber es war doch ungewöhnlich. Sie hatte in den letzten drei Jahren viel Grund zur Sorge gehabt, aber seit Edward hatte ihre Sorge nicht mehr einem bestimmten Mann gegolten.

Als Colt eines Nachmittags auftauchte und an die Spitze der Kolonne ritt, war Jocelyn nicht die einzige, die das Gefühl hatte, dafür müsse es einen speziellen Grund geben. Es war typisch für ihn, daß er ihnen keine Erklärung dafür gab. Colt Thunder dazu zu bringen, daß er einem von sich aus Informationen gab, war schwieriger, als in dieser dürren Steppe Wasser zu finden. Und wenn sie nicht bereits geahnt hätte, daß ihre Männer eine klare Abneigung gegen ihn gefaßt hatten, dann hätte es ihr der Umstand bewiesen, daß nicht einer von ihnen seine Neugier befriedigte, indem er ihn fragte.

Sie hätte es selbst tun können. Dazu hätte sie nur ihre Stimme ein wenig anheben müssen, denn sie saß neben dem Kutscher auf dem Kutschbock, und Vanessa machte einen Mittagsschlaf. Zwei Sekunden lang spielte sie mit dem Gedanken, aber sie hatte einen flüchtigen Blick in sein Gesicht werfen können, als er angeritten kam, und er hatte, offen gesagt, nie unnahbarer gewirkt.

Unwillkürlich war sie besorgt, denn sie spürte, daß bald etwas passieren würde, vor allem, wenn sie auf Colts starren Rücken blickte. Er ritt immer noch voraus, aber es dauerte noch eine halbe Stunde, bis das angespannte Warten sein Ende fand.

Kurz vor ihnen lag eine Kuppe, die man bestenfalls als einen Hügel bezeichnen konnte, und auf der unbedeutenden Erhebung standen drei Pferde mit Reitern. In dem Moment, in dem das kleine Grüppchen zu sehen war, hielten Jocelyns vorderste Wachen an, doch als Colt weiterritt, bedeutete sie ihnen, ihm zu folgen. Die Fremden waren bisher noch nicht zu erkennen, und sie taten auch nichts, sondern saßen nur da und warteten das Näherkommen der Reiter ab. Wenn es Longnose war... Jocelyn wünschte fast, er wäre es. Um einen der prägnantesten Ausdrücke aus dieser Gegend zu entlehnen – dieser ›Showdown‹ war längst überfällig.

Nein, dieses Glück war ihr nicht vergönnt. Als sie näher kamen, wurde deutlich, daß sie es erstmals mit echten indianischen Ureinwohnern zu tun bekommen sollten, aber als sie noch näher kamen, stellte sich heraus, daß die hier nicht zu der friedlichen Sorte gehörten, nicht mit all diesen Patronengurten, die manche schlicht als Gürtel benutzten, andere dagegen als Schultergurt um die Brust geschlungen hatten. Es bestand dennoch kein Anlaß zu echter Panik, jedenfalls nicht, solange es nur so wenige waren. Schon allein ihre Wachen waren ihnen zahlenmäßig weit überlegen. Trotzdem hielt Jocelyn den Atem an, als die Indianer langsam einer nach dem anderen den Hügel hinunterritten und eine Richtung einschlugen, die zeigte, daß sie ihnen den Weg abschneiden würden.

Diesmal griff Colt in die Zügel, und alle anderen folgten sofort seinem Beispiel. Im nächsten Moment tauchte Sir Parker neben ihm auf, und sie wechselten ein paar Worte miteinander; dann ritt Colt voraus, um mit den Indianern zu reden.

Pearson, der heute die vorderste Kutsche lenkte, beugte sich zu Jocelyn vor und flüsterte: »Ich dachte, diese Kerle seien geschickte Bogenschützen.«

Sie erkannte, was ihn zu dieser Bemerkung veranlaßte, denn kein einziger Pfeil und kein Bogen waren zu sehen. »Wir leben in moderneren Zeiten, Mr. Pearson. Es ist nicht erstaunlich, daß sie die Büchse für eine praktischere Waffe halten, um... Wild zu erlegen.«

»Wild ist in dieser Gegend ziemlich rar. Ob sie von uns etwas zu essen haben wollen, was meinen Sie?«

»Kann sein, aber vielleicht wollen sie auch etwas dafür kassieren, daß wir ihr Land durchqueren«, erwiderte sie erleichtert. »Ja, das wäre doch einleuchtend, oder nicht? Welchen anderen Grund könnten sie... haben...?«

Ihre Aufmerksamkeit wandte sich augenblicklich Colt zu, der jetzt den drei Indianern direkt gegenüberstand. Einige Worte wurden gewechselt, aber die Entfernung war zu groß, daß Jocelyn nichts hören konnte, und sie konnte sich nur über den Einsatz von lebhaften Gesten wundern, mit denen Colt und der Indianerhäuptling ihre Worte unterstrichen.

Zum Glück dauerte es nicht lange. Colt riß sein Pferd herum, und Jocelyn hatte sich bereits beim Absteigen helfen lassen und stand auf dem Boden, als er sie erreichte. Leider war sein Ausdruck schon wieder so grimmig, daß sie den Atem anhielt, zumindest solange, bis er abgestiegen war, ihren Arm nahm und sie ein paar Meter weit von den anderen fortführte.

»Sie wollen Ihren Hengst haben«, sagte er ohne Umschweife.

Ebenso deutlich erwiderte Jocelyn: »Sir George ist nicht verkäuflich, ganz gleich, zu welchem Preis.«

»Ich habe nicht gesagt, daß sie ihn kaufen wollen, Gräfin.«

»Aber... Sie meinen doch nicht, daß sie Sir George als Preis dafür verlangen, uns weiterziehen zu lassen?«

»Nein, auch das nicht. Sie haben hier selbst nichts zu sagen. Es sind abtrünnige Apachen.«

»Sowas wie die, die auf der anderen Seite der Grenze ihre Überfälle machen, aber diesmal auf *dieser* Seite?«

Ihre zögernde Formulierung hätte ihn fast dazu gebracht, breit zu grinsen. »Jetzt sind Sie auf der richtigen Fährte.«

Sie bemerkte seine Herablassung und reckte ihr Kinn in die Luft. »Und wenn ich mich entschließe, ihnen Sir George nicht zu überlassen?«

»Im allgemeinen fragen sie nicht, ehe sie sich nehmen, was sie haben wollen«, erwiderte er geduldig. »Sie haben uns gestern entdeckt und hätten letzte Nacht schon versuchen können, den Hengst zu rauben. Ich glaube, sie haben Ihr Gefolge für Leute von der Ostküste gehalten, und das ist der Grund für ihre Dreistigkeit. Sie verlassen sich darauf, daß Sie sich im Moment schrecklich fürchten und ihnen das Pferd freiwillig überlassen.«

»Ach, wirklich?« schnaubte sie.

Diesmal grinste er. »Und was wird jetzt?«

»Das ist ja absurd«, sagte sie und funkelte die wartenden Indianer über seine Schulter böse an. »Was können die uns schon anhaben? Wir sind ihnen zahlenmäßig um ein Dreifaches überlegen. Und muß ich Sie noch daran erinnern, daß ich selbst ein guter Schütze bin?«

Er bewunderte ihren Schneid, aber sie wußte nicht wirklich, worauf sie sich einließ. »Haben Sie je einen Menschen getötet?«

»Natürlich nicht«, erwiderte sie. »Und ich brauche auch niemanden zu töten, um ihn zu entwaffnen.«

Sie sagte es mit einer solchen Zuversicht, daß er nicht daran zweifelte und nichts mehr dazu zu sagen hatte. »Lassen Sie es sich erklären, Herzogin. Sie können die Indianer mit leeren Händen wegschicken, und sie werden gehen, aber Sie können wetten, daß sie Verstärkung holen und wiederkommen. In ein paar Tagen, in einer Woche, man weiß nicht wann, und es ist auch unwahrscheinlich, daß sie uns vorher eine Warnung geben, denn für sie ist es vorteilhaft, uns nachts anzugreifen, wenn die meisten Männer schlafen. Und dann werden sie nicht nur hinter Ihrem Hengst her sein, sondern Ihnen alles nehmen, was Sie haben, insbesondere das Leben.«

»Ich gebe meinen Hengst nicht her, ganz gleich, weshalb«, sagte sie mit hartnäckiger Entschlossenheit. »Er ist die Zukunft meines Gestüts.«

»Es verhält sich doch nicht so, als müßten Sie sich Ihren Lebensunterhalt selbst verdienen? Oder täusche ich mich in dem Glauben, Sie seien so reich, daß Geld Ihnen wenig bedeutet?«

Sein Tonfall schien darauf hinzuweisen, daß sie sich auf gefährlichem Boden befanden. »Wenn ich auch noch so große Reichtümer zur Verfügung habe, braucht das Leben doch einen Sinn, Colt, und ich finde meine Erfüllung darin, die edelsten Vollblüter zu züchten.« Deshalb hatte sie auch endlich zugelassen, daß Sir George die drei Stuten deckte, nachdem sie einundzwanzig geworden war, denn sie hatte geglaubt, ihre Wanderjahre seien endlich vorüber. Wie hatte sie nur so dumm sein können!

Plötzlich fiel ihr eine andere Lösung ein. »Was ist, wenn ich ihnen eine meiner Stuten anbiete?«

Er zog überrascht die Augenbrauen hoch. »Das täten Sie?«

»Ich tue es ungern, aber wenn es sie davon abhält, uns zu einem späteren Zeitpunkt anzugreifen, dann werde ich es natürlich tun. Ich bringe meine Leute nicht unnötig in Gefahr.«

Er schüttelte langsam den Kopf. »Daraus wird nichts werden. Ihr Anführer hat sich den Hengst in den Kopf gesetzt. Ein Pferd wie dieses würde sein Prestige in den Augen seiner Gefolgsleute derart steigern, daß er bereit ist zu sterben, um dieses Pferd an sich zu bringen. Aber ich werde Ihnen einen Vorschlag machen. Wenn es mir gelingt, sie loszuwerden, und Sie keines Ihrer Pferde eingebüßt haben...«

»Soll das heißen, daß Sie von Anfang an eine andere Lösung parat hatten, wie wir aus diesem Dilemma kommen, sie aber bisher noch nicht erwähnt haben?«

»Das könnte man vermutlich sagen. Aber ich tue es nicht umsonst, Herzogin. Es kostet Sie...«

»Das kann doch nicht Ihr Ernst sein!« schnaubte sie. »Nach allem, was ich Ihnen bereits zahle...«

»...ein Fohlen von einer Ihrer Stuten... das heißt, falls Ihr Hengst die Fohlen gezeugt hat, die sie im Moment tragen.«

Einen Moment lang starrte sie ihn nur an. Sie wunderte sich, wie er wissen konnte, daß die Stuten bereits trächtig mit ihrem zukünftigen Zuchtbestand waren, obwohl sie erst im Frühjahr Fohlen werfen würden. Aber noch viel mehr erstaunte sie seine Dreistigkeit. Er konnte diese Indianer nicht einfach im Rahmen seines Jobs loswerden, oder? Nein, das wäre zu großzügig gewesen. Dieser verdammte Erpresser.

»Das ist das Geschäft, das Sie mir vorschlagen?« fragte sie gepreßt. »Diese Apachen verschwinden und werden uns nicht mehr lästig, und dafür bekommen Sie ein Fohlen von Sir George?« Als er nickte, fügte sie hinzu: »Wie wollen Sie die Indianer eigentlich dazu bringen zu verschwinden?«

»Das ist meine Angelegenheit, Herzogin. Sind wir handelseinig?«

»Da Sie mir keine andere Wahl lassen...«

»Gut«, warf er ein und wirkte jetzt ungeduldig. »Sorgen Sie dafür, daß Ihre Männer hierbleiben, und ich würde vorschlagen, daß Sie und die anderen Frauen in den Kutschen bleiben und nicht zusehen.«

Nicht zusehen? »Wobei nicht zusehen?« fragte sie, aber er hatte sich bereits zu seinem Pferd umgedreht und hörte sie nicht oder zog es vor, ihr nicht zu antworten. So oder so war sie zu verärgert, um ihn noch einmal zu fragen.

Langsam lief sie zur Kutsche zurück und wollte sich gerade wieder Vanessa zugesellen, die offenbar immer noch schlief, da sie sich noch nicht nach dem Grund für ihr Anhalten erkundigt hatte. Dann blieb Jocelyn stehen und ärgerte sich noch mehr, als sie merkte, daß sie genau das tat, was Colt ihr befohlen hatte.

Sie ging um die Kutsche herum auf die Schattenseite und blieb dort stehen, weil sie sehen wollte, wie lange Colt brauchte, um die Indianer zum Gehen zu bewegen. Wenn sie bedachte, was es sie kostete, hoffte sie, daß er den ganzen Nachmittag dafür brauchen würde. Aber es dauerte nur wenige Minuten, bis Colt wieder kehrtmachte.

Jocelyn zog die Schultern hoch. So einfach ging das? Dieser nichtsnutzige, miese Opportunist! Aber nein, er ritt nur die halbe Strecke zurück. Und einer der Indianer folgte ihm und stieg gleichzeitig mit ihm ab, etwa zwanzig Meter von den beiden beteiligten Parteien entfernt.

Sie wollten es also unter vier Augen besprechen? Gut so. Sie erkannte, daß das vorteilhaft für Colt war. Wahrscheinlich würde er gewisse unfeine Drohungen ausstoßen. Schließlich war er wesentlich größer als der Apache und breiter gebaut. Der reinrassige Indianer war eher klein und drahtig und wirkte fast unterernährt.

Aber sie redeten nicht weiter. Der Apache, dessen bloße, kantige Knie zwischen seinen hohen, weichen Lederstiefeln und einem vergilbten Tuch herausschauten, das ihm bis auf die Schenkel hing, legte seine Büchse ab. Sein weites, langärmeliges Baumwollhemd mußte er in einem Laden gekauft oder eingetauscht haben, und er trug nur einen einzigen Patronengurt auf den Hüften, in dem ein Messer mit einer langen Klinge steckte. Da er jetzt näher gekommen war, bemerkte Jocelyn außerdem, daß seine Haut wesentlich dunkler war als Colts, und daß er sein Haar wesentlich kürzer trug. Es reichte kaum bis auf die Schultern und wurde von einem roten Stirnband gehalten. Wenn er auch noch so klein sein mochte, wirkte er doch äußerst bedrohlich, als er dastand und darauf wartete, daß Colt ihm gegenüberträte.

In der Zwischenzeit zog Colt seine Wildlederjacke aus. Jocelyn hatte es bisher nicht bemerkt, aber heute trug er außerdem ein Wildlederhemd, das lang war und über seine Hose hing. Darüber trug er einen breiten, kunstvoll verzierten Gürtel. Als er sich umdrehte, um seine Jacke über das Sattelhorn zu hängen, sah sie, daß vorn auf seinem Hemd eine Art Muster war... Verdammt, er war einfach zu weit weg. Es sah aus wie Stickereien aus weißen und blauen Perlen auf den Schultern, aber sie konnte es nicht mit Sicherheit sagen. Die auffällig langen Fransen neben den Stickereien wehten um seine Oberarme, hingen aber auch an den Ärmeln bis zu den Handgelenken, und am Ende jeder Franse schien eine Perle befestigt zu sein.

Als nächstes zog er seinen Hut ab, und Jocelyn konnte nur mit offenem Mund gaffen, als er sein Haar direkt hinter den Ohren scheitelte und sich auf beiden Seiten einen Zopf flocht. Als er anschließend seinen Pistolenhalfter ablegte, stieg ein erster Anflug von Panik in ihr auf. Sie trat einen Schritt vor, blieb aber sofort wieder stehen, als sie sah, daß Colt eine der langen Fransen abriß und sie dem Apachen reichte, ehe er dem Indianer den Rücken zukehrte. Was zum Teufel...?

Im nächsten Moment schnappte sie nach Luft, als Colt sich wieder zu dem Apachen umdrehte, und sie war nicht die einzige, die einen Laut der Verblüffung von sich gab. Auch ihre Wachen flüsterten miteinander und fragten sich, warum sich Colt von dem Apachen die rechte Hand hinter seinem Rücken am Gürtel festbinden ließ, um den Arm unbrauchbar zu machen, doch genau das war geschehen. Im nächsten Moment wurde ihre Frage beantwortet.

Die beiden Männer zogen ihre Messer, um einen Kampf auszutragen, den man nur als äußerst primitiv bezeichnen konnte. Colt hatte diese Benachteiligung akzeptiert, eine beträchtliche Benachteiligung, da Jocelyn wußte, daß er Rechtshänder war. Beide hielten die Messer in den Fäusten, und die langen Klingen wiesen nach außen. Der Apache holte zum ersten Hieb aus.

Er war flink und beweglich und wollte eindeutig Blut sehen, aber dasselbe ließ sich von Colt auch sagen. Anscheinend war es das Ziel dieses Kampfes, sich gegenseitig in Streifen zu schneiden. Colt hatte den Vorteil der größeren Armlänge, aber das war auch schon alles. Sein Nachteil bestand darin, daß er den anderen Arm nicht zur Abwehr benutzen konnte, und es fiel ihm auch schwerer, das Gleichgewicht zu halten. Wenn er stürzen sollte... man durfte sich gar nicht ausmalen, was dann geschehen würde.

Offensichtlich erkannte das auch der Apache, denn nachdem er einige Schnittverletzungen auf dem Oberkörper hatte, ohne seinerseits Colt getroffen zu haben, änderte er seine Taktik. Er sprang auf Colt zu und nicht länger vor ihm zurück, und er versuchte, ihn von hinten anzugreifen. Als das nicht klappte, versuchte er, ihm ein Bein zu stellen.

Jocelyn erwachte endlich aus ihrer Betäubung und wollte hinlaufen, doch Sir Parker vertrat ihr augenblicklich den Weg. »Das dürfen Sie nicht tun, Euer Gnaden. Er hat gesagt, wenn sich von unserer Seite aus jemand einmischt, könnten die anderen das Feuer eröffnen.«

»Aber wir müssen diesen Kampf verhindern!«

»Dazu ist es jetzt zu spät. Wir können nur noch hoffen, daß diese Indianer ein paar Brocken Englisch verstehen, wenn wir mit ihnen verhandeln müssen, nachdem...«

Er verstummte, weil jede Farbe aus ihrem Gesicht gewichen war. Wenn Colt tot war? Glaubten sie alle, daß er nicht die geringste Chance hatte? Nein, er durfte nicht sterben. Sie würde ihnen Sir George freiwillig überlassen...

Aber jetzt war es zu spät. Als sie die Kämpfenden wieder ansah, stellte sie fest, daß Colt bereits am Boden lag. Der Apache lag auf ihm. Sie wurde fast ohnmächtig, als sie erkannte, daß sie die beiden nicht mehr rechtzeitig erreichen konnte, um etwas zu unternehmen. Sie konnte nur zusehen, wie es die anderen auch taten, als der Apache Colts einzige Gegenwehr unterband, indem er mit der linken Hand die Hand auf dem Boden festhielt, in der Colt das Messer hatte, während er mit der rechten Hand zu einem letzten Stoß ausholte.

Jocelyn drehte sich schleunigst um, weil sie unmöglich mitansehen konnte, wie hier vollendete Tatsachen geschaffen wurden. Doch sie drehte sich einmal um ihre eigene Achse, denn es war ihr ebenso unerträglich, sich abzuwenden. Und in diesen wenigen Sekunden hatte Colt das Unmögliche geschafft. Er war jetzt oben, und sein Messer lag auf der Gurgel des Apachen.

»Was war? Wie konnte das kommen?«

Sir Parker schien dieser Ausgang nicht zu gefallen. »Der Indianer hatte nicht die Kraft, seinen Arm am Boden festzuhalten. Thunder ist es gelungen, sein Messer hochzureißen und den letzten Messerstich abzuwehren. Dabei hat der Indianer sein Messer fallen lassen und das Gleichgewicht verloren, weil er Thunders Handgelenk immer noch festgehalten hat, als es dazu gekommen ist.«

Jocelyn wollte schon lächeln, aber es war noch nicht vorbei. Oder doch? Colt stand langsam auf, schnitt seine rechte Hand los und hielt seinem Gegner dann die linke hin, um ihm beim Aufstehen zu helfen. Er hatte den Apachen also nicht getötet, obwohl er so still dagelegen hatte, daß sie bisher anderer Meinung gewesen war. Doch der Mann, der die Niederlage eingesteckt hatte, lehnte sein Angebot ab, zog sich langsam auf die Füße und ging schnurstracks auf sein Pferd zu.

Colt wartete dort, bis der Apache sich seinen Begleitern wieder angeschlossen hatte und sie alle fortgeritten waren. Dann stieg er auf und kehrte zu den Kutschen zurück. Er war verärgert, als er sah, daß die Herzogin immer noch vor ihrer Kutsche stand. Als er vor ihr stehenblieb, ließ sie besorgte Blicke über seinen Körper gleiten und suchte nach Blutspuren. Sie schien erleichtert zu sein, als sie kein Blut sah, und das ärgerte ihn noch mehr. Er wollte nicht, daß diese Frau sich Sorgen um ihn machte. Ihre Besorgnis grub sich wie Krallen in sein Herz und gab ihm das Gefühl... Himmel, es frustrierte ihn nur noch mehr, denn er würde sie niemals besitzen können.

»Ich bin froh, daß Sie ihn nicht getötet haben.« Sie blickte lächelnd zu ihm auf.

Bei ihrem Lächeln verfinsterte sich sein Gesicht noch mehr. »So? Wäre er ein Cheyenne gewesen, dann hätte ich es tun müssen, denn meine Leute sterben lieber, als die Schmach einer Niederlage zu ertragen. Aber die Bräuche der Apachen unterscheiden sich in vieler Hinsicht von denen meines Volks. Sie ziehen es vor weiterzuleben, um weiterkämpfen zu können, und deshalb habe ich ihn am Leben gelassen.«

Ihr verging das Lächeln. »Und wenn sie wiederkommen, um wegen Sir George weiterzukämpfen?«

»Dazu wird es nicht kommen. Ich habe ihnen gesagt, daß

der Hengst mir gehört. Da er davon ausgegangen ist, bestand seine einzige Chance, das Pferd an sich zu bringen, darin, mich zu töten, und das ist ihm mißlungen.«

»Wollen Sie damit sagen, daß Sie... daß er... daß Sir George...« Sie war derart außer sich, daß sie einen Moment lang die Zähne zusammenbiß und ihre heftige Erleichterung vollkommen vergaß, die sie noch einen Moment vorher verspürt hatte, weil er unverletzt und am Leben war. »Jetzt sagen Sie mir bloß, was um alles in der Welt passiert wäre, wenn Sie verloren hätten?«

Colt versetzte sie in noch größere Wut, denn er grinste, ehe er gedehnt sagte: »Das wäre wohl kaum noch mein Problem gewesen, Herzogin, oder?«

19

Vanessa seufzte matt, als sie Jocelyn durch das Fenster der Kutsche beobachtete, wie sie eine gewaltige Staubwolke aufwirbelte und Sir George Bewegung verschaffte. Sie ritt nicht mehr weit auf dem Hengst aus, seit es zu diesem Zusammenstoß mit den Apachen gekommen war. Vanessa war immer noch dankbar dafür, daß sie diesen Zwischenfall nicht miterlebt, sondern nur davon gehört hatte. Trotz der öden Landschaft, die sie umgab, gab die Gräfin gegen den leuchtend blauen Himmel ein prächtiges Bild ab.

Diese Landschaft wurde immer bedrückender, doch Jocelyn schien sich nicht im geringsten daran zu stören. Zwischendurch hatten sich lavendelfarbene Berge in allen Richtungen über den Horizont gezogen, aber sie lagen in so weiter Ferne, daß sie unerreichbar schienen. Vorwiegend waren sie durch endlose Weiten von flachem, ausgedörrtem Land gekommen, in dem die Erde rissig war. Vereinzelte Kakteen waren das einzige Grün gewesen, und alles andere, von den Sträuchern bis zu dem welken Gras, war von der lodernden Sonne verbrannt.

Regnete es denn nie in diesen Breiten? Seit sie Tombstone

verlassen hatten, diese Stadt, die von Gewalttätigkeiten überschwemmt wurde und einen allzu passenden Namen trug, hatte es kaum einen Tropfen geregnet. Und in all der Zeit waren sie nur auf einen Flußlauf gestoßen, den San Simon, der um diese späte Jahreszeit nicht mehr als ein Rinnsal war und noch dazu so verschlammt, daß selbst ein Bad nicht in Frage gekommen wäre. Wenn sie nicht ihre eigenen Wasserfässer bei sich gehabt hätten, hätten sie ganz schön in der Klemme gesessen.

Vanessa beklagte sich jedoch nicht, nicht im geringsten, schon seit dem Abend nicht mehr, an dem sie absichtlich ihre Klagen vorgebracht hatte, um die Dickköpfigkeit ihres Reiseführers hervorzuheben. Um die Wahrheit zu sagen, hätte sie es gar nicht missen wollen, diesen Landstrich zu sehen, denn er mochte zwar bei Tag noch so öde und monoton sein, ganz zu schweigen von dem ewigen Staub, aber zweimal täglich, bei Sonnenaufgang und bei Sonnenuntergang, explodierten am Himmel die prächtigsten Farben. Manchmal schien der Himmel von Flammen verschlungen zu werden, so grandios leuchteten die Rot- und Gelbtöne. Und dann ging der Mond in einer derart erhabenen Pracht auf, daß man das Gefühl hatte, man könne fast die Hände ausstrecken und ihn berühren. Wenn eine derart gewaltige strahlende Kugel über dem Horizont hing, wurde der Himmel nicht wirklich nachtschwarz, und die Lagerfeuer wurden nur angezündet, damit sie sich daran wärmen und ihr Essen darauf kochen konnten.

Jocelyn war immer draußen, um sich diese spektakulären Schauspiele am Himmel anzusehen, wenn der Tag zuende ging, aber gleichzeitig sah sie sich verstohlen im Lager um und hoffte, Colt Thunder möge auftauchen. Dazu kam es nie. Er machte sich immer noch außergewöhnlich rar und redete nur mit seinem Bruder, dem er Anweisungen für die Route des nächsten Tages gab.

Es ärgerte Vanessa grenzenlos, täglich wieder Jocelyns Enttäuschung zu sehen, wenn der Abend hereinbrach und sie ihren Reiseführer noch nicht einmal aus der Ferne gesehen hatte. Aber ernstlich beunruhigt hatte sie Jocelyns Schilderung von dem Zusammenstoß mit den Apachen, denn ihr war nicht entgangen, welche unterschwelligen Empfindungen Jocelyn erlebt hatte, als sie den Kampf beobachtet hatte und einen Moment lang geglaubt hatte, Colt würde sterben. Das Mädchen hatte erst vor einem Dilemma gestanden, dann hatte Colt sie daraus befreit. Ihr hatte aber vor der möglichen Lösung des Problems gegraut. Dann hatte sie der Gedanke, er könne sterben, gepeinigt, und schließlich hatte sie eine übermächtige Erleichterung empfunden, weil er es überlebt hatte. Und geendet hatte das Ganze mit einer großen Wut auf diesen Mann, die leider nicht lange anhielt.

Ihre Sorge um diesen amerikanischen Halbwilden war es, was Vanessa beunruhigte. Aus solchen Gefühlen heraus entwickelte sich zu leicht Liebe, und wenn Jocelyn das auch noch nicht erkannt hatte, dann war sich doch Vanessa darüber im klaren. So etwas durfte man sich gar nicht vorstellen. Aber noch war es nicht passiert, oder zumindest betete Vanessa, es möge noch nicht passiert sein. Und da Jocelyn immer noch wild entschlossen war, den Kerl besitzen zu wollen, bestand die einzige Möglichkeit, Liebe zu verhindern, darin, daß sie sich so schnell wie möglich entjungfern ließe und Colt Thunder fortgeschickt würde.

Aber um das zu erreichen, mußte ein sehr großes Hindernis überwunden werden, abgesehen davon, daß Thunder so gut wie nie anwesend war. Er war schlicht gesagt der einzige Reiseführer, den sie hatten, und solange sie weit ab von jeder Zivilisation waren und ihn nicht ersetzen konnten, waren sie auf ihn angewiesen.

Die rauhe Gegend, durch die sie so flott gezogen waren, hatte jedoch den Fahrzeugen und den Tieren zugesetzt, und sie brauchten dringend die Dienste eines Hufschmieds. Es war so viel zu tun, daß es sie wenigstens ein paar Tage aufhalten sollte. Ihr Reiseführer konnte sie nicht länger einen Bogen um die Städte herum machen lassen, falls in all dieser Zeit überhaupt irgendwelche Städte an der Strecke gelegen hatten.

»Eins muß ich ihm lassen«, bemerkte Vanessa, als sie am späten Vormittag des nächsten Tages in Silver City einfuhren, »wenigstens hat er sich für die Reparaturen keine Stadt ausgesucht, in der es nur eine Straße und ein einziges Hotel mit vier Zimmern gibt... wenn ich auch sagen muß, daß er uns nur äußerst mürrisch hergebracht hat.«

Jocelyn wandte sich nicht von dem Fenster ab, durch das sie sich die neue Stadt interessiert ansah. »Du weißt, daß er Städte zu recht meidet, Vana.«

»Vermutlich«, räumte die Gräfin ein, aber sie grämte sich immer noch darüber, daß sie vor ein paar Tagen die Grenze nach New Mexico überschritten hatten, ohne es zu wissen. »Es wäre nett gewesen, wenn er sich dazu herabgelassen hätte, uns wenigstens mitzuteilen, wie gut wir vorankommen und daß wir uns auf einem anderen Territorium befinden. Glaubst du, er wird uns Bescheid sagen, wenn wir Wyoming erreicht haben?«

Jocelyn drehte sich grinsend um, als sie Vanessas trockenen Tonfall hörte. »Er hat seine Sache als Reiseführer doch sehr gut gemacht, oder nicht, vor allem, wenn man bedenkt, daß er sich nie als Reiseführer ausgegeben hat? Wir sind ohne Zwischenfälle hier angelangt. Und muß ich noch hinzufügen, daß er nicht eingestellt worden ist, um uns die Gegend zu zeigen?«

»Wenn wir schon davon sprechen, weshalb er eingestellt worden ist – ich glaube, du solltest dir unseren Aufenthalt hier zunutze machen und die Sache hinter dich bringen. Ein Zimmer für dich allein sollte dir dabei helfen, und du kannst alle möglichen Vorwände finden, um ihn allein in dein Zimmer zu locken. Anschließend sollte dann eines zum anderen führen...«

»Du vergißt dabei eine winzige Kleinigkeit«, warf Jocelyn ein, der das Grinsen vergangen war. »Er mag mich nicht.«

»Soweit würde ich nicht gehen, meine Liebe.«

»Ich schon. Er gibt sich alle Mühe, es zu beweisen. Und er findet mich auch nicht die Spur von anziehend.«

Vanessa hätte fast verächtlich geschnaubt. Statt dessen begnügte sie sich mit einem: »Pah. Ist dir schon einmal aufgegangen, meine Kleine, daß er vielleicht versucht wäre, es aber nicht wagt, jemandem von deiner Bedeutung seine amouröse Aufmerksamkeit zuzuwenden?«

»Er ist kein Engländer und noch nicht einmal ein Europäer, dem Klassenunterschiede etwas bedeuten würden, Vana. Hat sein Bruder Sir Dudley nicht allzu deutlich erklärt, welchen Wert die Amerikaner auf Gleichheit legen?«

»Das hat er allerdings getan, aber wir reden hier von einem Amerikaner einer ganz anderen Sorte, von einem, der dich öffentlich brüskiert hat, um deinen Ruf zu wahren, oder hast du das ganz vergessen? Und ich gebe zu, daß ›Bedeutung‹ ein unglücklich gewähltes Wort war. Was ich meinte, war, jemand von deiner... Hautfarbe.«

»Weil ich das bin, was er eine *weiße Frau* nennt?« brachte Jocelyn, der das jetzt erst dämmerte, atemlos heraus. »Mein Gott, glaubst du wirklich, daß das alles ist?«

»Es würde mich nicht wundern. Zumindest könnte es erklären, warum er sich solche Mühe macht, dir Angst einzujagen, damit du ihm nicht zu nahe kommst.«

»Aber... was kann ich dagegen tun?«

»Eine gute Frage. Ihm ist bereits deutlich mitgeteilt worden, daß sein Status als Halbblut dir nichts bedeutet, und das heißt, daß er entweder selbst diese Vorurteile hat, aber im umgekehrten Sinne, aber das bezweifle ich ernsthaft. Oder er hat sämtliche Zeichen, die du ihm gegeben hast, aus dem ganz einfachen Grund falsch ausgelegt: Er kann einfach nicht glauben, du könntest tatsächlich jemanden wie ihn begehren.«

»Keine dieser beiden Möglichkeiten behagt mir, Vana«, sagte Jocelyn steif zu Colts Verteidigung.

»Aber die zweite scheint doch recht wahrscheinlich zu sein.«

»Ich kann einfach nicht glauben, daß er eine so schlechte Meinung von sich selbst hat.«

»Meine Liebe, du machst dir keine Vorstellung davon, wie sein bisheriges Leben ausgesehen hat, oder welche Umstände dieses Leben geformt und ihn zu dem gemacht haben, was er heute ist. Laß uns also einfach einen Moment lang davon ausgehen, daß ich recht habe. Falls er immer noch nicht gemerkt hat, daß du ihn begehrst, dann geht es darum, ihn das spüren zu lassen.«

»Ich werde es ihm ganz einfach sagen.«

»Nein – das – wirst – du – nicht – tun!« erwiderte Vanessa entgeistert, aber nachdrücklich. »Was auf Erden bringt dich auf den Gedanken, daß meine Ahnungen untrüglich sind? Ich werde *nicht* zulassen, daß du dich in die gräßlichste Verlegenheit bringst, falls ich mich doch täuschen sollte. Andererseits... es könnte nichts schaden, wenn du ein kleines bißchen plumper dahingingest, ihn zu verführen.«

»Ein kleines bißchen?«

Vanessa lächelte verschwörerisch. »Vielleicht eins deiner französischen Negligées, wenn du ihn allein in deinem Zimmer empfängst? Das sollte die Sache doch einigermaßen beschleunigen.«

»Damit ich auf gemeinste Art vergewaltigt werde«, gab Jocelyn zurück.

»Tja, wenn du dich auf *diesen* Standpunkt stellst...«

»Sei nicht gleich so brummig.« Jocelyn grinste. »Das ist eine gute Idee. Ich bin mir nur nicht sicher, ob sie zu den gewünschten Ergebnissen führt. Er hat mich ernstlich davor gewarnt, noch einmal mit ihm allein zu sein, und er reagiert schrecklich böse, wenn ich mich nicht an seine Warnungen halte.«

»Aber darum geht es doch gerade, Liebes. Warum sollte er dich vor sich warnen, wenn nicht um seiner selbst willen, weil die Versuchung zu groß für ihn ist, um ihr mühelos zu widerstehen? In meinen Ohren klingt das, als begehre dieser Mann dich ebensosehr, wie du ihn begehrst, wenn nicht noch mehr. Sieh zu, daß er seine Abwehr aufgibt, und schon hast du ihn.«

Prickelnde Erregung machte sich bei diesen ermutigenden Worten in Jocelyn breit. »Mein Gott, Vana, ich hoffe nur, daß du recht hast.«

Das möchte ich allerdings auch hoffen, mein Liebling, erwiderte Vana, ohne die Worte auszusprechen.

Jocelyn konnte nicht stillsitzen, als sie am kommenden Abend darauf wartete, daß Colt an ihre Tür klopfen würde. Diesmal konnte er sich nicht weigern, zu ihr zu kommen. Schließlich arbeitete er jetzt für sie. Und sie hatte sich sogar einen logischen Vorwand einfallen lassen, um ihn zu sich zu bestellen, nämlich um ihn zu fragen, wie lange es noch dauern würde, bis sie nach Wyoming kämen. Als sie den Entschluß gefaßt hatte, nach Wyoming zu reisen, hatte sie sich keinen Moment lang überlegt, wo dieser Ort sein mochte oder wie lange man brauchte, um ihn zu erreichen.

Vanessa hatte zwar gejammert, es würde Wochen dauern, aber das war nur ein Scherz gewesen. In Wirklichkeit hatte keine von den beiden je von Wyoming gehört, bis Billy Ewing den Ort erwähnt hatte, und sie wußten nichts weiter darüber, als daß es ›oben im Norden‹ lag. Silver City lag nach Angaben des Hotelangestellten in der südwestlichen Hälfte von New Mexico, und da die Wintermonate bevorstanden, wurden die Zeit und die Entfernung, die sie noch zurückzulegen hatten, interessant, vor allem, da Jocelyn sich irgendwo niedergelassen haben mußte, ehe ihre Stuten im Frühjahr fohlen würden.

Das lieferte ihr einen guten Vorwand, Colt zu sich zu bestellen. Und falls er so unfein sein sollte, sich zu ihrer Aufmachung zu äußern, dann hatte sie auch dafür eine Ausrede parat. Die späte Stunde, die Müdigkeit nach einem langen Tag und die Annahme, er käme nicht mehr, da sie schon vor Stunden nach ihm hätte schicken lassen.

In Wirklichkeit waren Pearson und Sidney gerade erst losgeschickt worden, um ihn zu suchen und ihn in ihr Zimmer zu bitten. Vanessa hatte darauf bestanden, vorher alles komplett in Szene zu setzen, da es sein konnte, daß sie Colt gleich fänden.

Jocelyn konnte weder an dieser Logik etwas aussetzen, noch an der Atmosphäre, die sie mit Vanessas Hilfe geschaffen hatte. Das zerwühlte Bettzeug, als hätte Jocelyn schon im Bett gelegen; alle Lampen bis auf eine gelöscht, und diese eine stark zurückgedreht, doch die Krönung von alledem war sie selbst, frisch gebadet, parfümiert und in schimmernden Satin gehüllt, der derart dünn war, daß es keineswegs den guten Sitten entsprach.

Wenn sie sich selbst überlassen gewesen wäre, hätte sie nicht gerade dieses Nachthemd ausgesucht, aber sie folgte Vanessas Urteil, da sie in diesen Angelegenheiten die erfahrenere war. Es war ein neues Nachthemd nach dem Entwurf einer französischen Modeschöpferin, die sie in New York entdeckt hatten; Jocelyn hatte es aus einer Laune heraus bestellt, nachdem sie Charles Abington kennengelernt hatte und erstmals auf den Gedanken gekommen war, sie könne sich wieder verheiraten. Das Gewand war grenzenlos schlicht im Schnitt, an den Schultern gerafft, an der Taille und auf den Hüften hauteng, ohne Borten und mit einem locker fallenden Halsausschnitt. Der Satin hatte fast exakt das Grün ihrer Augen, und das Dekolleté war so tief ausgeschnitten, daß das hauchdünne Material ihre Brüste nur bedeckte, solange sie eine aufrechte Haltung beibehielt. Der dazugehörige langärmelige Morgenmantel war mit weißer Spitze eingefaßt, hatte aber keine Schnalle und keine Öse, und es gehörte noch nicht einmal ein Gürtel dazu, da der Zweck des Kleidungsstücks nicht darin bestand, das Nachthemd zu verbergen, sondern es reizvoll zum Vorschein zu bringen.

Den letzten Schliff gab ihr das Haar, das frisch gewaschen und gebürstet war, bis es so stark schimmerte wie der Satin. Sie trug es offen, damit es über ihren Rücken oder ihre Schultern fallen konnte, je nachdem, wie sie sich bewegte.

»So hat er dein Haar gesehen, als du ihn kennengelernt hast, aber denk' an meine Worte«, hatte Vanessa ihr gesagt, nachdem sie die flammenden Locken selbst gebürstet hatte. »Heute nacht wird er nicht widerstehen können, endlich herauszufinden, ob man sich die Finger daran verbrennt.«

Das war Jocelyn kein Trost gewesen, sondern hatte sie nur wieder daran denken lassen, daß Colts Finger sich schon einmal schmerzhaft in ihr Haar gewühlt hatten; mit ihrer nervösen Unruhe ging ein gewisses Maß an Beklommenheit einher. Aber sie konnte nicht leugnen, daß sie Colt Thunder begehrte, und daher war sie bereit, alles auf eine Karte zu setzen und zu hoffen, daß es heute nacht anders sein würde als sonst, wenn sie mit ihm allein gewesen war. Heute nacht würde er der zärtliche Liebhaber sein, von dem sie träumte. Wenige Stunden, nachdem sie ihn kennengelernt hatte, hatte sie den Entschluß gefaßt, er solle derjenige sein, der sie in die Liebe einführte. Wenn sie erst Unsicherheit in sich aufkommen ließe, würde sie niemals den Mut haben, die Tür zu öffnen, wenn er anklopfte.

Während sie auf dieses Geräusch wartete, zuckte sie bei jedem kleinsten Laut zusammen, und es wurde immer schlimmer, als aus den Minuten Stunden wurden und die Stadt draußen vor ihrem Fenster in Stille versank. Die Männer mußten Schwierigkeiten haben, ihn ausfindig zu machen. Damit hätte sie rechnen müssen. Aber einer von ihnen würde ihn finden, und dann würde er augenblicklich zu ihr kommen, und jeden Moment konnte es soweit sein.

Das redete sie sich immer wieder ein, und ihre Aufregung steigerte sich nicht etwa langsam, sondern sprunghaft, als sie ans Fenster trat und auf das abschüssige Dach der Hotelterrasse hinabsah und dann wieder auf ihr Bett, das mit ihren eigenen Seidenlaken bezogen worden war. Sie wollte versuchen, dort sitzenzubleiben, doch schon ein oder zwei Atemzüge später war sie wieder aufgesprungen und lief zu dem großen Spiegel hinüber, der ihr recht deutlich das Bild einer blassen jungen Frau vor Augen führte, die ihr vollkommen fremd war. Sie klatschte sich auf die Wangen, damit sie etwas Farbe bekämen, sprang dann wieder auf, lief zur Tür, um zu horchen, ob sie Schritte hörte, die sich näherten, und dann trat sie wieder ans Fenster, und das Ganze begann noch einmal von vorn.

Leider war es kein allzu großes Zimmer, obwohl man ihr gesagt hatte, es sei das größte, das zu haben war. Hier gab es keine Suiten und auch nur zwei Stockwerke mit Zimmern, und somit war es nicht möglich gewesen, ihre Leute geschlossen hier unterzubringen. Einige waren in die Pension in derselben Straße geschickt worden, und andere hatten es vorgezogen, bei den Fahrzeugen zu bleiben. Da sie nicht das ganze Stockwerk für sich haben konnte, war eine Wache vor ihrer Tür aufgestellt worden, doch wenn sie an der Tür horchte, was sie wieder und immer wieder tat, hörte sie keinen Laut von dem Mann.

Wenn Colt jetzt nicht bald auftauchte, würde er sie bei seinem Erscheinen als ein nervliches Wrack vorfinden, und wie sollte sie ihn dann davon überzeugen, daß es sie überraschte, ihn jetzt noch zu sehen, daß sie bereits ›geschlafen‹ hatte? Zum Teufel mit dem Mann, was hielt ihn bloß...?

Als das Klopfen endlich zu vernehmen war, schien ihr Herz ein Stück tiefer zu rutschen, und sie konnte nichts anderes tun, als die Tür anzustarren. Da sie ihre Fassung restlos verloren hatte, von ihrem Mut ganz zu schweigen, war sie regungslos erstarrt. Schließlich öffnete sich die Tür unerwartet, und Vanessa stand an Colts Stelle da, und Jocelyns Erleichterung war so gewaltig, daß sie fast zusammenbrach.

»Es tut mir leid, meine Liebe«, sagte Vanessa flüsternd, ehe sie die Tür schloß, und dann fügte sie in einem normaleren und doch mitfühlenden Tonfall hinzu: »Sie haben überall nachgesehen, in anderen Pensionen, in den Salons, in den – äh – abgeschmackteren Etablissements. Er bleibst sich selbst treu und ist so unauffindbar, wie er es unterwegs schon gewesen ist. Noch nicht einmal sein Bruder hat ihn zu sehen bekommen, seit wir in der Stadt sind.«

»Es ist schon gut, Vana. Wir werden ja ein paar Tage hierbleiben. Wir können es morgen noch einmal probieren.«

»Du nimmst es ja furchtbar gut auf. Ich wäre außer mir vor Wut, nach all diesen Vorbereitungen...«

»Was für Vorbereitungen?« Jocelyn lachte vor Erleichterung. »Es ist ja nicht so, als hätte ich Stunden damit zugebracht, mich für einen Ball anzukleiden. Ich habe mich fertiggemacht, um ins Bett zu gehen...«

»Du hast dich für einen Mann zurechtgemacht, und das ist absolut nicht dasselbe.« Dann fügte die Gräfin verständnisvoll hinzu: »War das Warten so gräßlich?«

»Es war schauderhaft.« Jocelyn lachte. »Es spricht doch vieles für die Spontaneität.«

»Und es spricht noch viel mehr für eine gründlich durchge-
plante Verführung«, gab Vanessa zurück. »Wenn du dich erinnerst – an der Spontaneität hast du dich erfolglos versucht.«

»Das stimmt, und deshalb werde ich es noch einmal auf
deine Art versuchen. Vielleicht wird es leichter, wenn ich erst
Übung habe.« Wieder lachte sie, diesmal aus purer Freude
darüber, daß ihre Sinne wieder normal funktionierten, aber
es schwang auch ein mißtönender Klang mit, als sei die Enttäuschung da und sie wollte sie bewußt nicht eingestehen.

Vanessa hatte diesen Verdacht und beschloß daher, Jocelyn aufzuheitern. »Vielleicht fällt uns für morgen abend noch
eine bessere Strategie ein. Schließlich wirken ein weiches Bett
und ein eigenes Zimmer Wunder und sind viel inspirieren-
der als ein Zelt, das ohne weiteres Ohren haben könnte und
mit Sicherheit ein gutes Dutzend Augenpaare auf sich zieht,
die es gewohnt sind, es ständig zu beobachten. Ganz zu
schweigen von der großen Weite der freien Natur.« Sie
schnitt eine Grimasse und gab einen angewiderten Laut von
sich. »Laß dir eins sagen, man sollte sich nicht auf ein Tech-
telmechtel im Freien einlassen, wenn man auch noch so sehr
glaubt, dort ungestört zu sein.«

»Du sprichst natürlich aus Erfahrung?«

»Ja, sicherlich. Abgesehen von widerlichen Insekten, die
nackte Haut über alles lieben, ist man dem Wetter auf Gedeih
und Verderb ausgeliefert, und was gibt es in dieser Gegend
hier schon anderes als Staub, Schmutz und Erde, um seine
Decke darauf auszubreiten. Und jetzt werde ich dir ein Geheimnis verraten, meine Liebe. Ganz gleich, wie dick diese
Decke ist, es gibt ganz bestimmt einen Stein, einen Stock oder
irgend etwas direkt unter deinem Hinterteil, was dich reichlich
ablenkt, wenn du in Stimmung bist. Und dann gibt es da
noch die wilden Tiere, mit denen man ringen muß.«

Ein Kichern entschlüpfte ihr. »Wilde Tiere, Vana?«

»Na ja, da war zum Beispiel dieses Kaninchen, aber ich
dachte, es sei mein Gärtner. Ich habe mich zu Tode erschrok-
ken.«

Jocelyn brach in Gelächter aus. »Jetzt gehst du zu weit.«

»Nein, es ist absolut mein Ernst. Ich hatte Angst, der alte Mann würde einen solchen Schock bekommen, daß er tot umfiele.«

»Nach all den wüsten Wochenendgelagen, von denen du mir erzählt hast, bei denen die Hälfte der Paare, die sich in deinem Labyrinth verirrt haben, mit der anderen Hälfte verheiratet war? Dein Gärtner muß im Lauf der Jahre so viele unerlaubte Stelldicheins mitangesehen haben, daß ihn nichts mehr hätte schockieren können.«

»Aber, meine Liebe, zu dem Zeitpunkt war mein Liebhaber zufällig sein strammer junger Sohn.«

»Oh.«

»Du sagst es.«

Sie starrten einander eine halbe Sekunde lang an, ehe sie beide lachten. Als Jocelyn wieder Luft bekam, lächelte sie ihre Freundin liebevoll an. »Ich danke dir. Ich habe diese Verführung einfach zu ernst genommen, stimmt's?«

»Ein wenig zu ernst. Er ist auch nur ein Mann, Liebes, der dir einen notwendigen Dienst leisten wird ... das heißt, falls du es dir nicht anders überlegt hast. Es gibt noch andere Männer, die du vielleicht in Betracht ziehen möchtest, da wir jetzt gewissermaßen wieder in einer Art Zivilisation sind.«

»Nein ... Colt ist immer noch ...«

»Sag' kein Wort mehr.« Vanessa seufzte innerlich, doch sie entgegnete entschlossen: »Wenn er es ist, den du haben willst, dann sollst du ihn haben. Allerdings wird heute nacht nichts mehr daraus. Ab ins Bett mit dir.«

»Sie suchen ihn nicht mehr?«

»So spät, wie es jetzt schon ist, wäre es zwecklos. Nein, ich habe die Bediensteten auch ins Bett geschickt. Und jetzt schlaf' dich genüßlich aus, so lange und gut wie möglich. Wenn dein Halbblut so leidenschaftlich ist, wie ich vermute, dann wirst du morgen nacht nicht viel Schlaf finden.«

»Vorausgesetzt, er ist verführbar.«

»Mit den Waffen, die dir zur Verfügung stehen?« sagte Vanessa und musterte Jocelyn von Kopf bis Fuß. Sie lächelte, als sie die Tür hinter sich schloß.

Durch das offene Fenster drang das Geräusch von Stiefeln, deren Absätze leise auf dem Gehsteig gegenüber klapperten, und dann folgte das verblüffte, kaum hörbare Flüstern: »Heiliger Strohsack, du hast mich zu Tode erschreckt, Junge!« Doch darauf erfolgte keine Antwort, und die Stiefel bewegten sich mit noch forscheren Schritten weiter. Irgendwo in der Ferne quakte lautstark ein Frosch, aber er war so weit weg, daß man ihn nur hören konnte, wenn der Klavierspieler in einem der Saloons weiter unten an der Straße eine Pause machte. Auch die Musik kam aus weiter Ferne, der Pianist spielte recht gut, und die Klänge waren eher beruhigend als störend. Immer wieder war Gelächter zu hören, aber nichts war laut genug, um die Bürger der Stadt wachzuhalten.

Es lag also gewiß nicht an den gedämpften Lauten, daß Jocelyn wach dalag. Wenn man bedachte, wie oft sie in der letzten Zeit mitten in der Nacht vom schrillen Kläffen der Koyoten geweckt worden war oder gar davon erwacht war, daß eine ihrer Wachen bei ihren Runden um ihr Zelt über einen der Zeltpflöcke gestolpert war und das Blaue vom Himmel herunterfluchte, dann waren diese spätnächtlichen Stadtgeräusche friedlich. Aber sie wiegten sie nicht in den Schlaf.

Sie war immer noch zu aufgekratzt, wenn sie sich überlegte, was heute nacht hätte passieren können, und sich fragte, warum es sie erleichterte, daß es nicht dazu gekommen war. Sie kam zu dem Schluß, daß eine derart planvolle Verführung ihr einfach nicht lag. Sie würde es Vanessa sagen müssen, und Vanessa würde enttäuscht sein. Wahrscheinlich hatte sie beim Einschlafen noch Ränke geschmiedet, um eine Strategie für morgen nacht zu planen.

Jocelyn gab auf und schlug die Decke zurück. Da der Mond hinter dem Hotel stand und ihr Zimmer nach vorn ging, war es außerordentlich dunkel, doch ihre Augen hatten sich so gut auf das Dunkel eingestellt, daß sie mühelos die Lampe finden und sie anzünden konnte. Sie drehte jedoch den Docht herunter, damit die Lampe nur einen matten Schein warf, der gerade ausreichte, damit sie ihren Morgenmantel finden und zum Fenster laufen konnte, ohne zu stolpern.

Als sie die Vorhänge zurückgezogen hatte, stellte sie zu ihrer Enttäuschung fest, daß es nichts zu sehen gab. Der Mond schien jetzt so hell, daß die Schatten, die er warf, pechschwarz waren. Das Dach der Terrasse lag im Dunkeln, und das Geländer am unteren Rand, an dem das Hotelschild angebracht war, versperrte ihr den Ausblick auf die Straße. Im Mondschein konnte sie die Gebäude gegenüber deutlich erkennen, zumindest die obere Hälfte, aber nirgends brannte Licht in einem Fenster, das ihre Aufmerksamkeit auf sich gelenkt hätte.

Was sie jetzt brauchte, war ein langer Spaziergang, bis sie richtig erschöpft wäre. Sie war sicher, daß die Wache vor ihrer Tür nichts dagegen gehabt hätte, sie zu begleiten, aber die Vorstellung, wie sehr Sir Parker am nächsten Morgen darüber entrüstet gewesen wäre, daß sie sich mit einem Minimum an Schutz hinauswagte, hielt sie zurück.

Sie seufzte, ärgerte sich über sich selbst, ärgerte sich über Colt, ärgerte sich über ihre dumme Lage. Wenn Longnose nicht gewesen wäre, hätte sie diesen Spaziergang machen können; wenn sie gewußt hätte, wo Colt war, hätte sie keinen Spaziergang gebraucht; wenn sie sich nichts aus ihm gemacht hätte, hätte all das keine Rolle gespielt, und sie wäre mühelos eingeschlafen. Verdammt noch mal.

Wie konnte er es wagen, einfach vom Erdboden zu verschwinden? Was wäre gewesen, wenn sie überstürzt hätten aufbrechen müssen, eine äußerst realistische Möglichkeit, wenn man bedachte, wie oft es ihnen bisher schon so ergangen war? Aber jetzt war sie wirklich unlogisch. So, wie Colt jeden Tag die Gegend auskundschaftete, wußte er, wenn Longnose in ihrer Nähe wäre, und er hätte ihr etwas gesagt. Der Engländer suchte wahrscheinlich immer noch in Arizona nach ihrer Fährte. Und um ehrlich zu sein, bereitete ihr der Umstand, daß Colt wahrscheinlich heute nacht im Bett einer anderen Frau lag, genügend Sorge, um ihr den Schlaf zu rauben.

Das half ihr auch nicht gerade weiter. Sie würde diesen Spaziergang einfach unternehmen und sich erst hinterher Gedanken machen, wie Sir Parker wohl reagieren mochte. Aber in dem Moment, in dem sie sich vom Fenster abwandte, hörte sie draußen im Flur etwas plumpsen, ganz so, als ob... als ob jemand hingefallen wäre. Sie starrte erst die Tür an und dann ihr Täschchen, das am anderen Ende des Zimmers lag. Sie wußte ohne jeden Zweifel, daß sie keine Chance hätte, den Derringer an sich zu bringen, bevor die Tür aufgehen würde. Und der Derringer taugte nur auf kurze Entfernungen etwas. Sie hätte ihn in der Hand haben und hinter der Tür stehen müssen, um den Eindringling dort zu erwarten, doch ein weiterer Blick auf die Tür zeigte ihr, daß sich der Griff bereits bewegte.

Ohne nachzudenken, schlüpfte sie durch das Fenster und ließ sich auf das Dach der Terrasse fallen. Zum Glück fiel es nicht steil ab, aber damit hatte sich ihr Glück auch schon erschöpft. Zu spät wurde ihr bewußt, daß jemand, der sich mitten in der Nacht in ihr Zimmer schliche, aus dem Fenster sehen würde, wenn er das Zimmer leer vorfände. Sie zweifelte nicht daran, daß man sie entdecken würde, sogar im Dunkeln. Aber würden sie es wagen, auf sie zu schießen und die ganze Stadt zu wecken? Hatten sie nicht eher damit gerechnet, sie schlafend in ihrem Bett vorzufinden, um sie dann auf alle erdenklichen lautlosen Arten beseitigen zu können? Würden sie ihr auf das Dach hinaus folgen?

Sie hätte jetzt schon schreien sollen. Es war gut möglich, daß sie sie mit einem lauten Schrei alle verscheucht hätte. Aber ihre Aufmachung, das verdammte durchscheinende Negligée, das sie immer noch trug, brachte sie im ersten Moment dazu, zu verstummen.

Sie wartete nicht, bis sie sah, wie ein Kopf zum Fenster hinausgestreckt wurde. Bis an den Rand des Daches war es nicht weit, da an diesem Ende des Gebäudes nur noch ein Wasserklosett hinter ihrem Zimmer lag. Ihre Chancen, gar nicht erst entdeckt zu werden, standen besser, wenn sie schnell über den Dachrand spränge und nicht versuchte, von ihrem Fenster aus zum nächsten Fenster zu laufen und zu hoffen, daß es offenstünde. Von ihrem jetzigen Standpunkt aus konnte sie nicht erkennen, ob es offen oder geschlossen war. An den Seiten setzte sich das Geländer nicht fort, das am vorderen Dachrand entlangführte, und daher müßte sie nicht erst klettern, sondern könnte sich ganz einfach am tiefsten Punkt über den Rand gleiten lassen, einen der Pfosten, die das Dach trugen, mit ihren Beinen umklammern und einfach daran herunterrutschen, bis sie auf dem Boden stünde. Dann könnte sie hastig zu dem Stall hinter dem Hotel laufen und wäre in Sicherheit. Dort hielten sich ein paar ihrer Leute auf. Wenn sie sich schon soweit erniedrigen mußte, in ihren Nachtgewändern gesehen zu werden, dann konnte sie wenigstens dafür sorgen, daß es sozusagen in der Familie bliebe.

Sie lief schon los, während sie noch darüber nachdachte, doch sie hatte nicht damit gerechnet, beim Laufen so viel Schwung zu bekommen und an das Geländer zu prallen, ehe sie stehenbleiben konnte. Sie hielt nicht inne, um zu verschnaufen. Es war schon einfacher, über den Dachrand zu gleiten, und sie könnte sich an dem kurzen Pfosten des Geländers festhalten, bis sie mit ihren Füßen den höheren Dachpfosten gefunden hätte.

Hier ließ sie ihr Glück jedoch im Stich. Sie schwang ihre Beine in alle Richtungen und traf auf nichts als Luft. Zu spät erkannte sie, daß sie sich fälschlicherweise darauf verlassen hatte, daß jedes Terrassendach von Pfosten getragen würde. Wie sonst sollte das verdammte Ding denn halten? Wo also war dieser verfluchte Pfosten? Was jetzt noch wichtiger war, da kein Pfosten aufzufinden war – wie tief war der Boden unter ihr? Verdammt und zum Teufel, warum hatte sie diese Dinge nicht schon beim Betreten des Hotels bemerkt? Ein paar Stufen hatten zu der Terrasse vor dem Gebäude geführt, aber das war auch schon alles, woran sie sich erinnern konnte. Sie hatte keine Ahnung, in welcher Höhe sie baumelte, ob die erhöhte Terrasse über das Hausende hinausreichte oder ob sie den Straßenboden unter sich hatte, der noch tiefer lag. Ein flüchtiger Blick nach unten zeigte ihr nichts als tiefe Dunkelheit.

Sie hoffte, daß sie es schaffen würde, bis zur Vorderfront des Hauses zu kommen und dort nach dem ausbleibenden Stützpfosten zu suchen, doch ihre Hände taten jetzt schon weh, nachdem sie ihr Gewicht erst wenige Momente hatten halten müssen. Sie konnte sich ebensogut gleich hier, wo sie war, fallen lassen, solange sie noch frei entscheiden konnte, denn das war besser, als später versehentlich abzurutschen und vielleicht nicht auf den Füßen, sondern auf dem Rücken zu landen. Und doch brachte sie den Mut für den Sprung nicht auf. Eine heimtückische Panik ergriff sie und wurde von Sekunde zu Sekunde schlimmer, und in ihrer Vorstellung wurde ihre Entfernung vom Boden größer und immer größer, bis gewissermaßen nur noch eine endlose Grube ohne Boden unter ihr lag.

Sie brauchte mehrere Herzschläge, um zu erkennen, daß ihre Hände nicht mehr ihr einziger Halt waren, sondern daß sich Arme um ihre Beine geschlungen hatten, die sie hielten. Im selben Moment, in dem sie es begriff, hörte sie eine vertraute Stimme leise und gedehnt sagen: »Laß los.« Sie hatte Atem geholt, um einen ohrenbetäubenden Schrei auszustoßen, und jetzt atmete sie statt dessen erleichtert aus. Und ließ los. Genauso, wie sie sich an dem Tag, an dem sie ihn zum ersten Mal gesehen hatte, von der Kutsche herunter in seine Arme gestürzt hatte, vertraute sie jetzt darauf, daß Colt sie gefahrlos auf dem Boden absetzen würde.

Es war allerdings nicht ganz dasselbe. Diesmal landete sie in seinen Armen. Und diesmal stieß er sie nicht augenblicklich von sich.

Ein langes Schweigen dehnte sich zwischen ihnen aus, während sie versuchte, seine Züge im Dunkeln zu erkennen, doch das mißlang ihr. Sie konnte sich einfach nicht vorstellen, wie es kam, daß er zufällig genau dann da war, wenn sie ihn brauchte, und sie war noch nicht soweit, ihm diese Frage stellen zu können,

Als das Schweigen schließlich von seiner Seite aus gebrochen wurde, war gewaltiger Sarkasmus aus seiner Stimme

herauszuhören. »Lassen Sie mich raten. Sie haben eine Abneigung gegen Türen, stimmt's?«

Bei diesen Worten stellte er sie hin. Doch er stieß sie noch
nicht von sich. Jetzt hielt er sie an den Oberarmen fest. Damit
sie das Gleichgewicht nicht verlöre? Sie zog es vor zu glauben, er wolle den körperlichen Kontakt noch nicht ganz ab-
reißen lassen. Sie wollte es jedenfalls gewiß nicht. Doch dann
drang die Frage durch den Brei ihrer wirren Gedanken vor,
und sie vergaß, wie schön es gewesen war, von ihm in den
Armen gehalten zu werden. Dafür fiel ihr jetzt wieder der
Anlaß ein, aus dem es dazu gekommen war.

Übereilt erklärte sie: »Da war jemand ... ich habe Lärm im
Korridor gehört ... meine Handtasche war zu weit weg ... ich
hätte sie unmöglich rechtzeitig ... dann habe ich gesehen,
daß der Türgriff sich bewegte. Was hätte ich denn sonst tun
sollen?« Irgendwie begriff er den Kern des Ganzen. »Wollen
Sie damit sagen, daß jemand versucht hat, in Ihr Zimmer vor-
zudringen, Herzogin?«

»Nicht nur versucht. Die Tür war nicht abgeschlossen. Ich
habe nicht gewartet, bis sie offen war, aber ich bezweifle
nicht, daß sie geöffnet worden ist.«

»Was ist mit Ihren Wachen?«

»Vor meiner Tür stand nur ein Wachposten, und ich
fürchte, er könnte tot sein. Dieses Geräusch das ich gehört
habe ...« Er wartete nicht, bis sie ausgeredet hatte, sondern
ließ sie los und drückte ihr seinen Revolver in die Hand. Er
verschwendete auch keine Zeit darauf, ihr zu sagen, was sie
damit tun sollte. »Bleiben Sie hier«, war alles, was er sagte.

»Aber wohin wollen Sie gehen?«

Eine dumme Frage, denn er war bereits hochgesprungen,
um sich am Dach festzuhalten, und Sekunden später war er
oben und nicht mehr zu sehen. Jocelyn sah auf die men-
schenleere Straße hinaus, die im Mondschein dalag, auf die
dunkle Terrasse des Hotels – auf der sie stand, da sie sich
wirklich über den Hausrand hinauszog – auf den Revolver in
ihrer Hand. Er hatte einen recht langen Lauf und war schwer,
etwas ganz anderes als ihr kleiner Derringer. Sie hatte nie
eine vergleichbare Waffe benutzt, und sie bezweifelte, daß

sie im Moment dazu in der Lage gewesen wäre, denn ihre Finger waren noch vom Festhalten am Dach verkrampft.

Nach ein paar Sekunden zog ihr die Waffe den Arm hinunter, und sie legte sie in ihre Armbeuge, während sie wartete und zum Dachrand hinaufstarrte. Die zersplitterten Reste des Eckpfostens, der dort stand, wo sie ihn vermutet hatte, waren vage zu erkennen, doch er mußte irgendwann abgebrochen und nie mehr erneuert worden sein. Als sie das sah und wußte, daß ihr überstürztes Vorgehen nicht ungeschickt war, fühlte sie sich besser. Aber nachdem sie jetzt auf festem Boden stand, spielte sie keinen Moment lang mit dem Gedanken, ihren eigenen Plan weiterzuverfolgen, und zum Stall in die Sicherheit zu laufen, die er ihr bot. Colt hatte gesagt, sie solle dableiben, wo sie war und deshalb blieb sie dort.

22

Das Zimmer war nicht leer. Zwei Männer waren dort, und beide wühlten in den Truhen der Herzogin herum und warfen ihre Kleider und ihre Habe achtlos auf den Boden. Einer hatte einen Schmuckkasten gefunden und versuchte, das Schloß mit einem kleinen Messer aufzustemmen, während der andere kniete und den Kopf in die größte Truhe gesteckt hatte. Keiner von beiden achtete auf das Fenster, durch das Colt lautlos hereinkam. Ihre einzige Sorge galt der Tür, auf die sie einen oder zwei nervöse Blicke warfen, ehe Colt sie erreicht hatte.

Innerhalb von Sekunden war es vorbei. Der schwere Deckel der großen Truhe krachte in dem Moment auf den Kopf des einen Mannes, in dem er sich mit irgendeinem Fund in seiner Hand erhob, und Colts Fuß traf gegen das Kinn des anderen – und das war ein Fehler. Sein Fuß tat weh, und er verfluchte sich ausgiebig dafür, daß er nicht statt dessen sein Messer eingesetzt hatte, das er in der Hand bereithielt. Aber jetzt brauchte er es nicht mehr, da er beide Männer außer Gefecht gesetzt hatte.

Angewidert humpelte er zum Bett, um sich seinen Fuß anzusehen, der ernsten Schaden erlitten hatte, doch sowie er sich gesetzt hatte, strömte ihm Jocelyns Duft entgegen, und er sprang unter neuerlichem Fluchen auf. Er war so rasend vor Wut, daß er am liebsten beiden Männern die Kehle aufgeschlitzt hätte, aber sein gesunder Menschenverstand gewann die Oberhand. Es war nicht ihre Schuld, daß er die halbe Nacht lang auf der anderen Straßenseite im Dunkeln gestanden und eine Flasche schlechten Schnaps getrunken hatte. Dabei hatte er wie ein liebestoller Narr zu ihrem Fenster hochgeblickt und sich ein halbes Dutzend Fantasien hingegeben, die hätten wahr werden können, wenn er sich entschlossen hätte, sich dieses offenstehende Fenster zunutze zu machen.

Eine heftige Auseinandersetzung mit seinem Gewissen war notwendig gewesen, damit er die Straße nicht überquerte. Daher versetzte es ihn natürlich in Wut, daß er hier in ihrem Zimmer war, nachdem sein Gewissen gesiegt hatte, und die Tatsache, daß sie unten stand und auf ihn wartete, hätte ihn in die Raserei treiben können.

Es bestand eine geringe Hoffnung, daß sie nicht dort sein würde, daß sie augenblicklich ihre übrigen Wachen aufgesucht hätte, um ihnen mitzuteilen, was geschehen war. Doch als er endlich zurückkam und feststellte, daß sie ihm statt dessen gehorcht hatte, hatte er seine Lust wenigstens wieder gezügelt und trotz seiner Wut die Selbstbeherrschung wiedergefunden.

»Sie können jetzt reinkommen, Herzogin.«

Wundersamerweise klang seine Stimme fast freundlich, als er ihr die Worte zurief. Sie konnte nicht wissen, daß sein Tonfall ihn Überwindung kostete.

»Soll das heißen, daß niemand in meinem Zimmer war?«

»Das habe ich nicht gesagt. Sie hatten zwei Besucher, aber die habe ich entfernt. Ich warte im Korridor auf Sie.«

»Nein, warten Sie!« rief sie in einem gehetzten Flüsterton zu ihm hinauf. »Ich kann nicht durch das Foyer laufen. Was wäre, wenn mich jemand so sähe?«

Colt starrte auf sie hinunter und war froh, daß er im Dun-

keln nicht allzuviel erkennen konnte. Es war ihr also peinlich, sich in ihren Nachtgewändern erwischen zu lassen? Sie
hätte sich lieber Sorgen machen sollen, daß *er* sie nicht sah.
Dagegen hatte sie von einem Hotelangestellten im Halbschlaf wahrhaft nichts zu befürchten.

»Sie spielen wohl gern mit der Gefahr, stimmt's?«

Sie verstand ihn vollkommen falsch. »So hoch ist es doch
gar nicht. Könnten Sie nicht einfach die Arme ausstrecken
und mich hochheben?«

Lange Zeit sah sie seinen Schatten nicht, und er antwortete
auch nicht. Sie starrte besorgt zum Dachrand hinauf und
fragte sich, worin das Problem wohl bestehen mochte. Vielleicht hatte er ihre Bitte ganz einfach nicht gehört. Es wäre
schließlich nicht das erste Mal gewesen, daß er sie hochhob.
Es hatte ihn damals nicht viel Kraft gekostet, sie hochzuzie-
hen und aus der Kutsche zu heben, und der Höhenunter-
schied war hier auch nicht viel größer.

Bisher hatte sie Glück gehabt, daß niemand vorbeigekommen war und sie dort warten gesehen hatte. Colt hatte eine
ganze Weile gebraucht, um die Eindringlinge aus ihrem Zimmer zu ›entfernen‹. Sie zitterte bei der Vorstellung, was er damit wohl gemeint haben mochte. Aber sie konnte nicht ewig
hier warten. Je weiter sie nach Norden gekommen waren, desto tiefer waren die Temperaturen gesunken, und inzwischen spürte man schon die Unterschiede zwischen Tag und
Nacht. Heute nacht war es ausgesprochen kalt, oder zumindest kam es ihr in ihren hauchdünnen Sachen so vor. In dem
Moment, in dem ihre Angst nachließ, liefen ihr schon
Schauer über den Rücken. Sie konnte einfach nicht mehr
allzu lange draußen in der Kälte stehen.

»Colt?«

Diesmal bemühte sie sich gar nicht erst zu flüstern. Wenn
er wieder ins Haus gegangen war, um sie im Korridor zu erwarten, wie er es ihr vorgeschlagen hatte, dann fand sie das
sehr ärgerlich, auch wenn er sie eben gerade – was denn?
Schon wieder gerettet? Sie wußte wirklich nicht, was er getan
hatte, und sie würde es auch nicht wissen, solange sie
nicht...

Sie zuckte zusammen, als seine Hand urplötzlich aus dem Nichts auftauchte. Er war also die ganze Zeit dagewesen – und hatte sie gehört. Jetzt war nicht der rechte Zeitpunkt, ihn auszuschelten, weil er sie hatte warten lassen. Sie konnte es sich eigentlich überhaupt nicht leisten, ihn auszuschelten, solange sie ihm nicht einen Vorwand dafür liefern wollte, einfach zu verschwinden – und dazu war sie beim besten Willen nicht bereit. Und außerdem hatte sie schon vorher gewußt, wie weit er von der vollendeten Form eines Gentleman entfernt war. Es wäre töricht, von ihm zu erwarten, daß er seine Gewohnheiten ausgerechnet jetzt umstellte – bloß, weil sie vor Kälte zitterte und ihr die Vorstellung verhaßt war, sich halbbekleidet in einem gutbeleuchteten Hotelfoyer zu zeigen.

Sie reichte ihm zuerst seinen Revolver, den er eilig in das Halfter steckte, ehe er seine Hand wieder ausstreckte. Das Problem bestand jetzt darin, daß sie seine Finger selbst dann nicht ganz erreichen konnte, wenn sie sich auf die Zehenspitzen stellte. Sie wollte es ihm gerade sagen, aber sie hatte das Gefühl, mehr könne sie nicht erwarten, und er werde diese Hand keinen Zentimeter weiter ausstrecken, selbst dann nicht, wenn es ihm möglich gewesen wäre. Aus welchen Gründen auch immer – er *wollte* ihr einfach nicht auf dieses Dach helfen, aber sie war entschlossener als er.

Beim ersten Sprung schaffte sie es, seine Hand zu umklammern. Aber ihre Füße baumelten hin und her, und ihre Finger wollten abgleiten. Sie stand kurz davor aufzuschreien, und sie rechnete schon damit, unsanft auf ihrem Hinterteil zu landen, als sie mit einem Ruck hochgezogen wurde, bis seine andere Hand ihr Handgelenk umfassen konnte.

Jetzt hing sie an einem Arm, und ein stechender Schmerz zuckte durch ihr Schultergelenk, doch sie war so schnell oben und saß auf dem Dachrand, daß sie keine Zeit fand, laut zu stöhnen. Unter diesen Umständen war sie jedoch nicht geneigt, sich bei ihrem sogenannten Retter zu bedanken, und schon gar nicht, wenn er beharrlich an ihr zerrte und sie augenblicklich auf die Füße zwang.

Wieder wollte sie ihn beschimpfen, und zwar diesmal

nachdrücklich, doch in dem Moment sagte er barsch: »Komm schon, verdammt nochmal.« Deshalb biß sie statt dessen die Zähne zusammen und folgte ihm zu ihrem Fenster hinauf.

Hier stand sie vor dem nächsten Problem, das sie nicht vorhergesehen hatte. Wenn sie die Hände hob, konnte sie gerade bis an das Fenstersims reichen, und sie wußte ganz genau, daß sie sich unter keinen Umständen selbst hochziehen und durch das Fenster einsteigen konnte, da ihre Arme jetzt schon einiges durchgemacht hatten.

Es widerstrebte ihr zutiefst, ihn noch einmal um etwas zu bitten, aber es blieb ihr nichts anderes übrig. »Könnten Sie mir bitte noch einmal behilflich sein, indem Sie mich hochheben?«

Sie konnte seine Augen nicht sehen, die über ihren Körper glitten und die Stelle suchten, an der er sie wohl berühren müßte, um sie durch das Fenster zu schieben. Seine Männlichkeit, die sich schon allein durch ihre Nähe regte, erwachte vollends. Er sah nicht die geringste Chance, ihren Körper mit seinen Händen zu berühren und es dann dabei zu belassen. Er glaubte aber auch nicht, daß er sich dicht genug vor ihren Beinen hinhocken konnte, damit sie mit dem Fuß auf seine verschränkten Hände treten und er sie so hochhieven konnte, ohne die Kontrolle über sich zu verlieren. Was genug war, war genug.

»Bei meinem Leben nicht, Herzogin«, antwortete er schneidend und abschließend zugleich.

In dem Moment verlor Jocelyn die Selbstbeherrschung. »Also gut, es tut mir leid, aber ich schaffe es einfach nicht allein. Meine Arme tun weh, ich friere schrecklich, ich bin müde... glauben Sie denn, ich sei zum Vergnügen durch mein Fenster und über das Dach geflohen?«

»Es ist mitten in der Nacht, Frau, verdammt noch mal. Wer zum Teufel ist um diese Zeit schon auf und läuft durch die Gegend?«

»Sie«, erwiderte sie steif. »Und diese Gentlemen, die sich in mein Zimmer geschlichen haben, ebenfalls. Und wer könnte sagen, daß nicht unten im Foyer noch mehr von dieser Sorte warten?«

Das war ein verdammt gutes Argument, aber er dachte immer noch nicht daran, seine Hände auch nur in die Nähe ihres prallen Hinterteils zu legen. »Na gut, machen Sie Platz«, erklärte er sich griesgrämig bereit und sprang durch das Fenster.

Genau das hatte Colt vermeiden wollen – wieder in ihrem Zimmer zu sein, mit ihr gemeinsam dort zu sein, und noch dazu allein mit ihr. Er hatte immer geglaubt, es gäbe nichts, was er nicht ertragen könnte, keine Schmerzen, keine Foltern, keine Versuchung, all dem könne er widerstehen – bis er sie getroffen hatte. Himmel, selbst dieser sadistische Viehtreiber Ramsay hatte ihn nicht kleingekriegt. Aber dieser kleine Rotschopf schaffte es fast, ohne sich auch nur anzustrengen. Und er konnte ihr noch nicht einmal etwas vorwerfen. Nein, er wußte genau, wo er die Schuld zu suchen hatte – in seiner eigenen Hose.

Seine Gelüste verspotteten seinen Willen, und sie zerschlissen und zerfetzten seinen Stolz und seine Selbstachtung. Aber das gehörte nicht zu den Dingen, bei denen er sich bisher je beherrscht hatte, und daher wußte er nicht, wie er damit umgehen sollte. Alles, was er wußte, war, daß er diese Frau so sehr wollte, wie er noch nie zuvor etwas begehrt hatte. Und jedesmal, wenn er sie sah, schien sich sein Verlangen enorm zu steigern. Das reichte aus, um in einem Mann den Wunsch aufkommen zu lassen, sich selbst die Kehle aufzuschlitzen.

Voller Selbsthaß packte er ihre Hände, zerrte sie auf das Fensterbrett und weit genug in den Raum hinein, daß sie sich von dort aus selbst hochziehen konnte. Dann machte er auf dem Absatz kehrt und ging auf die Tür zu, denn er war wild entschlossen, dieses Zimmer zu verlassen, ehe sie es endgültig betreten hatte. Aber anscheinend paßte es ihr nicht, so dazuhängen, halb im Zimmer, halb im Freien.

»Colt!« wimmerte sie.

Er blieb nicht stehen. »Wenn ich Sie noch ein einziges Mal anrühre, Herzogin, werden Sie es verdammt noch mal bereuen.«

»Bloß, weil Sie das mühelos schaffen, heißt das noch lange nicht... ach, was soll's!«

Jocelyn senkte ihren Oberkörper so weit, daß ihr eigenes Gewicht sie nach vorn purzeln ließ, äußerst unwürdig, wie sie erkannte, als ihre Beine hinter ihr heruntersackten und auf den Boden knallten. Aber sie vergeudete keine Sekunde damit ihren plumpen Sturz zu vertuschen, sondern sie sprang sofort auf die Füße. Ihre Wut legte sich auch nicht, als sie sah, daß er sie nicht dabei beobachtet hatte. Sie erwischte ihn gerade noch im letzten Moment, als seine Hand schon auf dem Türgriff lag.

»Sie sind der griesgrämigste, unleidlichste… Herr im Himmel!« fügte sie hinzu, als ihre Aufmerksamkeit auf das Durcheinander in ihrem Zimmer fiel. »Was zum Teufel ist denn hier passiert? Haben die etwa geglaubt, daß ich mich in einer dieser Truhen verstecke?«

Das hielt ihn zurück. Wenigstens war das ein ungefährliches Thema, und es war ihr Recht, es zu wissen. Und die Distanz reichte aus, denn das ganze Zimmer lag zwischen ihnen. Trotzdem wollte er nicht das Risiko eingehen, sie jetzt, da sie nicht mehr vom Dunkel umhüllt war, anzusehen. Das Durcheinander, das sie anstarrte, zog auch seinen Blick auf sich, als hätte er es nicht schon vorher gesehen.

»Die haben nicht nach Ihnen gesucht, Herzogin.«

»Doch, natürlich. Longnose ist der einzige…«

»Diesmal nicht. Ihr Longnose hat uns noch nicht wieder eingeholt. Wenn er uns auf der Fährte wäre, dann würde ich das wissen.«

Sie zweifelte nicht an seiner Gewißheit, denn sie wußte, daß er auf dem Weg täglich ihre weitere Umgebung ausgekundschaftet hatte. »Wer war das dann?«

»Ein paar Diebe, wahrscheinlich Jungen aus der Stadt. Diese Wache vor Ihrer Tür hat sie wahrscheinlich angelockt. Wenn ein Mann einen Raum sieht, der durch mehr als ein Schloß und einen Schlüssel gesichert ist, geht er in neun von zehn Fällen davon aus, daß sich hinter der Tür etwas verbirgt, was einen Diebstahl wert ist.«

Sie sah ihn an, als sie sich wieder an den lauten Aufprall erinnerte, den sie im Flur gehört hatte. »Robbie? Ist… ist er…?«

Sie konnte den Satz nicht beenden, denn sie fürchtete, der Grund, aus dem Colt sie nicht ansehen wollte, sei der, daß der stämmige Schotte tot war. Von diesem Irrtum konnte er sie abbringen, doch er sah sie immer noch nicht an. Er bückte sich, um ein Stückchen Seide aufzuheben, das vor seinen Füßen lag, und er starrte das schmale blaue Band in seiner Hand an, als sei es der faszinierendste Gegenstand, den er je gesehen hatte.

»Ihr Mann ist von hinten angegriffen worden. Morgen wird er wegen seiner Achtlosigkeit fürchterliche Kopfschmerzen haben, aber das ist auch schon so ziemlich alles. Meiner Schätzung nach hat ihn einer von beiden abgelenkt, und währenddessen konnte der zweite zuschlagen. Das ist eine Strategie, die gegen einen Einzelnen meistens wirksam ist.«

»Und die beiden Räuber?«

»Sie wollen wirklich die unappetitlichen Einzelheiten hören?«

»Colt!«

Sie war bleich geworden, doch er sah es nicht. Ihr Verstummen, das auf diesen bekümmerten Ausruf folgte, ließ ihn sich erbarmen.«

»Sie haben gekriegt, was sie selbst ausgeteilt haben, und nicht mehr. Aber ich habe einen Ihrer Reifröcke zerschnitten, um sie zu fesseln, ehe ich sie draußen in den Gang geworfen habe, damit sie Ihrem Robbie Gesellschaft leisten. Ich dachte, Sie hätten sicher nichts dagegen. Es ist unwahrscheinlich, daß sie vor morgen früh wieder zu sich kommen, aber Sie brauchen ohnehin einen Ersatz für die Wache vor Ihrer Tür, und derjenige kann sie dann auch gleich im Auge behalten, bis sie dem Sheriff übergeben werden können.« Es entstand eine lange Pause, ehe er sagte: »Sie hätten mehr Schutz gebraucht.«

Gewöhnlich wurde sie besser bewacht, aber heute waren die Umstände außergewöhnlich gewesen, denn heute nacht hatte sie vorgehabt, einen Besucher zu empfangen, von dem nicht alle etwas erfahren sollten. Sie hatte eingewilligt, daß Robbie vor ihrer Tür Wache stand, weil Vanessa ihm vertraute und glaubte, er würde für sich behalten, was er sähe. Aber keiner von ihnen war auf den Gedanken gekommen, die Wachen zu verstärken, als sich gezeigt hatte, daß die Umstände sich geändert hatten.

Jocelyn versetzte es einen gewaltigen Schock, als ihr ihr früherer Plan wieder einfiel und sie feststellte, daß sich ihr Vorhaben erfüllt hatte. Colt war hier, in ihrem Zimmer. Sie waren allein miteinander. Und es war dazu gekommen, ohne daß er ihre Aufforderung erhalten hatte. Daher gab ihm nichts Anlaß, ihr andere Motive zu unterstellen. Gütiger Himmel, sie war immer noch für diese Rolle herausgeputzt, aber jetzt hatte sie nicht mehr das Schuldbewußtsein, das ihr Gewissensbisse und böse Ahnungen einbrockte, weil sie ihn bewußt hatte verführen wollen. Was auch geschah...

Ehe ihr Herz bei diesem Gedanken schneller schlagen konnte, erkannte Jocelyn, daß gar nichts passieren würde, den Colt hatte sie noch kein einziges Mal angesehen, seit sie in das schwach beleuchtete Zimmer vorgedrungen waren. Und aus irgendwelchen Gründen wußte sie, daß er sie auch nicht ansehen würde. Fast hätte sie gelacht. Wenn sie jetzt etwas täte, um ihn dazu zu bringen, daß er sie ansähe, dann entspräche das doch wieder einem Versuch, ihn bewußt zu verführen. Damit mußte sie fertig werden. Heute nacht schien ganz einfach nicht *die* Nacht zu sein.

»Wenn ich nur eine Wache vor meiner Tür hatte, dann war das indirekt Ihre Schuld, Colt.« Sie lächelte über diese Doppeldeutigkeit, auf die er unmöglich kommen konnte. Aber als sie sah, daß er brüsk die Schultern hochzog, als sie ihm die Schuld zuzuschieben versuchte, wurde sie schnell deutlicher. »Ich sagte indirekt. Es ist einfach eine Tatsache, daß ich mich soviel sicherer fühle, seit Sie sich uns angeschlossen haben, und deshalb bin ich in gewissen Vorsichtsmaßnahmen nachlässig geworden. Außerdem hatte ich das Gefühl, die Männer hätten es verdient, eine Nacht frei zu haben.«

»Wozu zum Teufel ist diese Armee gut, mit der Sie sich umgeben, wenn die Männer sich nicht ungeachtet Ihrer Wünsche um Ihre Sicherheit sorgen?«

Jetzt zog *sie* brüsk die Schultern hoch. »Sie haben vollkommen recht. Wie dumm von mir, mich auf Ihre Fähigkeiten als Retter zu verlassen, bloß, weil Sie sie mir schon so oft und so zufriedenstellend vorgeführt haben!«

»Dumm ist genau das richtige Wort!«

Das war es also! Er konnte sie selbst dann nicht ansehen, wenn er sie anschrie.

»Gute Nacht, Mr. Thunder.«

Siedend sah sie zu, wie er die Hand wieder nach dem Türgriff ausstreckte und diesmal den Raum verließ und die Tür hinter sich zuschlug.

23

Kaum war Jocelyn allein, zerrte sie auch schon ihren Morgenmantel von ihren Schultern, preßte ihn in ihren Händen zusammen und warf ihn vor ihre Füße. Sie stand kurz davor, darauf herumzutrampeln. Dieser elendigliche, widerwärtige...

»Und wann zum Teufel werden Sie diese verdammte Tür abschließen?«

Die ›verdammte Tür‹, die zur Diskussion stand, hatte sich wieder geöffnet, und Colt schnauzte sie an. Jocelyn beantwortete seine Frage nicht. Bei seinem plötzlichen Auftauchen hatte sie tief eingeatmet und schien von da an ganz vergessen zu haben, wie man atmete, ganz zu schweigen davon, wie man auch nur ein Wort von sich gab. Es war in dem Moment passiert, in dem ihre Blicke sich trafen.

Colt schien dasselbe Problem zu haben, denn er hatte das letzte Wort kaum noch herausgebracht, und es folgten auch keine weiteren Worte. Er stand da und umklammerte mit der einen Hand den Türgriff, während er die andere flach gegen die Wand des Korridors preßte und sich lediglich ins Zimmer beugte. Genau bis dahin war er gekommen, als er sie gesehen hatte. Und er rührte sich nicht aus dieser Haltung – zumindest rührte sich sein Körper nicht. Seine Augen dagegen waren durchaus in Bewegung und glitten über jeden Zentimeter ihres Körpers, von dem flammend roten Haar, das jetzt wüst zerzaust war, bis zu den nackten Zehen, die unter diesem unglaublichen Hauch von schimmerndem, hautengem grünen Satin herausschauten, und über alles, was dazwischen war – allmächtiger Gott. Als sie so dastand, hätte ihr Anblick ihn zu Glut und Asche zerfallen lassen können.

»Ich habe mich gefragt... schon oft gefragt... worin du schläfst.«

Selbst wenn Jocelyn Worte gefunden hätte, hätte sie nicht gewußt, zu reagieren. Sie hatte gerade erst wieder angefangen zu atmen, und selbst das gelang ihr nur mit Mühe. Sie brachte immer noch kein Wort heraus und konnte sich nicht von der Stelle rühren. Sie hatte Angst, auch nur einen Schritt zu wagen, denn sie fürchtete, daß ihre Knie unter ihr nachgeben würden. Und das war nicht ihre einzige Befürchtung. Seine Augen, die sonst so unergründlich waren, loderten jetzt mit einer solchen Glut, daß sie sich von ihnen versengt fühlte, grenzenlos fasziniert – aber auch verängstigt. Sie war machtlos gegen ihre Angst, denn ihr fiel wieder ein, daß er kein einziges Mal zart mit ihr umgegangen war, und im Moment wirkte er alles andere als sanftmütig.

Ohne seinen Blick von ihr zu lösen, trat Colt so weit ins Zimmer, daß er die Tür hinter sich schließen konnte. Er verriegelte sie, während seine Blicke immer noch über sie schweiften.

Wenn sie nicht vorher schon gewußt hätte, daß ihr Warten ein Ende gefunden hatte – jetzt war jeder Zweifel gewichen. Aber sie hatte bereits Gewißheit. Er würde sie nehmen. Sie hätte sich ihm jetzt nicht mehr widersetzen können, selbst dann nicht, wenn sie es gewollt hätte. Und sie wollte es nicht. Sie begehrte ihn, trotz ihrer Angst und obwohl sie wußte, daß sie weit eher ungezügelte Leidenschaft als sanfte Zärtlichkeit bekommen würde. Sie wußte nicht, warum er sich angesichts dessen nicht anders überlegte und wieder durchs Fenster zu fliehen versuchte. Sie wußte nur, daß er der erste sein mußte, daß sie sich nicht vorstellen konnte, ein anderer könne sie so berühren, wie sie sich von ihm berühren lassen würde.

Ihre aufkeimende Leidenschaft und ihre nervöse Entschlossenheit waren nicht so ausgeprägt wie ihre Angst, die alles war, was Colt in ihrer Regungslosigkeit spürte und in ihrem Blick aus weit aufgerissenen Augen sah. Auf primitive Weise entflammte ihn das nur um so mehr. Aber in seinem Innersten war ihm klar, daß sie diese Zusammenkunft nicht angezettelt hatte, und wenn er hinterher dafür gelyncht würde, könnte er niemandem als seiner eigenen Schwäche die Schuld zuschieben. Er hätte wirklich gemein sein und jetzt dieselben Taktiken anwenden können, die er eingesetzt hatte, um sie zu erschrecken. Da er die Schlacht verloren hatte, bestand keine Veranlassung mehr dafür. Aber er verspürte einen Drang, nicht allzu ungerecht zu sein, vor allem dann nicht, wenn sie ihm nichts entgegensetzen konnte, nicht allein jedenfalls, nicht ohne fremde Hilfe. Daher zwang er sich, ihr trotz seiner hartnäckigen Entschlossenheit noch eine letzte Gelegenheit zu geben, sich dem zu entziehen, was er ohnehin nicht mehr selbst in der Hand hatte.

»Schreien Sie jetzt, Herzogin, solange Sie noch Gelegenheit dazu haben. Das ist Ihre letzte Chance.«

Jocelyn wünschte, er hätte das nicht gesagt. Es klang derart unheilverkündend, als würde sie das, was ihr bevorstand, nicht überleben, es sei denn, sie hätte alles gründlich mißverstanden.

»W-warum?«

Ihre Stimme wirkte wie ein Magnet, der ihn quer durch das Zimmer zu ihr zog, während er mit brutaler Klarheit antwortete: »Weil ich Sie jetzt auf dieses Bett legen und Sie mit meinem Fleisch ausfüllen werde.«

O Gott, wie sehr sie das hoffte. Allein schon die Worte ließen ihr Blut wallen, und das Herz pochte gegen ihre Rippen. Schreien kam gar nicht in Frage. Vielleicht Stöhnen. Sie spürte jetzt schon das Verlangen zu stöhnen und mußte es bewußt unterdrücken, weil sie keinesfalls einen Laut von sich geben wollte, den er mißverstehen könnte, solange er nicht direkt vor ihr stünde.

Als er dastand, war die Gelegenheit verpaßt. Seine Finger flochten sich augenblicklich in ihr Haar, um ihren Kopf nach hinten zu biegen, und er hielt sie so fest, daß sie ihm nicht entkommen konnte, als sich sein Mund auf ihre Lippen senkte. Wie sie erwartet hatte, war sein Kuß brutal und von einem Verlangen durchdrungen, das zu lange unterdrückt worden war, sengend, schmerzend und heftig.

Doch Jocelyn konnte verstehen, welche Gefühle dahintersteckten, oder zumindest glaubte sie das. Falls Vanessa recht hatte, war Colt wahrscheinlich im Moment wütend auf sie, weil sie ihm die Selbstbeherrschung geraubt hatte, aber noch wütender auf sich selbst, weil er es zugelassen hatte. Jetzt lag es an ihr, diese Wut zu bändigen, ehe sie noch rasender würde.

Sie stemmte verzweifelt ihre Hände gegen seine Brust, bis er den Kopf hob. Er ließ sogar eine Hand sinken, und sie konnte ein wenig von ihm zurückweichen. Die andere Hand blieb liegen, wo sie war, und seine Finger gruben sich in ihr Haar. Solange sie nicht versuchte, sich allzuweit von ihm zu entfernen, tat es nicht weh. Aber sie wußte, daß er sie jeden Moment wieder an sich zerren konnte und daß er ihnen nur eine kurze Atempause gestattete.

Ihr Atem ging keuchend, und statt ruhiger zu werden, beschleunigte er sich nur, als sie sah, wie seine Augen aus nächster Nähe über ihren Körper glitten. Als sie etwas sagen wollte, irgend etwas, was die wachsende Spannung in ihr hätte lindern können, ahnte er es, ehe er ihr ins Gesicht gesehen hatte, und mit einem Kopfschütteln brachte er sie davon ab.

»Jetzt nicht, Herzogin.« Eine Warnung schwang in seiner Stimme mit. »Sie haben die Gelegenheit verpaßt.«

Sie schluckte schwer, und nur, weil sein Blick immer noch nicht auf ihr Gesicht fiel, brachte sie die Worte heraus. »Dann sag Jocelyn zu mir.«

In dem Moment begriff Colt, daß sie ihn begehrte. Er blickte sie an, um sich eine Bestätigung dafür zu holen, und dort sah er es – nicht etwa Angst oder Grauen oder auch nur Ablehnung, sondern lediglich Unsicherheit, und ihre Augen drückten ihre Erregung aus. Diese Erkenntnis hatte auf ihn die Wirkung von Whiskey, den man in glühende Flammen gießt. Er stöhnte und griff wieder nach ihr, und seine Hand zitterte, als sie sich auf ihre Wange legte, über ihren Hals hinunterglitt und dann auf ihrer Brust liegenblieb. Dort konnte er ihren rasenden Herzschlag spüren.

Jocelyn stieß einen Seufzer aus, da sie jetzt sicher war, daß sie nichts mehr zu fürchten hatte. Sie hielt ihm ihren Mund hin, und er nahm ihn genüßlich, nachdrücklich genug, um ihr Verlangen anzustacheln, und doch nicht so fest, daß sie es als beängstigend oder schmerzhaft empfunden hätte. Als sie sich jedoch dichter an ihn preßte und versuchte, ihre Arme um ihn zu schlingen, bemerkte sie, daß die Brutalität aus ihm gewichen war, nicht jedoch seine Ungeduld.

Colt wollte alles auf einmal tun, sie berühren, sie ansehen, sie schmecken. Er wollte jetzt schon in ihr sein. Gleichzeitig wollte er nicht auf die Freuden ihres Mundes verzichten. Er löste seine Lippen nicht von ihrem Mund, und der Kuß wurde zu einer sinnlichen Erkundung, während seine Daumen sich in den schmalen, gerafften Schultern ihres Nachthemds festhakten. Als seine Hände einmal über ihre Arme geglitten waren, hing das Gewand auf ihrer Taille. Er lehnte sich zurück, und was er sah, steigerte nur seine Ungeduld. Ihre Brüste waren klein, aber perfekt geformt, und die Brustwarzen waren fest und hatten sich aufgestellt, obwohl er sie noch nicht berührt hatte.

Das erstaunte ihn so sehr, daß er wieder in ihr Gesicht aufsah, und dort erwartete ihn die nächste Überraschung: Die Unsicherheit war verschwunden. Sie sah ihm fest in die Augen, und in ihrem Blick lag ein so unverhohlenes Verlangen, daß er seine Augen nicht von ihren losreißen konnte.

»Du willst mich.« Er sagte es voller Scheu und merkte gar nicht, daß er die Worte laut ausgesprochen hatte, bis er ihr geflüstertes »Ja« hörte und ihre Hände auf seiner Brust spürte. Ihre Finger versuchten, die Knöpfe seines Hemds zu öffnen.

Seine Hände wollten eilig beenden, was sie begonnen hatten, doch er hatte ebensowenig Glück wie sie mit ihren Bemühungen, ihn auszuziehen. Das Nachthemd wollte nicht über ihre Hüften rutschen, und Jocelyn war zu sehr darauf

versessen, seine nackte Haut zu spüren, als daß sie ihm geholfen hätte.

»Hinten sind Bänder«, kam sie ihm zu Hilfe.

»Macht es dir etwas aus?«

»Nein.«

Die Bänder rissen, als er einmal kräftig zog und das Nachthemd um ihre Füße fiel. Er schob sie auf Armeslänge von
sich, um sie ansehen zu können, während er sich selbst auszog, und dieser Anreiz ließ seine Bewegungen ungewollt
schnell und rationell werden.

Sie wollte ihn auch ansehen und sich nichts von diesem
Körper entgehen lassen, den sie sich immer wieder vorgestellt hatte. Aber jetzt war so wenig Raum zwischen ihnen,
daß sie plötzlich Scheu empfand. Ihre mangelnde Erfahrung
wurde ihr allzu klar bewußt. Sie wußte nicht, was in diesem
Moment von ihr erwartet wurde oder ob sie vielleicht gar
nichts tun sollte. Ob es wohl ungehörig war, ihn anzustarren? Hätte sie ihn nicht ausziehen sollen, wie er sie ausgezogen hatte? Oder hätte sie sich direkt zum Bett begeben und
dort auf ihn warten sollen? Sie fürchtete die Peinlichkeit, sich
von ihm sagen zu lassen, was sie tun sollte.

Widerstrebend wandte sich Jocelyn dem Bett zu, doch
seine heisere Stimme hielt sie zurück. »Ich will dich eigenhändig in dieses Bett legen. Das habe ich dir doch gesagt.«

Dabei fielen ihr wieder seine exakten Worte ein, er werde
sie mit seinem Fleisch ausfüllen, und allein schon die Erinnerung an diese Worte ließ ihre Knie weich werden. Nur zu
gern gab sie ihrem ursprünglichen Wunsch nach, ihre Neugier auf seinen Körper zu befriedigen, und insbesondere interessierte sie dieser geheimnisvollste Teil der männlichen
Gestalt, den sie noch nie gesehen hatte.

Vanessa hatte versucht, ihr zu schildern, wie es aussah,
und sie hatte sogar ein paar Skizzen angefertigt, die ausgesprochen komisch waren, sich aber nicht am wirklichen Anblick messen konnten. Oder? Schon der Gedanke daran ließ
ihre Sinne schwinden, und ehe sie etwas wirklich Albernes
tat, wie sich an ihn zu werfen, zwang sie sich, ihren Gedanken eine andere Richtung zu geben.

Sie hatte gar nicht bemerkt, welche Kleidung er heute abend getragen hatte, aber jetzt sah sie die einzelnen Kleidungsstücke eins nach dem anderen auf den Boden fallen. Sein Hemd und seine Hose waren dunkel, aber zur Abwechslung ganz normal geschnitten. Ohne den Revolvergurt und das Halstuch, das er sich von der Kehle schnitt, statt den Knoten zu lösen, sah er fast so aus wie jeder andere Amerikaner aus dem Westen. Nur die Stiefel mit den Sporen fehlten – und der Hut. Aber dann sah sie vorne die beiden dünnen Zöpfe hängen. Sie paßten sich seinem übrigen Haar, das lang und glatt und schwarz über seine Schultern fiel, so gut an, daß sie nicht allzu auffällig waren, schon gar nicht bei einer so matten Beleuchtung.

Sein Bruder Billy hatte ihr von diesem Tick erzählt. Er hatte gesagt, daß Colt sich so kleidete, damit niemand übersehen könnte, was er war. Billy hatte ihr die Gründe für diese Marotte nicht erzählt. Aber sie hatte das Gefühl, sie könnten weniger mit dem Stolz auf seine Abstammung als mit der Bitterkeit zu tun haben, die sie an Colt wahrgenommen hatte, als sie ihn zum ersten Mal gesehen hatte. Sie wünschte, sie hätte den Grund gekannt, denn zu ihrem beträchtlichen Erstaunen ging ihr auf, daß sie das starke Verlangen hatte, diesem Mann die Bitterkeit zu nehmen und ihn glücklich zu machen.

All diese Gedanken hatten sie jedoch so gründlich abgelenkt, daß sie es verpaßt hatte, ihn in seiner ganzen Pracht nackt zu sehen. Als er sie auf seine Arme hob, holte sie dieses Wissen ein, und gedankenlos rief sie aus: »Warte!«

»Was ist?« knurrte er.

Du Dummkopf! Du kannst ihm doch nicht sagen, daß du sehen willst, wie sein...

»Nichts.«

»Das ist auch gut so. Ich kann nämlich nicht mehr warten.«

Er steuerte direkt auf das Bett zu, legte sie hinein und befand sich im nächsten Moment auf ihr. Ehe sie auch nur die Chance hatte, sich auf sein ungewohntes Gewicht einzustellen, hatte er mit seinen Knien ihre Beine gespreizt. Aber noch schockierender war die Erkenntnis, daß er wirklich keine Sekunde länger warten würde. Zwar mochte es sein, daß sie es nicht gesehen hatte, doch sie konnte es spüren – das Fleisch, mit dem er sie ausfüllen wollte, und dazu würde es *jetzt* kommen.

Sie versuchte, ihn aufzuhalten, sich gegen ihn zu stemmen, doch er packte ihre Handgelenke und hielt sie fest, und das versetzte sie in noch größere Panik, bis er sie leidenschaftlich küßte, sie sein Verlangen spüren ließ und sie dazu brachte, es auch zu wollen.

Dann sah er sie mit so glühender Leidenschaft an, daß sie noch nicht einmal seinen ersten zögernden Versuch wahrnahm, in sie einzudringen. Erst seinen Rückzug bemerkte sie, und dann sein zweites Vordringen, das ihn auch nur einen Zentimeter weiter brachte.

»Himmel, bist du eng«, preßte er durch die Zähne heraus, als bereite es ihm Schmerzen. »Ich glaube, ich könnte den Rest meiner Tage in dir zubringen, aber im Moment will ich dich viel zu sehr. Öffne dich mir, Herzogin, ehe ich es nicht mehr aushalte.«

Bei diesen Worten lagen seine Lippen leicht auf ihren, und wenn er sie auch immer noch nicht bei ihrem Namen nannte, ließ er ihren Titel jetzt wie einen Kosenamen klingen. Aber sein Stöhnen, als sie tat, was er wollte, entlockte ihrer Kehle einen Laut. Er war tiefer in sie hineingeglitten, aber noch nicht weit genug. Sie konnte spüren, was es ihn kostete, ihrem Körper Zeit zu lassen, damit er sich an ihn gewöhnte, statt einfach in sie einzutauchen. Sein gesamter Oberkörper war angespannt, doch seine Augen hypnotisierten sie weiterhin mit ihrer Glut.

»Es wird ziemlich unsanft zugehen. Verkraftest du das?«

Jocelyn schluckte, nickte aber trotzdem. Dafür wurde sie mit einem Lächeln belohnt, das Ausdruck seiner tiefen Zufriedenheit war.

»Das dachte ich mir«, fügte er mit gepreßter Stimme hinzu. »Ist es drei Jahre her?«

Sie wußte, wonach er fragte. Andere Männer, die sie abgewiesen hatte, hatten angedeutet, von einer Witwe könne man erwarten, daß sie sich vor sexuellem Verlangen verzehrte. Colt würde seine Antwort früh genug bekommen.

»Du findest, das geht mich nichts an?« Diesmal gab er ihr keine Chance, etwas dazu zu sagen. »Macht nichts. Ich will es gar nicht wissen.«

Ihr fiel nicht auf, daß sein Tonfall schroffer geworden war, und sie wußte auch nicht, daß die Vorstellung, sie könnte so wie jetzt mit ihm mit anderen Männern zusammen gewesen sein, ihm jeden Wunsch nahm, sich ihretwegen zurückzuhalten. Er schloß die Augen und stieß fest zu, hörte, wie sie den Atem einsog, spürte die Schranke, die er eingerissen hatte und erstarrte regungslos.

Jocelyn verkrampfte sich jetzt auch und erwartete die unvermeidlichen Fragen. Sie kamen nicht. Nach einem langen Moment, der sich qualvoll dahinzog, begann er statt dessen, sie zu küssen. Seine Zunge glitt sanft über ihre Lippen und verlockte sie, sich für ihn zu öffnen, glitt dann in ihren Mund und brachte sie halbwegs um den Verstand, denn sie sandte verrückte Gefühle durch ihren Körper, und sein Geschmack stieg ihr zu Kopf. Seine Hände streichelten sie – er ging jetzt so unglaublich zärtlich mit ihr um, daß sie am liebsten geweint hätte.

Seine Hände glitten von ihren Wangen über ihre Kehle und auf ihre Brüste, und seine Berührungen waren so sanft, fast zu sanft, bis sein Mund demselben Pfad folgte, bis sie in Glut getaucht war und seine Zunge sich an ihren empfindlichen Brustwarzen rieb. Sie stöhnte vor Lust. Er sog daran, und sie glaubte, sie müsse sterben.

Die Tränen traten auch wirklich in ihre Augen, als sie seinen Kopf auf ihren Brüsten hielt. Sie kam sich vor wie eine Kostbarkeit, die gewürdigt und ach so sehr begehrt wurde. Sie fühlte sich, als sei sie in seinen Augen schön, etwas, was sie noch nie zuvor empfunden hatte. Und während er ihren Körper unablässig mit diesen köstlichen Zärtlichkeiten überschüttete, spürte sie seine Glut tief in sich, die jetzt geduldig wartete, aber mit einem Verlangen pochte, das sie unbedingt stillen wollte.

Als er wesentlich später wieder anfing, sich in ihr zu bewegen, tat nichts mehr weh. Nur sein erster brutaler Kuß war wirklich schmerzhaft gewesen. Und er hatte ihr Verlangen so lodernd entfacht, daß sie sich in wenigen Minuten in einer weißglühenden Flut von Gefühlen aufzulösen schien. In ihrem Sinnestaumel hörte sie kaum, wie er seinen Höhepunkt erreichte, und sie war schon eingeschlafen, als sein Körper noch zuckte.

24

»Seine Schwester Maura ist recht charmant«, sagte Vanessa, als sie den grünen Faden weglegte und nach dem roten griff, um an ihrer Stickerei weiterzuarbeiten. »Ich glaube, du wirst sie mögen. Sie ist etwa in deinem Alter, würde ich sagen, und sie ist absolut darauf versessen, sich diese Modehefte anzusehen, die wir gefunden haben, als wir in New York waren. Ich meine *Harper's Bazaar*. Habe ich dir eigentlich schon gesagt, daß die Familie ursprünglich aus New York kommt? Sie kennen sogar Charles oder haben zumindest von den Abingtons gehört.«

»Bist du sicher, daß Robbie nichts fehlt?«

Vanessa hob den Kopf nicht, aber ihr Blick richtete sich auf Jocelyn, und ihre Augenbrauen zogen sich verdächtig zusammen. Diese Frage war bereits gestellt und beantwortet worden – und zwar schon zweimal.

»Genaugenommen ist das junge Ding sogar ziemlich frech und hat nicht die geschliffenen Manieren ihres Bruders.«

»Wie erfreulich.«

Die Gräfin ließ ihre Stickerei mit einem matten Seufzer auf ihren Schoß sinken. »Hast du auch nur ein einziges Wort von alledem gehört, was ich gesagt habe? Jocelyn? Juhu, Jo-cel-lyn?« stimmte sie im Singsang an.

Jocelyn wandte sich ein wenig von dem Fenster ab, an dem sie schon seit einer Stunde stand. »Hast du etwas gesagt, Vana?«

Die Gräfin mußte sich zwingen, ruhig zu bleiben, als sie antwortete: »Ich habe dir von den Drydens erzählt.«

»Von wem?«

»Jocelyn Fleming! Du solltest heute vor Glück strahlen, aber du bist zerstreut. Was ist bloß los mit dir?«

Jocelyn sah wieder aus dem Fenster und ignorierte den Vorwurf, nicht aber die Frage. Richtig, was war bloß los mit ihr? Warum mußte sie ununterbrochen an die letzte Nacht denken oder sich fragen, wo Colt heute wohl stecken mochte? Wieder einmal war er unauffindbar. Er hatte auf Robbies Ablösung am frühen Morgen gewartet, oder das hatte man ihr jedenfalls erzählt, und das hieß offensichtlich, daß er persönlich für den Rest der Nacht über sie gewacht hatte. Aber in ihrem Zimmer oder draußen im Gang?

Als sie aufgewacht war, hatte sie ein leeres Zimmer vorgefunden, und zwei lange schwarze Haare auf dem Kissen neben ihr waren das einzige Zeichen dafür gewesen, daß Colt je dort gewesen war. Nein, es gab noch einen weiteren Hinweis darauf. Die getrockneten Blutspuren auf ihren Oberschenkeln. Aber wann war er fortgegangen? Und warum war er gegangen, ohne ein Wort zu sagen?

Vanessa war am frühen Morgen strahlend zu ihr gekommen und hatte sich dann große Sorgen gemacht, nachdem sie gesehen hatte, wie die beiden gefaßten Diebe von der Polizei abgeholt worden waren. Sie hatte jede Einzelheit über Jocelyns kleines Abenteuer hören wollen, nachdem sie aus dem Fenster geflohen war, aber auch alles, was sich hinterher abgespielt hatte. Mit großer Erleichterung hatte sie vernommen, daß es doch noch zu der geplanten Verführung gekommen war.

»Dann haben wir jetzt keinen Grund mehr, in dieses Wyoming zu reisen, und Mr. Thunders Dienste brauchen wir auch nicht mehr, oder?«

Als Jocelyn das gehört hatte, war eine seltsame Trostlosigkeit über sie hereingebrochen, und sie hatte darauf beharrt, daß sie Colts Dienste nach wie vor dringend brauchten, und sei es auch aus keinem anderen Grund als dem, ihre Sicherheit zu gewährleisten. Sie hob hervor, wie oft er ihr bereits aus der Klemme geholfen hatte. Sie betonte, wie geschickt er Longnose bisher davon abgehalten hatte, ihre Fährte wiederzufinden. Und als ob das noch nicht genug gewesen wäre, erklärte sie auch noch, daß Wyoming der Ort war, an dem sie ihr Gestüt aufbauen wollte.

Vanessa war so klug gewesen, nichts dazu zu sagen, doch Jocelyn hatte ihre Mißbilligung in dem Moment bereits wahrgenommen und spürte sie immer noch. Sie wußte von Vanessas Sorgen, daß sie sich unstandesgemäß in Colt verlieben könnte.

»Es ist unvermeidlich, daß der erste Mann einem etwas ganz Besonderes bedeutet«, hatte Vanessa schon vor Monaten zu ihr gesagt, als sie erstmals auf den Gedanken gekommen waren, daß sie einen Liebhaber nehmen sollte. »Aber man muß immer daran denken, daß es wirklich nur der erste Mann ist und daß man den schlichten, gesunden Reiz, den er auf uns ausübt, nicht mit Liebe verwechseln darf.«

Als ihr diese Worte jetzt wieder einfielen, versuchte Jocelyn zu ergründen, was sie empfand, aber sie gelangte nur zu der Feststellung, daß sie tief verwirrt war, sich vor ihrem nächsten Zusammentreffen mit Colt fürchtete und vor allem nachhaltig erstaunt darüber war, wieviel befriedigender die körperliche Liebe war als alles, was sie sich je vorgestellt hatte.

Sie warf einen Blick über die Schulter und enthüllte ihrer Freundin einen Teil dieser Empfindungen. »Es tut mir leid, Vana. Es ist nur so, daß es... es war...«

»Ich weiß«, schnitt ihr Vanessa das Wort ab. »Es war so beseligend, daß dir die Worte fehlen, um es zu beschreiben.«

»Ja, genauso war es«, sagte Jocelyn zu ihrer Verteidigung.

»Dann sind wir unserem griesgrämigen Reiseführer also zu ewiger Dankbarkeit verpflichtet, nicht wahr?« gab Vanessa in ihrem ätzendsten Tonfall zurück. »Vor allem, wenn es mit ihm, dessen Stimmungen so unberechenbar sind, das genaue Gegenteil hätte sein können – und es immer noch sein kann, wenn du dumm genug bist, dich noch einmal mit ihm einzulassen.« Dann wurde ihre Stimme freundlicher und verriet ihre echte und tiefe Sorge. »Was du erlebt hast, meine Liebe, kann man mit jedem Mann haben. Aber es wäre günstiger und ungefährlicher und würde mir weniger Kummer bereiten, wenn du dasselbe mit einem Liebhaber erleben könntest, bei dem du sicher sein kannst, daß er nicht von einem Moment zum anderen gewalttätig wird. Ich schlage dir vor, daß du dir einen anderen Mann suchst, um dir zu beweisen, daß es mit anderen genauso gutgeht, und zwar schnell, ehe du in diesem Kerl etwas siehst, was er gar nicht ist.«

Jocelyn befolgte Vanessas Rat im allgemeinen, aber in diesem Fall war das gar nicht nötig. Sie hatte nur zu einem einzigen Zweck einen Liebhaber gebraucht, und dieses Ziel war erreicht. Sie brauchte keinen anderen Mann mehr in ihr Bett zu lassen, und auch Colt brauchte sie kein zweites Mal. Vanessa regte sich völlig umsonst auf. Aber es war zwecklos, ihr das zu sagen. Sie hätte es ohnehin nicht geglaubt.

»Du hast gerade von den Bradens gesprochen?« sagte Jocelyn freundlich, aber betont.

»Die Drydens«, wurde sie von Vanessa verbessert, die ihre Andeutung verstanden hatte und das Thema vorläufig ruhen ließ. »Ich habe dir erzählt, daß ich sie heute morgen in der Lobby getroffen habe. Ein ausgesprochen interessantes Geschwisterpaar. Man könnte sie als die amerikanische Ausgabe des verarmten Adels bezeichnen. Ich könnte schwören, daß wir im Vergleich zu der Pechsträhne, die die beiden seit dem Tod ihrer Eltern erlebt haben, von Glück reden können, weil wir nur einen Meuchelmörder auf den Fersen haben.«

»Das ist gar nicht komisch, Vanessa.«

»Nein, wohl kaum, aber die beiden haben mir wirklich leid getan.«

»Sie haben dir ihre Lebensgeschichte erzählt, während ihr zusammen im Foyer gestanden habt?«

»Wir haben im Foyer gesessen, und es war eine stark gekürzte Fassung, soviel steht für mich fest. Ein paar Fehlinvestitionen, und das Familienvermögen war futsch, etwa in dem Stil. Sie haben sich entschlossen, das wenige, was ihnen geblieben ist, zu nehmen und in den Westen zu ziehen, um hier noch einmal neu anzufangen. Ich glaube, Miles sagte, sie wollten eine Ranch kaufen.«

»Miles? Ich vermute, du sprichst von Mr. Dryden? Du nennst ihn *Miles*, nachdem ihr euch ein einziges Mal gesehen habt, und doch sagst du zu Colt immer noch *Mr.* Thunder?«

»Komm nicht vom Thema ab, meine Liebe«, erwiderte Vanessa unerschrocken. »Wie ich gerade sagte, hatten sie noch größeres Pech, als sie in New Mexico angekommen sind. Die Postkutsche, mit der sie gereist sind, ist von Wegelagerern ausgeraubt worden, und einer der Fahrgäste ist getötet worden. Dann sind sie am selben Tag in der selben Postkutsche von Indianern überfallen worden. Sie wären beide skalpiert worden...«

»Skalpiert?«

»Ich vermute, es handelt sich dabei um etwas recht Unangenehmes, was die Indianer tun, aber die Kavallerie kam vorbei – sie hatte Jagd auf eben diese Diebesbande gemacht – und hat sie davor bewahrt. Jedenfalls haben sie es sich verständlicherweise anders überlegt und wollen sich jetzt nicht mehr in dieser Gegend niederlassen, aber sie haben sich, offen gesagt, so sehr davor gefürchtet, wieder in eine Postkutsche zu steigen, daß sie jetzt hier festsitzen. Ich habe mich selbstverständlich gezwungen gesehen, ihnen unsere Begleitung anzubieten.«

»Hältst du das für klug? Ich meine, was weißt du schon über diese Leute, bis auf das, was sie dir selbst erzählt haben? Der Bruder könnte...«

»Du solltest wissen, daß ich auf meine alten Tage noch nicht verblödet bin«, fiel ihr Vanessa entrüstet ins Wort. »Sir Parker hat ihre Geschichte überprüft und sie bestätigt. Sie leben jetzt schon seit drei Monaten in diesem Hotel. Und Miles Dryden hat eine Schwester, meine Liebe, eine *Schwester*. Wenn unser Mr. Longnose eine hätte, würde er sie wohl kaum mit sich durch die Gegend schleifen, oder?«

»Ich wollte damit nicht andeuten, daß *er* Longnose sein könnte, nur, daß er in seinen Diensten stehen könnte... ach, vergiß es.« Dann sagte sie plötzlich argwöhnisch: »Er sieht doch nicht zufällig außergewöhnlich gut aus, oder?«

»Jetzt schau mich bloß nicht so an. Er ist wirklich eine geradezu umwerfende Erscheinung. Das heißt noch lange nicht, daß ich gehofft habe, er würde dich von deinem Halbblut ablenken, wenn ich ihn einlade, mit uns zu kommen.«

»Nein, natürlich nicht«, erwiderte Jocelyn verärgert, denn offensichtlich war genau darin Vanessas Motiv zu suchen.

Sie war nicht besser darin, jemandem etwas vorzumachen, als Jocelyn, oder zumindest konnte sie Jocelyn nichts vormachen. Es war an der Zeit, ihr zu sagen, wie überflüssig diese Machenschaften waren, und zu hoffen, daß sie ihr glaubte.

»Ich habe nicht vor zuzulassen, daß sich die letzte Nacht wiederholt, Vana.«

»Weiß *er* das?«

»*Er* ist mehr oder weniger vergewaltigt worden...«

»Wie bitte?«

Jocelyn winkte ab. »Das Prinzip war dasselbe. Er mußte dazu gezwungen werden, oder etwa nicht? Verführt? Dazu gebracht werden, daß er die Selbstbeherrschung verliert und seine niederen Instinkte die Oberhand gewinnen, damit er machtlos ist, sich weiterhin zu widersetzen? Du scheinst zu vergessen, daß er nicht das Geringste mit mir zu tun haben wollte, daß ich ihm nachgelaufen bin und nicht er mir. Daher ist es unwahrscheinlich, daß er eine Wiederholung der vergangenen Nacht wünscht, Vana. Genaugenommen würde es mich sogar schrecklich wundern, wenn er heute nicht wütend wäre, und er wird entschlossen sein, sich nie mehr in eine solche Lage bringen zu lassen.«

»Wenn die Würfel erst gefallen sind, können sich Haltungen ändern, meine Liebe. Wenn eine Sünde erst begangen ist, neigt der Mensch dazu, sich ihr haltlos hinzugeben, ehe er bußfertig ist.«

»Ich bezweifle, daß sich das auf Colts Fall anwenden läßt. Und außerdem sagte ich bereits, daß ich nicht die Absicht habe, es noch einmal geschehen zu lassen. Mein Problem ist gelöst. Ich habe keine weitere Verwendung für einen Liebhaber.«

So spricht eine Frau, die erst vor wenigen Stunden tiefe Befriedigung erfahren hat, dachte Vanessa. Aber sie wies nicht darauf hin, daß Jocelyns ›Bedarf‹ mit der Zeit anderer Natur sein würde, daß der Körper, wenn er die Wonnen des Fleisches einmal gekostet hatte, dazu neigte, mehr davon zu verlangen.

Statt dessen sagte sie: »Wenn der Kerl dich wieder haben will, meine Liebe, dann glaube ich nicht, daß dir viel anderes übrigbleibt.«

Diese Voraussage ließ einen kleinen Schauer der Erregung in Jocelyns Magengrube aufkeimen, doch sie ignorierte ihn beharrlich. »Dann muß ich eben darauf achten, daß ich nie mehr mit ihm allein bin. Du kannst jetzt aufhören, dir Sorgen zu machen...«

»Madame!« unterbrach sie Babette in dem Moment. Sie war so aufgeregt, daß sie das Zimmer betrat, ohne vorher anzuklopfen. »Alonzo besteht darauf, ich soll Ihnen sagen, daß Monsieur Thunder gerade auf der Straße zu dem Duell des Wilden Westens antritt. Er sagt, daß Sie das bestimmt wissen wollen.«

»Zu *was* tritt er an?«

Vanessa schnalzte mit der Zunge. »Ich glaube, sie meint das, was die Hutmacherin in Tombstone einen ›Showdown‹ genannt hat, meine Liebe. Weißt du noch, als wir zugesehen haben, wie... Jocelyn, wag es nicht!« Doch die Herzogin war bereits aus dem Zimmer gestürzt.

25

Colt stand an dem langen Tresen, leerte sein Whiskeyglas und schenkte sich langsam aus der Flasche nach, die er dem Barkeeper schon vorher aus der Hand gerissen hatte. Das war jetzt der dritte Saloon, den er betreten hatte, seit er heute morgen das Hotel verlassen hatte, und eigentlich hätte er längst betrunken sein müssen. Er war es aber nicht. Seine Wut war so groß, daß der Whiskey seine Wirkung nicht tun konnte.

Außerdem hielt es einen Mann nüchtern, Streit zu suchen, und er konnte nicht leugnen, daß er auf Streit aus war. Als er in den beiden ersten Saloons nichts weiter als böse Blicke eingefangen hatte, hatte er es mit dem hier probiert – und diesmal das große Los gezogen. Es war allerdings nicht das Los, auf das er gehofft hatte. Er brauchte etwas, um seiner Wut mit Fäusten Luft machen zu können, nicht etwa die Aufforderung, Blei durch die Luft fliegen zu lassen. Sein Glück war es, daß der einzige, der mit kämpferischen Worten etwas gegen seine Anwesenheit einzuwenden hatte, ein junger Mann war, der glaubte, daß er schnell ziehen konnte. Ob er ein guter Schütze war oder nicht – Colt hegte kaum einen Zweifel daran, daß er ihm überlegen war. Vor den Stillen mußte man sich hüten, nicht vor den Angebern.

Die Sache wäre längst gelaufen gewesen, wenn der Barkeeper nicht darauf bestanden und seine Forderung mit einer Schrotflinte unterstrichen hätte, daß sie ihre Streitigkeiten draußen austrügen. Colt behauptete, er wolle seinen Whiskey erst noch austrinken. Riley, wie ihn seine Freunde nannten, zeigte sich großzügig, als seine Herausforderung erst angenommen worden war, und er beschloß, draußen auf ihn zu warten.

Der Junge war ein sogenannter Profi. Noch naß hinter den Ohren, aber schon als Scharfschütze angestellt. Er arbeitete für einen Minenbesitzer aus der Gegend, der Ärger mit anderen gehabt hatte, die ihm seine Rechte streitig machen wollten. In den sechs Monaten seit seinem Eintreffen in der Stadt hatte er bereits zwei Männer getötet, einige weitere mit seiner Pistole geschlagen und alle anderen gezwungen, einen weiten Bogen um ihn zu machen. Die Sache sah so aus, daß der Minenbesitzer ihn jetzt nicht mehr brauchte, aber einfach nicht wußte, wie er ihn loswerden sollte.

Das alles konnte Colt aus den gedämpften Gesprächsfetzen hinter seinem Rücken entnehmen. Er hörte auch eine Reihe von verächtlichen Bemerkungen, die seiner Person galten, aber nichts, was er nicht schon gehört hätte. Er war schon mit jedem gehässigen Schimpfwort bedacht worden, das es gab, und daher mußte er schon verdammt übellaunig sein, um Anstoß an Beleidigungen zu nehmen, die dem weißen Mann zur zweiten Natur wurden, sowie ein Indianer in seiner Nähe war.

Genau darauf hatte er es heute angelegt, auf diese Beleidigungen. Er war wirklich in einer ekelhaften Stimmung. Aber so weit im Süden wußten die Leute nicht, was sie von ihm halten sollten. Sie nahmen an, daß er ein Halbblut sein mußte, aber sie hatten nie einen Mischling gesehen, der so groß war oder so gehässig blickte oder gar einen Colt Peacemaker an der Hüfte trug. Solche Kleinigkeiten führten dazu, daß die Leute es sich zweimal überlegten, ehe sie den Mund aufmachten – es sei denn, er geriet an einen jungen Kerl, der sich Illusionen über seine Allmacht hingab, weil ihm ein paar zufällige Treffer zu Kopf gestiegen waren.

Colt hatte seinen Gegner jetzt etwa zehn Minuten warten lassen, und daher sahen sich die anderen Gäste im Saloon jetzt weniger vor ihm vor. Rileys Ruf: »Worauf wartest du noch, Halbblut? Oder ist unsere Rothaut vielleicht vor Angst ganz weiß geworden?« hatte Hohngelächter im Raum ausgelöst, und die beiden Kumpel des Jungen, zwei Cowboys, die ihn von Anfang an angestachelt hatten und ihm beide nach draußen gefolgt waren, lachten schallend.

Colt sah dem Barkeeper in die Augen. Der Mann wischte langsam ein Glas mit einem schmutzigen Lappen ab. In seinen rotgeränderten Augen stand Verachtung, aber auch hämische Freude, die seine Gefühle nur zu deutlich ausdrückte. Er vermutete, der Spott würde sich bewahrheiten und Colt würde ihn bitten, ihm den Weg zur Hintertür zu zeigen, sowie er den Mumm aufbrachte, zu fragen. Er stellte sich vor, daß ein Halbblut nicht die Dreistigkeit besäße, sich einem Mann offen zu stellen, daß das nicht seine Art wäre. Ein Messer in den Rücken oder ein Hinterhalt, mehr konnte man von einem Halbblut nicht erwarten.

Sollte er es doch glauben. Was zum Teufel kümmerte es Colt, wie ein Barkeeper über ihn dachte? Oder irgend jemand sonst, wenn er es sich genauer überlegte? Sie warteten und hofften doch alle nur darauf, daß er erschossen würde. Das Großmaul Riley mochte zwar in dieser Stadt gefürchtet und verschmäht sein, doch heute würde man ihm zujubeln, falls er es schaffte, ein anmaßendes Halbblut fertigzumachen.

Colt leerte sein Glas jetzt mit einem Schluck und warf es dann, um seine Gefühle durch Handlungen auszudrücken, dem Barkeeper zu. Da der Mann unvorbereitet war, ließ er das Glas, das er gerade abtrocknete, fallen, um Colts Glas zu fangen. Zu seiner Zufriedenheit hörte Colt das Klirren und dann das verärgerte Fauchen des Mannes. Colt stieß sich von der Bar ab und steuerte auf den Eingang zu. Stühle kippten um, da die anderen Kunden ihm hastig folgten. Doch sie kamen schlitternd zum Stehen, als er direkt vor den Flügeltüren innehielt, um seine Beute ausfindig zu machen.

Riley lungerte auf der anderen Straßenseite mit seinen beiden Freunden im Schatten herum. Sie lehnten an der Querstrebe eines Pfostens, an dem die Pferde angebunden wurden. Die Gehwege auf beiden Straßenseiten füllten sich bereits mit begierigen Zuschauern, die Rileys Verhöhnungen angelockt hatten.

Der junge Mann brauchte einen Rippenstoß, ehe er bemerkte, daß Colt ins Freie getreten war, und ehe er sich aufrichtete, grinste er und gab eine Äußerung von sich, die seinen Freunden ein Kichern abrang. Dann trat er mitten auf die breite Straße, und seine langsamen Schritte drückten deutlich seine Zuversicht aus.

Ein Muskel zuckte in Colts Kiefer, als er angewidert die Zähne zusammenbiß. Er fragte sich, ob die braven Städter sich zu einer Lynchjustiz zusammenrotten würden, falls er dieses Arschloch, das gar nicht von hier war, zufällig doch tötete. Höchstwahrscheinlich. Ob es nun fair war oder nicht, aber die Weißen sahen es nicht gern, wenn ein Halbblut einem der Ihren eine Niederlage zufügte.

In dem Moment interessierte ihn das nicht übermäßig, aber er hatte nicht die Absicht, den Jungen zu töten, denn das war nicht die Form von Streit, die er gesucht hatte. Diese Ehre überließ er einem anderen. Falls der Angeber natürlich aus Versehen starb, weil er ihm in eine seiner Kugeln lief...

Colt schob sich den Hut aus dem Gesicht, bis er von seinem Kopf fiel und auf seinem Rücken hing. Einmal hatte ihm der Wind im denkbar ungünstigsten Moment den Hut in die Augen geweht, und er wäre jetzt tot, wenn der andere nicht ein derart miserabler Schütze gewesen wäre.

»Worauf wartest du denn noch?« rief Riley ungeduldig von dem Standort aus, den er mitten auf der Straße bezogen hatte.

»Hast du es so eilig zu sterben?«

Das fand Riley komisch. Seine Freunde auch. Aber auch eine Reihe von Zuschauern. »Was du da in der Hand hast, das sind nicht Pfeil und Bogen, Halbblut, oder hast du das noch nicht gemerkt?«

Diesmal krümmte sich der Junge vor Lachen über seinen eigenen Geistesblitz. Auf beiden Straßenseiten schlugen sich die Leute auf den Rücken und wischten sich die Augen, denn so gut wie alle Anwesenden lachten herzlich mit – bis auf den Spanier.

Colt bemerkte Alonzo, als er auf die Straße trat, und dann den Schotten, der bei ihm stand. Es waren also einige von ihren Leuten anwesend. Das änderte auch nichts. Sie waren nichts weiter als Zuschauer, wie alle anderen auch. Und doch glitten seine Blicke plötzlich über die Gehsteige – und fielen auf sie, denn dieser leuchtend rote Haarschopf war kaum zu übersehen, als sie auf Alonzo zulief.

Mist! Jetzt saß er in der Tinte, wirklich und wahrhaftig in der Tinte! Er fragte sich, wem er ihre Aufmerksamkeit zu verdanken hatte, und als sie neben dem Spanier stehenblieb, wußte er es. Der Blick, mit dem er den dunkelhäutigen Mann bedachte, gelobte ihm Vergeltung, doch Alonzo, der diesen Blick richtig auslegte, zuckte lediglich die Achseln.

Es kam nicht in Frage, die Herzogin anzusehen. Colt wandte seine Aufmerksamkeit wieder Riley zu. Seine Gleichgültigkeit war verflogen, sein Zorn stand kurz vor der Explosion. Wenn sie versuchte, sich einzumischen…

Genau das hatte Jocelyn gerade vor. Sie erfaßte die Lage mit einem Blick und verstand, daß die beiden Männer, die dort auf der Straße standen, jeden Moment mit der Schießerei anfangen könnten, und das durfte sie nicht zulassen. Sie wußte aus eigener Erfahrung, wie geschickt Colt mit seinem Revolver umging, aber was war, wenn sein junger Gegner ein ebenso guter Schütze war? Dieses Risiko konnte sie nicht eingehen.

Aber als sie ihren Rock hob, um auf die Straße herunterzusteigen, packte Alonzo sie am Arm und flüsterte ihr ins Ohr: »Wenn Sie ihn jetzt ablenken, ist er tot. In dem Moment, in dem er Sie ansieht, und das wird er tun, wird der junge Riley seinen Vorteil nutzen und die Waffe ziehen. Wenn Sie eher gekommen wären, hätten Sie noch einschreiten können, aber jetzt ist es zu spät.«

»Aber...« Sie biß sich auf die Lippe und starrte Colt unschlüssig an. Wie konnte sie zusehen und nichts tun, wenn er verwundet werden könnte, oder gar Schlimmeres?

Aber es war wirklich für jede Einmischung zu spät. In dem Moment, in dem sie Colts Gegner ansah, um sich ein Urteil über seine Fähigkeiten zu bilden, griff der junge Mann schon nach seiner Waffe. Es ging alles so schnell, daß es kein Wunder war, daß die Zuschauer geschlossen in ehrfürchtigem Staunen erstarrten. Colt hielt seine Waffe schon in der Hand und richtete sie auf seinen Gegner. Der junge Mann, dessen Hand auf der Waffe lag, die aber noch in ihrem Halfter steckte, starrte Colt ungläubig an und rührte keine Hand mehr. Er gab ein jämmerliches Bild ab. Offensichtlich war er nicht sicher, was er jetzt tun sollte – ob er sich geschlagen geben sollte oder ob er das Risiko eingehen sollte, doch noch zu ziehen. Der Umstand, daß Colt keinen Schuß abgab, verstärkte seine Unschlüssigkeit nur noch.

Colt wartete nicht ab, bis er sich zu einem Entschluß durchgerungen hatte. Mit langsamen, zielstrebigen Schritten ging er auf seinen Gegner zu, bis die Mündung seines Peacemaker sich in Rileys bebende Brust grub. Riley war inzwischen klatschnaß geschwitzt und fürchtete sich, die Augen niederzuschlagen, da er nicht mitansehen wollte, wie der Finger sich am Abzug bewegte, aber er hatte auch Angst, seinen Blick von diesen harten blauen Augen abzuwenden, die ihn weiterhin fest ansahen.

Colt roch seine Angst, und er konnte sie ihm auch ansehen, aber im Moment war er nicht allzu gnädig gestimmt. »Wir haben es auf deine Art versucht, du mieser Maulheld«, zischte er mit gesenkter Stimme, damit nur Riley ihn hören konnte. »Und jetzt wirst du dich nach mir richten.«

Mit diesen Worten zog Colt die Waffe von Rileys Brust, holte damit aus und schlug sie ihm ins Gesicht. Der Junge taumelte seitlich, und als er seine Hand auf die Backe legte und sie wieder zurückzog, war sie blutig. Er verstand nicht, was von ihm erwartet wurde. Er verstand es immer noch nicht, als Colt seine Waffe wieder einsteckte, erwartungsvoll vor ihm stehenblieb und seine Finger lockerte, um sie dann zu Fäusten zu ballen.

Rileys Freunde verstanden es auch nicht, aber sie hatten wenig Zweifel daran, was jetzt zu tun war. Einer von ihnen griff nach seiner Waffe. Gleichzeitig zog Alonzo sein Messer, und Robbie trat einen Schritt vor. Der Beistand beider Männer war jedoch überflüssig, und Colt nahm gar keine Notiz von ihrem Vorgehen. Er hatte Rileys Freunde im Auge behalten und zog seine Waffe wieder, aber diesmal drückte er ab.

Die Kugel traf auf Metall. Der Cowboy ließ den Revolver mit einem Aufschrei fallen. Seine Finger waren wie betäubt. Der andere Cowboy hielt die Hände hoch und wich zurück, da er nicht bereit war, es allein gegen Colt aufzunehmen.

Wieder steckte Colt seine Waffe weg und sah Riley fest in die Augen. Obwohl Colts Aufmerksamkeit vorübergehend von ihm abgelenkt worden war, hatte er es nicht gewagt, sich von der Stelle zu rühren. »Komm schon, Junge, ich habe nicht den ganzen Tag Zeit.«

»Was soll das heißen – komm schon?«

»Du wolltest ein Stück von mir haben. Komm her, und hol es dir.«

Riley wich statt dessen einen Schritt zurück, und seine Augen drückten Panik aus. »Du meinst, ich soll mich mit dir schlagen? Aber du bist kräftiger als ich.«

»Das hat dich nicht davon abgehalten, mich mit Beleidigungen zu überhäufen, oder?«

»Das war wohl mein Fehler, Mister. Warum vergessen wir das Ganze nicht einfach?«

Colt schüttelte bedächtig den Kopf. »Ich möchte dich lieber gründlich vertrimmen.«

Riley wich noch einen Schritt vor ihm zurück, und seine

Augen waren jetzt so groß wie Untertassen. »Würden...
würden Sie von hinten auf mich schießen?«

Colt sah ihn finster an, als er diese dämliche Frage hörte.
»Nein.«

»Das höre ich gern«, brachte Riley mühsam heraus, ehe er
davonlief.

Einen Moment lang starrte Colt entgeistert und erbost zugleich auf seinen Rücken, als er die Flucht ergriff. Es war ihm
schon öfter passiert, daß Männer vor einem Duell mit ihm zu-
rückschreckten, wenn er schneller als sie gezogen hatte, aber
es war noch nie vorgekommen, daß einer den Schwanz ein-
zog und fortlief, wenn er ihm einen anderen Ausweg angeboten hatte, um das Gesicht zu wahren, vor allem vor so vielen Zeugen. Gewöhnlich hing es einzig und allein von den
Zeugen ab, wie ein Mann reagierte. Dann konnten Feiglinge
zu tapferen Männern werden, obwohl diese tapferen Männer wußten, daß sie hinterher tot sein würden.

Er hätte ein paar Kugeln auf den Staub abgeben können,
der um diese laufenden Füße herum aufwirbelte, aber da er
ernstlich bezweifelte, daß Riley daraufhin zurückkommen
und sich ihm stellen würde, sparte er sich die Mühe. Statt
dessen wandte er sich angewidert ab und nahm das Murren
vieler Zuschauer gar nicht wahr, die eine ganze Skala von Reaktionen durchlebten, vom entsetzten Staunen über bittere
Enttäuschung bis zu höhnender Verachtung, weil Riley sich
als ein solcher Feigling erwiesen hatte. Aber in erster Linie
fragte man sich laut, wer Colt war.

Es sollte ein Quell der Enttäuschung für die Klatschmäuler
der Stadt werden. Sie waren dazu verdammt, nie auch nur
seinen Namen zu erfahren, denn wer hätte es gewagt, ihn bei
klarem Verstand rundheraus danach zu fragen, wenn man
bedachte, was sie gerade mitangesehen hatten. Und es gab
niemand anderen, der ihnen bereitwillig eine Antwort darauf gegeben hätte. Jocelyn mit Sicherheit nicht, obwohl sie
die Frage auf ihrem Rückweg zum Hotel etliche Male hörte.
Auch würden ihre Leute niemandem freiwillig erzählen, wie
er hieß, da sie es gewohnt waren, im Hintergrund zu bleiben.

Als sie jedoch hörte, wie jemand dieselbe Frage mit einem

höhnischen »Das ist ein Wilder. Das reicht doch wohl voll und ganz« antwortete, blieb Jocelyn abrupt stehen.

Sie war ohnehin schon außer sich, weil sie gerade derartige Ängste ausgestanden hatte, und dazu kam noch ihre Enttäuschung darüber, daß Colt in der Menge verschwunden war, ehe sie mit ihm hatte sprechen können. Jetzt drehte sie sich zu dem gutgekleideten jungen Mann um, dessen Bemerkung das Faß zum Überlaufen gebracht hatte.

»Wie können Sie eine solche Behauptung wagen, Sir!« warf sie ihm ohne größere Vorreden an den Kopf, und das überraschte nicht nur den Mann und seine Begleiterin, sondern auch Robbie und Alonzo, die dicht hinter ihr herliefen. »Sie sind zum Duell angetreten, um einander zu töten. Wenn jetzt keiner von beiden tot ist, dann kennzeichnet das einen zivilisierten Menschen und bestimmt nicht einen Wilden.«

Sie fühlte sich gleich wesentlich besser, nachdem sie einen Teil ihres Zorns an einem unseligen Fremden ausgelassen hatte, obwohl sie in Wirklichkeit gern Colt dafür ausgescholten hätte, derart unbesonnen Gefahren auf sich zu nehmen. Sie stolzierte weiter und hatte keine Ahnung, welche Aufregung sie ausgelöst hatte.

»Das läuft ja prima, Miles, oder ist dir etwa noch nicht aufgegangen, daß du gerade Lady Fleming persönlich beleidigt hast? Von ihrem Akzent her würde ich jede Wette eingehen, daß sie es war.«

Ihr beißender Sarkasmus trieb Miles Dryden in die Defensive. »Und woher hätte ich das wissen sollen? So, wie die Gräfin über sie gesprochen hat, habe ich mir eine umwerfende Schönheit vorgestellt.« Dann stöhnte er. »Ein Rotschopf, und noch dazu mager! Das schaffe ich nie.«

Maura, die sich besitzergreifend an seinen Arm klammerte, ließ sich von diesen Worten besänftigen. Sie persönlich fand, die Herzogin sei atemberaubend, aber sie hatte einen Moment lang vergessen, daß Miles es anders sehen würde. Sie wußte aus Erfahrung, daß er bei Frauen üppige Blondinen wie sie vorzog. Die ältere Gräfin würde ihr wahrscheinlich mehr Grund zur Sorge geben als die jüngere Herzogin.

»Du wirst dich prima halten, Liebling, denn es sieht ganz so aus, als sei das die Frau, die wir uns erträumt haben. Eine echte englische Herzogin, die nur zu ihrem Vergnügen auf Reisen ist, und noch dazu so aufwendig. Sie muß sündhaft reich sein.«

»Das hast du beim letzten Mal auch gesagt«, murrte Miles.

Maura paßte diese Bemerkung nicht. »Die Witwe Ames hat uns nie belogen, als sie gesagt hat, alle ihre Kinder seien tot. Sie hat es lediglich unterlassen, die siebzehn Enkel zu erwähnen, die geduldig darauf gewartet haben, ihr Vermögen unter sich aufzuteilen. Daher hat man uns mit einer wertlosen Silbermine abgespeist, und so sind wir in diesem gottverlassenen Nest hängengeblieben. Wenigstens haben sie den Tod der alten Dame nie näher untersucht.«

»Aber sie war alt. Die hier ist jung.«

»Diesmal werden wir kein Gift einsetzen, um dich wieder zum Witwer zu machen. Ein Unfall läßt sich genauso leicht einrichten.«

»Und ich vermute, den soll ich herbeiführen?«

Seine negative Einstellung hing ihr zum Hals heraus. »Um deine beiden letzten Frauen habe ich mich gekümmert, Liebling. Ich finde, jetzt bist du dran. Wenn es dir natürlich lieber wäre, statt dessen einen reichen Ehemann für mich zu finden...«

»Du Miststück«, fauchte er eifersüchtig, und genau damit hatte sie fest gerechnet. »An dem Tag, an dem du einen anderen Mann auch nur ansiehst, breche ich dir dein zartes Genick!«

»Jetzt hör aber auf, Liebling, das war doch bloß Spaß.« Sie lächelte ihn verschmitzt an. »Du weißt ganz genau, daß ich dir seit dem Tag, an dem wir uns kennengelernt haben, die Treue gehalten habe. Außerdem könnte ich das, was du tust, nicht halb so gut. Mir fällt es schon schwer genug, mich als deine Schwester auszugeben.«

»Das war deine Idee, nicht meine. Dieser ganze blödsinnige Plan ist deine Idee gewesen. ›Heirate eine reiche Witwe, Liebling, und dann kannst du das Glücksspiel bleiben lassen‹«, ahmte er sie mit einer hohen Fistelstimme nach.

Maura kniff die Augen verärgert zusammen. »Deine Betrügereien, meinst du wohl, deretwegen man uns aus jeder einzelnen Stadt vertrieben hat. Und du warst sofort Feuer und Flamme für diese Idee, wenn ich mich recht erinnere.«

»Das war, ehe die erste Frau dir nicht reich genug war und du entschieden hast, sie müßte sterben, damit wir es noch einmal probieren können... und dann noch einmal... und noch einmal.«

»Ja, richtig!« fauchte sie. »Es hat sich eben bei allen vieren herausgestellt, daß wir eine schlechte Wahl getroffen hatten. Aber diesmal wird alles ganz anders, das weiß ich ganz gewiß.«

»Es ist jetzt schon etwas ganz anderes, Maura, oder hast du etwa vergessen, wie jung diese Witwe ist? Wahrscheinlich muß ich mich doppelt anstrengen, um sie für mich zu gewinnen, und selbst dann ist mein Erfolg noch nicht von vornherein sicher. Diesmal könnten wir unsere Zeit und unsere Mühen restlos vergeuden.«

»Nicht ganz, mein Liebling. Wir haben immer noch diese andere Möglichkeit, wenn die Dame deinem grenzenlosen Charme nicht erliegt. Aber ich setze auf dich. Schließlich weiß ich, wie unwiderstehlich du sein kannst, wenn du dich wirklich anstrengst. Du hast *mich* doch mit Herz und Seele erobert, oder etwa nicht?«

26

»Guten Morgen, Euer Gnaden!«

Jocelyn drehte sich um und lächelte den jungen Mann an, der sie am vergangenen Abend sehr in Verlegenheit gebracht hatte, als sie ihm vorgestellt worden war. Jetzt war es zum Lachen, aber zu dem Zeitpunkt war es ihr reichlich unangenehm gewesen, daß es sich bei den Geschwistern, die Vanessa unter ihre Fittiche genommen hatte, um dasselbe Paar handelte, das Jocelyn gestern direkt nach dem abgebrochenen Duell auf der Straße angesprochen hatte. Sie waren zum

Abendessen eingeladen, und daher konnte Jocelyn sich nicht so einfach aus ihrer Klemme winden.

Aber irgendwie, und sie war immer noch nicht sicher, wie er das angestellt hatte, war es Miles Dryden gelungen, sie mit ausgiebigen Entschuldigungen zu beschwichtigen. Die Entschuldigungen, die sie ihrerseits vorbringen wollte, hatte er nicht hören wollen, und er hatte es sogar fertiggebracht, daß sie den Zwischenfall für den Rest des Abends vollkommen vergessen hatte. Er war zweifellos äußerst charmant. Sie hatte den Verdacht gehabt, daß er noch dazu gut aussehen würde, und so war es auch. Sein dunkelblondes Haar war kurz geschnitten und reichte gerade bis über seine Ohren, und seine Augen hatten die Farbe von gutem Sherry. Er war schlank und von stattlicher Größe, und er hatte zwei ganz reizende Grübchen, die sich bei jedem Lächeln zeigten, und da er Humor und Schlagfertigkeit besaß, lächelte er häufig, wie alle, die ihn umgaben.

Maura Dryden war genauso interessant wie ihr Bruder. Sie hatte aschblondes Haar und dunkelgrüne Augen, war wesentlich kleiner als er und hatte eine üppige Figur, und wenn die Familienähnlichkeit auch gering war, ließ sich doch nicht leugnen, daß beide außerordentlich gut aussahen. Wenn sein Charme Miles noch anziehender machte, wurden Mauras Reize von ihrem Temperament noch unterstrichen, das zumindest die Männer begeisterte, falls man von Sir Parker auf andere schließen konnte. Sie hatten ihn ebenfalls zum Abendessen an ihren Tisch gebeten, und Jocelyn hatte belustigt festgestellt, daß er während der gesamten Mahlzeit kaum in der Lage gewesen war, seinen Blick von dem Mädchen loszureißen.

Vanessa hatte der ganze Abend große Freude bereitet, und zweifellos hatten ihre Sorgen sich gelegt, als sie zu Bett gegangen war. Als eine erhoffte Ablenkung erwies sich Miles Dryden als äußerst erfolgreich. Jocelyn hatte das einräumen müssen, ehe sie sich zurückgezogen hatte, und in einem gewissen Maß hatte es sie sogar erleichtert, wie einfach es doch war, sich abzulenken – bis ihr aufgegangen war, daß Vanessas Vorstellungen sich nicht nur auf sie anwenden ließen, sondern auch auf Colt. Und der Gedanke, Colt könne Maura Dryden ganz nach seinem Geschmack finden, wie sie es bei Sir Parker beobachtet hatte, erstickte nachhaltig jede Erleichterung, die sie einen Moment lang empfunden hatte, und verwirrte ihre ohnehin schon unklaren Gefühle nur noch mehr. Besorgt und bekümmert stellte sie fest, daß es sich dabei vielleicht um Eifersucht handelte. Aber da es ebensogut ein fehlgeleitetes Gefühl von Besitzerstolz sein konnte, das sie vielleicht in jedem Fall beschlichen hätte, wenn sie für etwas eine derart horrende Geldsumme ausgegeben hatte, dachte sie gar nicht daran, sich Sorgen darüber zu machen.

Zu diesem Entschluß war sie gekommen, aber selbst jetzt, als Miles Dryden sie mit seinem gewinnenden Lächeln bedachte, fragte sie sich, wo seine Schwester wohl stecken mochte und wie Colt auf sie reagieren würde, wenn er das Mädchen zum ersten Mal sähe. Außerdem fragte sie sich, ob sie nicht doch die Möglichkeit hatte, von ihrer Zusage zurückzutreten, die beiden könnten sich ihr und ihrem Gefolge anschließen. Aber sie nahm an, daß das nicht machbar wäre. Wahrscheinlich wurde die Habe der beiden jetzt schon vor dem Hotel in einen der Wagen geladen.

»Mr. Dryden.« Sie neigte den Kopf, als sie seine Begrüßung erwiderte. »Ich hoffe, diese frühe Stunde kommt Ihnen nicht allzu ungelegen. Wir sind mehr oder weniger schutzlos unserem Reiseführer ausgeliefert, der nichts davon hält, Tageslicht zu vergeuden, wie er es so schön formuliert.«

»Die Sorte kenne ich. Der Fahrer unserer Postkutsche war ein bärbeißiger, alter Brummbär, der uns immer gehetzt hat, wenn wir am Wegesrand Station gemacht haben, und er drohte uns, uns zurückzulassen, wenn wir seinen Wünschen nicht schnell genug nachkamen.«

Sie mußte lächeln, als sie diese Beschreibung hörte, die auch recht genau auf ihren Reiseführer paßte, wenn man davon absah, daß er nicht alt war. Colt war meistens zänkisch, reizbar und aufbrausend. Wie er heute wohl aufgelegt sein würde? Ob er sie draußen wenigstens erwarten würde, oder ob er bereits vorausgeritten war wie üblich und es Billy überlassen hatte, ihnen den Weg zu weisen?

Plötzlich wurde ihr klar, wie begierig sie darauf war, ihn zu sehen. Ihr fiel auch wieder ein, daß sie immer noch nicht wußte, was er davon hielt, daß sie ihm ihre Jungfräulichkeit zum Geschenk gemacht hatte. Sie versuchte gar nicht erst, sich vorzumachen, er könne es nicht wahrgenommen haben. Seine Zartheit im Umgang mit ihr in jener Nacht hatte ihr das Gegenteil bewiesen.

»Wir werden nicht annähernd so sehr gehetzt, Mr. Dryden, sondern nur jeden Morgen zu einer gottlos frühen Stunde aufgescheucht.« Sie hoffte, daß die Ungeduld, die sie befallen hatte, nicht allzu deutlich zu spüren war, aber sie wollte Colt finden und vielleicht noch ein paar Worte mit ihm wechseln, ehe sie aufbrachen. »Ich bin sicher, daß Sie sich schnell daran gewöhnen werden. Und wenn Sie jetzt Ihre Schwester holen könnten...«

»Maura wartet schon draußen, Euer Gnaden. Gestatten Sie?«

Nur zögernd nahm sie den Arm an, den er ihr anbot. Da sie von ihren Wachen umgeben war, war diese Geste überflüssig. Auch wenn sie nicht genau wußte, warum, wollte sie nicht, daß Colt sah, wie sie in Begleitung von Miles aus dem Hotel kam. Aber sie konnte es nicht verhindern, ohne regelrecht grob zu werden.

Draußen war alles in Bereitschaft. Jocelyn traf als letzte ein. Miß Dryden wartete mit Vanessa und den beiden Zofen im Schatten der Hotelterrasse, aber sie schenkte der Unterhaltung nicht die geringste Beachtung; sie starrte doch tatsächlich an die Spitze der Kavalkade – auf Colt.

Er war bereits aufgestiegen, ebenso wie Billy, dem seine Aufmerksamkeit im Moment galt. Aber das hieß noch nicht, daß er Miß Drydens prüfenden Blick nicht wahrnahm. Wahrscheinlich war er sich dessen bewußt, denn im allgemeinen nahm er alles wahr, was um ihn herum vorging, und das war auch der Grund, aus dem sich sein Blick nur Sekunden später der Veranda zuwandte, als Jocelyn gerade erst aus dem Hotel getreten war.

»Einen Moment bitte, Colt!«

Jocelyn errötete augenblicklich, da sie gedankenlos alle

Blicke auf sich gezogen hatte. Sie hatte ihre Stimme erheben müssen, damit Colt sie hören konnte, und selbst in ihren eigenen Ohren hatten ihre Worte gebieterisch geklungen. Sie hätte es ihm nicht vorwerfen können, wenn er sie in noch größere Verlegenheit gebracht hätte, indem er ihre Worte mißachtete, doch er tat es nicht. Er ließ sein Pferd umkehren und erwartete sie mit unverhohlener Ungeduld. Es fiel auf, daß er nicht abstieg und auf sie zukam, wie man es von einem Angestellten erwarten konnte. Insbesondere ihre Wachen bemerkten es, aber auch Miles, und sie spürte, wie sein Arm sich unter ihrer Hand anspannte. Aber Jocelyn wollte nicht noch mehr riskieren. Sie entschuldigte sich bei Miles und trat eilig von der Terrasse herunter.

Es war nur ein unkluger Impuls gewesen. Doch daß jetzt alles nur noch schlimmer wurde, mußte sie festellen, als sie Colt erreicht hatte. Billy war vorangeritten, damit sie halbwegs ungestört miteinander reden konnten, aber das nutzte auch nichts. Als sie zu Colt aufblickte, wußte sie fraglos, daß sie einen schwerwiegenden Fehler begangen hatte. Gewöhnlich verbarg er seine Gefühle so gut, daß man nie wußte, was in ihm vorging, doch im Moment waren seine Emotionen kristallklar zu erkennen, und er war alles andere als wohlwollend. Sein Blick war sogar so feindselig, daß sie einen Schritt zurückwich.

Jocelyn raffte sich zu einer entschlosseneren Haltung auf, oder zumindest versuchte sie es. Sie hätte doch nicht so schnell an ihn herantreten dürfen. Jetzt war es geschehen. Da stand sie also. Und wenn sie auch nicht die geringste Vorstellung davon hatte, was sie eigentlich hatte sagen wollen, dann würde ihr vielleicht doch etwas einfallen, was seinen sichtlichen Zorn ein wenig beschwichtigen konnte.

»Würden Sie absteigen... bitte?« fragte sie. »Ich möchte mit Ihnen reden.«

»Nein, das wollen Sie nicht.«

»Doch, ich...«

»Nein... Sie wollen es nicht, Herzogin.«

Sie war nicht sicher, was er damit ausdrücken wollte – ob er sich schlicht und einfach weigerte, sich anzuhören, was sie zu sagen hatte, oder ob er sie warnte, sie würde gewiß nicht hören wollen, was er darauf zu erwidern hatte. Wahrscheinlich letzteres, und deshalb versuchte sie nicht, ihn noch einmal zurückzuhalten, als er sein Pferd umkehren ließ und davonritt.

Als sie sich abwandte, stellte sie fest, daß ihr gesamtes Gefolge sich plötzlich mit überflüssigen Dingen eifrig beschäftigte oder sich angeregt unterhielt, und das sagte ihr deutlich, daß bis zu diesem Augenblick sämtliche Blicke begierig auf ihr und Colt geruht hatten. Diesmal brachte es sie jedoch nicht in Verlegenheit. Statt dessen loderte ihre Wut auf, vor allem, als ihr Blick auf Miß Drydens selbstzufriedenes Gesicht fiel. Die Frau konnte nicht gehört haben, daß Colt sich geweigert hatte, mit ihr zu reden, aber seine Respektlosigkeit und seine Feindseligkeit waren unverkennbar gewesen. Jocelyn konnte Mauras Gedanken nahezu lesen: Kein Mann hätte *sie* je so schäbig behandelt.

»Mir... äh, mir war nicht klar, daß er einer Ihrer Wächter ist.«

Es konnte Jocelyns auflodernde Wut nicht im entferntesten beschwichtigen, daß Miles Dryden da war, um ihr beim Einsteigen behilflich zu sein. Sie hatte auch keine Lust, sich an ihre Dummheit von gestern erinnern zu lassen.

Aber sie wollte um keinen Preis zulassen, daß jemand merkte, wie leicht Colt sie aus der Fassung bringen konnte, und daher gelang ihr ein Lächeln, obwohl ihr ihre Lippen dabei vorkamen, als bekämen sie Sprünge vor lauter Steifheit. »Er gehört nicht zu den Wachen. Er ist unser Reiseführer.«

»Ein Revolverheld als Reiseführer?«

Miles schien entschlossen zu sein, ihr einen Vorwand zu geben, ihre Wut an ihm auszulassen, aber sie wollte keinen Ersatz. Colt stand jeder Funke ihres Zornes zu, und sie würde alles an ihm persönlich auslassen.

»Seine Geschicklichkeit macht ihn zu einem ausgezeichneten Reiseführer, Mr. Dryden, trotz seiner mangelnden Manieren und seiner ekelhaften Art. Aber wenn es Sie stört, sich von einem solchen Mann durch die Wildnis führen zu lassen...«

»Ganz und gar nicht«, versicherte er ihr eilig.

»Dann werden wir uns später wiedersehen, Sir.«

Sie stieg in ihre Kutsche und wartete ungeduldig darauf, daß Vanessa sich ihr anschließen würde. Wenn Miles geglaubt hatte, sie würden in ihrer Kutsche mitreisen, dann hatte sie ihn gerade eines Besseren belehrt. Selbst, wenn sie vorher bereit gewesen wäre, ihre Ungestörtheit aufzugeben – was jedoch nie der Fall gewesen war – dann hätte sie es sich jetzt anders überlegt. Unter keinen Umständen konnte sie diesen Tag damit zubringen, sich mit völlig fremden Menschen über Belanglosigkeiten zu unterhalten. Schon allein der Versuch hätte sie um den Verstand gebracht.

Vanessa spürte, daß sie nicht zum Reden aufgelegt war, und sie war so klug, den Mund zu halten, als sie erst unterwegs waren. Aber das Schweigen gab dem Zorn, der in Jocelyn aufgekeimt war, erst recht die Möglichkeit, sich hochzuschaukeln. Wenn sie Colts Gefühle bisher noch verstanden hatte, dann billigte sie seine Ablehnung jetzt nicht. Ihr tat nicht leid, was zwischen ihnen gewesen war. Sie bereute es nicht, und sie hatte nicht vor, sich dafür zu entschuldigen, daß sie ihn begehrt hatte. Es stimmte zwar, daß er sich ihr standhaft widersetzt hatte, aber hatte sie ihn etwa mit vorgehaltener Waffe gezwungen, sich zu ihr ins Bett zu legen? Nein, ganz gewiß nicht. Darum war es nicht gerecht, daß er jetzt wütend auf sie war, und sie hatte die Absicht, ihm das bei der nächsten Gelegenheit, die sich bot, mitzuteilen.

27

Sämtliche Instinkte hatten Colt gewarnt, er sollte sich dem Lager in jener Nacht fernhalten. Ihm war die Sturheit der Herzogin bereits bekannt, und er hatte wenig Zweifel daran, daß sie, einmal zur Konfrontation entschlossen, nicht davon ablassen würde. Aber er war noch nicht soweit, noch lange nicht. Allein die Vermutungen, die er in bezug auf sie angestellt hatte, hatten ihn schon so weit gebracht, daß er Streit suchen mußte, aber es würde zehnmal schlimmer werden, wenn sich seine Vermutungen bestätigten. Und wenn ein bloßer Verdacht ihm schon derart zusetzte, was würde dann erst die Wahrheit mit ihm anrichten?

Wenn er sich in ihr täuschte, stellte ihn das natürlich vor ein ganz anderes Problem, in mancher Hinsicht sogar ein noch viel größeres. Ihm setzte zu, was ihn dazu gebracht hatte, ihr Geschenk anzunehmen, ungeachtet der Tatsache, daß er sich geschworen hatte, nie mehr eine weiße Frau anzurühren. Und es würde wieder geschehen – falls er sich in ihr täuschte. Und wenn es noch einmal dazu käme, fürchtete er, es könne allzu leicht dazu führen, daß er sie dauerhaft für sich haben wollte, wenn er auch verdammt gut wußte, daß das unmöglich war.

So oder so war es besser für ihn, die Wahrheit jetzt noch nicht zu erfahren, jedenfalls nicht, solange er nicht sicher war, seine Reaktionen kontrollieren zu können. Er wußte nicht nur das, sondern auch, daß der Rotschopf ihn wie immer drängen würde, und trotzdem ritt er in jener Nacht ins Lager zurück.

Auch das war ihre Schuld, denn sie hatte ausgerechnet zu diesem Zeitpunkt einen Fremden in ihrem Kreis aufgenommen, als Colt gerade soviel anderes durch den Kopf gegangen war, daß er den Neuankömmlingen, die nach ihnen in der Stadt eingetroffen waren, keine Beachtung geschenkt hatte. Trotz aller Vorsichtsmaßnahmen, die er ergriffen hatte, war es nicht ausgeschlossen, daß ihr Feind sie in den zwei Tagen, die sie in Silver City verloren hatten, eingeholt hatte. Die Gefahr folgte dieser Frau wie ein herrenloser Hund, und daher konnte es durchaus sein, daß der Fremde von dem Engländer engagiert worden war. Das war zwar alles andere als wahrscheinlich, aber schon das kleinste Risiko bereitete Colt Sorgen. Wenn er auch noch so oft behauptet hatte, er werde sie nicht beschützen, war ihm doch der Gedanke unerträglich, es könne etwas passieren und er sei nicht da, um es zu verhindern – und das bloß, weil er sich vor einer Konfrontation mit dieser Frau fürchtete.

Als es zur Auseinandersetzung kam, kam sie jedoch aus einer ganz unerwarteten Ecke.

Es war schon sehr spät, als Colt ins Lager ritt, doch mehr als die Hälfte der Leute war noch auf, darunter auch die Herzogin. Er konnte spüren, daß ihre Blicke ihm folgten, als er auf Billys Lagerfeuer zuging, nachdem er sein Pferd für die Nacht zu den anderen Pferden gebracht hatte. Sie saß mit einer Reihe von Männern und ihrer Zofe vor einem anderen Lagerfeuer – und mit dem Fremden.

Billy, der sich von dieser Gesellschaft entfernt hatte, als er Colt bei den Pferden stehen sah, reichte ihm den Blechnapf mit dem Essen, das er im allgemeinen am Feuer für Colt warmhielt. Colt klagte inzwischen nicht mehr darüber, daß es sich immer um die Gerichte handelte, die der Koch der Herzogin zubereitete. Meistens war er zu müde, um überhaupt wahrzunehmen, was er aß.

»Ich hätte nicht gedacht, daß du heute abend hier schläfst.«

Mit einem Blick auf all die anderen Feuer, um die die Menschen noch herumsaßen, erwiderte Colt: »Es sieht nicht so aus, als wollte heute irgend jemand schlafen gehen.«

Billy zuckte die Achseln. »Der Neue hat die tollsten Schauermärchen erzählt. Wahrscheinlich hat er manchen von ihnen Angst eingejagt.« Als er wieder an die Geschichten dachte und sich klarmachte, daß Colt sie gar nicht unterhaltsam finden würde, fügte Billy eilig hinzu: »Hast du die Blondine heute morgen gesehen? Das ist seine Schwester.«

Colt ging nicht auf die Frage ein, und sein Blick fiel auf den Fremden. Die Herzogin saß neben ihm, zu dicht neben ihm.

»Wer ist dieser Kerl überhaupt?«

»Dryden heißt er, Miles Dryden.«

Colt legte nachdenklich die Stirn in Falten. »Erinnert er dich an jemanden, Junge?«

»Das könnte ich nicht behaupten. Wieso?«

»Mir kommt es vor, als hätte ich ihn irgendwo schon mal gesehen.«

»Vielleicht, als du mit Jessie und Chase im Osten warst? Er behauptet, er käme von dort.«

Colt schüttelte bedächtig den Kopf. »Nein, so lange ist es noch nicht her, daß ich ihn gesehen habe. Bist du sicher, daß du ihn nicht wiedererkennst?«

»Bist du sicher, daß du ihn kennst?«

Colt starrte den Mann noch einmal erbittert an, ehe er seinen Blick abwandte. »Ja. Es wird mir bald wieder einfallen.« Dann sah er Billy scharf an. »Was waren das für Geschichten, die er erzählt hat?«

Bei dieser Frage errötete Billy, da er glaubte, sie geschickt unterbunden zu haben. »Geschichten eben.«

»Erzähl schon«, war alles, was Colt sagte.

»Er kommt aus dem Osten, Colt«, sagte Billy zu seiner Verteidigung. »Du weißt selbst, daß ein kleiner Indianerüberfall die Leute aus dem Westen kalt läßt, aber ein Greenhorn bauscht diese Geschichten immer gleich gewaltig auf.«

»Er ist überfallen worden?«

»Beide. Er und seine Schwester.«

»Und er hat den ganzen Abend gebraucht, um diese Geschichte zu erzählen?«

Billy grinste, da es jetzt so aussah, als würde dieses Thema Colt ganz gegen seine Erwartungen doch kalt lassen. »Du kennst das doch selbst. Jemand kommt in die Stadt und erzählt, er sei beinahe skalpiert worden, und schon muß jeder, dem etwas Ähnliches passiert ist oder der auch nur von etwas Ähnlichem gehört hat, seine Geschichte erzählen. Dryden hat in Silver City genug Geschichten zu diesem Thema gehört, um ein Buch damit zu füllen.«

»Dann war er schon vor uns da?«

»Schon ein paar Monate lang. Warum?«

»Ich wollte es nur wissen.«

Colt war jetzt in einem Punkt beruhigt. Dryden arbeitete also nicht für Longnose. Das hieß immer noch nicht, daß es ihm paßte, wenn die Herzogin Fremde mitnahm. Sie hätte wissen müssen, daß das nicht ungefährlich war.

Ein paar Bissen später fragte Colt: »Was zum Teufel esse ich hier eigentlich?«

Billy lachte. »Eine von Philippes Spezialitäten. Schmeckt gut, findest du nicht auch?«

»Die Sauce erschlägt jeden Fleischgeschmack.« Colt stellte den Teller angewidert zur Seite. »Und was will *der* jetzt schon wieder?«

Billy drehte sich um und sah, wer Colts Aufmerksamkeit jetzt auf sich gezogen hatte. Parker Grahame starrte ihn an, und zwar keineswegs freundlich.

»Er... äh... man könnte sagen, daß er ein wenig verärgert ist, seit du damals in der Nacht die beiden Diebe zur Strecke gebracht hast, die die Herzogin ausrauben wollten.«

»Hätte ich sie etwa in aller Ruhe ihren Raub begehen lassen sollen?«

Billy grinste. »Ich glaube, er hat etwas dagegen, daß du zu ihrer Rettung gekommen bist, da das doch seine Aufgabe gewesen wäre. Schließlich bist du ihr schon öfter zur Hilfe gekommen, und das paßt ihm nicht allzu gut in den Kram.«

»Und dafür will er Kopf und Kragen riskieren?«

Billy spannte sich an. »Wovon sprichst du?«

»Der Mann entschließt sich gerade herzukommen, und nicht etwa, weil ihm langweilig ist.«

»Himmel! Bring ihn um Gottes willen nicht um! Er ist mehr oder weniger der Sprecher aller anderen, da er ihr Boß ist, und sie haben es ziemlich satt, daß du ihrer Herrin mit dieser Respektlosigkeit begegnest. *Ich* weiß, daß du es absichtlich tust, aber sie weiß es nicht, und die anderen können es auch nicht wissen. Ich glaube, heute morgen hast du sie soweit gebracht, diesmal nicht mehr den Mund zu halten.«

»Stimmt genau, Mr. Ewing«, sagte Parker, der hinter ihm stand.

Billy drehte sich nicht zu dem Engländer um. Er starrte Colt an und fürchtete dessen Reaktion. Wenn man bedachte, daß er schon verdammt schlecht aufgelegt war, seit sie sich der Herzogin angeschlossen hatten, stand nicht zu hoffen, daß es jetzt anders sein könnte. Und man legte sich einfach nicht mit Colt an, wenn er schlecht aufgelegt war.

Colt lehnte sich auf lässige Art an seinen Sattel und störte sich gar nicht daran, daß der Mann aufgebracht dastand. »Wenn Sie etwas zu sagen haben, Grahame, dann spucken Sie es aus.«

»Ihr Bruder hat es bereits gesagt. Wenn Sie nicht einen Funken Anstand in Ihrem Benehmen aufbieten können...«

»Dann tun Sie was?« fiel ihm Colt hämisch ins Wort. »Mich zu einem Duell herausfordern?«

»Verdammt noch mal, Colt!« warf Billy ein, aber es war schon zu spät.

Parker ging bereits um ihn herum auf Colt zu und war so wütend, daß er keinen Moment lang nachdachte, sondern Colt schlicht und einfach an seiner Hemdbrust auf die Füße zog. Parker erschien es nicht im geringsten merkwürdig, daß Colt das mit sich geschehen ließ und auch nichts unternahm, um die Faust abzuwehren, die ausholte, um ihn zusammen-zuschlagen, denn Parker faßte immer noch keinen klaren Gedanken, sondern reagierte rein intuitiv. Doch die Erziehung von Jahren brach im allerletzten Moment durch und ließ ihn zögern, wenn auch nur einen Moment lang.

Es war Parkers Pech, daß ihre Blicke sich in dem Moment trafen und sein Selbstvertrauen reichlich erschüttert wurde. Er hatte das gräßliche Gefühl, dem Tod ins Auge zu schauen. Er hatte in seinem ganzen Leben noch nie vor einem Kampf zurückgeschreckt, es nie nötig gehabt und auch noch nie eine Niederlage einstecken müssen. Aber irgendwie hatte er ganz vergessen, mit wem er es hier zu tun hatte – mit einem Mann, der sich nicht an gewöhnlichen Maßstäben messen ließ, ei-nem Mann, der verdammt viel von diesen Wilden hatte, über die Dryden den ganzen Abend lang Geschichten erzählt hatte, einem Mann, der mit Sicherheit Todesarten kannte, die ihm im Traum nicht eingefallen wären. Und er hatte ihn zum Duell herausgefordert?

»Sir Parker, lassen Sie ihn sofort los.«

Eine gebieterische Stimme, die Stimme der Vernunft und zugleich seine Rettung. Parker gehorchte mit größter Erleich-terung.

Colts Reaktion war gegenteilig. »Mist!« Er funkelte die Herzogin, die nicht weit von ihnen stand, wütend an. »Der Mann hat beträchtliche Differenzen mit mir ausgetragen. Wer zum Teufel hat Sie aufgefordert, sich einzumischen?«

Selbst wenn sein verbaler Angriff sie nicht vorübergehend

sprachlos hätte dastehen lassen, hätte Jocelyn keine Gelegenheit zu einer Antwort gehabt. Die Waagschale neigte sich für Parker, der bei dieser letzten Unverschämtheit wieder rot sah und mit der Faust ausholte.

Der Hieb erwischte Colt seitlich im Gesicht, doch sein Kopf drehte sich kaum. Da der Schlag jedoch in einem Moment gekommen war, in dem Colt in eine andere Richtung gesehen hatte, hielten jetzt alle, die zusahen, den Atem an und warteten Colts Reaktion ab. Parker fühlte sich ganz besonders elend, da er noch nie so heimtückisch auf einen Gegner eingeschlagen hatte. Er war zutiefst erstaunt, als Colt sich langsam zu ihm umdrehte und ihn angrinste.

»Sie haben ganz schön lange gebraucht, Engländer«, sagte er noch, ehe er Parker mit dem Handrücken zu Boden schlug.

Billy fing Colts Waffe und sein Messer auf, da ihm beides zugeworfen wurde, und dann machte er den beiden einfach Platz. Jocelyn mußte ebenfalls zurücktreten, als beide Männer durch das Feuer aufeinander zusprangen und Funken in alle Richtungen sprühten.

»Komm mit, meine Liebe«, sagte leise Vanessa, die an ihre Seite getreten war. »Du kannst sie jetzt nicht mehr davon abhalten, und das solltest du auch gar nicht versuchen.«

»Nicht versuchen? Aber sie...«

»Benehmen sich scheußlich, ich weiß, aber dein Thunder hat es offensichtlich nötig, irgend jemandem Gewalt anzutun. Mir ist es lieber, wenn er sich Sir Parker vornimmt und nicht dich. Und jetzt komm.«

Jocelyn biß sich auf die Unterlippe, dachte wieder daran, wie feindselig Colt ihr an jenem Morgen gegenübergetreten war, und sah, wie wild er sich jetzt gebärdete. Trotz allem, was Vanessa gesagt hatte, glaubte sie nicht, daß er ihr etwas angetan hätte, wenn er auch noch so wütend war. Und sie war noch dazu selbst wütend. Schließlich war sie kein zartes und einfältiges Geschöpf, das sich vor dem Unwillen eines Mannes verbarg.

»Ich bleibe, Vana«, sagte sie entschlossen. »Ich werde nicht versuchen, sie zurückzuhalten, aber wenn sie damit fertig sind, werde ich ihnen sagen, was ich zu sagen habe.«

Colt fühlte sich einfach prächtig. Ihm tat alles höllisch weh, aber innerlich hatte er die Kontrolle über sich wiedergefunden. Seine Gefühle hatten ein Ventil gefunden, und seine Wut war soweit verbraucht, daß er wieder damit umgehen konnte. Wahrscheinlich konnte er jetzt sogar der Herzogin gegenübertreten und das alles hinter sich bringen, oder zumindest glaubte er das, bis er sie dastehen und ihn beobachten sah.

Die Gereiztheit setzte wieder ein, anfangs, weil es ihr gelungen war, von ihm unbemerkt näherzukommen. Das konnte er auf das leichte Rauschen in seinen Ohren schieben, das von einem von Grahames Schlägen zurückgeblieben war. Er schüttelte den Kopf, aber das Rauschen hielt beharrlich an. Dann sah er sich um, weil er wissen wollte, ob ihm sonst noch jemand ohne sein Wissen gefolgt war, aber sie war die einzige in seiner Nähe. Deshalb nahm seine Gereiztheit noch mehr zu. Sie lernte einfach nie etwas dazu, diese Frau. Er war ihr aus dem Weg gegangen, er hatte sie vor sich gewarnt, sie abgeschreckt. Wieviel klarer konnte er sich denn noch ausdrücken? Aber bei ihrer Sturheit konnte er nichts anderes erwarten, und deshalb hätte es ihn nicht verdrießen sollen. Und doch ärgerte er sich.

»Was gibt es denn hier zu sehen?«

Jocelyn seufzte, als sie Colts unwilligen Tonfall hörte. Sie durfte sich gar nicht vorstellen, daß sie sich tatsächlich Sorgen um ihn gemacht hatte, als er aus dem Lager gewankt war. Sir Parker hatte das Bewußtsein verloren, und Vanessa, die sich um ihn kümmerte, hatte ihr versichert, daß ihm nichts weiter fehlte. Aber Colt war noch auf den Füßen gewesen, als die Schlägerei ihr Ende gefunden hatte, und er war gegangen, ehe sich jemand um seine Platzwunden und Abschürfungen kümmern konnte.

Er hatte seinen Kopf in das Wasserloch getaucht, an dem sie ihr Lager aufgeschlagen hatten, und er hatte sich gerade das Gesicht mit seinem Halstuch abgetrocknet, als er sie bemerkt hatte. Derjenige, der an diesem Abend als letzter Wasser geholt hatte, hatte eine Fackel zurückgelassen und sie in den Boden gesteckt. Im Licht dieser Fackel konnte sie sehen, daß seine linke Wange geschwollen war und daß aus der Platzwunde über seinem Auge immer noch Blut über die Schläfe rann. Seine Kleidung war verschmutzt, seine Hose an den Knien zerrissen. Seine sonstigen Verletzungen waren nicht zu sehen, da Sir Parker die meisten Hiebe auf seinen Körper abgegeben und nur selten nach seinem Kopf ausgeholt hatte. Er mußte jedoch zahlreiche Verletzungen davongetragen haben, denn die Schlägerei hatte rund fünfzehn Minuten gedauert.

»Sie sehen schrecklich aus. Tut es weh?«

»Pißt ein Hund?«

Sie zuckte steif zusammen. »Ich hätte eine anständige Antwort zu schätzen gewußt.«

»Dann reden Sie mit jemand anderem. Bei mir können Sie damit nicht rechnen.«

»Ich hätte schwören können, daß Sie Ihre ekelhafte Laune bei Ihrer Abendgymnastik ausgelassen hätten.«

»Ich auch«, fauchte er. »Das zeigt doch nur, wie sehr sich ein dummer Indianer irren kann.«

»Lassen Sie das«, sagte Jocelyn zornig.

»Was?«

»Hören Sie auf, sich derart selbst zu erniedrigen. Es mag zwar sein, daß Sie keine normale Erziehung genossen haben, Colt Thunder, aber Sie sind nicht dumm, und das wissen wir beide.«

»Darüber läßt sich streiten, Süße. Ich bin hier, oder etwa nicht?«

Sie holte tief Luft. »Und was soll das heißen? Daß Sie nicht hier sein sollten?«

»Stimmt genau.«

»Dann gehen Sie doch! Niemand hält Sie davon ab.«

»Sie auch nicht?« Mit zwei großen Schritten stand er vor ihr und packte ihre Arme, um sie zu schütteln. »Sie auch nicht?« wiederholte er. Es war ein wütendes Zischen.

»Wenn ja... dann freut es mich«, sagte sie und bereute jetzt schon, daß sie ihm in ihrer momentanen Aufgebrachtheit einen Ausweg geboten hatte, doch gleichzeitig war sie erleichtert, weil er die Gelegenheit nicht sofort am Schopf ergriffen hatte. »Schließlich werden Sie gebraucht.«

Colt wandte sich von ihr ab. Ein einziges ihrer Worte hatte ihm den Rest gegeben. Jedesmal, wenn sie es sagte, richtete es in seinem Inneren verrückte Dinge an. In erster Linie entflammte es seine Lust, obwohl er ganz genau wußte, daß sie das Wort nicht provokativ gebrauchte. Himmel, wie sehr er wünschte, sie hätte es provokativ gebraucht.

»Es setzt Integrität und Ehrgefühl voraus, etwas die Treue zu halten, was man derart ablehnt«, sagte sie leise hinter ihm.

»Was soll das?« fragte er mit scharfer Stimme und sah sie finster über die Schulter an. »Ein Versuch, die wilde Bestie zu besänftigen, indem man ihr keinen Knochen vorwirft, sondern ihr schmeichelt?«

Jocelyn biß die Zähne zusammen. »Nein«, sagte sie und hätte am liebsten geschrien, aber sie fürchtete, wenn sie sich jetzt nicht mäßigte, könnte sie ihm den Vorwand liefern, den er brauchte, um zu verschwinden. »Ich versuche nur, Ihnen zu sagen, wie leid es mir tut, daß Ihre Arbeit Ihnen nicht gefällt ... aber es tut mir nicht leid genug, um Sie freizugeben.«

Er drehte sich langsam um. »Zum Teufel mit der Arbeit«, sagte er nahezu im Gesprächston. »Das ist nicht das Problem, und das wissen Sie selbst. Sie sind das Problem, Sie und diese unerwartete kleine Zugabe, die Sie mir ohne jede Vorwarnung geschenkt haben.«

An diesem Punkt versuchte Jocelyn sich abzuwenden, da sie ahnte, was auf sie zukam. Colt packte ihr Kinn fest genug, um sie zu zwingen, ihn wieder anzusehen.

»Verstehen Sie mich nicht falsch, Herzogin. Ich fühle mich geehrt.« Der Sarkasmus, der plötzlich aus seiner Stimme triefte, sagte ihr das Gegenteil. »Aber warum lösen Sie das Rätsel nicht? Warum ausgerechnet ich?«

Sie wußte genau, wonach er sie fragte, aber sie bestritt es. »Ich weiß nicht, wovon Sie reden.«

Diese Antwort brachte ihr wieder ein heftiges Rütteln ein, und er schrie sie an: »Warum ich?«

»Ich ... ich habe dich begehrt. So einfach ist das.«

»Falsch. Eine Jungfrau mag vielleicht jeden Mann begehren, der sie beschnuppert, aber sie wird deshalb noch lange nichts unternehmen, solange man ihr nicht einen Ring an den Finger steckt oder ihr Urteil durch Liebe getrübt wird. Da keiner von diesen beiden Gründen auf dich zutrifft, will ich jetzt den wahren Grund hören.«

Seine Gewißheit, daß keiner dieser Gründe auf sie zutraf, beunruhigte sie. Woher konnte er das wissen? Und wie kam er darauf, daß der Reiz, den er auf sie ausübte, nicht ihr einziges Motiv war?

»Ich wüßte zwar nicht, was das ändern sollte, aber ich war ja nicht irgendeine Jungfrau, sondern eine verwitwete Jungfrau. Daher hatte ich es nicht nötig, auf Liebe oder einen Ring zu warten, wie du es formuliert hast, wenn es mich auf einen Mann gelüstet. Wer soll mir schon vorschreiben, daß ich nicht tun darf, was ich will oder was ich begehren darf?«

Er starrte sie lange an und ließ sich das durch den Kopf gehen, ehe er schließlich kopfschüttelnd antwortete: »Das war allerdings die Philosophie einer Witwe, aber du warst nicht nur nicht irgendeine Jungfrau, sondern auch nicht irgendeine Witwe. Die Gründe für deine besonderen Umstände interessieren mich nicht. Du warst immer noch Jungfrau, und Jungfrauen geben ihre Jungfernschaft nicht ohne einen verdammt guten Grund auf. Du hast mir deinen Grund noch nicht genannt.«

»Ich habe deine Frage doch beantwortet!« rief sie aus. »Ich weiß nicht, was du noch erwartest ...«

»Die Wahrheit.«

»Warum glaubst du mir denn nicht?«

»Weil ich es in deinen Augen sehe, Frau.«

Sie erbleichte. »Was?«

»Daß du etwas vor mir verbirgst. Und jetzt steht es dir im Gesicht geschrieben. Ich habe mir noch in derselben Nacht zusammengereimt, daß du ein anderes Motiv dafür haben mußt, mich in deinem Bett zu wollen.«

»Aber ich habe dich wirklich begehrt«, beharrte sie. »Du mußtest es sein, verstehst du das denn nicht?«

»Nein, das verstehe ich nicht. Aber ich werde es verstehen, und wenn ich es aus dir herausschütteln muß.«

Jocelyn zuckte zusammen, und die Wut bewahrte sie vor dem Aufruhr, den sein Verdacht in ihr auslöste. »Das hast du schon zur Genüge getan, danke. Würdest du mich jetzt bitte loslassen?«

»Nein, wohl kaum«, sagte er und zog sie statt dessen näher an sich.

Seine Einschüchterungsversuche hatten zu nichts geführt. Und er erkannte ihre Sturheit, wenn er sie sah. Er hätte sie würgen können, und sie hätte ihm doch nichts gesagt. Aber er mußte es wissen – so oder so.

»Was zum Teufel tust du da?« fragte sie, als sie seine Lippen auf ihrem Hals spürte.

»Erst all das Gerede vom Begehren, und jetzt fragst du noch?«

»Aber...«

»Aber was, Herzogin?« Seine Lippen glitten zu ihrem Ohr, und seine Arme schlossen sich enger um sie, bis kein Raum mehr zwischen ihren Körpern frei war. »Es muß ein übermächtiges Verlangen gewesen sein, das dich dazu gebracht hat, deine Jungfräulichkeit herzugeben, bloß um es zu stillen. Etwas, was so stark ist, vergeht doch nicht einfach... oder?«

»Nein... es vergeht nicht«, hörte sie sich selbst zu ihrem eigenen Erstaunen, aber ebensosehr zu seiner Verblüffung sagen.

Aber es war offensichtlich wahr, denn sie hatte es in dem Moment schon gespürt, in dem er seine Arme um sie geschlungen hatte, und es wurde ständig stärker. Er roch nach Erde, nach Schweiß und nach Mann, und sie wollte ihn wieder, wie damals, doch diesmal hatte sie keinen Grund, diesem Verlangen nachzugeben. Sie wollte ihn um des reinen Genusses willen, den er ihr verschaffen würde.

Seine Lippen hatten sich bei ihrer Antwort von ihrer Haut gelöst, und ihr lief ein Schauer über den Rücken, als Tropfen aus seinem nassen Haar über ihre Schulter und ihren Nacken rannen. Oder lag es an seinem Atem, den sie immer noch wärmend auf der empfindlichen Stelle neben ihrem Ohr spüren konnte?

»Warum hast du sie hergegeben?«

Sie preßte sich beim Klang seiner Stimme dichter an ihn. »Was? Oh, bitte, keine Fragen mehr«, stöhnte sie. »Küß mich.«

Er tat es, doch er neckte sie dabei, knabberte an ihren Lippen und zog seinen Mund zurück, als sie sich ihm entgegenreckte, um mit ihm zu verschmelzen. Er machte solange weiter, bis sie zu allem bereit war, wenn er nur seinen Mund auf ihre Lippen preßte.

»Colt!«

»Warum hast du sie hergegeben?«

Trotz des wirbelnden Abgrunds an Gefühlen schien es das Einfachste zu sein, ihm eine Antwort zu geben. »Sie war mir hinderlich.«

»Warum?« beharrte seine Stimme als ein heiseres Flüstern, während seine Hände über ihren ganzen Körper glitten.

»Ich hätte mich nicht... wieder verheiraten können, wenn ich jemanden gefunden hätte... der entsprechend zu mir paßt.«

»Warum?«

»Das Gebrechen des Herzogs soll nicht bekannt werden.«

»Aber es macht nichts aus, daß ich davon erfahren habe?«

»Du hast ihn nicht gekannt... und es ist unwahrscheinlich, daß du je jemandem begegnest, der ihn gekannt hat.«

Plötzlich stieß er sie von sich. Seine Wärme entzog sich ihr, und sie war so verzweifelt, daß sie hätte schreien können – bis sie ihn fluchen hörte: »Herr im Himmel! Ich mußte ja recht haben, oder? Konnte ich mich nicht dieses eine Mal irren?«

»Wovon redest du?« fragte sie und streckte die Arme nach ihm aus, doch er schlug ihre Hand zur Seite.

»Du hast mich benutzt!«

Jocelyn blinzelte und ließ sich weit genug aus ihrer Verwirrung herausreißen, um zu erkennen, was er ihr angetan hatte. Er hatte ihre Leidenschaft gegen sie selbst eingesetzt – genau das, was sie in jener Nacht mit ihm getan hatte. Diese Ironie entging ihr nicht, und sie vermutete sogar, daß sie das

verdient hatte. Aber ihre Taktiken unterschieden sich grund-
legend, und das löste die Empörung aus, die sie jetzt erfaßte,
jede Trägheit von ihr abfallen ließ und sie blind für ihr eigenes Vorgehen machte. Sie hatte sich nicht in dem Moment
entzogen, in dem sie bekommen hatte, was sie wollte, und
genau das tat er jetzt. Sie hatte ihn nicht mit seinem ungestill-
ten Verlangen sitzenlassen.

»Deshalb läufst du also seit Tagen so übellaunig herum?«
erkundigte sie sich erbost. »Du bist beleidigt, weil ich dich begehrt habe?«

»Benutzt, Frau«, verbesserte er sie kühl. »Das, was du
wolltest, hättest du dir bei jedem beliebigen Mann holen können.«

»Und du hast mich nicht benutzt? Ich war in jener Nacht
gar nicht da, ich habe nicht unter dir gelegen und mich von
deinem Fleisch füllen lassen?«

Dafür hätte er sie am liebsten geschlagen, denn bei diesen
Worten brannte er darauf, wieder in ihr zu sein. Das lebhafte
Bild, das ihre Worte vor seinen Augen auferstehen ließen,
verstärkte nur noch die Glut, die in ihm aufgestiegen war, als
er sie in seinen Armen gehalten hatte. Und sie war noch nicht
fertig.

»Ist es das, was du mir sagen willst, Thunder? Daß du in
meinem Bett keine Wonnen erfahren hast?«

»Halt den Mund, verdammtes Weib.«

»Wogegen verwahrst du dich eigentlich? Dagegen, daß ich
mir dich als meinen ersten Liebhaber auserkoren habe? Oder
dagegen, daß ich einen Moment deiner Schwäche genutzt
habe?« Jetzt wollte sie Blut sehen. »Das ist doch, was dich in
Wirklichkeit ärgert, oder nicht? Ich weiß, daß du mich nicht
haben wolltest. Das hast du mir jedesmal, wenn ich auch nur
in deine Nähe gekommen bin, überdeutlich zu verstehen gegeben. Aber es ist mir trotzdem gelungen, dich soweit zu
bringen, daß du die Kontrolle über dich verloren hast, und
diese Vorstellung ist dir unerträglich, stimmt's?«

Er holte mit der Hand aus, aber als sie nicht zurückzuckte,
ballte er sie zur Faust und senkte sie wieder. »Beantworte mir
eine einzige Frage, Herzogin. Wann hast du beschlossen,

mich zu benutzen, ehe du mich auf diesen verdammten Job festgenagelt hast oder erst hinterher?« Als sie ihm nicht augenblicklich antwortete, höhnte er: »Genau das dachte ich mir. Wenn sich ein Mann eine Hure kauft, dann sorgt er dafür, daß er etwas für sein Geld bekommt. Hast du das getan?«

Sie war wütend genug, um zu erwidern: »Natürlich. Schließlich bist du ein Prachtexemplar von einem Mann, so ziemlich der bestaussehende, der mir je begegnet ist.« Ihr Tonfall war sarkastisch genug, um ihn bezweifeln zu lassen, daß auch nur ein Körnchen Wahrheit in ihren Worten lag. Und dann fügte sie aus reiner Gehässigkeit noch hinzu: »Aber es war eine unbedeutende Summe, wenn du es unbedingt wissen willst. Du brauchst dir also keine Sorgen zu machen, du könntest mich allzuviel gekostet haben. Das war nicht der Fall. Und außerdem bist du in so vieler anderer Hinsicht nützlich, daß ich wirklich glaube, ich habe ein großartiges Geschäft gemacht, oder etwa nicht?«

Zur Antwort fauchte er: »Dachte ich mir doch, daß du ein verzogenes Miststück bist!«

»Und ich habe gleich gewußt, daß du ein arroganter Mistkerl bist. Was ist damit bewiesen? Wie blind die Lust einen machen kann?«

Das war die letzte Verhöhnung, die Colt hinnehmen konnte, ohne seinem Verlangen nachzugeben, und sein größtes Verlangen bestand im Moment darin, ihr diese rasiermesserscharfe Zunge aus dem Mund zu schneiden. Das einzige, was ihm sonst noch übrigblieb, war, sofort zu verschwinden und sie stehen zu lassen, und genau das tat er auch.

Sie verstand es jedoch falsch und schrie hinter ihm her: »Versteh mich nicht falsch, Thunder! Ich habe nicht die Absicht, dich aus meinen Diensten zu entlassen, solange du die Aufgabe nicht zu Ende gebracht hast, zu der du dich bereiterklärt hast. Hast du gehört? Wage es nicht, mich sitzenzulassen!«

Er blieb stehen, wenn auch erst, als er genug Distanz zu ihr hatte. Da die Kulisse des hellerleuchteten Lagers hinter ihm aufragte, konnte sie nur seinen Umriß erkennen, aber das war wohl auch gut so, denn in seinem Ausdruck stand jetzt Mordlust.

»Ich gehe nicht, aber ich warne dich ein letztes Mal, Frau. Paß verteufelt auf, daß du mir nicht zu nahe kommst.«

»Mit dem größten Vergnügen!« gab sie zurück, doch mit seinen langen Schritten hatte er die Entfernung zwischen ihnen schon um einiges vergrößert, und sie konnte nicht sicher sein, ob er sie gehört hatte.

Sie sah ihm nach, bis er hinter einem der Wagen verschwand, und dann wandte sie sich ab und starrte die fernen Berge an, ohne sie zu sehen. »Du hassenswerte Bestie«, murmelte sie, und diesmal war es nur für ihre eigenen Ohren bestimmt. Dann brach sie in Tränen aus.

29

Unter dem seidenen Baldachin, der täglich für ihre Mahlzeiten aufgebaut wurde, stellte Jocelyn ihren Teller zur Seite und streckte sich gegen die breitliegenden Kissen. Der Baldachin gehörte zu den Annehmlichkeiten, die sie nicht mehr lange brauchen würde. So kühl, wie die Tage im späten November jetzt schon waren, erübrigte es sich, zum Mittagessen ein schattiges Fleckchen zu haben. Nur noch auf Vanessas Beharren hin wurde der Baldachin aufgestellt, denn sie gehörte noch zur alten Schule und glaubte, die Haut einer Dame solle niemals der Sonne ausgesetzt werden, selbst dann nicht, wenn es eine noch so kalte Sonne war. Sie schnalzte mißbilligend mit der Zunge, wenn sie die goldene Bräune sah, die Jocelyns Haut angenommen hatte, da sie jetzt, nachdem die gräßliche Hitze des Südens dem Winter wich, täglich ausritt.

Zwei Wochen waren vergangen, seit sie Silver City verlassen hatten. Sie hatten einen kleinen Bogen nach Süden geschlagen, um die südlichen Berge zu umgehen, und dann waren sie nahezu geradeaus nach Osten gezogen, bis sie den Rio Grande überquert hatten und seinem Lauf nach Norden gefolgt waren. Danach kamen sie wesentlich einfacher vorwärts, da sie auf den alten El Camino Real stießen, den Weg der Könige, der sich von Santa Fé bis nach Mexico City zog. Sie hätten sogar auf dieser alten Straße weiterziehen können, die ursprünglich – vor mehr als dreihundert Jahren – als Handelsweg gedient hatte, wenn sie nicht vorher geplant hätten, nach Kalifornien zu reisen.

Nach Billys Angaben traf der Camino Real auf den Santa Fé Trail, eine andere alte Handelsroute. Sie war erst vor etwa sechzig Jahren in Betrieb genommen worden und würde sie aus den Bergen führen, wieder nach Osten und direkt in die Prärien hinein, die bis nach Kanada reichten. Von Billy hatten sie außerdem erfahren, wie weit es noch bis zu diesem Wyoming war. Wenn sie vorher gewußt hätten, daß sie fast zwei Monate brauchen würden, um dort anzukommen... aber das war jetzt eine rein rhetorische Frage, wenn man bedachte, wie weit sie schon gekommen waren.

Die Straße garantierte ihnen jedoch eine weniger holprige Fahrt, und die Landschaft war reizvoll. Rechts neben ihnen lagen die San Andres Berge, und zu ihrer Linken floß der Fluß, hinter dem sich weitere Bergketten entlangzogen. Es gab jetzt jede Menge Bäume, die in ihren prächtigen Herbstfarben prangten, und ein paar Tage lang zogen sie durch das weit offene Jornada del Muerto-Tal, in dem sie den Pferden Bewegung verschaffen konnten.

Der wüstenähnliche Charakter der Landschaft war jedoch nicht ganz gewichen. Es gab immer noch Kakteen zu sehen, Beifußsträucher, die weiß und purpurn blühten, Kreosotbüsche, lange Strecken mit ausgedörrter Erde oder gar weißem Sand, auf dem vorwiegend Grammagras wuchs, aber das waren sie nach ihren langen Reisen durch diese südlichen Gebiete schon gewohnt.

Als sie sich jetzt den Rocky Mountains und Santa Fé näherten, das nur noch drei Tagesreisen vor ihnen lag, ragten auf allen Seiten noch mehr Bergketten auf, und es gab viele reizvolle Täler zu erkunden. Aber Jocelyn war heute nicht danach zumute, die Gegend auszukundschaften. Genau das mußte Vanessa ihrem Seufzer entnommen haben.

»An der Hitze liegt es nicht, und das Mittagessen war wirklich leicht«, bemerkte die Gräfin, die neben ihr saß. »Hast du letzte Nacht nicht gut geschlafen?«

»So gut wie sonst auch«, erwiderte Jocelyn, was nicht viel sagte, denn Vanessa wußte nicht, wie viele schlechte Nächte sie in der allerletzten Zeit hinter sich gebracht hatte.

Die Ursache war ihr klar, doch das trug nicht dazu bei, ihre Probleme abzuschwächen. Sie litt ganz einfach nachhaltig unter ihrem äußerst peinlichen Benehmen bei ihrer letzten Begegnung mit Colt.

Dieser verfluchte Streit. Sie konnte ihn nicht aus ihren Gedanken verbannen, selbst jetzt nicht, zwei volle Wochen später.

Am Tag darauf hatte ihre Periode eingesetzt, und sie hatte sie nur zu gern als Vorwand benutzt, um ihre unangebrachten Tränen an jenem Abend zu entschuldigen, aber auch ihr scheußliches Benehmen. Dennoch glühte sie jedesmal vor Scham, wenn sie daran dachte, daß Colt sie in die Rolle eines keifenden Weibes gebracht hatte, sie zu einer schreienden Hexe hatte werden lassen, voller Gehässigkeit, Häme und Bosheit. Sie hatte nicht gewußt, daß sie so sein konnte. Aber woher hätte sie es auch wissen sollen, wenn sie sich vorher nie in ihrem ganzen Leben so benommen hatte? Bei Gott, es würde ihr kein zweites Mal passieren. Das hatte sie sich gelobt, und dieses Versprechen würde sie halten, ganz gleich, was dieser herzlose Mann noch tun mochte, um sie zu provozieren – falls er je wieder mit ihr redete.

Sie hatte ihn in all der Zeit nur zweimal gesehen, und selbst dann nur aus der Ferne, wenn sie auf Sir George ausgeritten war. Er hatte sich jetzt angewöhnt, gar nicht mehr ins Lager zu kommen, noch nicht einmal, um dort zu schlafen. Wo er sich zum Schlafen legte, wußte niemand genau, doch sie vermutete, daß er sein Lager nicht allzu weit von ihnen aufschlug, da Billy jeden Morgen vor Anbruch der Dämmerung losritt, um sich mit ihm zu treffen und den Tagesablauf zu besprechen, und es dauerte nie sehr lange, bis Billy zurückkam.

Sie hatte Vanessas nächste Frage überhört. »Wie bitte?«

»Ich habe dich gefragt, ob du heute zu müde für deinen

Ausritt bist. Ich glaube nämlich, daß Sir George schon gesattelt ist.«

Jocelyn blieb regungslos auf den Kissen liegen und schlug die Augen auch nicht auf, um zu antworten. »Zu müde nicht, Vana, aber mir ist einfach nicht danach. Einer der Stallknechte kann ihm Bewegung verschaffen.«

»Und was ist mit Miles? Du weißt, wie sehr er sich auf eure gemeinsamen Ausritte freut.«

Jocelyn fragte sich gereizt, wann ihre Freundin wohl aufhören würde, sie verkuppeln zu wollen. Es konnte einfach nichts daraus werden.

Noch vor recht kurzer Zeit hätte ein solcher Mann Jocelyns Interesse aufflackern lassen können. In seiner Persönlichkeit und seinem Aussehen stellte er Charles Abington in den Schatten, und sie hatte ernstlich erwogen, Charles zu heiraten. Aber jetzt gab es einen anderen Mann, mit dem sie Miles Dryden zwangsläufig immer wieder verglich, und sowie sie das tat, war Miles nicht mehr annähernd so faszinierend. Neben ihm nahm er sich zu blaß aus, zu charmant, zu gewinnend. Selbst sein unseliges Geschick ließ sich soweit zerpflücken, daß man auf eine gewisse Feigheit stieß. Colt wäre nicht nach einem Fehlschlag davongelaufen, um woanders neu zu beginnen. Er wäre auch nicht versehentlich in einer Stadt hängengeblieben, bloß weil er mit dem Tod in Berührung gekommen war. Und sie konnte sich nicht vorstellen, daß Colt untätig dagestanden und nichts unternommen hätte, während jemand ihn ausraubte. Nein, wahrhaftig nicht.

Zum Teufel, sie mußte aufhören, an diesen Mann zu denken, aber ihr war trotzdem nicht danach zumute auszureiten, obwohl die Ablenkung willkommen gewesen wäre. »Er wird es überleben, einen Tag lang ohne mich auszureiten, Vana.«

»Da wäre ich mir nicht so sicher. Ich glaube, er ist ganz schön verknallt. Maura glaubt das auch, und wer könnte das besser wissen als seine Schwester, der er sich noch am ehesten anvertraut.«

Jocelyn hätte fast verächtlich geschnaubt. Das Paar klebte zusammen wie Pech und Schwefel. Falls dieser Mann überhaupt in jemanden verknallt war, dann in seine erotische Schwester. Sie beugte sich vor und sah die beiden gemeinsam am Flußufer spazierengehen. Sie waren in ein Gespräch vertieft.

Sie warf einen Blick auf die Gräfin und sagte: »Ich vermute, das hat sie dir erzählt?«

»Gewiß.«

»Ich würde diesem Mädchen an deiner Stelle kein Wort glauben. Ich habe sie schon einmal bei einer Lüge ertappt.«

»Wobei?«

»Kürzlich hat sie mir erzählt, ihrem Vater hätten ein paar der edelsten Rennpferde in den Oststaaten gehört. Sie hat gesagt, sie hätte den Verlust so sehr bedauert, als sie alles verkaufen mußten, und das, obwohl sie sich selbst gar nichts aus dem Reiten macht.«

»Na und?«

»Als ich Miles zum ersten Mal erlaubt habe, Sir George zu reiten, hat er gesagt, er hätte schon immer gern einen reinrassigen Vollblüter besessen, aber seine Familie hätte sich immer nur Kutschpferde gehalten, da sie in der Stadt für nichts anderes Verwendung hatten.«

Vanessa schien das lediglich amüsant zu finden, wenn man das aus ihrem Lachen schließen konnte. »Es ist ganz normal, daß man jemanden von deinem Rang beeindrucken möchte, meine Liebe. Das solltest du inzwischen wissen. Das Mädchen ist nichts weiter als ein wenig eingebildet und neidisch. Deshalb brauchst du dir doch keine Sorgen zu machen.«

»Ich habe mir keine Sorgen gemacht. Ich würde nur einfach nicht alles, was sie sagt, als die Wahrheit ansehen.«

»Meinetwegen. Aber in dem Moment, in dem es um Miles' Gefühle geht, neige ich dazu, ihr zuzustimmen. Ich habe selbst gesehen, wie vernarrt er in dich ist. Es würde mich sogar überhaupt nicht wundern, wenn er dir längst einen Antrag gemacht hätte, ehe wir die Eisenbahnstrecke erreichen, die die beiden wieder in den Osten bringt.«

»Mich würde es auch nicht wundern.«

Vanessa runzelte die Stirn. »Dann weißt du also doch, daß

er in dich vernarrt ist. Warum hast du mir dann widersprochen? Und worüber streiten wir uns überhaupt?«

Jocelyn lächelte verschmitzt. »Ich bin nicht der Meinung, daß wir uns streiten, Vana. Und ich habe auch nicht gesagt, daß ich glaube, er sei in mich vernarrt.«

»Aber du hast doch gesagt...«

»Daß es mich nicht wundern würde, wenn er mir einen Antrag machte. Wie viele Heiratsanträge habe ich in den letzten drei Jahren bekommen?«

Vana seufzte. »Zu viele, um sie zählen zu können. Du hältst ihn also auch für einen dieser Mitgiftjäger?«

»Ich fürchte, ja.«

»Du könntest dich irren, verstehst du. Sieh dir nur an, mit welchen Aufmerksamkeiten er dich überhäuft. Und er sieht so verflixt gut aus – und er ist kultiviert, sollte ich vielleicht noch dazusagen.«

Das versetzte ihr einen Stich, und daher gab Jocelyn zurück: »Das liegt doch nahe, wenn es jemand auf mein Vermögen abgesehen hat.«

»Aber wie kannst du so sicher sein, meine Liebe?«

»Ich sehe es in seinen Augen.«

»In seinen Augen?«

»Ja, in der Art, wie er mich ansieht. Seine Augen drücken nicht das Geringste aus, Vana, nicht den kleinsten Funken von Interesse. Ja, schön, er sagt die richtigen Dinge, aber seine Augen enthüllen jedes einzelne Wort, das er sagt, als eine Lüge. Er fühlt sich ganz einfach nicht zu mir hingezogen. Aber das geht schließlich den meisten Männern so.«

»Diese Dummköpfe«, sagt die Gräfin mit Rücksicht auf Jocelyn. »Aber das macht ja nichts, meine Liebe. Wir haben ihn schließlich nicht als einen Mann für dich ins Auge gefaßt, sondern als eine unterhaltsame Zerstreuung, und daher solltest du es dir nicht so zu Herzen nehmen.«

Jocelyn mußte gegen ein Lächeln ankämpfen. »Ich werde es mir nicht zu Herzen nehmen.«

Vanessa fiel es jedoch schwer, sich von dieser Vorstellung zu lösen. »Bist du ganz sicher?« fragte sie nach einer Weile.

Jetzt lächelte Jocelyn doch. »Vana!« Dann lachte sie. »Er

bringt *dir* wesentlich mehr Wärme entgegen als mir.« Als die Gräfin errötete, fügte sie hinzu: »Ach, dann ist es dir doch wenigstens selbst aufgefallen?«

»Nun, ich habe angenommen, daß er dich mit noch viel mehr Bewunderung ansieht«, sagte Vanessa zu ihrer Verteidigung.

»Dann weißt du es jetzt eben besser. Aber gräme dich deshalb nicht. Er ist unterhaltsam und recht amüsant gewesen, und das war doch auch etwas, was du dir erhofft hattest, oder nicht?«

Wieder errötete Vanessa. »Ich habe es gut mit dir gemeint, meine Liebe.«

Jocelyn beugte sich zu ihr herüber und umarmte sie. »Das weiß ich, und ich rechne es dir hoch an. Und um unseren übellaunigen Reiseführer brauchst du dir auch keine Sorgen mehr zu machen. Falls du es nicht bemerkt haben solltest – er meidet mich schon seit längerem wie die Pest. Es ist vorbei.«

»Wirklich?«

Sie wollte ihr nichts von der Auseinandersetzung erzählen, es ihr nicht jetzt im nachhinein erklären, und daher sagte sie ganz einfach: »Ja.« Aber da sie wußte, daß Vanessa es nicht dabei belassen würde, sondern das Thema zu ihrer Zufriedenheit in alle seine Bestandteile zerpflücken würde, fügte sie feige hinzu: »Ich glaube, ich werde jetzt doch noch ausreiten.«

30

Sie ritten nach Osten, zu den Manzano Bergen. Der schnelle Galopp brachte sie in kurzer Zeit ins Vorgebirge, doch Jocelyn lag wie üblich weit vorn. Sie stieg ab und wartete, bis Miles sie eingeholt hatte. Dabei führte sie Sir George unter den Espen und den Goldkiefern herum, von denen diese Gegend übersät war.

Nach dem Ritt war ihr warm, doch der kalte Wind hielt sie davon ab, ihre pelzgefütterte Reitjacke auszuziehen. Sie hatten ein paar ihrer Wintersachen aus den Truhen herauskramen müssen, als es kürzlich zu einem Witterungsumschwung gekommen war. Zum Glück hatten sie Winterkleidung dabei, denn es stand zu vermuten, daß sie Schnee sehen würden, ehe sie ihr Ziel erreicht haben würden. Sie hatten auch Glück gehabt, daß sie bisher nur ein paar kleinere Erkältungen und ab und zu einen Schnupfen unter ihrem Gefolge zu verbuchen hatten, obwohl sie so viele waren.

Miles ließ das Pferd, das er sich ausgeliehen hatte, langsamer laufen, als er auf die Herzogin zukam. Ihm graute vor dem, was ihm jetzt bevorstand, doch Maura hatte ihm zugesetzt, er solle es hinter sich bringen, und sie hatte natürlich recht. Das Bahnnetz rückte schon nah, und ihnen wurde die Zeit knapp, und solange die Dame sie nicht direkt dazu aufforderte, hatten sie bald keinen Vorwand mehr, mit ihr weiterzureisen. Auch sein anderer Plan gestattete ihm nicht, unbegrenzt Zeit verstreichen zu lassen und untätig zu warten.

Sie hatten angenommen, daß sie mehr Zeit hätten, weil sie alle in Santa Fé in den Zug steigen würden. Inzwischen hatte sich jedoch herausgestellt, daß es nicht so kommen würde. Das Gefolge der Herzogin hätte sich aufteilen müssen, um so viele Fahrzeuge mit der Bahn zu transportieren, falls auf der neuen Bahnstrecke von Santa Fé aus überhaupt die für die Fahrzeuge erforderlichen Plattformwagen verkehrten. Jocelyn hatte bereits entschieden, daß sie warten wollte, bis sie den größten Bahnhof von Denver erreicht hätten, ehe sie per Bahn weiterreisen würden – wenn überhaupt, denn das Halbblut hatte ihr versichert, daß sie Wyoming auch auf dem Weg durch die Prärien erreichen könnte.

Zum ersten Mal fehlte es Miles an der Zuversicht, die für seine Pläne erforderlich war. Es war ihm nicht möglich gewesen, zu ermitteln, was die Herzogin für ihn empfand. Die Direktheit, mit der sie ihm ins Gesicht sah, war beunruhigend, enthüllte aber nichts anderes als eine gewisse Belustigung. Manchmal hatte er sogar das Gefühl, daß sie eher über ihn als mit ihm lachte und daß sie seinen Feldzug, sie für sich einzunehmen, rundheraus durchschaute.

Natürlich hatte er seine Bemühungen von Anfang an halbherzig vorangetrieben. Die alten Frauen, mit denen er es bisher zu tun gehabt hatte, waren eine leichte Beute gewesen, empfänglich, einsam, leichtgläubig, mühelos zu gewinnen und zu manipulieren. Aber diesem jungen Mädchen mangelte es an allen grundlegenden Eigenschaften, die es ihm ermöglicht hätten, schnell und mühelos um sie zu werben. Außerdem ließ sie ihn trotz ihrer Jugend kalt, und das war der eigentliche Grund, aus dem ihm vor seiner heutigen Aufgabe graute. Wenn sie auch noch so reich sein mochte, hoffte er doch fast, daß sie seinen Antrag ablehnen würde.

Er ekelte sich vor sich selbst, als er sich zu einem Lächeln zwang und abstieg. »Sie haben schon wieder gewonnen, Jocelyn.«

Sie hatte ihm gestattet, sie bei ihrem Vornamen zu nennen, doch sie sah ihn immer noch merkwürdig an, wenn er es tat. Bei all ihren Titeln war sie wahrscheinlich einfach nicht gewohnt, ihren Vornamen zu hören. Sogar die Gräfin redete sie immer nur als ›Meine Liebe‹ an.

»Das war kein Rennen, Miles. Die einzigen Pferde, die sich halbwegs an Sir George messen könnten, sind seine Stuten, aber ihr derzeitiger Zustand schließt solche Anstrengungen aus.«

Er biß die Zähne zusammen. Er hatte immer das Gefühl, von ihr mit Herablassung behandelt zu werden, und so war es wohl auch. Als armer Junge aus Missouri hatte er sich mit einer englischen Adeligen, die reich geboren und entsprechend erzogen worden war, übernommen. Ihre verdammten Pferde allein waren wahrscheinlich schon mehr wert, als ihm seine vier toten Ehefrauen alle zusammen eingebracht hatten, vor allem, wenn man die Fohlen mitzählte, die im Frühling zu erwarten waren.

»Sind Sie in England mit ihm Rennen geritten?« fragte er mit Vorbedacht. Sie war immer dann besonders entgegenkommend, wenn sie über ihre Pferde redete, und heute war er darauf angewiesen, sie bei Laune zu halten.

»Meine Güte, nein. Er war noch viel zu jung, als wir aus England aufgebrochen sind. Aber das Vatertier... was tun Sie da, Miles?«

Er hatte seinen Arm beim Laufen um ihre Schultern gelegt. Jetzt drehte er sie zu sich um.

»Sei nicht so schüchtern«, sagte er sanft. »Es ist ganz natürlich, wenn ein Mann die Frau berühren möchte, die er liebt.«

»Ja, das vermute ich auch.«

Diese Antwort bestürzte ihn, vor allem, da sie mit einer Stimme vorgebracht wurde, die auf keinerlei Regung schließen ließ. »Hast du mich nicht gehört? Ich habe mich in dich verliebt.«

»Das tut mir leid.«

Was tat ihr leid? Daß sie ihn nicht gehört hatte oder daß er sie liebte? Himmel, es war schon schlimm genug, daß er ihr überhaupt einen Antrag machen mußte. Mußte sie es ihm denn noch schwerer machen?«

»Ich nehme an, du hast schon viele Liebeserklärungen bekommen.«

Er nahm den triefenden Sarkasmus seiner Worte gar nicht wahr, doch Jocelyn konnte ihn nicht überhören, und das ärgerte sie. Sie hatte vorgehabt, seinen erwarteten Antrag in einer Form abzulehnen, als sei er ernst gemeint, ihn einfach freundlich abzuweisen, ohne ihr Wissen durchsickern zu lassen, daß er sich aus nichts anderem als ihrem Geld etwas machte. Sie wollte immer noch nicht mit der Sprache herausrücken und ihn als einen Lügner beschimpfen, aber nach dieser hämischen Äußerung entschloß sie sich, ihn in Frage zu stellen.

»Sie wären wirklich erstaunt, wenn Sie wüßten, wie viele Mitgiftjäger es gibt, Miles, die einem unsterbliche Liebe schwören, und wie reizend sie es immer wieder anstellen. Liebeserklärungen, Heiratsanträge... das hat es alles schon so oft gegeben, daß ich schon vor langem aufgehört habe mitzuzählen.«

»Sie beschuldigen mich des...«

»Gewiß nicht«, schnitt sie ihm mit geheuchelter Entrüstung das Wort ab. »Ein feiner, aufrichtiger Mann wie Sie würde nicht auf derart niedere, verabscheuungswürdige Mittel zurückgreifen, um an ein Vermögen zu kommen. Das habe ich keinen Moment lang geglaubt«, versicherte sie ihm und tätschelte seinen Arm. »Wenn meine Reaktion eher lau war, dann liegt das daran, daß ich es ziemlich satt habe, so häufig erklären zu müssen, warum ich nicht die Absicht habe, je wieder zu heiraten. Aber Sie haben mir ja gar keinen Heiratsantrag gemacht. Himmel, natürlich haben Sie das nicht getan. Sie kennen mich schließlich erst seit ein paar Wochen.«

Sie mußte sich abwenden, ehe er sah, wie sehr sie das Erröten seiner hellen Haut belustigte. Seine Hand auf ihrer Schulter hielt sie jedoch zurück, denn sonst wäre sie weitergelaufen.

»Was soll das heißen, Sie hätten nicht die Absicht, je wieder zu heiraten?« fragte er mit scharfer Stimme.

»Was? Ach so, das.« Sie brachte einen tiefen Seufzer zustande, ehe sie zu der knallharten Lüge ansetzte, die sie ihm auftischen wollte. »Ich habe ganz einfach keine andere Wahl. Mein Mann hat sich auf seine ganz eigene Weise abgesichert, daß ich sein Gedenken immer in Ehren halten werde. Verstehen Sie, ich verliere alles, was ich habe, wenn ich mich wiederverheirate. Und das kann ich doch nicht so leicht riskieren, oder?«

»Alles?« fragte er erstickt:

»Ja, alles.«

»Aber Sie sind doch noch so jung! Was ist, wenn Sie Kinder haben wollen? Was ist, wenn *Sie* sich verlieben?«

»Der letzte Wille meines Mannes untersagt mir weder Kinder, noch Liebhaber. Sollte ich eines von beidem wollen, werde ich es mir ganz einfach nehmen. Ach, du meine Güte, habe ich Sie schockiert?« Man konnte es ihm deutlich im Gesicht ablesen. Sie mußte sich gewaltig zusammenreißen, um nicht laut zu lachen.

»Sie müssen diesen Mann hassen«, sagte Miles erbittert. Er haßte ihn jedenfalls ganz bestimmt.

»Wie kommen Sie bloß auf den Gedanken? Er hat lediglich versucht, mich zu beschützen und sicherzugehen, daß niemand je über mich oder über das Geld bestimmen kann, das er mir hinterlassen hat. Ich kann darin nichts Unrechtes sehen.«

»Ach, wirklich nicht«, murmelte er.

»Was wollten Sie damit sagen?«

»Nichts weiter.« Unter größten Mühen zauberte er sein gewinnendes Lächeln wieder auf sein Gesicht. »Wie Sie schon sagten, ist es noch zu früh, um von einer Heirat zu sprechen. Sagen Sie, was ich mich schon so lange frage, ist, warum Sie trotz all Ihrer Wachen niemand auf Ihrem täglichen Ausritt begleitet?«

Jocelyn lachte über diesen abrupten Themenwechsel, doch sie ließ ihn in dem Glauben, sie sei über seine Frage belustigt. »Wie sollte denn jemand mit mir schritthalten? Der Zweck dieser Ritte ist es, Sir George Bewegung zu verschaffen. Mein eigener Spaß daran ist zweitrangig. Und außerdem reite ich nie über einen Punkt hinaus, an dem man einen Schuß nicht mehr hören könnte.« Sie wies auf die Büchse, die sie an ihrem Sattel hängen hatte. »Und schließlich sind Sie auch noch da, um mich zu beschützen. Würde ich allein ausreiten, so bliebe ich ganz einfach in der Sichtweite meines Gefolges. Was halten Sie davon, wenn wir jetzt umkehren?«

»Gewiß, wenn Sie müde sind«, sagte er zuvorkommend. Er hatte seine Wut jetzt wieder gezügelt. »Aber hier gibt es eine schöne Wiese, von der ich dachte, Sie würden sie sich gern ansehen. Wir sind daran vorbeigekommen, ach, nicht lange vor der Mittagspause, und daher kann es von hier aus nicht mehr weit sein.«

Er schien eifrig darauf aus zu sein, sie ihr zu zeigen, und nachdem sie seine Pläne so gründlich im Keim erstickt hatte, war es das mindeste, was sie tun konnte, ihm diesen Wunsch nicht abzuschlagen. Um die Wahrheit zu sagen, sie hatte reichliche Gewissensbisse wegen all der Lügen, die sie ihm vorgesetzt hatte, um die Geschmacklosigkeit zu vermeiden, Anklagen gegen ihn zu erheben und ihm niedere Motive zu unterstellen.

»Ich möchte sie mir unter allen Umständen ansehen«, stimmte sie ihm mit einem echten Lächeln zu. »Es klingt einfach wunderbar.«

»Das ist die reinste Zeitvergeudung, wenn du mich fragst.«

»Wer hat dich denn gefragt?«

Pete Saunders warf einen Seitenblick auf den neuen Mann. Ein merkwürdiger Kerl war das. Er führte den Namen Angel, nichts weiter als Angel. Angeblich war das sein Nachname, und wahrscheinlich stimmte das sogar. Wer hätte sich schon so einen Namen ausgesucht, wenn er die Wahl hatte? Aber er sah nicht aus wie ein Engel, nicht die Spur. Oh, ja, sein Äußeres war recht gepflegt. Er rasierte sich jeden Morgen, schnitt sich das Haar selbst, und noch dazu ordentlich; wenn keine Wäscherei in der Nähe war, in die er sie bringen konnte, wusch er seine Kleidung selbst. Er legte wirklich größten Wert auf seine äußere Erscheinung, dieser Angel, genauso wie der Boß.

Aber diese Dinge schienen einem bei ihm nicht aufzufallen, jedenfalls nicht auf den ersten Blick. Als erstes sah man die Narbe, die auf dem Kiefer von seinem Kinn bis zu seinem Ohr reichte, als hätte jemand versucht, ihm die Kehle durchzuschneiden, sei aber um ein paar Zentimeter zu hoch gerutscht. Dann sah man seine Augen, schwarz wie die Sünde, kalt, gnadenlos und nahezu raubtierhaft. Man konnte ihm nicht allzulange in die Augen sehen, ohne sich zu fragen, ob einem nicht die letzte Stunde geschlagen hatte.

Er war nicht besonders groß, aber das gehörte auch zu den Dingen, die man nicht zu bemerken schien, oder jedenfalls nicht gleich. Er trug immer einen langen Regenmantel, der fast auf den Boden reichte, und große silberne Sporen, die einen warnten, wenn er nahte, und wenn er in Eile war, machten sie Hackfleisch aus seinem Pferd. Aber er hatte selten Eile. Seine Bewegungen waren langsam und flüssig, und seine Geduld schien grenzenlos zu sein. Man wußte auch nie, was er dachte, denn er war die meiste Zeit über beunruhigend still und lächelte nie. Sogar bei dem kalten Engländer mit den Augen aus Stahl hatte man schon erlebt, daß sich seine Mundwinkel gelegentlich verzogen, nicht jedoch bei diesem Angel.

Gemeinsam mit zwei früheren Mitgliedern der Clanton-Bande, die nichts mehr mit der Fehde gegen die Earps zu tun haben wollten, schon gar nicht nach der Schießerei in Tombstone und den neuerlichen Rachedrohungen, hatten sie ihn in Benson aufgegabelt. Dewane war nach Benson geritten, um einen Fährtensucher aufzutreiben, nachdem sie die Spur der Herzogin zwischen Benson und Tucson verloren hatten. Sie waren jedoch erst nach Tucson geritten und hatten dort feststellen müssen, daß man sie irgendwo auf dem Weg abgehängt hatte. Sie hatten vier Tage verloren, und das hatte den Boß derart geärgert, daß er Pete durch einen Schlag mit dem Handrücken vom Pferd geworfen hatte, als sei das alles seine Schuld.

Das hatte ihm Pete nicht vergessen... wie hätte er es auch vergessen können? Der blaue Fleck auf seinem Steißbein hatte keine Gelegenheit gehabt zu heilen, da sie hart geritten waren, und die zartrote Stelle auf seiner Lippe, von der sich der Schorf erst kürzlich gelöst hatte, war immer noch sehr empfindlich. Fast hätte er sich an Ort und Stelle von diesem Haufen getrennt, doch Dewane hatte ihn darauf hingewiesen, bei wem die Schuld wirklich lag, nämlich bei diesem verschlagenen Halbblut, das die Herzogin engagiert hatte. Pete wollte sich diesen Mistkerl jetzt selbst vornehmen, der ein so schlechtes Licht auf ihn geworfen hatte, und er rechnete sich aus, nur wenn er noch eine Weile bei dem Engländer bliebe, bekäme er den Kerl in die Finger. Aber so, wie die Dinge liefen und angesichts des neuen Planes, den der Boß ausgeheckt hatte – es war nicht vorgesehen, sich das Halbblut allzu schnell vom Hals zu schaffen, und teuflische Geduld war nötig – sah es nicht so aus, als bekäme er, was er wollte.

Geduld und Rache ließen sich nicht miteinander vereinbaren, jedenfalls nicht in seinen Augen. Er hätte schon zweimal aus der Nähe auf das Halbblut schießen können, doch beide Male war er davor gewarnt worden. Sie mußten ihrem neuen Plan erst eine Chance geben, doch Pete war der Meinung, daß es um den Plan so aussichtslos bestellt war wie um einen Schneeball in der Hölle.

Rache war alle diese Unannehmlichkeiten nicht wert, ganz

gewiß nicht. Er bereute jetzt schon, daß er nicht abgehauen war, als er die Gelegenheit dazu hatte. Jetzt waren sie in New Mexico, und hier kannte er keine Menschenseele, und der Rückzug nach Arizona war weit. Und Angel, mit dem er heute unglücklicherweise reiten mußte, wurde sarkastisch. Wenn er auch noch seine Geduld verlöre, konnte Pete sich gut vorstellen, noch vor Sonnenuntergang den Geiern vorgeworfen zu werden.

»Bleib stehen, Saunders«, sagte Angel plötzlich.

Pete spürte, wie sich sein Herz überschlug, als ihm einfiel, was er sich gerade überlegt hatte. Aber als er Angels Blickrichtung folgte, entdeckte er, was Angel sah – zwei winzige Gestalten, die in weiter Ferne Staubwölkchen aufwirbelten.

»Ich kann es nicht glauben«, sagte Pete. »Glaubst du, nach all der Zeit ist er endlich soweit?«

Angel machte sich nicht die Mühe, etwas darauf zu antworten, und Pete riskierte es nicht, noch einmal zu fragen; sie würden es früh genug sehen. Er folgte dem älteren Mann zu ein paar dichten Beifußsträuchern, hinter denen man sie nicht bemerken würde, solange sie nicht bemerkt werden wollten.

Die Abmachung lautete, daß sie Tag und Nacht etwa eine Viertelmeile östlich des Weges und drei Kilometer weiter hinten mit dem Geld warten sollten. Diese Distanz war notwendig, damit sie nicht von jemandem entdeckt würden, der sich zurückfallen ließ wie das Halbblut, um die Umgebung auszukundschaften. Der Boß blieb mit den anderen noch weiter zurück, und mindestens ein Tagesritt lag zwischen den beiden Lagern, die allnächtlich aufgeschlagen wurden.

Täglich ritten zwei von ihnen zu dem vereinbarten Treffpunkt voraus. Täglich kehrten sie mit leeren Händen zurück. Der einzige Grund, aus dem der Engländer den Plan nicht nach zwei Wochen aufgegeben hatte, war der, daß er die Vorstellung auskostete, die Frau würde ihm überbracht und er könne sich persönlich darum kümmern, daß sie aus dem Weg geschafft würde. Solange er diese andere Möglichkeit hatte, war es bei weitem nicht so verlockend, das Halbblut zu erledigen, damit er einen seiner eigenen Männer als Ersatz einschleusen könnte. Es stand nämlich zu bezweifeln, daß der Mann, den er einschleuste, sie unter den Augen ihrer Wachen entführen könnte, und er würde versuchen müssen, sie in ihrem eigenen Lager zu töten.

Nachdem er zehn Minuten lang die Augen zusammengekniffen hatte, stand für Pete endlich fest, daß er an einem der Reiter, die auf sie zukamen, nicht einen langen Mantel flattern sah, sondern die grünen Röcke einer Frau. »Sie war es wirklich, nicht wahr?«

Er fragte weniger, um sich die Vermutung von Angel bestätigen zu lassen, sondern drückte vor allem sein eigenes Erstaunen laut aus. Er hatte wirklich geglaubt, daß sie ihre Zeit vergeudeten.

Angel antwortete ihm trotzdem. »Unter diesem komischen Hut schaut rotes Haar heraus.«

Pete kniff die Augen noch fester zusammen. »Mann, mußt du Augen haben. Ich sehe nicht mal einen Hut und noch viel weniger das Haar darunter.« Aber es sollte nicht lange dauern, bis er es selbst erkennen konnte.

Jocelyn begann sich über diese kleine Spritztour zu wundern, die sie weiter und immer weiter von ihren Leuten fortführte. Sie und Miles waren schon ein paar Meilen geritten, und von einer Wiese war immer noch nichts zu sehen, aber auch nicht von einem Tal oder irgendeinem lohnenswerten Aussichtspunkt. Die Gegend war nicht sehenswert, und zu spät ging ihr auf, daß Miles andere Motive dafür haben könnte, sie fortzulocken – vielleicht wollte er sie gegen ein Lösegeld festhalten. Schließlich hatte sie seine Pläne durchkreuzt, auf legale Weise an ihren Reichtum zu kommen. Konnte er sich jetzt etwa überlegen, wie er auf illegale Weise an ihr Geld käme? Und sie hatte es ihm auch noch leicht gemacht, wegen ihres dämlichen Schuldbewußtseins.

Sowie der erste Zweifel in ihr aufkam, regten sich auch andere Möglichkeiten. Was war, wenn er ihr nicht geglaubt hatte, daß sie ihren gesamten Reichtum einbüßte, wenn sie heiratete? Könnte es sein, daß er sie entführen wollte, um sie dazu zu bringen, in eine Eheschließung einzuwilligen? Sie schauderte und war nicht bereit, sich genauer auszumalen, wie er das bewerkstelligen wollte. Nötigung gab es in vielen Spielarten, und keine von ihnen war angenehm.

Bei diesem Gedanken riß sie an den Zügeln und brachte Sir George tänzelnd zum Stehen. Miles hielt müheloser neben ihr an, da sein Pferd weniger temperamentvoll war.

»Stimmt etwas nicht?«

Auf seine unschuldige Nachfrage und seinen besorgten Gesichtsausdruck hin kam sie sich dumm vor, aber doch nicht dumm genug, um weiterzureiten. »Ich habe Kopfschmerzen, die immer schlimmer werden. Ich fürchte, ich werde mir Ihr landschaftliches Wunder entgehen lassen müssen.«

»Aber jetzt ist es nicht mehr weit«, wandte er ein.

Soviel zu seinem besorgten Ausdruck, dachte sie angewidert, und sie war verärgert genug, um ihn stirnrunzelnd anzusehen. »Ach, wirklich? Ich sehe nichts weiter vor uns liegen als...« Zwei Männer, die keine zehn Meter vor ihnen hinter einem Busch herauskamen, ließen sie ihren Satz anders beenden. »Freunde von Ihnen?«

Schon während sie es sagte, griff sie nach ihrer Flinte. Miles legte seine Hand auf ihre und preßte ihre Finger schmerzhaft gegen das Holz des Griffs. Sie sah finster zu ihm auf und mußte feststellen, daß er seinen Revolver gezogen und auf ihre Brust gerichtet hatte.

»Keine Dummheiten, Herzogin«, warnte er sie, als er die Flinte vom Sattel riß und sie wegwarf.

»Sie meinen, keine noch größeren als die, die ich jetzt schon begangen habe?« fauchte sie ihn wütend an.

Die beiden Männer kamen auf sie zu. Wenn Miles diesen verdammten Revolver nicht aus dieser Nähe auf sie gerichtet hätte, hätte sie Sir George die Sporen gegeben. Aber sie wußte, wann sie keine Chance hatte. Wenn sie sich überlegte, daß sie diese Möglichkeit keinen Moment lang bedacht hatte! Aber wie hätte sie auch darauf kommen können, daß Miles etwas damit zu tun hatte? Es war einfach unvorstellbar, daß Longnose ihn sich geschnappt hatte. Wann? Und wie? Und doch hatte sie nicht den geringsten Zweifel daran, wessen Männer das waren, aber auch nicht daran, daß Miles sie direkt in ihre Hände führte.

»Mit Ihrer unerwarteten Enthüllung haben Sie mir wirklich nichts anderes übrig gelassen, Herzogin«, bemerkte Miles mit gesenkter Stimme, ehe die beiden Männer sie erreicht hatten. »Ich hätte lieber alles gehabt, aber jetzt müssen die fünftausend, die mir versprochen sind, genügen.«

»Erwarten Sie von mir, daß es mir leid tut, wenn Sie sich mit so wenig begnügen müssen? Lieber Gott, was sind Sie doch für ein mieses Schwein!«

Er lief knallrot an. »Was die auch mit Ihnen vorhaben, mir kann es nur recht sein!«

Es war ihr ein gewaltiges Ärgernis, daß er noch nicht einmal wußte, wofür er sein Geld bekam, aber sie glaubte nicht, daß es etwas geändert hätte, wenn er es gewußt hätte. Sie wußte es, aber zum Glück war sie im Moment zu wütend über seine Habgier und ihre eigene Dummheit, um sich Sorgen zu machen. Außerdem war sie so gut wie sicher, daß man sie nicht augenblicklich töten würde, denn sie bezweifelte, daß einer der beiden Männer ihr eigentlicher Gegenspieler war. Wenn sie sie erst hatten, lag der logische Schluß nah, daß Longnose ihr Ende persönlich miterleben wollte. Schließlich hatte er zu lange auf dieses Ziel hingearbeitet, um sich jetzt noch damit zu begnügen, daß man ihm lediglich von ihrem Ende berichtete.

»Sie wollen mich also ausliefern? Und wie gedenken Sie meinen Wachen mein Verschwinden zu erklären? Haben Sie mich lediglich aus den Augen verloren, oder ist mir irgend etwas Gräßliches zugestoßen?«

»Ein Sturz in den Fluß sollte genügen«, erwiderte er verdrossen.

»Ach, wie praktisch. Aber Ihnen wäre zu wünschen, daß Sie Ihre Rolle besser spielen, als es Ihnen in all diesen Wochen gelungen ist. Wenn auch nur einer von meinen Leuten an Ihrer Geschichte zweifelt, können Sie sicher sein, daß Sie und Ihre Schwester nicht mit Ihren unrechtmäßig erworbenen Geldern davonkommen.«

Plötzlich trat ein selbstgefälliges Lächeln auf sein Gesicht. »Sie haben sich täuschen lassen und Maura für meine Schwester gehalten. In Wirklichkeit ist sie meine Geliebte.«

Diese Information brachte sie aus dem Gleichgewicht, aber nur einen Moment lang. »Sehr geschickt, Mr. Dryden, aber das war auch schon das einzige, was Sie überzeugend gespielt haben.«

»Blödsinn!« fauchte er. »Sie haben mir alles geglaubt!«

»Genau wie Sie?« Jetzt war sie an der Reihe zu lächeln. »Es ist mir verhaßt, Sie zu enttäuschen, Sie ruchloser Mitgiftjäger, aber ich habe Sie heute belogen. Sie glauben doch nicht im Ernst, ich hätte jemanden geheiratet, dessen Motive so durchsichtig sind wie Ihre?«

Als sie zu ihrer Zufriedenheit feststellte, daß er bleich wurde und genau verstanden haben mußte, wovon sie sprach, wandte sie ihre Aufmerksamkeit den beiden Männern zu, die jedes Wort gehört hatten, was sie gesagt hatte – und ebenfalls verstanden hatten, was das hieß. Ihr war das recht. Dryden hatte es nicht verdient, in dem Glauben fortzureiten, er hätte sich an seinen heimtückischen Ränken bereichert. Jetzt wußte er, daß die Schuld an seinem Scheitern, sie für sich zu gewinnen, nur bei ihm allein lag.

»Hast du das gehört, Angel?« fragte der jüngere der beiden Männer seinen Partner. »Er hat uns die ganze Zeit warten lassen, damit er um sie freien kann. Wenn du mich fragst, hat er das Geld nicht verdient.«

»Und wer hat dich gefragt?« erwiderte der dunklere von beiden, der gefährlicher aussah. »Ich hatte ohnehin nicht vor, soviel Geld an ihn zu vergeuden.«

Ehe die anderen erkannt hatten, was das heißen sollte, zog der Mann seelenruhig seinen 45er Colt von der Hüfte und schoß Miles Dryden mitten zwischen die Augen, ehe er die Waffe genauso ruhig wieder wegsteckte.

Jocelyn bot sich jetzt, da keine Waffen mehr auf sie gerichtet waren, eine Gelegenheit zur Flucht, doch sie war so schockiert von dieser plötzlichen Wendung, die die Ereignisse genommen hatten, daß sie ihre Chance nicht nutzte. Ein Blick auf Miles hatte ausgereicht, um ihr zu sagen, daß er tot war.

Sie sah nicht zu, als er langsam von seinem Pferd glitt und auf den Boden fiel, sondern sie behielt seinen Mörder im

Auge, der bei allem, was er gerade getan hatte, nicht die geringste Gefühlsregung zeigte. Sie bemerkte auch nicht, daß sein Gefährte fast so sehr schockiert war wie sie selbst oder daß der grüne Samt ihres Reitkleides mit Blut besprenkelt war. Sie konnte nichts anderes tun, als den Mann anzustarren, und dabei war ihr klar, daß sie ihm auf Gedeih und Verderb ausgeliefert war, einem Mann, der kein Erbarmen kannte. Vielleicht war er doch Longnose persönlich.

32

Es war nicht Longnose, natürlich war er es nicht. Schließlich hatte sie ihn mit dem breiten Akzent der Leute aus dem Westen reden gehört. Und sein gesprächiger, grinsender Gefährte nannte ihn immer wieder Angel und machte Anspielungen auf den Boß, der zweifellos Longnos sein mußte. Aber es hätte sich wenig geändert, wenn Miles Drydens Mörder der Engländer gewesen wäre, denn zu ihm wurde sie jetzt gebracht.

Sie waren schon einige Stunden geritten, als die Betäubung nachließ und Jocelyns Verstand allmählich wieder zu funktionieren begann. Es war naheliegend, daß sie anfangs außer sich vor Angst gewesen war, als sie hatte feststellen müssen, daß sie auf *seinem* Pferd saß, vor ihm, und daß seine Arme beidseits um sie herumgriffen. Aber nachdem sie sich noch eine Stunde lang Saunders aufgeregtes Plappern und Angels nichtssagende mürrische Antworten angehört hatte, fürchtete sie sich weniger, zumindest vor den beiden.

Saunders war ohnehin nur ein Junge, der mit seinem ewigen Grinsen harmlos wirkte. Und solange Angel hinter ihr saß und sie ihn nicht sehen konnte, konnten seine harten, brutalen Gesichtszüge sie nicht beunruhigen. Doch sie vergaß keinen Moment lang, wohin es ging und was sie erwartete, wenn sie dort ankämen.

Es war nicht gerade ein angenehmes Gefühl zu wissen, daß man sterben würde. Der einzige Grund, aus dem sie nicht idiotisches Zeug vor sich hinschwatzte, war ihr angeborener Optimismus. Solange sie ihren letzten Atemzug nicht getan hatte, bestand noch die Hoffnung, daß *irgend etwas* zu ihrer Rettung geschehen würde. Ihre Flinte hatte sie eingebüßt, aber sie war nicht gänzlich unbewaffnet. Sie hatte zahlreiche lange Haarnadeln im Haar, die sich ganz ausgezeichnet eigneten, um jemandem die Augen auszustechen, zwei sehr feste Stiefel und zehn scharfe Fingernägel. Und sie konnte Mut aus der Vergangenheit schöpfen, denn sie hatte Longnose schon viele Male einen Strich durch die Rechnung gemacht.

Bei all ihrem Optimismus brauchte sie doch eine ganze Weile, ehe sie die Dreistigkeit aufbrachte, den Mann anzusprechen, der hinter ihr saß. Als sie es tat, fing sie gleich mit der zweckdienlichsten Frage an. »Wie lange habe ich noch?«

»Für was?«

»Zu leben.«

»Darüber würde ich mir keine Sorgen machen«, erwiderte er mit seinem breiten Akzent beiläufig.

Jocelyn war im ersten Moment sprachlos, doch dann biß sie verstimmt die Zähne zusammen. »Ich mache mir auch keine Sorgen.«

»Warum fragen Sie dann?«

»Natürlich nur, weil ich wissen will, wann ich Sie am besten von diesem Pferd werfe und die Flucht ergreife«, gab sie gereizt zurück.

Zu ihrem Erstaunen lachte er. »Sie sind wirklich in Ordnung, aber ich dachte mir schon, daß Sie etwas Besonderes sein müssen, wenn man mich um einen Gefallen bittet.«

»Sie tun das, um jemandem einen Gefallen zu tun?« brachte sie erstickt heraus.

»Die Bezahlung stimmt auch.«

Was konnte sie dazu noch sagen? Der Mann war offensichtlich absolut gewissenlos. Oder stand er bei jemandem in einer so hohen Schuld, daß er ihm keine Gefälligkeit abschlagen konnte? Aus irgendwelchen Gründen hatte sie jedoch das Gefühl, man könne diesen Mann nicht zwingen, etwas zu tun, was er nicht tun wollte, mit keinem Mittel. Also mußte er wirklich völlig gewissenlos sein.

Das war eine entmutigende Vorstellung, die sie eine Zeitlang verstummen ließ. Schließlich stellte dieser Mann eine ihrer Hoffnungen dar. Er war von denen, die sie zu Longnose brachten, der Stärkere und der Gefährlichere. Wenn sie es ihm ausreden konnte, sie dem Engländer auszuliefern, und ihn dazu überreden konnte, sie statt dessen zu ihren Leuten zurückzubringen, glaubte sie nicht, daß Saunders ihn davon hätte abhalten können. Aber wie konnte sie mit jemandem reden, der ihr sagte, sie solle sich keine Sorgen über ihre Lebensdauer machen, während er sie in den Tod führte, um jemandem einen Gefallen zu tun, um Gottes willen? Ihr fiel beim besten Willen keine Antwort auf diese Frage ein, es sei denn...

»Sie wissen doch, daß der Engländer vorhat, mich zu töten, oder nicht?«

»Daraus hat er kein Geheimnis gemacht.«

Soviel dazu, daß sie geglaubt hatte, er wüßte vielleicht nicht, welchem Los er sie übergab. »Wissen Sie auch, warum?«

»Was ändert das?«

»In Ihren Augen anscheinend nichts.«

Sie hörte ihn wieder lachen, und wieder biß sie die Zähne zusammen, aber diesmal, weil sie ihn sonst mit allen gemeinen, ekelhaften Schimpfwörtern bedacht hätte, die ihr in den Sinn kamen. Gewissenlos? Unmenschlich hätte es schon eher getroffen. Und hier in dieser Gegend bezeichnete man die Indianer als Wilde.

»Da Sie sich als eine so wertvolle Quelle für Informationen erweisen«, setzte sie wieder mit gepreßter Stimme an, »wären Sie vielleicht so freundlich, mir zu sagen, wie Longnose an Miles Dryden gekommen ist?«

»Wer ist Longnose?«

»Der Engländer.«

»So heißt er also.« Er wirkte überrascht. »Kein Wunder, daß er seinen Namen nicht nennen will.«

Jocelyn seufzte matt. »Ich habe nicht die leiseste Ahnung,

wie dieser verdammte Kerl wirklich heißt, und Sie anscheinend auch nicht, aber was zum Teufel ändert *das*? Ich habe Sie gefragt, wie er an Dryden geraten ist. Erinnern Sie sich noch an ihn? Der Mann, den Sie heute umgebracht haben?«

»Temperament hat sie also auch noch.«

Es war ein Kommentar und keine Frage, und daher warf sie ihm ebenfalls eine Äußerung an den Kopf. »Er versteht also doch Englisch.«

Diese trockene Bemerkung entlockte ihm wieder ein Lachen. Aus irgendwelchen Gründen schien sie ihn wirklich zu belustigen, wogegen er sie fast an den Punkt brachte, vor Verzweiflung über seinen Trotz lauthals zu schreien. Aber sie war absolut nicht bereit, zu wüten und zu toben, ebensowenig, wie sie gebettelt oder geweint hätte, denn mit nichts von alledem hätte sie etwas erreichen können, so viel stand für sie fest.

»Dryden?« versuchte sie es noch einmal.

»Warum wollen Sie das wissen?«

»Ihm ist vieles unterstellt worden, aber keinen Moment lang, er könnte zu Ihrer kleinen Bande von Scheusalen gehören. Schließlich war er nicht von der Sorte wie das übrige Gesindel, das Longnose einstellt ... ohne Sie beleidigen zu wollen.«

»Nein, natürlich nicht.«

Sie mißachtete die Unterbrechung, stellte aber zufrieden fest, daß man doch durch seine Dickhäutigkeit vordringen konnte. »Er war nichts weiter als ein harmloser Mitgiftjäger und ganz bestimmt kein Mörder«, hob sie hervor.

»Der gute Dewane, er scheint da anderer Meinung zu sein, denn aus dem Grund ist er an Ihren harmlosen Mitgiftjäger herangetreten, als er ihn wiedererkannt hat, ohne es vorher auch nur mit dem Boß abzusprechen. Und es scheint, als hätte er ins Schwarze getroffen, denn Ihr *harmloser* Mitgiftjäger hat uns in die Hände gearbeitet, oder etwa nicht?«

»War das, ehe wir ihm angeboten haben, sich uns anzuschließen, oder erst hinterher?«

»Hinterher. Wir haben Sie in Silver City eingeholt, an dem Morgen nach Ihrer Ankunft. Dewane und sein Bruder haben sich Ihr Hotel genauer angesehen, weil sie wissen wollten, ob man im Hotel an Sie rankommen kann, als er Ihre Freundin gesehen hat, die im Foyer saß und sich mit Dryden unterhielt. Den Rest können Sie sich selbst zusammenreimen.«

Ja, das konnte sie wirklich, obwohl nichts von alledem eine Rolle spielte, aber wenigstens konnte sie ihre Neugier befriedigen. Wenn man aus seinen Fehlern lernen wollte, brauchte man die Gelegenheit dazu, und diese Männer waren entschlossen, dafür zu sorgen, daß sich ihr für nichts mehr eine Gelegenheit bot. Das hieß, waren sie denn wirklich entschlossen? War ihre Loyalität unerschütterlich, oder konnte man sie sich kaufen?

Sie entschied sich, nicht erst zu warten, bis sie das herausgefunden hatte. »Ich kann Ihnen mehr zahlen als der Engländer.«

»Ich weiß.«

»Ich spreche von einem Vermögen.« Es kam keine Antwort. »Interessiert Sie das nicht?«

»Nein.«

»Wie können Sie das sagen?« fragte sie ungläubig. »Sie haben gerade erst einen Mann für Geld umgebracht.«

»Sie reden zu viel.«

»Aber das haben Sie getan, und daher muß Ihnen Geld etwas bedeuten.«

»Nicht viel.«

»Warum haben Sie ihn dann getötet?«

»Sie reden zu viel«, wiederholte er.

»Und Sie nicht genug!« gab sie zurück.

»Sehen Sie, es war doch ganz einfach. Der Mann hatte den Tod verdient. Er hat Sie an uns übergeben, oder nicht?«

»Er wußte nicht, was Sie mit mir vorhaben.«

»Machen Sie sich nichts vor«, sagte er angewidert. »Man hat ihm gesagt, Sie könnten ihm hinterher nicht mehr im Weg stehen und mit dem Finger auf ihn deuten. Er hat lediglich versucht, vorher auf seine Weise zum Erfolg zu kommen – und seine Art und Weise hat er übrigens zu seinem Beruf erhoben.«

»Was soll das heißen?«

»Nach Dewanes Angaben hat er beim Kartenspiel betrogen, bis er westlich von Missouri aus so ziemlich jeder Stadt verjagt worden ist, ehe er eine neue Laufbahn eingeschlagen und alte Witwen wegen ihres Geldes geheiratet hat, und wenn das Geld ausgegangen war, hat er zugesehen, daß er sie wieder los wurde.«

»Sie meinen, er hat sich scheiden lassen?«

»Nein.«

»Oh.«

»Halten Sie jetzt vielleicht den Mund?«

Sie hatte schon so oft die Zähne zusammengebissen, daß ihr Kiefer schmerzte. »Wenn es Ihnen keinen Spaß macht, sich mit mir zu unterhalten, Sir, dann könnten Sie mich wieder auf meinem eigenen Pferd reiten lassen.«

»Einen Versuch war es wert«, war alles, was er dazu sagte.

Schließlich verstummte sie wirklich. Sie wünschte, sie hätten Sir George laufen lassen, wie sie es mit Miles' Pferd getan hatten. Es war ihr verhaßt, sich auszumalen, was aus ihm werden würde, wenn ihr Glück sie diesmal tatsächlich im Stich ließe. Fast hätte sie Angel gebeten, ob er Sir George behalten könne, aber sie entschied, er würde für diesen prachtvollen Hengst auch keinen besseren Besitzer abgeben als Longnose.

Saunders, der ständig ein wenig vorausgeritten war und es anscheinend eilig hatte, ans Ziel zu kommen, erreichte den Kamm eines Hügels und stieß einen Schrei aus. Jocelyns Blut erstarrte sofort in ihren Adern, da sie den Verdacht hatte, genau zu wissen, was sie auf der anderen Seite des Hügels erwartete. Sie hatte sich nicht getäuscht. Der Hang fiel auf der anderen Seite steiler ab, steil genug, um die sechs Männer zu verbergen, die gerade dabei gewesen waren, ihr Lager aufzuschlagen – bis jetzt.

Auf Saunders Ruf hin hatten sie alles stehen und liegen gelassen, und als Angel die Kuppe erreicht hatte, blickten alle bereits in ihre Richtung, und sämtliche Augen waren auf seine Beute geheftet.

Ohne es zu merken, lehnte sich Jocelyn an Angels Brust zurück. Fluchtgedanken waren im Moment nicht allzu tröstlich; und durchführbar schien eine Flucht auch nicht zu sein. Sie konnte sich jetzt nur noch fragen, welche Todesart sich Longnose für sie ausgedacht haben mochte. Würde er sie einfach erschießen, damit es schnell vorbei wäre, oder würde er sie vorher lieber noch eine Zeitlang leiden sehen wollen?

Sie sah ihn gleich. Er stand abseits von den anderen, groß, schlank und stocksteif, und beide Hände lagen auf dem silbernen Knauf eines Spazierstocks. Offensichtlich hatte er beim Aufbau des Lagers nicht mitgeholfen, eine Aufgabe, die wohl für seinen Geschmack zu niedrig war. Auch seine Kleidung hob ihn von den anderen ab. Er trug nicht nur einen taubengrauen Anzug mit Weste, sondern auch noch einen modischen Kammgarnmantel. Außerdem war er rund zehn Jahre älter als jeder seiner Begleiter, ihrer Schätzung nach etwa Anfang vierzig.

Das also war er endlich, ihr Feind. Er machte auf sie nicht den Eindruck eines kaltblütigen Killers. Auf jeden seiner Männer hätte diese Beschreibung gepaßt, aber nicht auf ihn. Er sah genaugenommen vollkommen harmlos aus und wirkte hier so deplaziert, daß es schon lachhaft war.

Jocelyn hätte bei dieser Überlegung gelächelt, denn sie war hier genauso deplaziert in ihrer schweren Reitkleidung aus Samt und mit dem feinen Spitzenhalstuch und dem großen schwarzen Hut, aber ihr war nicht nach einem Lächeln zumute. Longnose mochte zwar anders sein, als sie ihn sich vorgestellt hatte, aber er war dennoch der Mann, der sie mit seinen scheußlichen Absichten drei Jahre lang beharrlich verfolgt hatte.

Jocelyn war angespannt, als Angel den Hang hinabritt, um sich seinen Freunden wieder anzuschließen, die sie jetzt nicht mehr in stummer Ehrfurcht anstarrten. Manche ihrer Äußerungen drangen durch ihre Gedanken hindurch, die sich jetzt überschlugen, und sie brachten sie sogar dazu, Longnose lange genug aus den Augen zu lassen, um die übrigen Männer anzusehen. Sie waren durch dieses Bündnis alle ihre Feinde, und wenn es ihr irgendwie gelingen sollte, sich aus ihrer Lage zu befreien, konnte es nichts schaden zu wissen, wie sie aussahen. Es deprimierte sie jedoch nur, sie näher anzusehen. Sie waren ein Haufen von rohen Kerlen, die gefährlich wirkten und für diese Form von Arbeit sehr geeignet schienen. Hier würde sie keine Hilfe finden, und ihr wurde jetzt klar, daß sie tatsächlich auf Hilfe angewiesen war. Sie hatte nicht damit gerechnet, daß es so viele sein würden, und auch nicht damit, daß einige von ihnen sie mit lüsternen Blicken ansehen würden. Lieber Gott, ihr Mut sank schnell, und gleichzeitig schwanden ihre Hoffnungen, entkommen zu können.

»Also, so was! Ich hätte nicht gedacht, daß sie so aussieht. Hättest du das geglaubt?«

»Hast du etwa mit 'ner alten Frau gerechnet?«

»Sie können vergessen, was Sie mir schulden, Boß«, rief ein anderer. »Ich nehme das Pferd!«

Ein paar Männer lachten, aber sie ließen nicht von den persönlichen Äußerungen ab, die Jocelyn aus der Fassung brachten. Unbewußt preßte sie sich noch dichter an Angel, als er langsam auf Longnose zuritt.

»Verdammt, so rotes Haar hab' ich noch nie gesehen.«

»Zu mager.«

»Na und?«

»Soll sie erst rumgereicht werden, oder was? Das ist alles, was ich wissen will.«

Das war eine Frage, auf die anscheinend nicht nur er eine Antwort haben wollte, denn einige sahen sich zu dem Engländer um. Aber er sagte immer noch nichts. Er starrte Jocelyn nach wie vor an und lächelte jetzt.

Das ließ ihr Rückenmark gefrieren. Er war wohl stolzgeschwellt, oder nicht? Und spielte er wirklich mit dem Gedanken, sie diesen nichtsnutzigen Kerlen erst noch zu ihrer Unterhaltung zu überlassen?«

Sie war vorbereitet, als Angel stehenblieb und sie auf den Boden stellte. Wenn Longnose etwas dichter vor ihr gestanden hätte, hätte die Spitze ihres Stiefels sein Kinn getroffen. Das hätte ihn gezwungen, etwas zu unternehmen. Aber es gab noch andere Mittel, ihn dazu zu provozieren, daß er sie gleich tötete, ehe seine Männer ernst mit ihren Forderungen machten. Sie hatte nicht vor, sich erst schänden zu lassen, um *dann* getötet zu werden. Das war zuviel verlangt.

Aber in dem Moment, in dem Jocelyn entschlossen auf ihren Landsmann zuging, wurde sie von Angel gewaltsam zu ihm herumgerissen. Er war abgestiegen, und sie sah zu ihrem Erstaunen, daß er nicht annähernd so groß war, wie er im Sattel auf sie gewirkt hatte. Als sie ihn zum ersten Mal aus der Nähe sah, wurde ihr klar, daß er nicht viel älter war als sie. Aber unter diesem Regenmantel, der ihm bis auf die Stiefel reichte, verbarg sich eine zähe Kraft. Sie konnte sie in dem eisernen Griff spüren, mit dem ihr Arm umklammert wurde. Und er war wütend. Das sah sie in seinen kalten schwarzen Augen.

Das Gefühl bestätigte sich, als er sie mit einem leisen, erbosten Zischen verblüffte. »Tu es nicht.«

»Was?« fragte sie vorsichtig.

»Du wolltest ihm doch eine reinhauen, oder nicht?«

Ihre Augen flackerten ungläubig. »Woher zum Teufel haben Sie das gewußt?«

»Ich habe gespürt, daß du dich auf einen Kampf vorbereitest.«

Sie zuckte wieder steif zusammen und forderte flüsternd durch verkniffene Lippen: »Lassen Sie mich los.«

»Ich muß mich wohl getäuscht haben, als ich dachte, du hättest Grips. Ich dachte, du hättest es eher auf Hinhaltetaktiken und nicht auf glatten Selbstmord angelegt, um deinen Wachen eine Chance zu geben, dich noch rechtzeitig zu finden.«

Es gelang ihr, ihren Arm loszureißen. »Es ist eine Frage der Wertung, was einem teurer ist.«

»Und dir ist der Stolz teurer als dein Leben?«

Sie errötete, als sie es so formuliert hörte und gleichzeitig die Verachtung wahrnahm, die in seiner Stimme mitschwang. Dieser verfluchte Kerl, aber er hatte recht. Sie hätte bereit sein sollen, alles zu tun, um das Unvermeidliche abzuwenden. Bestand wirklich eine Chance, daß man sie noch rechtzeitig finden würde?

Angel schien ihre Gedanken lesen zu können. »Mach dir

keine Sorgen. Heute ist nicht dein Tag gekommen, um zu sterben, Süße.«

Sie machte den Mund auf und wollte eine Erklärung für diese unverständliche Bemerkung fordern, doch eine andere Stimme meldete sich eher zu Wort. »Zu gütig von Ihnen, sich uns anzuschließen, Euer Gnaden.«

Sie drehte sich langsam um und wartete, bis Longnose auf sie zugekommen war. Jetzt mußte sie zu ihm aufblicken, aber das störte sie nicht. Sie verstand zwar nicht, was Angel gemeint hatte, aber aus irgendwelchen Gründen fürchtete sie sich nicht, solange er hinter ihr stand.

»Ganz und gar nicht, Longnose.« Sie nickte ihm majestätisch zu. »Ich sollte *Ihnen* für die Einladung danken. Ich wäre am Boden zerstört, wenn ich mir Ihre kleine Versammlung hätte entgehen lassen.«

Seine Männer schienen ihre Bemerkungen äußerst komisch zu finden. Er aber nicht. Zornesröte stieg in seine Wangen, und seine eisigen grauen Augen versprachen ihr einen wahrhaft grausamen Tod. Sie hatte ihn provoziert, ohne sich dabei erst die Hand verstauchen zu müssen. Doch ehe er etwas unternahm, hörte sie, daß Angel hinter ihr einen schlimmen Fluch ausstieß und sie gewaltsam aus dem Weg zerrte.

Elliots Hände lechzten danach, sich um ihre Kehle zu schließen, doch er gab sich dieser Vorstellung nicht soweit hin, daß er Angels Einmischung nicht bemerkt hätte. Der Mann stand jetzt vor der Herzogin und schlug lässig seinen Mantel zurück, um seine Waffe, die an seiner Hüfte hing, leichter greifen zu können.

Dem älteren Mann entging nicht, was das zu bedeuten hatte, aber es schien ihm keinerlei Sorge zu bereiten. Angel war schließlich nur einer unter acht Männern.

Elliot hätte ihn nie auch nur in seine Dienste nehmen dürfen, aber es war jetzt zu spät, sich das einzugestehen. Schon als sie sich zum ersten Mal gesehen hatten, war ihm klar gewesen, daß der Kerl ihm Ärger machen könnte, ein Mann, der sich derart von den anderen unterschied. Aber er war der Fährtensucher, den Owen in Benson gefunden hatte, und er hatte die Fährte der Herzogin innerhalb kürzester Zeit gefunden, und das hatte es ihnen ermöglicht, sie mit ein paar forschen Ritten einzuholen.

Ärger konnte er jetzt wirklich nicht gebrauchen. Elliot war Angel sogar tatsächlich dankbar für die Ablenkung, die seine Einmischung bedeutete. Es wäre äußerst unangebracht gewesen, seinen glorreichen Triumph in einem Wutausbruch enden zu lassen, und das war es auch nicht, was er sich immer wieder ausgemalt hatte. Der Herzogin stand weit mehr zu. Wenn dieser Kerl sie haben wollte, wenn das der Grund für seine subtile Drohgebärde war, dann sollte er sie haben. Von ihm aus konnten sie sie alle haben. Und wenn sie ihren Spaß gehabt hatten, würde er sie langsam erdrosseln, während er sie selbst nahm.

Elliot lächelte, als er diesen Gedanken genüßlich auskostete, und noch mehr begeisterte ihn, daß diese Vorstellung die Herzogin gewaltig zu beunruhigen schien. Sehr gut. Ihre Unverschämtheit war unerwartet gekommen und war alles andere als angemessen. Er wollte ihre Angst sehen, mußte ihre Angst sehen.

»Sie haben einen bizarren Sinn für Humor, Euer Gnaden. Ich verlasse mich darauf, daß er Sie nicht allzu schnell im Stich läßt.« Dann wandte sich Elliot einen Moment lang von ihr ab und fragte Angel: »Hat es irgendwelche Schwierigkeiten mit Mr. Dryden gegeben?«

»Keine nennenswerten.«

»Ausgezeichnet. Ich hatte schon meine ersten Zweifel an ihm, aber er hat seine Rolle bewundernswert gespielt und wird uns jetzt noch weiterhin behilflich sein, indem er uns einen zeitlichen Vorsprung verschafft.«

»Wie das?«

»Indem er ihre Leute in die falsche Richtung schickt, um sie zu suchen. Was sonst? Schließlich ist jetzt nicht nur uns, sondern auch ihm daran gelegen, daß sie nicht aufgefunden wird.«

»Ihn wird das nicht mehr allzu sehr interessieren«, mischte sich Pete an dem Punkt von sich aus ein. »Angel hat ihn nämlich umgelegt.«

Es entstand eine lange Pause, bis Elliot sagte: »Ich verstehe.« Noch eine ganze Weile später fügte er hinzu: »Nun, soviel zu unserem weiteren Zeitgewinn. Ich nehme an, Sie sind wenigstens schnell zurückgeritten?«

»Ja, reichlich«, brachte Angel gedehnt vor. »Und jetzt beantworten Sie mir eine Frage. Wie kommt es, daß Sie nie erwähnt haben, daß es sich um eine gutaussehende Frau handelt?«

»Weil diese Tatsache vollkommen bedeutungslos ist.«

»Oh, nein, sie ist keineswegs bedeutungslos. Sie ist sogar von allergrößter Bedeutung. Ein hübsches Ding wie das sollte man nicht verkommen lassen.«

Jocelyn schlug ihm auf die Hand, als seine Finger bei diesen Worten über ihre Wange strichen. Das hatte er also gemeint, als er gesagt hatte, sie würde heute noch nicht sterben. Es war schon fast dunkel. Niemand würde sie bei Dunkelheit finden. Diese Männer würden die ganze Nacht Zeit haben, um sie zu vergewaltigen, und Angel hatte zweifellos vor, der erste zu sein.

Longnose mußte sich dasselbe überlegt haben, denn jetzt lächelte er wieder. »Dafür reicht die Zeit natürlich. Ich hätte es selbst vorgeschlagen. Aber behandelt sie behutsam. Das Privileg, sie zu töten, steht mir zu.«

Wenn Jocelyn leicht in Ohnmacht gefallen wäre, wäre sie bei diesen Worten zusammengebrochen. So, wie die Dinge standen, befiel sie eine übermächtige Panik. Sir George war jetzt ihre einzige Chance. Wenn sie es schaffte, ihn zu erreichen, handelte sie sich eine schnelle, gnädige Kugel in den Rücken ein, denn ihnen blieb keine andere Möglichkeit, um sie zurückzuhalten.

Aber Angel mußte ihre Gedanken wieder einmal gelesen haben. Seine Hand schloß sich wie ein Schraubstock um ihren Arm und hielt sie an seiner Seite fest. In dem Moment hätte sie ihn umgebracht, wenn sie die Möglichkeit gehabt hätte. Sie griff auch tatsächlich nach einer ihrer Haarnadeln, als seine ruhige Stimme sie in der Bewegung verharren ließ.

»Mir kommt es nicht so vor, als hätten Sie mich richtig verstanden«, sagte er zu Longnose. »Ich habe mich entschlossen, sie zu behalten – bis ich genug von ihr habe.«

»Das kommt überhaupt nicht in Frage!«

Angels Stimme wurde leise und bedrohlich. »Ich habe Sie nicht um Ihre Erlaubnis gebeten, Engländer.«

Wieder sprenkelten leuchtende Farbflecken das Gesicht des älteren Mannes. Er hob sogar seinen Spazierstock, und das war ein Fehler.

Was darauf folgte, war Jocelyn inzwischen schon recht vertraut: Waffen wurden schneller gezogen, als sie schauen konnte. Sie zuckte nur ein wenig zusammen, als der Schuß abgegeben wurde, doch zu ihrem grenzenlosen Verdruß stand Longnose immer noch da. Angels Kugel hatte ihm lediglich den Spazierstock aus der Hand geschossen.

Aber der Mann war selbst jetzt noch nicht so weit bei Verstand, sich zu beruhigen. »Mr. Owen!« brüllte er.

Dieser Gentleman war anscheinend klüger. »Vergessen Sie es, Boß. Mit Kerlen von der Sorte lege ich mich nicht an.«

Als Longnose die anderen ansah, stieß er überall auf dieselbe Meinung. Pistolenhalfter wurden rundum langsam einer nach dem anderen fallengelassen. Erst als Jocelyn bemerkte, daß Angel seinen Colt von einem Mann auf den nächsten richtete, erkannte sie, warum die Männer so reagierten. Kein einziger von ihnen wollte sein Glück probieren, ihn zu entwaffnen, wenn sie auch noch so sehr in der Überzahl waren. Unglaublich. Aber sie war sicher nicht die einzige, die mitangesehen hatte, wie schnell und wie zielsicher er war.

»Bring das Pferd her, Saunders«, befahl Angel und deutete auf Sir George.

Der Junge kam dem Befehl eilig nach. Jocelyn war derart erleichtert, daß sie fast gelächelt hätte. Doch dann fiel ihr wieder ein, daß sie nicht direkt errettet wurde, sondern lediglich von einer üblen Lage in die nächste kam. Doch ihre Chancen standen jetzt besser, und ihr Leben war nicht mehr unmittelbar in Gefahr, und deshalb vermutete sie, sie hätte Grund, ihrem unerwarteten Retter dankbar zu sein.

Sie änderte ihre Meinung jedoch gleich wieder, als sie die Worte hörte, mit denen er sich von Longnose verabschiedete. »Für Ihre Zwecke, Mann, können Sie sie als tot betrachten. Dort, wo ich sie hinbringe, werden ihre Leute sie nicht finden, und wenn ich mit ihr fertig bin...«

»Werden Sie sie töten?«

»Warum nicht?« erwiderte Angel achselzuckend. »Ich habe Drydens Geld als Vorauszahlung.«

33

Jocelyn hatte angenommen, er würde sie auf Sir George setzen, auch wenn Angel hinter ihr herreiten würde, um sicher zu gehen, daß sie ihm nicht mit dem Hengst durchginge. Schließlich hatten sie allen Grund, die Gegend eilig zu verlassen. Doch nachdem er beide Pferde an ihren Zügeln den Hang hinaufgeführt hatte, um dabei seinen Colt auf die Gruppe von Männern zu richten, die unten standen, war Angel auf sein eigenes Pferd aufgestiegen und hatte sie wieder vor sich gezerrt. Ihr Hengst lief lediglich neben ihnen her, wie er vorher hinter Saunders hergelaufen war.

Als sie losritten, war sie jedoch einen Moment lang erstaunt, weil er sie fragte: »Diese Flinte, die du dabei hattest, könntest du damit umgehen?« Da ihr zu dem Zeitpunkt nicht danach zumute gewesen war, mit ihm zu reden, hatte sie nur knapp genickt und war dann überrascht gewesen, als er ihr seine Waffe mit dem Befehl in die Hände drückte: »Schieße auf alles, was auf dieser Hügelkuppe auftaucht.«

»Lieber würde ich Sie erschießen.«

»Ach, wirklich? Spar dir diesen Impuls für eine bessere Gelegenheit auf, Süße.«

Sie sah, daß er nicht unrecht hatte, und nachdem sie die Flinte auf seine Schulter gestützt hatte, um sie ruhiger zu halten, feuerte sie ein paar Schüsse ab. Sie wußte jedoch nicht, ob sie auf Köpfe oder auf Felsen schoß. Das tiefrote Licht des Sonnenuntergangs war so irreführend, daß sie es nicht hätte sagen können. Aber ihre Schüsse waren noch von Kugeln beantwortet worden, als sie schon längst aus der Schußweite waren.

Sie hatte jedoch nicht das Gefühl, in Sicherheit zu sein, bis Angel ihr die Flinte wieder abnahm. Und dann erschreckte er sie zu Tode, indem er sie ohne jede Vorwarnung herumwirbelte und hinter sich auf das Pferd setzte. Dann ritt er schneller und zwang sie, sich an ihn zu klammern. Keinen Moment lang spielte sie mit dem Gedanken, ihre Fäuste aus seinem Regenmantel zu lösen. Selbst wenn sie sich in der einbrechenden Dunkelheit hätte verstecken können, war es heute so um ihr Glück bestellt, daß sie sich wahrscheinlich bei dem Sturz vom Pferd das Genick gebrochen hätte.

Er ritt jedoch langsamer, als sie in vollständiges Dunkel gehüllt waren, und selbst, als der Mond später aufging und einen ausreichenden Lichtschein warf, um Sträuchern und großen Steinen auszuweichen, behielt er das langsamere Tempo bei. Das gab ihr zu denken, bis ihr aufging, daß jemand, der sie verfolgte, auch kein schnelleres Tempo riskiert hätte, zumindest nicht vor dem nächsten Morgen.

Sie hatte keine Ahnung, wohin sie ritten. Er hatte den Weg zu den Bergen im Osten eingeschlagen, ehe er sie auf dem Pferd hinter sich gesetzt hatte, aber er schien keinen direkten Kurs zu halten. Als der Himmel erst schwarz geworden war, hatte sie jede Orientierung verloren. Falls Berge vor ihnen lagen, konnte sie sie nicht mehr sehen.

»Was meinst du, wie lange deine Wachen dich heute nacht suchen werden?«

Jocelyn war erstaunt über diese Frage, die nach einem längeren Schweigen kam. Machte er sich Sorgen? Das konnte sie nur hoffen. Mit Sicherheit würde sie ihm keine Informationen geben, die ihm nützlich sein konnten.

»Ich würde mir an Ihrer Stelle lieber Gedanken wegen des Engländers machen«, sagte sie. »Ich glaube nicht, daß er sich darauf verläßt, Sie könnten mich von einer Flucht abhalten oder mich wirklich umbringen, wenn Sie genug von mir haben, oder? Nein, er wird derjenige sein, der uns verfolgt, aber diesmal, um uns beide zu töten.«

Dazu sagte er nichts, und er stellte seine Frage auch kein zweites Mal, und es verdroß sie, daß er ihr keine weitere Gelegenheit gab, sich als unkooperativ zu erweisen. Doch dazu kam es ungefähr zwanzig Minuten später, als er hinter sich griff und ihre Hände packte, damit sie sich an ihm festhielt. Dem widersetzte sie sich gehörig.

Damit zog sie sich seinen Zorn zu, wie man aus seinem Tonfall schließen konnte, mit dem er über seine Schulter fauchte: »Wenn ich an deiner Stelle wäre, wäre ich nett zu mir.«

Das beeindruckte Jocelyn gar nicht. »Sie können mir keine Angst einjagen, Mr. Angel. Sie könnten mich genausogut auf der Stelle töten, weil ich nämlich ganz bestimmt nicht Ihre Mätresse oder Ihre Hure werde.«

»Wie wäre es damit, meine Frau zu werden?«

Das versetzte ihr einen Schlag. »*Sie* wollen mich heiraten? Aber Geld bedeutet Ihnen doch gar nichts, wenn ich mich recht erinnere.«

»Was hat denn Geld damit zu tun?«

Was für eine absurde Frage. »Gut, dann erzählen Sie mir vielleicht, wie Sie auf den Gedanken kommen, mich zu heiraten.«

»Neben den naheliegenden Gründen hat ein Mann das Recht, seine Ehefrau zu schlagen.«

»Das finde ich überhaupt nicht komisch!« fauchte sie, als ihr sein plötzliches Gelächter klarmachte, daß er sie nur aufgezogen hatte. »Scheußlicher Kerl«, murmelte sie vor sich hin.

»Wo bleibt dein Sinn für Humor, mit dem du den Engländer so aufgebracht hast?«

»Der hat sich anscheinend schlafen gelegt, und genau das täte ich auch gern. Wollen Sie die ganze Nacht lang durchreiten?«

»Ist es dir lieber, wenn ich anhalte und warte, bis meine Freunde uns eingeholt haben?«

Sein Humor ging ihr allmählich auf die Nerven. »Vergessen Sie meine Leute nicht.«

»Deine Wachen haben sich wahrscheinlich in den Bergen verirrt, Süße. Unter ihnen sind keine Fährtensucher. Natürlich ist da dieses Halbblut, das du dir als Reiseführer zugelegt hast«, fügte er nachdenklich hinzu. »Würde der Kerl sich die Mühe machen, dich zu suchen?«

So abscheulich, wie Colt sie in der letzten Zeit behandelt hatte? »Nein«, sagte sie, ohne erst nachzudenken, und dann erkannte sie, daß sie hätte lügen sollen. »Aber ich täte meine Wache an Ihrer Stelle nicht so schnell ab.«

Daraufhin lachte er, und das ging einfach zuweit. Jocelyn fing an, in Form einer Salve auf ihn loszulassen, was sie von ihm hielt, als sie ein Pferd nahen hörte. Sie schnappte nach Luft, als sie sich umblickte und eine verschwommene graue Wolke in halsbrecherischer Geschwindigkeit auf sie zurasen sah. Das Herz schlug ihr fast in der Kehle.

»Wir werden demnächst eingeholt.«

»Ich weiß.«

»Sie – so tun Sie doch etwas!«

Das tat er auch. Er hielt sein Pferd an und ließ es umkehren. Er stieg sogar ab und zog sie mit sich hinunter. Aber er zog seine Pistole nicht und griff auch nicht nach seinem Colt. Sie starrte ihn an, als hätte er den Verstand verloren. Sie wartete nicht erst ab, ob es so war. Sie lief los und kam etwa fünfzehn Meter weit, ehe sie von den Füßen gerissen wurde. Ihr verängstigter Aufschrei schallte durch die Gegend und blieb ihr im Hals stecken, als sie wieder einmal auf ein Pferd geworfen wurde.

»Ist alles in Ordnung mit dir?«

Jocelyn blinzelte und traute ihren eigenen Ohren nicht, aber es war wirklich *seine* Stimme. Sie blickte zu ihm auf, um sich zu vergewissern, sah sein entflammtes, schönes Gesicht und wimmerte nur noch: »O Colt!«

Aus irgendeinem blöden Grund brach sie in Tränen aus und begrub ihr Gesicht an seiner Brust. Er hielt sein Pferd an, und dann schlangen sich seine Arme noch fester um sie. Einen Moment lang bekam sie keine Luft mehr, weil er sie zu dicht an sich preßte. Dieser Mann machte sich offenbar keine Vorstellung von seiner eigenen Kraft.

»Ist alles in Ordnung mit dir?« wiederholte er.

»Ja.«

»Warum weinst du dann?«

»Ich weiß es nicht!« Und sie schluchzte nur um so heftiger, bis sie Angel in der Ferne lachen hörte. Dann zuckte sie steif zusammen und fragte: »Wo ist dein Revolver?«

»Wieso?«

»Ich werde diesen miesen Kerl erschießen!«

»Nein, das wirst du nicht tun«, sagte Colt lakonisch. »Es mag sein, daß ich es tue, aber du wirst es nicht tun.«

Mit diesen Worten riß er sein Pferd herum und trabte an die Stelle zurück, an der Angel ihn erwartete – und immer noch fröhlich in sich hineinlachte. Jocelyn hatte keinen Sinn für den Humor dieses Mannes, aber sie war aufgebracht über sein Lachen. War ihm denn nicht klar, daß sie gerettet worden war, und diesmal *wahrhaftig* gerettet? Dann dämmerte es ihr. Es war wirklich vorbei, jetzt, da Colt hier war. Er würde nicht zulassen, daß ihr etwas zustieße. Es mochte zwar sein, daß er sie nicht mehr leiden konnte . . . wem machte sie hier eigentlich etwas vor? Er hatte sie noch *nie* leiden können. Also mochte er sie jetzt vielleicht noch weniger, aber er beschützte sie dennoch. Und niemand konnte ihr in dem Maß wie er ein Gefühl von Sicherheit und Geborgenheit vermitteln.

Fast tat ihr Angel leid, der sich seiner Gefahr immer noch nicht bewußt war. Bei diesem Gedanken verflog ihre Wut auf ihn. Schließlich hatte er ihr nichts angetan, sie sogar im Grunde genommen davor bewahrt, daß ihr etwas zugestoßen war. Colt wäre vielleicht rechtzeitig erschienen, um zu verhindern, daß Longnose sie tötete, aber er wäre zu spät gekommen, um das andere zu verhindern . . . das hatte Angel getan.

Das mußte sie ihm sagen, vor allem, da er geäußert hatte, daß er Angel möglicherweise erschießen würde. »Äh, Colt . . .«

»Nicht jetzt, Herzogin.«

»Aber, Colt . . .«

Es war zu spät. Er sprang von seinem Pferd, ehe es auch nur stillstand, und erst in dem Moment, als sie ihn beobachtete, wurde ihr klar, wie wütend er war. Angel mußte es ebenfalls erkannt haben. Sie hatte beide Männer schon ziehen gesehen, und in dem Fall konnte sie nicht mit Sicherheit sagen, wer der Schnellere sein würde.

Dann wurde Angel knapp zwanzig Zentimeter vom Boden hochgehoben. »Wenn du etwas größer wärst, du Mistkerl, dann würde ich dich jetzt windelweich schlagen!«

»Was soll das, Colt, ich habe doch getan, was du von mir wolltest.«

»Ganz und gar nicht!« Dabei schüttelte er ihn. »Du solltest dasein, um einzuspringen, falls sie sie schnappen, aber nicht, um sie zu schnappen!«

»Es war alles abgesichert!«

»Du kannst dich verdammt glücklich schätzen, daß ich mich abgesichert und dich nicht aus den Augen gelassen habe!« knurrte Colt, ehe er Angel losließ und ihn von sich stieß.

»Ich dachte mir schon, daß ihre Schüsse dir galten. Wann bist du dort eingetroffen?«

»Nicht früh genug, um dich daran zu hindern, sie über diesen Hügel zu bringen«, sagte Colt voller Abscheu, aber seine Stimme klang fast gequält, als er hinzufügte: »Verdammt noch mal, Angel, wenn ich erst hinterher erfahren hätte, was du riskiert hast, brächte ich dich jetzt wahrscheinlich um. Sie in eine derartige Gefahr zu bringen... ich sollte dich wirklich kurz und klein schlagen.«

»Okay«, sagte Angel beschwichtigend. »Vielleicht war es nicht gerade ein besonders geschickter Zug. Aber so gefährlich war es nun auch wieder nicht, Colt. Ich war lange genug bei diesem Haufen, um zu wissen, was von denen zu erwarten war. Die Hälfte von denen sind nichts weiter als Feiglinge, und der Rest könnte sich vor Dummheit kaum retten.«

»Aber warum zum Teufel hast du das getan?«

»Damit sie ihren Feind kennt. Das Recht hat jeder, Colt. Er hat schon die ganze Zeit den Vorteil, daß sie ihn nicht einmal erkennen würde, wenn sie ihm auf der Straße begegnen würde. Jetzt kennt sie ihn.«

»Du hättest diesen Mistkerl einfach umlegen und mir die Mühe sparen können«, murrte Colt.

»Davon hast du kein Wort gesagt.« Angel grinste breit. »Außerdem finde ich, auch das ist ihr Recht.«

Colts Wut brach bei diesen Worten wieder aus. »Für wen

zum Teufel hältst du sie, vielleicht für eine zweite Jessie? Sie ist eine verdammte Herzogin, um Himmels willen! Die laufen nicht rum und bringen Leute um, wenn sie jemand anderen einstellen können, damit er ihnen die Arbeit abnimmt.«

»Da wäre ich mir nicht ganz so sicher, Colt Thunder«, sagte Jocelyn mit einer gepreßten Stimme, die sie nur mühsam beherrschte. »Hättest du etwas dagegen, mir deine Waffe zu borgen, damit du dir selbst ein Bild davon machen kannst?«

Man konnte ihren Gesichtern entnehmen, daß sie sie beide während ihrer Auseinandersetzung ganz vergessen hatten. Angel zuckte zusammen. Colt drehte sich mit finsterer Miene zu ihr um. Aber der verdammte Kerl warf ihr doch wirklich sein Schießeisen zu. Das Mindeste, was sie jetzt zu tun hatte, war, den Hahn zu spannen und die Waffe auf ihn zu richten.

»Eigentlich sollte ich es tun.« Sie siedete vor Wut, zwar nicht genügend, um auf ihn zu schießen, aber doch bei weitem ausreichend, um ihn anzuschreien. »Warum zum Teufel hast du mir nicht gesagt, daß du jemanden in diese Schlangengrube geschickt hast? Ist dir klar, daß dein verdammter Freund mir mit keinem Wort zu verstehen gegeben hat, daß er auf deinen Wunsch hin dort war? Er hat von einer *Gefälligkeit* gesprochen, aber er hat mich in dem Glauben gelassen, daß er Longnose einen Gefallen tut. Und weißt du, was er Longnose versichert hat? Er hat ihm gesagt, er würde mich benutzen, bis er mich satt hat; und dann würde er mich natürlich töten.«

»Waaaas?« klagte Angel unschuldig, als Colt ihn wieder finster ansah. »Irgend etwas mußte ich ihm doch erzählen, damit er es sich genau überlegt, ehe er Jagd auf uns macht. Woher hätte ich denn wissen sollen, daß du da warst und sie uns von den Fersen abgezogen hast?«

»Und warum hast du ihr nicht gesagt, was los ist, sowie ihr von dort weg wart?«

»Ach, Mist, Colt, ich dachte, sie wüßte, daß ich ihm nichts weiter als einen Haufen Blödsinn aufgetischt habe. Ich habe sie oft genug damit aufgezogen. Ich habe ihr gesagt, sie hätte keinen Grund zur Sorge. Und sie hat sich nicht vor mir gefürchtet. Das einzige, was sie wirklich aus der Fassung gebracht hat, war, daß ich diesen hinterhältigen Dryden seinem Schöpfer überantwortet habe. Mir hat sich wirklich der Magen umgedreht, als er sie uns in der Form ausgeliefert hat.«

Colt sah Jocelyn jetzt wieder an, und sie hatte das Gefühl, auch sein Zorn schlüge wieder eine andere Richtung ein. Er war jetzt aus irgendwelchen Gründen wütend auf sie, aber sie konnte sich nicht vorstellen, weshalb.

»Ausgezeichnet«, sagte sie seufzend. »Jetzt bin ich also schuld, stimmt's? Würdest du mir vielleicht sagen, woran?«

»Das mußt du noch fragen? Du läßt dich von diesem Mistkerl mit seinen Lügen einwickeln, und dann besitzt du auch noch die Dreistigkeit, dich über seinen Tod aufzuregen. Ich glaube, mich zu erinnern, daß du mit keiner Wimper gezuckt hast, als ich einen dieser Halunken für dich umgelegt habe.«

Sie verstand immer noch nicht, was ihm nicht paßte. »Den Kerl, den du umgelegt hast, habe ich *nicht* gekannt. Ich hatte ihn vorher noch nie gesehen. Außerdem hast du ihn getötet, um mich vor ihm zu beschützen. Angel hat ihn kaltblütig erledigt. Ich hoffe, der Unterschied ist dir klar.«

Seine Lippen zogen sich zu einem schmalen Strich zusammen und zeigten ihr, daß sie ihn keineswegs beschwichtigt hatte. Angel sah sie jetzt auch finster an, nachdem sie diese Unterstellung geäußert hatte, aber er dachte gar nicht daran, sich mit ihr auseinanderzusetzen, solange Colt dabei war. Colt war viel zu heikel, wenn es um diese Frau ging. Aber er hielt es für notwendig, sich zu rechtfertigen. Kaltblütig, zum Teufel.

»Hast du über Dryden Bescheid gewußt, Colt?« fragte er und lenkte Colts Aufmerksamkeit von der Herzogin auf sich.

»Anscheinend nicht alles«, erwiderte Colt barsch. »Wann haben die ihn angeworben?«

»Als ihr alle in Silver City Station gemacht habt. Er hat sich einverstanden erklärt, uns die Herzogin auszuhändigen, und deshalb war es nicht nötig, euch so nahe zu kommen, daß ihr uns hättet entdecken können. Sie haben gesagt, daß er reiche alte Witwen umgebracht habe... nachdem sie ihn geheiratet haben. Willst du mir vorwerfen, daß ich ihn erledigt habe?«

»Ich hätte ihn selbst umgebracht, schon allein dafür, daß er sie an euch ausgeliefert hat. Himmel, damit habe ich nicht gerechnet. Mir ist endlich wieder eingefallen, wo ich ihn schon einmal gesehen habe. Er ist vor ein paar Jahren aus Cheyenne verjagt worden, weil er beim Kartenspiel als Betrüger aufgeflogen ist. Ich glaube mich zu erinnern, daß es dort eine Witwe gab, die sich auf eine Hochzeit vorbereitet hat und ein wenig außer sich war, als er die Stadt verlassen mußte.«

Jocelyns Augen loderten auf. »Und du hast es selbst dann nicht für nötig befunden, mir etwas zu sagen?«

»Damit ich deine kleine Romanze verderbe? Ich hätte nicht gedacht, daß dir das allzu gelegen gekommen wäre.«

War das etwa *Eifersucht*, die ihr hier ins Gesicht sprang? Der Gedanke war so unwahrscheinlich, daß er ... sich sofort wieder in Luft auflöste. Natürlich war es keine Eifersucht. Ihn wurmte wohl nur, daß er nicht alles über Dryden gewußt hatte. Aber sie hatte einen zu anstrengenden Tag hinter sich, um seine Mißmutigkeit auch nur noch einen Moment lang ertragen zu können, und Angels Humor ging ihr genausosehr auf die Nerven. Dieser elende Halunke grinste schon wieder!

»Was soll's«, sagte sie angewidert und warf Colt seine Waffe wieder zu, ehe die Versuchung einfach zu groß wurde. Sie ignorierte ihn gänzlich und wandte sich an Angel. »Die Etikette verlangt, daß ich mich bei Ihnen für Ihren Beistand bedanke, wenn Sie sich auch noch so verabscheuungswürdig benommen haben.« Er schnitt eine Grimasse, aber sie war noch nicht fertig mit ihm. »Gestatten Sie mir daher, Ihnen ein langes und ereignisloses Leben zu wünschen – und mögen Sie aus schierer Langeweile tot umfallen. Guten Abend, Gentlemen.«

Ohne einen von beiden auch nur noch eines Blickes zu würdigen, schwang sie ein Bein über Colts unbequemes Sattelhorn. Sie versuchte gar nicht erst, die Steigbügel zu finden, da die auf seine langen Beine und nicht auf ihre eingestellt waren. Aber trotz ihrer unsicheren Balance überlegte sie es sich nicht anders. Sie ritt davon.

Colt rührte sich nicht vom Fleck, und das brachte Angel dazu, beiläufig zu äußern: »Sie wird sich das Genick brechen, wenn sie auf diesem Pferd im Damensitz weiterreitet.«

»Sie reitet immer so.«

»Du hast nicht gerade den üblichen Sattel.«

Colt fluchte tonlos, ehe er schrie: »Komm sofort zurück, Herzogin!«

Natürlich beachtete sie ihn nicht. Aber er rührte sich immer noch nicht vom Fleck, um ihr zu folgen. Er stieß statt dessen einen schrillen Ruf aus und wartete, bis er sie fluchen hörte, als sein Pferd kehrtmachte. Das Pferd blieb in der Tat stehen und drehte um, aber statt zu fluchen, glitt die Herzogin lautlos vom Sattel. Dann hörte Colt einen schrillen Pfiff, den er schon einmal gehört hatte, aber inzwischen fast vergessen hatte, und ihr Hengst rannte ihn fast um, als das Tier ihrem Ruf folgte.

Er fluchte das Blaue vom Himmel herunter, als er dem Appaloosa entgegenlief und nur zu gut wußte, daß ihr Tier sie schon eher erreichen würde – und diesen Blitz, den sie als Pferd bezeichnete, würde er niemals einholen können. Angel ließ sich Zeit, ehe er aufstieg und ihnen folgte und dabei still in sich hineinlachte.

34

»Ich hoffe, dir ist klar, daß ich um zehn Jahre gealtert bin.«

»Ich glaube, jünger bin ich davon auch nicht gerade geworden«, teilte Jocelyn der Gräfin mit, als sie sich tiefer in die kleine Wanne sinken ließ, die in ihrem gemeinsamen Zimmer aufgestellt worden war.

»Wenn ich doch nur...«

»O Vana, hör bitte, *bitte*, endlich auf, dir Vorwürfe zu machen. Niemand hätte wissen können, was für ein wahrhaft abscheulicher Mann sich unter all diesem Charme verborgen hat. Colt hat nicht geahnt, wozu er fähig war, und er wußte, daß Dryden ein Taugenichts war.«

»Also, mich freut es, daß dieser nette Angel ihn um die Ecke gebracht hat, mich freut es wirklich. Das war das Mindeste, was er verdient hatte.«

»Nett? Angel?« brachte Jocelyn erstickt heraus. »Dieser Mann...«

»Hat dich gerettet, meine Liebe.«

»Auf Kosten meines Seelenfriedens!«

Die Gräfin schnalzte mit der Zunge. »Du darfst die Mittel nicht so kleinlich sehen. Was zählt, ist das Endergebnis.«

»Colt war da«, hob Jocelyn verdrossen hervor. »Er hätte nicht zugelassen, daß jemand mich anrührt.«

»Aber das hat sein Freund nicht gewußt. Sein Freund hat sein Leben aufs Spiel gesetzt, um dich entgegen aller Wahrscheinlichkeit dort rauszuholen.«

»Sein *Freund* hat mich überhaupt erst dort hingebracht!« gab Jocelyn zurück. Sie fand, sie hätte sich jetzt genug angehört. »Und dazu ließe sich noch sagen, daß sein Freund mir mit keinem Wort zu verstehen gegeben hat, daß er sein Freund *ist*. Und jetzt kein Wort mehr über diesen abscheulichen Kerl. Colt hat das ganz richtig gesehen. Er hätte ihn kurz und klein schlagen sollen.«

Vanessa zog die Augenbrauen hoch. »Was soll das heißen, Jocelyn?«

»Das soll heißen, daß er nicht mehr aufgestanden wäre. Du weißt schon, die Eingeweide über den Boden verteilt und alles, was dazugehört.«

Vanessa legte die Stirn in Falten, denn sie ging davon aus, daß Jocelyn nur sarkastisch war. »Ich finde das gar nicht komisch, meine Liebe.«

»Es sollte auch kein Witz sein.«

»Ach so... nun ja...«

Jocelyn wartete, doch mit ihrer letzten Äußerung hatte sie Vanessa entschieden zum Schweigen gebracht. Sie wandte sich ihrer Stickerei mit so schnellen und ingrimmigen Stichen zu, daß sie wahrscheinlich alles wieder auftrennen mußte. Jocelyn entspannte sich in der kleinen Wanne, so gut es eben ging, und schloß die Augen. Es war ihre erste Gelegenheit, sich wieder einmal wirklich zu entspannen, seit Longnose Glück gehabt hatte – oder doch fast Glück gehabt hätte.

Sie wollte nicht daran denken, wie knapp sie diesmal entkommen war, und es paßte ihr auch nicht, daß sie sich jetzt ein Bild von diesem abscheulichen Mann machen konnte. Aber sie mußte zugeben, daß Angel in einer Hinsicht recht gehabt hatte. Ganz gleich, wie sehr es sie bedrückte, sich an das Gesicht des Engländers zu erinnern, war es doch nur zu ihrem Vorteil, daß sie jetzt wußte, wie er aussah.

Als sie in jener Nacht das Rennen begonnen hatte, um Colt abzuhängen, war sie schon nach kurzer Zeit auf ihre Männer gestoßen, aber damit hatte sie schon fast gerechnet, als sie verblüfft festgestellt hatte, daß sie auf der Hauptstraße war. Angel hatte sie wirklich zielstrebig und von Anfang an zu ihren Leuten zurückgebracht. Colt war dicht hinter ihr gewesen, und er war so wütend gewesen, daß sie erwartet hatte, er würde ihr eine Szene machen, doch er hatte lediglich zu ihr gesagt: »Jemand sollte dein Temperament zügeln.«

Später erfuhr sie dann, daß Colt der einzige gewesen war, der den Schuß gehört hatte, mit dem Dryden zur Strecke gebracht worden war. Daher hatte er sie auch so schnell finden können. Als sie nicht um die übliche Zeit zurückgekommen war, hatten sich ihre Männer auf die Suche nach ihr gemacht, aber sie waren gezwungen gewesen, ihre Fährte in die Berge zu verfolgen, und Angel hatte wieder einmal recht gehabt – es waren keine Spurenleser unter ihnen.

Maura Dryden, oder wie auch immer sie in Wirklichkeit heißen mochte, war verschwunden, als sie ins Lager zurückkehrten. Vanessa war davon ausgegangen, daß sie ein Pferd gestohlen hatte und noch bei Tageslicht aufgebrochen war, aber sie konnte es nicht mit Sicherheit sagen. Sie und die anderen Frauen waren zu besorgt gewesen, und niemand hatte darauf geachtet. Aber der Schluß lag nah, daß Maura in Panik aufgebrochen sein mußte, als Miles nicht zurückgekehrt war, um von Jocelyns ›Unfall‹ zu berichten, wie er es geplant hatte. Sie mußte davon ausgehen, daß er entweder sie sitzengelassen hatte oder daß etwas schiefgegangen war. In beiden Fällen war es das Klügste, nicht dazubleiben und sich Gewißheit zu verschaffen.

Jocelyn wäre nicht überrascht gewesen, wenn sie sich irgendwo in Sante Fé versteckt gehalten hätte, aber vielleicht auch in der Stadt, um die sie einen Bogen gemacht hatten. Sie glaubte nicht, daß die Frau aus dieser Gegend verschwinden würde, solange sie nicht erfahren hatte, was aus ihrem Liebhaber geworden war. Was aus Maura würde, interessierte sie nicht besonders, solange sie diese Frau nur nie wiedersehen müßte.

Auf Colts Vorschlag hin waren sie schnurstracks nach Santa Fé geritten und hatten auf dem Weg nur kurz Rast gemacht, um die Pferde verschnaufen zu lassen. Es war nicht angenehm gewesen, in den Kutschen zu schlafen, aber sie hatten die alte Stadt in der Hälfte der Zeit erreicht, und wahrscheinlich suchte der Engländer sie und Angel immer noch in den Bergen. Diese Eile war nicht wirklich notwendig gewesen. Mit seiner kleinen Schar hätte er sie nicht angegriffen. Aber ihnen bot sich die Gelegenheit, ihn wieder einmal abzuhängen. Sie konnten jetzt vom Weg abbiegen, per Bahn weiterreisen oder sich sogar von ihm überholen lassen.

Aber bisher war noch keine Entscheidung getroffen worden. Jocelyn hoffte auf eine Gelegenheit, die weiteren Schritte mit Colt besprechen zu können, doch der letzte Zusammenstoß mit Longnose hatte nichts an seinen Gewohnheiten geändert. Seit diesem Zwischenfall hatte sie ihn nicht mehr zu sehen bekommen.

»Weißt du, eins muß ich wohl zugeben: Unser Reiseführer hat sich in diesen Unannehmlichkeiten sehr gut gehalten.«

Jocelyn riß die Augen auf. Lieber Gott, hatte Vanessa die ganze Zeit daran herumgegrübelt? Wenn ja, dann war sie wahrscheinlich zu einem Schluß gekommen, der Jocelyn bestimmt nicht gefallen würde.

»Das fand ich auch«, stimmte Jocelyn ihr zögernd zu – zumindest, bis er ohne jeden ersichtlichen Grund wieder wütend auf mich war, fügte sie in Gedanken hinzu.

»Mich hat doch recht beeindruckt, wie er deine Verfolgung aufgenommen hat«, fuhr Vanessa fort, »ohne erst kostbare

Zeit zu vergeuden und Hilfe zu holen, obwohl er nicht wußte, was er vorfindet, wenn er auf dich stößt.«

»Er wußte, daß Angel dort sein würde.«

»Nein, selbst das konnte er nicht mit Sicherheit wissen, wenn du es dir noch einmal überlegst. Als er in der Nacht nach Benson zurückgeritten ist, in der wir ganz in der Nähe der Stadt unser Lager aufgeschlagen hatten, und dort seinen Freund getroffen hat, hat er ihn lediglich gebeten, sich dem Engländer zur Verfügung zu stellen, falls sich eine Gelegenheit dazu bieten würde. Er konnte absolut nicht wissen, ob es Angel gelungen war, sich den Halunken anzuschließen, und auch nicht, wie viele andere Männer Longnose in der Zwischenzeit hinzugezogen hat.«

Vanessa verteidigte plötzlich Colt? Jocelyn wollte wirklich nicht wissen, wohin das noch führen sollte. Und doch freute es sie aus irgendwelchen Gründen, ein Loblied auf Colt zu hören, insbesondere aus dem Mund ihrer Freundin.

»Tja, er ist mir nie wie ein Mann vorgekommen, der sich besorgt seine Chancen ausrechnet.« Dann trat ein verschmitztes Lächeln in Jocelyns Augen. »Glaubst du, daß könnte etwas mit seiner Abstammung zu tun haben? Schließlich haben sich die meisten dieser Geschichten, die wir über die Indianer gehört haben, darum gedreht, daß sie in kleinen Zahlen große Scharen von Siedlern angegriffen haben.« Jocelyn mußte gewaltsam das breite Grinsen zurückhalten, das ihre Mundwinkel zu verziehen drohte, als sie sah, mit welchem finsteren Gesicht Vanessa auf ihre Beobachtung reagierte.

»Ich glaube, dahinter steckt nichts weiter als Mut«, beharrte Vanessa.

Das wurde ja immer schöner. Wenn die Gräfin so weitermachte, würde Colt noch zum Heiratskandidaten. Wenn er einen sechsten Sinn besaß, sollte er jetzt schon schleunigst das Weite gesucht haben.

»Ich frage mich, warum Babette nicht mehr Wasser bringt.«

»Komm mir nicht vom Thema ab«, schalt Vanessa sie aus.

»Nein, keineswegs. Ich habe nie an Colts Mut gezweifelt,

Vana. Vielleicht an seinem gesunden Menschenverstand, aber nie an seinem Mut.«

»Warum bittest du Colt dann nicht, sich um Longnose zu kümmern?«

Das war es also. Jocelyn hatte von Anfang an gewußt, daß es ihr nicht gefallen würde. Damals nach der Schlägerei hatte sie sich so miserabel benommen, daß sie Colt nie mehr um etwas bitten konnte, und schon gar nicht darum, sein Leben einmal mehr für sie aufs Spiel zu setzen.

»Jetzt nennst du ihn also ›Colt‹, weil du endlich einen Verwendungszweck für ihn gefunden hast?«

Vanessa besaß den Anstand, einen verlegenen Eindruck zu machen. »Ich habe nie behauptet, er sei uns nicht nützlich, meine Liebe, sondern nur, daß der Zweck, zu dem du ihn benutzt hast, erfüllt ist.«

»Mir paßt das Wort ›benutzen‹ nicht. *Ihm* ist es verhaßt.«

»Was?«

»Er ist schon zur Genüge benutzt worden, Vana.«

»Aber diesmal geht es doch um etwas ganz anderes.«

»Ich bezweifle, daß er es so sehen würde. Außerdem habe ich ihn schon an dem Tag, als wir uns kennengelernt haben, gefragt, ob ich ihn dafür engagieren könnte, Longnose zu finden und ihn an die Behörden zu übergeben. Er hat es abgelehnt.«

»Das war noch, bevor er ein intimeres Interesse an dir gefaßt hat«, hob Vanessa hervor.

Glut stieg in Jocelyns Wangen auf und vertrieb die Kälte des abkühlenden Wassers, das sie bisher hatte frösteln lassen. »Ich würde unsere intimen Kontakte nie als Druckmittel gegen ihn einsetzen!«

»Ich wollte dir damit nicht vorschlagen...«

»Ach, nein?«

Einen Moment lang schwiegen beide, Jocelyn erbost, Vanessa zerknirscht.

»Es tut mir leid«, sagte Vanessa schließlich. »Es ist nur einfach so, daß ich mir große Sorgen um dich mache. So erfolgreich wie diesmal war Longnose noch nie. Der Mann hat so oft Schnitzer gemacht, daß ich fürchte, ich hatte schon angefangen, in ihm nur einen unfähigen Stümper zu sehen, der keine ernsthafte Bedrohung darstellt, sondern nur lästig ist. Das hat sich jedoch als ein Irrtum herausgestellt, seit wir in diese Wildnis gekommen sind, die anscheinend in ihren Bewohnern die schlechtesten Eigenschaften aufblühen läßt.«

»Oder auch die besten.«

»Ja, sicher... wenn du Colt nicht noch mehr zur Last fallen willst, dann verstehe ich das natürlich. Manche Männer kommen auf die absurde Idee, wenn man sie um etwas bittet, können sie zur Entschädigung dafür alles verlangen, was sie wollen, und ich brauche dir wohl kaum zu sagen, was sie meistens fordern.«

»Nein, das weiß ich selbst.« Jocelyn nickte weise. »Ein Abendessen.«

»Nein, meine Liebe«, setzte Vanessa an, doch dann sah sie den spöttischen Glanz in diesen grünen Augen und wußte, daß ihr verziehen worden war. »Ja, wirklich, ein Abendessen... für manche Männer wäre das wohl das große Los. Ist dir aufgefallen, auf wie vielen Speisegaststätten im Westen das Schild prangt: ›Hausmacherkost‹? Das scheint in diesem Land von besonders großer Bedeutung zu sein.«

Sie lachten beide schon, ehe die Gräfin ihren Satz beendet hatte, und sie lachten immer noch, als Babette hereinplatzte, ohne vorher anzuklopfen. Vanessa wurde sofort nüchtern, da ihr wieder einfiel, wann das Mädchen das letzte Mal derart hereingestürzt war *und* noch dazu so ausgesehen hatte – weitaufgerissene blaue Augen und zitternde Hände. *Nicht schon wieder*, stöhnte sie innerlich, doch Babettes erste Worte bewiesen bereits, daß ihr Auftritt wirklich eine Wiederholung war.

»Monsieur Thunder, es ist auf ihn geschossen worden!«

Vanessa schloß seufzend die Augen – bis sie das Wasser schwappen hörte. Dann fiel ihr wieder ein, was beim letzten Mal sonst noch passiert war, und sie sprang von ihrem Stuhl auf, um Jocelyn den Weg zu versperren. Tatsächlich erreichte sie die Tür nur mit knappem Vorsprung vor der Herzogin.

»Du wirst jetzt *nicht*...«

»Vana!«

Die Gräfin weigerte sich, sich vom Fleck zu rühren. »Sie hat gesagt, daß auf ihn geschossen worden ist, nicht daß er erschossen worden ist. Er ist doch nicht tot, oder, Babette?«

»*Non*, Madame.«

»Da, siehst du? Es besteht kein Anlaß, in heller Panik aus dem Zimmer zu stürzen, und noch dazu ohne Kleider... oder hast du noch nicht bemerkt, daß du splitternackt bist, meine Liebe?«

Jocelyn hatte sich bereits abgewandt, um ihren Bademantel zu suchen. Babette brachte ihn ihr. Vanessa wußte, daß es zwecklos gewesen wäre, Jocelyn vorzuschlagen, sie solle sich ein wenig angemessener kleiden. Jocelyn hatte ihren Bademantel kaum zugebunden, als sie auch schon durch die Tür gelaufen war.

Vanessa seufzte noch einmal und bedachte das Mädchen mit einem mürrischen Blick. »Babette, ich muß wirklich mit dir über diesen Hang zum Melodramatischen reden, den du dir zugelegt hast.«

35

Jocelyn hatte nicht gewußt, welches Colts Zimmer war, aber da ein halbes Dutzend ihrer Männer um die offene Tür herumstand, war es nicht schwer zu finden. Sie bahnte sich einen Weg durch die Menge und fand noch mehr von ihren Leuten im Zimmer vor, nämlich Angel, Billy und Alonzo. Colt saß auf einem Stuhl, hatte sein Hemd ausgezogen, und von seinem Arm tropfte Blut unter einem dicken, feuchten Polster heraus.

Ihr Herz sackte beim Anblick des Blutes herunter, aber nur einen Moment lang, dann beruhigte es sich von dem rasenden Pochen, das eingesetzt hatte, als sie aus ihrem Zimmer gerannt war. Er saß aufrecht da, sprach mit den Männern, und er sah vollkommen in Ordnung aus, wenn man das Blut außer acht ließ. Es war keine tödliche Verletzung.

Colt nahm etwa gleichzeitig mit ihr wahr, daß sämtliche

Männer im Raum sie anstarrten. Aber einen Moment lang war es fast so, als seien alle anderen verschwunden. Er sah nur noch sie und ihre unzureichende Kleidung; der weiße Samtmantel schmiegte sich an ihre feuchten Rundungen, das umwerfende rote Haar war achtlos hochgesteckt, und lange, nasse Strähnen fielen auf den Samt um ihre Brüste, auf ihrem Hals und ihren Wangen glitzerten noch Wassertropfen, und sie war barfuß.

Fast wäre er aufgestanden und hätte die Hände nach ihr ausgestreckt, denn seine Regungen waren spontan und übermächtig. Es traf ihn wie ein Fausthieb in die Magengrube, als er hörte, wie sich jemand räusperte, und feststellte, daß sie nicht allein miteinander waren, daß er sie nicht berühren durfte, nicht die Perlen von ihrem Hals küssen durfte, wonach er sich so sehr verzehrte, nicht einmal in ihre Nähe kommen durfte. Er konnte sie nur anstarren und beobachten, wie ihr bleicher Teint sich rötete, als auch sie wahrnahm, daß sie nicht allein miteinander waren, daß sie sich über jeden Anstand und jegliche Manieren hinweggesetzt hatte, daß sie nahezu nackt dastand. Und plötzlich regte sich in ihm das unbändige Verlangen, sämtliche anwesenden Männer zu töten, und das nur, weil sie sie so gesehen hatten.

Jocelyn erholte sich schneller als er von ihrem Schrecken, und das war ein Glück, denn Colt hätte sie im nächsten Moment in teuflische Verlegenheit gebracht. Er hätte sie sich über die Schulter geworfen und sie wieder in ihr Zimmer gebracht, dahin, wo sie hingehörte. Wenn sie das gewußt hätte, wäre es ihr nicht gelungen, sich derart dreist aus der peinlichen Lage zu winden, in die sie sich so schon gebracht hatte.

Aber Unverschämtheit konnte nützlich sein, und ihr blieb nichts anderes mehr übrig, als so zu tun, als sei es das Normalste auf Erden, daß ihre Männer sie in diesem Zustand sahen, obwohl es bisher nie dazu gekommen war. Sie mußte einfach einen einleuchtenden Grund für ihr Erscheinen finden. Natürlich wäre es hilfreich gewesen, wenn Colts Verletzungen etwas übler ausgesehen hätten.

»Ist schon ein Arzt gerufen worden?« Da sie die Frage nicht an einen bestimmten Mann gerichtet hatte, nahm sie nicht wahr, wer ihr eine abschlägige Antwort darauf gab. »Dann seien Sie doch bitte so gut, einen zu holen, Rob...«

»Ich brauche keinen Arzt«, mischte sich Colt ein.

»Vielleicht muß es nicht sein, aber es kann nichts schaden...«

»Ich *will* keinen Arzt – Ma'am. Was ich will, ist meine Ruhe.«

Er sagte es mit ruhiger Stimme, aber die mühsam unterdrückte Wut war aus seinem Tonfall herauszuhören, und die Männer zogen sich augenblicklich zurück. Nur Angel, der am Fußende des Bettes saß und am Bettpfosten lehnte, blieb zurück, und Billy, der wieder das Tuch auswrang, mit dem Colt seine Wunde gereinigt hatte – und Jocelyn, die immer noch mitten im Zimmer stand.

Colt entschloß sich, sie zu ignorieren. Er hoffte, sie würde diesen Fingerzeig verstehen und verschwinden. »Eil dich, Junge, ehe ich verblute.«

Das war das Dümmste, was er hätte sagen können. Jocelyn hatte gerade gehen wollen. Sie konnte später noch herausfinden, wie er zu dieser Schußverletzung gekommen war. Sie hätte gar nicht erst kommen dürfen, um nachzusehen, ob alles mit ihm in Ordnung war.

»Sie brauchen doch einen Arzt!« sagte sie jetzt.

»Nein, verdammt noch mal, ich brauche keinen«, fauchte Colt, dem sein eigener Fehler bewußt wurde. »Das war nur eine... was zum Teufel tun Sie da?«

Jocelyn war bereits auf ihn zugekommen und streckte die Hand nach dem feuchten Tuch aus, das die Wunde bedeckte. »Ich möchte mich mit eigenen Augen vergewissern...«

Er fiel ihr wieder ins Wort. »Lassen Sie Ihre Finger davon, Herzogin. Es ist nichts weiter als ein Kratzer.«

»Zum Teufel, Colt, seit wann bist du denn ein derart störrischer Kerl?« äußerte sich Angel, der vom Bett aufsprang. »Warum läßt du sie nicht ran, wenn sie sich schon freiwillig anbietet? Es ist eine schlichte Tatsache, daß Frauen zartere Finger haben.«

»Ich glaube, mich zu erinnern, daß du dich fürchterlich angestellt hast, als Jessie dir diese Kugel rausoperiert hat.«

»Deine Schwester ist eben die Ausnahme.« Angel grinste. »Komm schon, Billy, er ist in guten Händen.«

»Billy, komm sofort zurück!« rief Colt, als Billy Angel aus dem Zimmer folgen wollte.

»Aber Angel hat recht, Colt. Lady Jocelyn kann deine Wunde besser verbinden, als ich es könnte.«

Colt brauchte ihn nicht, damit er ihm einen Verband anlegte, sondern als Puffer. Verstand das denn keiner von beiden? Offensichtlich nicht, denn die Tür schloß sich hinter ihnen, und er blieb mit der Herzogin allein zurück.

»Ich dachte, ich hätte dich vor ein paar Wochen schon gewarnt«, sagte er mit ruhiger Stimme und achtete sorgsam darauf, sie nicht anzusehen, als sie an seiner Seite stand. »Hast du das ganz vergessen?«

»Nein, aber das ist ein Notfall, findest du nicht auch?«

»Es ist nichts weiter als eine kleine Schramme, Herzogin.«

»Trotzdem muß sich jemand darum kümmern. Und da deine Freunde und deine Angehörigen dich im Stich gelassen haben und du mir in die Hände gefallen bist, solltest du endlich zulassen, daß ich mich darum kümmere, und jetzt hör auf, ein... störrischer Kerl zu sein.«

Fast hätten sich seine Lippen verzogen. Ihrer Arroganz hätte es nicht geschadet, eins aufs Dach zu kriegen, aber ihre Zähigkeit konnte er nur bewundern. Und er stellte fest, daß er sogar ihre Nähe ertrug, solange er den Blick starr auf andere Gegenstände richtete – eine Weile zumindest. Zu seinem Kummer stellte er aber auch fest, daß es ihm gefiel, von ihr umsorgt zu werden. Natürlich veranstalteten Frauen immer einen gewaltigen Wirbel, wenn ein Mann verwundet war, und doch hätte *sie* sich nicht persönlich mit ihm abgeben müssen. Sie hatte andere, die sie an ihrer Stelle hätte schicken können. Warum also hatte sie das nicht getan? Und warum hatte sie geradezu gehetzt gewirkt, als sie sich einen Weg in sein Zimmer gebahnt hatte?

»Was hat man dir gesagt, daß du aus der Badewanne aufgesprungen bist, ohne dich auch nur vorher abzutrocknen?«

Jocelyn errötete bis zum Haaransatz. »Ich wollte nicht, daß du es merkst.«

»Blödsinn, glaubst du, irgend jemand hätte es nicht bemerkt?« brummte er. Dann sagte er: »Autsch!« als sie ihm ohne Vorwarnung ein frisches, nasses Tuch auf den Arm preßte. Er würde Angel allerdings darüber aufklären, daß es zu seiner Theorie der zarten Hände noch eine weitere Ausnahme gab.

»Wer, sagtest du, hat dir Englisch beigebracht?«

»Meine Schwester«, erwiderte er gereizt.

»Dann läßt *ihr* Englisch einiges zu wünschen übrig.«

»Ein paar Worte habe ich selbst aufgeschnappt.«

»Es freut mich, das zu hören. Aber jemand hätte dir beibringen sollen, wo diese Wörter hingehören und daß man sie bestimmt nicht benutzt, wenn eine Dame anwesend ist.«

»Du hast meine Frage nicht beantwortet.«

»Mir ist berichtet worden, daß auf dich geschossen worden ist.«

»Hattest du Angst, du hättest deinen Reiseführer verloren?«

»So in etwa«, erwiderte sie trocken.

Jetzt blickte er finster und ließ sich tiefer auf den Stuhl sinken. »Geht das nicht schneller?«

»Für eine kleine Schramme sieht es ziemlich scheußlich aus.« Die Kugel hatte die obere Muskelschicht weggerissen. Warum er nicht darüber klagte, konnte sie nicht verstehen. »Ein paar Stiche wären nicht schlecht, damit keine ganz so große Narbe zurückbleibt, wenn die Wunde verheilt ist.«

Sollte das ein Witz sein? »Ein Mann stört sich nicht an ein paar Narben.«

»Das habe ich bereits bemerkt.«

Er sah sie scharf an, aber sie schaute nur die Narben auf seiner Brust an. So, wie er sich auf dem Stuhl zusammengekauert hatte, konnte sie seinen Rücken nicht sehen.

»Und du stellst keine Fragen?«

»Ich glaube, ich kenne die Antwort schon«, erwiderte sie und wandte ihre Aufmerksamkeit wieder seinem Arm zu. »Es nennt sich Sonnentanz, nicht wahr?«

Sein Erstaunen war zu groß, um es zu verbergen. »Wo hast du das gehört?«

»Von Miles. Er hat angedeutet, du könntest solche Narben haben. Ich habe ihm natürlich kein Wort geglaubt. Es klang so barbarisch, wie er diesen Tanz beschrieben hat... Holzpflöcke werden einem Mann in die Brust gebohrt, und dann wird er an Seilen, die an den Pflöcken befestigt sind, an einem Baum aufgehängt, bis das Fleisch einreißt und die Seile die Pflöcke herausziehen. Findet es wirklich in der Form statt?«

»In etwa.«

»Aber warum sollte man sich selbst so etwas antun, sich absichtlich selbst quälen?«

»Ich bin nur ein blöder Indianer, hast du das vergessen? Wir wissen es eben nicht besser.«

Sie sah ihm zum ersten Mal in die Augen, seit sie begonnen hatte, seine Wunde zu reinigen. »Ich dachte, ich hätte dich gebeten, das bleiben zu lassen«, schalt sie ihn sanft aus. »Ich habe dir aus reiner Neugier eine Frage gestellt, weil ich gehofft hatte, einen Brauch einer Kultur, die mir nicht vertraut ist, besser verstehen zu können. Aber wenn du keine Lust hast, es mir zu erklären, dann vergiß bitte, daß ich gefragt habe.«

Wie kam es, daß er sich plötzlich ganz winzig vorkam? »Es ist ein religiöses Zeremoniell«, sagte er nach einem kurzen Schweigen und richtete seinen Blick wieder zum anderen Ende des Zimmers. »Ein Zeremoniell der Erneuerung und ein Gebet um den Segen. Nicht alle Krieger nehmen daran teil, aber diejenigen, die das Ritual mitmachen, tragen ihre Narben voller Stolz als eine Bestätigung des göttlichen Segens.«

»Religion«, sagte sie versonnen. »Ich hätte darauf kommen können, daß es so einfach ist.« Sie hätte diese Narben so gern berührt, daß ihre Finger nahezu zitterten. »Es muß entsetzlich schmerzhaft gewesen sein. War es das wert – für dich persönlich? Hattest du das Gefühl, deinen Segen empfangen zu haben?«

»Nur eine kurze Zeit lang.«

»Das tut mir leid.«

Er sah überrascht zu ihr auf. »Warum?«

»Wenn jemand gräßliche Schmerzen auf sich nimmt, um einen Segen zu erlangen, dann sollte man doch erwarten können, daß dieser Segen von Dauer ist, oder nicht? Weshalb sollte man sich sonst solchen Qualen aussetzen?«

»Darüber habe ich mir noch keine Gedanken gemacht.«

Sie merkte, daß ihre Auffassung ihn amüsierte. Er lächelte zwar nicht wirklich, aber sie wußte, wann ihn etwas belustigte. Dennoch beschloß sie, sich nicht daran zu stören. Schließlich war dieser Mann verwundet.

»Ja, gut, das ist wohl nicht so wichtig. Warum erzählst du mir nicht, wie es dazu gekommen ist?« sagte sie und deutete auf seine Fleischwunde.

In Colt vollzog sich ein schneller und bestürzender Wandel. »Ich bin unvorsichtig gewesen.«

Als er das nicht näher ausführte, ärgerte sich Jocelyn so sehr, daß sie beschloß, ihn bewußt falsch zu verstehen. »Du hast dich selbst getroffen? Wie ungeschickt von dir.«

Er sah sie haßerfüllt und vielversprechend an. »Der Schuß ist aus einer dunklen Gasse gekommen. Als ich am hinteren Ende der Gasse angelangt bin, saß der Mistkerl schon auf seinem Pferd und ist aus der Stadt getürmt.«

»Dann weißt du nicht, wer es war?«

»Ich habe sein Gesicht nicht gesehen, nein, das nicht, aber ich habe sein Pferd wiedererkannt. Ich habe ein besseres Gedächtnis für Pferde als für Menschen. Das Tier hat dem Jungen gehört, der mit Angel geritten ist, als er dich zu dem Engländer gebracht hat. Ich glaube, Angel hat gesagt, daß er Pete Saunders heißt.«

»Aber ich dachte, wir hätten sie abgehängt!«

»Offensichtlich sind sie wild entschlossen, sich nicht mehr von der Fährte abbringen zu lassen, Herzogin. Sie wußten, wohin wir wollten. Und dann haben Sie die Fahrzeuge, die uns selbst dann langsamer vorankommen lassen, wenn wir kein Lager aufschlagen. Sie hätten mühelos an uns vorbeireiten und vor uns hier ankommen können.«

»Was sollte uns dann *unsere* Eile nutzen?«

»Es bestand eine kleine Chance, daß sie auf Angels Geschichte hereinfallen und Zeit damit vergeuden, die Berge nach Ihnen abzusuchen. Aber sie müssen Glück gehabt und herausgefunden haben, wo er einen Haken geschlagen hat.«

»Und was soll ich jetzt tun?« sagte sie und band seine Wunde in ihrer Aufregung etwas zu fest ab. »Ich vermute, sie behalten das Eisenbahnnetz im Auge, sie beobachten... Moment mal. Warum haben sie auf dich geschossen?«

»Aus dem üblichen Grund«, antwortete er trocken. »Um mich zu töten.«

Jetzt wurde er mit einem haßerfüllten Blick bedacht. »Longnose hat noch nie einem von meinen Leuten etwas angetan. Warum sollte er das auch tun? Es muß irrtümlich passiert sein.«

In ihrer Aufregung hatte sie angefangen, vor ihm auf und ab zu laufen. Colt mußte sich zwingen, seinen Blick von ihrem Bademantel loszureißen, der bei jedem Schritt aufzuspringen drohte.

»Es war kein Irrtum, Herzogin. Was würden Sie ohne einen Reiseführer anfangen?«

»Einen anderen Reiseführer...« Sie brachte diesen Gedanken nicht zu Ende. In ihre Augen trat ein Wissen, das sie nicht akzeptieren wollte. »Aber ich habe sie alle persönlich gesehen. Wie können sie jetzt noch glauben...«

»Es wäre kein Mann, den Sie wiedererkennen könnten. Ihr Longnose wird sich jemand anderen suchen, und wahrscheinlich hat er längst jemanden gefunden. Hat Angel Ihnen nicht gesagt, daß das der ursprüngliche Plan war, ehe ihnen Dryden über den Weg gelaufen ist?«

»Ihr Angel war so wortkarg wie eine Sphinx. Natürlich hat er mir nichts davon gesagt. Aber wenn er es Ihnen gesagt hat... warum sind Sie dann nicht weggegangen?« Sie bekam einen Blick zugeworfen, in dem eine derart glühende Wut stand, daß sie beinah gelächelt hätte. »Ach, stimmt ja, Sie gehen ja nicht einfach weg.« Sie fühlte sich gleich viel besser. »Sehen Sie, ich hatte von Anfang an recht, als ich fand, daß ich Sie wirklich brauche. Wenn Ihnen irgend etwas zustoßen würde, könnte ich niemanden als Ihren Ersatz einstellen. Ich könnte mich nicht darauf verlassen, daß er nicht doch in den Diensten von Longnose steht.«

Colt hörte nicht mehr viel, nachdem sie ihm beteuert hatte, daß sie ihn brauchte. Wenn es ihm nicht gelänge, sie schleunigst aus seinem Zimmer zu vertreiben, würde er sie gar nicht mehr gehen lassen.

»Gut, Herzogin, dann stehen Ihnen im Moment nur wenige Möglichkeiten offen. Der Zug scheidet aus. Wie Sie bereits sagten, stehen die Züge, aber auch Ihre Kutschen, unter Beobachtung. Wenn Sie Ihre Leute aufspalten und einen Teil auf den Engländer ansetzen und den Rest zu Ihrem Schutz behalten, machen Sie es ihm noch leichter.«

Sie legte die Stirn in Falten. »Ich weiß, daß Sie sagten, *Sie* würden keine Jagd auf ihn machen, aber was ist mit Angel? Glauben Sie, er könnte sich für diese Aufgabe interessieren?«

Er schüttelte den Kopf. »Er hat geschäftlich in Texas zu tun, Dinge, die er ohnehin schon verschoben hat. Er bricht morgen früh auf.«

»Und was bleibt mir jetzt noch übrig?«

»Entweder Sie verschanzen sich und warten, bis Ihr Feind genügend Männer um sich versammelt hat, um Sie anzugreifen, oder...«

Er beendete seinen Satz nicht, und sie konnte erkennen, daß er sich das, was nach dem ›Oder‹ hätte kommen sollen, entweder anders überlegt hatte, oder daß er es nicht gründlich genug durchdacht hatte. Sie war zu ungeduldig, um ruhig abzuwarten.

»Oder?«

Er sah sie lange und nachdenklich an und zuckte dann die Achseln. »Sie können sich von den anderen abseilen.«

Einen Moment lang glaubte sie, das sei ein Witz. Es konnte nicht sein Ernst sein. Aber sie spürte, daß seine Lässigkeit aufgesetzt war, daß er angespannt, ja sogar erwartungsvoll, war.

»Ohne jeden Schutz?«

»Mit mir. Ich kann Sie sicher nach Wyoming bringen, aber das würde bedeuten, nur Sie und ich und die Pferde und anstrengende Ritte. Ihre Leute müßten Ihnen in einem Tempo folgen, das ihnen gemäß ist.«

»Nur Sie und ich...«, setzte sie an, doch ihr Kopf schwirrte immer noch, als ihr die Möglichkeiten aufgingen, die sie hatte. »Aber Sie haben mich gewarnt, ich sollte mich von Ihnen fernhalten«, erinnerte sie ihn wieder. »Weshalb sollten Sie mir jetzt anbieten...«

»Verstehen Sie mich nicht falsch, Herzogin«, fiel er ihr mit gesenkter Stimme ins Wort, die sie nahezu hypnotisch in ihren Bann zog. »Ich garantiere Ihnen, daß Sie heil und ganz in Wyoming ankommen. Ansonsten verspreche ich Ihnen gar nichts. Haben Sie verstanden, was ich sage?«

Sie nickte knapp, spürte jetzt schon die Farbe in ihre Wangen aufsteigen und lief fast zur Tür. »Ich... ich werde es mir überlegen müssen...« Sie blieb mit der Hand auf dem Türgriff und dem Rücken zu ihm stehen. »Wann würden Sie gern aufbrechen?«

»Heute abend... wenn bestimmt niemand damit rechnet.«

Wieder nickte sie, aber sie wollte sich nicht umdrehen und ihn ansehen. »Ich werde Ihnen meinen Entschluß in Kürze mitteilen lassen.«

36

Es stand vollkommen außer Frage. Es verstieß derart gegen jeden Anstand, daß man es noch nicht einmal in Erwägung ziehen konnte. Außerdem kam noch diese angedeutete Warnung hinzu, Colt würde seine Finger nicht von ihr lassen, wenn sie mit ihm ritte.

Das war der einzige Punkt, den Jocelyn nicht erwähnte, als sie der Gräfin mitteilte, sie werde mit ihm aufbrechen, und dann die beiden nächsten Stunden damit verbrachte, mit ihr darüber zu diskutieren. Schließlich lag es an ihr, die Entscheidung zu treffen. Und schließlich räumte Vanessa sogar ein, dieser Plan könne *gewisse* Vorteile mit sich bringen. Falls Jocelyn unbemerkt entkommen könnte, würde Longnose nicht aus dieser Gegend abziehen, weil er glaubte, sie sei noch da.

Im Laufe der Woche könnten sie sich in zwei Gruppen aufspalten, von denen die eine Hälfte die Bahn nähme, um sie in

Cheyenne zu treffen, während die andere Hälfte auf dem Santa Fé Trail bliebe, wie sie es beabsichtigt hatten. Und wenn Jocelyn weder bei der einen, noch bei der anderen Hälfte wäre, würde Longnose nicht wissen, wen er verfolgen sollte, und wahrscheinlich würde er mutmaßen, daß sie sie irgendwo versteckt hätten. Es könnte sogar sein, daß er seine eigenen Leute in zwei Gruppen aufteilte, und das würde den Vertretern des Gesetzes die Arbeit erleichtern, denn Jocelyn hatte vor, sie heranzuziehen, damit sie Longnose bereits erwarteten, wenn er endlich in Wyoming auftauchte.

Jocelyn wußte nicht, wie Colt ihren Entschluß, mit ihm loszureiten, aufgenommen hatte, denn sie hatte einen Dienstboten hingeschickt, um ihm die Mitteilung zu machen. Es bestand durchaus die Möglichkeit, daß er sein Angebot nicht ernst gemeint hätte und in Wut geraten würde, weil sie ihn wieder einmal beim Wort genommen und ihn gezwungen hatte, Farbe zu bekennen. Schließlich verstand sie wirklich nicht, warum er das für sie tun wollte, wenn sie doch wußte, wie unerwünscht ihm ihre Gesellschaft war. Aber wenn er es ernst gemeint hatte, dann konnte sie nur daraus schließen, daß ihm die Aufgabe, die sie ihm aufgezwungen hatte – und die inzwischen nicht mehr nur lästig, sondern auch noch extrem gefährlich geworden war – so sehr zum Hals heraushing, daß er bereit war, alles zu tun, um die Sache hinter sich zu bringen. Wenn sie ohne die Behinderung durch die Fahrzeuge weiterreisten, würden sie Wyoming in der Hälfte der Zeit erreichen, wenn nicht noch schneller.

Als er sie gegen Mitternacht abholte, war sie fertig. Sie trug Reitkleidung von der robusteren Sorte, hatte einen bodenlangen, fellgefütterten Umhang über einem Arm, ihr Gewehr in einer Hand und ein kleines Köfferchen in der anderen. Colt nahm ihr lediglich die hohe Reitkappe mit der schmalen Krempe ab und setzte ihr statt dessen einen Hut auf, den er mitgebracht hatte, den breitkrempigen Hut eines Mannes, der seinem ähnelte und ihr überraschend gut paßte. Sie erhob keine Einwände. Sie wagte es nicht. Sie würde sich daran gewöhnen müssen, sich an *seine* Vorschriften zu halten, oder sie riskierte Gott weiß was, eine Vorstellung, die ihr überhaupt nicht paßte. Aber sie nahm an, auch daran würde sie sich gewöhnen.

Obwohl sie keine Worte miteinander wechselten, fiel ihr sofort auf, daß Colt nicht wütend *wirkte*. Aber es war ja meistens unmöglich, ihm anzusehen, was er empfand. Sein Auftreten schien jedoch eher entspannt und locker. Er klappte die Krempe ihres neuen Huts sogar über ihren Augen herunter, nachdem er ihn ihr auf den Kopf gesetzt hatte, eine Geste, die man von einem fröhlichen Verwandten oder einem Freund hätte erwarten können, aber nicht von ihrem verschlossenen Begleiter.

Aber er vergeudete keine Zeit, sondern wollte gleich aufbrechen, und daher kam sie nicht dazu, sich allzu viele Gedanken über seine veränderte Haltung zu machen. Er führte sie durch den hinteren Ausgang aus dem Hotel und durch einige Straßen, nicht zu den Ställen, sondern in eine kleine Gasse, in der ihn sein Bruder mit den Pferden erwartete.

»Hast du jemanden gesehen?« fragte er Billy.

»Keine Menschenseele.«

Billy trat zurück, als Colt Jocelyn auf Sir George setzte und dann ihr Köfferchen für sie festschnallte. Es dauerte einen Moment, bis sie das Tier beruhigt hatte, das sich in allzu großer Nähe von Colts Hengst nicht wohlfühlte.

»Vergiß nicht, was ich dir gesagt habe, Junge«, sagte Colt. »Bleib in der Ebene, und sieh zu, daß du die Berge immer links von dir hast, und es wird dir keine Probleme machen, die anderen direkt nach Cheyenne zu führen. Ich verlasse mich darauf, daß du es allein schaffst und im Rocky Valley auftauchst. Wenn du mich zwingst, dich noch einmal zu suchen, wirst du dir wünschen, du hättest dir das erspart.«

»Ich werde dort sein«, erwiderte Billy in einem einigermaßen mürrischen Tonfall. »Aber ich gehe trotzdem nicht wieder in die Schule.«

»Darüber kannst du dich mit deiner Mutter auseinandersetzen, wenn du wieder in Chicago bist, und genau das hättest du von Anfang an tun sollen.«

An dem Punkt grinste Billy. »Sie hat nicht geglaubt, daß es mir ernst damit ist, kein Anwalt zu werden, und daß ich vorhabe, statt dessen auf einer Ranch zu arbeiten. Jetzt weiß sie, daß ich keine Witze gemacht habe.«

»Du hast klargestellt, was du willst, das stimmt. Was dir das nutzen wird, ist allerdings noch ungeklärt.«

Dann zog Colt Billy kurz an sich und umarmte ihn kräftig, und damit versetzte er nicht nur den Jungen in Erstaunen, sondern auch Jocelyn, die zusah. Wenn jemand sie gefragt hätte, hätte sie geschworen, daß Colt jede Zärtlichkeit abging. Anscheinend war sie ihm nicht ganz fremd, aber er konnte sie bestens verstecken.

Als Billy sich auf den Rückweg zum Hotel machte und Colt aufstieg, dämmerte Jocelyn endlich, was fehlte. »Wo sind die Lastpferde?«

»Sie reisen mit einem Indianer, Herzogin.« Endlich gebrauchte er es einmal nicht abwertend. »Wenn ich nicht von dem leben kann, was das Land mir zu geben hat, dann stimmt etwas nicht mit mir.«

Sie dachten beide gleichzeitig an Philippe Marivaux: Colt voller Zufriedenheit darüber, daß er nie mehr eine Mahlzeit zu riechen brauchte, deren Geschmack von französischen Weinen erstickt wurde, Jocelyn mit Bedauern. »Ich bin so schon ziemlich mager«, sah sie sich genötigt zu klagen. »Wahrscheinlich habe ich kein Gramm Fleisch mehr auf den Knochen, wenn wir dort ankommen.«

Er war so unverschämt, darüber zu lachen. Aber nachdem sie es sich noch einmal überlegt hatte, gefiel ihr die Vorstellung, sich von ihm versorgen zu lassen, recht gut. Er würde sie beschützen, für sie sorgen und alles für sie tun, was sie sonst noch brauchte. Das klang schon ganz gut.

37

Sie ritten den Rest der Nacht durch und blieben um der Pferde willen auf der Straße, um die Gefahren zu meiden, die die unwirtliche Landschaft mit sich brachte. Irgendwann fragte Jocelyn, wann sie denn anhalten würden, um ein wenig zu schlafen, und ihr wurde mitgeteilt, sie würden gar nicht anhalten, nicht vor dem folgenden Abend. Da sie jetzt schon müde war und die Morgendämmerung noch nicht einmal nahte, kehrte sie fast um. Aber nur fast.

Sie verbiß sich in der Vorstellung, daß Colt sie wahrscheinlich nur auf die Probe stellen wollte. Sicher hatte er sogar Wetten mit sich selbst abgeschlossen, wie lange es dauern würde, bis sie anfinge, über irgend etwas zu klagen. Natürlich hatte sie nie gesagt, daß sie sich nicht beklagen würde. Wenn sie ein derart unvernünftiges Versprechen abgegeben hätte, dann würde sie es nicht wagen, etwas zu sagen, ganz gleich, wie schwer er es ihr auch machte. Aber sie entschied, das einzige, worauf sie sich in den kommenden Tagen freuen konnte, war, ihm einen Strich durch die Rechnung zu machen. Sie würde nicht klagen, selbst dann nicht, wenn sie halb umkäme.

In der Morgendämmerung hielten sie kurz an, um die Pferde rasten zu lassen. Sie glaubte, sie würden jetzt eine Mahlzeit zu sich nehmen, doch Colt zog lediglich ein paar dünne Streifen getrocknetes Rindfleisch aus seiner Satteltasche und sagte ihr, sie solle darauf herumkauen. Sie versuchte es. Sie bemühte sich wirklich. Aber die Leute aus dem Westen mußten kräftigere Zähne haben als Herzoginnen. Schließlich steckte sie sich das Ding wie eine Zigarre in den Mund und saugte für den Rest des Morgens daran.

Um die Mittagszeit mußte sie ihren Umhang ablegen. Nicht etwa, daß der Tag deutlich wärmer geworden wäre, doch das Tempo, das Colt durchgängig beibehielt, war gräßlich anstrengend, und in den Bergen, durch die sie jetzt ritten, wehte kaum ein Wind.

Sie hatten noch einmal angehalten, wieder nur um der Pferde willen. Sir George hielt sich weit besser als Jocelyn. Ihr Rücken schien in Flammen zu stehen, so steif waren die Muskeln. Die Beine, die sie über das Sattelhorn geschlagen hatte, um das Gleichgewicht zu halten, waren ihr schon rund ein halbes Dutzend mal eingeschlafen. Sie beneidete sie darum. Sie war so müde, daß sie nahezu im Sattel einnickte. Wenn Sir George ein weniger lebhaftes Reittier gewesen wäre, wäre sie wahrscheinlich auch schon in Schlaf gefallen.

Ihm war nicht im entferntesten anzumerken, daß er eine ganze Nacht lang nicht geschlafen hatte. Er beugte und streckte sich nicht und drückte auch nicht seinen Rücken durch, der doch steif hätte sein müssen; sein Kopf fiel ihm auch nicht herunter. Sein Magen knurrte wahrscheinlich auch nicht so wie ihrer.

Kurz nach dem Mittagessen bekam sie ein paar Kekse und einen Wasserschlauch, den sie behalten durfte. Wenn die Kekse sie schon nicht sättigten, dann doch das Wasser, jedenfalls für eine Weile. Colt ließ die Tiere jetzt im Schritt laufen, dann traben, dann tänzeln und im Paßgang laufen und schließlich kurz galoppieren, und dann ließ er sie wieder ein oder zwei Meilen im Schritt laufen, ehe er sie wieder zu einem leichten Galopp antrieb. Als sie gerade wieder bei einem langsameren Tempo angelangt waren, schlief Jocelyn ein.

Als sie erwachte, hallte ein Fluch in ihren Ohren nach, und eine Stahlklemme schloß sich um ihre Mitte. »Himmel, Frau, versuchst du gewaltsam, dich umzubringen?«

Colts Arm war das stählerne Band, das sich um ihre Taille geschlungen hatte. Und hinter ihrem Rücken war ein Kissen, seine Brust. Sie kostete die Vorzüge sofort aus, ohne sich auch nur zu fragen, wie sie dort hingekommen war.

»Ist etwas passiert?« Sie brachte die Frage gähnend heraus.

»Du warst zielstrebig dabei, vom Pferd zu fallen.«

»Tut mir leid. Ich muß wohl eingenickt sein«, sagte sie und schlief sofort wieder ein.

»Es tut dir leid? Kannst du denn nicht so vernünftig sein, etwas zu sagen, wenn du dich nicht mehr wachhalten kannst?«

In ihrer Ermattung fragte sie sich, warum er sie anschrie. »Gut, ich kann mich also nicht mehr wachhalten.«

»Sturheit, das ist es, und nichts anderes«, hörte sie ihn brummen. »Die reinste Sturheit.«

Ihr war vollkommen gleichgültig, was er damit wohl sagen mochte. Er hatte seinen Griff um ihren Bauch gelöst und streckte eine Hand aus, um ihr Bein über den Sattel zu ziehen, bis sie rittlings dasaß, und dann verlagerte er sein Gewicht, bis sie sich an ihn lehnte, wie sie es auf einem bequemen Sessel getan hätte. Sogar ihre Beine lagen auf seinen, und daher wich jede Anspannung aus ihrem Körper. Sie war sogar so entspannt, daß sie nicht spürte, daß ihr der Hut abgezogen wurde, und auch nicht, wie ihr die Haarnadeln langsam aus dem Haar entfernt wurden. Sie war schon wieder am Einnicken.

Aber es war noch kein Tiefschlaf, und als die Pferde plötzlich wieder schneller liefen, nahm sie es wahr. »Wollen wir denn nicht Rast machen?«

»Wozu?«

»Um zu schlafen natürlich.«

»Ich dachte, du schläfst ohnehin schon.«

»Ich meinte uns beide. Du hast letzte Nacht auch nicht geschlafen.«

»Ich brauche das nicht, aber ich hatte vergessen, daß du es brauchst. Also mach schon, ich lasse dich nicht runterfallen.«

Einen größeren Ansporn brauchte Jocelyn nicht, und schon gar nicht, wenn er doch viel bequemer war, als es der harte Boden gewesen wäre.

Colt wußte auf die Sekunde genau, wann sie so tief schlief, daß sie absolut nichts mehr um sich herum wahrnahm. Es war, als ertönte ein Signal in seinem Körper, das ihm sagte, er könne sie jetzt anfassen. Doch er tat es nicht. Das Wissen, daß er jederzeit alles mit ihr tun konnte, was er wollte, ließ ihn sich für den Moment gedulden. Sie gehörte ihm mindestens eine Woche lang. Dafür hatte er gesorgt.

Ihn überraschte immer noch, welcher Friede mit dieser Entscheidung über ihn herabgesunken war. Aber er hatte seine Instinkte und auch sein Verlangen so endlos unterdrückt, daß der Aufruhr in seinem Innern ihm allmählich schon normal erschienen war. Er hätte sich eher geschlagen geben sollen. Er hatte die Hölle durchgemacht, und wozu? Er kam einfach nicht um die Tatsache herum, daß er Jocelyn Fleming begehrte. Weiße Frauen waren ihm immer noch ein Greuel, aber die Herzogin mußte eben eine Ausnahme sein.

Es setzte ihm immer noch zu, daß sie ihn benutzt hatte, um

einem anderen Mann den Weg zu bereiten, sie zu besitzen. Aber er würde dafür sorgen, daß sie ihn das vergessen ließe. Ihm setzte auch immer noch zu, wie schnell sie sich Dryden zugewandt hatte. Vor Ablauf dieser Woche würde sie sich nicht einmal mehr an den Namen dieses Mistkerls erinnern.

38

In ihrem Traum kam sie zum Höhepunkt. Sie erwachte davon, spürte immer noch das Zucken, und eine beseligende Trägheit breitete sich in ihren Gliedern aus – und sie erinnerte sich nicht im entferntesten daran, was sie geträumt haben mochte, obwohl es nicht schwierig war, eine Vermutung zu riskieren.

Jocelyn streckte sich genüßlich, gähnte – und stellte fest, daß sie auf einem Pferd saß. Ihre Augen sprangen auf, um eine Reihe von weiteren Entdeckungen zu machen, die äußerst bemerkenswert waren. Die Sonne ging unter. Das Pferd trabte gemächlich vor sich hin, und seine Zügel waren um das Sattelhorn geschlungen. Ihre Jacke stand weit offen, ebenso ihre Bluse. Und auf der rechten Seite war ihr Spitzenhemdchen unter ihre Brust geklemmt und legte im rosigen Schimmer des Sonnenuntergangs die schwellende Rundung frei. Aber noch nicht einmal das war das Schlimmste. Ihr Rock war bis auf ihre Hüften hochgezogen, und beidseits des Sattels spreizten sich ihre Beine gar nicht damenhaft. Und zwischen ihren Beinen...

»Colt Thunder!«

»Es war aber auch an der Zeit, daß du wach wirst.«

»Nimm sofort deine Hand weg!«

»Ich finde, sie liegt dort gut.«

»Mir ist ganz egal, was du...«

»Hör auf zu schreien, Herzogin, oder es gibt heute kein Abendessen. Du hast jetzt schon im Umkreis von Meilen sämtliche Tiere verscheucht.«

Sie stand kurz davor zu explodieren, und das war alles,

was er dazu zu sagen hatte? Und dann auch noch derart gelassen? »Zum Teufel mit dem Abendessen! Du kannst doch nicht...«

Er fiel ihr wieder ins Wort. »Das habe ich doch längst getan. Und mach dich jetzt bloß nicht an deiner Bluse zu schaffen. Ich habe verdammt lange gebraucht, um sie aufzukriegen, und außerdem gefällst du mir so, wie du bist.«

Als sie nicht auf ihn hörte, tauchten seine Finger tiefer in sie ein. Sie stöhnte leise, aber er war nicht sicher, ob sie damit ihren Protesten oder ihrem Genuß Ausdruck verleihen wollte. Sie wußte es auch nicht so genau, aber schließlich ließ sie die Hände von ihrer Bluse sinken und umklammerte statt dessen seine Oberschenkel.

»Das ist schon besser«, flüsterte er ihr ins Ohr. »Willst du immer noch, daß ich meine Hand wegnehme?« Darauf gab sie ihm keine Antwort. »Es hat dir doch gefallen, oder nicht?«

Sie gab ihm immer noch keine Antwort, doch ihr Rücken bog sich durch, sie warf den Kopf zurück, und ihre Finger kneteten jetzt geradezu verzweifelt seine Oberschenkel. Er nutzte aus, daß sie den Hals streckte, und als er seine Zähne sachte über ihre Haut gleiten ließ, rieselten Schauer der Erregung durch ihren Bauch. Seine andere Hand, die auf ihrer Taille gelegen hatte, um sie an ihn zu pressen, legte sich jetzt auf ihre entblößte Brust. Die Brustwarze war schon fest geworden und sehnte sich flehentlich danach, von ihm berührt zu werden. Er neckte sie eine Zeitlang, ehe er ihr gab, was sie wollte, und seine Handfläche fest darüber kreisen ließ. Kurz darauf war auch ihre andere Brust entblößt, damit ihr dieselbe betörende Behandlung zuteil werden konnte. Und die Finger seiner anderen Hand, die sich immer noch langsam bewegten...

»Es tut mir leid, daß ich nicht warten konnte, Herzogin, aber schließlich warst du ausreichend gewarnt, oder nicht?« Sein glühender Atem in ihrem Ohr gab ihr nahezu den Rest.

»Ich habe nicht damit... gerechnet... von hinten... angegriffen zu werden«, brachte sie schließlich heraus, und das entlockte ihm nur ein fröhliches Lachen.

»Das Wann und das Wie ändert nichts, wenn du ohnehin

nicht darüber bestimmen kannst. Du hast auf jede eigene Entscheidung verzichtet, als du dich bereiterklärt hast, mit mir loszureiten. Eigentlich hast du schon länger keine Wahl mehr. Du hast es nur noch nicht gewußt.«

»Wovon sprichst du?«

»Wenn ein Cheyenne-Mädchen es einem Krieger gestattet, ihren Körper intim zu berühren, würde niemand diesem Krieger vorwerfen, wenn er sie anschließend wie sein Hab und Gut behandelt. Es wäre sogar höchst ungewöhnlich, wenn er sie nicht als seinen Besitz ansehen würde. Und du hast mir mehr als nur eine behutsame Berührung gestattet, oder nicht, Herzogin?«

Hab und Gut? Besitz? Warum brachten diese Worte sie nicht in Rage? Und wie kam es, daß das tiefe Timbre seiner Stimme das, was sie ohnehin schon empfand, nur noch mehr stimulierte? Und seine Finger... lieber Gott, sie brachte es kaum fertig, Atem zu schöpfen, um ihm zu antworten.

»Ich bin keine Cheyenne.«

»Nein... aber ich bin einer.«

»Auch nur halb.«

»Und die weiße Hälfte hat in der letzten Zeit höllische Schwierigkeiten damit gehabt, sich den zweiundzwanzig Jahre lang eingefleischten Bräuchen und Vorstellungen zu widersetzen. Und jetzt dreh dich um.«

»Was?«

»Du sollst dich umdrehen. Ich will dich von vorne haben.«

»Aber... warum?«

»Was glaubst du wohl?«

Es war anzüglich genug, um ihre Frage zu beantworten. Und mit geschickten Bewegungen seiner Finger tief in ihr und der anderen Hand auf ihrer Brust hatte er sich abgesichert, daß sie keine allzu ernsten Einwände gegen seine Absichten erheben würde. Sie konnte nur einfach nicht glauben, daß es ihm ernst damit war, es auf die Art zu tun.

»Warum läßt du das Pferd nicht halten?«

»Um Zeit darauf zu verschwenden, eine Decke auszubreiten? Um das zu tun, müßte ich dich loslassen, und ich glaube nicht, daß ich das kann. Außerdem habe ich es mir genauso

308

ausgemalt, Herzogin, als du im Schlaf ständig diese erregenden Laute von dir gegeben hast. Du bist nach dem Rhythmus meines Pferdes auf meinen Fingern auf und ab geglitten. Und jetzt will ich, daß du nach demselben Rhythmus auf mir sitzt.«

Sie schwang ihr Bein schon über den Pferdenacken, ehe er seinen Satz beendet hatte. Er half ihr dabei, sich ganz zu ihm umzudrehen. Einen Moment lang gab es Probleme mit ihrem Rock, doch als sie sie gelöst hatte, war auch er soweit, und ehe sie auch nur dazu kam, sich Gedanken darüber zu machen, wie das wohl gehen sollte, hob er sie hoch, spießte sie auf und grub dann seine Hacken in die Flanken seines Pferdes. Jocelyn schnappte erstaunt nach Luft, und ihr blieb nichts anderes mehr übrig, als sich festzuhalten.

Es war der unglaublichste Ritt ihres Lebens. Ihre Arme waren um Colts Hals geschlungen, ihre Beine klammerten sich um seine Hüften, und sie brauchte keinen einzigen Muskel zu bewegen, sondern nur gemeinsam mit dem Mann und dem Pferd zu gleiten. Erst, als Colt das Tier langsamer laufen ließ, wurde die Sache wirklich interessant, vor allem, als er sich nicht mehr zum Rhythmus des Pferdes bewegte, sondern gegenläufig, und sie gewaltsam gegen ihn geworfen, gepreßt und geschleudert wurde.

Als das Pferd zum Stillstand kam, war sie dreimal mit zerschmetternder Intensität gekommen. Sie war leicht benommen, und daher dauerte es eine Weile, bis sie festgestellt hatte, daß sie stillhielten und daß Colt sie zärtlich und liebevoll küßte.

»Ist alles in Ordnung mit dir?«

»Ich habe keine Ahnung.«

Er lachte. Himmel, sie spürte es zwischen ihren Beinen – sie waren noch miteinander verbunden. Sie hielt ihn auch noch umschlungen. Als sie sich zurücklehnte, ließ sie ihre Arme über seine Schultern gleiten. Ihr Erröten war erfreulicherweise in dem schwachen Lichtschein, der noch am Himmel stand, nicht zu erkennen, aber er mußte es gespürt haben. Er zog ihr Kinn hoch und drückte ihr noch einen zarten Kuß auf die Lippen.

»Du wirst dich daran gewöhnen, Herzogin. Ich habe vor, dafür zu sorgen.«

Daran, daß er mit ihr schlief? Oder daran, daß er ganz anders mit ihr umging? Sie war allzusehr an seine Mürrischkeit gewöhnt, an seine Bitterkeit und daran, daß er sie mit Worten oder Taten von sich stieß. Seit sie aus Santa Fé aufgebrochen waren, hatte er sich verändert, und sie wußte nicht so recht, was sie von dem neuen Colt Thunder halten sollte. Sie wäre nicht soweit gegangen, ihn als charmant zu bezeichnen. Besitzergreifend war der Ausdruck, der ihr als erster durch den Kopf ging, und ihr fiel wieder ein, was er vorhin gesagt hatte. Es war doch nicht etwa sein Ernst gewesen, daß er sie als seinen Besitz betrachtete, oder doch?

»Äh . . . hast du nicht etwas von einem Abendessen gesagt? Ich bin nicht sicher, aber es könnte sein, daß ich schon am Verhungern bin.«

Wieder lachte er, und auch das war ihr vollkommen fremd an ihm. »Ich schätze, ich sollte den letzten Rest Tageslicht nutzen«, sagte er zu ihr, als er sie auf den Boden stellte. »Du kannst abwaschen, solange ich mich umsehe. Und falls du weißt, wie das geht, könntest du Feuer machen. In meiner Satteltasche findest du Streichhölzer.« Er warf sie ihr gemeinsam mit zusammengerollten Decken vor die Füße. Dann zog er ihren Hut von seinem Sattelhorn und drückte ihn ihr auf den Kopf. »Du solltest dich bedecken, Herzogin. Sonst könntest du dich erkälten.«

Sie starrte ihn mit offenem Mund an, als er am Flußlauf entlangritt. Ja, hier floß ein Bach, und das war auch der Grund, aus dem sein Pferd stehengeblieben war. Sir George war auch da und graste am Ufer. Sie hatte ihn vollkommen vergessen, wie alles andere auch, als Colt sie auf sein Pferd gezogen hatte. Aber zum Glück war der Hengst ihnen gefolgt.

Sie rief ihn jetzt zu sich, um ihren Umhang und ihre Tasche zu holen, und hinter ihrem Sattel fand sie weitere Decken, die dort festgeschnallt waren, aber auch einen Beutel mit Koch- und Eßgeschirr. Selbst für Kleinigkeiten mußte sie schon dankbar sein. Sie hatte sich schon ausgemalt, sie müsse Fleisch von einem Spieß essen und wie in der Wildnis hausen. Kein Zelt, keine prallen Kissen, auf denen sie schlafen konnte, kein Nachttopf – und dabei fiel ihr etwas ein. Sie sollte die seltenen Momente, in denen sie allein war, nutzen, so gut es ging. Sie hatte das Gefühl, in den nächsten Tagen würde sie sich nicht allzu oft ungestört fühlen.

Sie hätte sich wahrhaft erkälten können, Herr im Himmel, ihr war noch gar nicht aufgefallen, daß es kalt geworden war.

39

Colt kam mit einem Fasan und zwei kleinen Wachteln zurück und brachte auch ein paar ziemlich große Eier mit, die wahrscheinlich von einer anderen Vogelart stammten, einen Lederbeutel mit Gemüse und etwas, was Jocelyn für wildwachsende Zwiebeln hielt, und einem anderen, in dem er die verschiedensten Beeren gesammelt hatte. Die Taschen hatte er sich mit Nüssen vollgestopft, die er ihr freudig auf den Schoß warf, als er sich neben sie kauerte.

Diese Vielfalt an Nahrungsmitteln überraschte sie. Sie hatte mit einem toten Tier gerechnet und damit, ihm beim Häuten zusehen zu müssen. Außerdem hatte sein langes Fernbleiben sie erbost, denn in der Zeit hatten ihre Fantasien und Ängste reichlich Gelegenheit gehabt, sich zu überschlagen.

»Was, kein Wild?«

Er beantwortete ihre Frage, als sei ihm der Sarkasmus ihres Tonfalls entgangen. »Mit deinen Schreien hast du das gesamte Großwild verjagt. Ich habe dich gewarnt, daß es so kommen könnte.«

»Seitdem sind wir meilenweit geritten.«

»Ich meinte, als du...«

»Sag es nicht!« japste sie, als sie sich wieder vage daran erinnerte, wie laut sie während ihres leidenschaftlichen Rittes mehrfach geworden war. Sie senkte die Lider, sah auf die Nüsse auf ihrem Schoß herunter und erkannte, daß es ihre Schuld war, wenn er so lange gebraucht hatte, um etwas Eßbares für sie aufzutreiben. »Es tut mir leid, daß ich dich angeschnauzt habe. Ich hatte nur schon angefangen zu glauben, du kämst nicht mehr zurück.«

Seine Hand legte sich auf ihr Haar und zog eine Haarnadel heraus. Eine lange rote Locke fiel über ihre Brust. »Ich habe gesehen, daß du mehr von diesen Dingern dabei hast. Muß ich dir alle einzeln rauben, damit du deine Sonne freiläßt?«

Sie sah ihn versonnen an. »Meine Sonne?«

»Dein Haar, Herzogin. Mein Volk würde sagen, daß du die Sonne darin eingefangen hast.«

»Wie poetisch«, sagte sie, als er nach der nächsten Haarnadel griff und wieder eine Strähne herunterfiel. Aus unerklärlichen Gründen freute sie sich darüber, daß ihr Haar ihn faszinierte. »Du bist nicht wütend, weil ich die Tiere verscheucht habe?«

»Du hast sie nicht verscheucht.« Er sah ihr in die grünen Augen, als er es zugab. »Ich mag es nicht, Essen zu vergeuden, und ein großes Tier zu erlegen, wenn wir nicht die Zeit haben, das Fleisch haltbar zu machen und mitzunehmen, wäre eine Vergeudung.«

Es war erstaunlich, wie schnell ihre Wut aufloderte, aber noch erstaunlicher war, wie einfach er sie ersticken konnte, indem er fragend eine Augenbraue hochzog und sie ansah. Dann lachte er, als er sah, daß sie nicht explodieren würde.

»Hast du immer noch Angst, ich könnte dich im Stich lassen, Herzogin?« fragte er, denn er hatte sie durchschaut.

»Nein, du wirst mich nicht im Stich lassen, oder zumindest hast du mir das versichert. Ich nehme an, diese kleine Lüge, ich hätte die Tiere verscheucht, habe ich trotzdem verdient. Ich hätte dich nicht so unfreundlich empfangen dürfen, nachdem du dir soviel Mühe gemacht hast, um mir ein Festmahl vorzusetzen.«

»Und doch hast du dir Sorgen gemacht«, sagte er und legte die Stirn in Falten. »Ich würde nicht soweit weggehen, daß ich dich nicht höre, wenn du mich brauchst. In dem Punkt hattest du nichts zu befürchten. Aber wie konntest du glauben, ich käme nicht zu dir zurück?«

Sie senkte wieder ihre Augenlider. »Mir ist wieder eingefallen, wie groß deine Abneigung gegen weiße Frauen ist.«

»Und du bist weißer als die meisten, nicht wahr?« Bei diesen Worten ließ er einen Finger über ihre Wange gleiten.

»Du hast nie versucht, diese Gefühle vor mir zu verbergen.«

»Ich verstehe. Und heute habe ich eine ganze Menge gegen
dich gehabt, ja?«

Sie riß den Kopf hoch. »Du hast die Kontrolle über dich
wieder verloren, wie schon einmal. Das ist absolut verständlich, wenn man bedenkt, wie ich an deiner Brust eingeschlafen bin.«

Als sie ihre Erklärung beendet hatte, mit der sie sein Vorgehen als nichtssagend abtat, errötete sie heftig. Doch Colt sah
sie kopfschüttelnd an, und sie hatte das Gefühl, daß er jetzt
wütend auf sie war, obwohl sie nicht sicher sein konnte. Er
hatte wieder diesen stoischen Gesichtsausdruck, der sie zur
Verzweiflung bringen konnte.

»Das einzige, was mir heute außer Kontrolle geraten ist,
war meine Geduld, Frau. Und wenn ich etwas gegen dich
hätte, gäbe es kein Mittel auf Erden, mein Blut so in Wallung
zu bringen, wie du es tust.«

»Tue ich das?«, fragte sie wie benommen.

»Du weißt verdammt genau, daß du es tust.«

Sein Tonfall ärgerte sie, obwohl seine Worte ihr schmei-
chelten. »Und *das* paßt dir nicht, oder?«

»Falls du es noch nicht bemerkt hast – ich habe aufgehört,
dagegen anzukämpfen.« Er beugte sich vor, um seine Lippen
roh auf ihre zu pressen, als wolle er damit etwas beweisen,
doch seine Stimme war weniger grob, als er sagte: »Falls du
es immer noch nicht kapiert haben solltest, Herzogin, dann
sollte sich jetzt endlich in deinem hübschen Köpfchen fest-
setzen, daß du mein Lager mit mir teilen wirst, bis wir Cheyenne erreichen, und das, Herzogin, gefällt mir teuflisch gut.
Zweifle also nicht mehr daran, daß ich jeden Abend zurück-
komme. Es gibt nicht viel, was mich von dir fernhalten
könnte.«

Jocelyn fiel nichts ein, was sie darauf hätte sagen können.

Es war verwirrend, daß er ihre Abmachungen so genau formulierte. Mindestens so verwirrend war die Glut, die durch ihre Adern stürmte, als sie seine Worte hörte. Sie hätte einwenden sollen, daß er zuviel als selbstverständlich voraussetzte. Sie hatte niemals eingewilligt, für diesen Zeitraum seine Geliebte zu sein. Allein schon die Vorstellung... war so erregend, daß ihr die Luft ausblieb. Und was hätte sie schon dazu sagen können? Wie er bereits betont hatte, lagen derzeit alle Entscheidungen bei ihm.

Als hätte er ihre Gedanken gelesen, lächelte Colt sie an. Möglicherweise war es das bezauberndste Lächeln, das sie je gesehen hatte – und dann ging er, um sich um das Essen zu kümmern. Das empfand sie als reichlich arrogant, und doch sagte sie nach wie vor nichts. Wozu auch? Selbst, wenn sie versucht hätte, um des Anstandes willen Einwände gegen ihre Abmachung zu erheben, hätte sie nicht von ganzem Herzen dahintergestanden, und das hätte er gemerkt. Und sie war keine Heuchlerin. Sie hatte ehrlich geglaubt, sie würde ihn kein zweites Mal begehren, doch er hatte ihr bewiesen, daß sie sich getäuscht hatte.

Ihre Blicke glitten träge über seinen Körper, als er neben dem kleinen Feuer, das sie entfacht hatte, eine Grube aushob. Sie hatte schon davon gehört, daß Leute Dinge in der Erde buken, und sie nahm an, genau das habe er mit dem Geflügel vor. Nicht etwa, daß sie sich in dem Moment allzu sehr für das Abendessen interessiert hätte, denn ihre Augen beobachteten jede Regung seiner Beinmuskulatur, während er vor ihr kauerte. Ihr fiel wieder ein, daß sie ihn immer noch nicht gänzlich unbekleidet gesehen hatte, und sie erkannte, daß es bald soweit sein würde, vielleicht schon heute nacht. Gott im Himmel, schon allein der Gedanke daran löste ein Flattern in ihr aus. Sie mußte sich entschieden ungefährlicheren Gedanken zuwenden.

»Du willst mich anscheinend nicht fragen, ob ich kochen kann, oder doch?«

Er schüttelte den Kopf, ohne sie anzusehen. »Wenn du ja sagst, wäre ich gezwungen, es dich probieren zu lassen, ob du lügst oder nicht. Ich möchte lieber etwas im Bauch haben.«

Jocelyn lachte, denn ihr war durchaus klar, daß das kein Scherz war. »Ich auch, und daher bin ich dankbar, daß wenigstens einer von uns kochen kann. Ich durfte nie auch nur in die Küche kommen – du weißt schon, das Reich der Dienstboten. Nicht etwa, daß ich mich danach verzehrt hätte, kochen zu lernen, als ich aufgewachsen bin. Mir waren die Ställe wesentlich lieber, und niemand ist auf den Gedanken gekommen, mir dort den Zutritt zu verweigern. Aber sogar meine Mutter wußte, wie man Pasteten zubereitet, habe ich mir sagen lassen. Ich nehme an, ich hätte wenigstens lernen sollen, eine einzige Spezialität zuzubereiten. Jede Frau sollte etwas haben, was sie besonders gut kann, meinst du nicht auch?«

»So schlecht machst du deine Sache gar nicht, Herzogin... in gewissen Dingen.«

Röte stieg in ihre Wangen auf. »Ich meinte, in der Küche.«

»Ich meinte, wie du mit Pferden umgehen kannst.«

Sie grinste unwillkürlich. »Du bist ein ganz schön fieser Kerl, Colt Thunder.«

Er sah, daß sie grinste, und dann grinste er auch. »Mit Waffen bist du auch nicht schlecht.«

»Wenn hier von Talenten im allgemeinen die Rede ist, muß ich gestehen, daß ich gar nicht schlecht dastehe. Ich bin auch ganz gut im Segeln, im Bogenschießen, im Tennis und im Fahrradfahren.«

»Im was?«

»Im Fahrradfahren. Du weißt schon, diese Erfindung mit zwei Rädern und...«

»Ich weiß, was das ist. Ein verdammtes zweibeiniges Pferd. Ich habe viele von den Dingern auf den Straßen von Chicago gesehen, wie sie die echten Pferde scheu gemacht haben und gegen die Gebäude gerast sind. Und darin bist du gut?«

»Ich schaffe es, mich auf so ein Ding zu setzen und wieder abzusteigen, ohne zwischendurch auch nur einmal zu stürzen, aber ich will die zahllosen Schrammen und blauen Flecken gar nicht zählen, die ich mir zugezogen habe, während ich gelernt habe, damit umzugehen. Aber in der Stadt können diese Dinger gefährlich sein, da stimme ich dir zu. Auf dem Land dagegen macht es großen Spaß, darauf zu fahren. Du solltest es einmal versuchen.«

»Nein, danke. Ich bleibe bei den echten Pferden.«

Sie versuchte, sich Colt auf einem Fahrrad vorzustellen, und fast hätte sie laut gelacht. Nein, sie glaubte nicht, daß ihm etwas gefallen würde, was sich nur so mühsam zähmen ließ.

Die gemeinsame Mahlzeit war vergnüglich, das Essen delikat. Die Vögel mochten zwar schrecklich ausgesehen haben, da sie nicht gerupft worden waren, doch das Fleisch war zart und würzig. Sie neckte Colt damit, er könne eine gute Ehefrau abgeben, aber sie hatte nicht den Eindruck, daß er das komisch fand.

Ihr eigener Humor versiegte jedoch bald. Nachdem sie die Kochutensilien im Bach abgewaschen hatte – sie fand, sie solle wenigstens etwas tun, um sich nützlich zu machen, wenn er sie schon beim Kochen nicht in seiner Nähe haben wollte – überkam sie plötzlich eine große Scheu, die sich noch mehr verstärkte, als Colt seine Decken ganz lässig von dem Platz entfernte, an dem sie sie ausgebreitet hatte, um sie neben ihre zu legen.

Sie saß vollständig angekleidet mitten zwischen ihren Decken und wußte nicht, was sie tun sollte, was von ihr erwartet wurde. Ihr fiel wieder ein, daß sie dieses Problem schon einmal gehabt hatte, aber damals hatte er ihr geholfen, ihr gesagt, was sie tun sollte, ihr deutliche Hinweise gegeben. Und ein glühendes und überschwengliches Verlangen hatte sie beherrscht. Sich spontan zusammenzutun, war ganz etwas anderes. Es war auch etwas anderes, in seinen Armen aufzuwachen. Sogar die Gedanken, die sie sich darüber machte, mit ihm ins Bett zu gehen, waren etwas ganz anderes, als es zu tun.

Sie verspürte im Moment kein Verlangen, sondern sie war außerordentlich nervös, sogar so nervös, daß sie herausplatzte, als Colt seine Jacke ausziehen wollte: »Solltest du die nicht anlassen... wegen der Kälte?«

»Ich werde sie nicht brauchen.«

»Ach so.«

So ging es einfach nicht. Sie brauchte Zeit, um ihre Nerven zu beruhigen. Wie konnte er es bloß so lässig handhaben? Wie konnte er sich einfach vor sie hinstellen und sie ausziehen, als täte er das jeden Tag?

Als er sein Pistolenhalfter abschnallte, durchforstete sie ihr Gehirn eilig nach einem Thema, mit dem sie ihn ablenken könnte, und sie entschied sich für Angel. »Erzähl mir etwas über deinen Freund Angel.«

Er hielt in seinen Bewegungen inne. Dann legte er die Stirn in Falten. »Was ist mit ihm?«

»Ich habe mich gefragt, warum er für dich getan hat, was du von ihm wolltest, schlicht und einfach auf deine Bitte hin. Weshalb hat er sich mit einer Horde von gefährlichen Halunken zusammengetan, bloß um da zu sein und mir helfen zu können, falls sie mich gefangen nähmen? Das war doch ziemlich viel verlangt. Und doch hat er es für dich getan.«

Colt starrte sie einen Moment lang an und beschloß dann, es sei kein wirkliches Interesse an Angel, was sie zu dieser Frage veranlaßt hatte. Er zuckte die Achseln. »Ich nehme an, er glaubte mir etwas schuldig zu sein.«

»Warum?«

»Ich habe ihm vor ein paar Jahren aus einer üblen Klemme geholfen. Er hat sich auf der Ranch meiner Schwester einstellen lassen und war erst ein oder zwei Wochen da, als er auf eine kleine Bande von Viehdieben stieß, die gerade dabei waren, Jessie zu bestehlen. Sie waren nur zu viert, oder zumindest glaubte er das. Er glaubte außerdem, er könnte mit allen vieren allein fertig werden. Wahrscheinlich hätte er es sogar geschafft, aber in Wirklichkeit waren sie zu fünft. Der fünfte hat von hinten auf ihn geschossen.«

»War das die Kugel, von der du gesprochen hast? Die deine Schwester ihm rausoperiert hat?«

»Ja.«

»Und dann hast du ihn gefunden und ihn auf ihre Ranch zurückgebracht? War das schon alles?«

»Nein, nicht ganz. Als ich dazukam, war schon der Hahn

gespannt, und dieser Schuß hätte ihn erledigt. Es war alles eine Frage von Sekunden.«

»Dann hast du ihm also das Leben gerettet«, schloß sie. »Ich denke, das ist es schon wert, jemandem ab und zu einen Gefallen zu tun. Und die Viehdiebe, was ist aus denen geworden?«

»Ich habe sie davor bewahrt, erhängt zu werden.«

»Du ... ja, schon gut, das brauchst du mir jetzt nicht in allen Einzelheiten zu erzählen.«

»Ich hatte nicht die Absicht«, sagte er mit einem vielsagenden Grinsen, denn er hatte zugesehen, wie ihre Augen jeder seiner Handbewegungen folgten. »Was ist jetzt, ziehst du dich nicht aus?«

»Die Kälte ...«

»Du wirst sie nicht zu spüren bekommen, Herzogin, das verspreche ich dir.«

»Aber ...«

»Ja?«

»Es ist mir so ... so peinlich«, sagte sie schließlich. »Du hast mich noch nicht einmal geküßt oder sonst was.«

»Das kommt daher, daß ich mir dachte, wir könnten ein wenig Schlaf gebrauchen, oder hast du vergessen, daß wir letzte Nacht gar nicht geschlafen haben? Wenn ich dich jetzt küssen würde, kämen wir heute nacht auch nicht dazu, endlich zu schlafen.«

Sie fing an zu lachen. »*Deshalb* gibst du dich so verdammt ungezwungen.«

»Falls du etwas anderes im Sinne hattest ...«

»Nein, nein, schlafen klingt ganz prima«, sagte sie eilig und stand auf, um ihre Tasche zu holen. »Ich ziehe nur schnell mein Nachthemd an.«

»Es wird uns wärmer sein, wenn wir beide nackt sind«, sagte er, als sie auf den nächsten Busch zulief.

»Aber werden wir dann zu unserem Schlaf kommen?« wagte sie zu fragen.

»Los, zieh dich schon um.«

Nachdem sie drei Jahre lang durch die Gegend gereist war und sich die Welt angesehen hatte, fühlte sich Jocelyn endlich so, als hätte sie Urlaub. Sie hatte gewaltigen Spaß und kam sich wie eine Touristin vor. Alles, was sie sah, war schön und denkwürdig, von den Bergen, in die sie immer wieder zwischendurch hineinritten, bis zu den flachen Steppen, in denen sie größere Entfernungen in geringerer Zeit zurücklegten. Der Himmel war wunderschön, so blau, und die Sonne schien oft. Die Flüsse und Bäche waren frisch und rein und glitzerten. Selbst die Kälte war wohltuend. Sie fand nichts, woran sie etwas auszusetzen hatte, außer vielleicht, daß die Zeit so schnell verging.

Sie zogen jetzt seit vier Tagen durch Colorado, nachdem sie das Gebirge auf dem engen Raton-Paß überquert hatten, dem Schauplatz, auf dem vor wenigen Jahren fast ein Krieg ausgebrochen war, als die Eisenbahnlinien Denver & Rio Grande und Atchison, Topeka & Santa Fé zu einem Wettrennen angetreten waren, um Ansprüche auf ihre Streckenführung geltend zu machen, und Santa Fé hatte gewonnen, erstaunlicherweise ohne ein Blutvergießen.

Dicht neben den Schienen zu reiten, gab Jocelyn das Gefühl, wieder in die Zivilisation zurückgekehrt zu sein, aber schließlich hatte Colorado auch Tausende von Goldgräbern und Siedlern angelockt, die sich in seiner Wildnis niedergelassen hatten, seit dort 1858 Gold gefunden worden war. Es war jetzt recht dicht besiedelt und hatte 1876 sogar die Souveränität als Staat erlangt. Wenn sie nicht allzuviel von den besiedelten Gegenden zu sehen bekam, dann lag das daran, daß Colt dazu neigte, einen weiten Bogen um jede Farm, jede Ranch und jede Stadt zu machen.

Das sollte sich heute jedoch ändern. In der flachen Steppe ragten die gewaltigen Rocky Mountains mit dem hohen Pikes Peak auf und wirkten wie ein undurchlässiger Wall hinter der kleinen Stadt Colorado Springs, der sie sich um die Mittagszeit näherten. Colt sagte, sie könnten von dort aus mit dem Zug weiterfahren, und wenn sie sich vorstellte, in einem bequemen Bett in einem luxuriösen Schlafwagen mit Salon mit ihm zu schlafen, während die Landschaft an den Fenstern vorüberflog, hatte Jocelyn nichts dagegen einzuwenden. Er hatte ohnehin vorgehabt, den Zug in Denver zu erwischen und die letzte Etappe ihrer Reise per Bahn zurückzulegen, und bei der Geschwindigkeit, mit der sie vorankamen, lag Denver nur zwei Tage weiter nördlich.

Colt hielt die Pferde jedoch an, ehe sie in die Stadt ritten, und Jocelyn war gezwungen, auf ihn zu warten, während er sich das Haar flocht. An jenem Morgen hatte er auch den dicken Mantel abgelegt, den er in den kalten Bergen getragen hatte, und jetzt war er nur noch mit der Fransenlederjacke, der engen schwarzen Hose und den weichen, hohen Stiefeln bekleidet.

Jocelyn sah ihn kopfschüttelnd an. »Warum tust du das eigentlich? Du strengst dich regelrecht an, deine Abstammung an den Tag zu legen. Ich weiß, daß dir das nur Probleme macht. Genau das hat doch in Silver City zu dem Duell geführt, oder nicht?«

»Na und?«

»Wenn du dir die Haare schneiden und dich ein wenig anders kleiden würdest, sähest du absolut normal aus, oder etwa nicht – vielleicht abgesehen davon, daß du besser aussiehst als die meisten anderen. Deine Schönheit ist wirklich nicht normal.«

Er grinste sie an und stellte erstaunt fest, daß ihre Frage ihn nicht ärgerte. Vielleicht lag es daran, wie bewundernd sie ihn musterte. Es war ein verdammt gutes Gefühl, so von ihr angesehen zu werden.

»Du tust, was du meinst, und ich tue, was ich meine, Herzogin. Wenn sich die Leute in dir täuschen, kann Schlimmeres passieren.«

»Schlimmeres als Duelle?« schnaubte sie, wartete aber keine Antwort ab. »Und wenn ich tue, was ich meine, dann wirst du mir meine Haarnadeln zurückgeben müssen.«

Sie streckte die Hand danach aus, aber jetzt war er an der Reihe, den Kopf zu schütteln. »Es ist früh genug, wie-

der ›Euer Gnaden‹ zu spielen, wenn wir in Cheyenne ankommen.«

Sie fing an, die Stirn in Falten zu legen, bis ihr aufging, daß
das eine einzigartige Gelegenheit war, die Dinge zu tun, die
sie beim besten Willen nicht tun konnte, wenn die Gräfin
oder ihre Wache dabei waren. »Wenn das so ist, möchte ich,
während wir auf den Zug warten müssen, ein Bordell aufsuchen, um zu...«

»Das kommt nicht in Frage!«

»Ich will doch nur einen Blick hineinwerfen, Colt, mir einmal ansehen, wie so etwas von innen aussieht. Ich habe mich
schon immer gefragt...«

»Vergiß es! Das ist mein Ernst!«

Jetzt sah sie ihn doch finster an, denn sein Ausdruck war
unnachgiebig. »Dann eben einen Saloon«, schlug sie als
Kompromiß vor. »Dagegen hast du doch sicher nichts einzuwenden.«

»Ach, nein?«

Ehe er ihr auch diesen Wunsch schlichtweg ausschlug,
sagte sie: »Bitte, Colt. Wann wird sich mir je wieder eine solche Gelegenheit bieten? Jetzt bin ich schon so lange in diesem
Land und soll es mir entgehen lassen, mir eines seiner kul-
turellen Phänomene anzusehen? Wenn meine Leute sich uns
erst wieder anschließen, kann ich mir solche... Kühnheiten
nicht mehr erlauben.«

»Bist du bereit, eine Hose zu tragen und meine Jacke anzuziehen?«

Einen Moment lang hörte sie nur, daß er nicht nein gesagt
hatte. »Deine Hose? Das soll wohl ein Witz sein.«

»Niemand hat davon gesprochen, daß sie dir passen muß,
Herzogin.«

Plötzlich grinste sie breit. »Du glaubst, du kannst mich
dazu bringen, daß ich es mir anders überlege, stimmt's?«

»Ist es mir gelungen?«

»Nein.«

»Dann können wir nur hoffen, daß der Zug schon bereit-
steht und gerade abfahren will, wenn wir den Bahnhof erreichen.«

So kam es aber nicht. Sie hatten noch etwa zwei Stunden Zeit, ehe der Zug nach Norden fahrplanmäßig eintreffen sollte. Darüber freute sich Jocelyn, aber sie war tief enttäuscht, als man ihr sagte, es seien keine Schlafwagen mit Salon zu haben, bis sie einen kleinen Privatwaggon bemerkte, der auf dem Bahnhof stand. Sie brachte in Erfahrung, daß er einem der wohlhabenderen Bürger dieser Stadt gehörte, der ihn jedoch erst neu erworben hätte, und daher sei er nicht zu verkaufen oder zu vermieten. Das hielt sie natürlich von gar nichts ab, und nachdem sie eine halbe Stunde gebraucht hatte, um den Mann ausfindig zu machen und Nachrichten mit ihm auszutauschen, ehe sie ihm ein kleines Säckchen Gold überbringen ließ, stand ihr der Wagen zu ihrem alleinigen Gebrauch für die gesamte Strecke bis nach Cheyenne zur Verfügung.

Colt, der sich herausgehalten und zugesehen hatte, welche Wirkung ihr Geld und ihr Auftreten auf die Leute hatte – sie brauchte ihren Adelstitel gar nicht erst zu erwähnen – konnte nur noch den Kopf schütteln. Er verstaute ihre Habe in dem Waggon und erwartete sie dann in ihrem privaten Salon, während sie sich in dem kleinen Schlafabteil umzog. Der Salonwagen erinnerte ihn an ihre Kutsche mit den samtbezogenen Wänden und den Plüschsesseln, doch er war bei weitem protziger eingerichtet: Vorhänge mit Seidentroddeln, schmale vergoldete Spiegel zwischen den einzelnen Fenstern, dicke Teppiche auf dem Boden, die Decke mit naturfarbenem Eichenholz getäfelt und mit Ranken und Blumen verziert. Es gab einen Ofen, ein Bad mit Toilette, Waschbecken und Badewanne, eine gutbestückte Bar, und in einer Ecke stand sogar ein Klavier.

Colt sah sich um und fragte sich, was zum Teufel er hier zu suchen hatte. Der Herzogin mochte es so passen, aber dieses Gepränge des Reichtums war nichts für ihn. In seiner kleinen Hütte in den Hügeln über Jessies Ranch stand noch nicht einmal ein Bett. Jessie hatte darauf bestanden, diesen einen Raum mit ein paar Möbelstücken vollzustellen, aber ein Bett hatte er verweigert, weil er es vorzog, auf dem Boden zu schlafen. Und er hatte tatsächlich mit dem Gedanken gespielt, die Herzogin zu halten? Er mußte verrückt gewesen sein, sich das auch nur zu überlegen.

Es wurde langsam nötig, daß er sie sich um seines lieben Seelenfriedens willen vom Hals schaffte, und aus eben diesem Grund waren sie hier. Es machte ihm zuviel Spaß, mit ihr zusammen zu sein, für sie zu sorgen und zu wissen, daß sie von ihm abhing. Aber es hatte von Anfang an die Gefahr bestanden, daß ihm diese kurze Zeit mit ihr nicht genügen würde, daß er sie schließlich doch auf Dauer behalten wollte. Er hatte gehofft, es würde anders kommen, aber das Glück hatte er nicht gehabt. Er hatte einfach nicht geglaubt, daß sie ihm so wichtig werden würde.

Als er darüber nachdachte, brachen all seine alte Bitterkeit und Wut wieder über ihn herein. Ganz gleich, was er wollte, er konnte sie nicht haben. Sie war weiß, er nicht. Weiße Frauen heirateten kein Halbblut, es sei denn, sie wollten von ihresgleichen verfemt und geächtet werden. Sie hatte das wohl kaum vergessen, wenn er es auch eine Zeitlang nicht hatte wahrhaben wollen. Sie amüsierte sich mit ihm, aber wenn der Zeitpunkt erst gekommen war, würde sie fortgehen, ohne sich auch nur noch einmal nach ihm umzusehen. Hatte sie ihn etwa nicht benutzt, um sich ihrer Jungfräulichkeit zu entledigen, damit sie jemanden heiraten konnte, der ihr gemäß war? Jemanden, der ihr gemäß war!

»Ich bin soweit.«

Himmel, sogar in dieser lächerlichen Aufmachung war sie in seinen Augen noch schön. »Nein, das bist du nicht. Stopf dir das Haar unter den Hut.«

Sie tat es und sah ihn stirnrunzelnd an, weil sein Tonfall unerwartet grob war. »Ist etwas?«

»Sollte etwas sein?«

»Du willst mich eigentlich gar nicht in einen Saloon mitnehmen, stimmt's?«

»Darum geht es doch nicht, Herzogin... was ich will.«

Die Worte kamen ihr doppeldeutig vor, und sie ärgerte sich, weil sie die Doppeldeutigkeit nicht zu fassen bekam. Seine Griesgrämigkeit ärgerte sie auch, denn sie hatte geglaubt, damit sei Schluß.

»Wenn es darum nicht geht, dann laß uns gehen, ja?«

Sie wartete seine Zustimmung nicht ab, und auch auf ihn wartete sie nicht. Sie stieg aus dem Waggon aus und stapfte mit zornigen Schritten zur Hauptstraße. Colt riß sie herum, ehe sie den Bahnhofsplatz verlassen konnte.

»Wenn du diesen verdammten Blödsinn unbedingt machen willst, dann wirst du es auf meine Weise tun. Du wirst deinen Hut aufbehalten und deine Augen niederschlagen. Wenn du selbst wie ein Mann aussiehst und einen anderen Mann anstarrst, glaubt er, daß du Streit mit ihm suchst. Und außerdem wirst du den Mund halten. Und klammere dich um Himmels willen nicht an mich, wenn dich etwas aus der Fassung bringt. Denk immer daran, daß du als Mann durchgehen willst. Also benimm dich auch wie ein Mann.«

»So wie du? Ich glaube nicht, daß ich gerade diesen finsteren Blick hinkriege, aber du hast ihn in so vielen Varianten anzubieten, daß ich in der Lage sein sollte, wenigstens eine von ihnen nachzuahmen. Was hältst du davon?«

Die Grimasse, die sie schnitt, gab ihm den Rest. Er drehte sie um und gab ihr einen Schubs, ehe sie sein breites Grinsen sah, das er beim besten Willen nicht unterdrücken konnte.

Sie brauchten nicht allzu weit zu laufen, um einen Saloon zu finden. »Wird hier Gold gebraut?« erkundigte sich Jocelyn, nachdem sie das große Aushängeschild gelesen hatte, auf dem stand: ›The Gold Nugget Brewery‹.

Colt wuchsen ihre Witze im Moment über den Kopf. »Wenn hier etwas gebraut wird, dann braut sich Ärger zusammen, Herzog. Bist du auch sicher, daß du das willst?«

Sie grinste ihn an. »Ein hübscher Spitzname. Sehe ich auch wirklich so aus?«

»Du siehst aus wie etwas, was man von der Weide hergezerrt hat«, gab er zurück und zog ihr den Hut über die zarten Ohrläppchen. »Himmel, das klappt nie und nimmer. Ein Blick in dein Gesicht, und es ist alles aus.«

»Aber was könnte passieren, wenn sie merken, daß ich eine Frau bin?«

»Alles Mögliche, verdammt noch mal.«

Sie sah ihm an, daß er es sich gerade anders überlegen und

sie doch nicht in den Saloon mitnehmen wollte, und darum ging sie rückwärts auf die halbhohen Türen zu, während sie sagte: »Nur fünf Minuten, Colt, bitte. Was soll denn in fünf Minuten schon passieren?« Sie stieß die Türen auf, ehe er sie zurückhalten konnte.

41

Von außen hatte es nicht so geklungen, als sei viel los in der Gold Nugget Brewery, aber der Laden war voll. Jocelyn lief nicht sehr weit in den Raum hinein. Sie fragte sich, ob heute so etwas wie ein Feiertag sein konnte, der erklärt hätte, daß sich am Nachmittag so viele Leute hier herumtrieben. Aber dann fiel ihr auf, daß die meisten Männer an den Tischen Teller vor sich stehen hatten, und ihr wurde klar, daß es noch Mittagessenszeit war – und daß sie selbst auch Hunger hatte.

»Du hast mir gar nicht gesagt, daß es gleichzeitig auch ein Restaurant ist«, flüsterte sie Colt zu, als sie ihn dicht hinter sich spürte.

»Mit wem sprichst du, Junge?«

Sie sah sich mit weitaufgerissenen Augen um und starrte einen alten Kerl in einer Hose an, die fast so ausgebeult wie ihre war. Ansonsten trug er nichts als lange Unterhosen und Hosenträger, die sie festhielten. Er kratzte seinen grauen Vollbart, als er sich in der Bar umsah, statt sie genauer zu mustern, wie sie zu ihrer Erleichterung feststellte.

»Ich bitte um Verzeihung, ich wollte nur...«

»Sie bitten mich...«

Er prustete vor Lachen, ehe er den Satz auch nur beendet hatte. Jocelyn schnitt eine Grimasse und sah ihm über die Schulter, weil sie wissen wollte, was aus Colt geworden war. Er war nicht da. Und jetzt kniff der alte Kerl die Augen zusammen und sah sie an.

»Du hast nicht zufällig ein paar Münzen dabei, die du gern loswerden möchtest, Süßer? Das Essen ist umsonst, solange du dir was zu trinken dazu bestellst.«

Sie wühlte in ihrer Jackentasche herum, in die sie vorher ein paar Münzen gestopft hatte, und reichte ihm eine. Ihr wurde sofort klar, daß sie etwas falsch gemacht hatte, als seine Augen hervortraten und er ihr beinahe die Finger brach, um ihr die Zwanzig-Dollar-Goldmünze aus der Hand zu reißen, ehe sie es sich anders überlegte.

»Du mußt ganz frisch aus den Goldminen gekommen sein, mein Junge. Komm, ich gebe dir einen Drink aus. Herrgott noch mal, bin ich jetzt reich.«

Er machte sich auf den Weg zum Tresen und lachte dabei wieder prustend. Jocelyn hatte nicht vor, ihm zu folgen. Sie war sogar schon wieder auf dem Weg zum Ausgang, als sie gewaltsam herumgerissen wurde und einem äußerst unwilligen Colt ins Gesicht sah, der die ganze Zeitlang hinter ihr gestanden hatte.

»Habe ich dir nicht gesagt, daß du den Mund halten sollst?«

»Er hat mich für einen Jungen gehalten«, erklärte sie eilig. »Darauf sind wir gar nicht gekommen. Wenn ich als ein Junge durchgehen kann, könnten wir dann nicht etwas länger bleiben und hier zu Mittag essen?«

»Nein, ganz bestimmt nicht«, fauchte er gereizt. »Hast du genug gesehen?«

»Ich habe eigentlich noch gar nichts gesehen, aber...«

Ihre Stimme brach ab, und ihre Augen wurden kugelrund, als ihr Blick auf ein längliches Bild fiel, das in einem vergoldeten Rahmen hinter der Bar über dem Spiegel hing: Darauf war eine Frau abgebildet, die sich auf einem Sofa rekelte und gänzlich unbekleidet war. Als Colt fröhlich in sich hineinlachte, wurde ihr klar, daß sie errötete – und gaffte.

»Komm, da drüben hast du eine bessere Aussicht. Fünf Minuten, und dann hauen wir ab.«

Sie nickte und folgte ihm an die Bar. Der lange Tresen war aus Walnußholz geschnitzt, und in einem Abstand von etwa zweieinhalb Metern hingen Handtücher darauf, damit sich die Gäste, die hier aßen, die Hände abwischen konnten, vermutete sie. Eine Messingstange, die unten am Tresen verlief, war dazu da, die Stiefel draufzustellen und den Absätzen

Halt zu geben. Daneben standen Spucknäpfe auf dem Fußboden, wobei etwa einer auf vier Kunden kam. Um die Spucknäpfe herum war Sägemehl auf dem Fußboden verstreut, und es war ihr Pech, daß sie sogleich den Grund erkannte, als ein Kerl einen Klumpen Kautabak ausspuckte und den Napf verfehlte.

Als sie an den Tresen trat, kam der Mann, der dahinterstand, auf sie zu und wischte vor ihr eine Stelle ab, auf der noch Reste des kostenlosen Mittagessens geklebt hatten, ehe er fragte: »Was nimmst du, mein Junge?«

»Einen Cognac, wenn Sie so freundlich wären.«

»Bringen Sie zwei Whiskey«, knurrte Colt neben ihr und warf ein Zehncentstück auf den Tresen.

Sein finsteres Gesicht machte tausend Worte wett und ließ sie erkennen, daß sie schon wieder etwas falsch gemacht hatte. Es war gut möglich, daß man in dieser Gegend noch nie etwas von Cognac gehört hatte und ihn schon gar nicht ausschenkte.

»Tut mir leid«, sagte sie kleinlaut.

Alles, was er darauf zu sagen hatte, war: »Nicht runterschlucken«, als das Whiskeyglas vor ihr abgestellt wurde.

Sie nahm das kleine Glas in die Hand, drehte sich um und stützte sich mit einem Arm auf den Tresen, wie sie es bei einem anderen Kerl gesehen hatte. Colt blieb mit dem Gesicht zum Tresen stehen, doch dahinter hing der Spiegel, und darin konnte er den gesamten Raum überblicken. Jocelyn zog es vor, sich alles direkt anzusehen.

Es war kein allzu großer Saloon, etwa so geräumig wie der kleinere Salon in Fleming Hall. Außer dem unschicklichen Bild, das sie kein zweites Mal ansehen wollte, hingen noch andere interessante Dinge an den Wänden: ein Hirschkopf, der ausgebleichte Schädel eines großen Tieres, alte Waffen, das Hinterteil eines Büffels – sie blinzelte zweimal, als sie das sah.

Ein paar Spieltische standen herum, ein Pharaospiel, ein Roulette, ein Kümmelblättchen, aber nichts lenkte von dem eigentlichen Zweck des Ortes ab, nämlich dem Trinken. Innerhalb von wenigen Minuten hörte sie die Ausdrücke

›Schlangengift‹, ›Sargpolitur‹, ›Rotes Dynamit‹, ›Tarantel-saft‹ und ›Pantherpisse‹, denn all das wurde an der Bar bestellt; sie vermutete, daß es sich um verschiedene Ausdrücke für Whiskey handelte. Sie war fast in Versuchung, ein wenig aus ihrem Glas zu nippen, weil sie wissen wollte, warum dieses Getränk mit so deftigen Begriffen bedacht wurde. Ein Blick auf Colt, der sich das Geschehen immer noch im Spiegel ansah, brachte sie dazu, es bleiben zu lassen.

Die verschiedensten Sorten von Männern hielten sich hier auf, und sie waren ganz unterschiedlich gekleidet: Goldgräber, Spieler, Geschäftsleute, Cowboys, Gelegenheitsarbeiter, die auf einer Ranch Arbeit suchten. Es kam fast überraschend, als sie schließlich die Frauen bemerkte, die an manchen der Tische saßen.

Das mußten die leichten Mädchen sein, für die sie auch weniger freundliche Bezeichnungen gehört hatte. Anscheinend waren sie für mehr als nur ein Getränk oder einen Tanz zu haben, aber das einzige, was sie in Jocelyns Augen von den Frauen aus der Stadt unterschied, war, daß sie keine schlichten Kittel- oder Kattunkleider trugen und ihre Gesichter geschminkt hatten. Einen bestimmten Stil erkannte sie sogar wieder, weil sie ihn in einer ihrer Modezeitschriften schon einmal gesehen hatte, doch sie hatte nicht in Erinnerung gehabt, daß das Mieder ganz so tief ausgeschnitten war. Erst, als eine der Frauen aufstand, sah sie, wo die Ähnlichkeit mit der derzeitigen Mode endete. Ihr Kleid hatte keinen Rock, oder jedenfalls endete das, was man wohl kaum als Rock hätte bezeichnen können, mitten auf ihren Oberschenkeln, nicht etwa den Waden, sondern den Schenkeln, und entblößte lange Beine, die in grellgestreiften Seidenstrümpfen steckten.

Jocelyn ertappte sich dabei, daß sie sie mit offenem Mund anstarrte, und sie klappte den Mund wieder zu. Nun gut, sie hatte etwas Schockierendes erleben wollen, und hier hatte sie es jetzt, wie sie es sich gewünscht hatte. Und wenn sich diese Frauen schon so dürftig bedeckten, gütiger Himmel, was mochten dann erst die Frauen in den Bordellen tragen? Kein Wunder, daß Colt so entsetzt über ihren Wunsch gewesen war, ein Bordell zu besuchen.

»Haben Sie Probleme, Mister?«

Jetzt stöhnte sie. Colt hatte sie gewarnt und ihr gesagt, sie solle niemanden angaffen, und der bärenstarke Mann, der in ihre Richtung sah, schien aus irgendwelchen Gründen mächtig verstimmt zu sein. Aber sie konnte sich nicht erinnern, ihn angestarrt zu haben. Sie konnte sich noch nicht einmal erinnern, ihn bisher auch nur bemerkt zu haben. Vielleicht redete er gar nicht mit ihr.

»Ich habe Sie etwas gefragt, Mister.«

Jetzt wurde ihr klar, daß er gar nicht mit ihr sprach, sondern mit Colt. Und als sie einen Blick auf Colt warf, sah sie, daß er den Mann im Spiegel beobachtete, daß er derjenige war, der starrte, obwohl er sie noch davor gewarnt hatte, jemandem zu direkt ins Gesicht zu sehen. Und dem Bären, der ihn ebenfalls deutlich im Spiegel sehen konnte, paßte das ganz entschieden überhaupt nicht.

Aber Colt drehte sich nicht zu dem Mann um, um seine Frage zu beantworten. Er gab ihm überhaupt keine Antwort. Er war jedoch erstarrt, so starr wie ein Toter. Kein einziger Muskel seines ganzen Körpers regte sich.

»So ein Mist, du bist ja ein Halbblut, oder etwa nicht?« hörte Jocelyn den Mann sagen und erstarrte jetzt selbst. »Wer zum Teufel hat dich hier reingelassen?«

Sie wartete darauf, daß Colt sich endlich umdrehen und diesem widerwärtigen Kerl sagen würde, er solle verschwinden. Warum mußte er aber auch dieses Hemd mit den Fransen *und* dazu noch die Mokassins tragen? Und dann flocht er sich auch noch das Haar! Es hätte nichts ausgemacht, wenn er nur eines dieser Dinge getan hätte. Es gab andere Männer hier im Raum, die ihr Haar länger trugen als Colt. Auch ein Mann in einer Wildlederjacke war da. Niemand außer ihm trug Mokassins, aber diese drei Dinge zusammen wirkten dennoch so, als trüge er ein handgemaltes Schild, auf dem in großen Buchstaben, die jeder lesen konnte, stand, was er war. Es war, als wollte er bewußt Ärger anlocken. Warum also drehte er sich jetzt nicht um, wenn er schon hatte, was er wollte?

»Ich rede mit dir, Halbblut.«

Bei diesen Worten stand der Kerl auf. Er war wirklich riesig. Und Ähnlichkeit mit einem Bären hatte er auch, mit seiner wüsten, zotteligen braunen Mähne und dem Bart und dem Schnurrbart in seinem zugewachsenen Gesicht. Er war unbewaffnet und schien sich nicht daran zu stören, daß Colt bewaffnet war. Er hatte jedoch eine zusammengerollte Peitsche an seinem Gürtel hängen, die ihn als eine Art Viehtreiber auswies. Wahrscheinlich einer von denen, die die Tiere in die Berge treiben mußten. Jocelyn hatte Mitleid mit diesen Tieren, denn der Mann wirkte nicht nur gemein, sondern noch dazu grausam.

Und Colt hatte ihm immer noch keine Antwort gegeben.

»Vielleicht muß ich mir deine Aufmerksamkeit erst noch erzwingen«, sagte der Bär anzüglich.

Jocelyn schnappte nach Luft, als diese Peitsche sich auf dem Fußboden auseinanderrollte. Das würde der Mann nicht wagen! Und doch mußten alle, die am Tresen standen, anderer Meinung sein, denn die Leute gingen auseinander, wichen weit zurück und stellten sich an die Wand. Die Tische, die dem Tresen am nächsten standen, leerten sich ebenfalls. Jemand grub sogar eine Faust in ihre Jacke und zerrte sie aus dem Weg. Und Colt wandte sich immer noch nicht um.

Als sich Jocelyn von ihrem potentiellen Beschützer losriß, knallte die Peitsche. Sie konnte den dunklen Abdruck auf Colts Rücken sehen, dort, wo ihn die Peitsche getroffen hatte und das Wildleder aufgeplatzt war. Ihr Grauen spottete jeder Beschreibung. Diese Bestie hatte es tatsächlich getan, Colt einen Peitschenhieb versetzt, um seine Aufmerksamkeit auf sich zu lenken. Doch die bekam er nicht. Zu ihrem Erstaunen und zur größten Verblüffung aller Anwesenden unternahm Colt überhaupt nichts. Er rührte sich nicht vom Fleck, und ihm war kein Anzeichen dafür anzusehen, daß ihm weh getan worden war. Und dieser Hieb mußte schmerzhaft gewesen sein. Der Knall war so laut wie ein Schuß gewesen.

Der Bär war ebenfalls überrascht, daß er seinem Opfer keine Reaktion entlockt hatte, aber nur im ersten Moment.

Mit zusammengekniffenen Augen blickte er auf Colts Rükken, trat vor den Spiegel, um sein Gesicht sehen zu können, und kniff die Augen dann noch fester zusammen.

»Du kommst mir reichlich bekannt vor, Halbblut. Hast du mir schon mal Ärger gemacht, vielleicht, als ich so besoffen war, daß ich mich nicht mehr daran erinnern kann?« Dann schrie er: »Antworte mir, du Bastard!« und ließ diese Peitsche noch einmal durch die Luft zischen.

»Nein«, keuchte Jocelyn, als der zweite Hieb auf Colt herUntersauste, und sie wollte nach vorn stürzen, doch eine kräftige Hand auf ihrer Schulter hielt sie zurück.

»Halt dich raus, Junge. Er ist nur ein Halbblut.«

Das raubte ihr jeden Rest von Vernunft. Sie verstand nichts von alledem, nicht die Vorurteile, die einen Mann dazu bringen konnten, so etwas zu sagen, nicht die Apathie, die alle anderen dazu brachte, einfach dazustehen und zuzusehen, statt etwas zu unternehmen, um solche Grausamkeiten zu verhindern. Am allerwenigsten verstand sie, was mit Colt los war, wenn er das stumm hinnehmen und über sich ergehen lassen konnte. Sie konnte es jedenfalls nicht mitansehen.

Sie wandte sich zu dem Kerl um, der ihre Schulter gepackt hatte, und zog ihm das Gewehr von der Hüfte, ehe er ihre Absicht durchschaut hatte. Mit seinem langen Lauf war es sperrig und nicht gut zu handhaben. Sie mußte es auf ihren Unterarm stützen, aber selbst so rechnete sie sich keine großen Chancen aus. Große Handfeuerwaffen waren nicht gerade ihre Spezialität.

Das konnte der Bär jedoch nicht wissen. »Schlagen Sie noch einmal zu, Sir, und ich werde auf Sie schießen müssen.«

Noch mehr Leute gingen ihnen aus dem Weg, diesmal die, die hinter ihr und hinter dem Bären standen. Wenn sie schon sonst nichts erreicht hatte, hatte sie doch wenigstens seine Aufmerksamkeit auf sich gezogen, und das war entschieden beunruhigend. Sie warf einen flüchtigen Blick auf Colt, aber dieser verdammte Kerl, blieb selbst jetzt, nachdem sie sich eingemischt hatte, regungslos. Glaubte er im Ernst, sie könnte es ganz allein schaffen, sie beide heil aus dieser Situation herauszuholen?

»Hast du mit mir geredet, Junge?« fragte sie der Bär. »Ich hoffe, so dumm bist du nicht.«

Sie zuckte kurz zusammen, als er die Peitsche einholte. Wenn sie die Waffe weiterhin auf ihn richtete, würde er die Peitsche gegen sie einsetzen.

Ihre Hände fingen an zu schwitzen. Sie brauchte zwei Anläufe, um den Hahn zu spannen. Das Geräusch hallte schrecklich laut durch die Totenstille, die sich über den Raum gesenkt hatte. Und das einzige, was sie damit erreichte, war, daß der Bär jetzt wütend auf sie war, und zwar so sehr, daß er sich nicht an dem Gewehr zu stören schien, das sie auf ihn gerichtet hielt.

»Du kleiner Scheißer«, knurrte er. »Hau ab, oder ich mache Hackfleisch aus dir.«

»Warum ziehst du nicht Leine, Pratt?« rief jemand aus. »Das ist doch noch ein Baby.«

»Du willst wohl auch was abkriegen?« lautete die Antwort des Bären.

»Hast du für heute nicht schon genug angegeben, Pratt?« Diesmal kam der Ruf aus einer anderen Ecke.

Jocelyn faßte sich wieder ein Herz, bis sie erkannte, daß es den Mann erboste, nicht alle Anwesenden geschlossen hinter sich zu haben, und diese Wut wollte er jetzt an ihr auslassen.

»Verfluchter Kerl! Laß das Ding fallen, oder schieß!«

Er ließ ihr keine andere Wahl, denn er riß den Arm jetzt zurück, um diese Peitsche in ihre Richtung knallen zu lassen. Sie drückte ab – und erstarrte dann vor Grauen. Nichts war passiert. Sie hatte eine Waffe an sich gebracht, die nicht geladen war!

Die barbarische Heiterkeit auf Pratts Gesicht sprach Bände. Für ihre Dreistigkeit, ihn herauszufordern, würde sie jetzt bluten und dabei unsägliche Schmerzen erleiden. Dieses Wissen lähmte sie mit einer solchen Angst, daß sie noch nicht einmal schreien konnte, als sie sah, wie die Peitsche auf sie zukam, und noch viel weniger war sie in der Lage, dem Hieb auszuweichen.

Der Knall war schlimmer als der Hieb – Jocelyn spürte sogar überhaupt nichts. Vielleicht hatte ihr Herz aufgehört zu schlagen, aber sie empfand keinen Schmerz. Und doch roch sie den Rauch und sah Pratt langsam auf dem Fußboden zusammenbrechen, und sie wußte, daß jemand zu ihrer Rettung gekommen war, daß sie einen Schuß gehört hatte und nicht etwa den Knall der Peitsche.

Es war verständlich, wenn sie diesmal nicht automatisch davon ausging, daß Colt ihr Retter war, denn schließlich hatte er die Dinge erst soweit kommen lassen. Und doch war es seine Waffe, aus der noch der Rauch aufstieg, und es waren seine Augen, in die sie sah, als sie erleichtert in sich zusammensackte – und dann fast im selben Augenblick zu sieden begann.

Doch sie hatte ihren akuten Wutausbruch vollkommen unter Kontrolle. Sie drehte sich langsam um, reichte ihr nutzloses Gewehr wieder seinem Besitzer und verließ dann wortlos und mit sicheren Schritten den Saloon. Sie würde nie mehr ein Wort mit Colt Thunder reden. Aus welchen diabolischen Gründen er sich auch immer bis zum allerletzten Moment davon hatte abhalten lassen, etwas zu tun – und sie hatte den Verdacht, er hätte ihr lediglich eine Lektion erteilen wollen – er hatte zugelassen, daß sie zu Tode erschrocken war, und das würde sie ihm niemals verzeihen.

42

Colt sah, wie die Herzogin den Saloon verließ, doch er machte keine Anstalten, ihr zu folgen. In dem Moment konnte er es einfach nicht. Er fühlte sich so schwach wie ein Säugling. Das Herz schlug ihm immer noch gegen die Rippen, und der kalte Schweiß stand noch auf seiner Haut. So etwas war ihm noch nie passiert, und er wußte noch nicht einmal mit Gewißheit, was ihm eigentlich zugestoßen war.

Er hatte bemerkt, daß Ramsay Pratt ihn im Spiegel ansah, er hatte ihn erkannt, und er hatte eine so primitive Genugtuung verspürt, daß er fast einen Freudenschrei angestimmt hätte. Er hatte sich so oft vorgestellt, diesem Mann noch einmal zu begegnen, sich ausgemalt, wie er ihn ansprechen und sein Magazin in ihn pumpen würde, nicht um ihn zu töten, sondern um ihn zum Krüppel zu machen. Er wollte seinen Tod nicht. Er wollte, daß Pratt mit derselben Form von Bitterkeit und Pein weiterleben mußte, die zu einem Bestandteil seines eigenen Lebens geworden war, seit ihre Wege sich das letzte Mal gekreuzt hatten.

Er hatte bewußt nicht reagiert, weil er wollte, daß sich der Mann in seine Wut hineinsteigerte. Er wollte ihn auf die Palme bringen, ihn derart in Raserei versetzen, daß er zu seiner Peitsche griff. Aber als er bekommen hatte, was er wollte, hatte er versucht, sich zu dem Kerl umzudrehen und ihm gegenüberzutreten, doch er hatte feststellen müssen, daß er es nicht konnte. Es war, als hätte sich sein Körper einfach ausgeklinkt, als er diese Peitsche sah, als hätte der Teil seines Gehirns, der über seinen Körper bestimmte, sich entschlossen, sich nicht noch einmal auf eine Konfrontation mit dem Mann einzulassen, der die Peitsche schwang, als hätte er *Angst* davor, diese Erfahrung noch einmal zu machen.

Selbst als Ramsay ihm den ersten Peitschenhieb versetzt hatte, war es ihm noch nicht möglich gewesen, sich aus dieser tranceartigen Benommenheit herauszureißen, die ihn gepackt hatte. Er hatte auch keine Schmerzen, die ihm dabei hätten helfen können. Sein Gewebe und seine Nerven waren derart beschäftigt, daß er wahrscheinlich nichts gespürt hätte, wenn man ihm glühende Kohlen auf den Rücken gepackt hätte. Er wußte bis jetzt noch nicht, ob Ramsay ihm diesmal neue Schäden zugefügt hatte. Das konnte er erst wissen, wenn er seinen Rücken selbst gesehen hätte.

Aber das, was ihn unbewußt gelähmt hatte, war nichts anderes als Angst, und das nackte Grauen hatte ihn gepackt, als die Herzogin bedroht worden war und er sich immer noch nicht rühren konnte; nacktes Grauen, das den Schweiß und die Entkräftung hervorgerufen hatte, als er glaubte, ihr würde etwas zustoßen. Erst als er gesehen hatte, wie die Peitsche wirklich gegen sie erhoben wurde, war die Wut in seinem Schädel explodiert und hatte ihm seine Beweglichkeit zurückgegeben.

Er sah zu, wie Pratts Leiche aus dem Saloon gezerrt wurde. Ein paar Äußerungen wurden laut, aber niemand richtete das Wort an ihn. Die meisten Gäste wandten sich jeweils wieder dem zu, was sie gerade getan hatten, als die Gewalttätigkeiten ausgebrochen waren. So zu tun, als sei nichts geschehen, war eine typische Reaktion für Leute, die mehr oder weniger tagtäglich mit Gewalttätigkeit konfrontiert wurden.

Colt empfand überhaupt nichts, kein Bedauern, keine Befriedigung; er brachte keinerlei Gefühle für den Mann auf, den er gerade getötet hatte. Was ihn beunruhigte, war der Ausdruck äußerster Verachtung, mit dem ihn die Herzogin bedacht hatte, als sie gegangen war. Er brauchte sich nicht erst lange zu fragen, was ihm diesen Blick eingetragen hatte. Und was sollte er ihr jetzt erzählen? Daß er Angst gehabt hatte, ohne sich dessen wirklich bewußt zu sein? Daß er sie gern aus der Sache herausgehalten hätte und es versucht hatte, sich aber einfach nicht rühren konnte? Sich nicht rühren konnte? Das würde sie ihm bestimmt aufs Wort glauben, klar.

Er machte sich auf den Rückweg zum Bahnhof und zu diesem schicken Eisenbahnwaggon, den sie so mühelos organisiert hatte. Die Herzogin war da, aber sie hatte sich im Schlafabteil eingeschlossen. Colt war im ersten Moment unschlüssig, ob er anklopfen sollte, doch dann entschied er sich dagegen. Vielleicht war es so das Beste. Es würde ihn zwar ein paar Tage mit ihr kosten, aber was machte das schon aus, wenn er sie ohnehin wieder hergeben mußte?

Er packte seine Sachen zusammen und ging auf die Tür zu. Er würde sich eine Fahrkarte für den normalen Personenwagen kaufen und es dem Schaffner überlassen, der Herzogin mitzuteilen, wo er sich befand. Es bestand kein Grund für sie, ihn wiederzusehen, ehe sie in Cheyenne ankämen. Aber auf dem Weg zur Tür fiel sein Blick auf einen der Spiegel, und sein Rücken fiel ihm wieder ein. Er ließ seine Sachen fallen und riß sich das Hemd herunter, um sich schnell selbst anzusehen, was passiert war. Colt kam zu dem Schluß, daß Pratt im Lauf der Jahre nachgelassen haben mußte. Er konnte keine einzige Strieme entdecken.

»Um Gottes willen!«

Er drehte sich eilig um und griff nach seiner Waffe. »Was ist?« Doch er konnte es ihr selbst ansehen. Mitleid verkraftete er schon in seinen besten Momenten nicht, und schon gar nicht von ihr.

Jocelyn ließ ihre Waffe fallen, um sich die Hand vor den Mund zu schlagen. Sie würde sich übergeben müssen. Sie hatte in der vergangenen Stunde schon genug Brutalität mitangesehen, aber das hier, das Resultat von Grausamkeiten, die ihm angetan worden waren – ihm! Sie lief auf die Toilette zu.

Colt warf sein Hemd mit einem heftigen Fluch auf den Boden, lief hinter ihr her und riß sie herum, ehe sie die Tür erreicht hatte. »Wage es nicht! Das ist nichts weiter, hast du gehört? Nichts! Wenn du dich unbedingt übergeben willst, dann hättest du es tun sollen, als die Eingeweide dieses Viehtreibers durch die Gegend gespritzt sind, aber nicht jetzt!«

Sie schluckte die Galle, die ihr in die Kehle aufgestiegen war, und schüttelte den Kopf. Die Tränen traten schon in ihre Augen. Sie wußte nicht, warum er so wütend war. Sie kam nicht gegen die Gefühle an, die sie innerlich zerrissen.

Als er die Tränen sah, fauchte er: »Laß das!«, aber sein Groll wurde von ihrem Schluchzen übertönt, als sie die Arme um seinen Hals schlang. Er versuchte, sich aus ihrer Umklammerung zu lösen, doch das konnte er nicht, ohne ihr weh zu tun. Und sie ließ ihn nicht los, sondern umschlang ihn so fest, daß er kaum noch Luft bekam.

»Ach, Mist«, sagte er nach einer Weile und trug sie zum nächsten Stuhl. Dann setzte er sich, um sie auf den Schoß zu nehmen und sie in seinen Armen zu wiegen. »Das kannst du mir nicht antun, Frau. Und warum zum Teufel weinst du überhaupt? Ich habe dir doch gesagt, daß das nichts weiter ist.«

»Das nennst du ... nichts weiter?« schluchzte sie an seiner Schulter.

»Dir hat es nichts zu bedeuten. Es ist bereits lange her, daß das passiert ist. Glaubst du etwa, es täte noch weh, oder so was? Ich versichere dir, ich spüre nichts davon.«

»Aber es hat weh getan!« schluchzte sie noch lauter. »Du kannst mir nicht erzählen, das hätte damals nicht weh getan! O mein Gott, dein armer Rücken!«

Er war ärgerlich. Er konnte nichts dagegen tun. »Hör zu, Herzogin, und hör mir genau zu. Ein Krieger kann kein Mitgefühl ertragen. Lieber wäre er tot.«

Daraufhin lehnte sie sich überrascht zurück. »Aber ich bemitleide dich doch gar nicht.«

»Und warum heulst du dann?«

»Wegen der Qualen, die es dir bereitet haben muß. Ich... ich ertrage die Vorstellung nicht, daß du derart gelitten hast.«

Er sah sie kopfschüttelnd an. »Du siehst das nicht unter dem richtigen Gesichtspunkt, Frau. Dieses Auspeitschen damals war dazu gedacht, mich zu töten. Es gibt nicht viele Männer, die es überlebt hätten, aber ich habe es überlebt. Diese Narben stehen für einen Triumph über meine Feinde. Für sie stellt es eine Niederlage dar, daß ich noch am Leben bin.«

»Wenn du auf diese Narben auch so stolz bist wie auf die« – ihre Finger strichen über die faltige Haut oberhalb einer Brustwarze, und er zuckte zusammen – »warum hast du sie dann vor mir versteckt? Und genau das hast du getan, oder etwa nicht?«

Ihr fiel jetzt wieder ein, wie oft sie beide vollständig nackt gewesen waren, wenn sie miteinander geschlafen hatten, und jedesmal, wenn sie die Hände nach seinem Rücken ausgestreckt hatte, hatte er sie daran gehindert, ihn zu berühren – er hatte ihre Hände in seine genommen oder sie neben ihrem Kopf festgehalten. Ihr fiel auch wieder ein, daß sie einmal zu ihm gesagt hatte, sie solle ihn auspeitschen lassen. Gott im Himmel, wie gefühllos sie doch gewesen war! Aber das hatte sie nicht wissen können.

»Ich habe nicht behauptet, daß ich stolz auf diese Narben bin, Herzogin. Aber denk daran, wie du auf die hier reagiert hast«, sagte er erbittert und preßte ihre Hände auf seine Brustwarzen, »und dann denk noch einmal daran, wie du eben gerade reagiert hast, und schon hast du die Antwort. Diese Narben rufen Ekel hervor. Frauen übergeben sich, wenn sie meinen Rücken sehen.«

»Und weißt du, warum?« fragte sie hitzig. »Weil du dir die anderen Narben selbst zugefügt hast, dich absichtlich selbst gequält hast und *stolz* darauf bist. Aber die anderen hat dir ein anderer zugefügt, der diesen prachtvollen Körper verstümmelt hat, und das ist eine Greueltat, die jeder Beschreibung spottet. Wer hat dir das angetan, Colt Thunder?«

Er war nicht sicher, ob er gerade gescholten worden war oder ob sie ihm Komplimente gemacht hatte. »Du hast ihn gerade sterben sehen.«

Es dauerte einen Moment, bis sie das voll und ganz erfaßt hatte, doch dann schwand jede Farbe aus ihrem Gesicht. »O Gott, kein Wunder, daß du dich nicht mehr vom Fleck rühren konntest, als du ihn gesehen hast! Ich konnte mich ja selbst nicht mehr rühren, als ich dachte, er würde mich schlagen, und ich habe nicht gewußt, was für ein Gefühl das sein würde. Aber du hast es gewußt... o Gott«, stöhnte sie und schlang ihre Arme wieder fest um seinen Hals, als könne sie ihm damit die Erinnerung daran nehmen. »Du hast genau gewußt, was für ein Gefühl es sein würde, wenn er dich schlägt... und er hat es getan! Du mußtest diesen Alptraum noch einmal von vorn...«

»Schluß jetzt, Herzogin«, sagte er mürrisch. »du malst es dir schlimmer aus, als es war. Ich habe nichts gespürt. Man braucht lebende Nerven, um Schmerz zu empfinden, und davon habe ich nicht mehr viele.«

»O Gott!« Sie fing wieder zu weinen.

»Was ist denn *jetzt?*«

Aber sie schüttelte den Kopf, denn ihr war klar, daß er nicht hören wollte, das sei um so schlimmer. Doch er wußte, was sie dachte. Und er wußte auch, was sie tat – ihn mit Trost und Zuspruch überhäufen, wie es nur eine Frau kann. Wenn er es zugelassen hätte; hätte sie seinen Kopf an ihre Brust gepreßt, und das Ärgerliche war, daß dieser Gedanke ihm allzu verlockend erschien.

Er mußte sie schnell auf andere Gedanken bringen, und als

er die Waffe sah, die ihr aus der Hand gefallen war, fragte er: »Was hattest du mit der Waffe vor?«

»Ich fürchte, ich habe dich nicht gehört, als du reingekommen bist«, schniefte sie. »Mir ist endlich aufgegangen, daß du vielleicht noch mehr Ärger im Saloon gehabt haben könntest, nachdem ich gegangen bin.«

»Und du wolltest zurückkommen, um mich zu retten?«

»So ungefähr.«

Sie rechnete mit seinem Lachen. Statt dessen spürte sie seine Hand in ihrem Haar, die ihren Kopf zurückbog, damit er sie küssen konnte. Sie wunderte sich gar nicht erst darüber, daß dieser Kuß in seiner Eindringlichkeit fast verzweifelt wirkte, denn es hätte sein können, daß das noch mehr von ihr als von ihm ausging. Ihre gemeinsame Zeit ging zu Ende, und beide wußten es.

43

Vor den Fenstern des privaten Waggons herrschte ein leichtes Schneetreiben, als der Zug in den Bahnhof von Cheyenne einlief. Da sie fast ein Jahr in den warmen Mittelmeerländern verbracht hatte, ehe sie nach Amerika gereist war, hatte Jocelyn schon lange keinen Schnee mehr gesehen.

»Ist das Klima hier zu rauh für Pferde, was meinst du?« fragte sie, als sie den Vorhang wieder fallenließ.

Colt zuckte die Achseln. »Seit Hunderten von Jahren leben hier schon Wildpferde, Herzogin. Glaubst du, die Leute kämen ohne ihre Pferde aus?«

Sie lächelte verlegen. Sie hatte Vanessa gegenüber gesagt, sie hätte vor, ihre Pferdezucht hier zu begründen, doch das war ein impulsiver Entschluß gewesen, der von dem Mann beeinflußt war, der sich gerade ganz selbstverständlich fertigmachte, um auszusteigen – und sie zu verlassen. Wenn es für sie keine anderen Gründe gab, in dieser Gegend zu leben, eigneten sich vielleicht andere Landesteile besser für die Aufzucht ihrer Vollblüter.

»Aber würdest du hier Pferde züchten?« fragte sie ihn.

»Genau das habe ich vor, und zwar mit dem kleinen Fohlen, das du mir schuldig bist. Falls du dir Sorgen machst, ob es hier überlebt, dann ist das überflüssig. Die kleine Stute wird sich hier wohlfühlen. Im Grunde genommen ist das Wetter ideal für Tiere. Die Sommer sind nicht allzu heiß, die Winter nicht übermäßig kalt.«

»Ich habe mir wegen meines eigenen Gestüts Sorgen gemacht. Oder habe ich dir noch nicht erzählt, daß ich mit dem Gedanken spiele, hierzubleiben?«

»Warum um alles in der Welt?«

Sie wandte sich von seinem Gesicht ab, auf dem sich Grauen breitmachte, und ihre Kehle schnürte sich zu. Es tat weh, es tat wirklich weh, und sie wollte ihm schon sagen, er brauche sich keine Sorgen zu machen, denn falls sie sich entscheiden sollte, die Pferdezucht auf dem Territorium Wyoming zu betreiben, würde sie schon dafür sorgen, möglichst weit von ihm weg zu sein.

Aber er stellte sich hinter sie, legte ihr die Hände auf die Schultern und sagte: »Vergiß, was ich gesagt habe. Was du jetzt tust, ist deine Sache, denn meine Aufgabe ist hiermit erledigt.«

Aber wie zum Teufel sollte er damit fertig werden, täglich wieder zu wissen, daß sie in seiner Nähe war, fragte sich Colt. Er hatte geglaubt, sie würde hier tun, was sie vorhatte, denn irgendwelche Gründe mußten sie ja hierher geführt haben, und dann würde sie in den nächsten Zug steigen und wieder in den Osten reisen. Dann hätte er sie vergessen können. Aber wenn sie nicht von hier fortginge...

Sie schüttelte seine Hände ab, doch er bemerkte ihre Steifheit schon, ehe sie sagte: »Ich weiß selbst nicht, warum ich immer wieder vergesse, wie eilig du es hast, unsere Verbindung zu beenden. Wenn du mich in einem Hotel absetzt, kannst du auf der Stelle verschwinden. Ich lasse dir dein Honorar auf die Ranch deiner Schwester bringen, sobald es eintrifft.«

»Nein, das wirst du nicht tun.«

»Doch, ich...«

»Nein... ganz bestimmt nicht, Herzogin.«

Jocelyn preßte die Lippen zusammen. So hatte er sich ihr gegenüber schon einmal verhalten, doch damals hatte sie nichts anderes gewollt, als mit ihm zu reden. Jetzt ließ sie sich von diesem unversöhnlichen Gesichtsausdruck nicht mehr so sehr einschüchtern. Sie ließ außerdem zu, daß ihre Wut über ihre verletzten Gefühle siegte. Er wollte also nicht mehr warten? Er wollte jede Verbindung mit ihr augenblicklich abbrechen? Nach der Woche, die sie gerade miteinander verbracht hatten, hatte sie geglaubt, ihn etwas besser zu verstehen. Sie hatte sogar schon die leise Hoffnung gehegt...

»Falls du befürchtest, ich würde das Geld persönlich überbringen, kannst du beruhigt sein, das versichere ich dir. Du brauchst mich nicht wiederzusehen. Aber so viel Geld trage ich natürlich nicht in meinem Handgepäck mit mir herum. Wenn du nicht abwarten kannst, bis meine Wagen eintreffen, kann ich vermutlich meiner Bank telegrafieren, der, die von hier aus am günstigsten liegt, und das Geld überweisen lassen – was ist denn jetzt schon wieder los?« fragte sie, als er beharrlich den Kopf schüttelte.

»Wenn du versuchen solltest, mir dieses Geld zu bezahlen, werde ich es verbrennen. Ich wollte das verdammte Geld nie haben, und das weißt du genau. Du wirst mir lediglich dieses Fohlen zukommen lassen, wenn die kleine Stute von ihrer Mutter getrennt werden kann, und dann sind wir quitt.«

»Damit du völlig umsonst einen Job erledigt hast, der dir verhaßt war? Laß mich dir wenigstens den üblichen Satz...«

»Nein.«

Sie sah ihn finster an. »Du bist wild entschlossen, mir Schuldgefühle einzuflößen, weil ich dich ausgenutzt habe, stimmt's? Aber da muß ich dich enttäuschen. Wenn ich irgend etwas empfinde, dann ganz bestimmt kein Schuldbewußtsein.«

Mit diesen Worten schnappte sie ihre Tasche und stolzierte hinaus. Colt biß wutschnaubend die Zähne zusammen. Wenn seine Satteltaschen nicht noch im Schlafabteil gelegen hätten, wäre er hinter ihr hergestürzt. Diese verfluchte Frau. Versuchte sie etwa, ihm Schuldgefühle einzuflößen, weil er ihr Geld nicht nehmen wollte? Er wollte doch nur verschwinden und sie nicht wiedersehen, ehe er eine Dummheit beging wie zum Beispiel, ihr zu sagen, was er für sie empfand. Ihre Reaktion darauf konnte er sich nur zu gut vorstellen. Sie würde davonlaufen, so schnell sie konnte – wenn sie ihn nicht vorher sogar noch auslachte.

Er dachte wieder daran, was sie gesagt hatte, als sie den Saloon aufsuchen wollte: Eine solche Gelegenheit bekäme sie nie wieder, weil sie nicht so dreist sein könne, wenn ihre Leute sich ihr erst wieder angeschlossen hätten. Dasselbe traf auch auf ihn zu, und das wußte er selbst. Sie mochte zwar bereit sein, das Bett mit ihm zu teilen, solange sie miteinander allein waren und niemand sonst etwas davon erfuhr, aber ein paar von ihren Leuten mußten bereits hier sein und sie längst erwarten. Ihr mußte bei der Vorstellung grausen, sie könnten dahinterkommen, daß sie sich ihr Halbblut zum Liebhaber genommen hatte. Wenn sie jetzt verärgert war, dann lag das wahrscheinlich daran, daß er deutlich ausgedrückt hatte, das sei es jetzt gewesen, ehe sie ihn fortschicken konnte. Das war der Punkt, an dem sie steif und mürrisch geworden war.

Als er aus dem privaten Eisenbahnwaggon sprang, mußte Colt laufen, um die Herzogin noch einzuholen. Sie hätte direkt zum Güterwagen gehen sollen, damit sie als erstes die Pferde holen konnten, aber statt dessen machte sie sich mit forschen Schritten auf den Weg in die Stadt. Er war schon versucht, sie einfach gehen zu lassen. Jetzt war sie einigermaßen sicher. Aber es war ihm zur Gewohnheit geworden, sich Sorgen um sie zu machen. Solange er nicht sicher sein konnte, daß ihre Leute vor ihr eingetroffen waren und er sie ihnen übergeben konnte, war einfach nichts zu machen.

Jocelyn war so wütend, daß sie nicht wahrnahm, wohin sie lief, an wem sie vorbeikam oder wie dieses Cheyenne nun eigentlich aussah. Sie kam sich ... benutzt vor. Herr im Himmel, hatte er sich in dieser letzten Woche denn nur auf seine Art an ihr gerächt, ihr alles heimgezahlt? War das alles? Er hatte sich von ihr benutzt gefühlt, und er hatte dafür gesorgt, daß es ihr jetzt so ging. Was für ein gemeines, verabscheuungswürdiges Handeln. Aber was hätte sie sich sonst für einen Reim darauf machen können? Heute morgen noch hatte er sie wild und leidenschaftlich geliebt und sie hinterher zärtlich in seinen Armen gehalten. Und jetzt konnte er es nicht erwarten, sich von ihr zu trennen, um sie nie wiederzusehen? Nie? O Gott, sie würde ihn nie wiedersehen, nie mehr seine Hände auf sich spüren. Wie sollte sie damit fertig werden?

Ihre Schritte verlangsamten sich, und ihre Brust schnürte sich vor Schmerz zusammen. Sie bemühte sich, daran zu denken, wo sie war, und sich zu sagen, daß sie nicht mitten auf der Straße weinen konnte, aber die Tränen traten ihr trotzdem in die Augen. Und dann wurde ihr Handgelenk gepackt, und sie wurde herumgerissen, und ihr erster Gedanke war: *Noch nicht, noch hat er mich nicht verlassen.* Doch als sich eine Hand über ihren Mund schloß und sie etwas Spitzes in ihrem Nacken spürte, rückte sie schnell von dieser Vorstellung ab.

»Du hast Glück, daß der Boß dich erst sehen will, Mädel, denn sonst würde ich dir auf der Stelle die Kehle durchschneiden. Wenn du eine falsche Bewegung machst, muß ich den Boß enttäuschen.«

Sie verstand die Warnung. Sie war nur nicht sicher, ob sie sie beachten sollte. Wozu noch warten? Wozu noch die Mißhandlungen des Engländers über sich ergehen lassen, wenn sie dafür sorgen konnte, daß hier und jetzt alles geregelt wurde und ein für allemal Schluß war?

Außer dem Mann, der sie an sich preßte, ihr eine Hand vor den Mund geschlagen hatte und ein Messer an ihre Kehle hielt, sah sie nur einen zweiten. Er hatte sich an der Ecke gegen die Hauswand gepreßt und hatte eine Hand unter seiner dicken Jacke. Sie bezweifelte nicht, daß er eine Waffe darunter verbarg, da man ihn von der Straße aus sehen konnte. Sie war zwischen zwei Gebäude gezerrt worden, und es war wenig wahrscheinlich, daß man sie dort entdeckte, es sei denn, jemand käme an dieser engen Gasse vorbei, wie ja auch sie gerade vorbeigegangen war.

Sie konnte nicht verstehen, warum sie einfach nur dastanden. Bestimmt hatten sie Pferde hinter den Häusern bereitstehen, um sie fortzubringen. Sie gaben ihr doch nur Zeit, um zu beschließen, nicht mit ihnen zu gehen. Wenn sie ihr nicht augenblicklich die Kehle aufschlitzten, könnte es ihr vielleicht gelingen, sich loszureißen oder doch wenigstens zu schreien.

Sie wollte gerade nach dem Mann treten, der hinter ihr stand, als der andere Mann sagte: »Da kommt er, Dewane.«

Wer? Colt nicht. Er müßte noch auf dem Bahnhof sein, um sein Pferd abzuholen, aber vielleicht war er auch schon auf dem Heimweg. Doch sie wußte, daß es Colt war, und sie wußte auch, daß sie nicht auf ihn gewartet hätten, wenn sie nicht vorgehabt hätten, ihn zu töten. Ihre Panik ließ sie regungslos erstarren. Sie war gelähmt, und jede Wärme und jede Farbe wich aus ihr. Und dann war er da, bog um die Ecke und blieb abrupt stehen, als ihm ein Revolver an die Schläfe gepreßt wurde.

»Wage es nicht, auch nur Atem zu holen«, wurde ihm gesagt.

Colt tat es nicht, denn seine Wut war so gewaltig, daß sie ihn fast erstickte. Wie dämlich war er eigentlich, daß er sich nicht selbst gefragt hatte, warum die Herzogin plötzlich eine andere Richtung eingeschlagen hatte und zwischen zwei Häusern verschwunden war? Er hatte geglaubt, sie versuchte lediglich, ihn abzuschütteln, aber darauf konnte er sich jetzt nicht herausreden. Ein Blick in ihr Gesicht zeigte ihm, wie sehr sie sich fürchtete – sie weinte sogar. Das reichte aus, um in ihm den Trieb zu töten wachzurufen, und nichts anderes hätte seine Mordlust derart anstacheln können. Keiner von den beiden Kerlen würde lebend davonkommen, wenn es es verhindern konnte.

»Du kannst ganz ruhig sein, Clint. Er wird nichts tun, solange dieser zarte Hals in Gefahr ist. Habe ich nicht recht, Rothaut?« kicherte Dewane. »Du erinnerst dich wohl nicht mehr an mich, was? Ich schätze, du hast schon bei so vielen Männern schneller gezogen, daß du sie dir nicht mehr alle merken kannst, was?«

»Owen, stimmt das?«

»Da fühle ich mich doch geschmeichelt. Und jetzt sind die

Rollen vertauscht, nicht wahr? Ich wette, du dachtest, du hättest uns eins ausgewischt, stimmt's, als du mit der Kleinen durchgebrannt bist? Aber siehst du, der gute Miles, der hat uns doch gesagt, wo das Mädchen hin will. Da brauchten wir doch nicht ein Halbblut zu verfolgen, wenn wir uns einfach hinsetzen und seelenruhig abwarten konnten.«

»Dann ist der Engländer also hier in der Stadt?«

»Frag lieber, wie sauer er ist, und nicht, wo er steckt, denn das kann dir gleich sein, aber seine Wut kriegst du ab.«

Darüber lachte Clint, der nicht dabei gewesen war, als sie das Mädchen das letzte Mal zu sich geholt hatten, aber alles darüber gehört hatte. Dewane fand das gar nicht komisch, denn er hatte es miterlebt.

»Am liebsten hätte er uns alle umgebracht, weil wir Jagd auf Angel gemacht haben und dann feststellen mußten, daß er sie euch zurückgebracht hat«, fuhr Dewane fort. »Und dann ist er noch wütender geworden, als in Colorado meinen dummen Bruder und Saunders der Goldrausch gepackt hat und sie uns sitzengelassen haben.« Jetzt grinste er. »Du kannst deine allerletzten Atemzüge darauf wetten, daß er sie für alle Schwierigkeiten, die sie ihm gemacht hat, büßen läßt. Bist du bereit, für deinen Anteil zu bezahlen? Du hast uns das Leben auch ganz schön schwer gemacht.«

»Meinen Anteil?«

»Glaubst du vielleicht, wir wüßten nicht, daß du auf uns geschossen hast, als Angel abgehauen ist, Thunder?«

»Das ist doch dein Indianername, oder?« Clint war so dreist, diese Frage zu stellen. »Wenn noch was dazugehört, dann spuck es jetzt aus.« Dann höhnte er: »Wir wollen sichergehen, daß wir deinen vollständigen Namen auf den Grabstein schreiben.«

»Der Vorname ist White«, erwiderte Colt gelassen.

»White Thunder«, höhnte Dewane. »Das paßt.«

»Wieso?« wollte Clint wissen. »Das ist doch nicht so irre wie Mad Dog oder Crazy Horse.«

»Du vergißt, daß er ein Halbblut ist, du Dummkopf«, sagte Dewane angewidert. »Das steht für seine weiße Hälfte.«

»Nein, es steht für den Blitz, der mit dem Donner einhergeht«, sagte Colt ruhig, während er seinen Revolver zog und eine Kugel mitten durch Dewanes Stirn schoß.

Clint starrte ihn entsetzt an und vergaß, daß er selbst seinen Revolver gezogen hatte. Die Herzogin fing an zu schreien, als sie mit Dewane auf den Boden sackte, und in dem Moment sah Clint Colt an – und nahm die Kugel in Empfang, die für ihn reserviert war. Es war ein reiner Reflex, daß er daraufhin einen Schuß abgab, doch die Kugel traf nur wenig vor ihm den Boden.

Colt vergewisserte sich, daß er auch wirklich tot war – bei Owen bestand nicht der geringste Zweifel – ehe er Jocelyn auf die Füße half. Sie holte augenblicklich zu einem Kinnhaken aus, dem er nur knapp ausweichen konnte. Ihre Wut mußte er trotzdem über sich ergehen lassen.

»Du hättest mich töten können! *Er* hätte mich umbringen können!«

Er fing ihr Handgelenk, als sie zu einem zweiten Kinnhaken ausholte und riß sie fest in seine Arme. »Es ist vorbei, Herzogin«, sagte er sanft zu ihr. »Im übrigen schieße ich nicht, wenn ich nicht ganz genau weiß, was ich treffen werde.«

Er spürte den Schauer, der sie durchzuckte, ehe sie matt an ihm zusammensackte. »Ich glaube, ich habe in der letzten Zeit zu viel Leichen aus nächster Nähe gesehen. Bring mich von hier fort, Colt.«

Nichts hätte er lieber getan, aber als er sah, wie die Städter zusammenliefen und auf sie zukamen, um die Ursache der Schüsse zu ergründen, wußte er, daß er damit noch warten mußte. Deputy Smith war auch in der Menge. Zum Glück kannte er ihn, und das hieß, daß man sie nicht allzu lange aufhalten würde, um sie zu verhören.

»Ich bringe dich ins Rocky Valley, sowie ich diesen ganzen Mist geklärt habe, Herzogin. Dann reite ich in die Stadt zurück und sehe nach, ob einige deiner Wachen schon vor uns hier angekommen sind, aber solange sich der Engländer noch hier rumtreibt – und wer weiß, welche neuen Männer er inzwischen anheuern konnte, wie diesen Clint zum Beispiel – bist du auf der Ranch sicherer.«

Sie wandte nichts dagegen ein. Das einzige, was zählte, war, daß er sie jetzt noch nicht verließ.

44

Das erste, was die Frau zu ihm sagte, war: »Wenn er keine Geschlechtsumwandlung mitgemacht hat, Colt, dann ist das nicht Billy, den du nach Hause gebracht hast.« Und dann wurde er umarmt, von Kopf bis Fuß gemustert und schließlich stirnrunzelnd angesehen. »Ich hätte nie geglaubt, daß es so lange dauern würde. Hast du den Schwachkopf nicht gefunden?«

Jocelyn hielt sich einfach im Hintergrund und hörte sich die kurze Erklärung an, die Colt abgab, und dann den Hagel von Fragen, die er beantwortete. Sie glaubte nicht, daß sie ihn je so viel reden gehört hatte, jedenfalls bestimmt nicht an einem Stück. Natürlich zweifelte sie keinen Moment lang daran, daß die schwarzhaarige Schönheit mit den wunderbaren türkisfarbenen Augen seine Schwester Jessie war, die ihm seinen Namen gegeben und ihm Englisch beigebracht hatte – auch daran konnte kein Zweifel aufkommen, wenn man die beiden miteinander reden hörte.

Endlich wurde sie vorgestellt, aber, wie typisch für Colt, ganz einfach als die Herzogin. Sie fragte sich, ob er sich wohl überhaupt noch an ihren Namen erinnern konnte, machte sich aber nicht die Mühe, seine Schwester zu verbessern, als diese davon ausging, Herzogin sei wirklich ihr Name und nicht ihr Titel.

Dann lernte sie Jessies Mann kennen, Chase, einen absolut umwerfenden Mann, dessen Augen so dunkel waren, daß sie schon schwarz wirkten. Jessie sah zwar aus, als sei sie nicht älter als einundzwanzig, aber sie mußte mit ihrem siebenjährigen Sohn, der seinem Vater wie aus dem Gesicht geschnitten war, einer fünfjährigen Tochter und noch einem jungen von vier Jahren wohl doch ein wenig älter sein. Es waren wunderschöne Kinder, und Jocelyns Brust schnürte sich zusammen, als sie zusah, wie sie alle auf ihrem ›Onkel Colt‹ herumkrabbelten.

Da sie kurz nach Einbruch der Dunkelheit auf der Rocky Valley Ranch eingetroffen waren, zog Jocelyn sich früh zurück, um Colt ein ungestörtes Familientreffen zu ermöglichen. Am Morgen stellte sie jedoch fest, daß er schon am letzten Abend wieder in die Stadt zurückgekehrt war. Und als sie sich seiner Schwester im Eßzimmer des großen Bauernhauses anschloß, wurde sie mit einer gewissen Feindseligkeit aufgenommen.

»Was haben Sie mit meinem Bruder angestellt?« waren die allerersten Worte, die an sie gerichtet wurden.

»Wie bitte?«

»Mir brauchen Sie gar nicht erst mit diesem hochmütigen Tonfall zu kommen, Herzogin, und tun Sie nicht so, als wüßten Sie nicht, wovon ich rede. Der Colt, der gestern abend nach Hause gekommen ist, war nicht mehr derselbe, der vor Monaten hier aufgebrochen ist, um Billy zu suchen.«

Es dämmerte Jocelyn, daß sie hier endlich etwas über Colt Thunder in Erfahrung bringen konnte. Sie legte Jessie Summers Feindseligkeit genau richtig aus, nämlich als Beunruhigung und Sorge um jemanden, den sie liebte, und daher störte sich Jocelyn nicht an ihrer Haltung und ging auch gar nicht erst darauf ein.

»Wie war er denn, als er von hier fortgegangen ist?« wagte sie sich vor.

»Glücklich, zufrieden und ausgeglichen, und es hat mich teuflisch viel Zeit gekostet, ihn dahin zu bringen. Hier kann er er selbst sein, und ich sage Ihnen, Herzogin, einen großzügigeren, edelmütigeren und einfühlsameren Menschen finden Sie nicht mehr. Aber gestern abend, verdammt noch mal, da war er reserviert, er war gereizt, er war total in sich gekehrt, verschlossen und verkrampft, und ich will verflucht sein, wenn er nicht in dem Moment, in dem sie ins Bett gegangen sind, blitzschnell verschwunden ist. Und jetzt will ich wissen, was hier vorgeht!«

»Ich fürchte, ich habe nicht die leiseste Ahnung. Der einzige Colt, dem ich bisher begegnet bin, ist der barsche, unwirsche Kerl, den ich kennengelernt habe, als er mir das Leben gerettet hat. Nein, das nehme ich zurück. Er war in dieser letzten Woche ... sagen wir doch: gelöster – bis gestern jedenfalls.«

»Und was ist gestern passiert?«

»Wir sind in Cheyenne angekommen, das ist ja klar, und er konnte mich gar nicht schnell genug loswerden. Leider hatte mein Feind andere Pläne mit mir, und deshalb bin ich jetzt hier, und vielleicht ist das der Grund, aus dem er Ihnen anders vorgekommen ist. Es ist ihm immer noch nicht gelungen, aus meiner Gesellschaft zu scheiden.«

»Aus Ihrer Gesellschaft zu scheiden?« sagte Jessie kichernd. »Sie haben ja wirklich eine tolle Art, sich auszudrükken, Herzogin. Wenn sich mein Mann das nächste Mal entschließt, nicht einer Meinung mit mir zu sein, werde ich, glaube ich, aus jeder Auseinandersetzung scheiden.«

»Ein weiser Entschluß, wenn er Ähnlichkeit mit Colt hat.« Jocelyn ließ sich von ihrem Humor anstecken.

»Colt und Auseinandersetzungen? Seit wann denn das?«

»Er war schon immer streitsüchtig, oder zumindest dachte ich das bisher. Wollen Sie damit sagen, daß er sonst nicht so ist?«

»Aber wie! Es gibt nicht viele Leute, die sich auf einen Streit mit ihm einlassen würden, wenn Sie wissen, was ich meine. Wenn ich mich mit ihm streiten will, dann lehnt er sich seelenruhig zurück, bis ich Dampf abgelassen habe, und dann sagt er irgend etwas, was mich zum Lachen bringt.«

Jocelyn schüttelte versonnen den Kopf. »Ich kann nicht glauben, daß wir über denselben Mann reden.«

»Ich auch nicht, Herzogin.«

»Wenn es Ihnen nichts ausmacht, dann sagen Sie doch Jocelyn zu mir.«

»Was? Ist Herzogin etwa nur ein Spitzname, den Colt Ihnen gegeben hat?«

»So ähnlich könnte man es sagen«, wich Jocelyn aus, die keine Lust hatte, umständliche Erklärungen abzugeben, wenn sie viel wichtigere Dinge herauszufinden hatte. »Ich habe mich oft gefragt, was die Bitterkeit bewirkt haben könnte, die ich so oft an Colt gespürt habe. Vielleicht könnten Sie mir dabei ein wenig auf die Sprünge helfen.«

»Soll das ein Witz sein? Das liegt doch auf der Hand, oder nicht? Die Leute akzeptieren ihn nicht als das, was er ist.«

»Aber Sie sagten doch, er sei hier glücklich und zufrieden gewesen.«

»Ja, hier, auf der Ranch. In Cheyenne kennt man ihn gut und mag ihn auch, aber ab und zu kriegt er dort immer noch Ärger mit Fremden. Es wird höllisch lange dauern, und vielleicht kommt es zu seinen Lebzeiten gar nicht mehr dazu, daß die Leute ihn ansehen können, ohne einen Indianer in ihm zu sehen, einen Mann, dem gegenüber sie sich von Natur aus zu Haß gezwungen fühlen.«

»Aber das ist doch seine eigene Schuld, wenn man bedenkt, wie er sich anzieht. Er stellt seine Abstammung regelrecht zur Schau!« wandte Jocelyn ein, die ob dieser Ungerechtigkeiten schon wieder aufbrauste. »Ist ihm denn nicht klar, wie wenig man ihm den Indianer in Wirklichkeit ansieht? Wenn er sich das Haar schneiden würde...«

»Das hat er versucht«, warf Jessie ein, und ein Teil ihrer eigenen Bitterkeit kam zum Vorschein. »Wollen Sie wissen, was es ihm eingetragen hat, daß er wie ein Weißer aussah? Einer meiner Nachbarn war derart aufgebracht, als er die Wahrheit herausgefunden hat, daß er seine Männer auf Colt angesetzt hat. Sie haben ihn an dem Pflock vor seinem Haus gebunden, an den sonst die Pferde gebunden werden, und dann hat er befohlen, ihn zu Tode zu peitschen.«

»O Gott«, flüsterte Jocelyn und schloß die Augen, als litte sie Qualen.

»Es war nicht mehr viel Haut da, die man hätte zusammenflicken können«, fuhr Jessie erbarmungslos fort, als die Erinnerung wieder in ihr auflebte. »Viel Fleisch war auch nicht mehr da, nach mehr als hundert Peitschenhieben. Aber wissen Sie was? Er stand immer noch aufrecht da, als wir gekommen sind, um dem ein Ende zu setzen. Und sie hatten ihm nicht einen Schrei entlockt, obwohl sie sich reichlich bemüht haben, diese Schweine. Wir dachten natürlich, wir müßten aufgeben, als das Fieber fast drei Wochen lang gewütet hat.

Und es hat runde acht Monate gedauert, bis er wieder wirklich bei Kräften war. Aber ein schöner Anblick ist das wirklich nicht, was sie damals angerichtet haben.«

»Ich weiß«, sagte Jocelyn leise.

»Sie wissen es? Wie kommt das? Er läßt niemals zu, daß jemand seinen Rücken sieht.«

»Ich fürchte, ich habe ihn überrascht.«

»Ach so«, sagte Jessie und schämte sich dessen, was sie schon gedacht hatte. »Sie müssen... schockiert gewesen sein.«

»Das trifft nicht annähernd das, was ich empfunden habe. Ich habe mich beinahe übergeben.«

»*So* ekelerregend ist sein Rücken nun auch wieder nicht«, protestierte Jessie.

Jocelyn blinzelte. »Nein, natürlich nicht. Was mich krank gemacht hat, war, daß jemand ihm das antun konnte. Ich konnte es damals nicht verstehen, und ich verstehe es bisjetzt noch nicht. Dieser Nachbar muß ein Irrer gewesen sein. Das ist aber auch schon das einzige, womit sich eine derartige Grausamkeit erklären ließe.«

»Oh, er war durchaus bei gesundem Verstand. Und er hatte sogar das Gefühl, im Recht zu sein. Colt hatte um seine blütenweiße Tochter geworben, verstehen Sie, und er hatte es gestattet. Das war für ihn ein ausreichender Grund für sein Vorgehen – daß Colt es gewagt hatte, diese Schlampe zu wollen, die er zur Tochter hatte. Und wissen Sie, sie hat dabeigestanden und alles mitangesehen, ohne auch nur ein Wort zu sagen.« Dann legte Jessie die Stirn in Falten, als sie Jocelyns Gesicht sah. »Entschuldigen Sie. Ich hätte Ihnen all das nicht erzählen sollen. Ich werde nur jedesmal gleich so wütend, wenn ich wieder daran denke.«

»Ja, das kann ich verstehen.«

Aber Jocelyn verstand mehr als nur das. Sie wußte jetzt, warum Colt diese Abscheu vor weißen Frauen hatte, und sie war äußerst niedergeschlagen.

»Was sollte denn dieses ewige ›Euer Gnaden‹?« fragte Jessie ihren Mann, als sie dastanden und hinter Jocelyn hersahen, die mit der sechsköpfigen Eskorte loszog, die gekommen war, um sie abzuholen.

»Ich glaube, ›Herzogin‹ ist nicht nur ihr Spitzname, sondern sie ist wirklich von Adel.«

»Also, wenn das nicht der Gipfel ist.« Jessie grinste. »Mein Bruder strebt ganz schön hoch hinaus, meinst du nicht auch?«

»Was soll denn das heißen?« Chase sah sie stirnrunzelnd an.

»Erzähl' mir bloß nicht, du hättest nicht bemerkt, wie er sie gestern abend immer wieder angesehen hat. Ich habe nur noch darauf gewartet, daß aus dem Sofa, auf dem sie saß, Rauch aufsteigt.«

»Himmel, Jessie, du hast doch nicht etwa vor, die beiden miteinander zu verkuppeln? Sie ist eine englische Adelige.«

Sie sah ihn aus zusammengekniffenen Augen an. »Willst du damit etwa sagen, mein Bruder sei nicht gut genug für sie?«

»Das meine ich natürlich nicht«, sagte er matt. »Ich sage lediglich, daß der Adel in den Adel einheiratet.«

»Das hat sie doch schon getan«, schnaubte Jessie. »Mir scheint, jetzt könnte sie heiraten, wen sie will.«

»Und du glaubst, daß sie Colt heiraten will?«

Ein selbstgefälliges Lächeln verzog ihre Mundwinkel. »Ich habe auch gesehen, wie sie ihn gestern abend angesehen hat. Und du hättest hören sollen, wie sie heute morgen von ihm gesprochen hat. Ich brauche die beiden gar nicht erst zu verkuppeln, Schätzchen. Zwischen den beiden hat sich längst etwas angebahnt.«

»Das klingt, als würdest du dich gewaltig darüber freuen.«

»Das tue ich auch. Sie ist nett, aber was noch wichtiger ist – ich glaube, sie kann die Narben auf seiner Seele heilen.«

»Narben auf seiner Seele? Himmel, Frau, wo gabelst du bloß solche Redewendungen auf?«

»Willst du dich etwa über mich lustig machen, Chase Summers?«

»Das würde ich mir im Traum nicht erlauben.«

Sie sah ihm aufmerksam in sein unschuldiges Gesicht, ehe

sie brummte: »Das ist auch gut so, denn wenn du das tust, werde ich ganz einfach aus deiner Gegenwart scheiden müssen.«

»Du wirst *was?*« rief er hinter ihr her und hörte sie lachen, als sie im Haus verschwand.

45

»Weißt du, Chase, das ist die reinste Zeitvergeudung. Der Winter wird schneller vorbei sein, als du glaubst, und dann haben sie die Gelegenheit verpaßt, die kalten Tage damit zuzubringen, sich so wie wir behaglich vor einem Feuer aneinanderzukuscheln.«

»Von wem redest du?« fragte er, als wüßte er es nicht selbst. Seine Frau war in der letzten Zeit kaum noch imstande, über etwas anderes zu reden.

»Colt und seine Herzogin. Ich sollte wirklich etwas unternehmen.«

»Ich dachte, du seist auch der Meinung, daß sie das allein bewerkstelligen können.«

»Na ja, damals wußte ich noch nicht, daß sie beide so starrköpfige Esel sein können. Sie ist jetzt schon seit drei Wochen auf der Callan-Ranch. Sie hat das Haus längst hergerichtet. Täglich kommen neue Einrichtungsgegenstände aus dem Osten. Sie hat sogar einen neuen Stall bauen lassen.«

»Und du hast ihr immer noch nicht gesagt, wessen Ranch sie gekauft hat?«

»Sie hatte schon so viel Geld hineingesteckt, als ich dahintergekommen bin, daß ich es nicht mehr übers Herz gebracht habe, es ihr zu sagen. Aber ich stelle mir vor, daß könnte einer der Gründe sein, aus denen Colt nicht bei ihr auftaucht.«

»Liebling, wenn sie wirklich Interesse an ihm hätte, glaubst du nicht, daß sie dann schon den einen oder anderen Vorwand gefunden hätte, um uns hier zu besuchen und ihm dabei vielleicht zufällig über den Weg zu laufen? Es hat doch etwas zu bedeuten, daß sie nichts dergleichen unternommen hat.«

»Das heißt nur, daß sie stur ist – und vielleicht einen kleinen Ansporn braucht. Weißt du, er hat sich noch nicht einmal von ihr verabschiedet. An dem Abend, an dem er sie zu uns gebracht hat, hat sie ihn zum letzten Mal gesehen. Und damals hatte sie immer noch den Eindruck, er sei froh, sie endlich los zu sein.«

»Vielleicht ist er das auch.«

Jessie schnaubte. »Wenn du mich fragst, geht er mit demselben Eindruck schwanger.«

»Schwanger? Ich merke schon, daß *du* die Herzogin in der letzten Zeit wieder einmal besucht hast.«

Jessie grinste in sich hinein und ließ ihre Fingernägel auf seiner nackten Brust unter die Haare gleiten. Sie biß nicht *immer* auf den Köder an, wenn er sich über sie lustig machte.

»Du willst anscheinend unbedingt gezwickt werden, stimmt's?«

Da er merkte, daß sie nicht böse auf ihn war – nach all den Jahren war das für ihn leicht zu erkennen – zog er sie halb auf sich und schlug gelassen vor: »Wenn du mir hinterher einen Kuß auf die Stelle gibst, damit alles wieder gut wird, kannst du mich zwicken, wohin du willst.«

»Ich dachte mir schon, daß du nicht allzuviel dagegen hast.« Aber als ihre Hand zwischen seine Beine glitt, zuckte er zusammen, und sie kicherte. »Was ist los, Schätzchen? Traust du deiner reizenden Frau etwa nicht?«

»Reizend, so, so«, murrte er vor sich hin. »Manchmal glaube ich, du bist immer noch so wild und unbändig wie an dem Tag, an dem ich dich kennengelernt habe.«

Sie drehte ihren Kopf soweit um, daß sie ihre Zunge um seine Brustwarze gleiten lassen konnte. Sanfte türkisfarbene Augen sahen zu ihm auf, weil sie seine Reaktion erkennen wollte.

»Hättest du mich anders lieber?«

»Nein, zum Teufel.«

Am späteren Nachmittag ritt Jessie in die Hügel hinauf und zu Colts Hütte. Sie mußte immer noch jedesmal lächeln, wenn sie an der Stelle vorbeikam, an der sie und Chase sich zum ersten Mal geliebt hatten, dort in den kleineren Hügeln, von denen man ins Tal blicken konnte. Dieses erste Mal war wunderbar gewesen, wenn es auch übel ausgegangen war. Er hatte geglaubt, er sei noch nicht soweit, zu heiraten und sich dauerhaft niederzulassen. Er hatte festgestellt, daß er sich getäuscht hatte. Er war sogar noch einmal mit ihr hierhergekommen, nachdem sie nach Wyoming zurückgekehrt waren, um es diesmal richtig zu machen, wie er gesagt hatte. Ob sie es wohl je richtig gemacht hatten?

Die Jahre hatten ihnen gutgetan, sogar außerordentlich gut. Es konnte zwar immer noch vorkommen, daß sie ab und zu böse auf ihn war – so leicht lassen sich alte Gewohnheiten nun einmal nicht ausrotten, und sie konnte schon immer leicht aufbrausen – aber sie wußte, daß der Mann sie so sehr liebte wie sie ihn, und das war teuflisch viel.

Colts Hütte lag höher in den Bergen, dicht an dem Bach, in dem sie als Mädchen oft geschwommen hatte. Von dort aus sah man nicht nur auf das Tal, sondern hatte zudem einen Ausblick auf die Prärie, die dahinterlag. Obwohl in dieser Höhe ein paar Zentimeter Schnee auf den Hängen lagen, fand sie ihn im Freien vor, und er trug nur eine alte Wildlederhose, denn er war beim Holzhacken. Hinter ihm stapelte sich schon ein kleiner Berg von Holzscheiten. Er schwang diese Axt wie besessen. Obwohl die Luft noch kühl war, schimmerte Schweiß auf seiner Brust und seinem Rücken.

Sie entschloß sich, sich nicht zu der Methode zu äußern, auf die er Dampf abließ, denn sie zweifelte kaum daran, daß das der Grund für seine Anstrengungen war. »Steht noch ein Schluck Kaffee auf dem Herd?«

Er sah nicht auf, als er nickte, denn er hatte längst, bevor sie die Lichtung erreicht hatte und er sie sehen konnte, gewußt, wer ihn besuchen würde. »Bediene dich.«

Sie tat es und stellte dabei fest, daß in seiner Hütte große Unordnung herrschte. Eine Kiste in einer Ecke war mit etwa einem Dutzend Whiskeyflaschen gefüllt, die samt und sonders leer waren. Sie trat wieder ins Freie und blieb mit der Tasse in der Hand in der Tür stehen. Er hörte immer noch nicht mit dem Holzhacken auf.

»Hast du in der letzten Zeit Pferde eingefangen?«

Da der Korral leer war, diente die Frage wirklich nur dazu, ihn zu ärgern. Es klappte nicht.

»Nein«, war alles, was er darauf sagte.

»Billy fährt nächste Woche mit dem Zug nach Chicago. Ich glaube, meine Mutter ist jetzt tatsächlich bereit, mit ihm über diese zusätzliche Ausbildung zu reden, die ihm nicht paßt. Es könnte ihm allerdings nichts schaden, wenn er sie machen würde. Vielleicht könnten wir beide, du und ich, ihn überreden, daß er es sich doch noch anders überlegt.«

»Der Junge ist alt genug, um seine eigenen Entscheidungen zu treffen, Jessie«, sagte er und holte erneut mit der Axt aus.

Sie gab diese List auf. »Du hast ihn nicht mehr gesehen, seit er diese Ausländer in die Stadt gebracht hat. Wirst du wenigstens runterkommen, um dich von ihm zu verabschieden? Mir ist aufgefallen, daß du in der Hinsicht in der letzten Zeit recht nachlässig geworden bist.«

Damit konnte sie seine Aufmerksamkeit auf sich lenken. »Was soll denn das jetzt schon wieder heißen?«

Jessie zuckte die Achseln. »Nur, daß deine Herzogin sich an dem Morgen ihrer Abreise zu deinem Fernbleiben geäußert hat. Ihr war bis dahin nicht klar, daß sie dich nicht wiedersieht.«

Er holte noch einmal mit der Axt aus und bemerkte dazu nichts weiter als: »Sie ist nicht meine Herzogin.«

»Nein, natürlich nicht«, räumte Jessie ein. »*So* hatte ich es auch gar nicht gemeint.« Sie trat aus der Tür und setzte sich auf einen Baumstumpf dichter an dem Holzhaufen und bemerkte am Rande: »Man kann wohl sagen, daß die Frau weiß, wie man etwas erreicht. Ich habe gehört, daß sie einfach in die Bank stolziert ist, und keine halbe Stunde später ist sie mit einer Urkunde in der Hand wieder rausgekommen.«

»Und hatte die Callan-Ranch.«

Er wußte es also. Sie war nicht sicher gewesen. »Es gab schließlich wenig anderes Land, das schon bebaut war. Sie hat das Haus so hergerichtet, daß man es nicht mehr wiedererkennt, aber ich glaube, sie ist immer noch nicht zufrieden damit. Sie hat auch Land gekauft, das bis in die Berge und in die Ebene reicht, weil sie im kommenden Frühling eine Villa in den Hügeln bauen will. Ein berühmter New Yorker Architekt arbeitet bereits an einem Entwurf für sie, und sie hat ganze Bautrupps organisiert, die bereit sind, den ganzen Weg zurückzulegen und herzukommen...«

»Woher weißt du so viel, Jessie?«

»Ich habe sie ein- oder zweimal besucht. Schließlich ist sie jetzt meine Nachbarin, und zu ihr ist es nur ein kurzer Ritt.«

»Ich weiß.«

Sie runzelte die Stirn, als sie die Ablehnung in seinem Tonfall hörte. »Macht dir das Probleme?«

»Warum sollte es mir Probleme machen?«

»Du wirkst so gar nicht, als würdest du dich darüber freuen.«

»Muß ich das denn?«

»Ja... also, ich dachte sozusagen, es würde dich freuen. Habt ihr beide euch denn nicht angefreundet?«

»Sie hat mich für einen Job engagiert, und ich habe meine Arbeit ausgeführt.«

»Ist das alles, was zwischen euch war?«

»Jessie«, setzte er warnend an, aber sie schnitt ihm das Wort ab.

»Weißer Donner, vergiß nicht, mit wem du redest. Und ich habe beobachtet, wie du sie angesehen hast, und mir kannst du nicht erzählen, daß du sie nicht haben willst. Warum bist du nicht bei ihr und bemühst dich um sie? Mein Vorarbeiter tut es, und er läßt sich keine Gelegenheit entgehen.«

»Emmet Harwell?« fauchte er. »Der ist doch alt genug, um ihr Vater zu sein!«

»Na und, was hat denn das damit zu tun? Ich habe gehört, ihr Herzog sei noch älter gewesen als er.«

Er sah sie einen Moment lang finster an, doch dann

schwang er sofort wieder seine Axt. Jessie seufzte. Mit Direktheit ließ sich also auch nichts erreichen.

Sie trank einen Schluck Kaffee und sagte dann: »Weißt du, nach allem, was ich über diesen englischen Gecken gehört habe, der Jagd auf diese Dame macht, dachte ich mir, nach ihrem Einzug würde sie als erstes einen Schutzwall bauen, aber das hat sie nicht getan. Ich habe sie sogar daraufhin angesprochen, und weißt du, was sie dazu gesagt hat?«

Sie wartete. Es dauerte ungefähr zwanzig Sekunden, aber schließlich sah er sie an und fragte: »Nun?«

»Sie will ihn nicht von ihrem Land fernhalten. Sie sagt, sie hat sich verschanzt, und jetzt erwartet sie ihn. Das klingt ganz so, als hättest du es ihr vorgeschlagen.«

»Vielleicht habe ich es getan.«

»Das dachte ich mir, aber ich bin nicht dahintergekommen, warum du nicht dort bist und ihn gemeinam mit ihr erwartest.«

»Sie hat genügend Männer...«

»Aber sie hat nicht vor, sie zum Einsatz zu bringen. Sie plant, den Engländer persönlich zu erschießen, und daher macht sie es ihm leicht, an sie heranzukommen.«

Colt ließ die Axt fallen. »Wie ist sie denn auf *die* irrsinnige Idee gekommen?«

Jessie zuckte die Achseln. »Keine Ahnung. Vielleicht wollte sie mich auch nur mit ihrem Mut beeindrucken, denn schließlich wäre das ganz meine Art. Wie du schon sagtest, hat sie genügend Männer. Es wäre einleuchtend, daß einer oder zwei in der Nähe sind und ihn schnappen, ehe er an sie herankommt.«

Colt äußerte sich nicht dazu. Er lief bereits auf seine Hütte zu. Jessie folgte ihm und bemühte sich, nicht breit zu grinsen.

»Hast du vor, rüberzureiten?« rief sie ihm nach.

»Diese Frau stößt keine leeren Drohungen aus, Jessie«, rief er ihr über die Schulter zu. »Wenn sie gesagt hat, daß sie ihn erschießen will, dann ist das ihr Ernst. Jemand muß ihr sagen, daß das eine verdammt blöde Idee ist.«

»Wenn du schon hingehst, warum bereitest du denn nicht

gleich diesem ganzen Unsinn ein Ende? Statt dich allabend-
lich elend zu betrinken, solltest du sie fragen, ob sie dich heiraten will.«

Er drehte sich auf dem Absatz um und sah sie finster an.
»Kümmere dich um deine eigenen Angelegenheiten, Jessie.«

»Du willst es doch, oder nicht?«

»Was ändert das? Sie ist eine weiße Frau, oder ist dir das
noch nicht aufgefallen?«

Sie riß die Augen absichtlich weit auf, als hätte sie jetzt alles
verstanden. »Ach so! Warum hast du mir denn nicht gleich
gesagt, daß sie Vorurteile hat?«

»Bist du übergeschnappt? Sie weiß noch nicht einmal, was
dieses Wort bedeutet.«

»Dann ist sie dir zu arrogant? Das hätte ich mir denken
können, wenn sie schon eine Herzogin ist und so.«

»Sie ist nicht arroganter als du«, gab er zurück.

»Also, ich bin nicht arrogant, und somit bleibt nur noch,
daß sie niederträchtig und ekelhaft ist. Darauf wäre ich nie
gekommen.«

»Schlag' es dir aus dem Kopf, Jessie«, zischte er. »Sie wäre
zu keiner Gemeinheit in der Lage.«

»Dann muß es an ihrem Äußeren liegen. Und dabei dachte
ich, daß du dich an diesem häßlichen, dichten roten Haar
störst.«

»Chase hätte dir den Hals umdrehen sollen, als er das
letzte Mal damit gedroht hat.«

»Was habe ich denn gesagt?« fragte sie unschuldig.

Jetzt lachte er, und er legte einen Arm um ihre Taille und
drückte sie kräftig an sich. »Du hast deinen Standpunkt
nachdrücklich klargestellt, Schwester. Ich schätze, ich habe
nichts zu verlieren, indem ich sie frage.«

Jessie trat einen Schritt zurück, rümpfte die Nase und
wischte sich die Hände an ihrer Hose ab. »Nimm vorher lieber ein Bad. Du willst doch nicht, daß sie ohnmächtig wird,
ehe sie Gelegenheit dazu hat, dir eine Antwort zu geben.«

Sie hatte das letzte Wort kaum herausgebracht, als sie auch
schon quietschte und sich in Bewegung setzte, um wegzu-
rennen.

46

»Du sollst es als erste erfahren, meine Liebe. Ich habe mich entschlossen zu heiraten.«

Jocelyn drehte sich überrascht um und warf dabei fast die Lampe von dem Tisch, der neben ihr stand. »Vana! Du kennst Mr. Harwell doch kaum. Er stattet dir doch erst seit einer Woche seine Besuche ab!«

Die Gräfin lachte. »Es wundert mich, daß dir das überhaupt aufgefallen ist, wenn man bedenkt, mit welcher Jammermiene du durch die Gegend läufst.«

»Das stimmt doch gar nicht!«

»Also, ich wüßte nicht, wie man das sonst nennen sollte. Aber mach dir nichts daraus. Und außerdem werde ich nicht diesen netten Emmett Harwell heiraten, obwohl ich ihm zu verdanken habe, daß er meinen guten Robbie eifersüchtig genug gemacht hat, um mir einen Antrag zu machen.«

»Robbie?«

»Warum denn nicht?« sagte die Gräfin zu ihrer Verteidigung, als sie Jocelyns nachdenkliches Gesicht sah. »Wenn du dich in einen Mann verlieben kannst, der absolut nicht standesgemäß für dich ist...«

»Zum Teufel mit meinem gesellschaftlichen Rang! Und außerdem liebe ich ihn nicht!«

»Natürlich liebst du ihn, mein Liebes.«

Jocelyn funkelte Vanessa erbost an. Als Vanessa gänzlich ungerührt blieb, wandte sich Jocelyn endlich seufzend ab.

»Es wäre doch reichlich dumm von mir, einen Mann zu lieben, der mich nicht liebt, oder etwa nicht?« sagte sie verzagt.

»Ja, ganz entschieden.«

Jocelyn warf ihr den nächsten finsteren Blick über die Schulter zu. »Warum sagst du mir nicht, daß er zu brummig, zu aufbrausend, zu gefährlich...«

»Weil er kein ganz so schlechter Kerl sein kann, denn sonst würdest du ihn nicht lieben.«

»Das ist er auch nicht, aber falls es dir nicht aufgefallen ist – er hat mir noch keinen einzigen Besuch abgestattet.«

»Vielleicht mußt du die Initiative selbst in die Hand nehmen, mein Liebes. Soweit ich verstanden habe, hat er eine gewaltige Abneigung gegen diese Ranch. Seine Schwester hat mir anvertraut, daß er hier vor ein paar Jahren fast gestorben ist – gütiger Himmel, setz' dich! Was habe ich denn gesagt?«

Jocelyn winkte ab, als die Gräfin versuchte, sie zum nächstbesten Stuhl zu zerren. »Es ist schon in Ordnung. Es wäre allerdings zu liebenswürdig gewesen, wenn mir das jemand mitgeteilt hätte. Was für eine gräßliche Ironie des Schicksals.«

»Was denn?«

»Das ich ausgerechnet dieses Stück Land gekauft habe.«

»Nun ja, aber du wirst ja nicht allzu lange hierbleiben, nur bis zum Frühjahr. Und außerdem kann es auch sein, daß er mit dir in den Bergen leben will, in seiner rustikalen kleinen Hütte.«

»Ich hätte nichts dagegen.«

Die Gräfin verzog das Gesicht, denn sie hatte lediglich versucht, dem Gespräch eine unbeschwerte Wendung zu geben. »Übertreib es nicht mit dem alten Blödsinn von den Opfern, die man für die Liebe bringen muß. Soll er doch die Opfer bringen und sich an die schöneren Seiten des Lebens gewöhnen.«

»Ich brächte liebend gern die Opfer, aber du übersiehst immer wieder die bedeutungslose Kleinigkeit, daß er nicht da ist. Er hat nicht versucht, mich zu sehen, weil er mich nicht sehen will.«

»Da wäre ich mir nicht zu sicher, Liebes. Nach allem, was seine Schwester sagt...«

»Oh, bitte, Vana, nicht schon wieder das, was dir eine *andere* Schwester anvertraut hat. Ich dachte, die Lektion hättest du gelernt...«

»Sei nicht albern«, fiel ihr die Gräfin jetzt ins Wort. »Jessica Summers ist keine kleine Lügnerin, wie diese Maura eine war.«

»Vielleicht nicht, aber sie ist trotzdem voreingenommen und...«

Jocelyn unterbrach sich, als sie Hufe hörte, die von draußen ins Haus drangen. Sie trat geschwind ans Fenster. Der Anblick des Rauchs, der aus ihrem neuen Stall aufstieg, ließ ihr Herz vor Angst heftiger schlagen.

»Was ist?« fragte Vanessa.

Jocelyn hatte sich bereits umgedreht und stürzte zur Tür. »Im Stall brennt es.«

»Lieber Gott – warte einen Moment!« Die Gräfin sprang eilig auf, um mit ihr schritthalten zu können. »Du kannst nicht einfach rauslaufen. Longnose könnte den Stall in Brand gesteckt haben, um dich aus dem Haus zu locken.«

»Sei nicht albern, Vana. Es ist hellichter Tag. Wenn er kommt, dann kommt er nach Einbruch der Dunkelheit, damit er sich unauffällig heranschleichen kann.«

»Das kannst du nicht wissen...«

»Es sind *meine* Pferde, Vana!«

Daraufhin sagte die Gräfin kein Wort mehr, sondern folgte Jocelyn ins Freie. Es war zwar noch Tag, aber nicht mehr lange, und der Rauch, der in dicken Schwaden aus dem langen Gebäude aufstieg, ließ die Dämmerung noch dichter wirken. Männer führten bereits Pferde heraus; andere kamen auf ihren eigenen Pferden aus dem Stall geritten. Die Tiere wieherten jämmerlich vor Angst.

»Sir George?« fragte Jocelyn den nächsten Mann, der durch die weitoffenen Türen ins Freie kam.

»Red Rob holt ihn gerade, Euer Gnaden.«

»Wie schlimm steht es?«

»Das Dach steht schon in Flammen.«

Sie geriet in Panik, als sie das hörte. Sir George würde sich in seiner Angst so wüst gebärden, daß niemand ihn soweit unter Kontrolle bringen konnte, um ihn aus dem Stall zu führen.

Sie lief hinein, ehe jemand auf den Gedanken käme, sie zurückzuhalten. Rauch wogte in dichten Schwaden über ihrem Kopf, und der Gestank war so überwältigend, daß das Halstuch, das sie sich auf die Nase preßte, ihn nicht von ihr fernhalten konnte. Sie hustete schon, ehe sie die große Box erreicht hatte, in der Sir George untergebracht war.

Robbie war tatsächlich dort und versuchte vergeblich, die

Mähne des Hengstes zu packen, damit er ihn aus dem Stall führen konnte. Während sie zusah, bäumte sich Sir George mit einem lauten Wiehern auf, und der Schotte fiel nach hinten. Robbie stand allerdings auch nicht gleich wieder auf. Er hatte einen kräftigen Tritt auf die Schulter bekommen.

»Sind Sie in Ordnung, Robbie?«

»Gott im Himmel, Mylady, was wollen Sie...«

»Jetzt nicht!« rief sie ihm zu, als sie sich die Bluse herunterriß, das einzige, was sie zur Hand hatte, um sie dem Hengst um die Augen zu schlingen. »Wenn Sie es schaffen, auf die Füße zu kommen und aufzusteigen, habe ich uns alle drei im Handumdrehen hier rausgeholt.«

Sie schwang sich bereits selbst auf den Rücken des Pferdes, und das Tier hatte sich beim Klang ihrer Stimme und in dem vollkommenen Dunkel schon ein wenig beruhigt. Robbie zögerte nicht, es ihr nachzumachen. Im nächsten Moment stürzte Sir George fast im Galopp durch die Tür. Jocelyn gelang es, ihn zu bändigen, indem sie ihre Bluse ersatzweise als Zügel benutzte, und das war keine schlechte Leistung, da sie ihre Anweisungen nicht über das Gebiß gab, sondern das Pferd über die Schädeldecke zu lenken versuchte.

Sie rief Sir Dudley zu: »Was ist mit den übrigen Tieren?«

»Das geht alles in Ordnung, Euer Gnaden.«

Sie ließ sich gegen Robbies breite Brust zurücksinken, ertappte sich aber noch im selben Augenblick dabei und richtete sich wieder auf. Gleichzeitig fiel beiden wieder auf, wie unkonventionell er ihr Hinterteil im Stall gepackt hatte. Die Gräfin mußte feststellen, daß die beiden lachten, als sie auf sie zukam.

»Euch werde ich es zeigen! Ich fürchte mich zu Tode, und ihr laßt es euch gutgehen!«

Jocelyn ließ sich von dieser Schelte ernüchtern, wenn auch nicht ganz. Sie grinste immer noch, als sie von sich aus sagte: »Es tut mir leid, Vana, aber ich hatte das Gefühl, daß dieses ungebärdige, nervöse Pferd niemanden in seine Nähe lassen wird, und ich habe recht gehabt. Ich glaube, um die Schulter deines Verlobten sollte sich augenblicklich jemand kümmern. Du weißt, daß Sir George nie allzu sachte zutritt.«

Die Verärgerung der Gräfin schlug schnell in Sorge um. »Ist irgend etwas gebrochen, Liebling?«

»Nein, meine Schulter ist nur ausgerenkt, Herz. Du brauchst dir keine Sorgen zu machen.«

Jocelyn hätte fast gestöhnt, als sie hörte, wie die beiden miteinander gurrten. »Ich nehme ihn auf dem Pferd mit zum Haus, Vana, und du kannst solange jemanden suchen, der ihm die Schulter wieder einrenkt. Mir ist auch ein wenig kühl jetzt.«

»Das ist auch kein Wunder...«

Jocelyn wartete gar nicht erst auf weitere Schelte, denn es war ihr jetzt doch peinlich, mit nichts weiter als einem dünnen weißen Unterhemd auf ihrer Brust ertappt zu werden. Sie preßte ihre Knie in Sir Georges Flanken, ritt zum Haus und ließ das Pferd dort mit Robbie stehen, während sie die Stufen hinauflief, um sich schnell etwas überzuziehen, ehe sie wieder hinauslief, um nachzusehen, ob die restlichen Pferde auch nicht verletzt waren. Aber sie kam nicht wieder ins Freie. In ihrem Zimmer wurde sie von ihrem Feind erwartet, der sich so lässig auf ihrem Bett rekelte, als gehörte es ihm: John Longnose.

Sie war im ersten Moment zu überrascht, um aufzuschreien, und dann war sie klug genug, es nicht zu tun, als sie die Waffe bemerkte, die er auf ihren Kopf gerichtet hatte. Dieser abscheuliche Mann grinste breit. Ja, aber warum auch nicht? Er hatte endlich doch noch gewonnen. Vanessa hatte recht gehabt. Er hatte den Stall in Brand gesteckt, um alle aus dem Haus zu locken, damit er sich unbeobachtet einschleichen konnte. Und dieser Mistkerl brachte kein Mitgefühl für die Tiere auf und störte sich nicht daran, daß etliche von ihnen hätten sterben können. Jocelyn geriet in Wut, ehe ihre Angst auch nur eine Chance hatte durchzubrechen.

»Machen Sie die Tür zu, Euer Gnaden«, schnurrte er regelrecht. »Wir wollen doch nicht gestört werden.«

»Machen Sie sie doch selbst zu!«

Er setzte sich auf, und seine grauen Augen verfinsterten sich vor Ärger darüber, daß sie sich nicht augenblicklich einschüchtern ließ. »Ich glaube, Ihnen ist nicht klar...«

»Nein, *Ihnen* scheint nicht klar zu sein, daß Sie mir bis hier zum Hals raushängen!« Sie schlug sich den Handrücken ans Kinn, um ihn das Ausmaß ihres Verdrusses bildhaft zu zeigen. »Und jetzt machen Sie schon, erschießen Sie mich doch, Sie jämmerlicher kleiner Wurm. Aber ich verspreche Ihnen, daß Sie nicht lebend aus dem Haus kommen!«

»Ich habe nicht vor, Sie zu erschießen«, knurrte er wütend.

»Nein? Dann geben Sie mir Ihre Waffe. Ich habe da keinerlei Bedenken.«

»Du verfluchtes Miststück!« Sein Gesicht lief vor Wut rot an, weil sie ihm verdarb, was er sich für diese Zusammenkunft ausgemalt hatte. »Denk' daran, daß du das gesagt hast, wenn ich meine Hände erst um deinen Hals lege!«

»Kommen Sie doch, und ich kratze Ihnen bei dem Versuch die Augen aus!«

Aber als er mit einem wütenden Schnauben aufstand, wurde ihr klar, daß sie vergessen hatte, wie groß er war. Zwar schmal, aber es lohnte nicht, sich auf einen Ringkampf mit ihm einzulassen. So töricht war sie nicht.

Sie schoß durch die Tür und raste zur Treppe. Sie glaubte, seinen Atem fast in ihrem Nacken spüren zu können, doch sie hoffte, daß es reine Einbildung war, daß ihre Fantasie ihr einen Streich spielte. Fast tat sie es. Er war einen Meter hinter ihr, als sie abrupt auf dem oberen Treppenabsatz stehenblieb. Colt war da, und er sprang gerade die Stufen hinauf. Auch er hielt abrupt inne. Longnose ebenfalls, denn er spielte mit dem Gedanken, seine Waffe, die er immer noch in der Hand hielt, gegen Colt zu richten. Das war das letzte, was er je tun sollte.

Noch während er abdrückte, feuerte Colt einen Schuß ab. Longnoses Kugel zischte an seinem Ohr vorbei und blieb in der Wand hinter ihm stecken. Colts Kugel traf den Engländer in die Brust. Er fiel langsam um; erst sackten seine Beine zusammen, und seine Knie trafen auf den Boden, und dabei murmelte er eine üble Verwünschung, ehe er ganz zusammenbrach.

Jocelyn setzte sich auf die oberste Treppenstufe und

seufzte zitternd. »Dieses eine Mal störe ich mich gar nicht an deiner Gewohnheit, mir Tote vor die Füße zu werfen.«

»Ist alles in Ordnung mit dir?«

»Ja, sicher. In diesen Dingen bin ich inzwischen ein alter Hase.« Ihre Stimme klang jedoch alles andere als ruhig.

Er sah sie aus zusammengekniffenen Augen an. »Du siehst aus, als könntest du einen Schluck Whiskey gebrauchen.«

»Mach' Cognac daraus, und ich bin ganz deiner Meinung. Im Salon steht eine Flasche.«

»Dann geh' du voraus. Ich komme nach, wenn ich diesen Abfall entfernt habe.«

Er schloß sich ihr sogar noch eher an. Ihre Leute liefen aus allen Richtungen zusammen und stürzten ins Haus, um zu ergründen, wer geschossen hatte. Er überließ es ihnen, die Spuren zu beseitigen. Die Gräfin wäre fast noch vor ihm im Salon angelangt, aber nur fast.

»Sie ist in Ordnung, Vanessa«, sagte Colt mit einer ruhigen, aber entschiedenen Stimme zu ihr. »Überlaß sie jetzt mir.«

Die Gräfin war so schockiert darüber, daß er sie mit ihrem Vornamen angesprochen hatte, daß sie im ersten Moment gar nichts sagte. Dann wurde ihr die Tür vor der Nase zugeknallt, und sie hatte die Gelegenheit verpaßt.

»Also, das ist doch nicht zu fassen«, keuchte Vanessa.

»Ich dachte, du hättest gehofft, daß er auftaucht«, sagte Robbie hinter ihr.

»Ich muß vorübergehend den Verstand verloren haben. Ich hatte ganz vergessen, wie er ist.«

»Solange sie sich nicht daran stört, Herz, solltest du dich doch auch nicht daran stören, oder?«

Sie wollte ihn schon finster ansehen, doch dann lächelte sie. »Wie recht du hast. Schließlich muß *ich* nicht mit ihm zusammenleben.«

Im Salon leerte Jocelyn ihr Cognacglas, ehe sie sagte: »Das war nicht sehr nett von dir.«

»War ich nicht höflich genug?«

Sie zog eine Augenbraue hoch, als sie seine Unschuldsmiene sah, denn sie war nicht sicher, ob das sein Ernst war oder nicht. Aber eigentlich interessierte es sie gar nicht. Sie wollte viel lieber wissen, was er hier zu suchen hatte.

Er hatte seinen Mantel in der Eingangshalle auf den Kleiderständer gehängt, ehe ihn die Schreie nach oben gelockt hatten. Ihr fiel auf, daß er kein Wildleder trug, und auch die Zöpfe fehlten. Nur seine Mokassins waren ihr vertraut. Ansonsten entsprach seine Kleidung, die dunkle Hose und das blaue Hemd mit dem offenen Kragen, das rote Halstuch und der Cowboyhut, ganz und gar dem, was Cowboys im allgemeinen trugen.

Ihm fiel auf, was *sie* trug, vor allem ihr dünnes Hemdchen, das so gar nicht zu ihrem schweren Wollrock paßte. Sie spürte die Röte in ihre Wangen aufsteigen, und das ärgerte sie. Herr im Himmel, nach allem, was sie gemeinsam durchgemacht hatten, hätte sie doch nicht mehr erröten dürfen!

Sie beschloß, ihr zweifelnder Blick sei eine ausreichende Antwort auf seine Frage, und sie könne ihm jetzt selbst eine Frage stellen. »Was tust du hier, Colt?«

»Ich habe gehört, daß du vorhast, Longnose persönlich zu erschießen.«

»Und du wolltest mich von der Idee abbringen?«

»So etwa.«

Ihr fiel wieder ein, daß sie das schon einmal zu ihm gesagt hatte, und sie lächelte unwillkürlich, obwohl seine Antwort sie tief enttäuscht hatte. »Du bist genau zum richtigen Zeitpunkt gekommen – wie immer. Ich nehme an, jetzt werde ich seinen richtigen Namen nie mehr erfahren.«

»Spielt das eine Rolle?«

»Nein, aber Longnose ist sich bis zum Schluß treu geblieben und hat meine Fährte durch das nächste Land verfolgt. Weißt du, wahrscheinlich wird er mir sogar fehlen. Er hat eine gewisse Aufregung in mein Leben gebracht.«

»Dann wirst du dir wohl etwas anderes suchen müssen – was du spannend genug findest.«

Diese Worte lösten einiges aus. Sie konnte spüren, wie ihr Herz schneller schlug. Und wie er sie ansah...

Sie trat ans Fenster, um beobachten zu können, was sich vor dem Stall tat, bis sich ihr Puls wieder beruhigt hatte. Die

Tiere wurden bereits zu den alten Ställen geführt, die sie zum Glück noch nicht abgerissen hatten. Viel mehr sah sie jedoch nicht, denn Colt hatte sich hinter sie gestellt. Er hatte eine Art, ihre volle Aufmerksamkeit zu beanspruchen, selbst dann, wenn sie ihn noch nicht einmal ansah.

»Heiratest du mich?«

Jocelyns Stirn sank gegen das Fenster. Es war ein Wunder, daß ihre Knie nicht weich wurden. Sie empfand eine so unsägliche Erleichterung, als sie diese Worte hörte, und eine Woge der Ekstase spülte über sie hinweg – und er hatte sie drei Wochen lang leiden lassen, ehe er sich zu seinem Entschluß durchgerungen hatte.

»Ich weiß es nicht«, sagte sie in einem vollkommen normalen Tonfall, obwohl sie nicht wußte, wie sie das schaffte. »Die Gräfin sagt, man solle seinen Liebhaber nicht heiraten. Das sei der Todesstoß für die Romantik, verstehst du.«

»Und ich bin bestenfalls als Liebhaber angemessen?«

Sie drehte sich sofort um und sah ihn wütend an. »Angemessen? Fängst du schon wieder an, dich schlecht zu machen? Ich dachte, ich hätte dir oft genug gesagt...«

Er packte sie, um sie zum Schweigen zu bringen. »Bin ich noch dein Liebhaber?«

»Wenn du es bist, dann warst du in der letzten Zeit sehr unaufmerksam.«

Er küßte das Schmollen von ihren Lippen, langsam und einschmeichelnd. »Was hältst du davon, mich trotz allem zu heiraten, aber wir können weiterhin so tun, als seien wir nur ein Liebespaar?«

»Das klingt ganz gut, vor allem, weil Liebespaare dazu neigen, einander zu lieben.«

»Und verheiratete Leute tun das nicht?«

»Nicht immer.«

»Damit werde ich keine Probleme haben.«

»Wirklich nicht?«

»Schau mich nicht so überrascht an, Herzogin. Hast du etwa geglaubt, ich hätte es auf dein Geld abgesehen?«

Sein Grinsen kränkte sie, und sie schnaubte: »Du wirst mich wahrscheinlich auffordern, alles zu verschenken.«

»Das könnte sein.«

»Und in einer Hütte in den Hügeln leben.«

»Das könnte auch sein.«

»Und von dir Kinder zu bekommen und deine Kleider zu waschen.«

»Meine Kleider halte ich selbst in Ordnung, und ich sage dir gleich, daß ich dich nicht einmal in die Nähe meines Herdes kommen lasse. Ich schätze, du wirst doch ein paar Dienstboten in deiner Nähe ertragen müssen.«

»Und was ist mit den Babys?«

»Du willst welche haben?«

»Ganz entschieden.«

»Ich vermute, das heißt, daß du mich liebst, was?«

»Vielleicht gefällt mir aber auch nur dein Körper. Habe ich dir schon gesagt, was für einen prachtvollen – Ja!« quietschte sie, als er sie fest an sich preßte. »Ich liebe dich, du verfluchter Kerl.«

»Das hättest du mir eher sagen können«, murrte er und hielt sie an sich gepreßt. »Zum Beispiel, als ich mit dir geschlafen habe oder zu irgendeinem angemessenen Zeitpunkt. Dann hätte ich in diesen allerletzten Wochen nicht diese Höllenqualen durchgemacht, weil ich dachte...«

»Wenn du jetzt auch nur mit einem Wort von deiner Abstammung sprichst, Colt Thunder, dann handelst du dir eine Ohrfeige ein.«

Er beugte sich zurück, um ihr in das erboste Gesicht zu sehen, und dann lachte er. »Mein Gott, ich liebe dich, Herzogin. Du bist wirklich einmalig.«

»Es freut mich, das zu hören«, sagte sie und bedeckte sein Gesicht mit Küssen. »Aber wenn du meine beste Freundin bei ihrem Vornamen nennen kannst, warum kannst du meinen Namen dann nicht aussprechen? Ich heiße Jocelyn, falls du es vergessen haben solltest.«

»Ich weiß, wie du heißt, Liebling, aber das paßt nicht zu dir. Du bist die Herzogin, ganz schlicht und einfach – und du bist meine Herzogin.«

»Nun, wenn du es so sagst...«

LODERNDE
LEIDENSCHAFT

Dieses Buch widme ich in Liebe meinen Lesern, besonders jenen, die darum baten, daß Onkel Tony seine eigene Geschichte bekommt.

Kapitel 1

ENGLAND 1818

»Sorgen, Mädchen?«

Roslynn Chadwick wandte sich vom Fenster der Kutsche ab, aus dem sie die letzte Stunde gestarrt hatte, ohne jedoch die Landschaft wahrzunehmen. Ob sie sich Sorgen machte? Sie stand jetzt ganz allein auf der Welt, ohne Familie, ohne jedweden Schutz. Alles Vertraute hatte sie hinter sich gelassen, und vor ihr lag eine ungewisse Zukunft. Sie war nicht nur besorgt – sie hatte Angst.

Aber das brauchte Nettie MacDonald nicht zu wissen. Nettie fühlte sich selbst alles andere als wohl in ihrer Haut, seit sie gestern morgen die Grenze nach England überquert hatten, obwohl auch sie das zu verbergen suchte – hinter ihrer üblichen Maske von Verdrossenheit. Zuvor war sie ganz fröhlich gewesen, sogar während der Fahrt durch die Lowlands, die sie verabscheute. Nettie hatte ihr ganzes bisheriges Leben – immerhin zweiundvierzig Jahre – in ihren geliebten Highlands verbracht und nicht einmal im Traume daran gedacht, daß sie eines Tages gezwungen sein könnte, ihre Heimat zu verlassen, geschweige denn, englischen Boden zu betreten. England! Aber zurückgeblieben wäre sie um keinen Preis, nein, nicht die liebe Nettie!

Roslynn zwang sich zu einem Lächeln, um ihre Zofe zu beruhigen. »Ach wo, worüber sollte ich mir denn Sorgen machen, Nettie? Haben wir's nicht großartig geschafft, uns in finsterer Nacht aus dem Staub zu machen? Geordie wird uns wochenlang in Aberdeen und Edinburgh suchen und nie auf die Idee kommen, daß wir uns nach London abgesetzt haben«, erklärte sie in breitem schottischem Dialekt.

»So ist es«, bestätigte Nettie, und ihr Gesicht hellte sich auf. Sie vergaß vorübergehend sogar ihre Abneigung gegen die Engländer, denn ihre Abneigung gegen Geordie Cameron war noch viel größer. »Und ich hoff' nur von ganzem Herzen, daß dieser Dreckskerl vor Wut platzt, wenn er feststellt, daß du ihm entkommen bist. Ich war ja alles andere als begeistert über das Versprechen, das Duncan — Gott hab ihn selig! — dir abgenommen hat, aber er hat genau gewußt, was das Beste für dich ist. Und glaub ja nicht, Mädchen, daß ich nicht merke, wenn du dein korrektes Englisch vergißt, wo Duncan es dir doch extra von dieser eingebildeten Pute von Lehrerin hat beibringen lassen. Du mußt darauf achten, besonders jetzt, wo wir mitten unter dieser Teufelsbrut stecken.«

Roslynn grinste nur über Netties Schelte. »Wenn ich einen Engländer sehe, ist es noch früh genug, mich an mein korrektes Englisch zu erinnern. Du wirst mir doch wohl noch das letzte bißchen Zeit gönnen, in der ich nicht jedes Wort auf die Goldwaage zu legen brauche, oder?«

»Hmm!« brummte Nettie. »Ich weiß genau, daß du's nur vergißt, wenn du aufgeregt bist.«

Natürlich wußte Nettie das. Sie kannte Roslynn durch und durch. Am häufigsten verfiel Roslynn in den schottischen Dialekt, den sie von ihrem Großvater und Nettie aufgeschnappt hatte, wenn sie in Wut geriet; das war im Augenblick zwar nicht der Fall, aber aufgeregt war sie tatsächlich — und sie hatte allen Grund dazu.

»Ich hoffe nur, daß das Gepäck angekommen ist«, sagte sie seufzend, »andernfalls werden wir ganz schön in der Klemme sitzen.«

Sie hatten nur ganz wenige Kleidungsstücke mitgenommen, um Roslynns Vetter Geordie zu überlisten — für den Fall, daß jemand sie aufbrechen sah, und ihm davon erzählte.

»Das braucht nun wirklich deine geringste Sorge zu

sein, Mädchen. Es war eine gute Idee von Duncan, diese Londoner Modistin nach Cameron Hall zu holen und dir all die schönen Kleider machen zu lassen, damit wir dich nicht erst in London ausstaffieren müssen. Gott sei Dank, daß Duncan an alles gedacht hat, sogar daran, das Gepäck vorauszuschicken – und nie zuviel auf einmal, damit Geordie keinen Verdacht schöpfen konnte.«

Und Nettie hatte es für einen herrlichen Streich gehalten, mitten in der Nacht das Weite zu suchen – mit geschürzten Röcken und in alten Reithosen, damit man sie im Mondlicht für Männer halten konnte. Wenn Roslynn ehrlich sein wollte, so mußte sie zugeben, daß auch ihr dieser Teil des Abenteuers viel Spaß gemacht hatte. Sie waren zur nächsten Stadt geritten, wo die bestellte Kutsche gewartet hatte; um ganz sicherzugehen, daß sie nicht verfolgt wurden, hatten sie dort noch mehrere Stunden ausgeharrt, bevor sie ihre Reise angetreten hatten. All diese Umstände waren notwendig gewesen, um Geordie Cameron auszutricksen. Zumindest hatte Großvater sie davon überzeugt, daß dieses Versteckspiel unumgänglich war.

Und Roslynn glaubte ihm, spätestens seit sie Geordies Gesicht gesehen hatte, als Großvaters Testament verlesen wurde.

Er war schließlich Duncan Camerons Großneffe, der Enkel seines jüngsten Bruders und sein einziger noch lebender männlicher Verwandter. Geordie konnte zu Recht hoffen, wenigstens einen kleinen Teil von Duncans Reichtümern zu erben. Aber Duncan hatte seinen gesamten Besitz der einzigen Enkelin – Roslynn – vermacht: Cameron Hall, die Mühlen, die unzähligen anderen Geschäfte, alles. Und Geordie hatte nur mit größter Mühe seinen Zorn unterdrücken können.

»Eigentlich hätte er doch darauf gefaßt sein müssen«, hatte Nettie gesagt, nachdem Geordie am Tag der Testamentsverlesung aufgebrochen war. Er wußte ja, daß Duncan ihn haßte, daß er ihm die Schuld am Tod deiner lieben Mutter gab. Nur deshalb hat der Bursche dir diese ganzen Jahre über so beharrlich den Hof gemacht. Ihm war klar, daß Duncan alles dir vermachen würde. Und deshalb dürfen wir jetzt, wo Duncan tot ist, auch keine Zeit verlieren.«

Nein, sie hatten tatsächlich keine Zeit zu verlieren, das wußte auch Roslynn, als Geordie ihr nach der Testamentseröffnung erneut einen Heiratsantrag machte und sie ihn erneut abwies. Nettie und sie hatten Cameron Hall in der folgenden Nacht verlassen. Ihr war gar keine Zeit geblieben, um ihren Großvater zu betrauern oder zu bereuen, daß sie ihm ein solches Versprechen gegeben hatte. Aber im Grunde hatte sie schon die letzten zwei Monate um den alten Mann getrauert, in denen sie wußte, daß es um einen endgültigen Abschied ging. Und der Tod war für ihn wirklich eine Erlösung gewesen, denn er hatte sieben Jahre unter starken Schmerzen gelitten, und nur sein schottischer Eigensinn hatte ihn überhaupt so lange am Leben erhalten. Nein, sie mußte froh sein, daß Großvater endlich von seinen Qualen erlöst war. Aber wie sehr würde sie diesen geliebten alten Mann vermissen, der ihr Vater und Mutter ersetzt hatte!

»Du sollst nicht um mich trauern, Mädelchen«, hatte er ihr einige Wochen vor seinem Tod erklärt. »Ich verbiete es dir. Du hast mir ohnehin schon zuviel kostbare Jahre deiner Jugend geschenkt. Wenn ich tot bin, darfst du keinen Tag mehr vergeuden, indem du mir nachtrauerst. Versprich es mir.«

Und sie hatte ihm auch das versprochen, dem bis zuletzt um sie besorgten alten Mann, der sie aufgezogen, sie verwöhnt und zärtlich geliebt hatte, seit seine Tochter mit der sechsjährigen Roslynn zu ihm zurückgekehrt war. Was machte schon ein Versprechen mehr oder weniger aus, nachdem sie ihm jenes eine schicksalhafte gegeben hatte? Und dann hatte sie zum Trauern gar keine Zeit mehr gehabt und auf diese Weise ihr Versprechen gehalten.

Nettie runzelte die Stirn, als sie Roslynn wieder geistesabwesend aus dem Fenster starren sah. Sie wußte, daß ihr Schützling an Duncan Cameron dachte, an ›Opa‹, wie sie ihn vom ersten Tag an respektlos genannt hatte – anfangs, um ihn zu ärgern. Welchen Spaß es der kleinen Göre immer gemacht hatte, den stolzen alten Schotten zu necken – und wie er ihre Neckereien und Streiche genossen hatte! Sie würden ihn beide sehr vermissen, aber im Augenblick mußten sie ihre Gedanken anderen Dingen zuwenden.

»Da vorne ist endlich der Gasthof«, stellte Nettie, die in Fahrtrichtung saß, erleichtert fest.

Roslynn beugte sich vor und spähte ebenfalls aus dem Fenster. Die untergehende Sonne fiel auf ihr Gesicht und ließ ihr Haar erglänzen. Schönes Haar hatte das Mädchen, rotgolden wie das ihrer Mutter Janet. Netties eigene Haare waren kohlrabenschwarz, ihre Augen dunkelgrün wie ein von großen Eichen überschatteter Teich. Roslynn hatte auch Janets Augen, grünlich-graue Augen mit auffallenden goldenen Tupfen. Sie hatte überhaupt große Ähnlichkeit mit der jungen Janet Cameron, die ihrem Engländer, der ihr Herz erorbert hatte, in die Ferne gefolgt war. Als dieser Mann bei einem tragischen Unfall ums Leben gekommen war, hatte Janet jede Lebensfreude verloren. Sie war nur noch ein Schatten ihrer selbst gewesen, und vielleicht war es ganz gut, daß sie ein Jahr später ebenfalls gestorben war. Roslynn hatte ja glücklicherweise ihren Großvater gehabt. Das siebenjährige Kind war Gott sei Dank anpassungsfähig gewesen, zumal der alte Schotte ihm jeden Wunsch von den Augen abgelesen hatte.

Oje, ich bin schon genauso schlimm wie das Mädchen – denke an die Toten, während es doch die Zukunft ist, die uns Sorgen bereitet.

»Hoffen wir, daß die Betten hier bequemer sind als vergangene Nacht«, kommentierte Roslynn, als die Kutsche vor dem Landgasthaus anhielt. »Das ist das *einzige*, worauf ich mich in London freue. Ich weiß, daß uns bei Frances bequeme Betten erwarten.«

»Heißt das, daß du dich nicht freust, deine beste Freundin endlich wiederzusehen?«

Roslynn warf Nettie einen erstaunten Blick zu. »Natürlich freue ich mich. Ich kann es kaum erwarten, sie wiederzusehen. Aber unter den gegebenen Umständen... Ich meine, nachdem wir ja keine Zeit zu verlieren haben, wird es vermutlich nur wenige gemütliche Plauderstündchen mit Frances geben. Ach, zum Teufel mit diesem verfluchten Geordie!« fügte sie wütend hinzu. »Wenn er nicht wäre...«

»... hättest du keine Versprechen abgegeben, und wir wären jetzt nicht hier. Aber was nutzt es, darüber zu jammern?«

Roslynn mußte lachen. »Und wer hat letzte Nacht so schrecklich gejammert, als sie in einem harten Bett lag, das sogar Wanzen verschmähten?«

Nettie schnaubte nur als Antwort und scheuchte Roslynn aus der Kutsche, sobald der Kutscher den Schlag öffnete und ihr seine Hand entgegenstreckte. Roslynn kicherte noch beim Aussteigen, und Nettie schnaubte wieder, diesmal aber über sich selbst.

Du bist doch noch nicht so alt, Nettie, Mädchen, daß du nicht ein paar unbequeme Nächte überstehen könntest! Heute nacht wirst du kein Wort sagen, selbst wenn das Bett aus Stein sein sollte, andernfalls wird die Kleine dich ewig damit aufziehen.

Doch gleich darauf grinste Nettie kopfschüttelnd. Jemanden ein bißchen zu necken, konnte Roslynn nur guttun, weil es sie von ihren trüben Gedanken an die Zukunft ablenkte. *Auch wenn das Bett daunenweich sein sollte, jammerst du am besten, es wäre felsenhart, Mädchen. Du hast sie schon viel zu lange nicht mehr lachen gehört, hast schon viel zu lange kein vergnügtes Funkeln mehr in ihren Augen gesehen. Sie braucht dringend etwas Aufmunterung.*

Roslynn nahm kaum Notiz von dem sechzehnjährigen

Burschen, der auf einem Hocker stand und die Lampe über der Tür anzündete, aber er schenkte ihr unglückseligerweise um so mehr Beachtung. Ihr kehliges Lachen hatte ihn fasziniert aufhorchen lassen, und als er einen Blick über die Schulter warf, fiel er vor Staunen fast von seinem Hocker. Im rötlichen Glanz der untergehenden Sonne erstrahlte die Frau wie eine Flamme, und als sie immer näher kam, konnte er auch die feinen Züge des herzförmigen Gesichts erkennen – die sanft geschwungenen Backenknochen, die kleine schmale Nase, die vollen Lippen. Und dann überschritt sie die Schwelle, und er starrte ihr nach, bis ein energisches Räuspern den Zauber jäh durchbrach. Die Zofe musterte ihn so streng und tadelnd, daß er einen hochroten Kopf bekam.

Aber Nettie bekam Mitleid mit dem Jungen und verzichtete darauf, ihm eine Standpauke zu halten, was sie sonst immer tat, wenn jemand ihre Roslynn angaffte. Und das passierte auf Schritt und Tritt, denn Lady Roslynn Chadwick übte nun einmal diese Wirkung auf das männliche Geschlecht aus, ob jung oder alt. Und dieses Mädchen sollte nun auf London losgelassen werden...

Kapitel 2

»Und du wolltest wissen, wer sein Schneider ist!« raunte der Ehrenwerte William Fairfax seinem jungen Freund kichernd zu. »Habe ich dir nicht gleich gesagt, daß sein Schneider nichts zur Sache tut? Wenn du ihn ordentlich kopieren willst, solltest du schleunigst Boxhandschuhe anziehen. Wie ich gehört habe, betreibt er diesen Sport schon länger als ein Dutzend Jahre.«

Williams Freund Cully zuckte zusammen, als ein neuer Treffer zu hören war, öffnete aber seine Augen, die er vor einigen Minuten zugekniffen hatte, als das erste Blut aus einer mißhandelten Nase getropft war. Jetzt erschauderte er, denn jene Nase blutete inzwischen heftig, ebenso wie der geschwollene Mund darunter und eine aufgerissene Braue darüber.

»Nicht dein Geschmack, Cully?« grinste William, als er das grün verfärbte Gesicht seines Freundes sah. »Stell dir vor, seinem Partner gefällt's auch nicht, jedenfalls heute nicht.« Er kicherte, weil er seine Bemerkung für komisch hielt. »Na ja, da müßte schon Knighton mit ihm in den Ring steigen, damit es wenigstens was zu wetten gäbe. Er hat ihn trainiert, mußt du wissen. Besiegt hat er ihn in den letzten zehn Jahren allerdings nicht mehr, wie ich gehört habe. Aber Malory ist jetzt schon etwas abgekämpft, und da hätte Knighton vielleicht doch gewisse Chancen.«

In diesem Augenblick gab Sir Anthony Malory seine Boxstellung auf und wandte sich dem Besitzer der Sporthalle zu. »Verdammt, Knithton, ich hab' dir doch gesagt, daß er noch nicht soweit ist. Er hat sich vom letzten Mal noch nicht erholt.«

John Knighton zuckte mit den Schultern, aber seine dunklen Augen funkelten amüsiert, während er den empörten Boxer betrachtete, mit dem er befreundet war. »Wenn Eure Lordschaft zur Abwechslung mal jemand anderen gewinnen ließe, würden sich vielleicht leichter Gegner finden lassen.«

Viele der Anwesenden lachten über diese Bemerkung. Alle wußten, daß Malory seit zehn Jahren keinen Kampf mehr verloren hatte, ja nicht einmal in einigen Runden unterlegen war. Er war in hervorragender Kondition, muskulös und durchtrainiert; noch bemerkenswerter war aber sein schnelles Reaktionsvermögen im Ring — deshalb forderte ihn auch nie jemand heraus. Knighton hätte viel darum gegeben, ihn für einen professionellen Kampf zu gewinnen. Aber für einen Lebemann wie Malory war Boxen nur ein Hobby, um fit zu bleiben, ein Gegengewicht zu seinen Ausschweifungen. Er trainierte dreimal wöchentlich in Knighton's Hall, aber ausschließlich zu seinem eigenen Vergnügen, so wie er auch seine Morgenritte im Park genoß.

Mehrere Dutzend Herren standen um den Boxring herum. Etwa die Hälfte von ihnen war ebenfalls aktiv und wartete darauf, mit dem Training an die Reihe zu kommen. Andere — wie der Ehrenwerte Fairfax — kamen nur zum Zuschauen vorbei und schlossen gelegentlich kleine Wetten ab. Meistens kreuzten auch einige Freunde Malorys auf, um zu sehen, wie er seine unglückseligen Gegner k.o. schlug; sie waren aber klug genug, nicht selbst mit ihm in den Ring zu steigen.

Einer von ihnen zog Anthony jetzt auf. Lord Amherst, fast so groß wie sein Freund, aber hagerer, war ein Teufelskerl mit fröhlich funkelnden grauen Augen und blonden Haaren, im Gegensatz zu dem dunkelhaarigen Malory. Die beiden Herren waren gleichaltrig und hatten gleiche Interessen, hauptsächlich Frauen, Glücksspiel und nochmals Frauen.

»Um zu einem ebenbürtigen Gegner zu kommen, Malory, müßtest du wohl einem jungen Korinther deiner Größe und Statur die Hörner aufsetzen und ihn zwingen, dich zum Zweikampf zu fordern.«

› »Bei meinem üblichen Glück«, konterte Anthony, »würde er mich statt dessen zu Pistolen fordern — und wo bliebe dann der Spaß?«

George Amherst lachte über diese trockene Bemerkung, denn wenn auch nicht jeder wußte, daß Malory im Ring unschlagbar war, so genoß er doch den Ruf eines unvergleichlichen Schützen. Er war dafür bekannt, daß er bei Duellen die Herausforderer ganz lässig fragte, in welchen Körperteil sie getroffen zu werden wünschten, woraufhin den Ärmsten verständlicherweise die Knie schlotterten.

Soviel George wußte, hatte Anthony noch nie jemanden im Duell getötet, denn bei einem Weiberhelden wie ihm ging es dabei fast immer um Frauen, und er war der festen Überzeugung, daß es sich für keine Frau zu sterben lohnte — selbstverständlich mit Ausnahme jener seiner Familie. In bezug auf seine Familie war Malory verdammt empfindlich. Obwohl er selbst ein überzeugter Junggeselle war, fehlte es ihm dank dreier älterer Brüder nicht an Nichten und Neffen, in die er vernarrt war.

»Suchst du einen Trainingspartner, Tony? Du hättest deine Dienerschaft nach mir suchen lassen sollen. Du weißt doch, daß ich dir immer gern einen Gefallen tu.«

George wirbelte auf dem Absatz herum, denn er traute seinen Ohren kaum, als er eine Stimme vernahm, die er seit zehn Jahren nicht mehr gehört hatte. Gleich darauf hob er die Brauen, denn er hatte sich nicht verhört. Auf der Schwelle stand James Malory, und er war zwar älter geworden, sah aber noch genauso gefährlich aus wie vor zehn Jahren, als er Londons berüchtigster Schürzenjäger gewesen war. Groß, blond und verdammt attraktiv. Es war einfach unglaublich, daß der Bursche plötzlich hier auftauchte!

George drehte sich rasch wieder um, weil er sehen wollte, wie Anthony auf James' unerwartetes Erscheinen reagierte. Die beiden Brüder waren sich früher nahegestanden, denn zwischen ihnen lag nur ein Jahr Altersunterschied, und sie hatten die gleichen Interessen — obwohl James immer der wildere gewesen war. Doch dann war er plötzlich verschwunden, und die anderen Brüder, einschließlich Anthony, hatten ihn enterbt und erwähnten nicht einmal mehr seinen Namen. Und obwohl George seit Jahren mit Anthony eng befreundet war, hatte dieser ihm nie anvertraut, weswegen James von der Familie verstoßen worden war.

Doch zu Georges Erstaunen deutete nichts auf einen dicht bevorstehenden Wutausbruch Anthonys hin. Er verzog keine Miene, und man mußte ihn schon so gut kennen wie George, um das Funkeln in seinen kobaltblauen Augen als das zu erkennen, was es war: Freude, nicht Zorn.

Und doch hätte man glauben können, er spräche mit

seinem ärgsten Feind, als er den Mund öffnete. »Verdammt, James, was hast du denn noch in London verloren? Du solltest doch heute morgen in See stechen!«

James zuckte nur mit den Schultern. »Ich habe meine Pläne geändert, aufgrund Jeremys plötzlichem Eigensinn. Seit er den Rest der Familie kennengelernt hat, ist ihm nicht mehr beizukommen. Ich könnte schwören, daß er bei Regan Unterricht im Manipulieren genommen hat, denn irgendwie ist es ihm gelungen, mich zu überreden, ihn seine Schulausbildung hier beenden zu lassen, obwohl ich beim besten Willen nicht weiß, wie er das bewerkstelligt hat.«

Anthony hätte über James' Verwunderung, von seinem siebzehnjährigen Sohn überrumpelt worden zu sein, bestimmt gelacht, wenn nicht der Name Regan gefallen wäre. Dieser Name war für Anthony — und für seine älteren Brüder Jason und Edward — ein rotes Tuch, und James wußte das und sprach gerade deshalb immer von ›Regan‹ anstatt von ›Reggie‹, wie die ganze übrige Familie Regina Eden nannte. Aber James hatte, solange Anthony sich zurückerinnern konnte, immer seinen eigenen Kopf durchgesetzt und immer nur das getan, was ihm Spaß machte, ohne Rücksicht auf die Konsequenzen.

James durchquerte lässig den Raum, wobei er seinen Rock auszog, unter dem eines jener weitärmeligen Hemden zum Vorschein kam, die er als Kapitän an Bord der ›Maiden Anne‹ bevorzugte. Als Anthony sah, daß sein Bruder sich anschickte, ihn im Ring herauszufordern, verzichtete er darauf, ihn wegen dieses ›Regan‹ zur Rede zu stellen, denn das hätte unweigerlich zum Streit geführt und einen kleinen freundschaftlichen Boxkampf gefährdet.

»Heißt das, daß auch du hierbleibst?« erkundigte er sich, während James seinen Rock George übergab und sich von einem grinsenden John Knighton die Boxhandschuhe überstreifen ließ.

»Nur so lange, bis der Junge untergebracht und ausstaffiert ist, zumindest für den Augenblick. Obwohl Connie betont hat, daß wir nur aus dem einzigen Grund, Jeremy ein Zuhause zu schaffen, bereit waren, auf den Inseln seßhaft zu werden.«

Diesmal konnte Anthony ein Lachen nicht unterdrücken. »Zwei alte Seebären spielen Mutter! Bei Gott, das hätte ich sehen wollen!«

»Ich wäre an deiner Stelle lieber mucksmäuschenstill, Tony«, erwiderte James ungerührt. »Du hast doch selbst sechs Sommer lang Mutter gespielt, wenn ich mich nicht irre.«

»Vater«, korrigierte Anthony. »Oder noch eher den großen Bruder, aber das tut nichts zur Sache. Ich wundere mich eigentlich, daß du nicht wie Jason geheiratet hast, nur um Jeremy eine Mutter zu geben. Aber nachdem Conrad Sharp bereit war, dir bei der Erziehung des Jungen zu helfen, hattest du ja einen fantastischen Mutterersatz!«

James sprang in den Ring. »Du verunglimpfst meinen besten Freund!«

Anthony verbeugte sich leicht. »Ein Punkt für dich. Und wer bekommt den lieben Jungen, während du und Connie euch überlegt, ob ihr zu Hause seßhaft werden wollt?«

James' Rechte landete überraschend auf Anthonys Brustkorb, während er ruhig erwiderte: »Du!«

Während Anthony in die Knie ging und etwas Zeit brauchte, um sowohl den Schlag als auch diese Antwort zu verdauen, wurden im Raum eifrig Wetten abgeschlossen. Endlich war jemand aufgetaucht, der so aussah, als könnte er den unschlagbaren Lord Malory besiegen. Malory war etwas größer, aber der andere strotzte von Kraft und wirkte irgendwie furchteinflößend. Alle freuten sich auf den bevorstehenden interessanten Kampf. Nur wenige wußten, daß die Kontrahenten Brüder waren.

Sobald Anthony wieder Luft holen konnte, fragte er nur: »Ich? Wie komme ich zu diesem Glück?«

»Der Junge hat sich für dich entschieden. Du bist sein Idol, wußtest du das nicht? Abgesehen von mir, versteht sich.«

»Versteht sich!« versicherte Anthony und versetzte James seinerseits überraschend einen Kinnhaken, der diesen mehrere Schritte rückwärts taumeln ließ. Während James sich das Kinn rieb, fügte Anthony hinzu: »Ich nehme ihn gern auf, aber du mußt dir darüber im klaren sein, daß ich seinetwegen nicht meine Aktivitäten einschränken werde, wie ich es seinerzeit für Reggie getan habe.«

Sie umkreisten einander jetzt, und beide konnten einen Treffer landen, bevor James erwiderte: »Das erwarte ich auch nicht von dir, mein Guter. Ich hab's selbst auch nie getan. Mit einem Jungen ist das eben was anderes. Verdammt, er hatte schon mit vierzehn Weibergeschichten.«

Anthony mußte darüber so lachen, daß er aufzupassen vergaß und sofort einen kräftigen Schlag auf die Schläfe abbekam. Er konterte jedoch mit einem Aufwärtshaken gegen James' Mitte, und der gut dreißig Pfund schwerere Bruder wurde zehn Zentimeter vom Boden abgehoben.

Anthony trat einen Schritt zurück, um James Luft holen zu lassen. Als dieser, noch immer gekrümmt, hochblickte, lag ein breites Grinsen auf seinem Gesicht.

»Wollen wir heute nacht wirklich mit blauen Flecken und schmerzenden Gliedern ins Bett gehen, Tony?«

Anthony entblößte beim Lachen seine blendend weißen Zähne. »Nicht, wenn wir etwas Angenehmeres finden können, und das dürfte mühelos zu schaffen sein.« Er legte seinem Bruder einen Arm um die Schultern.

»Dann nimmst du den Jungen also, bis die Schule anfängt?«

»Mit Freuden, obwohl mir bei Gott klar ist, was an Hänseleien auf mich zukommen wird. Jeder, der Jeremy sieht, wird ihn für *meinen* Sohn halten.«

»Gerade deshalb will er ja zu dir«, grinste James. »Er

hat einen teuflischen Sinn für Humor. Doch nun zu heute abend. Ich kenne da ein paar Nutten...«

»Nutten, sonst noch was? Sie waren viel zu lange Pirat, Captain Hawke. Ich kenne da nämlich ein paar Damen...«

Kapitel 3

»Ich kann das beim besten Willen nicht verstehen, Ros!« Lady Frances beugte sich erregt vor. »Warum willst du dich an einen Mann binden, wenn du es nicht nötig hast? Ich meine, es wäre etwas anderes, wenn du schon verliebt wärest. Aber du redest davon, jemanden heiraten zu wollen, den du bisher noch nicht einmal kennst.«

»Frances, glaubst du wirklich, daß ich so etwas täte, wenn ich es nicht versprochen hätte?« fragte Roslynn.

»Hoffentlich nicht. Aber mußt du denn dieses Versprechen unbedingt halten? Ich meine — dein Großvater ist doch tot und...« Frances verstummte, als sie den Gesichtsausdruck ihrer Freundin sah. »Vergiß, daß ich sowas gesagt habe.«

»Schon gut.«

»Oh, aber ich finde diese Sache einfach schrecklich!« Frances stieß einen tiefen Seufzer aus.

Lady Franes Grenfell war eine eindrucksvolle Erscheinung. Niemand hätte sie zierlich nennen können, aber sie war mit ihren blonden Haaren und dunkelbraunen Augen sehr hübsch. Sie war einmal das fröhlichste und temperamentvollste Mädchen gewesen, daß Roslynn je gekannt hatte, doch in den sieben Jahren seit ihrer enttäuschenden Eheschließung mit Henry Grenfell hatte sie sich sehr verändert, war ernst und sogar etwas matronenhaft geworden. Aber in seltenen Momenten erinnerte sie Roslynn noch immer an das lebenssprühende Geschöpf von einst.

»Du bist jetzt so unabhängig, wie man es sich nur wünschen kann«, fuhr Frances energisch fort. »Du hast soviel Geld, daß du nicht weißt, was du damit anfangen sollst, und keine Menschenseele kann dir vorschreiben, was du zu tun und zu lassen hast. Ich mußte fünf Jahre mit einem Mann leben, den ich nicht liebte, um das zu erreichen, und noch immer muß ich Rücksicht auf meine Mutter nehmen, die herumnörgelt, sobald ich etwas tue, was ihr mißfällt. Sogar als Witwe mit einem kleinen Sohn bin ich nicht völlig frei. Du aber bist es, Roslynn, du bist keinem Menschen Rechenschaft schuldig, und trotzdem willst du dich an irgendeinen Mann binden, der dir jede Freiheit nehmen wird, wie Lord Henry es mit mir getan hat. Und ich weiß, daß du das nicht willst. Ich weiß es genau.«

»Es geht nicht darum, was ich will, Frances. Ich muß es einfach tun.«

»Aber warum nur?« rief Frances erbittert. »Das ist es, was ich wissen möchte. Und sag nicht wieder, weil du es deinem Großvater versprochen hast. Erklär mir, warum er dir dieses Versprechen abnahm. Wenn ihm die Sache so wichtig war, hätte er doch selbst eine Heirat für dich arrangieren können.«

»Es gab niemanden, den ich gern geheiratet hätte«, erwiderte Roslynn, »und Großvater hätte mich nie gezwungen, jemanden gegen meinen Willen zu heiraten.«

»In all den Jahren gab es keinen einzigen Mann, der dir gefallen hätte?«

»Ach, ich hasse es, wenn du mit dieser Betonung von *all diesen Jahren* sprichst, Frances. Erinnere mich lieber nicht daran, wie schwierig es für mich sein wird.«

Frances riß ihre braunen Augen weit auf. »Schwierig?« Sie hätte fast gelacht. »Ich kann mir nichts Leichteres vorstellen, als dich unter die Haube zu bringen. Du wirst gar nicht wissen, was du mit all den vielen Kandidaten machen sollst. Dein Alter wird dabei überhaupt keine Rolle spielen, meine Liebe. Großer Gott, weißt du denn nicht, wie schön du bist? Und als ob das nicht schon genug wäre, besitzt du auch noch ein Vermögen, das jedem Bankier den Mund wäßrig machen würde.«

»Aber ich bin fünfundzwanzig, Frances!« sagte Roslynn in einem Ton, als wäre sie hundert Jahre alt.

Frances grinste. »Ich auch, und ich finde mich noch gar nicht so uralt.«

»Es ist etwas anderes, wenn man Witwe ist. Du warst verheiratet. Niemand fände etwas dabei, wenn du es wieder tätest.«

»Ich habe nicht die Absicht, verbindlichsten Dank.«

Roslynn runzelte die Stirn über diese Unterbrechung. »Alle werden sich totlachen, wenn ich mich unter all diese blutjungen Debütantinnen mische.«

Frances lächelte. »Ehrlich, Ros...«

»Ach, es stimmt doch. Eine alte Jungfer wie ich, die auf Männerfang ausgeht, macht sich nun mal lächerlich.«

»Jetzt hör aber auf! Ich versichere dir — ich schwöre dir, daß dein Alter überhaupt keine Rolle spielen wird.«

Roslynn konnte das nicht glauben. Sie war — auch wenn sie es gut zu verbergen wußte — den Tränen nahe. Der Gedanke, sich zum Gespött der Leute zu machen, wenn sie Ausschau nach einem Ehemann hielt, war ihr unerträglich.

»Jeder wird glauben, daß etwas mit mir nicht stimmen kann, wenn ich in meinem Alter noch ledig bin. Du weißt doch, wie die Menschen nun mal sind.«

»Wenn sie hören, daß du in den letzten sechs Jahren deinen Großvater gepflegt hast, werden sie dir größte Achtung entgegenbringen. Also kein Wort mehr über dein Alter! Das sollte wirklich deine geringste Sorge sein. Übrigens hast du es geschickt vermieden, meine Frage zu beantworten.«

Roslynn lachte leise über die strenge Miene ihrer Freundin — ein unnachahmliches warmes, kehliges Lachen, dem niemand widerstehen konnte.

Sie und Nettie waren am Vorabend so spät in dem Stadthaus an der South Audley Street angekommen, daß die beiden Freundinnen erst an diesem Morgen Zeit zu einem ausführlichen Gespräch hatten. Es war eine alte Freundschaft, die sie verband; sie hatte zwölf Jahre überdauert, obwohl sie sich in den letzten zehn Jahren nur einmal gesehen hatten, als Frances mit ihrem Sohn Timmy vor vier Jahren einen Urlaub in den Highlands verlebt hatte.

Roslynn hatte in Schottland andere Freundinnen, aber keine stand ihr so nahe wie Frances, und keiner hätte sie ihre Geheimnisse anvertrauen mögen. Sie hatten sich mit dreizehn kennengelernt, als Roslynn von ihrem Großvater auf eine Schule in England geschickt worden war, um ›damenhaftes Benehmen‹ zu lernen. Sie war zu jener Zeit ein Wildfang gewesen, dem jeder Sinn für standesgemäße gesellschaftliche Umgangsformen völlig abging.

Roslynn hatte es an dieser Schule zwei Jahre ausgehalten, bevor sie wegen ›unverbesserlichen schlechten Benehmens‹ hinausgeworfen worden war. Großvater hatte nicht geschimpft, als sie nach Cameron Hall zurückkehrte, denn er hatte sie sehr vermißt und war überglücklich gewesen, sie wieder bei sich zu haben. Aber er hatte eine der Lehrerinnen überreden können, Roslynn Privatunterricht zu erteilen, und kein noch so übler Streich hatte Miß Beechham zur Kündigung bewogen; dazu hatte Großvater ihr zuviel bezahlt.

Doch während jener zwei Jahre in England waren Frances und Roslynn unzertrennlich gewesen. Und obwohl sie selbst mit achtzehn nicht in die Gesellschaft eingeführt worden war, hatten Frances' Briefe ihr doch einen lebhaften Eindruck davon vermittelt. Durch Frances wußte sie, wie es ist, verliebt zu sein, und wie es ist, mit einem Mann verheiratet zu sein, den man nicht liebt. Und obwohl sie selbst keine Kinder hatte, wußte sie doch so gut wie alles darüber, zumindest über einen Sohn, denn Frances hatte sie über jede Phase von Timmys Entwicklung auf dem laufenden gehalten.

Auch Roslynn hatte in ihren Briefen treulich alle Neuigkeiten berichtet, obwohl ihr Leben in den Highlands nicht gerade ereignisreich gewesen war. Aber in den letzten Monaten hatte sie Frances mit Großvaters Befürchtungen nicht beunruhigen wollen und ihr deshalb auch nichts von Geordie erzählt. Und wie sollte sie ihrer Freundin jetzt begreiflich machen, daß es sich nicht um die Marotte eines senilen Greises handelte, sondern um eine sehr reale gefährliche Situation?

Roslynn beschloß, ganz am Anfang zu beginnen. »Frances, erinnerst du dich noch daran, daß ich dir erzählt habe, meine Mutter sei in Loch Etive ertrunken, als ich sieben Jahre alt war?«

»Ja, ein Jahr nach dem Tod deines Vaters, nicht wahr?« Frances tätschelte ihrer Freundin mitfühlend die Hand.

Roslynn nickte und versuchte, nicht daran zu denken, wie verzweifelt sie über den Verlust ihrer Eltern gewesen war. »Großvater hat immer seinem Großneffen Geordie die Schuld am Tode meiner Mutter gegeben. Weißt du, Geordie war ein schlimmes Kind − er hat Tiere gequält und Unfälle verursacht, über die er sich totlachen konnte. Er war damals erst elf, aber seine üblen Streiche hatten schon dazu geführt, daß einer unserer Stallknechte sich das Bein brach, unser Koch ernste Verbrennungen erlitt und ein Pferd erschossen werden mußte. Bei sich zu Hause dürfte er noch viel mehr Unheil gestiftet haben. Sein Vater war der Cousin meiner Mutter, und wenn er zu Besuch kam, brachte er Geordie immer mit. Und an dem Tag, als meine Mutter ertrank, hielten sie sich seit einer Woche in Cameron Hall auf.«

»Aber wie hätte er am Tod deiner Mutter schuld sein können?«

»Es gab nie irgendeinen Beweis dafür, Frances. Man vermutete, daß ihr Boot gekentert war, und daß ihre schwere Winterkleidung sie daran gehindert hatte, ans Ufer zu schwimmen.«

»Was hatte sie denn im Winter auf dem See zu suchen?«

»Sie war am Loch Etive aufgewachsen und eine richtige Wasserratte. Sie schwamm im Sommer jeden Tag und kannte jeden Winkel an beiden Seeufern. Wenn sie Besuche am See machte, nahm sie nur selten eine Kutsche oder ein Pferd, sondern ruderte hin, bei jedem Wetter. Sie hatte ihr eigenes kleines Ruderboot, das sie leicht handhaben konnte. Ich hatte übrigens auch eines, durfte aber nie allein rausrudern. Na ja, und obwohl sie eine hervorragende Schwimmerin war, ist sie an jenem Tag ertrunken.«

»Konnte ihr denn niemand zu Hilfe kommen?«

»Niemand hat den Unfall beobachtet. Sie wollte an jenem Tag den See überqueren, und vermutlich ist das Boot weit draußen gekentert. Einige Tage später hat dann einer der Kleinbauern Großvater zufällig erzählt, daß Geordie sich unlängst in der Nähe der Boote herumgetrieben habe. Großvater hätte sich nichts weiter dabei gedacht, wenn Geordie nicht für seine Streiche berüchtigt gewesen wäre. Hinzu kam noch, daß der Tod meiner Mutter Geordie fast genauso entsetzt hatte wie mich, was sehr verwunderlich war, denn er konnte weder mich noch meine Mutter jemals richtig leiden.«

»Dein Großvater glaubte also, daß Geordie sich an ihrem Boot zu schaffen gemacht hatte?«

Roslynn nickte. »Ein kleines Leck, das zunächst nicht auffallen würde. So etwas hätte Geordie nur allzu ähnlich gesehen. Er hätte sich köstlich amüsiert, wenn jemand ein unfreiwilliges Bad genommen und ein gutes Boot verloren hätte. Falls er es getan hat, so sollte es natürlich nur einer seiner üblen Scherze sein. Ich glaube nicht, daß er jemanden umbringen wollte. Er konnte ja auch nicht ahnen, daß meine Mutter nicht am Ufer entlang rudern würde. Sie überquerte den See nicht oft.«

»Aber trotzdem...«

»Ja, trotzdem«, seufzte Roslynn. »Aber Großvater konnte es nie beweisen, denn das Boot wurde nie gefunden. Er hat Geordie danach jedoch gründlich mißtraut, und wenn der Junge nach Cameron Hall kam, wurde jedesmal ein Diener beauftragt, ihn nicht aus den Augen zu lassen. Tief im Innern hat Großvater ihn gehaßt, Frances, aber er konnte ihm nicht das Haus verbieten; dazu hätte er Geordies Vater erklären müssen, welch schrecklichen Verdacht er hegte. Er schwor sich aber, daß Geordie von ihm nie etwas bekommen würde. Dann starb Geordies Vater, aber er hatte seinem Sohn nicht viel zu vererben. Großvater wußte, daß Geordie ihm seinen Reichtum neidete. Als ältester Sohn hatte Großvater nun einmal den größten Teil des Vermögens der Camerons geerbt. Und er wußte genau, daß Geordie es nur auf das Geld abgesehen hatte, als dieser mir einen Heiratsantrag machte.«

»Übersiehst du dabei nicht vielleicht, daß du auch noch andere Vorzüge hast als nur dein Geld, Ros?«

Roslynn winkte ab. »Geordie hat mich nie gemocht. Frances, auch nicht, als wir beide älter wurden, und dieses Gefühl beruhte auf Gegenseitigkeit. Er konnte mir nicht verzeihen, daß ich Großvaters nächste Verwandte war. Erst nachdem sein Vater gestorben war und er erfahren hatte, wie klein sein Erbe war, machte er eine Kehrtwendung und begann mir den Hof zu machen.«

»Und du hast ihm die kalte Schulter gezeigt.«

»Natürlich habe ich das. Ich bin schließlich keine dumme Gans, die auf falsche Komplimente hereinfällt. Aber Geordie gab nicht auf. Er beteuerte immer wieder, ich wäre seine große Liebe, obwohl in seinen eisigen blauen Augen kalter Haß zu lesen war.«

»Ich verstehe aber noch immer nicht, warum du es so eilig hast zu heiraten?«

»Nach Großvaters Tod stehe ich schutzlos da, was mir nichts ausmachen würde, wenn nur Geordie nicht wäre. Weißt du, er hat mich zuoft gebeten, ihn zu heiraten. Er will um jeden Preis an das Vermögen der Camerons herankommen, und er dürfte zu allem bereit sein.«

»Aber was könnte er schon machen?«

Roslynn schnaubte empört. »Ich dachte auch, daß er nichts machen könnte. Aber Großvater war klüger.«

Frances hielt plötzlich den Atem an. »Das Geld würde doch nicht etwa Geordie zufallen, wenn dir etwas zustieße, oder?«

»Nein, dafür hat Großvater gesorgt. Aber Geordie könnte mich zwingen, ihn zu heiraten, wenn ich in seine Hände fiele – mit Schlägen oder Drogen, mit Hilfe eines skrupellosen Pfarrers. In diesem Fall würde natürlich auch der Ehevertrag nicht unterschrieben werden, den Großvater für mich aufgesetzt hat. Geordie hätte dann die Kontrolle über meinen gesamten Besitz, und sobald ich seine Frau wäre, bräuchte er mich nicht mehr. Im Gegenteil, ich wäre für ihn eine Gefahr. Und um mich am Reden zu hindern...«

Frances erschauderte unwillkürlich. »Du hast diese Geschichte nicht nur erfunden, um mir einen Schrecken einzujagen?«

»Ich wünschte wirklich, das alles wäre nur ein Fantasiegespinst, das kannst du mir glauben! Großvater hat immer gehofft, daß Geordie heiraten würde, aber er ist Junggeselle geblieben und hat nur auf den Tag gewartet, an dem ich allein sein und deshalb niemand laut protestieren würde, wenn er mich zur Heirat zwang. Und er ist zu stark, als daß ich im Kampf gegen ihn eine Chance hätte, obwohl ich mit einem Dolch ganz gut umgehen kann und in meiner Stiefelette immer einen bei mir trage.«

»Das ist doch nicht möglich!«

»O doch. Und Großvater hat mir beigebracht, wie man diese Waffe benutzt. Aber was würde mir ein kleiner Dolch schon helfen, wenn Geordie Leute anheuert, um mich zu entführen? Jetzt weißt du, warum ich Schottland bei Nacht und Nebel verlassen mußte, warum ich hier bin.«

»Und warum du einen Mann suchst.«

»Auch das. Sobald ich verheiratet bin, kann Geordie

nichts mehr machen. Großvater hat mir das Versprechen abgenommen, daß ich so schnell wie möglich heiraten werde. Er hat alles genau geplant, sogar meine Flucht. Geordie wird zuerst in Schottland nach mir suchen. Deshalb habe ich wenig Zeit, um jemanden auszusuchen, aber allzu lang darf es nicht dauern.«

»Verdammt, das ist einfach nicht fair!« rief Frances. »Wie sollst du dich in solcher Hast verlieben können?«

Roslynn grinste, weil sie an den Rat ihres Großvaters denken mußte. »Schütz dich zuerst durch einen Ring am Finger, Mädelchen. Liebe kannst du später immer noch finden.« Sie war errötet, weil sie genau verstanden hatte, was er meinte. Aber er hatte hinzugefügt: »Wenn dir Liebe natürlich in den Schoß fällt, stoß sie nicht von dir. Halt sie fest und laß nicht los, denn dann brauchst du später nicht danach zu suchen.«

Er hatte ihr auch andere Ratschläge erteilt. »Ein Weiberheld kann einen großartigen Ehemann abgeben, wenn ein hübsches Mädchen sein Herz erobert − nicht sein Auge, verstehst du, sondern sein Herz. Er hat sich die Hörner abgestoßen, er hat sozusagen das ganze Feld abgegrast, und deshalb kann er sich als Ehemann beruhigt auf eine einzige Frau beschränken.«

»Man sagt aber auch: ›Einmal ein Weiberheld, immer ein Weiberheld‹«, hatte Roslynn ihm widersprochen.

»Wer sagt das? Das trifft nur zu, wenn das Herz nicht beteiligt ist. Wenn du sein Herz gewinnst, Mädelchen, wirst du mit einem Schwerenöter sehr glücklich sein. Ich rede nicht von den jungen Hengsten, o nein. Du mußt einen Mann finden, der genügend Jahre auf dem Buckel hat, um zu erkennen, daß seine wilden Tage reichlich bemessen waren, daß er sich nicht mehr auszutoben braucht. Aber er darf natürlich noch keine Schindmähre sein. Darauf mußt du achten.«

»Und wie soll ich den Unterschied erkennen?«

»Du wirst merken, ob er noch Gefühle hat, ob du ihn erregen kannst − oh, du brauchst nicht rot zu werden,

Mädelchen. Du wirst mehr junge Heißsporne erregen, als dir vielleicht lieb ist, und auch genügend Weiberhelden, so daß es dir an Auswahl nicht mangeln wird.«

»Ich will aber keinen Weiberhelden«, hatte sie bockig erklärt.

»Das kommt schon noch«, hatte Duncan prophezeit. »Denn sie sind es nun einmal, denen die Frauen nicht widerstehen können. Sorg nur dafür, daß du den Ring am Finger hast, bevor du zuläßt...«

»Opa!«

»Wer sollte dich denn darüber aufklären, wenn nicht ich?« hatte er ungerührt erwidert. »Du mußt wissen, wie ein solcher Mann zu behandeln ist.«

»Am besten mit dem Handrücken!«

Er hatte gekichert. »Nun, Liebling, du scheinst voreingenommen zu sein. Wenn der Mann dir gefällt und dein Herz klopfen läßt — willst du ihn dann trotzdem ignorieren, nur weil er ein Schürzenjäger ist?«

»O ja!«

»Aber ich sage dir doch, daß sie die besten Ehemänner abgeben!« Ihr Eigensinn hatte ihn dazu gebracht, laut zu brüllen. »Und ich will den besten Mann für dich, auch wenn du nicht viel Zeit haben wirst, ihn zu finden.«

»Woher in aller Welt willst du das wissen, Opa? Kannst du mir das sagen?« Sie war völlig verwirrt gewesen. Ihr Großvater wußte nicht, daß Frances sie über Weiberhelden informiert und ihr dringend geraten hatte, diese Spezies zu meiden wie die Pest.

»Ich war selbst einer, und mach jetzt nur nicht so ein überraschtes Gesicht. Ich hatte sechzehn Jahre lang die Gefilde abgegrast, bevor ich deine Großmutter kennenlernte und heiratete, und ihr war ich bis zu ihrem Tod treu.«

Eine Ausnahme! Eine seltsame Ausnahme, die Roslynn nicht veranlassen würde, ihre Meinung über diese Kategorie von Männern zu ändern. Aber das hatte sie Duncan nicht gesagt. Sie hatte ihn in dem Glauben gelassen, er hätte sie überzeugt, ohne ihm in dieser Hinsicht etwas zu versprechen.

Als Frances sie jetzt nach Liebe fragte, zuckte Roslynn nur mit den Schultern. »Wenn man sich nicht sofort verliebt, muß es eben ohne Liebe gehen. Du hast das ja auch überlebt.«

Frances runzelte die Stirn. »Mir blieb keine andere Wahl.«

»Entschuldige, ich hätte dich nicht daran erinnern sollen. Und was mich betrifft — zeig mir einen passabel aussehenden Mann, der kein allzu großer Schürzenjäger ist. Das genügt mir vollkommen.« Sie grinste verschmitzt. »Schließlich hat mein Großvater mir erlaubt, ja sogar selbst empfohlen, später Liebe zu finden, wenn ich sie in der Ehe nicht bekomme.«

»Er hat... Würdest du so etwas tun?«

Roslynn kicherte über die schockierte Miene ihrer Freundin. »Laß mich erst einen Ehemann finden, bevor ich mir Gedanken über den Liebhaber mache. Und drück mir die Daumen, daß ich beide in einer Person finde.«

Kapitel 4

»Na, Junge, was meinst du? Wird's gehen?« Anthony lehnte lässig am Türrahmen, während Jeremy sein neues Zimmer mit offensichtlicher Begeisterung betrachtete.

»Donnerwetter, Onkel Tony, ich...«

»Sofort stop!« Anthony setzte für den Neffen seine grimmigste Miene auf. »Du kannst meine Brüder mit ›Onkel‹ titulieren, soviel du willst, aber mich verschon bitte damit! Ein einfaches ›Tony‹ genügt vollkommen.«

Nicht im geringsten eingeschüchtert, schenkte Jeremy ihm ein strahlendes Lächeln. »Es ist fantastisch, Tony, ganz fantastisch. Das Zimmer, das Haus, du. Ich weiß gar nicht, wie ich dir danken...«

»Dann tu's bitte nicht«, fiel Anthony ihm rasch ins Wort. »Und bevor du diese blödsinnige Heldenverehrung weiter betreibst, nimm gefälligst zur Kenntnis, daß ich dich gründlich verderben werde, lieber Junge. Geschieht deinem Vater ganz recht — wie kann er dich nur meiner Obhut anvertrauen?«

»Versprichst du mir das?«

Anthony konnte sich nur mit Mühe das Lachen verbeißen. Der Junge hatte seine Worte tatsächlich ernst genommen. »Nein, das tu ich nicht. Großer Gott, glaubst du, ich möchte von Jason gelyncht werden? Er wird ohnehin toben, wenn er erfährt, daß James dich mir und nicht ihm anvertraut hat. Nein, ich werde dich mit einem Frauentyp bekannt machen, dessen Existenz dein Vater vergessen hat.«

»Wie Regan?«

Diesmal war Anthonys Stirnrunzeln nicht gespielt. »Wir beide werden gut miteinander auskommen, solange ich nie diesen Namen von dir höre. Verdammt, du bist genauso schlimm wie dein Vater...«

»Halt, Onkel Tony, ich kann nicht zulassen, daß du schlecht über meinen Vater sprichst«, unterbrach Jeremy ihn ernsthaft.

Anthony trat etwas vor und zauste den Jungen an den Haaren, die genauso rabenschwarz waren wie seine eigenen. »Versteh mich richtig, du Dreikäsehoch. Ich liebe deinen Vater. Ich habe ihn immer geliebt. Aber ich werde über ihn herziehen, so oft ich Lust dazu habe. Er war mein Bruder, lange bevor er dein Vater wurde, und er hat es nicht nötig, von einem jungen Dachs wie dir verteidigt zu werden. Dir braucht also nicht gleich der Kamm zu schwellen. Ich wollte ihn keineswegs schlechtmachen.«

Jeremy lächelte versöhnt. »Rega... — äh, Reggie sagt, du seist nur glücklich, wenn du mit deinen Brüdern streiten kannst.«

»Sagt sie das? Na ja, dieses Mädchen war schon immer

allwissend«, erwiderte Anthony mit zärtlichem Stolz. »Da wir übrigens gerade von der Dame sprechen – ich habe heute einen Brief von ihr erhalten. Offenbar ist sie zur Abwechslung einmal ohne ihren Viscount in der Stadt und benötigt für einen Ball heute abend einen Begleiter. Wie würde dir diese Aufgabe zusagen?«

»Mir? Ist das dein Ernst?« fragte Jeremy aufgeregt.

»Warum nicht? Sie weiß, daß ich solche Veranstaltungen nicht ausstehen kann, und sie hätte mich erst gar nicht darum gebeten, wenn jemand anderer zur Verfügung stünde. Aber Edward ist diese Woche mit seiner ganzen Brut bei Jason in Haverston zu Besuch, und Derek hält sich ebenfalls dort auf. Du und ich sind also die einzigen Malorys in der Stadt, die ihr aus der Klemme helfen können – es sei denn, daß wir deinen Vater mit dieser Aufgabe betrauen. Dazu müßten wir ihn allerdings rechtzeitig finden. Er hat zwar vorläufig sein Lager hier bei mir aufgeschlagen, aber soviel ich weiß wollte er irgendeine alte Freundin aufsuchen...«

»Sarah«, informierte Jeremy ihn mit funkelnden blauen Augen. »Sie arbeitet in einer Taverne unten...«

»Erspar mir die Einzelheiten!«

»Du könntest ihn ohnehin nicht dazu bringen, einen Ball zu besuchen, nicht einmal seiner Lieblingsnichte zuliebe. Aber ich täte es furchtbar gern. Ich habe dafür sogar die richtige Kleidung. Und tanzen kann ich auch. Connie hat es mir beigebracht.«

Anthony lachte schallend. »Tatsächlich? Und wer hat geführt, du oder er?«

Jeremy grinste. »Beide ein bißchen. Aber ich habe inzwischen auch mit Weibern viel getanzt, und keine hat sich je beklagt.«

Anthony konnte sich nur allzu gut vorstellen, daß es nicht nur beim Tanzen geblieben war. Der Junge hatte zweifellos zuviel Umgang mit den anstößigen Freundinnen seines Vaters. Was sollte er nur mit diesem charmanten Nichtsnutz anfangen? Irgend etwas mußte geschehen, denn von gesellschaftlichen Anstandsregeln hatte Jeremy keine Ahnung. Schuld daran war natürlich sein Vater. Was konnte man von einem Gentleman-Piraten – nun ja, ehemaligen Piraten – schon erwarten? Und er selbst, ein berüchtigter Lebemann, war auch nicht gerade ein geeignetes Vorbild. Vielleicht sollte er den Burschen seinen Cousins übergeben, wenn sie nach London zurückkehrten, damit sie ihm die Anfangsgründe guter Umgangsformen beibrächten.

»Ich bin sicher, daß Reggie entzückt sein wird, mit dir zu tanzen, Junge, nur solltest du sie nicht als Weib bezeichnen, sonst schmiert sie dir garantiert eine. Sie kennt dich ja gut genug und wird sich deshalb freuen, den Abend mit dir zu verbringen. Soviel ich weiß, soll sie dich sehr gern haben.«

»Ja, sie hat mich gleich an dem Tag, als wir sie entführten, ins Herz geschlossen.«

»Mußt du mich daran erinnern? Und erst, als sie erfuhr, wer du bist, hat sie dich ins Herz geschlossen, mein lieber Junge. Großer Gott, der arme James! Soviel Unannehmlichkeiten auf sich zu nehmen, um mit dem Viscount abzurechnen, und dann feststellen zu müssen, daß Reggie ihn geheiratet hat.«

»Nun, das hat alles geändert.«

»Selbstverständlich hat das alles geändert. Aber er hätte dich in diesen Rachefeldzug nicht hineinziehen sollen.«

»Es ging um die Ehre.«

»Ah, über Ehre weißt du also Bescheid«, stellte Anthony trocken fest. »Dann besteht vermutlich Hoffnung für dich – das heißt, wenn es uns gelingt, ›Weiber‹ aus deinem Wortschatz zu streichen.«

Jeremy errötete. Es war nicht seine Schuld, daß er die ersten Jahre seines Lebens in einer Taverne verbracht hatte, bis sein Vater von seiner Existenz erfuhr und ihn zu sich nahm. Connie, James' erster Steuermann und bester Freund, hatte an seiner Ausdrucksweise immer etwas auszusetzen, und Onkel Tony war offenbar entschlossen, ins gleiche Horn zu blasen.

»Vielleicht bin ich nicht gut genug als Begleiter...«

»Jetzt nimmst du schon wieder ernst, was ich sage.« Anthony schüttelte den Kopf über den Jungen. »Hätte ich vorgeschlagen, daß du meine Lieblingsnichte begleitest, wenn ich dich für ungeeignet hielte?«

Jeremy runzelte die Stirn, weil ihm plötzlich ein Hindernis eingefallen war. »Ich kann es nicht tun. Verdammt, wie konnte ich auch nur daran denken? Es geht nicht. Wenn es jemand anderes wäre... Nein, ich kann nicht!«

»Was, zum Teufel, meinst du damit?«

Jeremy blickte ihm in die Augen. »Ich kann mit ihr auf keinen Ball gehen, wenn ich ihr einziger Beschützer sein soll. Was soll ich denn machen, wenn jemand wie du sie belästigt?«

»Wie *ich*?« Anthony schwankte, ob er lachen oder dem unverschämten Kerl an die Gurgel springen sollte.

»Ach, du weißt schon, was ich meine, Tony – jemand, der ein Nein einfach nicht akzeptieren kann. Natürlich würde jeder, der es wagt, ihr zu nahezutreten, es mit mir zu tun bekommen, aber...«

»Aber wer würde einen Siebzehnjährigen ernst nehmen? Das willst du doch wohl sagen. Verdammt, du hast recht! Hmm, dann werden wir wohl einen Kompromiß schließen müssen. Du begleitest Reggie, und ich werde sie unauffällig im Auge behalten. Der Ballsaal der Crandals geht auf einen Garten hinaus, wenn mich mein Gedächtnis nicht täuscht, folglich brauche ich offiziell nicht in Erscheinung zu treten. Diese Regelung müßte sogar ihrem überängstlichen Herrn Gemahl zusagen. Und wie gefällt sie dir, junger Galahad?«

»Ausgezeichnet, wenn ich nur weiß, daß du eingreifen kannst, wenn es echte Probleme gibt. Aber, Tony, wirst du dich nicht zu Tode langweilen, wenn du den ganzen Abend im Garten verbringen mußt?«

»Bestimmt, aber ich werd's überleben. Du kannst dir ja nicht vorstellen, was passieren würde, wenn ich bei einem dieser Bälle aufkreuzte, und frag mich lieber nicht! Es ist der Fluch meines Lebens, aber dieses Leben habe ich nun einmal gewählt, und deshalb will ich mich auch nicht beklagen.«

Und mit dieser rätselhaften Bemerkung verließ Anthony seinen Neffen, der sein neues Reich in Besitz nahm.

Kapitel 5

»Nun, meine Liebe, glaubst du mir jetzt?« flüsterte Frances Roslynn zu, die inmitten einer Schar von Verehrern stand. Das ging so, seit sie auf diesem Ball erschienen war, ihrem dritten innerhalb von drei Tagen.

Die Frage war bewußt unverfänglich, in Anbetracht eventueller Zuhörer. Aber niemand hatte Frances gehört, denn die um Roslynn versammelten Herren führten momentan eine hitzige Diskussion über ein Rennen, das am nächsten Tag stattfinden sollte, obwohl ihrer aller Blicke immer wieder zu der bezaubernden jungen Frau im Satinkleid schweiften. Roslynn hatte dieses Thema selbst geschickt aufs Tapet gebracht, um den Streit zu beenden, wer ihr nächster Tanzpartner sein dürfe. Sie hatte es ziemlich satt, mit ihnen zu tanzen, vor allem mit Lord Bradley, der die größten Füße von ganz England haben mußte.

Roslynn hatte diese Frage ihrer Freundin in den letzten Tagen bis zum Überdruß zu hören bekommen, denn Frances freute sich über Roslynns Erfolge bei den Herren der vornehmen Gesellschaft so sehr, als wären es ihre eigenen, und sie konnte es nicht lassen, Roslynn unter die Nase zu reiben, daß sie ihr das von Anfang an prophezeit hatte.

»Ich glaube dir«, seufzte Roslynn. »Aber wie soll ich unter so vielen Männern jemals eine Wahl treffen?«

Frances zog sie etwas beiseite, um sie zu ermahnen: »Du brauchst keinen von ihnen zu wählen. Himmel, die Jagd hat für dich doch eben erst begonnen. Es gibt genug Heiratskandidaten, die du noch gar nicht kennengelernt hast. Du willst dich doch nicht blindlings in die Ehe stürzen, oder?«

»Nein, nein, natürlich nicht. Ich habe nicht die Absicht, einen völlig Wildfremden zu heiraten. Das heißt, im Grunde wird er natürlich ein Unbekannter für mich sein, aber ich will vorher soviel wie möglich über ihn herausfinden. Ich will über meine Beute einigermaßen Bescheid wissen, um keinen Fehler zu begehen.«

»Beute!« Frances rollte dramatisch mit den Augen. »Ist das dein Ernst?«

Roslynn seufzte wieder. »Ach, ich weiß nicht, Frances. Die ganze Sache hat etwas so Kaltblütiges an sich, speziell, da noch kein einziger der Herren, die ich bisher kennengelernt habe, mich auch nur im geringsten interessiert. Ich *kaufe* mir einen Ehemann. Da gibt es nichts zu beschönigen. Und es sieht nicht so aus, als würde ich ihn besonders schätzen, wenn ich mir die bisherigen Exemplare so ansehe. Aber wenn er nur den übrigen Kriterien entspricht...«

»Unsinn!« fiel Frances ihr streng ins Wort. »Du gibst auf, kaum daß du dich auf die Suche gemacht hast. Warum bist du plötzlich so deprimiert?«

Roslynn schnitt eine Grimasse. »Sie sind alle so *jung*, Frances! Gilbert Tyrwhitt ist höchstens zwanzig, und Neville Baldwin kann nicht viel älter sein. Der Graf ist in meinem Alter, und Lord Bradley ist einige Jahre älter, benimmt sich aber wie ein unreifer Schuljunge. Die zwei anderen sind auch nicht viel besser. Verdammt, ich komme mir in ihrer Gesellschaft *uralt* vor. Aber Großvater hat mich gewarnt. Er sagte, ich solle nach einem älteren Mann Ausschau halten, aber wo sind sie? Und wenn du mir jetzt erklärst, sie seien alle schon vergeben, schreie ich!«

Frances mußte lachen. »Ros, du hast es einfach viel zu eilig. Es ist durchaus eine ganze Anzahl distinguierter Herren anwesend — Witwer und einige eingefleischte Junggesellen, die aber rasch anderer Meinung werden könnten, wenn sie dich kennenlernen. Aber ich werde dich wohl auf sie aufmerksam machen müssen, denn sie sind zweifelsohne von diesen jungen Heißspornen eingeschüchtert, die dich umschwärmen. Die Älteren fühlen sich dieser Konkurrenz einfach nicht gewachsen. Wenn du also einen reiferen Mann haben willst, wirst du den armen Kerl irgendwie ermutigen, ihm zu verstehen geben müssen, daß du interessiert bist — na ja, du weißt schon, was ich meine.«

»Du lieber Himmel, Frances, du brauchst doch nicht rot zu werden! Es macht mir nichts aus, die Initiative zu ergreifen. Ich bin sogar darauf eingestellt, meinen Fall offen darzulegen und meinerseits den Heiratsantrag zu machen. Und du brauchst gar nicht so ungläubig die Brauen zu heben. Du weißt, daß ich es ernst meine, und wenn es sein muß, werde ich es tun.«

»Das glaube ich einfach nicht. Du würdest dich bestimmt genieren.«

»Unter normalen Umständen, ja. Aber mir bleibt keine andere Wahl. Ich habe einfach nicht die Zeit, mir umständlich den Hof machen zu lassen, und noch weniger habe ich die Zeit, um untätig herumzusitzen und auf den richtigen Mann zu warten. Also zeig mir die in Frage kommenden reiferen Herren, und ich sage dir dann, welchen ich vorgestellt werden möchte. Von diesem jungen Gemüse habe ich jedenfalls erst einmal genug.«

»Also gut«, erwiderte Frances und ließ ihre Blicke unauffällig durch den Saal schweifen. »Dort drüben, neben den Musikern, der Große. Mir fällt im Augenblick sein Name nicht ein, aber er ist Witwer und hat zwei Kinder — nein, ich glaube, drei. Er muß einundvierzig oder zweiundvierzig sein, und soviel ich weiß, ist er ein sehr sympathischer Mensch. Er hat ein großes Gut oben in

Kent, wo seine Kinder leben, aber er selbst zieht die Großstadt vor. Entspricht er mehr deinen Vorstellungen?«

Roslynn grinste über Frances' unverkennbaren Sarkasmus. »Oh, er ist nicht übel, gar nicht übel. Silbergraue Schläfen gefallen mir. Wenn ich schon auf Liebe verzichten soll, muß ich wenigstens auf einem angenehmen Äußeren bestehen, und er sieht ganz passabel aus, nicht wahr? Ja, er ist für den Anfang nicht schlecht. Wen kannst du mir sonst noch empfehlen?«

Frances warf ihr einen entrüsteten Blick zu. Ihr widerstrebte die nüchterne, geschäftsmäßige Art, in der Roslynn diese Sache betrieb, so als würde sie Waren auf einem Markt auswählen. Aber andererseits mußte sie zugeben, daß es im Leben nun einmal so zuging, nur daß die meisten Frauen einen Vater oder Vormund hatten, der die notwendigen Auskünfte einholte, während sie selbst von ewiger Liebe träumen konnten. Ros mußte sich eben um alles, auch um die finanziellen Vereinbarungen, selbst kümmern.

Nachdem sie die Notwendigkeit dieses Vorgehens nun eingesehen hatte, machte Frances ihre Freundin bereitwilliger auf mehrere Herren aufmerksam, und eine Stunde später hatte Roslynn alle Kandidaten kennengelernt und einige davon in die engere Wahl gezogen. Aber die jungen Männer gaben nicht auf und holten sie immer wieder zum Tanzen. Obwohl ihr Erfolg sie von so manchen Sorgen befreite, wurde dieses Herumscharwenzeln ihr allmählich etwas zuviel.

Roslynn hatte so lange mit ihrem Großvater und den Dienstboten, die ihr seit vielen Jahren vertraut waren, in der Abgeschiedenheit von Cameron Hall gelebt, daß sie nur mit wenigen Menschen zusammengekommen war. Die Männer in ihrer Bekanntschaft waren an sie gewöhnt gewesen, und von Fremden hatte sie einfach keine Notiz genommen. Im Gegensatz zu Nettie, die alles auf den ersten Blick wahrnahm und Roslynns Wirkung auf das männliche Geschlecht genauestens registrierte, hatte Roslynn selbst auf so etwas nie geachtet. Kein Wunder, daß sie ihrem Aussehen, das ihr nie außergewöhnlich vorgekommen war, keinen großen Wert beigemessen und andererseits den Nachteil ihres ›fortgeschrittenen Alters‹ gehörig überschätzt und geglaubt hatte, nur aufgrund der Tatsache, daß sie eine reiche Erbin war, rasch einen Ehemann finden zu können.

Sie hatte sich schon mit dem Gedanken abgefunden, daß eine alte Jungfer wie sie mit irgendeinem nicht gerade wohlhabenden zweiten oder dritten Sohn würde vorlieb nehmen müssen, oder sogar mit einem Spieler, mit irgendeinem hochverschuldeten Lord. Und sie hatte sich vorgenommen, großzügig zu sein, auch wenn sie vernünftigerweise darauf bestehen mußte, daß der Ehevertrag unterzeichnet wurde, demzufolge nur sie allein über ihr Vermögen verfügen konnte. Sie konnte es sich wirklich leisten, großzügig zu sein, denn sie war unermeßlich reich.

Aber seit dem ersten Ball, auf den Frances sie mitgenommen hatte, mußte sie ihre Situation neu überdenken. Sie hatte festgestellt, daß alle Arten von Männern an ihr interessiert ren, obwohl ihr Reichtum noch gar nicht bekannt war. Gewiß, ihre Kleidung und ihr Schmuck bewiesen, daß sie kein Aschenputtel war, aber sie konnte es noch immer kaum glauben, daß der reiche Graf sie bereits in der South Audley Street besucht hatte, und ebenso der ihr unsympathische Lord Bradley. Auch die älteren Herren, die sie auf ihre neue Liste gesetzt hatte, waren alles andere als Habenichtse, und sie schienen über ihr Interesse sehr geschmeichelt gewesen zu sein. Aber wären sie auch bereit, sie zu heiraten? Nun, das bleibt abzuwarten. Jetzt galt es zunächst einmal, möglichst viel über jeden von ihnen herauszufinden. Sie wollte *nach* der Hochzeit keine unangenehmen Überraschungen erleben.

Was sie bräuchte, wäre eine Vertrauensperson, die

diese Männer seit langem mit allen Vorzügen und Nachteilen kannte. Frances hatte, seit sie verwitwet war, ein viel zu zurückgezogenes Leben geführt, als daß sie zu einer gründlichen Charakteranalyse der in Frage kommenden Herren imstande gewesen wäre. Näheres wußte sie nur über einige Freunde ihres verstorbenen Mannes, und sie hatte Roslynn keinen davon empfehlen können. Die Herren, die sie Roslynn an diesem Abend vorgestellt hatte, waren oberflächliche Bekannte, über die sie nichts Genaues wußte.

Klatschgeschichten hatten hingegen den Nachteil, daß sie nicht zuverlässig waren und daß über einem aktuellen Skandal andere leicht in Vergessenheit gerieten. Roslynn bedauerte nicht zum ersten Male in den letzten Tagen, daß Frances ihre einzige Freundin in London war.

Auf die Idee, jemanden zu engagieren, der alles über ihre Kandidaten auskundschaften würde, kamen weder Roslynn noch Frances; aber sie hätten ohnehin nicht gewußt, wie man eine solche Person findet. Und es wäre auch eine viel zu einfache Lösung gewesen. Roslynn hatte sich von Anfang an darauf eingestellt, daß diese Jagd nach einem Ehemann schwierig sein würde, weil ihr die Zeit fehlte, in aller Ruhe eine Entscheidung zu treffen.

An diesem Abend machte sie aber immerhin einige Fortschritte. Sir Artemus Shadwell, der Witwer mit den grauen Schläfen, brachte es fertig, den jungen Flegeln, wie Roslynn sie ungerechterweise wegen ihrer übereifrigen Bemühungen bezeichnete, zuvorzukommen und mit ihr zu tanzen. Leider war es kein Tanz, bei dem man sich gut unterhalten konnte, und so erfuhr sie nur, daß er aus seiner ersten Ehe fünf Kinder hatte (Frances war entschieden nicht auf dem laufenden!) und an weiteren nicht interessiert war, falls er wieder heiraten sollte. Sie hätte gern gewußt, wie er das verhindern wollte, konnte ihn aber natürlich nicht danach fragen.

Roslynn hingegen war fest entschlossen, wenigstens Kinder zu haben, wenn sie schon so überstürzt heiraten mußte. Das war das einzige, worauf sie sich wirklich freute. Sie wollte nicht allzu viele Kinder, aber doch zwei oder drei oder auch vier. Und in ihrem Alter konnte sie damit nicht mehr lange warten. Wenn sie eine Familie gründen wollte, so mußte sie unverzüglich damit beginnen. Das würde klargestellt werden müssen, ohne jedes ›vielleicht‹ oder ›mal sehen‹. Darauf würde sie sich nicht einlassen.

Aber sie brauchte Sir Artemus trotzdem nicht gleich von ihrer Liste zu streichen. Schließlich wußte er nicht, daß sie ihn als Heiratskandidaten in Betracht zog, und hatte ihre Frage nach Kindern deshalb rein theoretisch beantwortet. Ein Mann konnte leicht umgestimmt werden, das wußte sie aus Erfahrung.

Nach ihrem Tanz brachte er sie zu Frances zurück, die am Buffet stand und sich mit einer jungen Frau unterhielt, die Roslynn noch nicht kennengelernt hatte. Doch gleich darauf erklangen Walzertakte, und Roslynn sah, daß der beharrliche Lord Bradley schnurstracks auf sie zusteuerte. Sie stöhnte laut auf. Das war einfach zuviel. Sie würde sich von diesem ungeschickten Burschen nicht wieder die Füße zertrampeln lassen!

»Was ist jetzt los, Roslynn?« erkundigte sich Frances, die den Stoßseufzer gehört hatte.

»Nichts... Herrgott, mir bleibt aber auch wirklich nichts erspart!« murmelte Roslynn erbittert und faßte plötzlich einen Entschluß. »Ich werde nicht wieder mit diesem Tölpel von Bradley tanzen, Frances, das schwöre ich dir. Eher falle ich in Ohnmacht, aber dieser Peinlichkeit will ich dich nicht aussetzen, deshalb werde ich mich kurz verdrücken. Entschuldigt mich bitte.«

Sie grinste Frances und der unbekannten Dame verschwörerisch zu, tauchte kichernd in der Menge unter und überließ es ihrer Freundin, dem hartnäckigen Lord ihr Verschwinden zu erklären.

Sie flüchtete durch eine der offenen Terrassentüren ins Freie, drückte sich an die Mauer neben der Tür und überzeugte sich mit einem raschen Blick davon, daß in dem herrlichen mondbeschienenen Garten hinter der Steinterrasse niemand zu sehen war. Dann spähte sie vorsichtig um die Ecke, um zu sehen, ob ihre Flucht geglückt war. Lord Bradley entfernte sich gerade sichtlich enttäuscht von Frances.

Ohne die leisesten Gewissensbisse beobachtete sie ihn weiter. Sie wollte sicher sein, daß er nicht draußen nach ihr suchen würde. In diesem Fall müßte sie sich schnell ein neues Versteck suchen, und sie sah sich im Geiste schon hinter Blumenbeeten kauern. Erst jetzt kam ihr zu Bewußtsein, daß sie auch hier auf ihrem Spähposten, in geduckter Haltung vornübergebeugt, ein lächerliches Bild bieten mußte, und sie vergewisserte sich nervös, daß der Garten noch immer leer war. Gleich darauf sah sie erleichtert, daß Lord Bradley ein junges Mädchen zum Tanz aufgefordert hatte.

Roslynn richtete sich auf und beglückwünschte sich insgeheim, ihre Füße wenigstens für den Augenblick gerettet zu haben. Sie hätte sich schon früher in den Garten begeben sollen. Die frische Luft war wohltuend, und sie wollte einige Minuten allein sein und zur Ruhe kommen.

Durch die Türen und Fenster fiel weiches goldenes Licht auf die Terrasse. Hier standen zwar einige Tische und Stühle, aber sie waren vom Saal aus zu sehen und deshalb für Roslynns Zwecke ungeeignet.

Aber sie entdeckte am Ende der Terrasse, dort wo sie in Rasen überging, eine Bank; zumindest die Beine von etwas, das wie eine Bank aussah, während der Sitz hinter einem tief herabhängenden Ast wie hinter einem Vorsprung verborgen war. Großartig! Sie konnte ihre Füße auf den Sitz hochziehen und wäre dann fast unsichtbar, falls jemand herauskommen sollte. Unsichtbar zu sein, wäre zur Abwechslung herrlich!

Roslynn rannte auf diese nur wenige Meter entfernte Bank zu, die ihr wie ein unverhoffter Zufluchtsort erschien, und befürchtete nur, daß jemand sie durchs Fenster sehen könnte, daß sie es nicht schaffen würde, mit der Dunkelheit unter dem dichten Geäst zu verschmelzen. Es war lächerlich, welche Bedeutung sie dieser kurzen Verschnaufpause plötzlich beimaß. Lange konnte sie ohnehin nicht wegbleiben, sonst würde Frances sich Sorgen machen. Und dann blieb sie jäh stehen, förmlich zur Salzsäule erstarrt. Es gab keinen Zufluchtsort für sie. Die Bank, *ihre* Bank, war besetzt.

Sie stand in einem Lichtkreis und starrte auf etwas, das aus der Entfernung wie ein dunkler Schatten ausgesehen hatte, sich nun aber als schwarz bekleidetes Männerbein entpuppte. Der Fuß stand auf dem Sitz, auf dem *sie* es sich hatte gemütlich machen wollen. Ihr Blick schweifte höher, zu einem gebeugten Knie, und sie stellte fest, daß der Mann sich auf die Rückenlehne stützte und eine halb sitzende, halb stehende Position einnahm. Seine Unterarme lagen lässig auf dem gebeugten Knie, die Hände mit den langen, schlanken Fingern waren entspannt und hoben sich von der schwarzen Hose ab. Ein Stück höher waren breite, leicht nach vorne gebeugte Schultern und eine locker gebundene weiße Krawatte zu sehen. Seine Gesichtszüge waren im Schatten nur ein grauer Fleck, umrahmt von dunklem Haar.

Sogar aus der Nähe verschwamm seine Gestalt fast mit der Dunkelheit, aber es handelte sich zweifellos um einen lebendigen Mann, auch wenn er beharrlich schwieg. Heftiger Zorn stieg plötzlich in ihr auf. Sie wußte, daß er sie im Licht, das aus dem Haus kam, deutlich sehen konnte; und wo dieses Licht nicht hinfiel, blieb immerhin der silberne Mondschein. Er hatte höchstwahrscheinlich beobachtet, wie sie hinter der Tür hervor in den Ballsaal gespäht hatte, so als wäre sie ein kleines Kind, das Verstecken spielte. Und er sagte kein Wort. Er bewegte sich nicht. Er betrachtete sie nur aufmerksam.

Ihre Haut brannte vor Scham, und sie ärgerte sich maßlos, daß er stumm blieb, so als wäre er noch immer unsichtbar für sie. Er hätte sie beruhigen müssen. Ein

Gentleman hätte ihr versichert, daß auch er sie soeben erst bemerkt habe, selbst wenn es nicht stimmte.

Sie wäre am liebsten geflüchtet, aber sie mußte wissen, wer er war, denn andernfalls würde sie sich in Zukunft bei jedem Mann, den sie kennenlernte, unwillkürlich fragen, ob es sich um jenen Unbekannten im Garten handelte, ob er sich insgeheim über sie amüsierte. Das würde ihre zahlreichen Sorgen nur noch unnötig vermehren.

Deshalb blieb sie stehen und faßte den Entschluß, ihn nach seinem Namen zu fragen, ihn − wenn notwendig − sogar mit Gewalt ins Licht zu zerren. Sie war so wütend, daß sie sich durchaus dazu imstande fühlte. Und dann, von einer Sekunde zur anderen, vergaß sie diesen Vorsatz. In einem Raum im oberen Stockwerk war Licht gemacht worden, und ein goldener Lichtstrahl drang durch das Laubwerk des Baumes und verwandelte den undeutlichen grauen Fleck in ein Gesicht.

Roslynn war auf diesen Anblick einfach nicht vorbereitet. Sie vergaß zu atmen und verspürte eine totale Leere im Gehirn.

Ein breiter Mund, die Winkel leicht nach oben gebogen. Eine energische Kinnpartie. Eine stolze Adlernase. Dunkel gebräunte Haut, umrahmt von lockigem Haar, schwarz wie Ebenholz. Die Augen − Gott beschütze die Unschuldigen vor solchen Augen! − waren strahlend blau, ganz leicht schräg, mit schweren Lidern. Es waren exotische, hypnotisierende Augen, beschattet von langen Wimpern. Der abschätzende Blick war kühn und sinnlich − er strahlte Wärme aus, viel zuviel Wärme.

Erst ein akuter Luftmangel brachte Roslynn wieder zur Besinnung. Sie atmete tief durch. Es war einfach unfair. Aber Großvater hatte sie ja gewarnt. Sie wußte es auf Anhieb. Dieser Mann gehörte zu jenen, die ›nicht in Betracht kamen‹. Er war viel zu attraktiv, als daß es anders ein könnte.

Ihr vorheriger Zorn war verflogen. Und doch verspürte sie das unerklärliche Verlangen, ihn zu ohrfeigen, weil er das war, was er zweifellos war. Warum gerade er? Warum mußte der einzige Mann, der ihr den Atem raubte, ausgerechnet zu jener völlig inakzeptablen Kategorie gehören?

»Sie starren mich höchst ungehörig an, mein Herr!« brachte sie trotz des heftigen Aufruhrs in ihrem Innern hervor.

»Ich weiß«, erwiderte er ruhig, mit breitem Lächeln.

Als Kavalier machte er sie nicht darauf aufmerksam, daß auch sie ihn anstarrte. Außerdem genoß er es, sie einfach zu beobachten. Worte waren überflüssig, obwohl ihre heisere Stimme seine Haut prickeln machte.

Anthony Malory war völlig fasziniert. Er hatte sie gesehen, noch bevor sie herauskam. Er hatte Reggie durch das nächstgelegene Fenster im Auge behalten, und plötzlich war dieser schlanke, in Satin gehüllte Rücken in sein Blickfeld geraten. Und dieses Haar! Die herrliche rotgoldene Farbe hatte sogleich seine Aufmerksamkeit erregt. Als sie dann plötzlich wieder in der Menge untergetaucht war, hatte er sogar allen Ernstes erwogen, den Saal zu betreten, nur um das Gesicht zu sehen, das zu diesen prächtigen Haaren gehörte.

Aber gleich darauf war sie herausgekommen, und er hatte sich wieder an die Bank gelehnt und geduldig abgewartet. Als sie sich duckte und um die Tür spähte, war er durch den Anblick ihres scharf konturierten Gesäßes reich belohnt worden. Unwillkürlich hatte er gegrinst, während er dachte: *Süße, du ahnst ja nicht, wie einladend du wirkst!*

Er hätte fast laut aufgelacht, aber plötzlich richtete sie sich auf, so als hätte sie seine Gedanken gelesen, und ließ ihre Blicke über die Terrasse schweifen. Als sie in seine Richtung schaute, glaubte er schon, entdeckt worden zu sein. Und dann rannte sie zu seiner größten Überraschung direkt auf ihn zu, und er sah endlich ihr Gesicht, das atemberaubend schön war, doch im nächsten Moment, als sie in den Lichtstreifen dicht vor der Bank trat,

Erstaunen und Verwirrung widerspiegelte. Er begriff, daß sie nicht auf *ihn* zugerannt war, daß sie ihn erst jetzt gesehen hatte.

Es amüsierte ihn, die verschiedenen Emotionen an ihrem bezaubernden Gesicht abzulesen. Neugier, Verlegenheit, aber keine Furcht. Ihr Blick schweifte langsam an ihm empor, und er fragte sich, wieviel sie wohl erkennen konnte. Vermutlich ziemlich wenig, nachdem sie im Licht und er im Schatten stand.

Es wunderte ihn, daß sie nicht sofort weggerannt oder in Ohnmacht gefallen war und auch sonst nichts von jenen albernen Dingen tat, mit denen man bei einer wohlbehüteten Debütantin nun einmal ständig rechnen mußte. Unwillkürlich überlegte er, warum sie sich so völlig anders verhielt als jene Unschuldslämmer, um die er einen weiten Bogen machte. Die Erkenntnis versetzte ihm einen Schock: sie war nicht so jung wie die anderen Mädchen, jedenfalls nicht zu jung für ihn. Folglich war sie für ihn auch nicht tabu.

Hatte er ihre Schönheit bisher nur als Kenner gewürdigt, so schoß ihm nun sofort der Gedanke durch den Kopf, daß es nicht beim bloßen Schauen bleiben mußte, daß sie eine Frau auch zum Anfassen sein könnte. Und dann ging im oberen Stockwerk ein Licht an, und sie starrte ihm unverwandt ins Gesicht, sichtlich fasziniert. Nie zuvor war er so glücklich gewesen, daß Frauen ihn attraktiv fanden.

Eine Frage drängte sich ihm plötzlich auf: »Wer paßt hier auf Sie auf?«

Roslynn zuckte zusammen, als sie nach dem langen Schweigen wieder seine Stimme hörte. Sie wußte genau, daß sie sich schon nach den ersten Worten, die sie getauscht hatten, hätte zurückziehen müssen. Statt dessen war sie wie angewurzelt stehengeblieben, außerstande, ihre Augen von ihm zu wenden.

»Wer auf mich aufpaßt?«

»Ja. Zu wem gehören Sie?«

»Ach so... Zu niemandem.«

Anthony lächelte belustigt. »Vielleicht sollte ich meine Frage anders formulieren?«

»Nein, ich habe Sie durchaus verstanden, und Sie haben meine Antwort gehört. Wissen Sie, mein Großvater ist unlängst gestorben. Ich habe bei ihm gelebt. Jetzt habe ich niemanden mehr.«

»Doch, Sie haben mich.«

Die sanften Worte versetzten ihr einen Stich, obwohl ihr Herz unwillkürlich schneller schlug. Oh, was hätte sie nicht darum gegeben, ihn zu haben! Aber sie war so gut wie sicher, daß er etwas ganz anderes meinte als das, was sie heiß ersehnte, und daß sie eigentlich schockiert sein müßte. Aber sie war weder schockiert, noch verlegen. Einem Mann wie ihm kamen solche Worte eben ganz leicht über die Lippen. Man mußte jederzeit darauf gefaßt sein. Sie wußte von Frances, daß diese Spezies es nie ehrlich meinte, daß solche Typen es einfach ihrem Image schuldig zu sein glaubten, schockierende Äußerungen von sich zu geben.

Trotzdem konnte sie einfach nicht anders als ihn zu fragen: »Sie würden mich also heiraten?«

»Heiraten?«

Sie hatte es fertiggebracht, ihn völlig aus der Fassung zu bringen. Seine entgeisterte Miene war direkt erheiternd.

»Ich nehme kein Blatt vor den Mund, mein Herr, obwohl ich im allgemeinen nicht *so* offen rede. Meine Frage war in Anbetracht Ihrer Worte völlig berechtigt. Darf ich aber aus Ihrer Reaktion schließen, daß Ihnen die Rolle eines Ehemanns nicht zusagen würde?«

»Großer Gott, alles, nur das nicht!«

»Mit solchem Nachdruck bräuchten Sie das nicht gerade zu betonen«, rügte sie mit einer Spur von Enttäuschung in der Stimme. »Ich hatte nichts anderes erwartet.«

Er hegte plötzlich die Befürchtung, daß seine Felle davonschwimmen könnten. »Sie wollen doch wohl nicht schlagartig all meine Hoffnungen zerstören? Sagen Sie mir schnell, daß Sie nicht wie all die anderen eine Ehe ins Auge fassen.«

»O doch, genau das tu ich. Nur deshalb bin ich nach London gekommen.«

»Wie alle.«

»Bitte?«

Er lächelte sie wieder an, und sie hatte das Gefühl dahinzuschmelzen. »Sie sind aber noch nicht verheiratet.« Er beugte sich vor, griff nach ihrer Hand und zog sie sanft näher. »Welchen Namen trägt eine solche Schönheit?«

Welchen Namen? Welchen Namen? Sie spürte seine warme, starke Hand, die ihre Finger umspannte. Ihre Haut prickelte am ganzen Arm. Ihre Schienbeine stießen gegen die Bankkante, aber sie fühlte keinen Schmerz. Er hatte sie in den Schatten gezogen.

»Sie haben doch einen, oder?« fragte er beharrlich.

Ein männlicher Duft stieg Roslynn in die Nase. »Was?«

Er lachte leise, erfreut über Ihre Verwirrung. »Einen Namen, mein liebes Mädchen. Wir alle müssen einen tragen, ob er uns nun gefällt oder nicht. Ich selbst heiße Anthony Malory, Tony für meine Freunde. Und jetzt sind Sie an der Reihe.«

Sie schloß die Augen. Nur auf diese Weise konnte sie einen klaren Gedanken fassen. »Ros – Roslynn.«

Sie hörte ihn mit der Zunge schnalzen. »Kein Wunder, daß Sie heiraten wollen, Ros Roslynn. Sie möchten einfach ihren Namen ändern.«

Sie riß ihre Augen auf und sah wieder sein betörendes Lächeln. Er neckte sie nur, und seine Ungezwungenheit gefiel ihr. Die anderen Männer, die sie in den vergangenen Tagen kennengelernt hatte, waren zu sehr bemüht, einen guten Eindruck auf sie zu machen, als daß sie entspannt scherzen konnten.

Sie erwiderte sein Lächeln: »Roslynn Chadwick.«

»Diesen Namen sollten Sie auch behalten – zumindest bis wir viel besser bekannt geworden sind. Und das werden wir zweifellos. Soll ich Ihnen verraten, auf welche Weise?«

Sie lachte, und diese kehligen Laute ließen ihn vor Erregung erbeben. »Ach, Sie versuchen doch nur, mich wieder zu schockieren. Das wird Ihnen aber nicht gelingen. Ich bin zu alt, um zu erröten, und ich bin vor Männern wie Ihnen gewarnt worden.«

»Wie mir?«

»Vor Weiberhelden.«

»Schuldig.« Er stieß einen gespielten Seufzer aus.

»Vor Meistern in der Kunst der Verführung.«

»Ich hoffe doch sehr, einer zu sein.«

Sie lachte leise vor sich hin, aber es war kein albernes Gekichere, und es war auch nicht auf Wirkung bedacht. Dieses volle, warme Lachen brachte ihn fast um den Verstand, aber er beherrschte sich mühsam. Er wollte nicht riskieren, diese Frau zu verschrecken. Sie war zwar dem Alter nach keine Debütantin mehr, aber er wußte noch nicht, ob sie schon einschlägige Erfahrungen gesammelt hatte.

Das Licht im oberen Stockwerk erlosch plötzlich, und sofort geriet Roslynn in Panik. Es spielte keine Rolle mehr, daß sie seine Gesellschaft genoß, daß sie sich in seiner Gegenwart wohl fühlte. Sie standen jetzt im Dunkeln, und er war ein Lebemann, und sie konnte es sich nicht leisten, verführt zu werden.

»Ich muß gehen.«

»Noch nicht.«

»Doch, ich muß in den Saal zurück.«

Sie versuchte, ihm ihre Hand zu entziehen, aber er verstärkte seinen Griff. Mit den Fingerspitzen seiner anderen Hand streichelte er sanft ihre Wange, und sie bekam weiche Knie. Sie mußte ihm ihren Standpunkt rasch klarmachen.

»Ich – ich muß mich bei Ihnen bedanken, Mr. Malory.« Ohne es zu bemerken, verfiel sie aus Verwirrung in den breiten schottischen Dialekt. »Sie haben mich für kurze Zeit von meinen Sorgen abgelenkt, aber Sie dürfen sie jetzt nicht vergrößern. Ich brauche einen Ehemann, keinen Geliebten, und Sie eignen sich nicht dazu... wirklich ein Jammer!«

Sie hatte es wieder fertiggebracht, ihn so zu überraschen, daß er sie losließ. Er blickte ihr nach, bis sie im Haus verschwand, und verspürte das lächerliche Bedürfnis, ihr zu folgen. Aber er tat es nicht. Langsam breitete sich auf seinem Gesicht ein Lächeln aus. Mit welchem Bedauern sie ›wirklich ein Jammer‹ gesagt hatte... Mit diesen Worten hatte sie, ohne es zu wissen, ihr Schicksal besiegelt.

Kapitel 6

»Du hast soeben einen Meister am Werk bewundern können, Connie.«

»Mir kam es eher wie eine Komödie der Irrungen vor«, erwiderte der große Rotschopf. »Eine verpaßte Gelegenheit ist nun mal eine verpaßte Gelegenheit, daran ist nicht zu rütteln.«

Anthony lachte, als die beiden Männer zu ihm traten. »Spionierst du mir nach, Bruderherz?«

James stützte sich mit den Unterarmen auf der Banklehne auf und grinste Anthony zu. »Ich konnte nicht widerstehen, um ganz ehrlich zu sein. Aber ich befürchtete schon, peinlicherweise Zeuge einer delikaten Situation zu werden.«

»Das war ziemlich unwahrscheinlich. Ich habe sie eben erst kennengelernt.«

»Und wieder verloren«, stellte Conrad Sharp mit Nachdruck fest.

Anthony warf dem ersten Steuermann einen mörderischen Blick zu, der in der Dunkelheit allerdings ohne jede Wirkung blieb.

»Nun, Connie, daraus kannst du ihm wirklich keinen Vorwurf machen«, mischte sich James begütigend ein. »Sie hat schließlich so rührend an sein weiches Herz appelliert, noch dazu in diesem seltsamen Schottisch. Und dabei hatte ich schon gedacht, daß sie gleich schwach würde.«

»Jedenfalls ist sie ein tolles Weib«, sagte Conrad genießerisch.

»Ja, geradezu atemberaubend«, bestätigte James.

Anthony hatte genug gehört. »Und sie ist für euch beide tabu.«

James lachte. »Du hast sie wohl für dich reserviert, Junge? Vorsicht, sonst könnte ich das als Herausforderung auffassen.«

Anthony spürte, wie ihm das Blut zu Kopfe stieg. In vergangenen Jugendzeiten, als sie zusammen London unsicher gemacht hatten, war es für sie ein beliebter Sport gewesen, um dieselbe Frau zu werben und zu wetten, wer sie zuerst verführen würde. Aber Anthony war mit den Jahren ruhiger geworden. Er hatte sich ausgetobt und so viele Abenteuer gehabt, daß er fast schon etwas übersättigt war. Eine Frau um jeden Preis besitzen zu müssen — dieses Gefühl hatte er vorhin zum erstenmal seit sehr langer Zeit verspürt.

Er hätte aber beim besten Willen nicht sagen können, ob auch James ruhiger geworden war. Dazu kannte er ihn jetzt zu wenig. Früher waren sie enge Verbündete gegen ihre zwei Brüder gewesen, die gut zehn Jahre älter waren. Aber das war, bevor James die verrückte Idee gehabt hatte, ein Piratenleben auf hoher See zu führen.

In den vergangenen zehn Jahren hatte er James nur selten gesehen, und das letzte Wiedersehen hatte mit einem Eklat geendet, der dazu führte, daß James von allen drei Brüdern enterbt wurde — nachdem sie ihn ordentlich verprügelt hatten, weil er Reggie in jenem Sommer aufs Meer mitgenommen hatte. Aber jetzt war James in Gnaden wieder in den Familienkreis aufgenommen worden. Er hatte die Piraterei aufgegeben, und vermutlich würde er sogar wieder in England seßhaft werden. Aber Anthony hatte keine Ahnung, ob James nur Spaß gemacht hatte oder tatsächlich versuchen wollte, Roslynn Chadwick zu erobern.

In diesem Augenblick sah er sie durchs Fenster, und ihm entging nicht, daß auch sein Bruder sie gesehen hatte. »Verdammt, James, was hast du hier überhaupt zu suchen?« rief er erbittert.

Sein um ein Jahr älterer Bruder richtete sich zu voller Größe auf, was aber nichts daran änderte, daß er etwas kleiner als Anthony war. Kein Mensch konnte auf den Gedanken kommen, daß sie Brüder waren. James war blond und hatte grüne Augen wie die meisten Malorys. Nur Anthony, Regina, Edwards Tochter Amy und Jeremy hatten die schwarzen Haare und kobaltblauen Augen ihrer Großmutter geerbt, die angeblich Zigeunerblut in den Adern gehabt hatte.

»Wenn du mir eine etwas ausführlichere Nachricht hinterlassen hättest, hätte ich nicht meinen Abend ruinieren und hierherkommen müssen«, antwortete James. »Und nachdem du mich jetzt daran erinnert hast — mit dir habe ich ein Hühnchen zu rupfen, Bruderherz. Was, zum Teufel, hast du dir nur dabei gedacht, meinen nichtsnutzigen Sohn zu Regans Begleiter zu machen?«

Anthony knirschte mit den Zähnen, als er den Namen Regan hörte. »Bist du deshalb hier aufgetaucht?«

»Du hast es ja nicht für nötig gehalten, mir auf deinem Zettel mitzuteilen, daß du ebenfalls hier sein würdest.«

»Daß ich an dem Ball teilnehme, kann man ja kaum behaupten, nachdem ich mich hier im Dunkeln verstecke.«

»Werd nur nicht sarkastisch, Kleiner!« mischte sich Conrad ein. »Solange du keinen eigenen Sohn hast, kannst du dir nicht vorstellen, welche Ängste man bei dem Gedanken aussteht, was er alles anstellen könnte.«

»Was soll der arme Junge mit zwei so wachsamen Vätern denn anstellen? Nebenbei möchte ich aber darauf hinweisen, daß Jeremy sich der Aufgabe, Reggie zu beschützen, selbst nicht gewachsen fühlte. Deshalb mußte ich mitkommen.«

»Du mißverstehst mich, Tony. Es geht mir nicht darum, wer Regan vor den Massen beschützt. Ich habe mir Sorgen gemacht, wer sie vor ihrem Beschützer beschützen würde.«

»Um Himmels willen, sie ist doch seine Kusine!« lachte Anthony.

»Glaubst du, daß er sich auch nur einen Deut darum schert?«

»Ist das wirklich dein Ernst?«

»Er ist unsterblich in sie verliebt«, lautete James' knappe Antwort.

»Das mag ja sein, aber du läßt das Objekt seiner Verliebtheit außer Betracht. Er würde nach höchstens einer Minute um Gnade winseln, wenn er es wagen sollte, ihr auch nur schöne Augen zu machen. So gut müßtest du deine Nichte doch eigentlich kennen, alter Junge.«

»Ja, ich weiß, daß sie ganz gut auf sich aufpassen kann. Aber ich kenne auch meinen Sohn, und er läßt sich nicht so leicht entmutigen.«

»Muß ich dich daran erinnern, daß wir über einen siebzehnjährigen Jungen sprechen?«

»Und muß ich dich daran erinnern, wie *du* mit siebzehn warst?« konterte James.

Anthony grinste. »Ein Punkt für dich. Also gut. Ich werde ab jetzt nicht nur Reggie im Auge halten, sondern auch deinen Satansbraten.«

»Er will sagen, daß er sie im Auge behalten wird, wenn er seine Augen zufällig einmal von der Schottin lösen kann«, kommentierte Connie.

»Dann bleibt doch am besten auch hier«, erwiderte Anthony. »Warum sollten wir nicht zu dritt Wache halten? Es ist schließlich ein so angenehmer Zeitvertreib.«

James grinste. »Ich glaube, das ist eine höfliche Aufforderung, daß wir uns verdrücken sollen. Komm, Connie,
überlassen wir den armen Jungen seinen schmachtenden
Blicken. Aber man kann ja nie wissen – vielleicht traut
sie sich noch einmal heraus und tröstet ihn über den
langweiligen Abend hinweg.« Er kicherte. »Anders kommen sie nämlich nicht zusammen. In die Höhle des Lö-
wens wird er sich genauso wenig wie ich begeben –
nicht einmal diesem Prachtweib zuliebe.«

Doch darin täuschte sich James.

Kapitel 7

»Ich möchte wirklich wissen, was er hier macht. Lady
Crandal hat für seinesgleichen nicht viel übrig. Sie hätte
ihn nie eingeladen.«

»Sir Anthony benötigt keine Einladung, meine Liebe.
Er tut, was ihm gefällt.«

»Aber er hatte immer soviel Anstand, unseren Veranstaltungen fernzubleiben.«

»Anstand?« Ein kurzes Lachen. »Mit Anstand hat das
nicht das geringste zu tun. Er kann solche Festivitäten
einfach nicht ausstehen. Und das ist kein Wunder. Es
gibt vermutlich keine einzige Dame hier im Saal, die diesen Schürzenjäger nicht liebend gern bekehren würde.«

»Ich weiß wirklich nicht, was du daran komisch findest, Lenore. Er taucht auf, und mindestens die Hälfte
der anwesenden Frauen verliebt sich Hals über Kopf in
ihn. Ich habe es mit eigenen Augen gesehen. Deshalb
würde es einer Gastgeberin nie einfallen, ihn einzuladen,
wenn sie auf ein harmonisches Fest Wert legt. Er verursacht viel zuviel Aufsehen.«

»Aber er versorgt uns auch auf Monate hinaus mit Ge-
sprächsstoff. Das mußt du doch zugeben.«

»Du hast gut reden, Lenore«, warf eine andere Dame

verstört ein. »Du führst in dieser Saison keine Tochter in die Gesellschaft ein. Mein Gott, schaut euch nur mal meine Jane dort drüben an! Sie läßt ihn nicht mehr aus den Augen. Ich weiß genau, daß Percy für sie jetzt nicht mehr in Frage kommen wird. Sie kann *so* schwierig sein.«

»Laß sie doch schauen, Alice. Du brauchst deiner Tochter später doch nur einige Histörchen über ihn zu erzählen, dann wird sie gründlich schockiert sein und sich glücklich preisen, daß er keine Notiz von ihr genommen hat.«

»Aber was *macht* er hier? Das würde mich brennend interessieren.«

»Wahrscheinlich will er seinen Sohn im Auge behalten«, gab Lenore selbstzufrieden zum besten.

»Seinen — *was*?«

»Schaut euch doch mal den Jungen an, der gerade mit Sarah Lordes tanzt. Er ist das reinste Ebenbild von Sir Anthony, findet ihr nicht auch?«

»Allmächtiger Gott, noch ein Malory-Bastard! Diese Familie sollte sich wirklich mehr vorsehen.«

»Nun ja, der Marquis hat seinen unehelichen Sohn anerkannt. Ich frage mich, ob Sir Anthony das auch tun wird.«

»Es ist unglaublich! Wie konnten sie das nur so lange geheimhalten?«

»Vermutlich haben sie ihn bis jetzt irgendwo versteckt. Die Malorys scheinen in dieser Saison verschiedene Überraschungen auf Lager zu haben. Ich habe gehört, daß der dritte Bruder zurückgekehrt ist.«

»Der dritte Bruder?« mischte sich eine weitere Dame ins Gespräch. »Aber es sind doch nur drei.«

»Lebst du eigentlich auf dem Mond, Lidia?« fragte Lenore honigsüß. »Es sind vier Brüder, und der dritte ist das schwarze Schaf der Familie.«

»Ich dachte immer, das wäre Sir Anthony.«

»Er ist zwar ein Schwerenöter sondergleichen, aber der

andere ist viel schlimmer. Oh, ich könnte euch Geschichten über ihn erzählen! Er war jahrelang verschwunden, und niemand weiß, wo er gesteckt und was er gemacht hat.«

»Dann ist es ja nicht verwunderlich, daß ich nichts von seiner Existenz wußte«, verteidigte sich Lidia.

»Hallo!«

Roslynn ärgerte sich über die plötzliche Störung, aber es war wenigstens keiner ihrer jungen Verehrer. Die meisten von ihnen hatten sich zum Glück für eine Weile zum Kartenspielen zurückgezogen, was ihr die Gelegenheit gab, die reiferen Herren ihrer neuen Liste etwas näher kennenzulernen. Aber anstatt sich dieser Aufgabe zu widmen, hatte sie sich von dem Getuschel ablenken lassen, das überall in Gang gekommen war, sobald Anthony Malory den Ballsaal betreten hatte.

Roslynn hatte sich unauffällig hinter eine Gruppe älterer Damen gestellt und ganz ohne schlechtes Gewissen gehorcht. Sie gestand sich ein, daß das Gesprächsthema sie faszinierte, und sie ließ sich kein Wort davon entgehen. Doch jetzt wollte jemand sich mit ihr unterhalten, was ihr höchst ungelegen kam.

Sie wandte sich notgedrungen Lady Eden zu, versuchte aber gleichzeitig, wenigstens mit einem Ohr den interessanten Geschichten der Damen weiterhin zu lauschen. »Sind Sie schon müde vom Tanzen?«

Regina Eden hatte einige Bemerkungen der Damen ebenfalls gehört und amüsierte sich deshalb über Roslynns unverkennbare Unaufmerksamkeit.

»Ich tanze selten, außer mit meinem Mann, und er konnte mich heute abend nicht begleiten.«

»Wie schön!«

Die junge Frau rollte mit den Augen, lächelte und hängte sich bei Roslynn ein. »Kommen Sie, meine Liebe. Hier ist es schrecklich heiß. Suchen wir uns ein anderes Plätzchen.«

Roslynn seufzte, während sie weggeschleppt wurde.

Diese Lady Eden war wirklich erstaunlich energisch. Und dabei hätte Roslynn nie gedacht, daß sie verheiratet war und sogar schon ein Kind hatte, denn sie sah so aus, als hätte sie noch vor kurzem die Schulbank gedrückt. Sie war jene Unbekannte, mit der Frances sich unterhalten hatte, als Roslynn vor Lord Bradley geflüchtet war, und nach ihrer Rückkehr aus dem Garten hatte Frances sie mit Regina Eden bekannt gemacht. An die Unterhaltung konnte sich Roslynn allerdings nicht mehr erinnern, weil sie nur an ihre Begegnung mit Malory gedacht hatte.

Lady Eden blieb in der Nähe des Büfetts stehen. Unglücklicherweise hatte Roslynn von hier aus freie Sicht auf den Mann, der im Augenblick das Gesprächsthema Nummer eins war. Er hatte den Ballsaal nicht betreten, sondern stand auf der Türschwelle zum Garten, eine Schulter an den Rahmen gelehnt, die Arme über der Brust gekreuzt. Seine Blicke schweiften langsam durch den Raum – bis er Roslynn entdeckte und ihr jenes strahlende Lächeln schenkte, das ihr Herz dahinschmelzen ließ.

Ihn im hellen Licht zu sehen, war ein überwältigendes Erlebnis. Er hatte einen vollendet gebauten Körper – breite Schultern, eine schmale Taille, schlanke Hüften, lange Beine. Im Garten war ihr nicht aufgefallen, wie groß er war. Aber seine ungeheuer sinnliche Ausstrahlung *war* ihr aufgefallen.

Sein Abendanzug hatte einen perfekten Schnitt, und der schwarze Samt stand ihm großartig. Roslynn konnte ihn sich in den hellen Farben eines Dandy nicht vorstellen. Er wäre dann noch mehr aufgefallen – falls das überhaupt möglich war.

»Er ist höllisch attraktiv, nicht wahr?«

Roslynn zuckte verlegen zusammen, weil sie dabei ertappt worden war, wie sie ihn anstarrte. Aber ihr Verhalten fiel überhaupt nicht auf, denn *alle* starrten ihn an.

Sie bemühte sich, für Lady Eden eine gleichgültige Miene aufzusetzen, und sagte achselzuckend: »Finden Sie?«

»O ja. Auch seine Brüder sehen fantastisch aus, aber für mich war Tony immer der attraktivste.«

Es versetzte Roslynn einen leisen Stich, diese bezaubernde junge Frau mit ihrem schwarzen Haar und den lebhaften blauen Augen von ›Tony‹ reden zu hören. Was hatte er vorhin gesagt? ›Tony für meine Freunde.‹

»Sie kennen ihn offenbar sehr gut?«

Regina grinste. »Ich kenne die ganze Familie sehr gut.«

Roslynn errötete, was ihr selten passierte. Sie war erleichtert über diese Antwort, ärgerte sich aber über sich selbst, weil ihre Frage so scharf geklungen hatte. Wenn die Viscountess mit den Malorys gut bekannt war, würde sie sich über Roslynns Interesse an Sir Anthony bestimmt amüsieren. Es wäre vernünftiger, ein anderes Gesprächsthema zu finden. Aber das brachte sie nicht fertig.

»Er ist furchtbar alt, nicht wahr?«

»Nun, wenn Sie fünfunddreißig sehr alt finden...«

»Erst fünfunddreißig?«

Regina konnte nur mit Mühe ein Lachen unterdrükken. Diese Frau war verzweifelt bemüht, irgendeinen Fehler an Tony zu entdecken. Es war nicht zu übersehen, daß er eine neue Eroberung gemacht hatte, ohne es darauf anzulegen. Oder legte er es doch darauf an? Es war wirklich sehr undiplomatisch von ihm, Lady Roslynn so anzustarren. Wenn sie nicht dicht danebenstünde, käme die arme Frau sofort ins Gerede.

Ja, er verhielt sich entschieden taktlos, speziell, da er ja nie ernste Ansichten hatte. Sie fand Lady Roslynn sehr sympathisch und wollte ihr Kummer ersparen.

»Er ist ein eingefleischter Junggeselle«, warnte Regina deshalb. »Mit drei älteren Brüdern gab es für ihn nie einen Grund zu heiraten, müssen Sie wissen.«

»Sie brauchen es nicht so vornehm zu umschreiben. Ich weiß, daß er ein Weiberheld ist.«

»Er zieht den Ausdruck ›Frauenkenner‹ vor...«

»Dann liebt er offenbar ebenfalls vornehme Umschreibungen!«

Regina lachte. O ja, sie mochte diese Frau. Roslynn heuchelte zwar Desinteresse an Tony, aber ansonsten war sie herzerfrischend offen.

Roslynn riskierte wieder einen verstohlenen Blick auf Sir Anthony. Sie ärgerte sich, ihn mit Mr. Malory angeredet zu haben, aber woher hätte sie wissen sollen, daß er dem Adel angehörte? Sein ältester Bruder war der Marquis von Haverston, der zweite ein Graf, der dritte das schwarze Schaf, und Anthony ein berüchtigter Lebemann. Oh, sie hatte in kürzester Zeit sehr viel über ihn gehört. Warum konnte sie über ihre Heiratskandidaten nicht ebenso viel erfahren?

»Tanzt er nicht?« hörte Roslynn sich ungewollt fragen.

»O doch, er ist ein fantastischer Tänzer, aber er wagt nicht, hier jemanden aufzufordern. Wenn er es täte, müßte er anschließend mit einigen Dutzend anderer Frauen tanzen, nur damit kein Gerede entsteht. Aber dieser lästigen Pflicht will Tony sich verständlicherweise nicht unterziehen, nur um einmal mit der Frau seiner Wahl tanzen zu können. Deshalb kann er solche Bälle nicht ausstehen. Sie zwingen ihn zur Diskretion, und ihm ist allein schon dieses Wort zuwider.«

»Ist er wirklich so berüchtigt, daß es den Ruf eines Mädchens ruinieren würde, mit ihm zu tanzen?«

»Ich habe Derartiges schon erlebt, und es ist wirklich eine Schande, denn ein *gar* so schlimmer Schürzenjäger ist er nun auch wieder nicht. Nicht, daß es ihm jemals an weiblicher Gesellschaft fehlen würde. Aber er hat es auch nicht darauf abgesehen, ganz London zu verführen.«

»Nur einen nicht unbeträchtlichen Teil?«

Regina sah ihr Grinsen und stellte fest, daß Roslynn über Anthonys Ruf eher amüsiert als schockiert war. Vielleicht interessierte sie sich doch nicht für ihn. Oder sie sah vernünftigerweise ein, daß es eine hoffnungslose Sache wäre.

»Klatsch kann sehr grausam sein, meine Liebe.« Im Flüsterton fügte sie hinzu: »Tatsache ist, daß ich mich nicht traue, von Ihrer Seite zu weichen. Es ist wirklich ungezogen von ihm, Sie so anzustarren.«

Roslynn mied den Blickkontakt zu ihrer Beschützerin. »Vielleicht sind Sie es, die er anschaut.«

»Ausgeschlossen. Aber solange keiner der hier Anwesenden ganz sicher ist, wen von uns beiden er mit Blicken verschlingt, werden Sie nicht kompromittiert.«

»Ah, da bist du ja, Ros!« Frances gesellte sich zu ihnen. »Lord Grahame hat gerade nach dir gefragt. Er behauptet, du hättest ihm den Walzer versprochen.«

»Das habe ich«, seufzte Roslynn. Es war höchste Zeit, Anthony Malory zu vergessen und sich wieder an die Arbeit zu machen. »Ich hoffe nur, daß der Kerl jetzt ein bißchen mehr aus sich herausgeht, damit ich etwas Interessantes über ihn erfahre.«

Dann fiel ihr mit Schrecken ein, daß ihre unbedachten Worte Lady Eden sehr seltsam berühren mußten, aber Regina lächelte vergnügt. »Schon gut, meine Liebe. Frances hat mich in groben Zügen über Ihre Situation aufgeklärt. Wissen Sie, ich hatte das gleiche Problem, als ich nach einem Ehemann Ausschau hielt. Aber im Gegensatz zu Ihnen mußte bei mir auch noch die ganze Familie meine Wahl billigen, und das machte die Sache außerordentlich schwierig, denn kein Mann war ihnen für mich gut genug. Ein wahres Glück, daß mein Nicholas mich kompromittiert hat, sonst wäre ich vielleicht heute noch immer auf der Suche.«

Frances war sichtlich schockiert. »Aber ich dachte, du wärest ihm versprochen gewesen!«

»Das wurde nach der Bekanntgebung allgemein vermutet, aber in Wirklichkeit hatte er mich entführt, in der irrigen Annahme, ich wäre seine derzeitige Geliebte, und dieser kleine Irrtum kam heraus. Oh, er brachte mich unverzüglich nach Hause, nachdem er seinen Irrtum bemerkt hatte, aber da war es schon geschehen... Und da er ein eingefleischter Junggeselle war, mußte man ihn mit Gewalt zum Altar schleppen. Aber inzwischen hat er sich großartig mit der Ehe abgefunden. Das beweist nur wieder einmal, daß ein Mann, der in jeder Hinsicht ungeeignet zu sein scheint, sich durchaus als Glückstreffer erweisen kann. Das läßt sich nie im voraus sagen.«

Die letzten Worte waren für Roslynn bestimmt, fielen bei ihr aber nicht auf fruchtbaren Boden. Ihre Aufgabe war ohnehin schon schwierig genug, da konnte sie sich nicht auch noch mit unberechenbaren Männern abgeben. Sie war keine Spielernatur und hatte nicht die Absicht, eine totale Niete zu ziehen.

Mit dem festen Vorsatz, Weiberhelden auch weiterhin aus dem Wege zu gehen, machte sie sich auf die Suche nach Lord Grahame.

Kapitel 8

Das Wetter an diesem Morgen hätte selbst auf Bestellung nicht schöner sein können. Deshalb waren auch fast dreimal soviel Reiter wie sonst zu so früher Stunde im Hyde Park unterwegs. Nachmittags wurden Spazierfahrten unternommen; dann waren auf den ländlich anmutenden Wegen Kutschen aller Art zu sehen. Morgens konnte man hingegen unbehindert reiten, ohne auf Schritt und Tritt Bekannte zu treffen, mit denen man Konversation treiben mußte.

Anthony Malory war an diesem Morgen gezwungen, seinen üblichen harten Galopp durch den Park zugunsten eines schnellen Trabs aufzugeben, denn er bezweifelte, daß Reggies Stute mit seinem kraftvollen Hengst Schritt halten könnte, und nachdem das Frauenzimmer darauf bestanden hatte, mit ihm auszureiten, mußte er sich wohl oder übel ihrem Tempo anpassen.

Er hatte einen bestimmten Verdacht, worüber sie mit ihm sprechen wollte, und er war nicht sicher, ob er über die Dame vom Vorabend diskutieren wollte. Als Reggie aber ihr Pferd zügelte und gleichzeitig James und Jeremy zuwinkte vorauszureiten, wußte er, daß es für ihn kein Entrinnen gab. Das kleine Schätzchen konnte manchmal unangenehm beharrlich sein.

»Als ich dich, bat, heute morgen mit mir zu reiten, dachte ich, daß wir allein sein würden«, begann Regina mit einem leichten Anflug von Ärger. »Daß Jeremy mitkommen wollte, kann ich ja noch verstehen, aber Onkel James? Er steht doch selten vor Mittag auf.«

Anthony hatte sowohl seinen Bruder als auch seinen Neffen nur unter Aufbietung aller Überredungskünste aus den Betten und in die Sattel bekommen. Doch auch das hatte ihm nichts genutzt. Dieser verdammte James! Obwohl er genau wußte, daß Anthony ihn nur mitgeschleppt hatte, um eine unverfängliche Konversation sicherzustellen, trabte er jetzt fröhlich von dannen und bedachte Anthony auch noch mit einem amüsierten Grinsen.

Anthony zuckte unschuldig die Achseln. »Was kann ich denn dafür? James hat seine Gewohnheiten geändert, seit er Vater geworden ist. Hat dieser Schurke, den du geheiratet hast, das nicht auch getan?«

»Großartig! Warum mußt du immer auf Nicholas herumhacken, obwohl dein eigenes Benehmen alles andere als beispielhaft ist?« Und schon war sie bei *ihrem* eigentlichen Thema. »Sie ist eine halbe Schottin, wußtest du das?«

Er machte sich nicht die Mühe zu fragen, von wem eigentlich die Rede sei, sondern murmelte nur gleichgültig: »Tatsächlich?«

»Sie sind bekannt für ihr ungezügeltes Temperament.«

»Also gut, Kindchen.« Er seufzte tief. »Was liegt dir auf der Seele? Wovor willst du mich warnen?«

Mit gerunzelter Stirn blickte sie ihm in die Augen. »Bist du an ihr interessiert, Tony?«

»Bin ich gestorben, ohne es zu wissen?«

Sie mußte unwillkürlich lachen. »Zugegeben, das war eine dumme Frage. Natürlich bist du interessiert — du und ein paar Dutzend anderer Männer. Meine nächste Frage lautet: hast du die Absicht, etwas zu unternehmen?«

»Das, mein liebes Mädchen, geht dich nun überhaupt nichts an.«

Sein Ton war freundlich, aber energisch, und Regina runzelte wieder die Stirn. »Ich weiß. Aber ich dachte, daß du ein bißchen mehr über sie erfahren solltest, bevor du beschließt, sie zu becircen.«

»Willst du mir ihren vollständigen Lebenslauf erzählen?« erkundigte er sich trocken.

»Sei nicht albern, Tony. Sie ist nach London gekommen, um zu heiraten.«

»Diese betrübliche Nachricht habe ich schon aus dem Munde der Dame selbst vernommen.«

»Heißt das, daß du mit ihr gesprochen hast? Wann denn?«

»Wenn du es unbedingt wissen willst — gestern abend im Garten.«

Sie schnappte nach Luft. »Du hast sie doch nicht...«

»Nein, du kannst ganz beruhigt sein.«

Regina stieß einen erleichterten Seufzer aus, aber beruhigt war sie keineswegs. Wenn ihn die Tatsache, daß Lady Roslynn eine Heirat anstrebte, nicht von seinem Vorhaben abgebracht hatte, war die arme Frau verloren.

»Vielleicht ist dir nicht klar, Tony, wie ernst es ihr ist. Sie will bis zum Ende dieses Monats verheiratet sein. Nein, du brauchst nicht so vielsagend die Brauen zu heben. Es ist nicht das, was du glaubst. Was ihre Erfahrungen mit Männern betrifft, könnte sie auch erst sechzehn sein.«

»*Das* vermag ich nun wirklich nicht zu glauben.«

»Da sieht man's mal wieder! Du weißt überhaupt nichts von ihr und willst trotzdem ihr Leben durcheinanderbringen. Sie ist sehr behütet aufgewachsen, hat seit dem frühen Tod ihrer Eltern mit ihrem Großvater in den Highlands gelebt und ihn in den letzten Jahren gepflegt. Deshalb kann sie auch erst jetzt an eine Ehe denken. Wußtest du das?«

»Unsere Unterhaltung war nur kurz, Reggie.«

Obwohl sein Ärger nicht zu übersehen war, redete sie weiter auf ihn ein. »Ihr Vater war ein ziemlich einflußreicher Graf. Du weißt, daß Onkel Jason es scharf mißbilligen würde...«

Anthony fiel ihr ins Wort. »So ungern ich auch auf der schwarzen Liste meines großen Bruders stehe, bin ich ihm doch keineswegs Rechenschaft schuldig, meine Liebe.«

»Da ist auch noch etwas anderes, Tony. Sie ist eine reiche Erbin. Ihr Großvater besaß ein riesiges Vermögen und hat alles Lady Roslynn hinterlassen. Das ist noch nicht allgemein bekannt, aber du kannst dir ja vorstellen, was passiert, wenn sie nicht verheiratet ist, bevor es sich herumspricht.«

»Jeder Schurke in London wird ihr nachstellen«, erwiderte Anthony kurz und bündig.

»So ist es. Glücklicherweise hat sie aber schon mehrere Herren in die engere Wahl gezogen. Sie will nur noch möglichst viel über die einzelnen Kandidaten erfahren, bevor sie sich für einen von ihnen entscheidet. Sie hat mich sogar gebeten, Nicholas zu fragen, was er über diese Herren weiß.«

»Nachdem Sie so fantastisch unterrichtet sind, mein liebes Fräulein, können Sie mir bestimmt auch verraten, warum sie es so verdammt eilig hat.«

Oh, er war ganz entschieden an Roslynn interessiert, so sehr, daß er sich nicht einmal bemühte, seinen Ärger zu verbergen. Das war erstaunlich. Sie hatte noch nie erlebt, daß er sich wegen einer Frau aufregte. Ihm standen immer so viele zur Auswahl, daß eine spezielle ihm nicht allzu viel bedeutete. Vielleicht würde sie ihren Standpunkt doch noch einmal überdenken müssen.

Wesentlich zögernder als bisher fuhr sie fort: »Es hat etwas mit einem Versprechen zu tun, das sie ihrem Großvater auf dem Sterbebett gegeben hat. Deshalb die Eile und überhaupt die ganze Suche nach einem Ehemann. Ihre Freundin Frances Grenfell meint, daß Lady Roslynn wahrscheinlich überhaupt nicht heiraten würde, wenn nicht dieses Versprechen wäre. Das leuchtet mir ein, denn sie ist ja in einer selten günstigen Position – sie ist bildschön, hat Geld wie Heu und ist völlig unabhängig.«

Es war wirklich eine einmalige Situation, aber Anthony dachte im Augenblick nicht näher darüber nach, denn der Name Grenfell bereitete ihm Unbehagen. »Ist sie mit Frances Grenfell eng befreundet?«

Regina wunderte sich über diese Frage. »Warum?«

»Lady Frances war eine von Georges Jugendsünden – aber das muß unter uns bleiben, Kleines.«

»Selbstverständlich«, versicherte sie und fuhr eifrig fort: »Meinst du den guten alten George, deinen besten Freund, der mich immer so gemein aufgezogen hat? *Diesen* George?«

Er grinste über ihr Erstaunen. »Genau den meine ich. Aber du hast meine Frage noch nicht beantwortet.«

»Ich verstehe zwar immer noch nicht, was das für eine Rolle spielt, aber sie sind sehr eng befreundet. Sie haben sich in der Schule kennengelernt und sind seitdem immer in Verbindung geblieben.«

»Und das bedeutet natürlich, daß sie keine Geheimnisse voreinander haben!« knurrte Anthony vor sich hin.

Verdammt! Er hörte im Geiste ihre Worte: ›Ich bin vor Männern wie Ihnen gewarnt worden.‹ Er hatte gedacht, daß sie scherzte, aber jetzt war ihm klar, wer sie gewarnt hatte. Sie mußte eine verheerende Meinung über Schürzenjäger haben und würde vor ihm auf der Hut sein, was auch immer er sagen oder tun mochte, nur aufgrund der schlechten Erfahrungen ihrer Freundin. Er verwünschte George Amherst und hätte ihn für seine Jugendtorheit plötzlich ohrfeigen können. So ein verdammtes Pech!

Trotz seiner unheilverkündend düsteren Miene fühlte Regina sich verpflichtet weiterzureden, denn sie wußte, daß niemand außer ihr das wagen würde. »Weißt du, Tony, du solltest Lady Roslynn wirklich in Ruhe lassen, es sei denn, daß du selbst bereit bist, in den heiligen Stand der Ehe zu treten, was ganz London schockieren, aber die Familie ungemein freuen würde.«

Er lachte plötzlich. »Um Himmels willen, Kleines, seit wann bist du mein geistlicher Vater?«

Sie errötete. »Ach, weißt du, es ist so verdammt unfair. Ich bezweifle, daß es eine Frau gibt, die deinen Verführungskünsten widerstehen könnte.«

»Du überschätzt meine Fähigkeiten.«

»Hol dich der Kuckuck!« rief sie. »Ich habe dich als Charmeur erlebt und weiß, was du mit dieser Masche alles anrichtest. Aber ich mag Roslynn Chadwick. Es ist für sie sehr wichtig, dieses Versprechen zu halten, und aus irgendeinem Grund muß sie das innerhalb einer bestimmten Frist tun. Wenn du dich nun einmischst, stiftest du nur Verwirrung und bereitest ihr Kummer.«

Anthony lächelte ihr zu. »Es ist ja sehr löblich, daß du dich so für jemanden einsetzt, den du gerade erst kennengelernt hast, Reggie, aber findest du nicht, daß du etwas voreilig bist? Außerdem ist sie kein hirnloses Gänschen. Sie ist ein freier Mensch und nur sich selbst Rechenschaft schuldig. Das hast du selbst gesagt. Glaubst du also nicht, daß sie alt und reif genug ist, um einen Wüstling wie mich auf Distanz zu halten, wenn sie es will?«

»Dieses Wörtchen *will* ist der Haken an der Sache«, stöhnte Reggie.

Er lachte wieder. »Du hast dich gestern abend lange

mit ihr unterhalten. Hat sie mich vielleicht zufällig erwähnt?«

Großer Gott! Daß er eine solche Frage stellte, bewies
eindeutig, daß es ihm wirklich ernst war, sogar nachdem
sie ihm alles auseinandergesetzt hatte.

»Du warst so ziemlich unser einziges Gesprächsthema«, gab sie zu. »Aber das ist nichts Ungewöhnliches,
denn fast jeder im Saal hat sich über dich ausgelassen.
Weißt du, ich bin sicher, daß sie einiges von dem Klatsch
über dich mitbekommen hat.«

»Hast wenigstens du ein hübsches Bild von mir ge-
zeichnet, Kleines?«

»Ich hab's versucht, aber sie hat es mir nicht abgenommen. Trotzdem wird es dich freuen zu hören, daß
sie zwar gleichgültig tat, ihr Interesse aber genauso unverkennbar ist wie das deinige.« Ihr Geständnis rief bei
Anthony ein so strahlendes Lächeln hervor, daß sie
ihm rasch einen Dämpfer versetzen mußte. »Das Interesse an deiner Person hat sie allerdings keineswegs davon abgehalten, ihre Bekanntschaft mit jenen Herren
zu vertiefen, die sie als Heiratskandidaten in Betracht
zieht. Du magst einen gewissen Eindruck auf sie gemacht haben, aber an ihren Plänen hat sich deshalb
nichts geändert.«

Regina sah ein, daß nichts, was sie sagte, ihn entmutigen konnte. Sie hätte sich ihre Worte genauso gut sparen
können. Nie zuvor hatte sie sich in sein Liebesleben eingemischt, und sie begriff, daß jeder derartige Versuch
sinnlos war. Er würde wie immer das tun, was er wollte.
Onkel Jason hatte schließlich jahrelang erfolglos versucht, Tony vom Hedonismus abzubringen. Wie hatte
sie nur glauben können, daß er auf sie mehr hören würde?

Sie erkannte plötzlich, wie töricht sie gewesen war.
Anthony war ein charmanter Weiberheld, und gerade
das hatte ihr an ihm immer besonders gut gefallen. Nicht
umsonst war er ihr Lieblingsonkel. Was konnte dieser

Herzensbrecher denn dafür, daß die Frauen sich in ihn verliebten, obwohl er ihnen nie falsche Hoffnungen machte? Aber er schenkte auch Genuß und Glück, und das war schon viel wert.

»Ich hoffe, du bist mir nicht böse, daß ich meine Nase in Dinge gesteckt habe, die mich nichts angehen.« Sie schenkte ihm jenes betörende Lächeln, dem er nie widerstehen konnte.

»Es ist eine so hübsche Nase!«

»Aber sie war zu vorwitzig. Es tut mir wirklich leid, Tony. Ich dachte nur − na ja, vergiß es. Du bist bisher ohne fremden Rat ganz gut zurechtgekommen. Ich glaube, wir sollten jetzt die anderen...«

Sie verstummte. Ein prachtvoller schwarzer Hengst kam ihnen in leichtem Galopp entgegen, mit einem Pony an seiner Seite. Beim Anblick der Reiterin auf dem Rappen stöhnte Reggie inwendig. Welch unglückseliger Zufall!

Auch Anthony hatte Lady Roslynn bereits bemerkt. Wie hätte ihm dieses stolze Pferd und die Frau im grünen Reitkostüm mit ihren rotgoldenen Haaren auch entgehen können? Was Reggie jedoch überraschte, war sein Gesichtsausdruck.

Großer Gott, sie hatte noch nie gesehen, daß er eine Frau so ansah, und dabei hatte sie ihn mit Dutzenden seiner Geliebten beobachtet. Auf dem Ball hatte er Roslynn absichtlich angestarrt, hatte seine Blicke als Verführungstaktik eingesetzt. Jetzt aber, da er sich unbeobachtet glaubte, stand in seinen Augen nicht nur Leidenschaft geschrieben, sondern auch zärtlichere Gefühle. Dies war ein Blick, wie Reggie ihn von ihrem Nicholas kannte.

Ihr Versuch, Anthony zum Verzicht zu bewegen, kam ihr nun noch absurder vor. Sie erkannte, daß etwas Besonderes vorging. Und wäre es nicht wunderbar, wenn etwas dabei herauskäme?

Ihre Einstellung änderte sich schlagartig. Sie überlegte jetzt, wie sie dazu beitragen könnte, die beiden zusammenzubringen. Anthony hatte darüber indessen eigene Ideen.

»Könntest du vielleicht hier warten, während ich sie begrüße?« Ihre Miene besagte: *Kommt überhaupt nicht in Frage!* Er stieß einen schweren Seufzer aus. »Das dachte ich mir schon. Also komm. Jetzt darfst zur Abwechslung einmal du die Anstandsdame spielen.«

Anthony ritt sofort los, ohne auf Reggie zu warten; wider besseres Wissen hoffte er, daß sie ihm wenigstens ein paar Minuten mit Roslynn allein gönnen würde. Doch dann kam alles ganz anders. Ausgerechnet in diesem Moment tauchte James am Horizont auf und schaffte es, die Dame als erster zu begrüßen. Anthony hörte ihn sagen: »Ich bin entzückt, Sie wiederzusehen, Lady Chadwick.«

Roslynn war so nervös, daß sie Mühe hatte, Brutus im Zaume zu halten, was ihr bisher noch nie passiert war. Sie hatte Sir Anthony herbeireiten sehen, und vermutlich hatte der blonde Unbekannte, der aus dem Nichts aufgetaucht zu sein schien, sie deshalb so erschreckt. Als er sich jetzt auch noch vorbeugte, um ihr Pferd zu beruhigen, stieg Zorn in ihr auf. Sir Anthony mußte ja glauben, daß sie mit Brutus nicht allein fertigwerden konnte.

In scharfem Ton fragte sie: »Kenne ich Sie, mein Herr?«

»Nein, aber ich hatte Gelegenheit, Sie gestern abend im Garten der Crandals zu bewundern. Bedauerlicherweise sind Sie weggerannt, bevor ich Ihre Bekanntschaft machen konnte.«

Anthony beobachtete, wie ihr das Blut zu Kopfe stieg, und er sah plötzlich rot. »Mein lieber Bruder, *dafür* werde ich dich in die Knighton's Hall bitten.«

James ließ sich von dieser Drohung nicht im geringsten einschüchtern. Roslynn Chadwick im hellen Tageslicht war eine der attraktivsten Frauen, die er je gesehen hatte. Daß Anthony sie als erster entdeckt hatte, war völlig belanglos. Bis die Dame zu erkennen gab, wen sie bevorzugte, hatte sie durchaus das Recht, sein Glück zu versuchen.

Roslynn starrte James an, nachdem sie jetzt wußte, wer er war. Sie wäre von allein nie darauf gekommen. Anthonys Bruder vor sich zu haben. Und sie verstand jetzt auch, warum Anthony nur als zweitschlimmster Wüstling galt. Beide Brüder sahen unglaublich gut aus, aber während Anthony einfach ein charmanter Herzensbrecher war, machte der blonde Malory einen wesentlich rücksichtsloseren und gefährlicheren Eindruck. Trotzdem fürchtete sie sich nicht vor ihm. Es war Anthony, der ihren Seelenfrieden bedrohte, der ihr — wie sie genau wußte — gefährlich werden konnte.

»Ah, Sie sind also das schwarze Schaf des Malory-Clans«, sagte sie. »Welche Schandtaten haben Sie denn begangen?«

»Nichts, was bewiesen werden könnte, das versichere ich Ihnen, schöne Dame.« An Anthony gewandt, fügte er mit einem provozierenden Grinsen hinzu: »Wo bleiben eigentlich deine Manieren, mein Junge? Übernimm doch bitte die Vorstellung.«

Anthony knirschte mit den Zähnen. »Mein Bruder, James Malory. Und dieser Bursche hier, der uns offenbar über den Haufen reiten will, ist sein Sohn Jeremy.«

Jeremy brachte sein Pferd in letzter Sekunde zum Stehen und hörte gerade noch, wie Roslynn zu James sagte: »Ihr Sohn? Aber selbstverständlich, das sieht man ja auf den ersten Blick!« Ihre Stimme triefte nur so von Ironie.

Jeremy lachte ausgelassen, und auch James amüsierte sich köstlich. Nur Anthony wurde immer wütender. Er hatte vorausgesehen, daß man ihn für Jeremys Vater halten würde, aber mußte ihm das ausgerechnet bei Roslynn passieren? Und nachdem der junge Nichtsnutz auch noch schallend lachte, wäre es im Moment sinnlos, die Sache richtigzustellen.

Roslynn war jetzt von Malorys umgeben und wünschte nur, sie wäre nicht so sorglos gewesen, auf die Begleitung von Timmys Reitknecht zu verzichten. Zu Hause war sie immer ohne männlichen Schutz ausgeritten, aber London ließ sich mit den Highlands eben nicht vergleichen.

So als hätte er ihre Gedanken gelesen, fragte Anthony plötzlich: »Haben Sie Ihren Reitknecht verloren?«

Der sechsjährige Timmy auf seinem Pony ergriff unerwartet das Wort: »Ros ist mein Reitknecht, und ich bin ihrer. Sie hat gesagt, wir brauchen nur einander.«

»Und wer bist du?«

»Lord Grenfell«, erklärte Timmy großartig.

Der Junge hatte Georges blonde Haaren und graue Augen. Anthony schluckte, bevor er sagte: »Ich kenne – das heißt, ich kannte deinen Vater sehr gut. Aber wenn Lady Ros das nächste Mal dein Reitknecht sein will, mußt du ihr sagen...«

»Ich habe schon selbst eingesehen, daß der Park nicht so sicher ist, wie ich glaubte, Sir Anthony«, fiel Roslynn ihm anzüglich ins Wort. »Ich versichere Ihnen, daß ich diese Rolle nicht wieder übernehmen werde.«

»Es freut mich, das zu hören, aber jetzt werde ich Sie doch lieber nach Hause begleiten.«

James rieb ihm entzückt unter die Nase: »Es tut mir wahnsinnig leid, Bruderherz, dich daran erinnern zu müssen, daß du bereits anderweitige Verpflichtungen hast. Es wird mir aber eine besondere Ehre sein, die Dame sicher nach Hause zu bringen.«

»Den Teufel wirst du tun!« schoß Anthony zurück.

Regina hatte sich im Hintergrund gehalten und das Geplänkel von Herzen genossen. Als es jetzt aber in Streit auszuarten drohte, hielt sie es doch für geraten einzugreifen.

»Bevor ihr beide euch prügelt, möchte ich darauf hinweisen, daß auch Jeremy zur Verfügung steht und für die kurze Strecke als Beschützer völlig genügt. Und da ich sowieso die Absicht hatte, Lady Frances zu besuchen, werde ich mich ihnen anschließen. Tony, ich bedanke mich, daß du mich heute morgen ertragen hast.« An Roslynn gewandt, fügte sie etwas verspätet hinzu: »Sagt Ihnen diese Regelung zu?«

Roslynn seufzte erleichtert, denn sie hatte verzweifelt überlegt, wie sie die Begleitung des einen oder anderen Bruders ablehnen könnte, nachdem sie ja dummerweise zugegeben hatte, daß es ein Fehler gewesen war, ohne männlichen Schutz auszureiten. »O ja, durchaus, Lady Eden.«

»Bitte nicht so förmlich, meine Liebe. Nennen Sie mich Reggie.« Sie grinste James zu, bevor sie hinzufügte: »So nennt mich fast jeder.«

Diese Bemerkung besserte Anthonys Laune ein klein wenig. Er lächelte Roslynn an, und sie schmolz sofort wieder dahin. Nur unter Aufbietung aller Willenskraft brachte sie es fertig, seinen Blick zu meiden, während man sich voneinander verabschiedete. Sie hatte schon letzte Nacht erkannt, daß es besser für sie war, diesen Mann nicht wiederzusehen. Und in diesem Entschluß, sah sie sich jetzt nur noch mehr bestärkt.

Während Anthony den vier Reitern nachblickte, erwog er, Reggie übers Knie zu legen, sobald er sie irgendwo allein traf. »Sie hat einen unerträglichen Kommandoton an sich, seit sie Eden geheiratet hat.«

»Findest du?« lachte James. »Vielleicht ist dir das früher nur nie aufgefallen, weil sie damals nicht *dich* herumkommandiert hat.«

Anthony fuhr wütend auf ihn los: »Und was dich betrifft…«

James nahm ihm rasch den Wind aus den Segeln. »Jetzt sei mal nicht so humorlos, alter Junge. Nachdem ich gesehen habe, welche Wirkung du auf sie ausübst, schätze ich meine Chancen sie dir auszuspannen, selbst als gering ein.« Während er seinem Pferd die Sporen gab, rief er aber noch mit einem teuflischen Grinsen: »Aber einen Versuch ist es allemal wert!«

440

Kapitel 9

»Du bist überhaupt keine Hilfe, Frances!« schimpfte Roslynn. »›Geh hin, wenn du Lust hast.‹ Was ist das für eine Antwort, möchte ich wissen?«

Frances blieb so plötzlich auf dem belebten Gehweg vor den Geschäften in der Oxford Street stehen, daß Nettie, die nicht aufgepaßt hatte, gegen ihn Rücken prallte und zwei Pakete verlor. Eine runde Hutschachtel rollte auf den Bordstein zu, und Anne, Frances' Zofe, konnte gerade noch verhindern, daß sie auf der Straße landete. Doch Frances merkte nicht einmal etwas von diesem kleinen Zwischenfall.

»Was ist nur in dich gefahren, Ros?« erkundigte sie sich kopfschüttelnd. »Wenn du nicht einmal eine so einfache Entscheidung treffen kannst, wird mir angst und bange bei dem Gedanken, welche Qualen du durchmachen wirst, wenn du deinen Zukünftigen wählen mußt. Entweder du willst zu dem Fest der Edens gehen, oder du willst es nicht. Ja oder nein, entweder oder − was könnte einfacher sein?«

Roslynn schnitt eine Grimasse. Frances hatte natürlich recht, aber sie wußte schließlich nicht, daß Roslynn auf dem Ball der Crandals Anthony Malory kennengelernt hatte. Roslynn hatte es ihr erzählen wollen, aber zunächst hatte sie sich auf der Heimfahrt erkundigt, ob Lady Edens Ehemann vor der Heirat ein Weiberheld gewesen sei.

»Und ob!«

Trotz des Abscheus, der aus Frances' Stimme herauszuhören war, hatte Roslynn eine weitere Frage gestellt: »Sind die beiden ein glückliches Paar?«

»Ich muß gestehen, daß ich nie zwei glücklichere und verliebtere Menschen gesehen habe.«

Ihrem Ton war zu entnehmen gewesen, daß sie nicht verstehen konnte, wie so etwas möglich war. Daraufhin hatte Roslynn den Namen Anthony Malory lieber erst gar nicht erwähnt. Für Frances waren Männer wie er unverkennbar noch immer ein rotes Tuch, und wenn sie erführe, daß Roslynn von ihm fasziniert war, würde sie sich schreckliche Sorgen machen.

Obwohl Roslynn die Einstellung ihrer Freundin kannte und Schwerenöter theoretisch auch selbst ablehnte, gelang es ihr einfach nicht, alle Gedanken an ihn aus dem Sinn zu verbannen, und Nettie hatte natürlich sofort etwas gewittert, als Roslynn ins Schlafzimmer gekommen war. Ihre ersten Worte waren gewesen: »Aha, ich sehe, daß du dem richtigen Mann begegnet bist. Wie heißt er denn?«

Jäh aus ihren Träumen gerissen, hatte Roslynn hastig behauptet, es wären gleich vier Männer, und sie hatte alles berichtet, was sie über die betreffenden reiferen Herren wußte, was nicht allzuviel war, aber doch genügte, um Nettie zunächst von der richtigen Spur abzubringen.

Und jetzt wußte Roslynn genau, daß sie viel zuviel Aufhebens von Lady Edens Einladung machte, zumal sie all den anderen Einladungen, die sie seit ihrer Einführung in die Gesellschaft erhalten hatte, wenig Aufmerksamkeit geschenkt hatte. Kein Wunder, daß Frances glaubte, irgend etwas stimme nicht mit ihr. Aber sie hatte wenigstens keine Ahnung, was es sein könnte. Nettie hingegen war nicht so leicht hinters Licht zu führen. Sie beäugte Roslynn ohnehin unablässig, seit diese am Vortag von ihrem Ausritt mit Timmy zurückgekehrt war, obwohl Roslynn beim besten Willen nicht wußte, wodurch sie sich verraten haben könnte.

»Für dich wäre es zweifellos eine einfache Entscheidung«, verteidigte sie sich gegenüber Frances, »aber ich muß dabei einiges bedenken…«

»Beispielsweise?«

»Zum einen den Zeitaufwand. Die Stadt für drei oder vier Tage zu verlassen, könnte eine Verzögerung…«

»Hast du mir nicht erzählt, daß Regina versprochen hat, deine Herren ebenfalls einzuladen?«

»Das bedeutet noch lange nicht, daß sie sich auch tatsächlich einfinden, Frances. Die Saison hat kaum begonnen. Das ist eine denkbar ungeeignete Zeit für eine Wochenendparty auf dem Lande.«

»Silverley liegt in Hampshire und nicht am Ende der Welt. Außerdem hast du doch auch erwähnt, daß sie versprochen hat, ihren Mann über deine Heiratskandidaten auszufragen und dir alles brühwarm zu berichten, sobald du dort bist. Du müßtest doch eigentlich schon allein aus diesem Grund hinfahren wollen.«

Was konnte sie dieser Logik entgegensetzen? »Wer sagt mir, daß er überhaupt etwas Interessantes über die Herren zu berichten weiß? Es könnte sich als reine Zeitverschwendung herausstellen.«

»Dann kannst du sofort umkehren und noch am selben Abend wieder in London sein.«

»Und dich dort allein lassen?« protestierte Roslynn. »Und wie willst du dann zurückkommen?«

Frances schüttelte wieder den Kopf. »Ich geb's auf! Du hast offensichtlich keine Lust hinzufahren, also lassen wir es eben. Wir haben für dieses Wochenende ein halbes Dutzend anderer Einladungen und können...«

»Leg mir bitte nichts in den Mund. Ich habe noch nicht ›nein‹ gesagt.«

»Nun?«

Roslynn ging weiter und rief über die Schulter hinweg: »Ich muß noch darüber nachdenken.«

Hätte sie diese Party doch nur nicht wieder aufs Tapet gebracht! Sie konnte sich lebhaft vorstellen, wie intensiv Netties Gehirn jetzt arbeitete. Nettie kannte sie eben viel zu gut. Sie würde mit Sicherheit neugierige Fragen stellen. Was sollte sie ihr nur sagen? Frances hatte ja soeben klargestellt, daß es keine überzeugenden Gründe für eine Absage gab.

Eine solche Absage wäre sogar denkbar unvernünftig. Frances hatte völlig recht – allein schon wegen der Information, die Regina für sie einholen wollte, würde sich die Fahrt nach Silverley lohnen. Und außerdem — wenn sie nun absagte, aber ihre vier ›Anwärter‹ der Einladung folgten? Dann würde sie in London herumsitzen und keinerlei Fortschritte erzielen können, und *das* wäre eine Zeitvergeudung.

Aber andererseits — und es war ein großes Aber! — bestand die Möglichkeit, daß Anthony Malory in Silverley aufkreuzen würde, und Roslynn wollte nicht riskieren, ihn wiederzusehen. Sie *durfte* ihn nicht wiedersehen. Er übte auf sie eine geradezu magische Anziehungskraft aus, und sie mußte sich schleunigst jeden Gedanken an ihn aus dem Kopf schlagen.

Sie hätte Lady Eden frei heraus fragen sollen, ob der eine Malory, um den sie einen weiten Bogen machen wollte, dort sein würde. Statt dessen hatte sie, um sich nicht bloßzustellen, nur ganz allgemein gefragt, ob irgendwelche Malorys kommen würden, und Regina hatte unbestimmt geantwortet: »Ich weiß nie, ob einer oder mehrere von ihnen auftauchen. Sie wissen alle, daß sie jederzeit willkommen sind.«

Und Roslynn war genauso schlau wie vorher gewesen! Sie wußte, daß es im Grunde nichts zu überlegen gab. Sie mußte eine weitere Begegnung mit Anthony Malory um alles in der Welt vermeiden, selbst wenn sie dadurch Zeit verlieren würde.

»Da wären wir!« riß Frances sie aus ihren trüben Gedanken. »Ros. Dickens and Smith, mein letzter Programmpunkt für heute. Aber ich muß schon sagen — mit dir einkaufen zu gehen, macht überhaupt keinen Spaß! Du könntest doch wenigstens in den Laden mitkommen, wenn du schon selbst nichts kaufen willst.«

Roslynn rang sich trotz ihrer deprimierten Stimmung ein Lächeln ab, um Frances zu versöhnen. »Das täte ich auch, wenn du nicht einen so heißen Tag ausgesucht hättest, um mich herumzuschleppen. Ich war schon nach der Parfümerie und dem Strumpfladen total erledigt. Wie du auch noch das Haubengeschäft und die Seidenhändler durchstehen konntest, ist mir schleierhaft. Aber vermutlich bist du daran gewöhnt, während du nicht vergessen darfst, daß bei uns in Schottland ein kälteres Klima herrscht. In diesen Geschäften ist es so wahnsinnig stickig. Hier draußen ist wenigstens ein schwacher Luftzug zu spüren. Also, rein mit dir. Ich warte mit Nettie wieder draußen.«

Sobald sich die Tür zum Tuchladen hinter Frances und Anne geschlossen hatte, konnte Nettie erwartungsgemäß ihre Neugier nicht länger bezähmen. »So, Mädchen, und jetzt wirst du mir erzählen...«

»Ach, Nettie, verschon' mich bitte mit deinen Fragen!« unterbrach Roslynn sie hastig. »Ich bin wirklich nicht in der Stimmung, mir Löcher in den Bauch fragen zu lassen oder mir Vorwürfe anzuhören.«

So leicht ließ Nettie jedoch nicht locker. »Du kannst doch nicht abstreiten, daß du dich sehr eigenartig aufführst.«

»Ist das nicht verständlich, in Anbetracht meiner Situation? Kannst du dir nicht vorstellen, was mir so alles im Kopf herumgeht?« entgegnete Roslynn in gereiztem Ton, weil sie sich in die Defensive gedrängt fühlte. »Hast du gedacht, es würde einfach sein, einen Ehemann auszuwählen? Mein Gott, manchmal habe ich das Gefühl, diesen Nervenstrapazen nicht gewachsen zu sein!«

Sie hatte es tatsächlich fertiggebracht, Netties Mitgefühl zu wecken. »Na, na, Liebling, bald wirst du es ja hinter...«

»Psst!« unterbrach Roslynn sie mit gerunzelter Stirn. »Da ist es wieder! Bemerkst du es auch?«

»Was denn?«

»Daß wir beobachtet werden.«

Nettie warf ihr einen skeptischen Blick zu; sie wußte nicht so recht, ob Roslynn nur ablenken wollte oder es ernst meinte. Das Mädchen spähte aber tatsächlich intensiv nach allen Richtungen.

»Wenn jemand uns beobachtet, dann eigentlich nicht *uns*, sondern *dich*. Zweifellos ein Verehrer.«

Roslynn winkte ungeduldig ab. »Ich kenne das Gefühl, das man hat, wenn man bewundernde Blicke auf sich zieht. Dies hier ist etwas ganz anderes. Ich werde dieses unangenehme Gefühl nicht los, seit wir vor dem Haubengeschäft auf Frances gewartet haben.«

»Na ja, dann ist es bestimmt ein Taschendieb, dem wir aufgefallen sind, und bei dem ganzen Schmuck, den du trägst, ist das ja auch kein Wunder! Halt deinen Geldbeutel fest, Mädchen!«

Roslynn seufzte. »Vermutlich hast du recht. Geordie kann mich doch unmöglich so schnell gefunden haben, oder? Trotzdem werde ich lieber in der Kutsche warten. Siehst du sie irgendwo?«

Nettie stellte sich auf die Zehenspitzen. »Ja, etwa fünf Läden entfernt, aber sie scheint durch einen Karren behindert zu sein. Wir könnten aber hingehen. Dann steigst du schon mal ein, und ich komme hierher zurück, um Lady Frances Bescheid zu sagen.«

Roslynn hatte nie zuvor ein so seltsames Gefühl gehabt. Sie vermutete zwar, daß ihre lebhafte Fantasie ihr einfach einen Streich spielte, aber weshalb sollte sie vor dem Laden herumstehen, wenn sie bequem in der Kutsche sitzen konnte? Sie sah sich noch einmal mißtrauisch nach allen Seiten um, aber auf dem Gehweg wimmelte es nur so von Passanten, und auf der Straße reihten sich die Fahrzeuge aneinander, so daß sie unmöglich feststellen konnte, ob irgend jemand sie beobachtete.

Sie gingen auf die Kutsche zu, doch schon nach wenigen Metern schlang sich von hinten ein Arm um Roslynns Taille, und sie verlor den Boden unter den Füßen. Geradezu erleichtert, daß ihr Gefühl sie nicht getrogen hatte und sie nicht gänzlich unvorbereitet war, dachte sie nicht einmal daran, um Hilfe zu schreien. Sie hatte keine Angst, sie geriet auch nicht in Panik. Statt dessen ließ sie ihren Oberkörper über dem stählernen Arm ihres Angreifers nach vorne fallen, hob ihren Rock etwas an und zog den Dolch aus ihrer Stiefelette.

Währenddessen stieß Nettie einen markerschütternden Schrei aus und stürzte sich auf den Mann, schlug ihm ihr Handtäschchen um die Ohren und klatschte es ihm ins Gesicht. Versehentlich traf sie dabei auch die Kopfbedeckung ihres Schützlings; die Haube rutschte Roslynn über die Augen, doch sie brauchte den fleischigen Arm, der ihr die Luft abschnürte, nicht zu sehen, um den Dolch hineinzustoßen.

Der Kerl heulte auf und ließ sie los, und im nächsten Augenblick saß sie mitten auf dem Gehsteig. Sie schob ihre Haube zurück und stellte fest, daß Nettie den Mann noch immer verfolgte und mit ihrem Ridikül auf ihn einschlug, bis er in eine altersschwache Kutsche sprang, deren Kutscher die Pferde mit einer Peitsche zur Eile antrieb.

Ein kalter Schauder lief Roslynn über den Rücken, als sie sah, daß die Kutsche in unmittelbarer Nähe gewartet hatte, daß der Entführer nur noch wenige Schritte hätte machen müssen, um sie hineinstoßen zu können. Und alles war so schnell gegangen! Leute standen jetzt um sie herum, aber sie hatten viel zu langsam reagiert, als daß sie eine Hilfe gewesen wären. Und erst jetzt rannte einer von Frances' Kutschknechten herbei – viel zu spät.

Nettie zog ihr Jäckchen zurecht, während sie sich mit einem triumphierenden Lächeln auf den Lippen umdrehte, das nicht einmal verschwand, als sie Roslynn auf dem Boden sitzen sah. Einen kleinen Dämpfer versetzte ihr erst der Anblick des Dolches in Roslynns Faust. Aber sie tröstete sich rasch damit, daß *sie* den Entführer in die Flucht geschlagen hatte, auch wenn Roslynn ihn veranlaßt haben mochte, sie loszulassen. Jedenfalls hatten sie gemeinsam einen Sieg errungen, und das war ein ungemein befriedigendes Gefühl.

Auch Roslynn frohlockte, obwohl ihr Gesäß schmerzte. Großvater wäre stolz auf sie gewesen. Sie hatte bewiesen, daß sie auf sich aufpassen und Gebrauch von einer Waffe machen konnte, wenn es erforderlich war. Zugegeben – vielleicht hätte sie nicht so kaltblütig reagiert, wenn sie völlig unvorbereitet gewesen wäre. Und sie wußte nicht, ob sie eine Gefahr jedesmal intuitiv erfassen würde. Außerdem wäre die Sache bestimmt nicht so glimpflich abgelaufen, wenn *zwei* Männer sie gepackt hätten. Sie sagte sich, daß sie nicht übermütig werden durfte, nur weil sie diesmal den Angriff abgewehrt hatte.

Sie ließ sich von dem Knecht aufhelfen und schob ruhig ihren Dolch in die Stiefelette, bevor sie den Staub aus ihrer Kleidung klopfte. Nettie machte währenddessen den Umstehenden unmißverständlich klar, was sie von Leuten hielt, die einer Dame nicht rechtzeitig zu Hilfe kamen und nur gaffen konnten. Dann sammelte sie ihre Pakete auf, drückte sie dem Knecht in die Hand, packte Roslynn am Arm und zog sie auf die Kutsche zu.

»Ich hätte auf dich hören sollen, Mädchen. Nächstes Mal werde ich deine Vorahnungen nicht einfach ignorieren.«

»Du glaubst also, daß Geordie diese Kerle gedungen hat?«

Nettie überlegte kurz. »Na ja, möglich wäre es schon, aber es kommt mir nicht sehr wahrscheinlich vor.«

»Aber wer könnte mich sonst entführen wollen?«

»Schau dich noch mal an! Diese Saphire um deinen Hals sind einfach nicht zu übersehen. Vielleicht haben diese Ganoven dich für die Frau eines stinkreichen Lords gehalten und wollten einen ordentlichen Batzen Lösegeld von ihm erpressen.«

»Das könnte sein.« Nach kurzem Schweigen fuhr Roslynn unerwartet fort: »Ich glaube, ich werde die Einladung der Edens doch annehmen. Es kann nichts schaden, London sicherheitshalber für einige Tage zu verlassen. Wenn Geordie hier ist und mich beschatten läßt, wird er glauben, ich wäre wieder vor ihm geflohen. Und

bis dahin werde ich nur noch in Begleitung von Frances'
Dienern das Haus verlassen.«

»Ja, du mußt ab jetzt unbedingt noch viel vorsichtiger
sein als bisher.«

Kapitel 10

Es gab keine Zwischenfälle, als Roslynn bei Tagesan-
bruch auf dem Rücken ihres Reitpferdes Brutus London
verließ, von zwei kräftigen Stallknechten begleitet. Falls
Frances' Stadthaus observiert wurde, sollte Geordie glauben, daß sie vor ihm erneut auf der Flucht war. Eigens
zum Zwecke der Täuschung nahm sie eine pralle Satteltasche voller Kleidungsstücke mit.

Diese Vorsichtsmaßnahmen stellten sich jedoch als
überflüssig heraus, denn nach einigen Meilen war Roslynn überzeugt, daß sie nicht verfolgt wurde. Im Licht eines strahlenden Sonnenaufgangs war alles leicht zu
überblicken, denn die Straßen waren hauptsächlich
stadteinwärts verstopft, mit Bauern, die ihre Waren auf
den Märkten verkaufen wollten, und mit Ausflüglern,
die übers Wochenende nach London kamen. Stadtaus-
wärts war zu dieser frühen Morgenstunde nur eine einzige Kutsche unterwegs, und die ließ Roslynn mühelos
weit hinter sich.

Sie gönnte sich ein opulentes Frühstück, während sie
in dem Gasthof wartete, wo sie sich mit Frances treffen
wollte, und als ihre Freundin eintraf und ebenfalls nichts
Verdächtiges zu berichten hatte, entschied Roslynn, daß
es ungefährlich sei, die weitere Fahrt nach Hampshire in
der Kutsche der Grenfells zurückzulegen. Auf halbem
Wege trat eine neue Sorge in den Vordergrund, und sie
konnte nur hoffen, daß ihre diesbezüglichen Befürchtungen sich als unbegründet erweisen würden. Sie versuchte sich einzureden, daß ein Mann wie Sir Anthony mit

größter Wahrscheinlichkeit das pulsierende Leben in London einem kleinen Fest auf dem Lande vorziehen würde, und Lady Eden hatte ja auch zugegeben, daß diese seit Monaten geplante Gesellschaft hauptsächlich von ihren Nachbarn besucht würde, von Landadligen, die London während der Saison mieden.

Sie kamen am frühen Nachmittag in Silverley an und waren erwartungsgemäß die ersten Gäste. Die meisten anderen wohnten ganz in der Nähe und wollten deshalb auch nicht bei ihren Gastgebern übernachten. Frances schlug vor, einige Stunden zu schlafen, und auch Roslynn zog sich unter diesem Vorwand auf ihr Zimmer zurück, legte sich aber nicht zu Bett, sondern setzte sich ans Fenster und ließ die Auffahrt nicht aus den Augen. Jede eintreffende Kutsche versetzte sie in Aufregung, jeder männliche Fahrgast wurde mit Herzklopfen betrachtet. Sie achtete sogar auf das Kommen und Gehen der Dienstboten, um ganz sicher zu sein, daß niemand ihrer Aufmerksamkeit entging.

Als Nettie einige Stunden später ihrer Herrin half, Toilette zu machen, wurde ihre Geduld durch Roslynns nervöse Unruhe auf eine harte Probe gestellt. Sie brauchte allein für die Frisur länger als eine halbe Stunde, weil Roslynn ständig aufsprang und zum Fenster rannte, sobald irgendein Geräusch auf die Ankunft eines neuen Gastes hindeutete.

»Ich möchte wirklich für mein Leben gern wissen, nach wem du so sehnsüchtig Ausschau hältst, daß du nicht einmal zwei Minuten stillsitzen kannst?« fragte Nettie schließlich, als Roslynn wieder einmal am Toilettentisch Platz nahm.

»Nach wem sollte ich Ausschau halten, wenn nicht nach meinen Herren?« schwindelte Roslynn gereizt. »Bis jetzt ist nur Sir Artemus Shadwell erschienen.«

»Wenn die anderen kommen, sind sie nachher hier, und wenn nicht, dann kannst du auch nichts daran ändern. Also mach dich nicht verrückt.«

»Leicht gesagt«, murmelte Roslynn, heilfroh, daß Nettie nicht die Wahrheit wußte.

Sie hatte nämlich, um ganz ehrlich zu sein, seit der ersten Begegnung mit Anthony Malory kaum noch an ihre vier Heiratskandidaten gedacht. Aber *das* mußte sich schleunigst ändern.

Zum Glück schienen nun alle Gäste eingetroffen zu sein, und so konnte Nettie ihr ohne Unterbrechungen in das himmelblaue Seidenkleid helfen, das sie für diesen Abend ausgewählt hatte, und ihr das Saphirkollier und die Saphirarmbänder anlegen.

Als Roslynn dann mit Frances nach unten ging, fühlte sie sich fast entspannt. *Er* war nicht gekommen, und obwohl sie eine leichte Enttäuschung verspürte, so überwog doch bei weitem die Erleichterung.

Lady Eden begrüßte sie am Fuße der breiten Treppe, die von der riesigen zweigeschossigen Halle nach oben führte und sich auf halber Höhe verzweigte; ein Teil führte zu den an der Vorderseite des Hauses gelegenen Gästezimmern, der andere zu den Schlafgemächern der Familie. Eine mit herrlich geschnitztem Geländer versehene Galerie verband diese zahlreichen Räume im ersten Stock. Von der hohen kuppelförmigen Decke hing ein Kronleuchter von enormen Ausmaßen herab, dessen strahlendes Licht reizvolle Muster auf den weißen Marmorboden der Halle zauberte.

Roslynn freute sich auf einen Rundgang durch das Haus, und Regina enttäuschte sie nicht. Mit der Beteuerung, daß die anderen Gäste warten könnten, führte sie die beiden Freundinnen herum und brachte es durch ihr fröhliches Geplaudere und ihr charmantes Wesen zustande, Roslynns Laune weiter zu heben.

Silverley war ein sehr großes Landhaus, das mit seinem massiven Haupttrakt und den Ecktürmchen fast schloßartig anmutete, im Innern aber nichts Mittelalterliches an sich hatte, mit Ausnahme der antiken Gobelins an einigen Wänden. Die Räume waren mit Möbeln verschiedener Stilepochen geschmackvoll eingerichtet, doch nichts wirkte museal oder zur Schau gestellt. Roslynn gewann den Eindruck eines behaglichen Heims.

Der Rundgang endete im hinteren Teil des Hauses, wo sich die Gäste aufhielten. Vom Antichambre mit seinen deckenhohen bunten Glasfenstern aus gelangte man links in den Salon und in das angrenzende Musikzimmer, rechts in den großen Speisesaal und in den Wintergarten, den zu besichtigen im Augenblick allerdings keine Zeit blieb, denn schon im Antichambre mußte Regina die jungen Frauen mit zahlreichen Gästen bekannt machen.

»Ich glaube, daß Sie einen meiner Nachbarn besonders sympathisch finden werden«, sagte Regina zu Roslynn, nachdem es ihr endlich gelungen war, die Freundinnen in den Salon zu führen. »Wissen Sie, die Saison in London ist nicht jedermanns Sache. Auch ich bin nur hingefahren, weil ich es versprochen hatte, aber jetzt bin ich froh darüber, denn auf diese Weise habe ich Sie kennengelernt. Seien Sie übrigens unbesorgt − wir werden später genügend Gelegenheit haben, uns über die Herren zu unterhalten, für die Sie sich interessieren.«

»Ich sehe nur Sir Artemus, Ros«, sagte Frances beunruhigt, weil sie wußte, wieviel ihrer Freundin daran gelegen war, mit ihren Heiratskandidaten zusammenzutreffen.

»Das stimmt«, erwiderte Regina. »Aber die übrigen Herren kommen vielleicht morgen. Zugesagt hatten jedenfalls alle vier. Aber zunächst einmal müssen Sie jetzt unbedingt Lord Warton kennenlernen. Nicholas ist wahnsinnig eifersüchtig auf ihn, müssen Sie wissen, und ich frage mich mitunter selbst, was passiert wäre, wenn ich Justin Warton vor Nicholas kennengelernt hätte.« Ihr verschmitztes Grinsen verriet allerdings, daß sie das nicht ernst meinte.

»Justin ist jünger als Ihre übrigen Herren, Roslynn«, fuhr sie fort. »Er ist erst achtundzwanzig, glaube ich, aber wahnsinnig nett. Ich weiß, daß er Ihnen gefallen wird. London ist ihm ein Greuel, deshalb wären Sie ihm dort nie begegnet. Einmal im Jahr opfert er sich allerdings, um seine Mutter und Schwester bei ihren Einkäufen in der Stadt zu begleiten, aber sie fahren nie während der Saison hin. Na, wo steckt er denn nur?« Das winzige Persönchen mußte sich auf die Zehenspitzen stellen, um einigen Gästen über die Schultern blicken zu können. »Ah, drüben beim Kamin. Kommt mit, meine Lieben.«

Roslynn blieb schon nach zwei Schritten wie angewurzelt stehen. Der Mann, mit dem Regina sie bekannt machen wollte, saß auf einem creme- und goldfarbenen Sofa in der Nähe des Kamins, umgeben von zwei Frauen, einer jungen Blondine, die ihm sehr ähnlich sah, und einer älteren Dame. Vermutlich handelte es sich um seine Mutter und Schwester. Doch im nächsten Moment war Roslynns Blick auf die beiden elegant gekleideten Herren gefallen, die dahinter – direkt vor dem Kamin – standen. Es waren die Malory-Brüder, und ein heftiger Schwindel hatte Roslynn erfaßt, als sie die blauen Augen des einen auf sich gerichtet sah.

Nur mit größter Mühe brachte sie es fertig, ihre Blicke von Anthony Malory zu lösen und ihrer Gastgeberin weiter zu folgen. Am liebsten hätte sie kehrtgemacht und wäre irgendwohin geflüchtet, aber statt dessen mußte sie auf das Sofa zugehen, das nicht einmal zwei Meter vom Kamin entfernt stand. Da ihr nun einmal keine andere Wahl blieb, faßte sie den heroischen Entschluß, den Malorys den Rücken zuzuwenden und ihre Aufmerksamkeit ausschließlich auf die Wartons – und speziell auf Justin Warton – zu konzentrieren.

Es lag auf der Hand, weshalb Regina glaubte, daß Justin sie interessieren könnte. Mit seinen blonden Haaren, den markanten Gesichtszügen und dunkelblauen Augen war er ein blendend aussehender Mann. Und als er sich vom Sofa erhob und ihre Hand küßte, stellte sie fest, daß ihr noch nie ein solcher Riese begegnet war. Er hatte auch ungewöhnlich breite Schultern und einen kräftigen, muskulösen Körper, und er hätte geradezu einschüchternd gewirkt, wenn nicht sein jungenhaftes Lächeln und sein charmantes Wesen gewesen wären.

Seine indigofarbenen Augen ruhten bewundernd auf Roslynn, und sie fühlte sich in seiner Gesellschaft sofort so wohl, daß sie fast vergaß, wer hinter ihr stand – fast! Sie spürte fortwährend, daß Anthony sie mit seinen Blikken verschlang wie neulich auf dem Ball der Crandals, und sie konnte sich nur allzu gut vorstellen, welche Gedanken ihm dabei durch den Kopf gingen.

Zum Glück wurde ihr alsbald eine willkommene Ablenkung geboten. »Ah, hier bist du, Liebste!« sagte Nicholas Eden, während er besitzergreifend einen Arm um die Wespentaille seiner Frau legte. »Wie schafft dieser lange Kerl es nur, an deiner Seite aufzutauchen, sobald ich den Raum verlasse?«

Ob er nur scherzte oder es ernst meinte, war weder an seinem Ton noch an seiner Miene zu erkennen, aber Justin Warton nahm seine Bemerkung keineswegs übel, sondern lachte, so als sei er an solche Äußerungen seines Gastgebers gewöhnt.

»Wenn ich sie dir stehlen wollte, Montieth, würde ich dich vorwarnen«, erwiderte er, während er Regina zuzwinkerte, die das Geplänkel sichtlich genoß.

»Benehmt euch, ihr zwei!« mahnte sie lachend. »Sonst glauben diese Damen noch, daß ihr es ernst meint. Und das ist wirklich nicht der Fall«, fügte sie, an ihre Gäste gewandt, hinzu. »Dies ist mein Mann, wie Sie bestimmt schon erraten haben.«

Roslynn hatte schon damit gerechnet, daß eine Schönheit wie Regina einen sehr attraktiven Mann haben würde, und der Vierte Viscount Eden von Montieth enttäuschte ihre Erwartungen nicht. Er hatte golden schimmerndes braunes Haar und hellbraune Augen, die wie Bernsteine leuchteten, wenn seine Blicke auf Regina ruhten. Es fiel nicht schwer zu glauben, daß er noch vor einem Jahr seinem Ruf als Weiberheld vollauf gerecht geworden war, aber es war auch unübersehbar, daß er sich seitdem in ein zahmes Haustier verwandelt hatte und seine Frau von Herzen liebte. Er war überraschend jung, hatte aber das sichere Auftreten eines reifen Mannes, ja er erinnerte Roslynn lebhaft an Sir Anthony, womit ihre Gedanken prompt wieder bei jenem Herzensbrecher angelangt waren.

»Hör mal, Kleines, wie lange willst du uns eigentlich noch ignorieren?« erscholl plötzlich Anthonys tiefe Stimme während einer kurzen Gesprächspause.

»Wenn es nach mir ginge — die ganze Nacht«, knurrte Nicholas alles andere als liebenswürdig.

Einen atemberaubenden Moment lang hatte Roslynn geglaubt, Anthonys Worte wären an sie gerichtet. Doch Nicholas' überraschende Antwort, die ihm einen heftigen Rippenstoß seiner Frau einbrachte, belehrte sie rasch eines Besseren.

»O Gott, muß ich immer als Schiedsrichter fungieren?« stöhnte Regina, bevor sie zum Kamin eilte und beide Malorys mit einem Kuß begrüßte. »Als könnte irgend jemand euch lange ignorieren!« lachte sie. »Aber ihr wollt mir doch wohl nicht weismachen, daß euch an *meiner* Aufmerksamkeit soviel gelegen ist? Also, kommt mit, damit ich euch vorstellen kann.« Sie hängte sich bei den Brüdern ein und zog sie mit sich. »Lady Frances, ich glaube, Sie kennen meinen Onkel noch nicht — James und Anthony Malory.«

Onkel? *Onkel?* Warum war das bisher nicht zur Sprache gekommen, fragte sich Roslynn erbittert. Sie wäre bestimmt nicht hergekommen, wenn sie gewußt hätte, daß die Malorys mit Regina Eden so eng verwandt waren. Die Nichte... Verdammt!

Vier Personen — die Wartons und Frances — machten keinen Hehl aus ihrem Unbehagen. Justin zog sich mit den beiden Frauen in seiner Begleitung hastig zurück, ängstlich darauf bedacht seine Schwester von zwei so berüchtigten Weiberhelden fernzuhalten. Roslynn wünschte sich fast, ebenfalls einen solchen Beschützer zu haben, jemanden, der diese neuerliche Begegnung verhindert hätte. Aber sie beherrschte sich und verriet weder durch ein Wort noch durch ihre Miene, daß sie sich der Situation eigentlich nicht gewachsen fühlte. Frances hingegen versuchte nicht einmal, ihre Abneigung gegen die Malorys zu verbergen. Sie ließ die Vorstellung mit zusammengekniffenen Lippen über sich ergehen, beschränkte die Höflichkeitsfloskeln auf ein absolutes Minimum und gesellte sich rasch einer anderen Gruppe von Gästen zu.

Roslynn befand sich in einem schrecklichen Dilemma. Sich ebenfalls zu entfernen, wäre denkbar unhöflich gewesen, folglich blieb ihr nichts anderes übrig als dazustehen und die Blicke der Brüder zu ertragen, die nicht die geringsten Hemmungen hatten, sie anzustarren.

James konnte es zudem nicht lassen, das Geschehen zu kommentieren. »Ich glaube wirklich, daß dem Mädchen das Verhalten der anderen etwas peinlich ist, Tony. Machen Sie sich keine Sorgen, Lady Roslynn — mein Bruder und ich sind völlig immun gegen solche Reaktionen.«

»Du vielleicht, alter Junge«, korrigierte Anthony ihn mit funkelnden blauen Augen. »Ich für meine Person könnte ein wenig Mitgefühl durchaus gebrauchen.«

Was er unter Mitgefühl verstand, war an seinen leidenschaftlichen Blicken unschwer zu erkennen, und Roslynn mußte unwillkürlich lächeln. Daß er seine Verführungskünste sogar in Gegenwart anderer unverhohlen einsetzte, war gewiß unerhört.

Regina war offenbar derselben Ansicht, denn sie ermahnte ihn: »Aber, aber, Tony, du hast doch versprochen, dich anständig zu benehmen!«

»Das tu ich doch auch«, erklärte er, ganz die gekränkte Unschuld. »Ich bin geradezu ein Ausbund an Tugend. Wenn ich nämlich täte, wonach mir der Sinn steht, hättest du hier in deinem trauten Heim den schönsten Skandal.«

Roslynn hatte den Eindruck, daß er es ganz ernst meinte, obwohl Regina seine Worte lachend als Scherz abtat. »Du wirst sie noch total verängstigen, Tony, wenn du dein Temperament nicht zügelst.«

»Keineswegs«, protestierte Roslynn.

»Da hörst du es, Süße!« meldete sich James wieder zu Wort. »Du kannst dich getrost deinen Pflichten als Gastgeberin widmen. Die Dame wird in unseren Händen völlig sicher sein.«

»Oh, daran habe ich keinen Augenblick gezweifelt«, sagte Regina, nur um im nächsten Atemzug hinzuzufügen: »Nicholas, laß die beiden Schelme nicht aus den Augen.«

»Na großartig!« brummte Nicholas.

James kicherte. »Ein ausgesprochener Mangel an Vertrauen ist das!«

»Bedauerlicherweise nur allzu begründet«, knurrte Nicholas vor sich hin.

»Ich glaube wirklich, daß der Knabe uns noch immer nicht verziehen hat, Tony«, meinte James.

»Wirf uns beide nicht immer in einen Topf, Bruderherz. Ich habe ihn nur diskret darauf hingewiesen, daß es seiner Gesundheit nicht zuträglich wäre, Reggie nicht zu heiraten. Du hingegen warst immerhin dafür verantwortlich, daß er einige Wochen das Bett hüten mußte, ganz zu schweigen davon, daß du ihn von Westindien nach Hause geschleppt hast, als er sich als lustloser Ehemann entpuppte.«

»Ich war nie...«

Roslynn unterbrach Nicholas' heftigen Protest. »Bevor Sie sich die Köpfe einschlagen, werde ich mich lieber...«

Anthony ließ sie nicht ausreden. »Eine ausgezeichnete Idee. Während die beiden sich nach Herzenslust streiten, werden wir einmal nachschauen, was im Wintergarten so alles blüht.«

Ohne ihr Zeit zum Widerspruch zu lassen, nahm er ihren Arm und führte sie durch den Raum. Schon nach wenigen Schritten versuchte sie, sich ihm zu entziehen, aber er hielt sie fest.

»Sir Anthony...«

»Sie wollen doch nicht etwa kneifen?« hörte sie seine Stimme dicht an ihrem Ohr.

Roslynn ärgerte sich über diese Herausforderung. »Ich möchte einfach nicht mit Ihnen das Zimmer verlassen.«

»Aber Sie werden es tun.«

Sie blieb stehen und zwang ihn dadurch, ebenfalls stehenzubleiben, da er sie ja schlecht hinter sich her schleppen konnte. Mit dem Anflug eines Grinsens auf den Lippen beugte er sich zu ihr hinab.

»Sie haben die Wahl, Liebling. Entweder ich küsse Sie im Wintergarten, oder ich küsse Sie gleich hier an Ort und Stelle. Wo auch immer, jedenfalls werde ich Sie in meine Arme nehmen und...«

»Den Teufel werden Sie!« rief Roslynn, bevor ihr zu Bewußtsein kam, von wieviel neugierigen Augen sie beobachtet wurden. Sie dämpfte ihre Stimme zu einem zornigen Zischen. »Also gut. Ich möchte den Wintergarten wirklich gern sehen, aber es wird dort keine Küsserei geben, Sie Schuft! Das müssen Sie mir versprechen.«

Er grinste unverschämt übers ganze Gesicht. »Gut, kommen Sie mit.«

Er geleitete sie weiter durch den Salon und blieb sogar hier und da kurz stehen, um einige Worte mit Bekannten zu wechseln, so als schlenderten sie einfach durch die Räume. Roslynn fing flüchtig Frances' Blick auf – einen zu Recht mißbilligenden Blick. Aber Roslynn wußte beim besten Willen nicht, wie sie sich aus dieser mißlichen Lage befreien sollte. Sie durfte auf keinen Fall das Risiko eingehen, von Anthony in aller Öffentlichkeit geküßt zu werden.

Aber sie hätte auf ihrer Abmachung bestehen sollen. Sein ›gut, kommen Sie mit‹ war durchaus kein Versprechen gewesen, wie sie feststellen mußte, kaum daß sie den Wintergarten betreten hatten.

»Wirklich wunderschön«, murmelte sie unbehaglich, während er einen Arm um ihre Taille legte und sie den mit Pflanzen gesäumten Rundweg entlangführte.

»Ganz meine Meinung«, pflichtete er ihr bei, sah dabei aber nur sie an.

Sie mied seinen Blick und tat so, als gälte ihr Interesse ausschließlich den Statuen, den unzähligen Blumen und dem tiefer gelegenen Springbrunnen in der Mitte des Raumes. Doch ihr ganzes Denken und Fühlen kreiste um jene Hand auf ihrer Hüfte, die durch den dünnen Stoff ihres Kleides hindurch ihre Haut zu verbrennen schien.

»Ich – ich müßte Sie wirklich zur Rede stellen, Sir Anthony.« Ihre Stimme klang dünn und zittrig, und sie mußte sich räuspern, bevor sie etwas kräftiger fortfahren konnte: »Es war äußerst unfair von Ihnen, mir keine Wahl zu lassen.«

»Ich weiß.«

»War es notwendig, mich derart zu überrumpeln?«

Er blieb stehen und drehte sie zu sich herum. Seine Augen schweiften langsam über ihr Gesicht, während er über ihre Frage nachdachte. Roslynn registrierte beunruhigt, daß er sie ans Ende des Wintergartens geführt hatte, und daß dicke Äste der auf tieferer Ebene gepflanzten Bäume sie vor Blicken schützten. Die Geräusche des Festes wurden hier vom Plätschern des Brunnens übertönt. Sie war allein mit Anthony…

»Ja, es war notwendig«, antwortete er schließlich heiser. »Denn seit ich Sie zum erstenmal gesehen habe, konnte ich immer nur an das eine denken – an das!«

Selbst wenn es um ihr Seelenheil gegangen wäre, hätte Roslynn nicht die Willenskraft aufgebracht zu protestieren, als er sie fester an sich zog. Seine andere Hand glitt an ihrem Nacken entlang, und sein Daumen hob ihr Kinn etwas an, so daß ihre Blicke einen Augenblick lang ineinandertauchten. Dann spürte sie seine Lippen auf ihrem Mund, sanft, warm und verführerisch, und sie schloß ihre Augen und ergab sich in das Unvermeidliche.

Sie hätte es wissen müssen, und jetzt wußte sie es. Und im Augenblick zählte für sie nichts anderes als dieses erregende Gefühl, an seinen Körper geschmiegt zu sein.

Anthony erschreckte sie nicht mit seiner Leidenschaft, sondern zügelte sie mühsam, obwohl er lichterloh entflammt war. Er konnte sich nicht daran erinnern, wann er etwas mit solcher Macht gewollt hatte, aber er wußte, daß er ihr Verlangen langsam entfachen mußte, bis sie ihn genauso begehrte wie er sie.

Sich derart zu beherrschen, während er sie am liebsten auf der Stelle in Besitz genommen hätte, war wohl das Schwerste, was er je getan hatte. Und in Wirklichkeit hatte er sich auch nicht so total unter Kontrolle, wie er glaubte. In seinem Sinnesrausch war er sich nicht bewußt, daß seine Finger in ihrem Haar wühlten und Haarnadeln aus ihrer Frisur lösten, und daß sein Knie tief zwischen ihre Beine geglitten war. Zum Glück für ihn war aber auch Roslynn inzwischen außerstande, etwas nüchtern wahrzunehmen.

Der Druck seines Schenkels in ihrer Leistengegend raubte ihr zusammen mit seinen immer leidenschaftlicheren Küssen fast die Besinnung. Er hatte allmählich seine Zunge ins Spiel gebracht, zwischen ihre Lippen geschoben, die Süße ihres Mundes erforscht. Und schließlich lockte er auch ihre Zunge hervor, saugte sie immer tiefer in seinen eigenen Mund.

Als Anthony endlich bemerkte, daß er sie in einen Zustand versetzt hatte, da sie ihm bereitwillig alles gewähren würde, was er begehrte, hätte er sich ohrfeigen mögen, daß er sich für diese Verführung keinen anderen Ort ausgesucht hatte. Aber er hätte sich nie träumen lassen, daß seine Bemühungen so rasch zum Erfolg führen würden.

Er riß sich von ihren Lippen los und flüsterte ihr zärtlich ins Ohr: »Geh in dein Zimmer, Liebling. Ich komme nach.«

Außerstande, einen klaren Gedanken zu fassen, murmelte sie benommen: »Mein Zimmer?«

Er hätte sie am liebsten geschüttelt, begnügte sich aber damit, sie bei den Schultern zu packen, um sie aus ihrer seligen Trance zu wecken. »Schau mich an, Roslynn«, sagte er eindringlich. »Wir können nicht hierbleiben. Verstehst du? Hier könnte uns jemand überraschen.«

Sie runzelte die Stirn. »Wobei denn überraschen?«

Allmächtiger Himmel! Hatte Regina doch recht gehabt? Konnte Roslynn in ihrem Alter wirklich noch so unschuldig sein? Dieser Gedanke weckte in ihm sowohl Bedauern als auch Freude. Falls dem so war, riskierte er, den soeben gewonnenen Boden wieder zu verlieren, indem er sie aus ihrer Verzückung weckte. Und doch war in ihm eine leise Sehnsucht erwacht, es möge wahr sein.

Seufzend unterzog er sich der harten Geduldsprobe, ihr die Sache klarzumachen. »Wir beide, du und ich, werden miteinander schlafen. Das ist die natürliche Vollendung unseres bisherigen Tuns. Und nachdem wir es beide wollen, müssen wir einen Ort finden, an dem wir ungestört sind. Du wirst mir gewiß zustimmen, daß dein Zimmer sich am besten dazu eignet.«

Roslynn begann den Kopf zu schütteln, noch bevor er seine Ausführungen beendet hatte. »O Mann, was haben Sie angestellt? Es sollte keine Küsserei geben − das hatte ich Ihnen doch gesagt!«

In ihrem Zorn war sie in den schottischen Dialekt verfallen, den er so reizvoll fand, und er zog sie rasch wieder an seine Brust. »Für Ausflüchte ist es jetzt viel zu spät, Liebling, nachdem du schon so gut wie kapituliert hast. Also sei ein braves Mädchen und tu, was ich dir sage. Andernfalls nehme ich dich gleich hier, das schwöre ich dir, und hol der Teufel jeden, der zufällig hereinplatzt.«

Falls er gehofft hatte, sie durch diese Drohung gefügig zu machen, so war es ihm gründlich mißlungen. Roslynn konnte nur mit Mühe ein Lachen unterdrücken, das ihn in seiner derzeitigen Stimmung bestimmt empfindlich gekränkt hätte. Der gesunde Menschenverstand sagte ihr, daß er nichts tun würde, was seine Nichte in eine äußerst peinliche Situation bringen könnte. Das hätte sie eigentlich schon erkennen müssen, bevor sie mit ihm in den Wintergarten gegangen war.

»Ein zweites Mal lasse ich mich von Ihnen nicht bluffen, mein Lieber!«

Anthony war sich nicht einmal sicher, daß es nur ein Bluff gewesen war. Doch brachte ihre Reaktion ihn wieder halbwegs zur Vernunft, obwohl die Glut seiner Leidenschaft keineswegs abgekühlt war. Er hatte die Situation gründlich verpfuscht, und sie hatte allen Grund, wütend auf ihn zu sein.

Mit seinem betörendsten Lächeln versuchte er, wieder Grund unter die Füße zu bekommen. »Wenn es jetzt nicht geht, komme ich eben heute nacht zu Ihnen.«

Sie schob ihn energisch von sich und schüttelte heftig den Kopf. »Sie kommen bestenfalls bis zur Tür, das verspreche ich Ihnen.«

»Sie dürfen nicht abschließen.«

»O doch, das tu ich.«

»Dann lassen Sie wenigstens Ihr Fenster geöffnet.«

Ihre Augen schleuderten Blitze. »Mir bleibt offenbar nichts anderes übrig, als Ihretwegen heute nacht bei geschlossenen Fenstern zu ersticken. Warum können Sie kein Nein als Antwort akzeptieren? Habe ich mich nicht deutlich genug ausgedrückt?«

»Es ist die falsche Antwort, Liebling, und Sie können doch nicht erwarten, daß ich so leicht aufgebe. Schließlich muß ich meinem Ruf gerecht werden.«

Sie mußte unwillkürlich lachen, und dadurch löste sich ihre nervliche Anspannung ein wenig. Bei Gott, er war wirklich unverbesserlich, durch und durch unmoralisch – und ach so verführerisch! Sie hätte nie geglaubt, daß ein Mann eine derart sinnliche Ausstrahlung haben konnte. Sogar jetzt, da sie wieder bei klarem Verstand war und genau wußte, daß er als Ehemann nicht in Frage kam, fühlte sie sich geradezu magisch zu ihm hingezogen, und es kostete sie beträchtliche Mühe, eine tadelnde Miene aufzusetzen und herausfordernd zu erklären: »Auch *ich* denke an nichts anderes als an Ihren Ruf.«

»Dann muß ich eben versuchen, solche Gedanken wieder zu vertreiben!«

»Nein!«

Bevor sie wußte, wie ihr schah, saß sie auf dem Geländer, und er grinste sie unverschämt an. Sie hatte geglaubt, daß er sie wieder küssen wollte. Dies hier fand sie alles andere als amüsant. Das Geländer war so hoch, daß ihre Füße in der Luft hingen, und bis zur unteren Ebene des Wintergartens waren es gut zweieinhalb oder drei Meter. Wenn sie das Gleichgewicht verlor, konnte sie sich an nichts festhalten – nur an Anthony.

Sie versuchte hinabzuspringen, aber er trat dicht an sie heran und schob zu ihrem Entsetzen ihren Rock bis zu den Schenkeln hoch. Und dann kam er noch einen Schritt näher, zwängte seine Hüften zwischen ihre Beine und beugte seinen Oberkörper über sie, so daß sie gezwungen war, sich zurückzubeugen, immer tiefer...

»Halt dich fest, sonst fällst du hinunter«, drang seine Stimme durch das Brausen in ihren Ohren.

Sie gehorchte ihm, denn im Augenblick blieb ihr einfach nichts anderes übrig. Er richtete sich nicht etwa wieder auf, sondern ließ sie halb in der Luft hängen, mit seinem Körper als einzigem Halt.

»Schling deine Arme um meinen Hals.« Er preßte ihren Leib mit einem Arm fest an sich. »Du mußt dich jetzt gut festhalten, Liebling, denn ich laß dich los.«

»Nein, nicht...«

»Schscht, Liebling.« Sein Atem blies ihr ins Ohr und ließ ihr köstliche Schauer den Rücken hinablaufen. »Wenn du dich mir schon nicht hingeben willst, laß mich dich wenigstens berühren.«

Sie hielt die Luft an, als sie seine Hände auf ihren Knien spürte, als sie streichelnd immer höher an der Außenseite ihrer Schenkel entlangglitten. »Hören Sie sofort

auf! Sie sind ein verdammter... lassen Sie mich runter!«
Und dann ein heiseres Flüstern: »Anthony!«

Seine Hände erreichten ihre Hüften, und plötzlich
preßte er ihre Lenden fest zusammen.

Roslynn stöhnte leise, ihr Kopf fiel zurück, und ihre
Glieder wurden butterweich. Seine heißen Lippen lieb-
kosten jetzt ihren Hals, und sie vergaß völlig, daß sie in
der Luft hing.

»Ich rechne nicht damit, daß du mir dankbar für die
Störung sein wirst, Tony, aber Lady Grenfell sucht nach
deiner kleinen Schottin und kann jeden Augenblick hier
auftauchen.«

Mit einem Fluch drehte sich Anthony nach James um,
der seine Blicke taktvoll auf den Springbrunnen gerichtet
hielt. Die Hände immer noch auf Roslynns Hüften, hob
er sie vom Geländer. Sie hatte ihre Beine um seine Taille
geschlungen und lag mit geschlossenen Augen, geöffne-
ten Lippen und gerötetem Gesicht in seinen Armen. Er
bezweifelte stark, daß sie James überhaupt gehört hatte.

»O Gott«, murmelte er frustriert, während er sie behutsam auf die Beine stellte. »Wir werden das bei nächster Gelegenheit fortsetzen müssen, Liebling.«

Sie taumelte mit weichen Knien einen Schritt zurück,
und er beobachtete fasziniert, wie ihr Blick sich allmählich klärte, wie sie die Augen weit aufriß und im nächsten Moment zu Schlitzen verengte. Er sah nicht einmal,
daß ihre Hand zum Schlag ausholte, aber ihre Ohrfeige
war wirklich nicht von schlechten Eltern.

»Eine nächste Gelegenheit wird es nicht geben,
Mann«, sagte sie leise, aber mit einem Nachdruck, der
deutlich verriet, daß sie innerlich vor Zorn bebte. »Ihnen
ist nicht zu trauen, also bleiben Sie mir gefälligst in Zukunft vom Leibe!«

Sie eilte davon, und Anthony versuchte nicht, ihr zu
folgen. Er schwang sich auf das Geländer und blickte ihr
nach, während er sich versonnen die Wange rieb.

»Ich hatte mich schon gefragt, wann das schottische

Temperament durchbrechen würde«, grinste er, als James an seine Seite trat.

»Ich würde sagen, daß du noch ganz gut davongekommen bist.«

Anthony grinste noch breiter. »Sie hat dich nicht einmal bemerkt.«

»Du prahlst doch wohl nicht, Bruderherz?«

»Ich fühle mich nur außerordentlich geschmeichelt, alter Junge.«

»Nun, nachdem du dir ihre Sympathien vorerst verscherzt hast, wirst du ja wohl nichts dagegen haben, wenn ich mein Glück versuche?«

Anthonys Miene verdüsterte sich schlagartig. »Laß gefälligst die Finger von ihr, James!«

Eine blonde Braue hob sich. »Du bist ziemlich besitzergreifend, findest du nicht auch? Denk daran — erobert hast du sie noch nicht, mein Junge.«

Kapitel 11

Justin Warton war ein so angenehmer Gesellschafter, daß Roslynns Stimmung sich in viel kürzerer Zeit besserte, als sie nach dem Vorfall zu hoffen gewagt hätte. Sie war beim Verlassen des Wintergartens unglaublich wütend gewesen, auf Anthony und auch auf sich selbst, und ihre Laune hatte sich nur noch verschlechtert, als sie Frances auf der Schwelle zum Salon in die Arme gelaufen war und die Freundin sie rasch nach oben gescheucht hatte, um ihre Frisur zu richten. Sie selbst hatte gar nicht bemerkt, wie dieser schreckliche Kerl ihr Haar zugerichtet hatte. Es legte ein beredtes Zeugnis von den Geschehnissen ab, und Frances hatte ihr denn auch eine strenge Strafpredigt gehalten, die sie — wie sie zugeben mußte — wirklich verdient hatte.

Sie *wußte*, daß sie töricht gewesen war, *wußte*, daß sie

ein enormes Risiko eingegangen war. Das brauchte ihr niemand klarzumachen. Aber sie konnte Frances auch nicht böse sein, denn der Ärger ihrer Freundin hatte seinen Ursprung in Liebe und Fürsorge. Sie wurde nur noch wütender auf sich selbst, weil sie wider besseres Wissen gehandelt und Frances beunruhigt hatte.

Nach einer langen Tirade über Sir Anthonys üblen Ruf hatte Frances ihr geraten: »Du darfst einfach nie mehr mit ihm allein bleiben, Ros, besonders weil du von ihm derart fasziniert bist.«

»Das habe ich nie gesagt, Frances.«

»Das brauchst du auch nicht. Ich habe es dir sofort angesehen, als Regina ihn uns vorstellte. Und mir ist auch nicht entgangen, wie er dich anschaute. Sich im Wintergarten von ihm küssen zu lassen, ist *eine* Sache, aber du weißt selbst, daß es dabei nicht geblieben wäre, wenn ihr euch ein verschwiegeneres Plätzchen ausgesucht hättet.«

Roslynn verschwieg ihr wohlweislich, daß es nicht beim Küssen geblieben war und sogar dort im Wintergarten noch viel mehr hätte passieren können, wenn Anthony nicht glücklicherweise noch beizeiten zur Vernunft gekommen wäre. Sie selbst hätte jedenfalls nicht einmal den Versuch unternommen, sich zu befreien – nicht, nachdem er sie in einen solchen Sinnesrausch versetzt hatte.

»Du hättest mir erzählen sollen, daß du ihm beim Ball der Crandals begegnet bist«, fuhr Frances gekränkt fort. »Dann hätte ich dich auch früher warnen können, den es ist ja nicht zu übersehen, daß er dich als seine nächste Eroberung erkoren hat.«

»Frances, du hättest mich nicht zu warnen brauchen. Ich habe auf dem Ball den ganzen Klatsch über ihn gehört. Ich wußte, daß er als Schürzenjäger berüchtigt ist.«

»Und trotzdem hast du dich mit ihm in den Wintergarten begeben?«

»Ich habe dir doch schon gesagt, daß er mich überrumpelt hat!« rief Roslynn wütend, bedauerte ihren Ausfall aber schon im nächsten Moment. »Entschuldige bitte, aber du mußt aufhören, dir Sorgen zu machen. Ich habe ihm klargemacht, daß er sich von mir fernhalten soll.«

Frances schürzte die Lippen und hob ihre zart gewölbten Brauen. »Glaubst du wirklich, daß er auf deine Wünsche Rücksicht nehmen wird? Männer wie er akzeptieren keine Zurückweisung, Ros. Je schwieriger die Jagd ist, desto mehr Mühe geben sie sich absurderweise, um die Beute doch noch zu erlegen. Und dieser Sir Anthony ist der Allerschlimmste, einfach weil er am attraktivsten und am begehrtesten ist. Außerdem ist er der eingefleischteste Junggeselle im ganzen Königreich. Er wird niemals heiraten, Ros. Er wird sich nie mit einer einzigen Frau zur Ruhe setzen. Und warum sollte er auch, wenn Hunderte um seine Gunst buhlen?«

»Frances, du vergißt ganz, daß ich keine normale hoffnungsvolle Debütantin auf dem Heiratsmarkt bin. Ich habe ein festes Ziel vor Augen, und davon lasse ich mich durch nichts abbringen. Es hätte viel zu schreckliche Folgen für mich, wenn es mir mißlänge, in Kürze zu heiraten.«

Frances seufzte und brachte endlich ein kleines Lächeln zustande. »Du hast recht, das hatte ich vergessen. Aber du wirst doch vorsichtig sein, Ros, ein Mann mit Malorys Erfahrung könnte dich verführen, bevor du es überhaupt merkst. Wir können uns vermutlich noch glücklich schätzen, daß sein ebenso unmoralischer Bruder nicht ebenfalls ein Auge auf dich geworfen hat.«

Später sollte sich Roslynn an diese Worte erinnern, aber als sie wieder nach unten kamen und Justin Warton herbeieilte und sie bat, ihm beim Büfett Gesellschaft zu leisten, ärgerte sie sich noch immer über ihre eigene Naivität gegenüber Anthony und verschwendete deshalb keinen Gedanken an seinen Bruder. Und dann lenkte Justin sie von der Katastrophe ab, der sie nur knapp entronnen war, und sie amüsierte sich eine Zeitlang. Er war so charmant und blickte sie mit seinen indigofarbenen

Augen so bewundernd an, daß sie ernsthaft erwog, ihn auf ihre Kandidatenliste zu setzen, trotz seiner Jugend. Immerhin war er ja etwas älter als sie, und er zeigte unverhohlen sein Interesse an ihr, was besonders erfreulich war, nachdem sie bei ihren anderen Kandidaten gezwungen gewesen war, selbst die Initiative zu ergreifen. Und das würde sie wohl auch weiterhin tun müssen, denn Sir Artemus hatte an diesem Abend noch nicht ihre Nähe gesucht, obwohl er sie gesehen hatte.

Bedauerlicherweise bereitete Lady Warton dem gemütlichen Beisammensein ein Ende, kurz nachdem Roslynn, Frances und Justin sich gestärkt hatten. Die Dame klagte über Kopfschmerzen, und Justin war gezwungen, sie nach Hause zu bringen. Vorher nahm er Roslynn aber das Versprechen ab, daß sie bei der für den nächsten Morgen geplanten Jagd mit ihm reiten würde.

»Na, das war ja eine leichte Eroberung«, kommentierte Frances, nachdem Justin sich verabschiedet hatte.

»Glaubst du?« grinste Roslynn. »Er ist sehr nett, findest du nicht auch?«

»Und ein so aufrechter Charakter. Ich habe nur Gutes über ihn gehört...«

»Frances, du brauchst seine Vorzüge nicht anzupreisen. Wie du vielleicht bemerkt hast, scheint Sir Anthony sich zurückgezogen zu haben. Du kannst also ganz unbesorgt sein.«

Frances drückte ihr die Hand. »Ausgezeichnet. Ich weiß, daß du Gutes von Schlechtem unterscheiden kannst. Meinst du nicht auch, daß du jetzt die Gelegenheit nutzen solltest, deine Bekanntschaft mit Sir Artemus zu vertiefen?«

»Du hast völlig recht«, seufzte Roslynn. »Und ich muß auch Lady Eden finden, um von ihr die versprochenen Informationen zu erhalten. Je eher ich Kandidaten von meiner Liste streichen kann, um so besser.«

Aber Regina Eden war gerade in eine so angeregte Unterhaltung mit einigen Nachbarn vertieft, daß Roslynn sie nicht stören wollte; und Sir Artemus spielte Whist.

Während Roslynn darauf wartete, daß Regina sich von der Gruppe lösen würde, trat sie in die Nähe einer der offenen Terrassentüren, wo eine leichte Brise aus dem riesigen Park zu spüren war. Im Salon herrschte inzwischen eine solche Hitze, daß sie am liebsten ins Freie gegangen wäre, aber das wagte sie nicht, nachdem ihre Flucht in den Garten der Crandals zu der ersten Begegnung mit Anthony geführt hatte. Daß sie ihn nach dem Zwischenfall im Wintergarten nicht mehr gesehen hatte, besagte noch lange nicht, daß er sich nicht irgendwo in der Nähe herumtrieb.

Sie überlegte gerade, ob sie Frances suchen und ins Freie schleppen sollte, um sich etwas Abkühlung verschaffen zu können, als sie hinter sich eine Bewegung wahrnahm.

»Amüsieren Sie sich, Lady Roslynn?«

Sie erkannte James Marlorys Stimme und befürchtete, daß sein Bruder bei ihm sein könnte. Doch als sie sich umdrehte, stellte sie erleichtert fest, daß er allein war. Er kam offenbar von draußen, denn sein goldfarbenes Haar war vom Wind leicht zerzaust. Ihre Erleichterung hielt allerdings nicht lange an, denn seine Blicke brachten ihr deutlich in Erinnerung, daß sie ihn bei der ersten Begegnung als rücksichtslos und gefährlich eingeschätzt hatte, und an dieser Meinung hatte sich nichts geändert, obwohl sie nach wie vor glaubte, daß ihr persönlich Anthony gefährlicher werden könnte.

Sie nickte. »Ja, dank Ihrer Nichte fühle ich mich hier wie zu Hause. Ich war allerdings sehr überrascht zu hören, daß sie Ihre Nichte ist. Sie muß wohl die Tochter eines Ihrer älteren Brüder sein, nehme ich an?«

»Die Tochter unserer einzigen Schwester Melissa«, berichtigte er. »Sie starb, als Regan noch ein Baby war, und so hatten meine Brüder und ich das Vergnügen, sie zu erziehen.«

Roslynn gewann den Eindruck, daß es den vier jungen Männern tatsächlich Freude gemacht hatte, sich um das Kind ihrer verstorbenen Schwester zu kümmern, und dieser sympathische Zug ließ auch James weniger bedrohlich erscheinen, allerdings nur, bis er unerwartet vorschlug: »Wie wär's mit einem kleinen Spaziergang zum See?«

Sie war sofort auf der Hut. »Nein, danke.«

»Dann wenigstens ein paar Schritte ins Freie. Sie sehen so aus, als könnten Sie etwas frische Luft gebrauchen.«

»Keineswegs. Mir ist sogar etwas kühl, und ich wollte mir gerade einen Schal holen.«

James schmunzelte über diese ungeschickte Ausrede. »Mein liebes Kind, die Schweißperlen auf Ihrer Stirn strafen Ihre Worte Lügen. Kommen Sie mit. Sie brauchen vor mir wirklich keine Angst zu haben. Ich bin in jeder Hinsicht völlig harmlos.«

Als er nach ihrem Ellbogen griff und sie hinausführte, hatte Roslynn das beklemmende Gefühl, ein zweites Mal auf den Weg ins Verderben geführt zu werden. Nur hatte sie nicht einmal die Möglichkeit, James unterwegs zum Stehenblieben zu zwingen, wie sie es bei Anthony getan hatte, als er sie in den Wintergarten entführen wollte. Nur zwei Schritte, und schon waren sie im Freien. Ihr war gar keine Zeit geblieben sich loszureißen, aber das hätte James bestimmt ohnehin zu verhindern gewußt. Anstatt weiterzugehen, zog er sie nun neben die Tür, drückte sie an die Wand und erstickte ihren leisen Aufschrei mit seinem Mund.

Er hatte sie mit unglaublichem Geschick in diese Falle gelockt, und sie wagte nicht, laut zu protestieren oder um Hilfe zu rufen, denn sie konnte sich nun einmal kein Gerede leisten. Ihr blieb deshalb nur die Möglichkeit, sich stumm zur Wehr zu setzen, aber es gelang ihr nicht, ihn wegzustoßen. Sein breiter, massiver Brustkorb rührte sich genausowenig von der Stelle wie die Mauer hinter ihr. Und dann versuchte sie gar nicht mehr, sich zu befreien. Das Blut pochte in ihren Schläfen, und obwohl sie sich einreden wollte, daß das nur an ihrer Angst vor Entdeckung lag, wußte sie es in Wirklichkeit besser: James küßte sie genauso, wie sein Bruder es getan hatte, und ihr einziger Hoffnungsschimmer bestand darin, sich immer wieder vorzusagen, daß es nicht Anthony war, der sie an sich drückte.

»Sie und Ihr Bruder geben sich offenbar gegenseitig Unterricht«, zischte sie, als er seinen Mund endlich von ihren Lippen löste.

James lachte trotz seiner Enttäuschung. »Finden Sie, kleine Schottin? Wie kommen Sie nur darauf?«

Sie errötete heftig, als ihr bewußt wurde, daß sie damit zugegeben hatte, auch von Anthony geküßt worden zu sein. Hastig ging sie in die Offensive: »Ist das Ihre Vorstellung von Harmlosigkeit?«

»Ich habe gelogen«, gab er ohne das geringste Anzeichen von Reue zu.

»Das kann man wohl sagen! Lassen Sie mich sofort vorbei, Lord Malory.«

Er trat ein wenig zurück, aber nicht weit genug, als daß sie an ihm hätte vorbeischlüpfen können. »Nicht böse sein, Süße«, raunte er. »Sie können einem Mann doch nicht verübeln, daß er sein Glück versucht, obwohl ich jetzt zugeben muß, daß Tony mich diesmal ausgestochen hat. Es ist schon verdammt ärgerlich, daß Sie zufällig ihm zuerst begegnet sind.«

»Wovon reden Sie eigentlich?« Im nächsten Moment blieb ihr fast der Atem weg, weil sie glaubte, den wahren Sachverhalt erraten zu haben. »Wenn Sie beide Wetten auf mich abgeschlossen haben sollten…«

»Aber nein, mein liebes Mädchen, so etwas dürfen Sie nicht glauben. Es ist nichts weiter als brüderliche Rivalität und die Tatsache, daß Tony und ich den gleichen Geschmack haben.« Ein Finger strich ihr sanft die feuchten Locken aus der Stirn, und eine Sekunde lang fühlte sie sich wie hypnotisiert von leuchtend grünen Augen. »Sie sind unglaublich reizvoll, wissen Sie – unglaublich. Und das macht es verdammt schwer, eine Niederlage hinzunehmen.« Und dann flüsterte er fast beschwörend: »Ich könnte dein Blut in Wallung bringen, du süßes Geschöpf. Bist du ganz sicher, daß du Tony vorziehst?«

Roslynn mußte ihre ganze Willenskraft aufbieten, um sich von dieser Stimme nicht betören zu lassen. Allmächtiger Himmel, die Verführungskünste der Malorys waren wirklich phänomenal! Sie hoffte inbrünstig, daß er sich ihre Worte zu Herzen nehmen würde, als sie gepreßt herausbrachte: »Ich habe nie gesagt, daß ich Ihren Bruder vorziehe, aber das bedeutet noch lange nicht, daß ich Sie ihm vorziehe. Tatsache ist, daß ich weder ihn noch Sie will. Und jetzt lassen Sie mich bitte gehen. Oder muß ich erst um Hilfe rufen?«

Er trat einige Schritte zurück und verbeugte sich leicht, ein unverschämtes Grinsen auf den sinnlichen Lippen. »Das könnte ich keineswegs verantworten, werte Dame. Hier draußen mit mir gesehen zu werden würde Sie unwiderruflich kompromittieren.«

»Das hätten Sie sich überlegen sollen, *bevor* Sie mich rausschleppten!« zischte sie, bevor sie sich rasch im Salon in Sicherheit brachte.

James blickte ihr nach, wie Anthony es im Wintergarten getan hatte, aber im Gegensatz zu seinem Bruder konnte er sich nicht mit dem Gedanken trösten, daß er sie letztendlich doch noch erobern würde. James zweifelte zwar nicht daran, daß seine Bemühungen von Erfolg gekrönt sein würden, wenn er alle Waffen einsetzte, aber ihm war nicht entgangen, daß sie auf seinen Kuß bei weitem nicht so leidenschaftlich reagiert hatte wie auf Anthonys Zärtlichkeiten. Er hatte sie nicht in jenen selbstvergessenen Sinnestaumel versetzt wie sein Bruder. Sie hatte ihre Wahl getroffen, obwohl sie sich dessen selbst noch nicht bewußt war. Aber wenn jemand anderer als Tony der Glückliche wäre...

Verdammt, sie war wirklich ein herrliches Frauenzimmer! Sein Sinn für Humor ließ ihn auch jetzt nicht im Stich, gewürzt mit leichter Selbstironie. Sie hatte ihn dermaßen erregt, daß er sich unbedingt abreagieren mußte, und das bedeutete einen Ausflug ins nächste Dorf, wenn er nicht Regan verärgern wollte, indem er eine ihrer Nachbarinnen verführte. Ihm blieb also keine andere Wahl als sich zu trollen, obwohl er viel lieber die Jagd fortgesetzt hätte. Zum Teufel mit der Liebe auf den ersten Blick!

Kapitel 12

Roslynn rieb sich den Schlaf aus den Augen und warf einen Blick auf die Kaminuhr. Verdammt! Sie hatte sich fest vorgenommen gehabt, an der Jagd teilzunehmen, ja sie hatte Justin sogar versprochen, daß sie mit ihm reiten würde, und sie hatte sich darauf gefreut, ihn mit ihren beachtlichen Reitkünsten zu beeindrucken. Aber die Jagdgesellschaft würde vermutlich in Kürze bereits zurückkehren, wenn sie nicht sogar schon wieder hier war. Mittags sollte ein Picknick am See stattfinden, und jetzt war es fast Mittag. Verdammt! Verdammt!

Sie setzte sich im Bett auf, das ihr keine Nachtruhe beschert hatte. Nettie hatte versucht, sie zu wecken, daran erinnerte sie sich vage. Aber sie bezweifelte, daß etwas Gelinderes als ein Brand imstande gewesen wäre, sie früh am Morgen zum Aufstehen zu veranlassen, denn sie war erst kurz vor Sonnenaufgang eingeschlafen. Und auch daran war nur dieser verfluchte Anthony Malory schuld!

Es gab keine andere Entschuldigung dafür, daß sie verschlafen hatte. Sie hatte sich kurz nach Mitternacht zurückgezogen, denn sie hatte einen langen Tag hinter sich gehabt und im Gegensatz zu Frances ja auch nachmittags nicht geschlafen. Es hatte einige Zeit gedauert, bis sie über James' unverschämte Schlußfolgerungen bezüglich ihrer Vorliebe für einen bestimmten Mann hinweggekommen war, aber sie hatte sich sogar noch mit Regina unterhalten und wußte jetzt wesentlich mehr über ihre Heiratskandidaten, obwohl die Liste durch diese Auskünfte bedauerlicherweise nicht kürzer geworden war.

Sir Artemus Shadwellar ein leidenschaftlicher Spieler, aber diese Beobachtung hatte Roslynn selbst schon gemacht, und er war reich genug, um sich diesen Luxus leisten zu können. Lord Grahame, der distinguierte Graf von Dunstanton, war dreimal verwitwet. Der Ärmste schien immerhin die Hoffnung nie aufzugeben. Lord David Fleming, Viscount und Erbe eines Herzogtums, war ein eingefleischter Junggeselle von so großer Diskretion, daß sein Name noch nie in Zusammenhang mit irgendeiner Frau genannt worden war. Empfehlenswert. Aber der Ehrenwerte Christopher Savage war für Roslynn nach wie vor ein Buch mit sieben Siegeln. Die Montieths waren mit ihm nicht bekannt.

Aber es waren nicht diese Herren gewesen, die ihre Gedanken so beschäftigten, daß sie sich nachts schlaflos von einer Seite auf die andere gewälzt hatte. Auch James Malorys Frechheit war vergessen gewesen. Nein, es war nur jener schwarzhaarige Schuft mit seinen kühnen, blauen Augen, der ihr den Schlaf geraubt hatte, weil sie im Geiste immer wieder jene schicksalhaften Minuten im Wintergarten durchlebt hatte.

Nun, damit mußte jetzt endgültig Schluß sein. Sie würde keinen Gedanken mehr an hinterhältige Schürzenjäger verschwenden, sie würde sich nicht mehr von ihrem Ziel ablenken lassen, sondern sich energisch an die Arbeit machen. Sie schickte ein Stoßgebet zum Himmel, daß heute all ihre respektablen Kandidaten auf Silverley weilen würden.

Sie klingelte nach Nettie, hatte es aber plötzlich so eilig, ihr Zimmer zu verlassen, daß sie allein begann, Toilette zu machen, und schon in ein pfirsichfarbenes Tageskleid mit kurzen Puffärmeln und Volants am Saum geschlüpft war, bevor die Zofe erschien. Roslynn bestürmte sie, sich mit ihrer Frisur zu beeilen, was ihr ein Schnauben und eine kurze Standpauke über die versäumten Gelegenheiten von Langschläfern einbrachte. Der straffe Nackenknoten mit den einzelnen kurzen Locken, die das Gesicht umrahmten, gelang Nettie allerdings trotz ihres Gebrumms großartig.

Roslynn nahm sich aber nicht viel Zeit, um ihr Spiegelbild zu bewundern, sondern griff hastig nach einer weißen Satinhaube mit Straußenfedern und nach einem Sonnenschirm aus Spitzen und eilte davon, während Nettie sich seufzend daran machte, die Unordnung zu beseitigen, die Roslynn bei der Suche nach geeigneter Garderobe angerichtet hatte.

Roslynn warf hinter sich die Tür zu und blieb im nächsten Augenblick wie angewurzelt stehen, denn am Ende des schmalen Korridors, der zu den Gästezimmern führte, lehnte Anthony Malory lässig am Geländer.

Es konnte kein Zweifel daran bestehen, daß er auf sie wartete, und sie hatte keine Möglichkeit, ihm zu entkommen.

Er trug ein besticktes Batisthemd ohne Krawatte; die obersten Knöpfe waren geöffnet und enthüllten ein V-förmiges braungebranntes, leicht behaartes Stück Brust. Sein dunkelblaues Jackett brachte die breiten Schultern und die muskulösen Oberarme voll zur Geltung. Eine weiche Wildlederhose sowie auf Hochglanz polierte Schaftstiefel vervollständigten seinen Aufzug. Er erweckte äußerlich wirklich nicht den Eindruck eines Nachtschwärmers, der alle Arten von Ausschweifungen liebte, sondern strotzte nur so von Kraft. Man hätte glauben können, einen Athleten vor sich zu haben, der sich viel in freier Natur aufhielt. Jedenfalls war er geradezu gemeingefährlich attraktiv.

Als Roslynn keine Anstalten machte, sich ihm zu nähern, sagte Anthony: »Ein wahres Glück, daß Sie endlich herausgekommen sind. Ich hatte mir gerade ausgemalt, was wohl passieren würde, wenn ich in Ihr Zimmer schlüpfte und Sie noch im Bett fände...«

»Sir Anthony!«

»War die Tür unverschlossen?« neckte er sie weiter und fuhr angesichts ihrer zornigen Miene mit strahlendem Lächeln fort: »Sie brauchen mich mit Ihren schönen Augen nicht zu erdolchen, meine Liebe. Ich habe kein Wort davon ernst gemeint. Und Sie können wirklich ganz unbesorgt näher kommen. Ich habe mir nämlich vorgenommen, mich heute von meiner besten Seite zu zeigen, sämtliche Anstandsregeln zu beachten und meine abscheulichen Triebe streng unter Kontrolle zu halten.«

»Versprechen Sie das?«

Er grinste. »Ist das wirklich notwendig?«

»O ja.«

»Also gut. Ich verspreche Ihnen feierlich, mich korrekt zu benehmen, bis Sie sich meiner erbarmen und mich von diesem Versprechen entbinden.«

Ihr heiseres Lachen klang wie Musik in seinen Ohren. »Ich werde Sie davon entbinden, wenn Sie so alt sind, daß Ihnen nichts mehr daran liegt — keinen Tag früher.«

Sie kam jetzt auf ihn zu, den Sonnenschirm unter den Arm geklemmt, die Haube in der Hand, ein Lächeln auf den vollen Lippen, mit fröhlich leuchtenden Goldtupfen in den herrlichen Augen. Bei Gott, sie war ein bezauberndes Geschöpf!

Er gratulierte sich zu seinem weisen Entschluß vom Vorabend, Silverley frühzeitig zu verlassen. Wenn er länger geblieben wäre, hätte es ihn immer wieder zu Roslynn hingezogen, aber er hatte genau gewußt, daß er ihr Zeit lassen mußte, bis ihr Zorn auf ihn verraucht sein würde. Deshalb hatte er sich zum Feiern ins Dorf begeben. Er hatte auch allen Grund dazu, trotz der Ohrfeige, denn es war ihm gelungen, ihre Sinne zu wecken. Und für seine eigene heftige Erregung hatte er im Dorf leicht Abhilfe zu finden erwartet.

Als er sich jetzt daran erinnerte, wie anders alles gekommen war, mußte er insgeheim über sich selbst schmunzeln. Als er nämlich in der kleinen Taverne, wo er gelandet war, ein williges und halbwegs hübsches Mädchen gefunden hatte, war ihm plötzlich nicht mehr danach zumute gewesen, sich mit einer anderen Frau als Roslynn abzugeben. Deshalb hatte er, als wenig später James in derselben Taverne aufgetaucht war, die kleine Dirne bereitwillig seinem Bruder überlassen und sich dem Trunke ergeben, während er den nächsten Schachzug plante.

Roslynns Lächeln deutete darauf hin, daß auch sein in jener Taverne gefaßter Entschluß, es mit einer anderen Taktik zu versuchen, richtig gewesen war. Und nach einem ausführlichen Gespräch mit seiner Lieblingsnichte an diesem Morgen war ihm die perfekte Strategie eingefallen. Er würde der Dame etwas anbieten, das sie nicht zurückweisen konnte − seine Hilfe bei ihren Bemühungen, einen passenden Ehemann zu finden. Falls seine Ratschläge ihr allerdings mehr schaden als nutzen sollten, so würde ihm das natürlich keine schlaflosen Nächte bereiten. Sie hatten nun einmal nicht dasselbe Ziel vor Augen.

Durch sein Versprechen glaubte sie sich jetzt in Sicherheit. Woher sollte sie auch wissen, daß seine Leidenschaften für ihn wesentlich mehr Bedeutung hatten als irgendein alberner Ehrenkodex, zumindest im Umgang mit dem weiblichen Geschlecht.

Er stieß sich vom Geländer ab und erklärte in nüchternem Ton: »Es wäre zu Ihrem Vorteil, Lady Roslynn, sich mit mir irgendwo ungestört zu unterhalten.«

Sofort erwachte wieder ihr Mißtrauen. »Ich sehe nicht ein...«

Mit einem entwaffnenden Lächeln fiel er ihr ins Wort. »Meine Liebe, ich sag' ›unterhalten‹ und nichts anderes.

Wie soll ich Ihnen helfen, wenn Sie mir kein Vertrauen schenken?«

»Mir helfen?« wiederholte sie verdutzt.

»Selbstverständlich«, erwiderte er. »Das ist meine einzige Absicht. Kommen Sie.«

Roslynns Neugier war so groß, daß sie ihm widerspruchslos nach unten in die Bibliothek folgte. Sie konnte sich beim besten Willen nicht vorstellen, wobei er ihr helfen wollte. Sie hatte im Augenblick nur zwei Probleme: die Faszination, die er auf sie ausübte, und ihre bislang wenig erfolgreichen Bemühungen, hinter die untadeligen Fassaden ihrer Kandidaten zu blicken. Aber darüber konnte er doch unmöglich Bescheid wissen, oder?

Allein diese Vorstellung trieb ihr die Schamröte ins Gesicht, was Anthony zum Glück nicht bemerkte. Er geleitete sie zu einem Sofa und durchquerte sodann den großen Raum, um vor einer Anrichte mit Flaschen stehenzubleiben.

»Brandy?« fragte er über die Schulter hinweg.

»Um diese Zeit?«

Ihr ungläubiger Ton ließ ihn vor sich hin schmunzeln. »Natürlich nicht. Wie dumm von mir!«

Aber er benötigte dringend einen Drink, denn ihm drängte sich plötzlich der Gedanke auf, daß er endlich mit ihr allein war und nur die Türen zu schließen bräuchte... Doch es war bestimmt klüger, sich an seinen ursprünglichen Plan zu halten.

Er kippte den Brandy und kehrte zum Sofa zurück. Sie saß anmutig in einer Ecke, die Beine korrekt nebeneinander, Sonnenschirm und Haube auf dem Schoß. Ihm standen auf dem Sofa gut anderthalb Meter Sitzfläche zur Verfügung, und sie würde es zweifellos als aufdringlich empfinden, wenn er dicht neben ihr Platz nähme. Trotzdem konnte er der Versuchung nicht widerstehen. Immerhin hielt er einen Abstand von etwa 15 cm ein, damit sie nicht gleich in Panik geriet.

Ihre Furcht war dennoch unverkennbar. »Sir Anthony...«

»Glauben Sie, daß Sie es übers Herz bringen könnten, mich Anthony zu nennen, oder noch besser Tony? Wenn ich schon Ihr Vertrauter sein soll...«

»Mein *was?*«

Er hob eine Braue. »Ist dieser Ausdruck zu stark? Nun gut, dann sagen wir eben Freund und Berater. Nachdem ich heute morgen ein langes Gespräch mit meiner Nichte geführt habe, weiß ich, daß Sie beides dringend benötigen.«

»Sie hat es Ihnen also erzählt?« Roslynn schnappte wütend nach Luft. »Verdammt, dazu hatte sie kein Recht!«

»Oh, sie hat es mit den besten Absichten getan, meine Liebe. Sie wollte mir eindringlich klarmachen, wie ernst es Ihnen mit Ihren Heiratsplänen ist. Die Kleine scheint zu glauben, ich hätte ruchlose Pläne mit Ihnen. Wie sie auf eine solche Idee kommt, ist mir völlig schleierhaft.«

Trotz ihres Ärgers über Reginas Indiskretion mußte sie lachen. »Sie sind ein Schelm. Nehmen Sie eigentlich nie etwas ernst?«

»Nicht, wenn ich es irgendwie zu verhindern weiß«, grinste er.

»Versuchen Sie es trotzdem einmal, um mir zu erklären, wie ausgerechnet Sie dazu kommen, mir bei der Suche nach einem Ehemann behilflich sein zu wollen.«

»Je eher Sie heiraten und sich mit dem Herrn Gemahl zu Tode langweilen, desto eher werden Sie auch in meinem Bett liegen«, antwortete er unumwunden.

Jede andere Begründung hätte Roslynn angezweifelt; *diese* glaubte sie ihm aufs Wort.

»Meinen Sie nicht, daß Sie damit ein großes Risiko eingehen?« konterte sie. »Immerhin könnte ich mich leidenschaftlich in meinen Mann verlieben.«

»Heilige Einfalt!« rief er mit gespieltem Entsetzen. »Heutzutage verliebt sich doch niemand mehr leidenschaftlich, ausgenommen junge Romantikerinnen und närrische alte Tattergreise. Und Sie gehen an diese Sache viel zu vernünftig heran, als daß eine solche Möglichkeit bestünde.«

»Also gut, ich akzeptiere Ihre Erklärung vorerst. Was glauben Sie denn konkret für mich tun zu können?«

»Reggie war in einer ähnlichen Situation wie Sie, als sie nach einem Mann Ausschau hielt. Sie hatte schon eine ganze Saison sowie eine Europareise hinter sich, und noch immer war kein passender Freier in Sicht. Das war natürlich nicht ihre Schuld. Sie mußte eben einen Mann finden, den meine Brüder und ich billigten.«

»Ja, ich erinnere mich, daß sie sowas erwähnt hat.«

»Hat sie Ihnen auch erzählt, wie sie dieses Problem gelöst hat?«

»Sie wurde kompromittiert.«

Zu Roslynns Überraschung verdüsterte sich seine Miene. »*Damit* hatte sie nicht das geringste zu tun. Montieth hatte sich mit seiner damaligen Geliebten einen kleinen Scherz erlauben wollen, und dabei war ein Irrtum passiert. Wenn es Ihnen recht ist, möchte ich mich darüber lieber nicht weiter auslassen. Aber zuvor hatte Reggie einen alten Lord angeheuert, der Gott und die Welt kannte. Sie schleppte ihn überall mit hin, und durch vereinbarte Zeichen konnte er ihr zu verstehen geben, welche Männer überhaupt in Betracht kamen und welche völlig indiskutabel waren.«

»Ich hoffe, Sie wollen nicht vorschlagen, daß ich Sie überallhin mitnehmen soll, Sir Anthony, denn...«

Er fiel ihr rasch ins Wort. »Keineswegs, und es wäre ja auch überflüssig. Reggie hat mir erzählt, daß Sie bereits mehrere Herren in die engere Wahl gezogen haben. Zufällig kenne ich sie besser als Montieth, aus dem einfachen Grunde, weil sie mir im Alter näherstehen als ihm. Drei dieser Herren gehören meinem Klub an, und der vierte besucht dieselbe Sporthalle wie ich. Mich würde aber brennend interessieren, warum Sie sich keine jüngeren Kandidaten ausgesucht haben.«

Roslynn wandte ihren Blick ab, bevor sie murmelte: »Ein älterer Mann wird wahrscheinlich nachsichtiger gegenüber meinen Fehlern sein.«

»Sie haben Fehler? Na sowas!«

»Jeder Mensch hat Fehler!« zischte sie.

»Ein aufbrausendes Wesen gehört aber gewiß nicht zu Ihren Fehlern«, stellte er trocken fest.

Sie mußte unwillkürlich lachen, ließ sich von ihm aber nicht aus dem Konzept bringen. »Ein älterer Mann ist beständiger, weil seine wilden Jahre hinter ihm liegen. Wenn ich in dieser Ehe treu sein soll, muß ich das auch von meinem Mann erwarten können.«

»Aber Sie werden Ihrem Mann nicht treu sein«, brachte er ihr in Erinnerung.

»In diesem Fall werde ich es auch von ihm nicht verlangen, aber andernfalls schon. Lassen wir's dabei. Um Ihnen die Wahrheit zu sagen — es war mein Großvater, der mir zu einem reifen Mann mit vielen Erfahrungen geraten hat, und außerdem haben die jungen Männer, die ich bisher kennengelernt habe, mich nicht gerade beeindruckt. Nun ja, bis auf einen, und den habe ich jetzt auch auf meine Liste gesetzt.«

»Wer ist der Glückliche?«

»Justin Warton.«

»Warton?« rief Anthony erbittert und richtete sich kerzengerade auf. »Das ist doch ein Muttersöhnchen!«

»Sie brauchen nicht beleidigend zu werden«, sagte sie in eisigem Ton.

»Mein liebes Mädchen, wenn Sie nur Lobeshymnen auf Ihre Kandidaten hören wollen, weiß ich nicht, inwiefern ich Ihnen behilflich sein könnte. Nach außen hin sind all diese Herren selbstverständlich über jeden Zweifel erhaben. Ich dachte, Sie wären an dem Dreck unter dem Teppich interessiert.«

Sein Tadel ließ sie wieder leicht erröten. »Sie haben natürlich völlig recht. Entschuldigen Sie bitte. Nun, welcher meiner Kandidaten würde Ihrer Ansicht nach den besten Ehemann abgeben?«

»Sie haben keinen Favoriten?«

»Eigentlich nicht. Ich finde sie alle recht sympathisch und ansehnlich, und bisher ist mir auch nichts Nachteiliges über sie zu Ohren gekommen. Genau das ist mein Problem. Ich weiß nicht, für wen ich mich entscheiden soll.«

Anthony lehnte sich wieder entspannt zurück und legte seinen Arm unauffällig auf die Rückenlehne, hinter ihren Kopf. Sie bemerkte nichts davon, denn sie wartete ungeduldig auf seine Antwort, während er nicht die geringste Lust verspürte, sich dazu zu äußern.

Ausweichend schlug er deshalb vor: »Es wäre vielleicht ganz nützlich zu wissen, welche Eigenschaften Ihnen besonders wichtig sind.«

»Ein umgängliches, einfühlsames Wesen, Güte, Intelligenz, Nachsicht, wie bereits gesagt...«

»Großartig!« rief er mit boshaftem Grinsen. »Sie werden sich zu Tode langweilen, meine Liebe, und ich werde Sie sogar noch früher als erwartet in meine Arme schließen.« Ihr strafender Blick ließ ihn völlig unberührt. »Aber bitte, fahren Sie doch fort.«

»Es muß auch ein Ehevertrag unterzeichnet werden«, sagte sie steif. »Auf diese Weise soll verhindert werden, daß mein Mann die Kontrolle über meine Besitztümer an sich reißt.«

»War das Ihre Idee?«

»Nein, die meines Großvaters. Er war ein eigenwilliger alter Mann, und er wollte ganz sicher sein, daß das Vermögen, das er mir hinterließ, tatsächlich *meines* blieb und nicht irgendeinem Unbekannten in die Hände fiel, der ihm vielleicht zugesagt hätte, vielleicht aber auch nicht. Er ließ den Vertrag kurz vor seinem Tod aufsetzen.«

»Warum hat er denn nicht selbst einen Ehemann für

Sie ausgesucht, der seinen hohen Ansprüchen genügt hätte?«

Ihr Blick wurde weich und versonnen. »Zwischen uns bestand eine sehr enge Bindung, Anthony. Ich wollte ihn nicht verlassen, solange er noch am Leben war, und er hätte mich nie dazu gezwungen.«

Anthony lächelte selbstzufrieden. Daß ihr soeben sein Vorname entschlüpft war, bewies deutlich, daß sie sich entspannt hatte und sich in seiner Gesellschaft wohl fühlte. Sie hatte sich ihm beim Reden auch zugewandt und saß jetzt fast seitlich auf dem Sofa. Er könnte ganz mühelos seinen Arm auf ihre Schultern hinabgleiten lassen und sie an sich ziehen...

Anthony rief sich energisch zur Ordnung. »Nun, ich glaube, daß nur Savage vielleicht etwas gegen diesen Ehevertrag hätte. Nicht, weil er Ihr Vermögen an sich reißen möchte. Soviel ich weiß, ist er finanziell so gut gestellt, daß Geld für ihn bei einer Heirat keine Rolle spielen dürfte. Aber er ist ein Mann, der keine Auflagen liebt. Doch wenn ihm viel an Ihnen liegt, könnte er durchaus über seinen Schatten springen.«

»Dann würden Sie also *ihn* empfehlen?«

»Meine Liebe, von den Eigenschaften, die Sie für wünschenswert halten, besitzt er nur eine − Intelligenz. Aber keiner Ihrer Kandidaten wird Ihren Erwartungen gerecht werden können. Warton vielleicht noch am ehesten, aber wenn Sie ihn heiraten, müssen Sie quasi eine Ehe zu dritt führen. Seine Mutter wird immer mit von der Partie sein − das heißt, wenn sie ihm überhaupt erlaubt zu heiraten. Ich kenne keine andere Frau, die ihren Sohn derart an der Kandare hält.«

Roslynn hatte während seiner Ausführungen die Stirn gerunzelt. »Wenn Sie mir schon keinen der Herren ausdrücklich empfehlen können, erzählen Sie mir doch wenigstens, was Sie über die einzelnen wissen.«

»Aber gern. Wollen wir mit Fleming beginnen? Er hat den Spitznamen ›Tolpatsch‹, weil er immer irgend etwas

falsch machen muß. Keine Frau wurde je auch nur zweimal mit ihm gesehen. Aber vielleicht werden Sie die große Ausnahme sein. Er hat einen weichen Charakter. Böse
Zungen bezeichnen ihn sogar als einen Feigling. Offenbar wurde er einmal von einem jungen Mann zum Duell
gefordert und hat gekniffen. Gott weiß warum. Macht er
Ihnen den Hof?«

Das war durchaus nicht der Fall, aber dieses Thema
stand hier nicht zur Debatte. »Weiter bitte.«

Anthony lachte inwendig über ihr durchsichtiges Ablenkungsmanöver. Er hielt es für überflüssig, ihr zu erzählen, daß Fleming sich nur für Personen seines eigenen Geschlechts interessierte. Wenn sie den Burschen
dazu bringen könnte, sie zu heiraten, was er allerdings
bezweifelte, so würde sie sehr bald nach einem Geliebten
Ausschau halten.

»Der Graf von Dunstanton ist ein sehr sympathischer
Mensch, wenn man sich erst einmal an seinen schneidenden Sarkasmus gewöhnt hat. Er ist eine fast schon
tragische Gestalt, wenn man bedenkt, daß ihm in den
letzten fünf Jahren drei Frauen gestorben sind. Aber man
sagt, daß er mit dem Tod jeder Frau sein Vermögen jeweils verdoppel hat.«

»Sie wollen doch wohl nicht andeuten...«

»Keineswegs«, beruhigte er sie, während er sein Knie
behutsam an das ihrige heranschob. »Das sind nur wilde
Gerüchte, die von bösen Neidern verbreitet werden, die
nicht so gut gestellt sind.«

Die Saat war ausgestreut und würde bestimmt Frucht
tragen. In Wirklichkeit waren zwei dieser Frauen im
Kindbett gestorben, und die dritte war von einem Felsen
gestürzt, woran der Graf nur schuld sein konnte, wenn
man ihm die Fähigkeit zuschreiben wollte, jenen plötzlichen Sturm bewirkt zu haben, der das Pferd der Dame
erschreckt hatte.

»Und was ist mit Sir Artemus?«

»Er spielt gern — aber tun wir das nicht alle?« sagte er

augenzwinkernd. »Bei ihm hätten Sie wenigstens sofort eine komplette Familie. Er hat Dutzende von Sprößlingen...«

»Mir wurde gesagt, er hätte nur fünf Kinder.«

»Fünf legitime. O ja, da hätten Sie schon alle Hände voll zu tun, und Shadwell wäre keine große Hilfe, denn er vergißt nur allzu gern, daß er überhaupt Kinder hat. Möchten Sie eigentlich eigene Kinder haben?«

Ihr reizvolles Erröten machte Anthonys gute Vorsätze endgültig zunichte. Seine Hand glitt auf ihren Nacken, und er zog sie an seine Brust, während seine Finger sich in ihr Haar gruben, um ihr Gesicht in die richtige Position für einen Kuß zu bringen.

Doch dazu kam es nicht. Sie stieß ihn so kräftig zurück, daß er sie vor Überraschung losließ.

»Sie hatten es versprochen!«

Er richtete sich auf und fuhr sich gereizt durch die Haare, aber seine Stimme verriet nichts von seiner Erregung. »Sie vergessen, meine Liebe, daß diese Rolle eines Ratgebers für mich noch neu ist. Ich muß mich erst daran gewöhnen.« Ihre Augen funkelten vor Zorn. »Um Himmels willen, nun bringen Sie mich doch nicht gleich um! Es wird nicht wieder vorkommen, darauf können Sie sich verlassen.«

Sie sprang auf und hielt ihren Sonnenschirm wie eine Waffe in der Hand. »Wenn Sie mir nichts mehr zu sagen haben...«

O Liebste, wenn du wüßtest, daß nur mein Wille dich im Augenblick schützt...

»Man muß herausfinden, was tatsächlich stimmt und was nur alberne Gerüchte sind. Geben Sie mir ein — zwei Wochen Zeit und...«

»Eine Woche.«

Er lehnte sich wieder zurück und streckte seine Arme auf der Lehne aus. Daß sie überhaupt noch mit ihm sprach und sogar bereit war, weiterhin seinem Rat zu vertrauen, verriet ihm, daß sie nicht allzu wütend war.

»Richten Sie Ihr Haar, meine Liebe, und dann begleite ich Sie zum See hinab.«

Er konnte sich nur mit Mühe das Lachen verbeißen, als sie erbittert an ihren Haaren herumfingerte, und als sie dann mit demonstrativem Nachdruck ihre Haube aufsetzte, lachte er los, was ihm einen mörderischen Blick einbrachte, der ihn nur noch mehr belustigte.

Doch als sie wenige Minuten später über den Rasen schlenderten, ließ er seinen ganzen entwaffnenden Charme spielen, und sie vergaß tatsächlich sofort ihren Zorn und war bereit, ihm seinen Faux pas zu verzeihen. Ihre gute Laune hielt allerdings nicht lange an. Sie hatte nicht bedacht, welche Schlußfolgerungen man daraus ziehen könnte, daß weder Anthony noch sie an der Jagd teilgenommen hatten. Es kam ihr erst zu Bewußtsein, als sie Justins bestürztes Stirnrunzeln sah.

»Ich halte es für keine gute Idee, wenn wir zusammen gesehen werden«, versuchte sie rasch zu retten, was noch zu retten war, denn sie hatte auch einige ihrer anderen Kandidaten am See erspäht.

»Ich würde Ihnen zustimmen, meine Liebe, wenn wir an irgendeinem anderen Ort wären«, erwiderte er. »Aber als Verwandter der Hausherrin habe ich sogar die Pflicht, mich um die Gäste zu kümmern.«

Seine Sorglosigkeit ärgerte sie, denn inzwischen hatten auch Lord Grahame und Lord Fleming sie an Sir Anthonys Arm gesehen, und ihr fiel Reginas freundschaftliche Warnung ein, daß jede Frau, an der dieser Schürzenjäger Interesse zeigte, sofort ins Gerede kam.

In seiner Begleitung am See aufzutauchen, nachdem sie beide die Jagd verpaßt hatten, könnte die Herren auf falsche Gedanken bringen, und das hätte Anthony eigentlich wissen müssen. In solchen Dingen hatte er schließlich viel mehr Erfahrung als sie. Wieder stieg heftiger Zorn in ihr auf, und sie verspürte das Bedürfnis, ihn irgendwie aus der Fassung zu bringen.

»Wissen Sie, Anthony, selbst wenn ich mich mit meinem Ehemann langweilen sollte, so bedeutet das noch lange nicht, daß *Sie* davon profitieren werden.«

Sein Grinsen verriet, daß er ihre Absicht durchschaute, und seine Antwort ließ sie unwillkürlich erschaudern. »O doch, Sie *werden* meine Geliebte sein. Wenn ich mir dessen nicht ganz sicher wäre, hätte ich mich nie bereit erklärt, Ihnen zu helfen.«

Kapitel 13

»O nein, lieber Gott, laß das nur einen Traum sein!«

Es war in der Tat ein Alptraum, in einem Zimmer aufzuwachen, in dem man nicht zu Bett gegangen war, und sich nicht erinnern zu können, wie man an diesen Ort gekommen war. Roslynn schaute sich mit schreckensweit aufgerissenen Augen um und wußte trotz ihres Stoßgebets genau, daß sie nicht träumte. Schmutzige, abblätternde Tapeten. Ein Tisch mit nur drei Beinen, dem man in eine Ecke geklemmt hatte, damit er nicht umkippte. Darauf eine angeschlagene Waschschüssel und ein Krug, an dem eine Küchenschabe entlanglief. Das schmale Bett, in dem sie lag, zugedeckt mit einer groben Wolldecke. Nackter Fußboden, kahle Wände, ein Fenster ohne Vorhänge.

Wie war so etwas nur möglich? Roslynn preßte ihre Hände an die Schläfen und versuchte verzweifelt, sich zu erinnern. War sie krank gewesen? Hatte sie einen Unfall gehabt? Sie wußte nur, daß sie sich am vergangenen Abend in Frances' Haus zu Bett begeben hatte — aber vielleicht lag dieser Abend in Wirklichkeit Tage zurück, und sie hatte alles Dazwischenliegende nur vergessen?

Sie hatte nicht einschlafen können, was ihr seit der ersten Begegnung mit Anthony Malory oft passierte. Frances und sie waren drei Tage zuvor von Reginas Landsitz zurückgekehrt, aber sie hatte ständig an Anthony denken müssen, an jenen Vorfall im Wintergarten und an sein erstaunliches Anerbieten, ihr zu helfen, anstatt sie zu verführen.

Trotz seines Versprechens, sie in Ruhe zu lassen, zumindest bis sie verheiratet war, hatte er sie an jenem Sonntag aber nicht aus den Augen gelassen. Gewiß, er hatte sich zeitweilig diskret im Hintergrund gehalten und sie nicht daran gehindert, beim Picknick mit den anderen Gästen Konversation zu treiben und ihre Heiratskanditen zu umgarnen. Aber jedesmal, wenn sie ihn irgendwo in der Menge gesehen hatte, waren ihre Blicke sich unweigerlich begegnet, so als beobachte er sie ständig. Und abends beim Ball hatte er sie dreimal zum Tanz gebeten, während er keine andere Frau aufforderte, nicht einmal seine Nichte.

Sie war wütend gewesen, als sie seine Absichten durchschaut hatte, aber da war es schon zu spät gewesen. Lord Grahame hatte eine Einladung ins Theater rückgängig gemacht, kaum daß sie wieder in London waren. Angeblich war ihm eine anderweitige Verpflichtung eingefallen, aber für Roslynn stand fest, daß er durch Anthonys unverhohlenes Interesse an ihr eingeschüchtert worden war.

Ja, sie hatte in der vergangenen Nacht nicht einschlafen können, weil ihr vielerlei im Kopf herumgegangen war. Seit ihrer Rückkehr nach London hatte keiner ihrer Herren ihr seine Aufwartung gemacht, und sie war sich darüber im klaren, daß sie nicht einfach viel zu beschäftigt waren. Anthonys unschuldiges ›Sich-um-die-Gästekümmern‹ hatte ihr beträchtlich geschadet.

Und wenn sie sich an all das so deutlich erinnern konnte — wie war es denn möglich, daß sie nicht wußte, wie sie in diese gräßliche Kammer gelangt war? Anthony würde doch nicht... Nein, völlig ausgeschlossen. Und es war auch höchst unwahrscheinlich, daß Frances den Verstand verloren und so etwas arrangiert hatte. Folglich gab es nur *eine* plausible Erklärung, wenn sie nicht annehmen wollte, daß sie schwer krank war und im Fieber fantasierte, und dazu war alles viel zu real. Geordie! Irgendwie mußte er es fertiggebracht haben, sie aus dem Haus in der South Audley Street in Mayfair zu entführen und hierher zu bringen. Unvorstellbar, aber offensichtlich wahr.

Und doch wollte sie noch immer nicht akzeptieren, daß Geordie gewonnen hatte, hoffte sie immer noch, daß es eine andere Erklärung geben könnte, und so war es für sie ein arger Schock, als sie sich mit der Realität konfrontiert sah. Ihr brach vor Angst der Schweiß aus, und ihre Kehle war plötzlich wie zugeschnürt, als Geordie Cameron mit triumphierender Miene das Zimmer betrat. Roslynn hatte sich so oft ausgemalt, was passieren würde, wenn er sie in seine Gewalt bekam, daß sie ihn zunächst nur schreckensbleich anstarren konnte.

»Ah, ich freue mich wirklich, daß Mrs. Pym recht hatte, als sie mir meldete, du seist endlich aufgewacht«, rief er in breitestem schottischem Dialekt. »Sie war so nett, draußen vor der Tür zu sitzen und zu horchen, ob du dich bewegst, um mir gleich Bescheid sagen zu können. Sie weiß, wie ungeduldig ich bin, und zweifellos haben auch die Münzen in ihrer Tasche zu ihrer Beflissenheit beigetragen. Glaub aber nur nicht, daß du sie auf deine Seite ziehen kannst, Mädchen. Ich habe ihr nämlich eine hübsche Geschichte erzählt, wie ich dich befreit habe, um dich in den Schoß deiner Familie zurückzubringen. Sie wird dir kein Wort glauben, wenn du etwas anderes daherplapperst.«

Nach dieser langen Einleitung lächelte er, und dieses Lächeln war schon immer einer der Gründe gewesen, weshalb Roslynn diesen Cameron nicht ausstehen konnte. Es war nie ein freundliches Lächeln, sondern stets ein hämisches, höhnisches oder hinterlistiges Grinsen, bei dem seine kalten blauen Augen boshaft funkelten.

Er war Roslynn immer groß vorgekommen, bis sie die Malorys kennengelernt hatte. Sein karottenrotes Haar hing zottelig herab, was vermutlich daran lag, daß er während der Verfolgungsjagd keine Zeit zur Körperpflege gehabt hatte. Er war nicht dick, aber so massiv gebaut, daß er sie mühelos überwältigen könnte, sollte sie versuchen, ihm zu entkommen. Alles in allem war er durchaus ein gut aussehender Mann, und zu Roslynns Leidwesen hatte er sogar große Ähnlichkeit mit ihrem Großvater in jungen Jahren, wie das einzige Porträt von Duncan Cameron auf Cameron Hall bewies.

»Du bist ja so ungewöhnlich still«, spottete Geordie, als sie ihn weiterhin schweigend anstarrte. »Hast du für deinen einzigen Vetter keinen warmen Willkommensgruß übrig?«

Diese Unverschämtheit riß Roslynn aus ihrer Erstarrung und ließ heftigen Zorn in ihr aufsteigen. Daß er es tatsächlich *wagte* zu tun, was sie befürchtet hatte! Natürlich war sie nur deshalb nach London gekommen, nur deshalb suchte sie nach einem Mann, und nur deshalb hatte sie Anthony als Berater akzeptiert, obwohl sie genau wußte, daß sie eigentlich einen weiten Bogen um ihn machen sollte. Aber feststellen zu müssen, daß ihre Befürchtungen nur allzu begründet gewesen waren! Bei dem Gedanken, wieviel Unannehmlichkeiten ihr dieser habgierige Kerl schon beschert hatte, geriet sie so in Rage, daß sie sogar ihre Furcht vergaß.

»Warmer Willkommensgruß?« schnaubte sie. »Ich möchte nur eines wissen, *Vetter*, nämlich, wie du das geschafft hast!«

Er lachte selbstzufrieden, überaus stolz auf seine Schläue und zudem heilfroh, daß sie nicht wissen wollte, warum sie hier war. Offenbar war ihr das klar, und somit konnte er sich lange Erklärungen sparen. Vermutlich würde sie dann auch einsehen, daß sie keine andere Wahl hatte als mit ihm zu kommen. Er fühlte sich auf englischem Boden nicht wohl und hatte es nicht gern mit gedungenen englischen Ganoven zu tun. Je eher sie sich auf den Heimweg machen konnten, desto besser.

»Es war ganz leicht, Mädchen, kinderleicht!« prahlte er. »Ich wußte, daß du etwas unternehmen würdest, sobald der alte Mann unter der Erde lag, nur dachte ich nicht, daß du *hierher* kommen würdest. Aber ich ließ die meisten Straßen beobachten, weißt du, und als du dort nirgends aufgetaucht warst, war mir klar, daß du nur nach England geflohen sein konntest.«

»Wie schlau von dir, eine solche Schlußfolgerung zu ziehen!« kommentierte sie ironisch.

Seine Augen verengten sich zu Schlitzen. »Jedenfalls schlau genug, um dich zu schnappen.«

Roslynn zuckte zusammen und lenkte ihn hastig ab: »Aber wie hast du mich nur so schnell gefunden, Geordie? London ist doch wirklich keine Kleinstadt.«

»Mir fiel ein, daß du hier eine Freundin hast, und es war nicht schwer, sie ausfindig zu machen — und damit auch dich. Übrigens wäre ich deiner schon viel früher habhaft geworden, wenn diese Idioten, die ich auf dich angesetzt hatte, nicht das Hasenpanier ergriffen hätten, nur weil die Menge auf der Oxford Street dir zu Hilfe kam.«

Es war also doch Geordie gewesen, der jene nur knapp vereitelte Entführung initiiert hatte! Was aber die angebliche Hilfe der Passanten anging, so mußte Roslynn unwillkürlich lachen, tat allerdings rasch so, als hätte sie einen Hustenanfall. Sie konnte sich gut vorstellen, welchen Bären die beiden Ganoven ihrem Vetter aufgebunden hatten, um nicht in Ungnade zu fallen.

»Dann aber hast du plötzlich die Stadt verlassen, und ich dachte schon, du wärest mir durch die Lappen gegangen«, fuhr Geordie mit gerunzelter Stirn fort. »Du hast mir dadurch eine Menge Scherereien und Unkosten verursacht, Mädchen, das kannst du mir glauben. Ich mußte Männer in alle Richtungen losschicken, um dir auf die Spur zu kommen, aber du hattest keine Spuren hinterlassen, jedenfalls keine ergiebigen. Aber dann bist du ganz von allein zurückgekommen.« Sein Grinsen besagte, daß er das für einen typisch weiblichen Fehler hielt. »Und danach mußte ich nur noch eine günstige Gelegenheit abwarten — und jetzt bist du hier!«

Ja, hier war sie, aber sie wußte noch immer nicht, wie Geordie das bewerkstelligt hatte. Sie sah ihm jedoch an, daß er darauf brannte, es ihr zu erzählen, weil er so stolz auf sich war und seine Schläue von ihr bestätigt haben wollte. Ihm lag seit jeher ungeheuer viel daran, als schlauer Fuchs und gerissener Kerl zu gelten. Deshalb hatte er es auch so genossen, wenn ihm als Kind wieder einmal ein übler Streich gelungen war. Warum sollte es diesmal anders sein?

Sie beschloß, ihm wenigstens diese Genugtuung zu versagen. Nach einem herzhaften Gähnen murmelte sie gleichgültig: »Und was jetzt, Vetter?«

Ihm klappte der Unterkiefer herunter. »Interessiert es dich überhaupt nicht, wie du hierhergekommen bist?«

»Spielt das denn eine Rolle?« fragte sie in gelangweiltem Ton. »Wie du ganz richtig festgestellt hast, bin ich jetzt jedenfalls hier.«

Er lief vor Wut rot an. »Ich werde es dir aber erzählen, damit du siehst, daß es zwar im Grunde ganz einfach war, aber doch großen Einfallsreichtum erforderte.«

»Gewiß doch«, erwiderte sie.

Sie gähnte wieder und registrierte befriedigt, daß seine hellblauen Augen Blitze schleuderten. Er war so leicht zu durchschauen, so unbedeutend, so selbstsüchtig und jähzornig. Vielleicht sollte sie ihn lieber nicht weiter reizen. Ihre Furcht war zwar verebbt, nachdem sie den ersten Schock überwunden hatte, aber er stellte nach wie vor eine ernsthafte Bedrohung dar. Und es war bestimmt vernünftiger, ihn zu besänftigen, bis ihr irgendein Ausweg einfiel — wenn es überhaupt einen Ausweg aus dieser mißlichen Situation gab!

»Ich habe ein Dienstmädchen ins Haus geschleust, verstehst du? Ein gerissenes Ding, das für Geld zu allem bereit ist. Es war kinderleicht, eines der echten Dienstmädchen daran zu hindern, zur Arbeit zu erscheinen, und dann brauchte meine Kleine nur noch hinzugehen und zu behaupten, die andere wäre krank, und sie würde sie vertreten.«

»Und was hast du mit dem armen Mädchen gemacht, das nicht zur Arbeit erschien?« fragte Roslynn aufgebracht.

»Reg dich nicht auf, Kusine.« Seine Laune besserte sich sichtlich, nachdem er jetzt wieder ihre volle Aufmerksamkeit hatte. »Der ist nichts weiter passiert — sie hat nur einen leichten Schlag über den Schädel bekommen. Ich habe sogar schon einen Mann losgeschickt, um sie zu befreien, nachdem dein Verschwinden inzwischen ohnehin aufgefallen sein dürfte. Aber was ich eigentlich sagen wollte — nachdem das Mädchen sich ins Haus eingeschmuggelt hatte, brauchte es nur abzuwarten, bis du vor dem Schlafengehen noch etwas zu essen oder zu trinken verlangtest, um ein Schlafmittel hineinzugeben.«

Die Milch! Diese verdammte warme Milch, die sie im Bett getrunken hatte, in der Hoffnung, danach einschlafen zu können. Nun, eingeschlafen war sie tatsächlich, und sie hatte sogar ihre eigene Entführung verschlafen!

»Ah, jetzt begreifst du endlich, stimmt's?« kicherte Geordie. »Das Mädchen hat meine Männer bei erstbester Gelegenheit ins Haus gelassen und versteckt und ist dann nach Hause gegangen. Als alle im Hause lebenden Dienstboten sich zurückgezogen hatten, brauchten meine Männer dich nur noch rauszutragen und zu mir zu bringen, und du bist dabei nicht mal aufgewacht.«

»Und wie sehen jetzt deine weiteren Pläne aus?« erkundigte sie sich ironisch. »Du hast doch bestimmt etwas Niederträchtiges im Sinn.«

»Ich habe einen Pfaffen davon überzeugen können, daß er uns ruhig trauen kann, auch ohne dein ›Ich will‹ zu hören. Der versoffene Kerl liegt irgendwo in der Gosse, aber meine Männer suchen schon nach ihm. Es wird jetzt nicht mehr lange dauern, Kusine. Und glaub nur nicht, daß du irgendwelche Sperenzchen machen kannst, während wir auf den geistlichen Herrn warten. Mrs. Pym wird vor deiner Tür Wache halten.«

Er verließ das Zimmer, und sie hörte, wie ein Schlüssel sich im Schloß drehte. Sie überlegte, ob sie ihn zurückrufen sollte. Vielleicht würde er sich die Sache noch einmal überlegen, wenn sie ihm erzählte, daß sowohl Nettie als auch Frances ihre unüberwindliche Abneigung gegen ihn kannten und jederzeit beschwören würden, daß sie ihn niemals freiwillig geheiratet hätte. Doch sie verwarf diesen Plan rasch wieder, denn in seiner grenzenlosen Geldgier würde er höchstwahrscheinlich vor nichts zurückschrecken, nicht einmal vor Mord. Im Augenblick beabsichtigte er vermutlich, sie nach der Eheschließung irgendwo einzusperren. Vielleicht spielte er auch mit dem Gedanken an einen ›bedauerlichen Unfall‹. Aber wenn er wüßte, daß sie Freundinnen hatte, die diese Ehe anfechten könnten, wäre nicht nur ihr eigenes Leben keinen Pfifferling mehr wert, sondern sie würde auch Nettie und Frances gefährden.

Es gibt keinen Ausweg, und in Kürze wirst du mit diesem Schurken verheiratet sein, dachte sie resigniert, doch schon im nächsten Moment bäumte sich ihr Stolz heftig dagegen auf. Verdammt, sie würde sich nicht so leicht kleinkriegen lassen! Sie mußte nur ihren Grips zusammennehmen! Aber sie spürte, daß sie einer Panik nahe war. Nicht mehr lange, hatte er gesagt. Wieviel Zeit blieb ihr noch? Der betrunkene Geistliche konnte jeden Moment hier sein. Und wo, zum Teufel, war sie hier überhaupt?

Sie sprang aus dem Bett und rannte ans Fenster. Entmutigt stellte sie fest, daß sie sich im zweiten Stockwerk befand. Kein Wunder, daß Geordie sich nicht die Mühe gemacht hatte, das Fenster zu verbarrikadieren. Und wenn sie versuchte, um Hilfe zu schreien, würde Mrs. Pym sofort ins Zimmer stürzen, dann würde man sie bestimmt fesseln und knebeln.

Ebenso sinnlos wäre zweifellos der Versuch, Mrs. Pym

auf ihre Seite zu ziehen. Die Frau hielt sie wahrscheinlich für geisteskrank. Weiß Gott, was Geordie ihr alles weisgemacht hatte! An Einfallsreichtum hatte es ihm nie gefehlt. Und nachdem sein heißersehntes Ziel, an das Vermögen der Camerons heranzukommen, nun endlich in greifbare Nähe gerückt war, hatte er bestimmt nichts dem Zufall überlassen.

Angsterfüllt ließ sie ihre Blicke durch die Kammer schweifen, aber als Waffe eignete sich bestenfalls der Wasserkrug, und auch der nur gegen die erste Person, die das Zimmer betrat. Und das mußte nicht unbedingt Geordie sein. Außerdem wußte sie nicht, ob es ihr gelingen würde, ihn mit dem Krug bewußtlos zu schlagen. Und was tun, wenn er nicht allein kam?

Nein, ihre einzige Chance war das Fenster. Es ging auf eine Gasse hinaus, die aber breit genug für Fahrzeuge war. Nur, daß im Augenblick weit und breit kein Fahrzeug zu sehen war. Die Häuser auf beiden Seiten hielten das Tageslicht ab und verliehen der Gasse ein düsteres Aussehen. Roslynn beugte sich aus dem Fenster und sah, daß die Gasse an beiden Enden in helle Straßen mündete, wo lebhafter Verkehr herrschte. Auch Fußgänger waren dort unterwegs – ein Kind rannte vorbei, ein Seemann schlenderte Arm in Arm mit einer aufgetakelten Frau dahin. Wenn sie laut genug schrie, würde sie wahrscheinlich jemanden auf sich aufmerksam machen können. Aber dann würde auch Mrs. Pym sie hören.

Roslynn hastete zum Bett, zog mit einem Ruck das grobe Leintuch hervor und eilte damit ans Fenster zurück. Sie beugte sich weit hinaus und schwenkte es wie eine Fahne, bis sie vor Anstrengung keuchte und lahme Arme hatte. Nichts! Falls jemand ihr Tun beobachtet hatte, so dachte er wohl, daß sie das Leintuch nur gründlich ausschütteln wollte.

Und dann hörte sie das Fahrzeug, noch bevor sie es langsam in die Gasse einbiegen sah. Sie hatte plötzlich rasendes Herzklopfen. Es war ein mit Fässern beladener

Wagen, und der Fuhrmann pfiff vergnügt vor sich hin, während er sein Maultier lenkte.

Roslynn ließ das Leintuch auf den Boden fallen und schwenkte statt dessen ihre Arme. Doch sie erkannte rasch, wie gering die Chance war, daß er sie überhaupt bemerkte. Er trug einen breitkrempigen Hut, der ihm die Sicht nach oben versperrte, und er hatte ja auch keinen Grund, in die Höhe zu blicken. Sie machte verzweifelt *Pssst, pssst,* um ihm doch noch auf sich aufmerksam zu machen, aber der Karren machte auf dem Kopfsteinpflaster einen solchen Lärm, daß nicht einmal lautes Rufen zu hören gewesen wäre. Und als ihr endlich einfiel, daß sie den Krug hinunterwerfen könnte, hatte der Wagen sich schon ein ganzes Stück von ihrem Fenster entfernt.

Sie lehnte sich mutlos an die Wand neben dem Fenster. Nein, so ging es nicht. Selbst wenn der Fuhrmann sie gesehen hätte — wie hätte sie sich ihm im Flüsterton verständlich machen sollen? Und wenn sie lauter redete, würde sie Mrs. Pym alarmieren.

Verdammt, konnte sie denn wirklich gar nichts tun? Der Krug würde ihr nichts nutzen, denn Geordie würde bestimmt in Begleitung des Geistlichen und seiner Männer kommen. Schließlich wurden für die Zeremonie ja auch Zeugen benötigt.

Ihr graute allein schon bei der Vorstellung, mit Geordie verheiratet zu sein, und sie wurde von ihren düsteren Zukunftsvisionen so in Anspruch genommen, daß sie das zweite Fahrzeug erst hörte, als es fast schon zu spät war. Als sie ans Fenster stürzte, war der Heuwagen nur noch ein kleines Stück entfernt. Der Fuhrmann trieb die beiden Mähren, die den Wagen zogen, mit lauten Flüchen an und gestikulierte dabei wild mit einer Ginflasche. Er würde sie bestimmt nicht hören, und er war schon so nahe!

Roslynn faßte blitzschnell ihren Entschluß. Eine weitere Chance würde sich ihr vielleicht nicht bieten. Sie durfte nur nicht an die möglichen Folgen denken, denn dann würde ihr der Mut zum Handeln fehlen. Sie kletterte rasch auf das Fensterbrett, wartete, bis der Wagen direkt darunter war, und sprang in die Tiefe.

Kapitel 14

Im Fallen schoß ihr der Gedanke durch den Kopf, daß dies eine reine Verzweiflungstat gewesen war. Sie sah ihre Füße in die Höhe fliegen und versuchte instinktiv, mit den Händen irgendwo Halt zu finden. Sie wußte, daß sie im nächsten Moment sterben würde, und in dieser letzten Sekunde verfluchte sie Geordie. Indem sie den Tod einer Ehe mit ihm vorzog, würde sie seinem Selbstvertrauen einen gewaltigen Stoß versetzen, und das verschaffte ihr eine gewisse Befriedigung, wenn es sie auch keineswegs mit ihrem Schicksal versöhnte, denn sterben würde *sie*, und dieser habgierige Schurke würde wahrscheinlich eine gefälschte Heiratsurkunde vorlegen, um doch noch an ihr Vermögen heranzukommen.

Sie landete mit voller Wucht auf dem Rücken. Der heftige Aufprall raubte ihr den Atem, und sie wurde ohnmächtig. Ein heftiger Ruck des Wagens ließ sie wieder zu sich kommen. Sie stöhnte, überzeugt davon, mindestens ein Dutzend Knochen gebrochen zu haben. Doch beim nächsten Ruck verspürte sie keine Schmerzen. Unglaublich, etwas so Törichtes getan zu haben und unverletzt davongekommen zu sein. Sie mußte einen ganz besonderen Schutzengel gehabt haben, wie man es Kindern und Narren ja nachsagte, und eine größere Närrin als sie konnte es gar nicht geben. Sie hätte sich leicht den Hals brechen können, das wußte sie genau. Sie konnte nur Gott danken, daß dieser Wagen Heu transportierte und keine harten Gegenstände.

Der betrunkene Fuhrmann hatte nicht einmal gemerkt, daß er einen Fahrgast bekommen hatte. Entweder er hatte bei ihrem lauten Aufprall geglaubt, der Wagen wäre in ein besonders tiefes Loch im Pflaster geraten, oder aber er war taub.

Sie war tief im Heu versunken, aber sicherheitshalber vervollständigte sie die Tarnung, indem sie mit beiden Händen Heu über ihren ganzen Körper streute. Keinen Augenblick zu früh, denn der Wagen bog von der dunklen Gasse in die lichtdurchflutete Straße ein, und Roslynn kam erst jetzt mit Schrecken zu Bewußtsein, daß sie nur ein dünnes, weißes Baumwollnachhemd trug und barfuß war.

Immerhin konnte sie sich glücklich schätzen, daß sie am Vorabend nicht in einem der verspielten Negligés zu Bett gegangen war, die zu ihrer Aussteuer gehörten. Es war ein züchtiges Nachthemd, bodenlang, mit langen weiten Ärmeln und Manschetten. Wenn sie etwas fand, das als Gürtel dienen konnte, würde man es bei flüchtigem Hinsehen vielleicht sogar für ein Kleid halten können.

Unglückseligerweise blieb Roslynn wenig Zeit, darüber nachzudenken, wie sie ohne Geld nach Hause gelangen sollte. Der Wagen rollte in einen Stall und blieb stehen, und sie konnte gerade noch rechtzeitig hinausspringen und sich in einer leeren Box verstecken, bevor der Fuhrmann nach hinten kam und das Heu abzuladen begann. Er erhielt gleich darauf Hilfe von einem großen, kräftigen Kerl, der ihn mit freundschaftlichen Flüchen bedachte, weil er sich verspätet hatte.

Roslynn konnte sich währenddessen einen Schlachtplan zurechtlegen. Sie hatte wieder Glück gehabt, denn ein Stall war der ideale Ort, um an ein Pferd heranzukommen. Zwar hatte sie noch immer keine Ahnung, in welchem Stadtteil sie sich befand, aber sich nach Mayfair durchzufragen konnte nicht allzu schwierig sein. Das Dumme war nur, daß der einzige Wertgegenstand, den sie bei sich hatte, das Kruzifix ihrer Mutter war, das sie nur ablegte, wenn sie sich mit ihren kostbaren Juwelen schmückte. Undenkbar, sich davon zu trennen! Aber ihr blieb wohl keine andere Wahl, es sei denn, sie wäre nicht weit von Mayfair entfernt. Dann könnte sie zur Not auch zu Fuß gehen.

Doch schon im nächsten Moment erkannte sie, daß das keine gute Idee war. Sie hatte vorhin auf der Straße keine einzige Kutsche gesehen, nur Fuhrwerke, Trunkenbolde und Matrosen mit ihren Liebchen. Was für ein Stadtteil dies auch sein mochte — ein vornehmes Viertel war es jedenfalls nicht, und wenn sie sich zu Fuß auf den Heimweg machte, würde sie unweigerlich in Schwierigkeiten geraten. Nein, sie mußte unbedingt ein Pferd mieten.

Der Gedanke, daß Geordie ihre Flucht bereit bemerkt haben könnte und die ganze Umgebung nach ihr absuchte, verwandelte sie in das reinste Nervenbündel, während sie darauf wartete, daß der betrunkene Fuhrmann mit seinem Heuwagen endlich verschwand. Sie wollte mit dem anderen Mann unter vier Augen sprechen, denn je weniger Leute sie in diesem Aufzug sahen, desto besser. Sie konnte sich lebhaft vorstellen, welchen Skandal es gäbe, wenn etwas davon an die Öffentlichkeit käme. *Lady Chadwick spaziert im Nachthemd durch die Slums.* Die vornehme Gesellschaft würde sich begierig auf diese Sensation stürzen, und dann könnte sie jede Hoffnung auf eine passende Partie in absehbarer Zeit aufgeben.

Trotzdem kostete es sie große Überwindung, ihr Versteck zu verlassen, als sie endlich mit dem Mann allein war. Sich jemandem im Nachtgewand präsentieren zu müssen, war eine schreckliche Vorstellung, und ihre Verlegenheit stieg ins Unermeßliche, als der stämmige Kerl sie mit weitaufgerissenen Augen und offenem Mund anstarrte. Sie versuchte erfolglos, einen nackten Fuß hinter dem anderen zu verstecken, und kreuzte ihre Arme über der Brust. Die langen Haare, in denen sich Heu verfangen hatte, hingen ihr wirr über die Schultern. Sie bot einen überaus reizvollen Anblick, obwohl sie selbst das nicht für möglich gehalten hätte.

Der Mann stand wie angewurzelt da und starrte sie hingerissen an wie eine himmlische Erscheinung. Sein braunes Haar war mit grauen Strähnen durchzogen, und graue Bartstoppeln bedeckten sein breites Kinn. Roslynn wußte nicht, ob der Stall ihm gehörte, oder ob er nur ein Angestellter war, aber das spielte auch keine Rolle. Er war jedenfalls der einzige Mensch, der ihr im Augenblick helfen konnte, und das machte sie so nervös.

Als sie endlich ihren ganzen Mut zusammennahm und nach einer kurzen Erklärung ihr Anliegen vorbrachte, konnte der Mann ihr hektisches Gestotter kaum verstehen, doch schließlich begriff er doch, was sie von ihm wollte, und ging auf sie zu, während er seine Hose hochzog.

»Ein Pferd brauchen Sie? Das hätten Sie gleich sagen sollen, Miß. Und ich dachte schon, daß mein guter alter Freund Zeke mir ein wirklich tolles Geburtstagsgeschenk geschickt hat. Ein Pferd also?« Er schüttelte kichernd den Kopf. »Nichts für ungut, Miß, aber bei sowas läuft doch jedem das Wasser im Mund zusammen.«

Rot vor Zorn und Scham, unterbrach Roslynn sein Gelächter. »Können Sie mir nun ein Pferd vermieten oder nicht?«

»Zwei sind noch da, aber beide taugen nicht viel. Die guten Gäule gehen immer zuerst weg.«

»Würden Sie das hier als Sicherheit annehmen?« Sie nahm das Kreuz ab und überreichte es ihm. »Es ist bestimmt mehr wert als alle Pferde, die Sie im Stall haben. Aber ich will es zurückhaben. Ich lasse den Gaul später zurückbringen, und dann bekommen Sie auch Ihr Geld.«

Er betrachtete das Kreuz von allen Seiten und hatte sogar die Frechheit, darauf zu beißen, bevor er mit dem Kopf nickte. »Ja, das tut's.«

»Ein Paar Schuhe könnten Sie mir nicht zufällig ausleihen?«

Er warf einen Blick auf ihre zarten Füße und schnaubte belustigt. »Kaum, Miß. Meine Kinder sind alle schon erwachsen und aus dem Haus.«

»Verzweifelt fragte sie: »Haben Sie dann wenigstens vielleicht einen Mantel oder sonst etwas zum Anziehen?«

»Nun, damit könnte ich Ihnen dienen. Und das ist auch zu empfehlen, denn sonst gibt's auf den Straßen einen Menschenauflauf.«

Roslynn war viel zu erleichtert, um sich über sein Gelächter zu ärgern, als er den Klepper holen ging.

Kapitel 15

Die Dunkelheit brach herein. Eigentlich hätte sie nach einem nur halbstündigen Ritt in Mayfair sein müssen, aber sie hatte sich im Straßengewirr verirrt und unzählige Umwege gemacht, bis sie nach drei Stunden endlich in eine ihr vertraute Gegend kam. Ihre Nerven waren inzwischen zum Zerreißen gespannt, aber sie sagte sich, daß die Dunkelheit für sie eigentlich von Vorteil war, weil dadurch die Gefahr verringert wurde, auf der South Audley Street von Frances' Nachbarn erkannt zu werden. Eine ausgezeichnete Tarnung war außerdem die große Kapuze des alten mottenzerfressenen Umhangs, den der Mann im Stall ihr überlassen hatte.

Sie wünschte sehnlichst, daß dieser schreckliche Tag für sie bald zu Ende wäre, aber davon konnte überhaupt keine Rede sein. Sie durfte nicht riskieren, auch nur eine weitere Nacht unter Frances' Dach zu verbringen. Und sie durfte ihre Heirat nicht mehr auf die lange Bank schieben. Daß Geordie sie so schnell ausfindig gemacht hatte, änderte ihre Situation von Grund auf. Sie rechnete sogar damit, daß er sie auf der Schwelle von Frances' Haus abfangen und in eine Kutsche zerren würde.

Das war jedoch zum Glück nicht der Fall. Und zum Glück war Frances nicht zu Hause. Roslynn wußte, daß die Freundin ihre Pläne nicht gebilligt hätte, und sie hatte jetzt wirklich keine Zeit für lange Debatten.

Hingegen mußte Nettie selbstverständlich eingeweiht werden. Nachdem Roslynn einen Knecht damit beauftragt hatte, den Klepper zurückzubringen und ihr Kreuz auszulösen, mußte sie den Butler und andere aufgeregte Dienstboten beruhigen und ihnen versichern, daß alles in Ordnung sei; ohne nähere Erklärungen abzugeben, eilte sie sodann nach oben auf ihr Zimmer, wo Nettie ruhelos auf und ab lief. Roslynn hatte ihre Zofe noch nie so verhärmt gesehen, doch schon im nächsten Moment spiegelte Netties Gesicht ungläubiges Staunen und grenzenlose Erleichterung wider.

»Ach, Mädelchen, ich bin vor Sorge um dich fast gestorben!« Fast im selben Atemzug begann sie zu schimpfen: »Wo, zum Teufel, hast du nur gesteckt, kannst du mir das mal verraten? Ich dachte schon, dein Vetter hätte dich geschnappt.«

Unter normalen Umständen hätte Roslynn über Netties raschen Stimmungsumdchwung schallend gelacht, und sogar jetzt ließ ihre nervliche Anspannung zum erstenmal an diesem schrecklichen Tag ein wenig nach. Aber sie durften keine Zeit vergeuden. In dem Bewußtsein, daß jede Sekunde kostbar war, eilte sie zu ihrem Kleiderschrank, während sie ihrer Zofe über die Schulter hinweg zurief: »Das hat er auch! Und jetzt hilf mir rasch beim Ankleiden, Nettie. Dabei erzähle ich dir alles.«

Nettie unterbrach den Bericht nur einmal mit einem ungläubigen »Du hast *was* getan?«, als Roslynn schilderte, wie sie aus dem Fenster gesprungen war, und nachdem sie geendet hatte, stand der Zofe wieder die Angst im Gesicht.

»Du kannst nicht länger hierbleiben«, erklärte sie resolut.

»Ich weiß«, erwiderte Roslynn. »Wir verlassen dieses Haus noch heute abend — aber nicht zusammen.«

»Aber...«

»Hör zu«, fiel Roslynn ihr ungeduldig ins Wort. »Ich hatte den ganzen Nachmittag Zeit zum Nachdenken. Geordie kann in Zukunft mit offenen Karten spielen, und ich halte es für durchaus möglich, daß er bei seinem nächsten Versuch, mich zu entführen, auch vor Gewaltanwendung nicht zurückschreckt, und ich möchte nicht, daß jemand verletzt wird. Ich habe so ewig lange gebraucht, um nach Hause zu gelangen, daß er mir ohne weiteres hier hätte auflauern können. Aber wahrscheinlich hat er geglaubt, daß ich ohne Geld und Kleider nicht weit kommen würde.«

»Du meinst also, daß er noch immer in jener Gegend nach dir sucht, wo du ihm entkommen bist?«

»Durchaus möglich. Vielleicht legte er sich aber auch schon einen neuen Plan zurecht. Wir müssen damit rechnen, daß er dieses Haus observieren läßt. Ich habe vorhin zwar niemanden gesehen, aber das besagt nicht viel. Wir müssen auf jeden Fall gewisse Vorsichtsmaßnahmen treffen. Deshalb werden wir gleichzeitig losfahren – aber in verschiedene Richtungen. Damit stiften wir Verwirrung.«

»Aber wohin sollen wir denn überhaupt fahren?«

Endlich huschte ein Lächeln über Roslynns Gesicht. »Zurück nach Silverley. Dort wird er uns nicht finden.«

»Woher willst du das wissen?«

»Die Männer, die mich aus der Oxford Street entführen wollten, haben in Geordies Auftrag gehandelt. Er wußte, wo ich mich aufhielt, aber offenbar wurde das Haus an jenem Morgen, als ich in aller Herrgottsfrühe losgeritten bin, nicht observiert. Als Geordie dann merkte, daß ich verschwunden war, haben seine Männer überall nachgeforscht, aber die Spur endete bei jenem Gasthof, wo wir uns getroffen hatten. Wenn wir also öffentliche Plätze meiden und uns vergewissern, daß wir nicht verfolgt werden, müßten wir auf Silverley in Sicherheit sein.«

»Aber es nutzt dir im Endresultat nicht viel, dich irgendwo zu verstecken, Mädchen. Erst wenn du verheiratet bist, wirst du vor diesem Dreckskerl wirklich in Sicherheit sein.«

»Das weiß ich, und deshalb werde ich dem Mann meiner Wahl eine Nachricht zukommen lassen und ihn bitten, mich auf Silverley zu treffen. Dort werde ich ihm einen Heiratsantrag machen, und wenn alles gut geht und Regina nichts dagegen hat, könnte auch die Hochzeit dort stattfinden.«

Netties Brauen schossen in die Höhe. »Dann hast du dich also entschieden, welchen der Herren du heiraten willst?«

»Ich werde meine endgültige Entscheidung unterwegs treffen«, erwiderte Roslynn kurz angebunden und wechselte rasch das Thema. »Das Wichtigste ist im Augenblick, nach Silverley zu kommen, ohne Spuren zu hinterlassen. Einer der Dienstboten ist schon unterwegs, um uns zwei Mietkutschen zu besorgen.«

»Und was ist mit Brutus?« fragte Nettie, und im nächsten Moment fiel ihr Blick auf Roslynns vollen Kleiderschrank. »Und mit deiner Garderobe? Wir haben keine Zeit zum Packen...«

»Die Sachen müssen eben hierbleiben, bis ich verheiratet bin, Nettie. Einige wenige Kleidungsstücke nehmen wir jetzt mit, und ich bin sicher, daß Regina eine gute Schneiderin hat, die uns anfertigen kann, was wir sonst noch benötigen. Ich muß nur noch schnell eine Nachricht für Frances hinterlassen, dann können wir aufbrechen. Wo steckt sie eigentlich?«

Nettie gab einen Grunzlaut von sich. »Nachdem sie den ganzen Morgen händeringend rumgelaufen ist wie ein Tiger im Käfig, hat eines der Dienstmädchen erwähnt, es hätte einen Bruder, der einen Burschen kennt, der weiß, wie man an Leute herankommt, die dich schneller finden würden als die Polizei...«

»Polizei!« rief Roslynn entsetzt, hatte sie doch um jeden Preis einen Skandal vermeiden wollen. »Verdammt, sie wird mich doch nicht als vermißt gemeldet haben?«

Nettie schüttelte rasch den Kopf. »Sie war allerdings nahe daran, weil sie sich solche Sorgen machte, aber ihr war klar, daß die Sache dann an die Öffentlichkeit dringen würde und das Gerede dir erheblich schaden könnte. Deshalb war sie auch so angetan von dem Vorschlag des Mädchens und hat sich sogar selbst auf den Weg gemacht, um diese Leute anzuheuern.«

Roslynn runzelte die Stirn. »Trotzdem, wenn soviel Dienstboten Bescheid wissen...«

»Oh, was das anbelangt, brauchst du dir keine Sorgen zu machen, Mädchen. Lady Frances hat gute Leute, aber zur Sicherheit habe ich mit jedem von ihnen noch ein Wörtchen geredet, und ich glaube kaum, daß etwas von dieser Geschichte nach draußen dringen wird.«

Roslynn kicherte. »Du wirst mir später erzählen müssen, mit welchen Drohungen du sie eingeschüchtert hast. Jetzt haben wir dazu leider keine Zeit. Geh und pack schnell ein paar Sachen ein, und ich werde das gleiche tun. Wir treffen uns unten. Du fährst dann zunächst einmal in nördliche Richtung, bis du ganz sicher bist, daß niemand dir folgt. Erst dann darf der Kutscher den Weg nach Hampshire einschlagen. Ich werde ein Stück weit nach Süden fahren und später kehrtmachen. Es könnte deshalb sein, daß ich erst eine ganze Weile nach dir ankomme. In diesem Fall darfst du dir keine Sorgen machen. Lieber nehme ich einen riesigen Umweg in Kauf, als noch einmal Geordie in die Hände zu fallen. Beim nächstenmal würde er bestimmt dafür sorgen, daß ich nicht fliehen könnte.«

Kapitel 16

Roslynn hämmerte verzweifelt an die Tür. Sie war so nervös, daß sie sogar vor ihrem eigenen Schatten erschrak, als sie einen Blick über die Schulter warf, um sich zu vergewissern, daß die alte Kutsche noch wartete und der Kutscher sie im Auge behielt. Gegen Geordie und seine gedungenen Ganoven würde er allerdings nicht viel ausrichten können.

Das Bewußtsein, ein unnötiges Risiko eingegangen zu sein, trug erheblich zu ihrer Nervosität bei. Sie hatte Nettie versprochen, London so schnell wie möglich hinter sich zu lassen. Doch statt dessen war sie auf direktem Wege hierher gekommen und hatte nicht einmal darauf geachtet, ob sie verfolgt wurde. Sie hämmerte im Rhythmus ihres rasenden Herzklopfens immer weiter an diese verdammte Tür, die sich nicht öffnen wollte, während Geordie sich vielleicht schon an sie heranschlich.

Als die Tür nach einer Ewigkeit dann noch geöffnet wurde, hätte sie in ihrer Hast, ins Haus zu kommen, fast den Butler über den Haufen gerannt. Sie warf die Tür ins Schloß, lehnte sich dagegen und rang nach Luft, während der Butler sie völlig entgeistert anstarrte.

Schließlich besann er sich jedoch auf seine Würde, zupfte sein Jackett zurecht und räusperte sich energisch. »Also wirklich, Miß...«

Sie fiel ihm hastig ins Wort, und diese Ungezogenheit sowie der schottische Dialekt diskreditierten sie in seinen Augen nur noch mehr. »Ach, Mann, halten Sie mir keine Standpauke! Es tut mir leid, daß ich hier so reinplatze, aber dies ist ein Notfall. Ich muß mit Sir Anthony sprechen.«

»Das ist völlig ausgeschlossen«, erklärte er hoheitsvoll. »Sir Anthony empfängt heute abend nicht.«

»Heißt das, daß er nicht zu Hause ist?«

»Das heißt, daß er für Besucher nicht zu sprechen ist«, erwiderte der Butler unverblümt. »Ich habe meine Anweisungen, Miß. Wenn sie jetzt bitte so gut wären...«

»Nein!« rief sie erbittert, als er seine Hand auf den Türgriff legte. »Haben Sie mich nicht verstanden, Mann? Ich *muß* ihn sehen!«

Er öffnete ungerührt die Tür. »Hier werden keine Ausnahmen gemacht.« Doch als er sie am Arm packte und über die Schwelle schieben wollte, attackierte Roslynn ihn mit ihrem Handtäschchen. »Das ist nun wirklich die Höhe!« schnaubte der Mann indigniert.

»O Mann, Sie sind ganz schön bescheuert!« erklärte Roslynn mit eisiger Ruhe, obwohl ihre Augen vor Zorn funkelten. »Ich werde dieses Haus nicht verlassen, bis ich Anthony gesehen habe. Nachdem ich das Risiko eingegangen bin herzukommen, lasse ich mich nicht einfach abweisen, haben Sie mich verstanden? Sagen Sie ihm — sagen Sie ihm, daß eine Dame ihn zu sprechen wünscht. Tun Sie, was ich Ihnen sage, Mann, oder ich schwöre Ihnen...«

Dobson wartete nicht, bis sie ihre Drohung ausgesprochen hatte, sondern stieg in steifer Haltung die Treppe hinauf — allerdings betont langsam. *Und das will nun eine Dame sein!* dachte er sarkastisch. Er stand nun schon seit vielen Jahren in Sir Anthonys Diensten, aber so etwas hatte er noch nie erlebt. Damen griffen nicht einen Mann an, der nur seine Pflicht tat. Sir Anthony mußte wirklich tief gesunken sein, wenn er sich mit einer solch unverschämten Person einließ!

Sobald er von der Eingangshalle aus nicht mehr zu sehen war, blieb Dobson stehen und überlegte, ob er nicht einfach einige Minuten warten und dann noch einmal versuchen sollte, die Frau loszuwerden. Schließlich war Sir Anthony vorhin ohnehin in schlechter Stimmung nach Hause gekommen, weil er wußte, daß er sich zum Familientreffen im Hause seines Bruders Edward verspäten würde. Lord James und Master Jeremy hatten sich schon auf den Weg dorthin gemacht. Selbst wenn Sir Anthony geneigt wäre, diese Frau zu sehen, hätte er jetzt keine Zeit dazu. Er war dabei sich umzukleiden und wäre gewiß nicht begeistert, von einer aufdringlichen Person aufgehalten zu werden. Wenn es sich um irgendeine andere Verabredung handeln würde, wäre es nicht so schlimm. Aber die Familie kam bei Sir Anthony immer an erster Stelle. Das war schon immer so gewesen, und das würde auch so bleiben.

Und doch... Die unausgesprochen gebliebene Drohung der Frau ging Dobson nicht aus dem Sinn. Er hatte es noch nie mit einer so beharrlichen Besucherin zu tun gehabt — nun ja, selbstverständlich mit Ausnahme von Sir Anthonys Familienangehörigen. Würde die Person Zeter und Mordio schreien oder gar wieder handgreiflich werden? Vielleicht sollte er Sir Anthony doch lieber über das Problem informieren.

Als er ins Zimmer trat, brauchte er nur einen flüchtigen Blick auf Willis, Sir Anthonys Kammerdiener zu werfen, um zu erkennen, daß die Laune ihres Herrn sich nicht gebessert hatte. Willis sah so aus, als hätte er schon einiges schlucken müssen.

Sir Anthony war nur mit einer Hose bekleidet und rieb sich gerade mit einem Handtuch die dichten schwarzen Haare trocken. »Was gibt's denn, Dobson?« fragte er ungehalten.

»Unten wartet eine Frau, Sir. Sie ist einfach hereingestürmt und wünscht Sie zu sprechen.«

»Wimmeln Sie sie ab.«

»Das habe ich versucht, Sir, aber sie weigert sich zu gehen.«

»Wie heißt sie?«

Dobson konnte mit seiner Empörung nicht länger hinter dem Berge halten. »Sie hat mir ihren Namen nicht genannt, behauptet aber, eine Dame zu sein.«

»Ist sie das?«

»Ich bezweifle das sehr, Sir.«

Anthony warf gereizt das Handtuch beiseite. »Vermutlich will sie zu James. Verdammt, ich hätte eigentlich wissen müssen, daß seine Flittchen hier auftauchen würden, wenn ich ihn längere Zeit beherberge.«

Dobson räusperte sich verlegen. »Ich bitte um Verzeihung, Sir, aber sie hat ihren Namen erwähnt und nicht Lord Malorys.«

Anthony runzelte die Stirn. »Dann gebrauchen Sie doch einmal Ihren Verstand, Mann. Hierher kommen nur Frauen, die eingeladen sind, habe ich recht?«

»Jawohl, Sir.«

»Und hätte ich für heute abend jemanden eingeladen, nachdem ich wußte, daß ich außer Haus sein würde?«

»Nein, Sir.«

»Warum belästigen Sie mich dann überhaupt?«

Dobson spürte, wie ihm die Röte ins Gesicht schoß. »Ich wollte Ihre Erlaubnis einholen, die Frau mit Gewalt vor die Tür setzen zu dürfen. Sie will nämlich nicht freiwillig gehen.«

»Tun Sie das«, erwiderte Anthony trocken. »Und holen Sie einen der Knechte zu Hilfe, wenn Sie glauben, daß Sie mit ihr nicht allein fertig werden.«

Mit hochrotem Kopf sagte Dobson würdevoll: »Danke, Sir. Ich glaube, ich werde mir wirklich Hilfe holen. Diese Schottin ist mir etwas zu temperamentvoll.«

»Was war das?« brüllte Anthony so furchterregend, daß Dobson schlagartig erbleichte.

»Ich... Ich...«

»Sagten Sie eben, daß sie Schottin ist?«

»Nein, nein, es hörte sich nur so...«

»Himmeldonnerwetter, Mann, warum haben Sie das nicht gleich gesagt? Bringen Sie sie her — und beeilen Sie sich, bevor sie es sich anders überlegt und geht.«

»Bevor sie...« Mit offenem Mund ließ Dobson seinen Blick durch das Zimmer schweifen, bevor er mühsam herausbrachte: »*Hierher*, Sir?«

»*Sofort*, Dobson.«

Kapitel 17

Anthony konnte es nicht glauben. Sogar als sie über die Schwelle trat, Dobson mit einem mörderischen Blick bedachte und ihn selbst nicht viel freundlicher ansah, konnte er es nicht glauben.

»Ich muß schon sagen, Sie haben einen sehr ungehobelten Kerl als Butler, Sir Anthony.«

Sie hatte die Arme über der Brust verschränkt und klopfte mit dem Fuß ungeduldig auf den Boden. Völlig ungerührt von ihrem Zorn grinste er ihr zu. »Als ich Ihnen meine Adresse gegeben habe, meine Liebe, wollte ich Ihnen nur die Möglichkeit geben, mir bei Bedarf eine Nachricht zukommen zu lassen, nicht aber, persönlich hier zu erscheinen. Ist Ihnen klar wie unschicklich das ist? Dies ist eine Juggesellenwohnung. Ich habe sogar meinen Bruder und meinen Neffen zu Besuch...«

»Um so besser, dann bin ich ja nicht allein mit Ihnen.«

»Ich muß Sie leider enttäuschen, meine Liebe, aber sie sind ausgegangen, und Sie sind ganz allein mit mir. Wie Sie sehen können, stand ich ebenfalls im Begriff auszugehen. Deshalb wollte Dobson Sie auch nicht einlassen.«

Sie war so wütend gewesen, daß sie seiner Aufmachung bisher keine Aufmerksamkeit geschenkt hatte. Als sie ihn jetzt betrachtete, fand sie, daß es eher so aussah, als hätte er zu Bett gehen wollen. Er trug einen kurzen gesteppten Morgenrock aus silberblauem Satin über einer Hose, sonst nichts. Bevor er den Gürtel des Morgenrocks fester band, konnte sie einen Blick auf seine nackte Brust werfen, die mit einem Flaum schwarzer Locken bedeckt war. Seine Haare waren feucht, und er hatte sie sich offenbar mit der Hand aus der Stirn gestrichen. An den Schläfen ringelten sich einige fast trockene Strähnen schon wieder. Noch nie hatte er auf Roslynn so sinnlich gewirkt wie jetzt, und sie mußte hastig ihren Blick abwenden und sich energisch in Erinnerung rufen, weshalb sie hier war.

Unglückseligerweise fiel ihr Blick nun aber auf ein Bett, und ihr kam schlagartig zu Bewußtsein, wo sie sich befand. Dies war sein *Schlafzimmer!*

»Wußten Sie, daß ich es war — nein, das konnten Sie ja nicht wissen«, beantwortete sie ihre Frage selbst. »Empfangen Sie alle Ihre Gäste hier oben?«

Anthony grinste. »Nur wenn ich in Eile bin, meine Liebe.«

Roslynn fand die Situation alles andere als amüsant, wollte sich ihr Unbehagen aber nicht anmerken lassen. »Ich werde Sie nicht lange aufhalten, Sir Anthony. Ich habe selbst keine Zeit zu verlieren. Etwas ist passiert — nun, das ist nicht Ihre Sache. Machen wir es kurz — ich brauche einen Namen von Ihnen, und zwar auf der Stelle.«

Seine gute Laune verflog sofort. Er wußte leider genau, wovon sie redete, und er verspürte plötzlich einen Druck im Magen. Sein Angebot, ihr Berater zu sein, war nur ein Vorwand gewesen, um an sie heranzukommen. Er würde sich doch nicht ins eigene Fleisch schneiden, indem er ihr zu einem Ehemann verhalf. Er hatte geglaubt, eine Entscheidung unter irgendwelchen Vorwänden immer wieder hinauszögern und sie in der Zwischenzeit verführen zu können. Und jetzt stand sie plötzlich vor ihm und wollte von ihm einen Namen hören. Zweifellos hätte er ihr damit dienen können, wenn er sein Versprechen gehalten und diskrete Erkundigungen über ihre Kandidaten eingezogen hätte. Aber das hatte er eben nicht getan. Und jetzt wollte sie aus irgendeinem Grund nicht länger warten, und wenn er ihr keinen Namen lieferte, würde sie ohne jeden Zweifel selbst eine Entscheidung treffen, mehr oder weniger aufs Geratewohl.

»Was, zum Teufel, ist denn passiert?«

Erstaunt über seinen barschen Ton, antwortete sie: »Ich sagte bereits, daß ich Sie damit nicht belästigen möchte.«

»Oh, Sie belästigen mich keineswegs. Und wenn wir schon dabei sind, könnten Sie mir vielleicht auch erklären, warum sie so versessen auf eine Heirat sind, und warum Sie es damit so verdammt eilig haben.«

»Das geht Sie nichts an«, beharrte sie.

»Wenn Sie von mir einen Namen erfahren wollen, sollten Sie diese Ansicht schleunigst ändern.«

»Das − das ist...«

»Nicht sehr edel von mir, ich weiß.«

»Sie Schuft!«

Angesichts ihrer Wut kehrte seine gute Laune zurück. Himmel, war diese Frau schön, wenn ihre Augen Blitze schleuderten! Die goldenen Tupfen darin schienen zu lodern. Und sie war tatsächlich hier, in seinem Haus, in seinem Schlafzimmer! Unzählige Male hatte er davon geträumt, aber keine Möglichkeit gesehen, sie herzulocken.

Das Lächeln, das um seine Lippen spielte, brachte sie nur noch mehr in Rage. *Du hast dich freiwillig in die Höhle des Löwen begeben, Liebste*, dachte er unwillkürlich. *Jetzt habe ich dich.*

»Ein Drink gefällig?« fragte er.

»Sie könnten sogar einen Heiligen in den Suff treiben!« erwiderte sie erbittert und nahm einen kräftigen Schluck von dem Brandy, den er ihr reichte.

»Nun?« drängte er, als sie ihn weiterhin schweigend mit zornigen Blicken bedachte.

»Ich habe meinem Großvater versprochen, gleich nach seinem Tod zu heiraten.«

»Das weiß ich«, sagte Anthony ruhig. »Aber warum hat er Ihnen ein solches Versprechen abgenommen?«

»Also gut!« zischte sie. »Ich habe einen Vetter, der mich um jeden Preis heiraten will.«

»Und?«

»Ich sagte, *um jeden Preis*. Ob *ich* will, ist ihm völlig egal. Verstehen Sie jetzt? Wenn ich in die Hände von Geordie Cameron falle, wird er mich dazu zwingen.«

»Und Sie wollen ihn nicht haben?«

»Eine dümmere Frage fällt Ihnen wohl nicht ein, Mann?« rief sie ungeduldig und begann nervös auf und ab zu laufen. »Wäre ich sonst bereit, irgendeinen Wildfremden zu heiraten.?«

»Nein, vermutlich nicht.«

Sie sah ihn lächeln und ging sofort wieder in die Luft. »Finden Sie das amüsant?«

»Ich glaube einfach, meine Liebe, daß Sie sich diese Sache nicht so zu Herzen nehmen sollten. Sie brauchen nur jemanden, der diesen aufdringlichen Vetter überzeugt, daß es seiner Gesundheit zuträglicher wäre, wenn er sich eine andere Frau suchte.«

»Und dieser Jemand sind Sie?«

»Warum nicht?« sagte er schulterzuckend. »Ich würde Ihnen diesen Dienst gern erweisen.«

Sie hätte ihn am liebsten geohrfeigt, leerte aber statt dessen ihr Glas, dankbar für die beruhigende Wirkung des Brandys.

»Ich will Ihnen einmal etwas sagen, Anthony Malory. Es ist *mein* Leben, mit dem Sie hier Ihr Spielchen treiben wollen, nicht das Ihrige. Sie kennen Geordie nicht. Sie wissen nicht, wie versessen er darauf ist, über mich an das Vermögen meines Großvaters heranzukommen. Er wird vor nichts zurückschrecken, um sein Ziel zu erreichen. Und wenn ich erst einmal mit ihm verheiratet bin... Was sollte ihn dann davon abhalten, sich meiner durch einen vorgetäuschten Unfall zu entledigen oder mich irgendwo einzusperren und zu behaupten, ich sei verrückt geworden? Eine kleine Warnung von Ihnen würde diesen Mann nicht einschüchtern, selbst wenn Sie ihn finden könnten. Nichts wird Geordie von seinen Plänen abbringen. Ich kann mich nur schützen, indem ich jemand anderen heirate.«

Anthony hatte ihr Glas neu gefüllt, während sie ihm die Situation darlegte, doch sie hatte das nicht einmal bemerkt.

»Nun gut, jetzt weiß ich, weshalb Sie eine schnelle

Heirat für erforderlich halten. Aber warum ist die Sache plötzlich so dringend, daß Sie sogar Ihren guten Ruf aufs Spiel gesetzt haben, indem Sie zu mir ins Haus gekommen sind?«

Sie zuckte zusammen, als er ihr *diese* Gefahr unter die Nase rieb, die ihr vorhin als das kleinere Übel erschienen war. »Geordie hat mich bereits gefunden. Und letzte Nacht ist es seinen Helfershelfern lungen, mich zu betäuben und aus Frances' Haus zu entführen.«

»*Was?*«

»Ich bin heute in einer Kammer in Flußnähe aufgewacht, und Geordie hat mir eröffnet, er habe einen bestechlichen Geistlichen gefunden, der uns in Kürze trauen wird. Wenn ich nicht aus dem Fenster gesprungen wäre...«

»Großer Gott, das kann doch nicht Ihr Ernst sein!«

Sie warf ihm einen geringschätzigen Blick zu. »Ich habe mit Sicherheit noch etwas Heu in den Haaren, von dem Heuwagen, in den ich gesprungen bin. Es hat Stunden gedauert, bis ich nach Hause zurückfand, deshalb konnte ich mir nicht mehr die Zeit nehmen, mein Haar gründlich zu bürsten. Ich würde Ihnen das Heu ja zeigen, aber Ihr Dobson sieht mir nicht so aus, als könnte er mich hinterher wieder ordentlich frisieren. Und ich will Ihr Haus nicht mit aufgelöstem Haar verlassen, so als − so als...«

Anthony warf lachend den Kopf zurück. Daraufhin drehte sich Roslynn auf dem Absatz um und marschierte auf die Tür zu. Doch er holte sie ein und versperrte ihr diesen einzigen Fluchtweg, indem er über ihre Schulter hinweg seine Handfläche gegen das Holz drückte.

»Habe ich etwas Falsches gesagt?« flüsterte er ihr scheinheilig ins Ohr.

Roslynn rammte ihm ihren Ellbogen in die Magengrube und nutzte seine Überraschung aus, um unter seinem Arm durchzuschlüpfen. »Ich glaube, Sie haben sich jetzt genug auf meine Kosten amüsiert, Sir Anthony. Ich wollte mich nur einige Minuten hier aufhalten, und bis jetzt habe ich meine Zeit mit unnötigen Erklärungen vergeudet. Unten wartet ein Kutscher, und ich habe eine weite Reise vor mir. Sie sagten, Sie seien ebenfalls in Eile. Also sagen Sie mir jetzt bitte den Namen.«

Er lehnte sich gegen die Tür, aufgeschreckt durch ihre Erwähnung einer weiten Reise. »Sie wollen London doch nicht verlassen?«

»Selbstverständlich verlasse ich die Stadt. Sie glauben doch wohl nicht, daß ich hierbleiben kann, nachdem Geordie mich gefunden hat?«

»Wie wollen Sie denn einen Ihrer Verehrer zu einem Heiratsantrag bewegen, wenn Sie nicht hier sind, um ihn zu becircen?«

»Himmeldonnerwetter! Als ob ich jetzt noch Zeit hätte, mir den Hof machen zu lassen!« rief sie, wütend über seine ständige Fragerei. »Den Heiratsantrag mache *ich*, wenn Sie's unbedingt wissen wollen. *Und jetzt nennen Sie mir endlich einen Namen!*«

Der Nachdruck, den sie auf jedes Wort legte, sagte ihm, daß es höchste Zeit war, seine Taktik zu ändern, aber er wußte im Augenblick beim besten Willen nicht, was er jetzt tun sollte. Selbst wenn er ihr einen jener Männer empfehlen könnte, würde er es nicht tun. Aber wenn er das offen zugab, würde sie aus diesem Zimmer rauschen und sich Gott-weiß-wohin absetzen. Ob er es wagen konnte, sie nach ihrem Ziel zu fragen? Nein, sie hatte seine Ablenkungsmanöver unverkennbar satt.

Er deutete auf den großen Klubsessel am Kamin. »Setzen Sie sich, Roslynn.«

»Anthony...«, sagte sie drohend.

»Es ist nicht so einfach, wie Sie glauben.«

Ihre Augen verengten sich mißtrauisch. »Sie hatten jede Menge Zeit, um — wie versprochen — Tatsachen von Gerüchten zu trennen.«

»Ich hatte um eine Woche gebeten.«

»Dann haben Sie also nichts...«

»Ganz im Gegenteil«, fiel er ihr rasch ins Wort. »Aber was ich herausgefunden habe, wird Ihnen nicht gefallen.«

Sie stöhnte und begann wieder mit ihrem rastlosen Auf und Ab. »Erzählen Sie's mir.«

Anthony überlegte krampfhaft, mit welchem Schmutz er ihre Kandidaten bewerfen könnte. Er begann mit jenem, bei dem er nicht zu lügen brauchte, und hoffte auf eine Inspiration, was die übrigen betraf.

»Ich habe Ihnen doch erzählt, daß David Fleming vor einem Duell gekniffen hat. Das hat den armen Kerl nicht nur als Feigling gebrandmarkt, sondern auch — nun ja...«

»Heraus damit! Es ging dabei um eine Frau, habe ich recht?«

»Es ging nicht um eine Frau, meine Liebe, sondern um einen Mann, aber trotzdem war es eine Liebesgeschichte.« Er nutzte ihren ersten Schock aus, um ihr Brandyglas wieder zu füllen.

»Sie meinen...«

»Leider.«

»Aber er wirkte so — so — na ja, egal! Gut, *er* kommt garantiert nicht in Frage.«

»Sie werden auch Dunstanton von ihrer Liste streichen müssen«, erklärte Anthony. Da sie London verließ, konnte sie seine Behauptung nicht nachprüfen. »Er hat gerade seine Verlobung bekanntgegeben.«

»Das kann ich nicht glauben!« rief sie. »Er hat mich doch erst letztes Wochenende ins Theater eingeladen. Gewiß, er hat abgesagt, aber — nun gut. Ich wollte ja, daß meine Liste kürzer wird. Was ist mit Savage?«

Der Name brachte Anthony auf eine glänzende Idee. »Völlig indiskutabel, meine Liebe. Der Mann heißt nicht nur Savage, er *ist* auch brutal. Ein Sadist, um es ganz deutlich zu sagen.«

»Sie scherzen!«

»Es ist mein voller Ernst. Er genießt es, allen, die

schwächer sind als er, Schmerzen zuzufügen − Tieren, Frauen. Seine Dienstboten zitterten vor ihm...«

»Ersparen Sie mir die Einzelheiten! Nun da wären noch Lord Warton, den sogar Ihre eigene Nichte mir empfohlen hat, und Sir Artemus.«

Jetzt war es Anthony, der nervös auf und ab lief. Shadwells Spielleidenschaft konnte aufgebauscht werden, aber Warton bot keinerlei Angriffspunkte. Der Bursche würde zweifellos einen idealen Ehemann für Roslynn abgeben. Dieser Gedanke war Anthony so zuwider, daß ihm in letzter Sekunde doch noch eine Inspiration kam, wie er diesen Konkurrenten aus dem Rennen schlagen konnte.

Er setzte eine bedauernde Miene auf, bevor er sich Roslynn wieder zuwandte. »Warton können Sie ebenfalls vergessen. Sein scheinbares Interesse an Ihnen diente nur dem Zweck, seine Mutter von der richtigen Spur abzubringen.«

»Was wollen Sie damit sagen?«

»Er liebt seine Schwester.«

»*Was?*«

»Oh, es ist ein sorgsam gehütetes Geheimnis«, versicherte Anthony. »Reggie weiß mit Sicherheit nichts davon, denn Montieth will ihr nicht ihre Illusionen rauben. Schließlich ist sie mit allen drei Wartons befreundet. Mir hätte er auch nichts erzählt, wenn ich nicht zufällig erwähnt hätte, daß Sie sich für den Kerl interessieren. Er hat die beiden einmal im Wald überrascht, was ganz schön peinlich gewesen sein muß...«

»Genug davon!« Roslynn leerte ihr drittes Glas Brandy und reichte es Anthony. »Sie haben getan, worum ich Sie gebeten hatte, und dafür bin ich Ihnen dankbar. Sir Artemus stand als erster auf meiner Liste, und bei ihm bleibt es jetzt also auch.«

»Er ist völlig mittellos, meine Liebe.«

»Kein Problem.« Sie lächelte. »Ich habe genug Geld, um seine Börse wieder zu füllen.«

»Sie haben mich offenbar nicht richtig verstanden, Roslynn. Seine Spielleidenschaft ist in den letzten Jahren zur regelrechten Sucht ausgeartet. Er war früher einer der reichsten Männer in England, und jetzt ist er total verarmt. Er mußte seinen gesamten Grundbesitz verkaufen, mit Ausnahme des Gutes in Kent, und das ist mit schweren Hypotheken belastet.«

»Woher wissen Sie das?«

»Mein Bruder Edward hat die Verkäufe abgewickelt.«

Sie runzelte die Stirn, beharrte aber: »Das spielt keine Rolle. Vielleicht ist es sogar ganz günstig, denn in seiner Situation wird er es sich kaum leisten können, mir einen Korb zu geben.«

»Oh, er wäre natürlich hellauf begeistert. Und in einem Jahr wären Sie genauso mittellos wie er.«

»Sie vergessen, daß ich die Kontrolle über mein Vermögen behalten werde, Anthony.«

»Aber Sie übersehen die simple Tatsache, daß ein Mann Spielschulden machen kann. Und seine Gläubiger werden sich an Sie als Ehefrau halten, um an ihr Geld zu kommen. Gegebenenfalls werden sie sogar Klage gegen Sie erheben, meine Liebe. Und Ihr schöner Vertrag wird Ihnen vor Gericht nichts nützen, wenn bewiesen werden kann, daß Sie Shadwell geheiratet haben, obwohl Sie über seine Spielsucht Bescheid wußten. Man wird Sie zwingen, seine Schulden zu bezahlen, ob Sie nun wollen oder nicht.«

Roslynn war erbleicht und starrte ihn mit weitaufgerissenen Augen an. Sie kannte sich mit den Gesetzen so wenig aus, daß sie keinen Augenblick an Anthonys Worten zweifelte. Und sie hatte einmal geglaubt, daß ein Spieler der ideale Ehemann für sie sein könnte! Und dabei würde er sie in den Ruin stürzen! Dann könnte sie ihr Vermögen auch gleich Geordie schenken.

»Sie machten alle einen so guten Eindruck«, murmelte sie bedauernd. Sie warf Anthony einen weidwunden Blick zu. »Ist Ihnen bewußt, daß kein einziger übriggeblieben ist?«

Ihr Jammer ging ihm zu Herzen, und er verspürte leichte Gewissensbisse. Aus höchst egoistischen Motiven hatte er sich in unverantwortlicher Weise in ihr Leben eingemischt und sie durch seine Halbwahrheiten und Lügen aller Hoffnung auf eine gute Partie beraubt. Aber er brachte es einfach nicht über sich, sie einem anderen Mann zuzuführen. Nicht nur, weil er sie selbst begehrte, sondern auch, weil er die Vorstellung, daß ein anderer Mann sie auch nur berühren könnte, einfach nicht ertrug.

Nein, er bedauerte nicht, alle Kandidaten schlechtgemacht zu haben. Er war sogar grenzenlos erleichtert, sich die Rivalen so elegant vom Halse geschafft zu haben. Aber ihre Niedergeschlagenheit konnte er nicht mitansehen.

Um sie ein wenig aufzuheitern, schlug er vor: »Fleming würde Sie bestimmt heiraten, wenn auch nur, um die Gerüchte zu zerstreuen. Für Ihre Zwecke wäre er eigentlich ideal, und ich könnte dann sicher sein, Sie für mich allein zu haben.«

Seine wenig taktvolle Bemerkung brachte sie wieder in Zorn. »Ich heirate doch keinen Mann, der sich davor ekelt, mich zu berühren! Wenn ich schon heiraten muß, will ich wenigstens Kinder haben.«

»Ich stünde Ihnen jederzeit gern zur Verfügung.«

Aber sie hörte ihm nicht mehr zu. »Ich könnte eigentlich gleich nach Hause zurückkehren und einen Kleinbauern heiraten. Was spielt es schon für eine Rolle, wen ich heirate? Es muß nur bald geschehen.«

Er sah alle seine Felle davonschwimmen. »Verdammt! Sie können doch nicht....«

»Das hätte ich von Anfang an tun sollen. Zumindest weiß ich dann gleich, was ich bekomme.«

Er packte sie bei den Schultern. »Herrgott, Weib, glaubst du, ich lasse zu, daß du dich an irgendeinen Bauern wegwirfst?« Und plötzlich hörte er sich selbst sagen: »Du heiratest mich!«

Kapitel 18

Erst als Roslynns Gelächter zu leisem Kichern verebbte, fiel ihr ein, daß Anthony ihren Heiterkeitsausbruch als Affront empfinden mußte. Sie wischte sich die Tränen aus den Augen und stellte fest, daß er sogar räumlich auf Distanz gegangen war und jetzt auf dem Bett saß, bequem auf einen Ellbogen gestützt.

Er sah allerdings nicht beleidigt aus, sondern eher verwirrt. Welch ein Glück, daß ihr Fauxpas ihn nicht in Zorn versetzt hatte, was sie ihm nicht einmal hätte verübeln können. Aber es war wirklich zum Lachen. Londons berüchtigster Weiberheld und heiraten! Er hatte sich bestimmt nur einen kleinen Scherz erlaubt.

Das Lachen hatte ihr aber gut getan und sie wenigstens für einen Augenblick ihre Sorgen vergessen lassen. Mit einem Lächeln auf den Lippen trat sie etwas näher ans Bett heran.

»Sie haben wirklich das seltene Talent, einen Menschen aufzuheitern, Anthony, und an Charme fehlt es Ihnen ja nun weiß Gott nicht. Aber man merkt Ihnen an, daß Sie nicht in Ihrem Element sind, wenn es um Heiratsanträge geht. Soviel ich weiß, muß so etwas als Frage formuliert werden, nicht als Feststellung. Daran sollten Sie wirklich denken, wenn Ihr ausgeprägter Sinn für Humor Sie wieder einmal zu absurden Äußerungen verleitet.«

Er schwieg zunächst, blickte aber hoch und schaute ihr direkt in die Augen, was sie mehr verwirrte, als sie zugeben wollte.

»Sie haben völlig recht, meine Liebe«, sagte er schließlich. »Ich muß ein wenig den Kopf verloren haben. Aber andererseits gebe ich nicht viel auf gesellschaftliche Konventionen.«

»Nun...« Sie zog aus reiner Nervosität ihren hermelinbesetzten Umhang über der Brust zusammen. »Ich habe Ihre Zeit lange genug in Anspruch genommen.«

Er setzte sich auf und legte seine Hände auf die Knie. »Sie haben mir noch keine Antwort gegeben.«

»Worauf?«

»Wollen Sie mich heiraten?«

Auch in dieser konventionellen Form hörte sich der Antrag aus seinem Munde nicht minder absurd an. »Aber Sie haben doch nur einen Scherz gemacht!« rief sie ungläubig.

»Da muß ich Sie leider enttäuschen, meine Liebe. Obwohl es für mich eine ebenso große Überraschung ist wie für Sie, meine ich es völlig ernst.«

Roslynn preßte die Lippen zusammen. *Dies* war nun überhaupt nicht komisch. »Kommt nicht in Frage. Ich würde Sie genauso wenig heiraten wie Geordie.«

Anthony hatte ihr Gelächter als völlig normale Reaktion empfunden, weil er über seinen eigenwilligen Heiratsantrag zunächst selbst völlig perplex gewesen war. Doch obwohl er so unüberlegt damit herausgeplatzt war, stellte er im nachhinein fest, daß er sich mit dem Gedanken an eine feste Bindung durchaus befreunden könnte, obwohl ihm bisher immer davor gegraut hatte.

Wenn sie nicht so verführerisch vor ihm stünde, würde er sich diese Idee freilich auch leicht wieder aus dem Kopf schlagen. Er war 35 Jahre ohne Ehefrau ausgekommen und fühlte sich als Junggeselle überaus wohl. Warum, zum Teufel, beharrte er dann darauf, daß es sein Ernst sei, wenn ihre Zweifel ihm eine so günstige Möglichkeit boten, den Kopf noch einmal aus der Schlinge zu ziehen?

Das Dumme war, daß er sich nicht gern in die Enge getrieben fühlte, und genau das hatte ihre Drohung, egal wen zu heiraten, bewirkt. Und noch weniger sagte ihm die Vorstellung zu, daß sie einfach aus seinem Leben verschwinden würde, wenn sie jetzt das Zimmer verließ. Das durfte nicht geschehen. Sie war hier, und diese einmalige Chance würde er sich nicht entgehen lassen.

Den letzten Ausschlag gab jedoch ihre Weigerung, ihn

zu heiraten. Sie *würde* ihn nehmen, und wenn er sie kompromittieren mußte, um ihr Jawort zu bekommen!

»Korrigieren Sie mich bitte, wenn ich etwas Falsches sage, meine Liebe, aber meines Wissens nach ist im Augenblick kein anderer Freier in Sicht. Und Sie haben vorhin selbst gesagt, daß es überhaupt keine Rolle spiele, wen Sie heiraten.«

Sie warf ihm einen finsteren Blick zu. »Das stimmt, aber Sie bilden eine Ausnahme.«

»Warum denn das?«

»Sie würden einen schrecklichen Ehemann abgeben.«

»Dieser Meinung war ich auch immer«, stimmte er zu ihrem großen Erstaunen bereitwillig zu. »Warum hätte ich mich sonst so lange vor der Ehe gedrückt?«

»Sehen Sie, Sie müssen mir selbst recht geben!«

Er grinste. »Es ist *eine* der Möglichkeiten, Liebste. Aber betrachten wir auch einmal die Vorderseite der Medaille. Ich könnte mich als Ehemann durchaus bewähren. Bei Montieth ist das der Fall, und dabei wäre ich anfangs jede Wette eingegangen, daß die Sache nicht gut gehen könnte.«

»Zufällig *liebt* er seine Frau«, betonte sie.

»Großer Gott, erwarten Sie von mir etwa eine Liebeserklärung? Nach so kurzer Zeit...«

»Bestimmt nicht!« fiel Roslynn ihm mit hochroten Wangen ins Wort.

»Aber wir wissen beide, daß ich Sie begehre, stimmt's? Und wir beide wissen, daß Sie mich...«

»Sir Anthony, bitte!« Ihr Gesicht glühte jetzt förmlich. »Sie werden mich nicht umstimmen können. Sie kommen für mich einfach nicht in Frage. Ich hatte mir geschworen, keinen Weiberhelden zu heiraten, und Sie haben selbst zugegeben, daß Sie einer sind. Und Sie können sich nicht ändern.«

»Ich nehme an, daß ich mich für Ihre Unbeugsamkeit bei Lady Frances bedanken muß?«

Sie zeigte keine Verwunderung über seine Schlußfolgerung. »O ja, Frances weiß aus eigener bitterer Erfahrung, was passiert, wenn man sein Herz an einen Weiberhelden verliert. Ihrer hat das Weite gesucht, anstatt sie zu heiraten, und sie war gezwungen, den Erstbesten zu nehmen, und das war ein alter Mann, den sie verabscheute.«

Die exotische Form seiner Augen kam viel stärker zur Geltung, wenn er finster dreinblickte. »Ich glaube, es ist an der Zeit, daß Sie die ganze Geschichte hören, Roslynn. Der gute alte George ist einfach in Panik geraten, als er sich so unerwartet mit der Vaterschaft konfrontiert sah. Er hat sich für zwei Wochen abgesetzt, um Abschied vom Junggesellendasein zu nehmen. Und als er zurückkam, war Frances schon mit Grenfell verheiratet. Sie hat ihm nie erlaubt, seinen Sohn zu sehen. Sie weigerte sich, ihn zu empfangen, als Grenfell starb. Wenn Ihre Freundin unglücklich ist, so ist es mein Freund nicht minder. George würde sie sofort heiraten, wenn sie ihm noch eine Chance gäbe.«

Roslynn ließ sich benommen in den großen Klubsessel fallen und starrte in den kalten Kamin. Warum mußte er George Amherst kennen? Und warum hatte er ihr das erzählt? Frances würde Amherst vermutlich auf der Stelle heiraten, wenn sie sich nur dazu durchringen könnte, ihm zu verzeihen, was für einen Weiberhelden wie ihn zweifellos eine ganz natürliche Reaktion gewesen war. Und Roslynn selbst?

Sie gestand sich ein, daß sie nichts lieber täte, als Anthony Malory zu heiraten − *wenn* er sie liebte, *wenn* er ihr treu sein würde, *wenn* sie ihm vertrauen könnte. Aber das war ja nicht der Fall. Nicholas Eden mochte Regina lieben, ihr Großvater mochte ihre Großmutter geliebt haben, George Amherst hatte Frances möglicherweise ebenfalls geliebt, aber Anthony hatte selbst zugegeben, daß er sie nicht liebte. Und leider könnte sie ihn nur allzu leicht lieben. Wenn das nicht der Fall wäre, würde sie seinen Antrag annehmen. Aber sie würde zeitlebens unter seiner Untreue leiden, und das mußte sie sich ersparen.

Sie drehte sich nach ihm um, aber das Bett war leer. Im nächsten Moment spürte sie, daß an ihrer Haube gezupft wurde. Sie rückte hastig bis zur Sesselkante vor und wandte den Kopf. Anthony hatte sich bequem auf die Rückenlehne gestützt.

Sobald Roslynn sich ein wenig an seine Nähe gewöhnt hatte, räusperte sie sich kräftig und erklärte: »Es tut mir leid, aber auch das, was Sie mir über Frances und George erzählt haben, kann mich nicht umstimmen.«

»Das dachte ich mir schon«, sagte er kopfschüttelnd, und sein Lächeln steigerte ihr Unbehagen. »Sie sind eine eigensinnige Schottin, Lady Chadwick, aber gerade das gehört zu den Dingen, die mir an Ihnen besonders gefallen. Sie glauben, schnellstens heiraten zu müssen, und ich stellte mich bereitwillig zur Verfügung. Und was tun Sie? Sie weigern sich, und zwar nur aufgrund irgendwelcher Vermutungen. Ich könnte mich als mustergültiger Ehemann erweisen, aber Sie wollen mir keine Chance geben, es zu versuchen.«

»Ich bin keine Spielernatur, Anthony, und ein mit dikkem Fragezeichen versehenes ›Vielleicht‹ ist mir ein viel zu unsicheres Fundament für mein ganzes zukünftiges Leben.«

Er legte sein Kinn auf die gekreuzten Arme. »Ihnen ist doch wohl klar, daß Sie für alle Zeiten kompromittiert sein werden, wenn ich Sie über Nacht hier behielte? Ich bräuchte Sie nicht einmal anrühren, meine Liebe. Die Umstände sprechen für sich. Deshalb mußte ja auch Reggie heiraten, obwohl ihre erste Begegnung mit Montieth ganz unschuldig verlaufen war.«

»So etwas würden Sie doch nicht tun!«

»Ich glaube schon.«

Roslynn sprang wie von der Tarantel gestochen auf. »Das ist – das ist… Aber Sie würden damit ohnehin nichts erreichen! Ich kehre nach Schottland zurück. Was macht es mir da schon aus, wenn mein Ruf hier ruiniert ist? Ich hätte immer noch meine...« Sie brachte das Wort nicht über die Lippen und umschrieb deshalb ihren Gedankengang. »Mein Mann wüßte die Wahrheit, und das ist das einzige, woran mir liegt.«

»Tatsächlich?« Seine kobaltblauen Augen funkelten teuflisch. »Nun, dann lassen Sie mir keine Wahl. Ich muß zu Taten schreiten, anstatt Sie durch Ihr bloßes Hiersein zu kompromittieren.«

»Anthony.«

Er grinste nur über ihre Entrüstung. »Ich glaube ohnehin nicht, daß ich das durchgehalten hätte. Es war sehr anständig von mir, es in Betracht zu ziehen, aber als Wüstling, der ich nun einmal bin, will ich von Ihrer Anwesenheit in meinem Schlafzimmer ja auch etwas haben.«

Sie wich in Richtung Tür zurück und beschleunigte ihre Schritte, als er ihr folgte. »Nein, nicht...«

»Mein liebes Mädchen«, sagte er kopfschüttelnd, »warum wollen Sie sich denn um das Vergnügen bringen, wenn ohnehin jeder vermuten wird, daß Sie mit mir im Bett waren?«

Obwohl sie sicher war, daß er nur mit ihr spielte, überlief sie unwillkürlich ein ahnungsvoller Schauer. Sie befürchtete keinen Augenblick lang, daß er ihr Gewalt antun würde, und trotzdem war sie einer Panik nahe, als er immer näher kam.

Sie wußte, was geschehen würde, wenn er sie küßte. Sie hatte es ja schon einmal erlebt. Sobald er sie berührte, würde er sie auch mühelos verführen können.

»Ich will nicht...«

»Ich weiß«, sagte er sanft, während er seine Hände auf ihre Schultern legte und sie an seine Brust zog. »Aber du wirst, Liebste. Das kann ich dir versprechen.«

Er hatte natürlich recht. Er wußte, was sie tief im Innern wollte, aber weder ihm noch sich selbst gegenüber zugeben konnte. Sie konnte noch so sehr dagegen ankämpfen – es nutzte nichts. Er war der attraktivste und aufregendste Mann, den sie je gesehen hatte, und sie hatte ihn vom ersten Augenblick an begehrt. Solche Gefühle hatten nichts mit Vernunft und Logik zu tun. Herz und Sinne waren nun einmal mächtiger als der Verstand.

Roslynn gab ihrem Verlangen nach, als er sie zärtlich umarmte. Sie hatte so oft davon geträumt, wieder in seinen Armen zu liegen, daß es wie ein Nachhausekommen war. Sie erinnerte sich noch genau an seinen warmen Körper, seine starken Arme, seine ungestüme Leidenschaft. Und doch war alles neu, wundervoll und unvorstellbar willkommen.

Als er sie aber küßte, spürte sie seine Lippen kaum, so sanft war die Berührung. Und sie begriff, daß er ihr eine letzte Chance gab, ihn abzuweisen. Bei seiner reichen Erfahrung war er imstande, jedweden Widerstand zu überwinden, wie er es im Wintergarten der Edens ja auch getan hatte. Daß er diesmal die letzte Entscheidung ihr überließ, wärmte ihr Herz und machte ihn nur noch begehrenswerter.

Roslynn sagte ja, indem sie ihre Arme um seinen Hals schlang, und sie spürte, mit welcher Erleichterung er sich nun seinem Verlangen überließ, obwohl er sich viel Zeit nahm und ihre Glut ganz langsam entfachte. Seine heißen Lippen bemächtigten sich ihres Mundes, und er ließ sie all die Empfindungen voll auskosten, die ein Kuß zu wecken vermag.

Doch schließlich riß er sich von ihren Lippen los und begann ihr Kleid aufzuknöpfen. Erst jetzt bemerkte sie, daß sie keine Haube und keinen Umhang mehr trug. Sie beobachtete ihn, während er sie langsam auszog, und sie konnte sich nicht bewegen, wollte es auch gar nicht. Unter den schweren Lidern waren seine Augen dunkler geworden und schauten ihr ins Herz, hypnotisierten sie, so daß sie den Blick nicht von ihm wenden konnte, nicht einmal, als ihr Kleid zu Boden glitt, ja nicht einmal, als sie auch ihrer Unterwäsche beraubt wurde.

Er berührte sie zunächst nicht, aber seine bewundernden Blicke waren eine einzige Liebkosung. Um seine Lippen spielte jenes sinnliche Lächeln, das sie unweigerlich dahinschmelzen ließ und ihr ein herrliches Schwindelgefühl gab. Sie schwankte leicht, und sofort legten sich seine Hände auf ihre Hüften, um ihr Halt zu geben. Seine Finger strichen zärtlich über ihre nackte Haut, glitten langsam höher, folgten den Kurven ihrer schmalen Taille und wölbten sich schließlich um ihre Brüste. Ihre Brustwarzen reagierten augenblicklich auf die Berührung, ihr Herz schlug schneller, und eine ungekannte Wärme durchströmte sie.

Sein Lächeln war eindeutig triumphierend, so als könnte er in sie hineinsehen und wüßte genau, was in ihr vorging. Man sah ihm an, daß er seinen Sieg genoß, aber das störte sie nicht. Inwendig lächelte auch sie, denn sie hatte ebenfalls einen Sieg errungen, einen Sieg im schweren Kampf mit sich selbst. Sie hatte sich zu ihren heimlichen Wünschen bekannt und sich gegen die Zwänge der Moral aufgelehnt. Sie begehrte diesen Mann, und wie wollte sich ihm hingeben. Er sollte ihr erster Liebhaber sein, denn sie wußte, daß es mit ihm ein herrliches, unvergeßliches Abenteuer sein würde.

Sie hatte ihn sich oft nackt vorzustellen versucht und von einem Adonis geträumt, und nun überwand sie ihre Hemmungen und wurde selbst aktiv. Sie knotete den Gürtel seines Morgenrocks auf und schob den Stoff zur Seite, um ihre Hände auf seine nackte Haut legen zu können. Sie streichelte diese behaarte Männerbrust, sie entblößte seine Schultern, und als er den Morgenrock vollends abstreifte und sie an sich ziehen wollte, setzte sie ihm Widerstand entgegen und hielt ihn auf Armeslänge von sich ab, um ihn verzückt zu betrachten. Er war noch attraktiver als in ihrer Fantasie. Sein muskulöser Körper strahlte soviel Kraft und Männlichkeit aus, daß sie das heftige Verlangen verspürte, sich an ihn zu klammern, ihm so nahe zu sein wie nur möglich.

»Ah, du bist wirklich ein hübscher Kerl, Anthony!«

Ihr heiseres Flüstern raubte ihm vollends den Verstand. Er riß sie in seine Arme, er preßte seine Lippen in glühender Leidenschaft auf ihren Mund, er hob sie hoch und trug sie zu seinem Bett.

Wie oft hatte er sich diese Szene ausgemalt! Es kam ihm wie ein Wunder vor, daß sie nun tatsächlich in seinem Bett lag, und er konnte sich an diesem Anblick nicht satt sehen. Sie war noch schöner, als er sich vorgestellt hatte, mit vollendet geformten weiblichen Rundungen, und sie begehrte ihn und würde bald ihm gehören.

Er hätte am liebsten laut gejubelt, doch statt dessen streichelte er zärtlich ihr Gesicht, grub seine Finger in ihre Haare, massierte sanft ihren Nacken. Es war unsagbar schön, sie zu berühren, sie zu liebkosen.

»Du kannst dir nicht vorstellen, was du mit mir machst!« murmelte er.

»Ich weiß, was du mit mir machst«, flüsterte sie. »Ist es das gleiche?«

Er wußte selbst nicht, ob er stöhnte oder lachte. »O Gott, ich hoffe es!«

Er küßte sie, schob seine Zunge zwischen ihre Lippen, drang in die Tiefe ihres Mundes vor. Als sie ihn umarmen wollte, hinderte er sie daran, spreizte ihre Arme und hielt ihre Hände auf dem Bett gefangen. Seine Brust strich an ihren Brustwarzen vorbei, hin und her, immer wieder, und diese kaum merkliche Berührung elektrifizierte sie förmlich.

Und dann begann er auch noch, ihre Brüste mit der Zunge zu liebkosen, knabberte und saugte daran, ohne ihre Hände loszulassen, und sie wurde fast verrückt vor Verlangen, ihn zu berühren und zu umklammern.

Ein Stöhnen entrang sich ihrer Kehle, und er blickte lächelnd auf.

»Du bist ein Teufel!« murmelte sie, als sie seine frohlockende Miene sah.

»Ich weiß.« Er leckte wieder an einer Brustwarze. »Gefällt dir das nicht?«

Sie sparte sich eine Antwort auf diese dumme Frage. »Ich möchte dich auch berühren«, sagte sie statt dessen. »Wirst du mich loslassen?«

»Nein.«

»Nein?«

»Später kannst du mich berühren, soviel du nur willst. Im Augenblick könnte ich es nicht aushalten.«

»Oh...« Sie seufzte. »Nun, was das betrifft, so kann ich es auch kaum noch aushalten.«

Er begrub stöhnend seinen Kopf zwischen ihren Brüsten. »Liebling, wenn du nicht still bist, werde ich mich noch wie ein unerfahrener Junge aufführen.«

Roslynn kicherte, und diese heiseren Laute erregten ihn so, daß er sich hastig seiner Hose entledigte. Fast hätte er sich wie ein Wilder auf sie gestürzt, aber er rief sich in letzter Sekunde zur Ordnung. Sie trug noch ihre Schuhe und Strümpfe, und dem wollte er schleunigst abhelfen.

Der Dolch, der aus ihrem Schuh fiel, verschaffte ihm wieder einen halbwegs klaren Kopf. Er mußte inwendig grinsen. Seine kleine Schottin steckte wirklich voller Überraschungen! Die Ehe mit ihr würde nicht nur außerordentlich genußreich, sondern auch interessant sein, und er freute sich jetzt rückhaltlos darauf.

Er wog den Dolch in der Hand. »Kannst du wirklich damit umgehen?«

»Ja, und ich habe ihn auch schon benutzt, als ein von Geordie bezahlter Ganove mich auf offener Straße entführen wollte.«

Anthony legte die Waffe beiseite und lächelte ihr beruhigend zu. »Das ist eine Sorge, die du nach dieser Nacht nicht mehr haben wirst, Liebste.«

Roslynn hatte diesbezüglich ihre Zweifel, behielt sie aber für sich. Nichts war geregelt. Er war nach wie vor kein Mann, den sie heiraten könnte, auch wenn sie sich noch so sehr wünschte, daß dem anders wäre. Er war ein Liebhaber, und in dieser Rolle konnte sie ihn leicht akzeptieren.

Der morgige Tag, der neue Entschlüsse von ihr verlangen würde, lag noch in weiter Ferne, und Anthonys Hände spreizten jetzt behutsam ihre Beine, streichelten ihre Schenkel und machten es ihr unmöglich, auch nur einen klaren Gedanken zu fassen. Dann lösten seine Lippen die Hände ab. Er küßte ihre Hüften, schob seine Zungenspitze in ihren Bauchnabel. Ihr Körper glühte bis in die Zehenspitzen hinein, und sie wand sich keuchend. Sein Mund wanderte weiter, beschäftigte sich nun wieder mit ihren Brüsten. Er stimulierte die empfindlichen Brustwarzen, bis sie vor Lust zu vergehen glaubte. Sie wölbte den Rücken, preßte sich an ihn, suchte den Hautkontakt. Doch das alles genügte nicht, es vermochte die Feuersbrunst in ihrem Innern nicht zu stillen.

Er hatte sich jetzt wieder völlig unter Kontrolle und ließ sich Zeit. Langsam glitten seine heißen Lippen höher, über ihren Hals, auf ihr Ohr zu. Als seine Zunge hineinfuhr, bäumte sie sich so heftig auf, daß er fast das Gleichgewicht verlor, und wurde von lustvollen Schauern geschüttelt.

Ihre Lenden waren jetzt ein regelrechtes Inferno feuchter Hitze, und als sie spürte, daß etwas sie dort unten zum erstenmal berührte, wußte sie instinktiv, was sie zu tun hatte. Sie schlang ihre Beine um Anthony, um dieses Etwas in sich aufzunehmen, und es drang langsam in sie ein und weckte in ihr völlig neuartige Gefühle.

Er küßte sie jetzt wieder, mit einer wilden Leidenschaft, die der ihrigen entsprach. Gleichzeitig bewegte sich sein Körper rhythmisch auf und ab, und ihre Lust stieg ins Unermeßliche, bis hin zur explosionsartigen Erlösung.

Gleich darauf kam es auch Anthony, und dieser Orgasmus laugte ihn so aus, daß er eine Weile zu schwach war, um auch nur den Kopf zu heben. Etwas Derartiges hatte er noch nie erlebt, und er wollte es ihr sagen, merkte aber, daß sie nicht ansprechbar war. Ob sie nun in erschöpften Schlummer gefallen oder ohnmächtig geworden war, konnte er nicht entscheiden. Er strich ihr zärtlich die Haare aus dem Gesicht und lächelte, außerordentlich zufrieden mit sich und ihr.

Am liebsten hätte er sie geweckt und das Spiel sofort von neuem begonnen, aber er bezwang seine Begierde, denn er hatte das Hindernis gespürt, als er in sie eingedrungen war. Reggie hatte ihm gesagt, daß sie noch eine Jungfrau sei. Roslynns leidenschaftliche Reaktionen hatten ihn jedoch daran zweifeln lassen. Die Wahrheit versetzte ihn in ein unerklärliches Hochgefühl. Und obwohl sie bei der Entjungferung offenbar keinen Schmerz verspürt hatte, wollte er doch Rücksicht darauf nehmen. Es gab ja auch noch den morgigen Tag. Und den Rest seines Lebens.

Er schüttelte verwirrt den Kopf. Seit wann war er so ritterlich?

Als er vorsichtig aus dem Bett stieg und sie zudeckte, streckte sie sich wohlig und seufzte zufrieden. Gott, was war sie schön! Und so verführerisch, daß er sich schwor, jeden Zentimeter ihres Körpers zu erforschen. Doch im Augenblick hatte er anderes zu tun. Er sammelte ihre Kleider auf, schlüpfte in seinen Morgenrock und verließ das Zimmer. Er mußte ihren Kutscher entlohnen und wegschicken, und anschließend galt es verschiedene Arrangements zu treffen. Die Dame würde nirgends hinfahren!

Kapitel 19

Roslynn erwachte, weil etwas sie an der Wange kitzelte. Sie schlug die Augen auf und sah zu ihrer Überraschung eine rosafarbene Blume. Dann erst fiel ihr Blick auf den lächelnden Mann, der die Blume in der Hand hielt.

»Guten Morgen, meine Liebe! Die Sonne scheint — extra für unsere Hochzeit.«

Roslynn drehte sich auf die andere Seite und begrub stöhnend ihren Kopf im Kissen. Sie wollte vor diesem Tag und vor den Konsequenzen ihres Leichtsinns die Augen verschließen, wenigstens noch ein Weilchen. Verdammt, was hatte sie da nur angestellt? Nettie mußte längst auf Silverley sein und machte sich bestimmt wahnsinnige Sorgen. Sie glaubte zweifellos, Roslynn befände sich wieder in Geordies Gewalt. Und der Kutscher! Wie hatte sie nur vergessen können, daß sie ihn angewiesen hatte zu warten? Gewiß, sie hatte ihm ein hohes Trinkgeld gegeben, aber die ganze Nacht dürfte er trotzdem nicht gewartet haben. Wahrscheinlich war er mit ihrem Handkoffer auf und davon, in dem sie nicht nur einen großen Teil ihres Schmucks verstaut hatte, sondern auch wichtige Papiere, darunter auch den Ehevertrag. Wenn sie doch nur nicht diese drei Brandys getrunken hätte!

Roslynn wurde aus diesen trüben Gedanken gerissen, als sie Anthonys Hand auf ihrem Gesäß spürte und ihn lachen hörte. »Wenn du wirklich im Bett bleiben möchtest...«

»Geh weg!« brummte sie ins Kissen, wütend auf sich selbst, weil seine Berührung sie trotz ihres Katzenjammers erregte, und wütend auf ihn, weil er so frohgemut zu sein schien.

»Ich weiß gar nicht, was du hast«, sagte er. »Ich habe dir doch die lästige Aufgabe abgenommen, eine Entscheidung treffen zu müssen. Du bist jetzt wirklich und wahrhaftig kompromittiert, Liebste!«

Sie fuhr hoch. »Das ist unmöglich! Ich habe keinen Schmerz verspürt, nur...«

Sie verstummte, und eine heftige Schamröte stieg ihr ins Gesicht. »Ich gebe ja gern zu«, lachte er offen, »daß ich kein ungeschickter Tölpel bin, aber daß ich *so* talentiert bin, wußte ich noch gar nicht. Mein liebes Mädchen, ob du es nun glauben willst oder nicht – ich habe dir die Jungfräulichkeit geraubt.« Er zog fragend eine Braue hoch und erkundigte sich scheinheilig mit einem noch breiteren Grinsen: »Und du hast es nicht bemerkt, sagst du?«

»Oh, sei still und laß mich nachdenken!«

»Worüber willst du denn nachdenken? Während du selig geschlafen hast, war ich fleißig und habe eine Sondererlaubnis eingeholt, so daß wir sofort heiraten können und dazu nicht nach Gretna Green fahren müssen. Erst jetzt ist mir klargeworden, wie nützlich es sein kann, einflußreiche Leute zu kennen.«

Er war so verdammt stolz auf sich, daß sie ihn am liebsten geohrfeigt hätte. »Ich habe nicht gesagt, daß ich dich heiraten werde.«

»Nein, das hast du nicht. Aber du wirst es, meine Liebe.« Er ging zur Tür, öffnete sie und erlaubte dem Butler, an den sie sich nur allzu gut erinnerte, einzutreten. »Lady Chadwick hätte gern ihre Kleidung und ein Frühstück, Dobson. Du bist doch hungrig, Liebste? Ich für meine Person bin nach einer Liebesnacht immer total...«

Das Kissen traf ihn mitten ins Gesicht, und er konnte sich kaum das Lachen verbeißen, als er die ungläubige Miene seines Butlers sah. »Das wäre alles, Dobson.«

»Jawohl, Sir, selbstverständlich, Sir.«

Der Ärmste war so verlegen, daß er das Zimmer gar nicht schnell genug verlassen konnte, und sobald er die Tür hinter sich geschlossen hatte, machte Roslynn ihrem Zorn Luft. »Du bist ein ekelhafter Schuft, ein richtiges Dreckschwein! Warum mußtest du ihm meinen Namen verraten?«

Er zuckte die Achseln, nicht im mindestens schuldbewußt. »Nur zur Sicherheit, Liebling. Es würde Dobson natürlich nicht im Traume einfallen, über die zukünftige Lady Malory Gerüchte zu verbreiten. Aber ansonsten...« Er ließ seinen Satz unvollendet, aber sie hatte trotzdem verstanden.

»Du vergißt, daß es mir jetzt nichts mehr ausmacht, wenn mein Ruf ruiniert ist.«

»Das versuchst du dir einzureden«, widersprach er ruhig, »aber es stimmt nicht. Es *würde* dir etwas ausmachen. Du weißt im Augenblick einfach nicht, was wichtig ist und was nicht.«

Das traf zwar den Nagel auf den Kopf, war aber unerheblich. Sie ging rasch zum Angriff über. »Ich frage mich wirklich, warum ein Mann wie du plötzlich den Wunsch zu heiraten verspüren sollte? Ist es mein Vermögen, an dem du interessiert bist?«

»Großer Gott, wie kommst du denn auf diese Idee?«

Er war so entsetzt, daß sie sich schämte, ihm etwas Derartiges unterstellt zu haben. Trotzdem konnte sie es nicht lassen, ihm unter die Nase zu reiben: »Du bist ein vierter Sohn.«

»Das stimmt. Aber du vergißt völlig, daß du mich über deinen ungewöhnlichen Ehevertrag informiert hast, den ich übrigens bereitwillig unterschreiben werde. Und außerdem vergißt du die Tatsache, daß wir miteinander geschlafen haben, Roslynn. Du könntest zur Stunde schon mein Kind unter dem Herzen tragen.«

An ihrer Unterlippe kauend, wandte sie hastig ihren Blick ab. Er hatte natürlich recht, und dieser Gedanke hatte etwas Faszinierendes an sich.

»Was hast du dann von dieser Heirat?« fragte sie nüchtern.

Er trat wieder ans Bett, entfernte einen trockenen Grashalm aus ihrem Haar und betrachtete ihn lächelnd. »Dich«, antwortete er kurz und bündig.

Roslynns Herz klopfte plötzlich zum Zerspringen. Das hörte sich so herrlich an, daß sie sich nicht mehr erinnern konnte, welche Einwände sie eigentlich hatte. So durfte es einfach nicht weitergehen!

Sie stieß einen tiefen Seufzer aus. »Ich kann so kurz nach dem Aufwachen nicht nachdenken. Und gestern abend hast du mir auch keine Zeit zum Nachdenken gelassen«, fügte sie anklagend hinzu.

»Du bist es doch, die es so schrecklich eilig hat, Liebling. Ich versuche nur, mich dir anzupassen.«

Mußte er ihr das unbedingt unter die Nase reiben? »Ich brauche Zeit zum Nachdenken.«

»Wieviel Zeit?«

»Ich wollte nach Silverley. Meine Zofe muß schon dort sein, folglich muß ich ohnehin hinfahren. Bis heute nachmittag werde ich eine Antwort für dich haben. Aber ich muß dir gleich sagen, Anthony, daß ich mir nicht vorstellen kann, dich zu heiraten.«

Sie wurde plötzlich hochgehoben und mit einer solchen Leidenschaft geküßt, daß ihr Blut in Wallung geriet. »Wirklich nicht?« flüsterte er.

Sie wehrte sich, bis er sie wieder aufs Bett fallen ließ. »Du hast nur bewiesen, daß ich überhaupt nicht denken kann, wenn ich in deiner Nähe bin. Ich werde mich jetzt auf den Weg machen, wenn du mir nur meine Kleider holst. Warum hast du sie eigentlich nicht hier liegenlassen?«

»Ich wollte nur sicherstellen, daß du noch hier sein würdest, wenn ich mit der Sondererlaubnis in der Tasche zurückkam.«

»Hast du — auch hier geschlafen?«

Er grinste über ihr Zögern. »Meine Liebe, wir haben zusammen der Lust gefrönt. Ob wir hinterher im selben Bett geschlafen haben, ist doch ziemlich nebensächlich, findest du nicht auch?«

Sie beschloß, sich dazu nicht zu äußern; es tat ihr ohnehin schon leid, das Thema überhaupt angeschnitten zu haben.

»Meine Kleider, Anthony!«

»Dobson wird sie gleich bringen. Und dein Handkoffer, den du in der Kutsche gelassen hattest, steht in meinem Ankleidezimmer, falls du etwas daraus brauchen solltest.«

»Du hast ihn geholt?« rief sie. »Gott sei Dank!«

»Allmächtiger Himmel, du warst doch nicht etwa so

leichtsinnig, etwas Wertvolles in einer Mietkutsche zu lassen?«

Sie ärgerte sich über den indirekten Tadel. »Ich war verstört, als ich herkam«, verteidigte sie sich in scharfem Ton. »Und später war ich noch verstörter, wie du weißt.«

»Ich verstehe vollkommen«, sagte er begütigend. »Aber du solltest lieber nachsehen, ob nichts fehlt.«

»Ich habe mir nur wegen des Ehevertrages Sorgen gemacht. Es würde zuviel Zeit in Anspruch nehmen, einen neuen aufzusetzen.«

»O ja«, lächelte Anthony mit ironisch funkelnden Augen. »Der berühmt-berüchtigte Vertrag! Du könntest ihn mir eigentlich zum Durchlesen hierlassen.«

»Damit du dann behauptest, ihn zufällig verloren zu haben? O nein!«

»Mein liebes Mädchen, du mußt wirklich versuchen, mir wenigstens ein klein wenig zu vertrauen. Glaubst du nicht auch, daß unsere Beziehung davon profitieren würde?« Als sie eigensinnig schwieg, seufzte er. »Also gut, ganz wie du willst.« Aber um ihr eine Kostprobe seines eigenen Mißtrauens zu geben, fügte er hinzu: »Du wirst doch auf Silverley sein, wenn ich hinkomme?«

Roslynn errötete unwillkürlich. »Ja. Du warst so freundlich, mir einen Heiratsantrag zu machen. Ich bin dir eine Antwort schuldig. Aber ich werde mich auf keine Diskussion einlassen. Du mußt meine Entscheidung akzeptieren, wie auch immer sie ausfallen wird.«

Mit einem unverschämten Grinsen verließ Anthony das Zimmer. Er traute ihr genauso wenig wie sie ihm. Er würde sie von jemandem beschatten lassen müssen, um ganz sicher zu sein, daß sie sich nicht geradewegs nach Schottland begab. Und er mußte irgendwie dafür sorgen, daß Warton nicht auf Silverley aufkreuzte, solange sie dort war. Sie durften sich nicht begegnen, nachdem er den Burschen mit einer so frechen Lüge angeschwärzt hatte.

Bezüglich ihrer Entscheidung machte er sich überhaupt keine Sorgen. Ihr Vetter war nicht mehr der einzige Mann, der sie um jeden Preis heiraten wollte.

Kapitel 20

»Ich kann es nicht glauben! Tony hat Ihnen einen Heiratsantrag gemacht? *Mein* Onkel Tony?«

»Ich weiß, was Sie meinen«, sagte Roslynn, amüsiert über Reginas totale Verblüffung. »Ich kann es selbst kaum glauben.«

»Aber so plötzlich... Nun ja, er kennt natürlich Ihr Problem... Wenn ihm daran lag, Sie zu bekommen, mußte er sich wohl beeilen, stimmt's? Oh, das ist großartig! Onkel Jason wird der Schlag treffen! Und die übrige Familie auch. Wissen Sie, keiner von uns hätte es für möglich gehalten, daß Tony heiratet. Oh, es ist einfach wunderbar!«

Ob es wunderbar war oder nicht, darüber konnte man streiten, aber Roslynn lächelte, denn sie wollte Reginas überschwengliche Begeisterung nicht dämpfen. Sie hatte ihre Entscheidung glücklicherweise schon während der langen Fahrt nach Silverley getroffen, denn seit ihrer Ankunft hatte sie keine ruhige Minute mehr gehabt. Zuerst war Nettie über sie hergefallen und hatte ihr eine — zugegebenermaßen verdiente — Strafpredigt über ihre Gedankenlosigkeit gehalten. Dann hatte sie Reggie alles über die Entführung und ihr gefährlich knappes Entkommen erzählen müssen, denn Nettie hatte Lady Eden nur in groben Zügen informiert, um ihren unerwarteten Besuch zu erklären.

Zuletzt hatte Roslynn dann berichtet, daß Anthony bald ebenfalls nach Silverley kommen würde, um ihre Antwort zu hören. Daß Regina nicht einmal gefragt hatte, wie diese Antwort ausfallen würde, war vielsagend. Sie war natürlich voreingenommen und würde bestimmt nicht verstehen, daß jemand Bedenken haben konnte, einen Mann von Anthonys blendendem Aussehen und überwältigendem Charme zu heiraten, selbst wenn er in der Vergangenheit ein berüchtigter Weiberheld gewesen war.

»Alle müssen benachrichtigt werden«, fuhr Reggie begeistert fort. »Das übernehme ich gern, wenn es Ihnen recht ist. Und sicherlich soll die Hochzeit stattfinden, sobald das Aufgebot...«

»Kein Aufgebot, Kleines!« Anthony hatte unbemerkt den Salon betreten. »Du kannst dem ganzen Familienclan mitteilen, daß Glückwünsche angebracht sind, aber ich habe den Pfarrer für heute zum Abendessen eingeladen, und im Anschluß daran wird die Trauung vollzogen werden. Diese Eile ist dir doch recht, Roslynn, oder?«

Daß sie gezwungen war, ihm ihre Entscheidung so beiläufig mitzuteilen, entsprach nicht Roslynns Vorstellungen. Aber sein Blick war fragend auf sie gerichtet, und fast hätte man meinen können, er wäre nervös. Konnte ihre Antwort für ihn von solcher Bedeutung sein?

»Ja, diese Arrangements passen mir ganz gut — aber wir haben vorher noch einiges zu besprechen.«

Anthony atmete tief aus, und seine Lippen verzogen sich zu einem breiten Grinsen. »Selbstverständlich. Du entschuldigst uns, Kleines?«

Regina sprang auf und warf ihre Arme um seinen Hals. »Dich entschuldigen? Umbringen könnte ich dich! Du hast nie auch nur eine Andeutung gemacht.«

»Diese Überraschung ist mir wirklich gut gelungen, stimmt's?«

»Oh, es ist wundervoll«, rief sie glücklich, »und ich kann es kaum erwarten, Nicholas damit zu verblüffen. Deshalb mache ich mich jetzt aus dem Staub.« Und lachend fügte sie hinzu: »Bevor du mich rausschmeißt.«

Anthony blickte ihr lächelnd nach — ein letzter kurzer Aufschub, denn er ahnte, daß Roslynn ihm gehörig den Kopf zu waschen gedachte. Na ja, er hätte sie vermutlich nicht so überrumpeln dürfen. Aber auch ihr ›einiges zu besprechen‹ hatte sich irgendwie unangenehm angehört.

»Ich hoffe nur, du wirst dich nicht immer so anmaßend aufführen?«

Roslynns Ton war schneidend. Anthony wandte sich ihr mit einem gespielten Lächeln zu.

»Aber nein! In den Händen der richtigen Frau kann ich geradezu Wachs sein.«

Sie war nicht amüsiert. Wenn es überhaupt möglich war, wurde ihre Miene noch eisiger. »Setz dich, Anthony. Bevor ich dich heiraten kann, müssen wir einiges vereinbaren.«

»Wird es weh tun?« Als er sah, daß ihre Augen sich zu Schlitzen verengten, seufzte er: »Fang an, ich bin auf das Schlimmste gefaßt.«

»Ich will ein Kind.«

»Nur eines?«

Sie hätte ihm am liebsten irgendeinen harten Gegenstand an den Kopf geworfen. Verdammt, konnte dieser Mann denn nichts ernst nehmen?

»Ehrlich gesagt, möchte ich mindestens drei, aber fürs erste genügt eines«, fauchte sie.

»Jetzt muß ich mich aber schleunigst setzen.« Er nahm neben ihr auf dem Sofa Platz. »Bevorzugst du ein bestimmtes Geschlecht? Ich meine, wenn du Mädchen haben möchtest und wir nur Jungen bekommen, bin ich gern bereit, es immer wieder zu probieren, dein Einverständnis vorausgesetzt.«

Trotz seines scherzenden Tons hatte sie den Eindruck, daß er es ernst meinte. »Du hast nichts gegen Kinder einzuwenden?«

»Mein liebes Mädchen, wir bist du nur auf die Idee gekommen, ich könnte etwas dagegen haben? Immerhin gehört jener Akt, ohne den es keine Kinder gäbe, von jeher zu meinen Lieblingsbeschäftigungen.«

Sie spürte, daß sie heftig errötete, und starrte hastig auf ihre Hände hinab, die sie auf dem Schoß verschränkt hielt. Sie wußte genau, daß ihre Verlegenheit ihn amüsierte. Nun, er hatte noch nicht alles gehört...

Weiterhin seinen Blick meidend, sagte sie: »Ich bin froh, daß du in dieser Hinsicht so einsichtig bist, aber du mußt noch einer weiteren — etwas ungewöhnlichen — Bedingung zustimmen. Deine Geliebte oder deine Geliebten, je nachdem...«

Sie verstummte, als er seine Hand unter ihr Kinn legte und sie zwang, ihn anzusehen. »Das ist überflüssig«, sagte er sanft. »Ein Gentleman gibt seine Geliebten immer auf, wenn er heiratet.«

»Nicht immer.«

»Wie dem auch sei, ich jedenfalls...«

»Du hättest mich ausreden lassen sollen, Anthony!« Ihre Stimme war wieder scharf geworden, und sie reckte eigensinnig das kleine Kinn. »Ich bitte dich nicht, etwas aufzugeben. Im Gegenteil, ich bestehe darauf, daß du deine Geliebten behältst.«

Er lehnte sich kopfschüttelnd zurück. »Ich habe zwar schon von entgegenkommenden Frauen gehört, aber glaubst du nicht auch, daß du ein bißchen zu weit gehst?«

»Ich meine es ernst.«

»Dann solltest du es dir schleunigst aus dem Kopf schlagen!« rief er wütend. »Wenn du glaubst, daß ich mich zu einer Ehe bereit erkläre, die nur auf dem Papier besteht, irrst...«

»Nein, nein, du hast mich falsch verstanden.« Sie war erstaunt über seinen Zorn, denn sie hatte geglaubt, daß dieses Arrangement ihm sehr willkommen sein würde. »Wie könnte ich denn ein Kind bekommen, wenn es nur eine Ehe auf dem Papier wäre?«

»In der Tat!«

Sie seufzte. Offenbar hatte sie seinen Stolz verletzt. Er hatte mit einer eifersüchtigen Ehefrau gerechnet, und daß sie diese Rolle nicht spielen wollte, schien ihn zu frustrieren. »Anthony, ich werde in jeder Hinsicht deine

Frau sein. Das ist das mindeste, was ich tun kann, nachdem du mich sozusagen aus höchster Not gerettet hast. Du mußt mir nur einen Augenblick zuhören.«

»Ich bin ganz Ohr!«

Sie seufzte wieder. Warum war er nur so schwierig, was diesen Punkt betraf? Sie hatte es für die ideale Lösung gehalten, und nur unter dieser Bedingung konnte sie ihn überhaupt heiraten.

Sie versuchte es noch einmal. »Ich weiß gar nicht, warum du einen solchen Wirbel um diese Sache machst. Du liebst mich nicht, das hast du selbst gesagt. Und auch ich bin gefühlsmäßig noch nicht engagiert. Aber ich mag dich, und wir fühlen uns zueinander hingezogen − jedenfalls trifft das auf *mich* zu...«

»Verdammt, du weißt genau, daß die Anziehungskraft gegenseitig ist!«

Sie ignorierte seinen wütenden Einwurf. »Das angenehme Äußere spielte für mich bei der Suche nach einem Ehemann von Anfang an eine große Rolle, damit es mir nicht allzu sehr zuwider wäre...«

Sie verstummte, als sie ihn laut schnauben hörte. Ihr war klar, daß er an die letzte Nacht dachte, an ihren unverkennbaren Genuß. Nein, sie brauchte wirklich nicht zu erwähnen, daß sie mit ihm gewissen ehelichen Pflichten sehr gern nachkommen würde.

»Du siehst gut aus«, fuhr sie fort, »und du hast Charme, das läßt sich nicht leugnen. Ich bin überzeugt davon, daß wir gut miteinander auskommen können. Aber weil keine Liebe mit im Spiel ist, brauchst du dich nicht gebunden zu fühlen. Bei mir ist das etwas anderes, denn schließlich bin ich es, die unbedingt heiraten muß. Aber es wäre höchst unrealistisch, wenn ich erwarten würde, daß du mir treu bist, siehst du das denn nicht ein? Deshalb bitte ich dich erst gar nicht darum. Wir schließen eine Vernunftehe, vielleicht kann man es so ausdrücken. Vertrauen ist dabei nicht erforderlich.«

Er starrte sie an, als hätte sie den Verstand verloren.

Nun, vielleicht hatten ihre Worte etwas herzlos geklungen, aber es war nun einmal sehr schwierig, die peinliche Tatsache zu umschreiben, daß sie ihm nicht über den Weg traute und höchstwahrscheinlich nie trauen würde. Schließlich gab er ja selbst zu, ein Schürzenjäger zu sein. Und so ein Weiberheld änderte sich nur, wenn er sein Herz verlor — das hatte ihr Großvater gesagt, und das leuchtete ihr durchaus ein. Anthony hatte überhaupt keinen Grund, ärgerlich auf sie zu sein. *Sie* könnte ärgerlich sein, daß es nötig war, eine solche Bedingung zu stellen.

»Vielleicht sollten wir das ganze vergessen«, sagte sie steif.

»Eine ausgezeichnete Idee!«

Sie preßte ihre Lippen zusammen. »Ich wollte dich von Anfang an nicht heiraten, das habe ich dir klipp und klar gesagt.«

»Was?« Er richtete sich kerzengerade auf. »Jetzt wart mal einen Moment, Roslynn! Ich meinte doch nicht, daß es eine ausgezeichnete Idee wäre, nicht zu heiraten. Ich dachte, du meintest...«

»Das ist aber nicht der Fall!« rief sie aufgebracht, und ihr Temperament ging endgültig mit ihr durch. In breitestem Schottisch bekam er zu hören: »Und wenn du nicht bereit bist, deine Geliebten zu behalten, brauchen wir überhaupt nicht weiter zu diskutieren. Es ist ja nicht so, als wollte ich körperlich nichts mit dir zu tun haben. Aber ich weiß, was du bist, Mann, und ich weiß, daß deine Augen wieder umherwandern werden, sobald der Reiz des Neuen nachläßt. Du kannst nichts dafür. Es liegt nun einmal in deiner Natur.«

»Himmeldonnerwetter!«

Sie fuhr fort, als hätte sie seinen Fluch nicht gehört. »Aber ich war trotzdem bereit, dich zu nehmen, Närrin, die ich bin. Du hättest mir hübsche Kinder geschenkt. Du hättest mich vor Geordie gerettet. Das hätte mir genügt. Um mehr habe ich dich nicht gebeten.«

»Vielleicht war ich aber bereit, dir mehr zu geben.

Aber auf diese Idee bist du vermutlich gar nicht gekommen, als du deine großmütige Geste ausgebrütet hast?«

Roslynn zuckte unter der beißenden Ironie zusammen, aber sie hatte sich jetzt wieder unter Kontrolle. »Es ist im Grunde ganz einfach, Anthony. Ich könnte dir in Bezug auf andere Frauen nie vertrauen. Falls − falls ich dich jemals lieben würde, könnte ein Betrug mich viel zu sehr verletzen. Deshalb wüßte ich lieber von Anfang an, daß du mir nicht treu sein wirst, denn dann bliebe unsere Beziehung auf dem jetzigen Stand. Wir wären Freunde und...«

»Liebespartner?«

»Ja, genau. Aber nachdem du damit nicht einverstanden bist, können wir unser Gespräch als beendet ansehen.«

»Habe ich gesagt, daß ich nicht einverstanden bin?« Seine Stimme klang jetzt wieder ruhig, aber seine düstere Miene und seine steife Haltung verrieten, daß diese scheinbare Ruhe trog, daß der Vulkan im Innern nach wie vor brodelte. »Laß mich kurz rekapitulieren, ob ich dich auch richtig verstanden habe, meine Liebe. Du willst ein Kind von mir, aber gleichzeitig willst du nicht, daß ich mich ausschließlich dir widme. Du wirst in jeder Hinsicht meine Frau sein, aber ich soll weiterleben wie bisher und kann soviel Mätressen haben, wie ich nur will.«

»Diskret, Anthony.«

»O ja, diskret! Ich verstehe schon, wer nach Möglichkeit nichts davon wissen soll, speziell da du mich sozusagen vor die Tür setzst, noch bevor ich überhaupt einen Fuß über die Schwelle getan habe. Wenn ich also zwei oder drei Nächte in der Woche nicht nach Hause komme, wirst du glücklich sein. So ist es doch?«

Sie zog vor, diese Frage nicht zu beantworten. »Bist du einverstanden?«

»Aber selbstverständlich.« Seinem gezwungenen Lächeln fehlte jede Wärme, aber das fiel Roslynn nicht auf.

»Welcher Mann könnte schon widerstehen, wenn sein Kuchenstück so dick mit Zucker bestreut wird?«

Diese Analogie sagte Roslynn nicht besonders zu, und sie wußte auch nicht, ob sein Nachgeben ihr gefiel. Er hatte wirklich nicht lange protestiert. Pro forma ein bißchen Widerstand, dann widerwilliges Einverständnis. Ha, dieser elende Schuft! Er war zweifellos über ihre Bedingungen begeistert, und sie würde jetzt damit leben müssen.

Kapitel 21

Die Kutsche der Edens war bequem und gut gefedert, mit zusätzlichen Annehmlichkeiten wie Kissen und Dekken, Champagner und Gläser. Roslynn zog jedoch die Schulter ihres Mannes einem Kissen vor, und sie wollte auch keinen Champagner mehr trinken, denn bei der Feier nach der Trauung hatte sie bereits genügend Gläser geleert.

Sie hatten wirklich und wahrhaftig geheiratet! Eine Liebesnacht, und tags darauf die Hochzeit. Es war einfach unglaublich, und Roslynn fragte sich, ob sie nicht unbewußt genau das ersehnt hatte, ob sie nicht vielleicht aus diesem Grunde Anthony aufgesucht hatte, anstatt auf direktem Wege nach Silverley zu fahren. Aber nein, es würde ja keine ideale Ehe werden. Das hatte sie sich nun mit ihrer wunderlichen Bedingung selbst eingebrockt, und sie durfte es nicht vergessen. Aber immerhin hatte sie Anthony bekommen. Er war ihr Ehemann, auch wenn sie ihn mit anderen würde teilen müssen.

Sie kuschelte sich lächelnd noch enger an ihn. Anthony nippte am Champagner und starrte nachdenklich aus dem Fenster. Das Schweigen hatte nichts Bedrückendes an sich, und Roslynn fühlte sich wohlig müde.

Ihr war nicht ganz verständlich, warum sie ihre Hoch-

zeitsnacht nicht auf Silverley verbrachten, wie sie angenommen hatte. Anthony hatte etwas von seinem eigenen Bett und von einem richtigen Anfang gemurmelt,
auch etwas von Lärm, wegen dem er sich keine Vorwürfe machen wollte. Das hatte sich in ihren Ohren irgendwie bedrohlich angehört, was ihr jetzt unbegreiflich war.
Bestimmt hatte es nur an ihrer Nervosität gelegen.
Schließlich hatte sie auf ihre Freiheit verzichtet und sich
einem Mann in die Hand gegeben, den sie kaum kannte
und der voller Überraschungen steckte, wie er ja mit seinem impulsiven Heiratsantrag bewiesen hatte.

O ja, sie hatte allen Grund zur Nervosität gehabt, vor
der Zeremonie und danach. Hatte er sie nicht auch heute
gleich zweimal überrascht, zum einen mit seinem Zorn
über ihre Bedingungen und zum anderen, indem er den
Ehevertrag unterschrieben hatte, ohne ihn gelesen zu haben? Nicholas, der bei der Unterzeichnung als Zeuge zu-
gegen war, hatte dagegen protestiert, ebenso auch Roslynn. Aber sogar nach der Unterzeichnung hatte Anthony sich geweigert, das verdammte Ding zu lesen. Und
jetzt brachte er sie nach London zurück, womit sie für
diese Nacht überhaupt nicht gerechnet hatte.

Sie wäre eigentlich lieber bei den Edens geblieben.
Aber für einen Tag hatte sie schon mehr als genug Forderungen gestellt und deshalb nicht protestiert, als Anthony nach einer kurzen Hochzeitsfeier zum Aufbruch
drängte. Gewiß, sie hatten früh zu Abend gegessen, und
die Trauung war im Nu vorüber gewesen. Es war jetzt
noch nicht allzu spät, obwohl sie Anthonys Stadthaus
wahrscheinlich erst gegen Mitternacht erreichen würden.

Sie dachte, daß es wohl vernünftig wäre, während der
Fahrt ein wenig zu schlafen, und unwillkürlich spielte
ein Lächeln um ihre Lippen, denn beim Anblick der Kissen und Decken auf den Sitzen hatte sie zunächst nicht
an Schlafen gedacht. Die Vorstellung, daß sie ihre Hochzeitsnacht in der Kutsche verbringen würden, hatte sie

erschreckt, aber auch erregt. Nettie war schließlich in eine kleinere und langsamere Kutsche verbannt worden. Sie waren zu zweit allein in einer Kutsche, die so groß war, daß man darin alles mögliche treiben könnte. Die gelbe Lampe spendete ein weiches, romantisches Licht. Doch nein, Anthony hatte nur vorgeschlagen, daß sie während der Rückfahrt nach London schlafen solle. Er hatte sie nicht einmal geküßt, sondern nur fest an sich gezogen.

Wahrscheinlich war der Champagner schuld an ihrer Idee, die Hochzeitsnacht könnte in der Kutsche beginnen. In Wirklichkeit konnte sie nicht einmal sicher sein, daß sie überhaupt eine Hochzeitsnacht erleben würde. Nachdem Anthony sich wegen ihrer Bedingungen so angestellt hatte, wäre sie nicht einmal sehr überrascht, wenn er sie nur vor seinem Haus absetzte und gleich zu einer seiner vielen Geliebten weiterfuhr. Was könnte sie in diesem Fall schon sagen? Sie hatte ihn ja selbst vor die Tür gesetzt, wie er es ausgedrückt hatte.

Anthony hörte seine Frau seufzen und fragte sich, woran sie wohl dachte. Wahrscheinlich dachte sie sich neue Möglichkeiten aus, gefühlsmäßige Bindungen in dieser Ehe zu vermeiden. Es war wirklich lachhaft, aber anfangs hatte er es nicht so gesehen. Da hatte er nun zum erstenmal in seinem Leben den Wunsch verspürt zu heiraten, und die Frau wollte nichts weiter als seine Geliebte sein – noch dazu eine überhaupt nicht eifersüchtige Geliebte. Bedeutete er ihr so wenig, daß sie ihn leichten Herzens in die Arme anderer Frauen treiben wollte? Wenn flüchtige Abenteuer für ihn immer noch von unwiderstehlichem Reiz gewesen wären, hätte er mit Sicherheit nicht geheiratet.

Etwa eine halbe Stunde später unterbrach ein Pistolenschuß jäh die Stille der Nacht, und die Kutsche kam mit einem Ruck zum Stehen. Roslynn fuhr aus dem Schlaf auf und hörte Anthony leise fluchen.

»Sind wir schon da?« fragte sie verwirrt, während sie

blinzelnd aus dem Fenster in die Dunkelheit hinausschaute.

»Nicht ganz, meine Liebe.«

»Was ist denn los?«

»Ich glaube, ein Raubüberfall.«

Sie starrte ihn an. »Räuber? Warum sitzt du dann untätig hier herum? Willst du denn nichts unternehmen?«

»Mein liebes Mädchen, wir sind hier in England, und Raubüberfälle sind bei uns etwas so Alltägliches, daß wir sie sozusagen als milde Gaben an die Bedürftigen ansehen. Kein vernünftiger Mensch nimmt irgendwelche Wertsachen mit, wenn er nachts unterwegs ist. Wir leeren einfach unsere Taschen, die Räuber sind zufrieden, und wir können weiterfahren. Niemandem wird auch nur ein Haar gekrümmt. In wenigen Minuten werden wir alles hinter uns haben.«

Sie war empört. »Einfach so? Und wenn ich nun nicht beraubt werden will?«

Er seufzte. »Erlebst du so etwas zum erstenmal?«

»Selbstverständlich! Und ich verstehe nicht, wie du hier seelenruhig herumsitzen kannst, ohne etwas zu tun.«

»Was sollte ich denn deiner Meinung nach tun, wenn ich nicht einmal eine Waffe bei mir habe?«

»*Ich* habe eine.«

Er packte sie am Handgelenk, als sie den im Schuh versteckten Dolch hervorholen wollte. »Vergiß es!«

»Aber...«

»Nein!«

Sie warf ihm einen beleidigten Blick zu. »Na dann prost! Wenn ein Mann seine Frau nicht einmal vor Räubern beschützen will...«

»Stell dich nicht so an, Roslynn«, erwiderte er ungeduldig. »Es sind doch nur ein paar Pfund und wertlose Kleinigkeiten.«

»Und ein Vermögen an Schmuck in meinem Handkoffer!«

Er blickte von ihr zu dem Koffer auf dem Sitz gegenüber, demselben verdammten Koffer, den sie am letzten Abend so sorglos in der Mietkutsche zurückgelassen hatte. »Verdammt! *Du* bringst es natürlich fertig, mit einem Vermögen durch die Gegend zu fahren! Also gut.«

Ein sicheres Versteck gab es in der Kutsche nicht, wie er rasch feststellte. Mit schiefgelegtem Kopf betrachtete er Roslynn. »Streif dein Cape ab... Ja, so.« Der Ausschnitt ihres Kleides enthüllte ihren Brustansatz, aber gemessen an der neuesten Mode war es kein besonders tiefes Dekolleté. »Zieh dein Kleid ein bißchen nach unten.«

»Anthony!«

»Entrüstete Sittsamkeit ist im Augenblick gänzlich fehl am Platz«, erklärte Anthony ungeduldig, während er sich ihr gegenüber hinsetzte. »Du sollst als Ablenkung dienen.«

»Ach so, in diesem Fall...«

»Das ist jetzt aber wirklich tief genug, meine Liebe.« Er runzelte die Stirn. »Dir mag es egal sein, wieviel Frauen mich nackt sehen, aber ich bin nicht ganz so großzügig, wenn es um andere Männer und deine körperlichen Reize geht.«

»Ich habe doch nur versucht zu helfen«, entgegnete Roslynn gereizt. Warum mußte er sie nur wieder an den Handel erinnern, auf dem sie törichterweise bestanden hatte?

»Sehr lobenswert, aber wir wollen nur, daß der Kerl dich anglotzt. Ihm soll nicht gleich die Hose platzen.«

»Die Hose platzen? Wovon redest du eigentlich?«

Er lächelte endlich. »Ich werde es dir bei Gelegenheit mit Freuden demonstrieren.«

Diesen Augenblick wählte der Straßenräuber, um die Tür aufzureißen und seinen Kopf hindurchzustecken. Roslynn zuckte unwillkürlich zusammen. Über einen Raubüberfall zu sprechen, war *eine* Sache, selbst wenn er unmittelbar bevorstand, aber den Banditen tatsächlich vor sich zu haben, war etwas ganz anderes.

Die Kutsche war so hoch, daß nur der Oberkörper des

Mannes in der Tür zu sehen war, aber er hatte einen mächtigen Brustkorb und sehr breite muskelstrotzende Schultern in einer viel zu engen Jacke. Sein schütteres Haar auf dem breiten Schädel war dunkel, und der untere Teil des Gesichts war unter einem schmutzigen Tuch versteckt. In seinen Wurstfingern hielt er eine alte rostige Pistole, die direkt auf Anthony gerichtet war.

Roslynn konnte ihren Blick nicht von der Waffe wenden. Ihr Herz klopfte zum Zerspringen. So hatte sie es sich nicht vorgestellt... Nun ja, eigentlich hatte sie sich überhaupt nichts vorgestellt. Woher hätte sie, die noch nie Bekanntschaft mit Straßenräubern gemacht hatte, auch wissen sollen, wie gefährlich sie sein konnten? Aber sie hatte Anthony gedrängt, etwas zu tun, und folglich wäre es ihre Schuld, wenn er erschossen würde. Und wofür? Für dummen Schmuck, der zu ersetzen war.

Sie überlegte gerade, wie sie Anthony signalisieren könnte, daß er auf keinen Fall sein Leben aufs Spiel setzen dürfe, als der Räuber das Wort ergriff. »'n Abend, Mylord«, sagte er liebenswürdig. Das Tuch vor dem Mund dämpfte seine Stimme. »War gescheit von Ihnen, ruhig sitzenzubleiben und auf mich zu warten, wirklich gescheit. Ich hab so'n bißchen Probleme mit meinem Gaul gehabt, nachdem ich losgeballert hab', um Ihrem Kutscher klarzumachen, was hier los ist. Will Sie ja nur so'n bißchen erleichtern, Sie oder Ihre... Potz Blitz!«

Er hatte Roslynn bei der schwachen Beleuchtung erst jetzt bemerkt. Im nächsten Moment packte Anthony den Räuber am Handgelenk und riß ihn nach vorne, während seine Faust im Gesicht des Mannes landete. Der Bandit stürzte wie ein Stein zu Boden, und Anthony stellte ihm seelenruhig ein Bein auf den Rücken, damit er nicht aus der Kutsche rutschte, bevor er ihm die Pistole abgenommen hatte.

»Sei ein braves Mädchen und bleib hier, während ich mal nachsehe, ob der Kerl allein ist.«

Bevor Roslynn etwas sagen konnte, sprang er hinaus,

der Räuber glitt langsam auf die Straße hinab, und sie blieb allein in der Kutsche zurück. Noch nie in ihrem Leben hatte sie solche Angst ausgestanden, nicht einmal um sich selbst. Anthony war in Gefahr... Jeden Moment konnten weitere Schüsse fallen...

Zum Glück kam er nach kürzester Zeit lächelnd zurück. »Unser sehr mitgenommener Kutscher – es scheint auch für ihn der erste Überfall gewesen zu sein – meint, der Bursche sei allein gewesen.«

Grenzenlos erleichtert, machte Roslynn ihrem Herzen Luft. »Was, zum Teufel, hast du dir dabei gedacht, mir einen solchen Schrecken einzujagen? Du könntest jetzt tot sein!«

Er hob erstaunt die Brauen. »Liebes Kind, was hast du dir denn vorgestellt, als du mich aufgefordert hast, etwas zu *tun*?«

»Jedenfalls wollte ich nicht, daß du umgebracht wirst!«

»Das freut mich zu hören«, erwiderte er trocken. »Aber jetzt ist es vorbei, also genug davon.«

»Ich laß mir nicht vorschreiben...«

Er zog sie auf seinen Schoß und erstickte ihre Worte mit einem Kuß. Als er sich von ihren Lippen löste, grinste er ihr zu. »So ist's besser. Jetzt kannst du wenigstens an etwas anderes als den Überfall denken, und du kannst sicher sein, daß wir dies später fortsetzen werden.« Er ließ sie sanft wieder auf den Sitz neben sich hinabgleiten und griff nach der Champagnerflasche. »Aber jetzt brauche ich erst mal einen Schluck, und du kannst weiterschlafen.«

»Als ob ich jetzt schlafen könnte!« rief Roslynn, aber ihr Zorn war verflogen.

»Du solltest es lieber versuchen, Liebling, denn ich verspreche dir, daß du später nicht viel Gelegenheit zum Schlafen haben wirst.«

Sie erwiderte nichts darauf, aber sobald er sich mit dem Glas in der Hand zurückgelehnt hatte, machte sie es sich wieder an seiner Schulter bequem. Ihr Puls hatte sich normalisiert, obwohl sie auf eine derartige Erfahrung gern verzichtet hätte. Dies war ihre Hochzeitsnacht, und solche Dinge sollten einem in der Hochzeitsnacht wirklich erspart bleiben.

»Hör nächstes Mal nicht auf mich und spiel lieber nicht den großen Helden«, sagte sie ziemlich aggressiv, weil sie sich inzwischen ihrer Angst schämte. »*So* wichtig war der Schmuck auch wieder nicht.«

»Möglich, aber als dein Ehemann hätte ich ihn ersetzen müssen, und ich will meinen Geldbeutel nicht unnötig strapazieren.«

»Dann hast du mich also doch wegen meines Geldes geheiratet?«

»Weshalb denn sonst?«

Sein Ton war so ironisch, daß sie ihm einen flüchtigen Blick zuwarf und dabei feststellte, daß er auf ihren Ausschnitt starrte. Sie hätte fast gelacht. Weshalb denn sonst, in der Tat! Der Mann war durch und durch ein Wüstling, aber das hatte sie ja von Anfang an gewußt, und sie wußte auch, daß keine Hoffnung bestand, ihn je zu ändern.

Sie seufzte und überlegte, ob sie ihm erzählen sollte, daß er angenehm überrascht sein würde, falls er sie wegen ihres Geldes geheiratet hatte. Laut Ehevertrag würde er sehr großzügig bedacht werden. Und obwohl Anthony finanziell offenbar so gut gestellt war, daß er für seinen Lebensunterhalt nicht zu arbeiten brauchte, war er doch ein vierter Sohn und konnte einfach nicht so reich sein, um zu verachten, was diese Ehe ihm einbrachte.

Sie würde es ihm sagen müssen, aber nicht jetzt. Die Aufregung und Angst machten sich nun doch bemerkbar, und sie fiel innerhalb kürzester Zeit in einen tiefen Schlaf.

Kapitel 22

Anthony rüttelte Roslynn wach, als die Kutsche von der King's Road auf den Grosvenor Place einbog. Sie näherten sich Piccadilly und seinem Stadthaus gegenüber dem Green Park. Er hoffte, daß James sich noch irgendwo herumtreiben und Jeremy schon im Bett liegen würde, denn er verspürte nicht die geringste Lust, zu dieser späten Stunde Erklärungen abzugeben. Er hatte sich während der ganzen Fahrt, von dem kurzen Intermezzo mit dem Straßenräuber einmal abgesehen, die Freuden seines Bettes ausgemalt, und nun glaubte er, das Warten nicht mehr viel länger aushalten zu können.

Roslynn war an solchen Dingen im Augenblick nicht im mindesten interessiert. Sie hatte fest geschlafen und war noch viel zu benommen, um die Tatsache, daß sie endlich angekommen waren, würdigen zu können. Sie wollte nur eines: weiterschlafen. Hochzeitsnacht und Ehemann waren fast vergessen. Und doch rüttelte jemand sie immer wieder.

Anthony war verdutzt, als Roslynn nur verärgert brummte und nach seiner Hand schlug, anstatt die Augen zu öffnen. Normalerweise schliefen Frauen in seiner Gegenwart nicht, und er hatte deshalb keine Erfahrung darin, wie man jemanden wach bekam, der so schlaftrunken war. Er hatte ihr ein Nickerchen vorgeschlagen, damit sie frisch und ausgeruht ankommen sollte, aber es hatte nun wirklich nicht in seiner Absicht gelegen, die Hochzeitsnacht ausfallen zu lassen.

Er versuchte es noch einmal. »Komm, wach auf, Mädchen, oder hast du vergessen, welcher Tag heute ist?«

»Mmm?«

»Fällt dir bei dem Wort Hochzeitsglocken vielleicht etwas ein? Oder weißt du nicht mehr, daß du einen Ehemann hast, der es kaum erwarten kann, bis du ein verführerisches durchsichtiges Nachtgewand anlegst, um ihn zu ergötzen?«

Sie setzte sich endlich gähnend auf, blinzelte mühsam und rieb sich wie ein kleines Kind den Schlaf aus den Augen. »So etwas nehme ich auf Reisen nicht mit.«

Er grinste inwendig. Immerhin arbeitete ihr Verstand wieder, wenn auch noch zu langsam, um zu erkennen, daß er sie nur neckte.

»Nur keine Angst, meine Liebe. Ich habe deine Sachen heute morgen abholen lassen.«

Das machte sie schlagartig hellwach. »O nein! Das war sehr töricht von dir. Du wußtest doch noch nicht einmal, ob ich dich heiraten würde. Und vielleicht hat Geordie gerade auf so etwas gewartet, um herauszufinden, wohin ich verschwunden bin.«

Anthony hoffte das sehr, denn dieses Motiv hatte ihn ja zum Handeln bewogen. Mit etwas Glück würde der Mann, den er auf die ›Verfolger‹ angesetzt hatte, ihm schon morgen eine Adresse nennen können.

»Ich weiß natürlich, daß für dich alles noch etwas neu und ungewohnt ist, Liebste«, lachte er, »aber es ist dennoch nicht gerade schmeichelhaft für mich, daß du deinen veränderten Familienstand ständig vergißt. Du bist jetzt verheiratet, und je eher dein Vetter davon erfährt, desto eher wird er aufhören, dich zu belästigen.«

Sie lächelte zaghaft, dann immer breiter, bis sie vor Freude übers ganze Gesicht strahlte. »Das stimmt! Ich bin so daran gewöhnt, mich vor Geordie verstecken zu müssen, daß es vermutlich noch ein Weilchen dauern wird, bis ich mich völlig entspanne. Ach, wie herrlich! Ich bin ein freier Mensch!«

»So ganz frei nun auch wieder nicht, meine Liebe.«

»Nein, ich meinte ja auch nur...«

»Ich weiß.« Er kraulte sie unter dem Kinn. »Aber du gehörst jetzt wirklich und wahrhaftig mir, und ich stelle zu meinem größten Erstaunen fest, daß ich ein sehr besitzergreifender Ehemann bin.«

Diese Bemerkung hörte sich so absurd an, daß Roslynn überzeugt war, er mache nur einen seiner üblichen

Scherze. Falls er jemals etwas ernst nehmen sollte, wäre es für sie bestimmt ein solcher Schock, daß sie auf der Stelle tot umfiele.

Ihr fiel plötzlich etwas ein. »Anthony, warum wolltest du unbedingt noch heute nacht nach London zurückkehren?«

Er zwinkerte amüsiert. »Bräute sind im allgemeinen in der Hochzeitsnacht sehr nervös, und da dachte ich, du würdest dich vielleicht in einem Bett, das du schon kennst, wohler fühlen.«

Errötend flüsterte sie: »Das habe ich wohl verdient.«

»So ist es.«

»Aber du hast etwas von Lärm erähnt?«

»Tatsächlich? Vergiß es. Wir werden uns mucksmäuschenstill verhalten.«

Er zog sie schon wieder auf. Sie wußte nicht so recht, ob ihr das gefiel. Sie wußte nicht, ob sie sich jemals an seine Anspielungen gewöhnen würde. Aber in dieser Nacht...

Sie gähnte, Anthony grinste, und die Kutsche hielt an.

»Endlich!« rief er und sprang hinaus, noch bevor das Trittbrett heruntergelassen war. »Komm, Liebling, damit ich dich über die Schwelle tragen kann.«

Sie griff nach seiner Hand, und er half ihr aus dem Wagen. »Das ist wirklich nicht notwendig«, murmelte sie.

»Du mußt mir schon erlauben, meine Rolle richtig zu spielen«, widersprach er, während er sie vom Boden hob. »Schließlich muß es für diese seltsame Sitte einen Grund geben. Vielleicht soll die Braut nicht Reißaus nehmen können, was meinst du?«

»So ein Blödsinn!« Sie legte ihm einen Arm um den Hals. »Wahrscheinlich sind irgendwann ein paar Bräute in Ohnmacht gefallen und mußten deshalb ins Haus getragen werden, und dann hat sich dieser Brauch eingebürgert.«

»Nur ein paar?« spöttelte er. »Ich kann dir versichern, daß völlige Unkenntnis über die Vorgänge im

Ehebett weit verbreitet ist. Die Mütter können sich heutzutage einfach nicht überwinden, über solche Dinge zu sprechen. Wirklich ein Jammer, denn die armen frisch gebackenen Ehemänner sind dadurch gezwungen, geduldig Nervosität und Ängste abzubauen, während sie es doch kaum erwarten können, zur Entjungerung zu schreiten.«

»Anthony!« rief sie, obwohl sein schalkhaftes Grinsen sie zum Lachen reizte. »*Mußt* du immer solche Dinge sagen?« Aber um das letzte Wort zu haben, fügte sie hinzu: »Übrigens haben manche Bräute gar keine Mütter, die sie aufklären könnten.«

»Ah, jetzt werden wir persönlich.« Er klopfte an die Tür, bevor er ihr zärtlich zulächelte. »Aber du hattest trotzdem keine Angst, Liebste, nicht wahr?«

»Du hast mir gar keine Zeit dazu gelassen«, gestand sie, während sie wieder errötete.

»Und jetzt, nachdem du weißt, was dir bevorsteht?«

»Ich spüre, daß ich gleich ohnmächtig werde.«

Er lachte schallend, tat aber rasch so, als müßte er husten, denn die Tür wurde geöffnet. Dobson ließ sie mit stoischer Miene ein. Roslynn war etwas enttäuscht, daß der Kerl so blasiert dreinschauen konnte, als wäre es etwas ganz Alltägliches, seinen Herrn mit einer Frau auf den Armen vor der Tür stehen zu sehen. Aber sie wurde einen Augenblick später entschädigt, als der Butler sich unbeobachtet wähnte und deshalb seine Entgeisterung offen zeigte. Roslynn barg ihr Gesicht hastig an Anthonys Schulter, damit Dobson ihr Lächeln nicht sah.

Dadurch entging ihr James' Miene, als dieser mit einem Drink in der Hand die Halle betrat. Wenn er überrascht war, so zeigte er es jedenfalls nicht. Auch seine Stimme, die Roslynn aufblicken ließ, war ausdruckslos.

»Ich nehme an, daß ich das eigentlich nicht sehen sollte.«

»Das hatte ich eigentlich gehofft«, erwiderte Anthony auf dem Weg zur Treppe. »Aber nachdem du uns nun schon gesehen hast, sollst du auch wissen, daß ich das Mädchen geheiratet habe.«

»Zum Teufel, das soll wohl ein Witz sein!«

»Es stimmt tatsächlich«, kicherte Roslynn, über die Reaktion ihres Schwagers noch erfreuter als über jene des Butlers. »Sie glauben doch wohl nicht, daß ich ihm andernfalls erlauben würde, mich über die Schwelle zu tragen?«

Anthony blieb kurz stehen, selbst erstaunt, daß es ihm gelungen war, diesen Bruder aus der Fassung zu bringen. »Großer Gott, James, mein Leben lang habe ich darauf gewartet, dich einmal sprachlos zu sehen. Aber du hast bestimmt Verständnis dafür, daß ich nicht warte, bis du dich wieder erholst, nicht wahr?« Und er setzte seinen Weg fort.

Im ersten Stock angelangt, flüsterte Roslynn mit einer Stimme, die vor Lachen bebte: »Das war sehr ungezogen von uns, findest du nicht auch?«

»Keineswegs, mein liebes Mädchen«, widersprach er. »Um dich ein Weilchen ganz für mich allein zu haben, war es unbedingt notwendig, meinen lieben Bruder irgendwie auszuschalten. Wir werden ohnehin noch früh genug mit den Glückwünschen und endlosen Fragen der ganzen Familie geplagt werden.« In seinem Schlafzimmer lehnte er sich seufzend an die Tür. »Endlich allein!«

Bevor Roslynn etwas sagen konnte, ließ er ihre Beine los und zog sie gleichzeitig fest an seine Brust. Sie hing auf ihm, und einen köstlichen Augenblick lang verharrten sie in dieser Position, während sein Mund zärtlich an ihren Lippen zupfte.

Er streichelte mit den Fingerrücken ihre Wangen, und als sie langsam die Augen öffnete, sah sie, daß die seinigen vor Leidenschaft verschleiert waren. Auch seine Stimme war eine Liebkosung, und sie spürte seinen heißen Atem auf ihren Lippen.

»Hast du dir jemals überlegt, daß dies die einzige Nacht deines Lebens ist, von der alle genau wissen, daß du sie nicht einfach verschläfst. Ach, Liebste, ich finde es herrlich, wenn du rot wirst!«

»Das passiert mir erst seit kurzem – erst seit ich dich kenne.«

Ihre heiser geflüsterten Worte machten Anthony plötzlich rasend vor Verlangen. Er schob sie mit zitternden Händen rasch etwas von sich, während er leise aufstöhnte.

»Ich war ein verdammter Narr, so lange zu warten! Ich gebe dir fünf Minuten Zeit für eventuelle Vorbereitungen, aber hab um Gottes willen Erbarmen mit mir und sei im Bett, bevor ich wiederkomme.«

»In einem verführerischen, durchsichtigen Nachtgewand?«

»Allmächtiger Himmel, nein!« rief er. »Ich glaube, das könnte ich im Moment nicht aushalten!«

Er verschwand in seinem Ankleidezimmer, während Roslynn mit einem versonnenen Lächeln auf den Lippen dastand. Hatte sie ihn in diesen Zustand versetzt? Kaum zu glauben. Aber auch sie selbst war alles andere als ruhig. Diesmal wußte sie, was passieren würde, und das machte alles leichter. Ein heißer Schauer der Erwartung lief ihr über den Rücken. Aber sie war doch noch zu unerfahren, um nicht zugleich etwas nervös zu sein.

Mit ungelenken Fingern zog sie sich so schnell wie möglich aus. Ihr Herz klopfte zum Zerspringen, und sie lauschte angespannt, ob die Tür sich nicht schon öffnete. Als sie ins Bett stieg, wußte sie nicht so recht, ob sie das Laken bis zum Hals hochziehen oder aber malerisch drapieren sollte. Ihr Schamgefühl gewann die Oberhand, zumindest diesmal noch. Sie fragte sich, ob wohl einmal der Tag kommen würde, da das alles nur noch eine angenehme Routine wäre, aber mit Anthony bezweifelte sie das. Wahrscheinlich würde es immer atemberaubend bleiben.

Als er zurückkam, trug er einen langen Morgenrock aus karmesinrotem Samt. Roslynn fiel plötzlich zu ihrer

großen Verlegenheit ein, daß sie nicht einmal ein Nachthemd angezogen hatte. Natürlich hätte sie es ohnehin
nicht lange anbehalten, aber war es nicht unschicklich,
wenn eine Frau nackt auf ihren Mann wartete? Vielleicht
nicht – zumindest nicht in dieser Nacht. Und Anthonys
Lächeln, als er sich dem Bett näherte, drückte wirklich
nur Zustimmung aus.

»Darf ich?« Er setzte sich neben sie und begann, die
Haarnadeln aus ihrer Frisur zu entfernen.

Sie berührte eine rotgoldene Locke, die ihr auf die
Schulter fiel. »Das habe ich ganz vergessen.«

»Wie schön!«

Er liebte es, ihr übers Haar zu streichen oder es durch
seine Finger gleiten zu lassen. Mit sanftem Druck massierte er ihre Kopfhaut, bis sie mit einem verträumten Lächeln auf den Lippen die Augen schloß.

»Das tut gut«, murmelte sie.

»Ja? Und das hier?«

Seine Lippen berührten ihre Schläfe, glitten über ihre
Wange zum Mund, verweilten dort zu einem langen heißen Kuß, bevor sie ihren Hals hinabwanderten und
schließlich beim Brustansatz innehielten. Heiße Schauder durchliefen ihren ganzen Körper, bis in die Zehenspitzen hinein.

»Das tut *auch* gut«, flüsterte sie.

Anthony lachte leise. »Ach, Liebling, haben wir uns
wirklich erst letzte Nacht geliebt? Mir kommt es wie eine
Ewigkeit vor.«

Sie legte ihre Hand an seine Wange, strich mit einem
Finger zärtlich über seine Lippen. »Nur wie eine Ewigkeit?«

Er flüsterte leidenschaftlich ihren Namen, bevor er
nach ihrem Handgelenk griff und die Handfläche küßte,
während ihre Blicke ineinander tauchten und man die
Atmosphäre knistern zu hören glaubte. Auch während
er seinen Morgenrock abstreifte, das Laken wegzog und
sich auf sie legte, ließ er kein Auge von ihr. Und dann

küßte er sie so lange und leidenschaftlich, daß ihre Erregung ins schier Unerträgliche wuchs, und als er schließlich in sie eindrang, hatte sie sofort einen Orgasmus, und als sie im Moment höchster Lust aufschrie, kam auch er zum Höhepunkt.

Roslynn hielt seinen schweißnassen Körper umschlungen, sein Kopf lag auf ihrer Schulter, und sein schwerer Atem kitzelte sie am Nacken. Sie bekam eine Gänsehaut und erschauderte kaum merklich. Trotzdem entging es ihm nicht.

»Ich habe mich wie ein typischer Bräutigam benommen«, sagte er seufzend. »Ungeduldig und rücksichtslos — und jetzt bin ich zerknirscht.« Er stützte sich auf die Ellbogen auf, wodurch sein Unterleib fester an ihre Lenden gedrückt wurde, — was auf sie die Wirkung eines Stromstoßes hatte. »Ich gestatte dir, mich zu züchtigen, meine Liebe.«

»Wofür denn?«

»Nun, wenn du das nicht weißt...«

»Wofür, Anthony?«

»Für meine mangelnde Selbstbeherrschung, wofür denn sonst? Bei einem erfahrenen Mann meines Alters gibt es dafür keine Entschuldigung, deshalb mußt du schuld daran sein. Du hast mich den Kopf verlieren lassen.«

»Ist das schlimm?«

»Das wirst du selbst beurteilen müssen, wenn ich dich nachher in gemäßigterem Tempo liebe.«

Sie lachte tief in der Kehle. »Wenn ich es nicht besser wüßte, würde ich sagen, daß du auf Komplimente aus bist. Du mußt doch wissen, daß es an deiner Leistung nichts auszusetzen gab. Ganz im Gegenteil, du warst wundervoll!«

Er schenkte ihr jenes Lächeln, das ein herrliches Schwindelgefühl auslöste. Ihre Lippen öffneten sich, und er konnte der Versuchung nicht widerstehen, sich über sie zu beugen und sie zart zu küssen.

Doch dann erhob er sich zu ihrem großen Erstaunen, deckte sie mit dem Laken zu und zog den Morgenrock an, den er vorhin achtlos auf den Boden geworfen hatte. Er setzte sich wieder auf die Bettkante, aber diesmal in einiger Entfernung von ihr, wodurch sie eigentlich hätte gewarnt sein müssen.

Mit einem gespielten tiefen Seufzer sagte er: »Und nun zum Lärm!«

Sie zwinkerte verwirrt. »Welchen Lärm?«

»Der Entfesselung deines schottischen Temperaments.«

Roslynn glaubte, er wollte sie wieder aufziehen, und grinste ihm zu. »Werde ich aus der Haut fahren?«

»Höchstwahrscheinlich, nachdem ich moralisch verpflichtet bin zu gestehen, daß ich dich heute belogen habe.«

Ihre gute Laune verflog. »In welcher Hinsicht?«

»Errätst du es nicht, meine Liebe? Ich habe nicht die Absicht, mir eine Geliebte zu halten, nachdem ich mit dir verheiratet bin. Es wäre absolut überflüssig, meinst du nicht auch?«

»Aber du warst doch einverstanden!«

Er lächelte selbstzufrieden. »Ich kann guten Gewissens sagen, daß ich heute mit allem einverstanden gewesen wäre, um dich zur Frau zu bekommen — ich hätte es dir sogar schriftlich gegeben, aber das hast du zum Glück nicht von mir verlangt.«

Roslynn starrte ihn ungläubig an. Sie fühlte sich betrogen. Heißer Zorn stieg in ihr auf.

»Du hast mich unter Vorspiegelung falscher Tatsachen geheiratet!«

»Ich habe dich mit den besten Vorsätzen geheiratet.«

»Ich habe dir eine ideale Situation angeboten, Mann!«

»Ich hatte dich aber nicht darum gebeten, und ich will nichts davon wissen. Und, meine Liebe, wenn du einmal darüber nachdenkst, wirst du selbst einsehen, wie absurd deine Forderung war. Nicht du hast mich gebeten, dich zu heiraten. Ich habe dir einen Antrag gemacht, und laß dir sagen, daß ich das nie zuvor getan habe. Und mit solchen Dingen treibe ich auch keinen Scherz. Ich habe wirklich keinen Nachholbedarf an Geliebten. Was ich jetzt will, ist eine Ehefrau.«

Seine Ruhe hob sich so vorteilhaft von ihrer Wut ab, daß sie beschämt die Stimme dämpfte. »Das sagst du *jetzt*, aber was wird nächsten Monat oder nächstes Jahr sein? Deine Augen werden bald wieder suchend umherschweifen.«

Anthony grinste ihr zu, obwohl er wußte, daß er sie dadurch noch mehr in Rage brachte. »Meine Augen schweiften in den letzten neunzehn Jahren ständig umher, wie du es ausdrückst. Gönn ihnen doch Ruhe, Roslynn. Sie haben sich für dich entschieden und wollen sich in Zukunft nur an dir ergötzen.«

Ihre Augen verengten sich zu funkelnden Schlitzen, wie er erwartet hatte. »Du glaubst also, du könntest auch darüber deine üblichen Witze reißen? Nun, dann laß dir sagen...«

Sie konnte ihren Satz nicht beenden. Er beugte sich vor, packte sie bei der Taille und zog sie an seine Brust. Roslynn war viel zu wütend, um zu bemerken, daß sie nicht mehr in das Laken gehüllt war, aber Anthony hatte seine Sinne durchaus beisammen, und eine leichte Bewegung unterhalb des Gürtels verriet ihm, daß er diese Auseinandersetzung bald beenden und zu den Freuden der Hochzeitsnacht zurückkehren sollte. Dieses törichte Geschöpf! Soviel Schwierigkeiten zu machen, und das alles nur, weil er keine andere als sie haben wollte. Sie müßte doch eigentlich glücklich sein, anstatt sich so aufzuführen. Aber er war auf diese Reaktion vorbereitet gewesen und hatte sich eine Strategie zurechtgelegt.

»Sollen wir einen Kompromiß schließen, Liebling? Bestehst du nach wie vor darauf, daß ich mir eine Geliebte halte?«

»Verdammt! Habe ich das nicht klar zum Ausdruck gebracht!«

»Also gut.« Seine Blicke glitten zärtlich über ihr Gesicht, blieben an ihren Lippen haften, und seine Stimme wurde tiefer. »Bist du bereit, diese Rolle zu übernehmen?«

»*Ich?*«

Er grinste wieder aufreizend. »Wer denn sonst? Zufällig bist du die einzige Frau, an der ich im Augenblick interessiert bin.«

»Du weißt genau, daß ich das nicht gemeint habe.«

»Möglich, aber mehr kann ich beim besten Willen nicht tun.«

Roslynn glaubte ihm nicht. »Du mußt doch eine Freundin gehabt haben.«

»Selbstverständlich, sogar mehrere. Aber keine konnte den Namen Mätresse für sich beanspruchen. Und wenn du es unbedingt wissen willst – seit ich dir begegnet bin, habe ich keine von ihnen wiedergesehen. Aber das ist nebensächlich, nicht wahr? Tatsache ist, daß ich nicht den Wunsch habe, mit einer von ihnen noch einmal ins Bett zu gehen – und auch mit keiner anderen. Du wirst mich so schnell nicht wieder los.«

»Anthony, nimm doch wenigstens einmal etwas ernst!« flehte sie erbittert.

»Meine Liebe, ich habe noch nie im Leben etwas so ernst gemeint. Wie soll ich denn mit einer anderen Frau ins Bett gehen, wenn ich nur dich begehre? Es geht einfach nicht, weißt du. Man kann nicht auf Kommando eine Frau befriedigen. Daran hast du wohl nicht gedacht?«

Sie blickte ihn verwirrt und verwundert an, doch gleich darauf runzelte sie wieder die Stirn und kniff ihre Lippen zusammen. »Aber das bedeutet noch lange nicht, daß du nicht irgendwann eine Frau sehen wirst, die dir gefällt.«

Anthony seufzte müde. »Falls dieser Tag kommen sollte, so wird auch das nichts ändern können, Roslynn, das schwöre ich dir. Ich werde mir nur dich vorstellen müssen, so wie ich dich jetzt vor mir habe, und dann werde ich ein zufriedener Mann sein.«

Sie schnaubte. »Das hast du sehr hübsch gesagt, das muß man dir lassen. Aber du vergißt, daß du mich nicht liebst.«

Er warf sie aufs Bett und legte sich auf sie. »Dann wollen wir doch mal sehen, *was* ich fühle, einverstanden?« Seine Stimme klang samtweich, aber sie begriff, daß er mit seiner Geduld am Ende war. »Da wäre zunächst Lust im Übermaß. Es war die reinste Hölle, dich so lange in Ruhe zu lassen. Da wäre – wie ich selbst erst vor kurzem entdeckt habe – ein ausgeprägter Besitzerinstinkt. Und da wäre Eifersucht, unter der ich gelitten habe, seit du im Garten der Crandals auf mich zugelaufen bist.« Er hob eine Braue, als sie ihn mit großen Augen anstarrte. »Sag jetzt nur nicht, daß du überrascht bist, meine Liebe.«

»Du warst eifersüchtig? Auf wen denn?«

»Auf buchstäblich jeden Mann, sogar auf meinen verfluchten Bruder. Und wenn wir schon dabei sind, kannst du auch ruhig wissen, daß die Herren, die du als Hochzeitskandidaten in Betracht zogst, durchwegs ausgezeichnete Partien gewesen wären, mit Ausnahme von Fleming, der wirklich nur an Männern interessiert ist. Ich habe dir lauter Lügen aufgetischt, Roslynn, weil ich den Gedanken nicht ertragen konnte, daß einer von ihnen dich bekommen würde.«

Er hielt sie vorsichtshalber fest, denn er rechnete damit, daß sie nach diesem Geständnis handgreiflich werden würde. Aber Roslynn lag ganz still da, überwältigt von Staunen.

»Dann mußt du mich – ein bißchen gern haben?« flüsterte sie schließlich zögernd.

»Verdammt!« explodierte er nun endlich. »Hätte ich dich sonst geheiratet?«

Nicht im mindestens eingeschüchtert, brachte sie ihm in Erinnerung: »Du hast mich geheiratet um mir aus einer schrecklichen Situation herauszuhelfen, wofür ich dir dankbar bin.«

Anthony schloß die Augen und betete um Selbstbeherrschung. Als er sie wieder öffnete, entdeckte sie darin einen harten Glanz. Aber seine Stimme war ruhig, nur eine Spur arrogant.

»Meine Liebe, wenn ich dir nur hätte helfen wollen, wie du sagst, wäre es für mich ein Leichtes gewesen, deinen lästigen Vetter ins Jenseits zu befördern. Aber ich wollte dich für mich selbst, so einfach ist das.« In strengem Ton fuhr er fort: »Und wenn du mir noch einmal sagst, ich solle mich mit anderen Frauen amüsieren, werde ich den altmodischen Ehemann spielen und dir eine ordentliche Tracht Prügel verabreichen. Habe ich mich jetzt klar und deutlich ausgedrückt? Es wird keine anderen Frauen mehr geben, weder jetzt noch in Zukunft!«

Er erwartete einen neuen Wutausbruch. Statt dessen schenkte sie ihm ein bezauberndes Lächeln, das die goldenen Tupfen in ihren Augen aufleuchten ließ.

Anthony wußte nicht, was er von diesem plötzlichen Stimmungswechsel halten sollte, bis sie sagte: »Hast du vorhin nicht erwähnt, du wolltest etwas in gemäßigterem Tempo... Und ich sollte dann beurteilen...«

Sein Lachen unterbrach sie, tief und frohlockend. »Ändere dich nie, Liebste. Ich möchte dich gar nicht anders haben.«

Und dann setzte er seinen Unterricht fort, mit einer sehr willigen und gelehrigen Schülerin.

Kapitel 23

»Was ist denn hier los? Sitzt einfach rum und grinst sich selbst zu, hat man sowas schon erlebt!«

Roslynn drehte den Handspiegel ein wenig und sah darin Netties empörtes Gesicht. Mit breitem Lächeln und leuchtenden Augen wirbelte sie auf dem Hocker herum und versuchte, eine Unschuldsmiene aufzusetzen.

»Habe ich gegrinst? Ich kann mir nicht vorstellen, warum.«

Nettie schnaubte, aber um ihre Lippen zuckte es verräterisch. »Du bist wohl sehr zufrieden mit dir?«

Roslynn mochte sich nicht länger verstellen. »Ja! Ach, Nettie, ich hätte nie gedacht, daß ich so glücklich sein werde!«

»Kein Wunder, du hast dir ja auch wirklich einen hübschen Kerl geangelt. Aber mußtest du so ein Geheimnis daraus machen?«

»Er kam als Heiratskandidat für mich wirklich nie in Betracht. Sein Antrag war eine Riesenüberraschung.«

»Nun, bei dieser schrecklichen Eile hätte ich nicht zu hoffen gewagt, daß die Sache so gut ausgeht. Wenn du mit ihm glücklich bist, macht es mir nicht einmal etwas aus, daß dieses Haus so spartanisch ist und daß die Dienstboten langweilige Snobs sind.«

Roslynn kicherte. »Du hast offenbar Dobsons Bekanntschaft gemacht?«

»Ja. Ein richtiges Ekel. Aber es ist nicht verwunderlich, daß er so hochnäsig ist – ihm ist einfach zu Kopf gestiegen, daß alle anderen Dienstboten nach seiner Pfeife tanzen müssen. Es gibt keine Haushälterin, überhaupt kein weibliches Personal, nur zwei Mädchen, die ein paarmal in der Woche zum Saubermachen herkommen. Sogar kochen tut ein Mann, und das ist auch so ein eingebildeter Knilch.«

»Ich sehe schon, daß du einigen Grund zur Klage hast, Nettie. Aber nimm es dir nicht so zu Herzen. Du vergißt, daß dies hier bisher ein reiner Junggesellenhaushalt war. Ich bin sicher, daß Anthony gegen einige Veränderungen nichts einzuwenden haben wird. Es müssen neue Möbel her.« Sie blickte sich im Schlafzimmer um und überlegte, wie sie hier weibliche Akzente setzen könnte. »Wir werden auch neue Dienstboten einstellen müssen. In den nächsten Wochen werden wir also jede Menge zu tun haben.«

»Sei nicht allzu verschwenderisch, mir zuliebe schon gleich gar nicht. Und vergiß nicht, daß du jetzt einen Mann hast, den du fragen mußt, bevor du sein Geld ausgibst. Diese Geschöpfe sind in manchen Dingen sehr empfindlich.«

»Mach dir keine Sorgen, Nettie. Ich werde doch nicht *sein* Geld ausgeben, wenn ich soviel eigenes habe.«

»Auch das solltest du vorher mit ihm besprechen, Mädchen. Ein Mann legt meistens Wert darauf, die Rechnungen seiner Frau zu bezahlen, mußt du wissen. Das Dumme an dir ist, daß viel zu lange alles nach deinem Kopf ging, auch bevor Duncan starb — Gott hab ihn selig. Aber jetzt bist du verheiratet. Du mußt Rücksicht nehmen und überhaupt vieles anders machen, wenn du nicht willst, daß der Haussegen bald schief hängt.« Es klopfte an der Tür, und Nettie erklärte: »Das wird dein Badewasser sein. Bist du in Eile, um mit deinem Mann zu Mittag essen zu können, oder hast du Zeit...«

»Ich habe jede Menge Zeit, Nettie. Anthony ist ausgegangen, glaube ich.« Roslynn errötete. »Ich habe noch halb geschlafen, als er es mir sagte. Aber er hat etwas von seinem täglichen Ausritt und verschiedenen Erledigungen erwähnt. Ich erwarte ihn erst zum Abendessen zurück und werde die Zeit nutzen, um mich im Haus umzusehen und die Dienstboten kennenzulernen. Und ich muß unbedingt an Frances schreiben und sie über alles informieren.« Mehr wollte sich Roslynn, die in der Nacht nicht viel zum Schlafen gekommen war, für diesen Tag nicht vornehmen.

Eine Stunde später verließ sie in einem leichten Musselinkleid mit gelben und rosa Frühlingsblumen auf beigem Grund Anthonys Schlafzimmer, das jetzt ihr gemeinsames Zimmer war, und ging den kurzen Korridor entlang. Sie hatte bisher so gut wie gar nichts vom Haus gesehen, aber dem war leicht abzuhelfen. Allerdings würde sie dazu Dobsons Hilfe benötigen. Nachdem auch andere Malorys hier wohnten, konnte sie nicht einfach eine Tür nach der anderen öffnen.

Ihre Gedanken verweilten bei diesen beiden anderen

Hausbewohnern, Anthonys Bruder und Sohn. Sie fragte sich, ob ihr Mann jetzt zugeben würde, daß Jeremy Malory sein Sohn war. Er hatte eigentlich keinen Grund, es abzustreiten, zumindest nicht ihr gegenüber. Jeremy war ein hübscher Bursche, ein Junge, auf den man stolz sein konnte, und er war das Ebenbild seines Vaters. Es war gerade lächerlich, daß Anthony die Vaterschaft leugnete, nachdem jeder nach dem ersten Blick auf Jeremy wissen mußte, wer ihn gezeugt hatte.

Sie würde mit dem Jungen Freundschaft schließen müssen, aber das dürfte nicht allzu schwierig sein. James Malory war ein ganz anderer Fall. Sie hatte keinen Grund, allzu freundschaftliche Kontakte mit ihm zu pflegen, im Gegenteil, sie hatte allen Grund, ihn ein wenig auf Distanz zu halten. Sollte sie Anthony erzählen, daß James sie einmal geküßt hatte? Aber vielleicht wußte er das schon. Schließlich hatte er ja gesagt, daß er eifersüchtig auf seinen Bruder gewesen sei.

Sie lächelte, als sie an diese verrückte Unterhaltung zurückdachte. Sie wußte nicht, auf welche Weise Anthony es eigentlich geschafft hatte, sie davon zu überzeugen, daß er einen fantastischen Ehemann abgeben würde. Sie hatte ihre lang gehegten Vorurteile gegen Weiberhelden aufgegeben. Er würde ihr treu sein. Sie fühlte es, glaubte von ganzem Herzen daran und konnte ihr Glück kaum fassen. Was könnte sie sich noch mehr wünschen als Anthony Malory ganz für sich allein zu haben? Seine Liebe, brachte sie sich in Erinnerung. Aber auch das würde noch kommen. Bestimmt.

»Verdammt, was machen Sie denn hier.«

Roslynn blieb auf der obersten Treppenstufe stehen. Jeremy Malory war auf dem Weg nach oben gewesen, stand wie angewurzelt auf der Treppe und brachte vor Staunen den Mund nicht mehr zu. Das boshafte Teufelchen in Roslynn beschloß, den Jungen, der von der Hochzeit offensichtlich noch nichts gehört hatte, ein bißchen zu foppen.

»Ich habe die Nacht hier verbracht.«

»Die Nacht hier verbracht?« wiederholte er.

»Ja, und ich gedenke hier einzuziehen.«

»Aber — aber hier wohnen nur Junggesellen!«

»Räume gibt es doch hier genug, meinst du nicht auch? Und dem Haus könnte eine weibliche Note nur guttun.«

»Finden Sie?« fragte er verwirrt, nur um gleich darauf den Kopf zu schütteln. »Aber es gehört sich nicht... Ich meine, Sie sind eine Dame — ich meine... Na ja, Sie wissen schon, was ich meine. Es wäre einfach unpassend.«

»Ja?« Roslynn grinste. »Dann werde ich mit deinem Vater sprechen müssen. *Er* besteht nämlich darauf, daß ich hierbleiben soll.«

»Mein Vater?« Jeremy schnappte nach Luft, »Verdammt, wie konnte er nur? Onkel Tony wird an die Decke gehen. Er hatte doch selbst ein Auge auf Sie geworfen. Verflucht, jetzt setzt er uns bestimmt an die Luft.«

Roslynn erkannte, daß es an der Zeit war, das Spiel zu beenden. Sie hatte nicht gedacht, daß der Junge so aus der Fassung geraten würde. »Jeremy«, begann sie freundlich, »du brauchst nicht mehr zu schwindeln. Ich weiß, daß Anthony dein Vater ist. Es tut mir leid, daß ich dich aufgezogen habe. Ich ziehe hier ein, weil ich deinen Vater gestern geheiratet habe. Er hätte es dir wirklich selbst sagen sollen.«

Er starrte sie wieder mit weit geöffnetem Mund an, faßte sich diesmal aber schneller. »Sie meinen doch Anthony, wenn Sie von meinem Vater sprechen? Und Sie haben Anthony Malory geheiratet?«

»Kommt dir das so unwahrscheinlich vor?«

»Ich — ich glaube es einfach nicht. Tony und heiraten? Das würde er niemals tun.«

»Und warum nicht, kannst du mir das sagen?«

»Es ist einfach ausgeschlossen. Er ist ein eingefleischter Junggeselle. Alle Weiber sind ganz verrückt nach ihm. Wozu bräuchte er da eine Frau...«

»Vorsicht, Junge!« warnte Roslynn ihn etwas steif. »Du bist nahe daran, mich zu beleidigen.«

Er bekam einen hochroten Kopf. »Ich — ich bitte um Verzeihung, Lady Chadwick. Wirklich, ich wollte Sie nicht beleidigen.«

»Ich bin jetzt Lady Malory, Jeremy.« Sie streckte die Hand aus und deutete auf ihren Ehering. »Wir wurden gestern abend auf Silverley getraut, und deine Kusine Regina war Trauzeugin. Du kannst es also wirklich glauben, Junge. Ich habe keinen Grund, dich zu belügen, und du kannst ja auch deinen Vater fragen, sobald er nach Hause kommt.«

»Mein Vater war auch dabei?«

Roslynn seufzte. »Wie könnte er bei seiner eigenen Hochzeit nicht anwesend sein?«

»Nein, ich meinte doch James. *Er* ist mein Vater, müssen Sie wissen. Er ist es wirklich.«

Jetzt war Roslynn an der Reihe, überrascht zu sein, denn sie sah dem Jungen an, daß er die Wahrheit sagte. »Aber du siehst Anthony doch so ähnlich!«

»Ich weiß.« Er grinste. »Aber das tun auch Reggie und Amy — das ist Onkel Edwards Tochter. Und auch Tante Melissa, Reggies Mutter, soll so ausgesehen haben — sie ist gestorben, als Reggie noch ein Baby war. Alle anderen Malorys sind blond. Nur wir fünf sind meiner Urgroßmutter Malory nachgeschlagen.«

»Ich sehe schon, daß ich über diese Familie noch sehr viel lernen muß. Ihr seid so viele!«

»Er hat Sie also wirklich geheiratet? Wirklich und wahrhaftig?«

»Ja, Jeremy, wirklich und wahrhaftig.«

Sie ging lächelnd einige Stufen hinab und legte einen Arm um ihn. »Komm mit, dann erzähle ich dir alles. James — dein Vater — kam gestern nacht in die Halle, als Anthony mich gerade über die Schwelle trug. Nun, wenn du glaubst, daß du überrascht warst, dann hättest du erst einmal ihn sehen müssen.«

»Das kann ich mir lebhaft vorstellen!« Sein Lachen war frühreif, aber sehr ansteckend.

Kapitel 24

Als Anthony und James die Taverne betraten und sich suchend in dem überfüllten Raum umsahen, ereignete sich das gleiche Phänomen wie überall, wo sie an diesem Nachmittag aufgetaucht waren. Einige Kneipenbesucher wurden auf sie aufmerksam, stießen ihre Zechkumpane an, und die Gespräche verstummten, bis in der verräucherten Stube mit den zerkratzten Tischen eine bedrohliche Stille herrschte.

Das Gesindel in der Hafengegend schätzte es nicht, wenn aufgeputzte Typen sich auf sein Territorium wagten, und meistens war auch irgendein besonderer Pechvogel in der Spelunke, der solche Ressentiments gegen die Oberschicht hegte, daß er mit den Eindringlingen Streit suchte, der dann alsbald in Handgreiflichkeiten ausartete. Solchen stinkreichen Affenärschen – und gutgekleidete Herrschaften wurden unweigerlich dieser Kategorie zugerechnet – ordentlich die Fressen zu polieren, diese vollgefressenen Drecksskerle über den schmutzigen Fußboden zu schleifen und in halbtotem Zustand – mitunter auch in totem – auf die Straße zu schmeißen, das konnte der Glanzpunkt eines Abends sein, weil man alle angestauten Aggressionen gegen den Adel, von dem man schamlos ausgebeutet wurde, abreagieren konnte.

Aber diese beiden Aristokraten hatten keinerlei Ähnlichkeit mit den Dandies, die der Abwechslung wegen im Schutz der Dunkelheit gern Etablissements aufsuchten, über die sie am hellichten Tag verächtlich die Nase rümpften. Nein, diese beiden Herren waren anders. Allein schon ihre Statur flößte selbst den übelsten Schlägertypen Respekt ein; und ihr ganzes Auftreten verriet, daß mit ihnen nicht gut Kirschen essen war. Spätestens nach dem zweiten Blick auf die Eindringlinge zog jeder es vor, sie einfach zu ignorieren und weiterzuzechen.

Anthony hatte die kurze Stille diesmal nicht einmal wahrgenommen. Er war müde, frustriert und ein wenig beschwipst, denn sie hatten in jeder der neun Tavernen, deren Wirte sie ausfragten, etwas bestellen müssen. Aber James registrierte auch jetzt die feindselige Stimmung und fluchte inwendig, daß sie nicht einen passenderen Aufzug für diesen Kneipenbummel gewählt hatten. Man mußte sich seiner Umgebung auch in der Kleidung anpassen, wenn man nicht unangenehm auffallen wollte, und ihre Kleidung war hier ausgesprochen fehl am Platze. Aber woher hätten sie auch wissen sollen, daß ihre Unternehmung sich so schwierig gestalten und den ganzen Tag in Anspruch nehmen würde?

Anthony war nahe daran, für diesmal aufzugeben, als ein karottenroter Haarschopf seine Aufmerksamkeit erregte. Er gab seinem Bruder mit den Augen ein Zeichen. James folgte seiner Blickrichtung und sah den Burschen an der Theke ebenfalls. Natürlich war das rote Haar noch lange kein Beweis dafür, daß sie Geordie Cameron vor sich hatten, aber es deutete immerhin darauf hin, daß der Mann ein Schotte war. James seufzte. Er hoffte von Herzen, daß sie am Ende ihrer Suche angelangt waren, denn er vertrieb sich die Zeit lieber mit kurzweiligeren Dingen.

»Setzen wir uns doch drüben an den Tisch neben der Theke und spitzen die Ohren«, schlug James vor.

»Warum soll ich nicht einfach hingehen und ihn fragen?« widersprach Anthony.

»Männer dieser Kategorie schätzen es nicht, ausgefragt zu werden, mein lieber Junge. Normalerweise hat jeder von ihnen irgendwas auf dem Kerbholz, und das macht sie nicht eben gesprächig. Ist dir das noch nicht aufgefallen?«

Anthony mußte mit finsterer Miene zugeben, daß James recht hatte. Sie waren bei ihren Nachforschungen auf wenig Kooperation gestoßen. Aber verdammt, er hatte es eilig, endlich nach Hause zu kommen, wo seine junge Frau auf ihn wartete. So hatte er sich den zweiten Tag seiner Ehe wirklich nicht vorgestellt!

Was nur einige Morgenstunden, höchstens aber den Vormittag hätte in Anspruch nehmen sollen, war zu dieser nervtötenden Aktion ausgeartet. Und dabei hatte die Sache so hoffnungsvoll begonnen! Anthony hatte seinem Bruder beim Frühstück gerade von Geordie Cameron erzählt, um seine schnelle Heirat zu erklären, als der Mann, den er auf Cameron angesetzt hatte, ihn zu sprechen wünschte und ihm die Adresse von Roslynns Vetter nannte.

Anthonys frohlockende Miene hatte in James den Wunsch geweckt, den Bruder auf seinem Rachefeldzug zu begleiten. Nicht, daß Anthony die Absicht gehabt hätte, den Kerl ernsthaft zu verletzten. Nein, er wollte ihm nur eine tüchtige Tracht Prügel verabreichen und ihm persönlich die freudige Nachricht überbringen, daß Roslynn für ihn verloren war, denn es war durchaus möglich, daß Cameron keine Zeitungen las und die Heiratsanzeigen deshalb ihren Zweck verfehlten. Zuletzt wollte Anthony ihm dringend ans Herz legen, Roslynn nie wieder zu belästigen. Alles ganz einfach. Dazu brauchte er James' Hilfe nicht, aber als sich die Sache dann anders als vorgesehen entwickelte, war er über die Gesellschaft seines Bruders doch recht froh.

Zu ihrer großen Enttäuschung war Cameron nämlich aus dem Zimmer, das er gemietet hatte, am Vorabend ausgezogen. Daß er es nicht schon früher getan hatte, war interessant, denn immerhin war Roslynn ihm schon einen Tag zuvor entkommen. Er mußte entweder sicher gewesen sein, daß sie nicht zur Polizei gehen würde, oder aber er war einfach dumm. Ein Jammer, daß ihm dann doch noch eingefallen war, seinen Aufenthaltsort zu wechseln. Von Roslynns Heirat konnte er zu diesem Zeitpunkt noch nichts gewußt haben, weshalb Anthony auch stark bezweifelte, daß Cameron sein Vorhaben aufgegeben und den Rückweg nach Schottland angetreten hatte. Aus diesem Grunde hatten die Brüder stundenlang Erkundigungen in allen Pensionen und

Kneipen der Gegend eingezogen – bislang aber ohne jeden Erfolg.

Anthony kannte von Geordie Cameron nur die Beschreibung der Vermieterin, und diese paßte einigermaßen auf den Kerl an der Theke. Groß, karottenrote Haare, hellblaue Augen, stattlich und sehr gut aussehend – soweit Mrs. Pyms Angaben. Die Augen des Burschen hatte Anthony noch nicht gesehen, und ob er gut aussah, war Ansichtssache, aber die übrige Beschreibung paßte, sogar die Tatsache, daß er halbwegs ordentlich gekleidet war. Der Kerl hatte einen Gefährten bei sich, vielleicht einen der gedungenen Ganoven, ein kleines Männlein mit einer Wollmütze auf dem Kopf, die tief ins Gesicht gezogen war.

James' Vorschlag, die Unterhaltung der beiden zu belauschen, war zweifellos vernünftig, obwohl Anthony mit seiner Geduld fast am Ende war. Nach diesem anstrengenden Tag hätte er Cameron mit Wonne nicht nur verprügelt, sondern wäre auch sehr versucht gewesen, ihn ein für allemal aus dem Weg zu räumen. Seinetwegen hatte er Mittag- und Abendessen versäumt und – was noch viel schlimmer war – auf herrliche Liebesspiele mit seiner Frau verzichten müssen. Hoffentlich würde sie seine Bemühungen wenigstens gebührend zu schätzen wissen.

Er folgte seinem Bruder quer durch den Raum zu einem Tisch, an dem zwei rauhbeinige Gesellen saßen, und beobachtete amüsiert, wie James einfach dastand und die Burschen nur durch seine Blicke zu einem hastigen Räumen der Plätze veranlaßte. »Erstaunlich, wie du das machst, alter Junge!«

James grinste scheinheilig. »Was denn?«

»Aus deinen kleinen, runden, grünen Kreisen solche mörderische Blitze zu schleudern.«

»Kann ich etwas dafür, wenn die Burschen dachten, ich wollte ihnen etwas zuleide tun? Das lag überhaupt nicht in meiner Absicht, mußt du wissen. Ich bin nämlich der friedlichste Mensch auf Gottes weitem Erdboden und...«

»Nur gut, daß Connie nicht hier ist«, fiel Anthony ihm trocken ins Wort. »Der Ärmste würde vor Lachen erstikken.«

»Themawechsel, Kleiner. Wir brauchen unbedingt etwas zu trinken, wenn wir nicht noch verdächtiger aussehen wollen, als wir es ohnehin schon tun.«

Anthony drehte sich um und winkte eine Kellnerin herbei, ein für diese Spelunke überraschend hübsches Ding mit üppigen Formen, aber durchaus nicht dick. Anstatt seine Bestellung aufzunehmen, setzte sie sich unaufgefordert auf seinen Schoß und schlang als unzweideutige Einladung ihre weichen Arme um seinen Hals. Es passierte so schnell, und er war so perplex, daß er im ersten Moment nicht wußte, wie er sie loswerden sollte.

James erbarmte sich seiner amüsiert. »Du hast dir den Falschen ausgesucht, liebes Kind.« Er grinste über den verständnislosen Blick, den die Kellnerin ihm zuwarf. »Du siehst eine der mitleiderregendsten Kreaturen dieser Welt vor dir — einen verheirateten Mann, und noch dazu einen, der heute abend schwer beschäftigt ist. Wenn du dir aber die Mühe machen würdest, deinen süßen kleinen Arsch auf diese Seite des Tisches zu befördern, könnte sich diese Mühe für dich auszahlen.«

Sie kicherte über James' drastische Ausdrucksweise, an die sie zwar von den üblichen Gästen gewöhnt war, die sie von einem so eleganten Herrn aber nicht erwartet hatte. Trotzdem warf sie Anthony einen letzten schmachtenden Blick zu, denn er hatte es ihr zuerst angetan, als die beiden die Taverne betreten hatten, und obwohl der andere ihr inzwischen auch sehr gut gefiel, wollte sie doch nichts unversucht lassen.

Sie ignorierte Anthonys finstere Miene und schlang ihre langen blonden Haare um seinen Hals, um ihn näher an sich heranzuziehen, während sie gleichzeitig auf seinem Schoß provozierend mit dem Hintern wackelte. »Bist du ganz sicher, daß du keine Lust hast, Liebling? Ich würde mit Freuden...«

Anthony beeilte sich, sie auf die Füße zu stellen und in James' Richtung zu schieben. »Ein andermal, meine Schöne«, sagte er nicht unfreundlich, aber als er dem amüsierten Blick seines Bruders begegnete, verengten sich seine Augen zu Schlitzen.

James ließ sich davon nicht beeindrucken. Er packte die Kellnerin um die Taille, tätschelte ihr verheißungsvoll das Gesäß, flüsterte ihr ein paar Worte ins Ohr und entließ sie mit einer Bestellung von zwei Ale.

»Deine Geschmacksrichtung?« höhnte Anthony.

»Ob der Rotschopf dort drüben nun dein Mann ist oder nicht, lieber Junge — ich hab' für heute die Schnauze voll, und ich habe mir eine Belohnung für meinen Einsatz verdient. Außerdem ist die Kleine gar nicht so übel.«

Anthony lächelte endlich. »Du hast recht. Aber denk daran, wer ihre erste Wahl gewesen ist.«

»Dir ist offenbar dein großer Sieg zu Kopf gestiegen, Junge. Ich bringe dich ja nur höchst ungern wieder auf den Boden der Realität zurück, aber ich sehe mich doch gezwungen, dich daran zu erinnern, daß du von nun an immer nur einen Blick riskieren darfst — während ich weiterhin nach Herzenslust zugreifen kann.«

»Hörst du mich klagen, Bruderherz?«

»Du wirst noch früh genug an meine Worte denken, Junge. Frauen sind ein Genuß — aber genießbar sind sie nur ganz kurze Zeit, und danach treiben sie einen Mann in den Wahnsinn.«

Anthony lächelte herablassend, obwohl er noch vor kurzem genauso gedacht hatte. Doch James war zum Glück abgelenkt worden und betrachtete mit gerunzelter Stirn die beiden Männer, die an der Theke in ihr Gespräch vertieft waren. Der kleine Kerl hatte nämlich erstaunlicherweise einen ausgesprochen appetitlichen Weiberhintern.

Als der Rotschopf gleich darauf ein wenig die Stimme hob, fiel auch Anthony wieder ein, weshalb sie hier herumsaßen. Der breite schottische Dialekt war unverkennbar.

»Ich habe genug gehört«, erklärte Anthony, während er aufsprang. James packte ihn am Arm. »Du hast überhaupt nichts gehört«, zischte er. »Sei doch vernünftig, Tony. Wir wissen nicht, wie viele der hier Anwesenden von Cameron gekauft sind. Warten wir lieber noch ein Weilchen — vielleicht bricht er bald auf.«

»Du hast es natürlich nicht eilig, denn auf dich wartet zu Hause keine schöne junge Frau.«

James war vernünftig genug, laut »Cameron?« zu rufen, in der Hoffnung, daß keine Reaktion von den beiden Männern kommen würde, denn Anthony war ganz offensichtlich nicht mehr bei klarem Verstand. Unglückseligerweise drehten sich die Typen aber sofort um und ließen ihre Blicke durch den Raum schweifen, der kleine Kerl ängstlich, der andere ausgesprochen aggressiv. Beide Augenpaare richteten sich auf Anthony, der James' Hand abschüttelte und mit zwei Sätzen an der Theke war. Ihn interessierte nur der große Schotte.

»Cameron?« fragte er in täuschend ruhigem Ton.

»Mein Name ist MacDonell, Mann, Ian MacDonell.«

»Du lügst!« knurrte Anthony, packte den Mann am Schlafittchen und zog ihn zu sich heran, bis ihre Augen nur noch wenige Zentimeter voneinander entfernt waren.

Erst jetzt erkannte er seinen Irrtum. Die zornig funkelnden Augen des Schotten waren hellgrau, nicht blau. Im selben Moment zog der kleine Kerl ein Messer aus seinem Ärmel.

James sah sich gezwungen einzugreifen, denn Anthony hatte davon nichts bemerkt. Der ältere Malory schlug dem Kleinen das Messer aus der Hand und wurde daraufhin mit Fäusten und Fußtritten attackiert, die jedoch kaum Schaden anrichteten, denn das Kerlchen hatte nicht mehr Kraft als ein Kind. Trotzdem war James nicht gewillt, tatenlos dazustehen. Er riß seinen Angreifer herum und hob ihn mühelos in die Luft. Irgendwie war er nicht überrascht, eine volle, weiche Brust in der Hand zu haben.

Anthony starrte bestürzt auf das zarte Kinn, die glatten Lippen und die kecke Stupsnase des ›Kerlchens‹, dessen Mütze beim Kampf bis über die Augen hinabgerutscht war. Auch die sanft geschwungenen Backenknochen gehörten unverkennbar einer Frau.

Vor Überraschung rutschte ihm ziemlich laut heraus: »Großer Gott, das ist ja ein Weib!«

James grinste. »Ich weiß.«

»Ihr habt da was Schönes angerichtet, ihr Dreckskerle!« zischte die Kleine, als mehrere Männer, die Anthonys Bemerkung gehört hatten, zu der Gruppe hinüberstarrten. »Mac, tu doch was!«

MacDonell holte zu einem Boxhieb gegen Anthony aus. Obwohl dieser die Frustration dieses Tages liebend gern in einem Kampf abreagiert hätte, entschied er sich blitzschnell dagegen, fing die Faust seines Angreifers ab und schmetterte sie auf die Theke.

»Das ist nicht notwendig, MacDonell«, sagte er. »Mir ist ein Irrtum unterlaufen. Ich entschuldige mich.«

MacDonell konnte es nicht fassen, daß er so leicht außer Gefecht gesetzt worden war. Er war nicht viel kleiner als der Engländer, aber seine Faust war wie in einem Schraubstock eingezwängt, und er hatte das unangenehme Gefühl, daß es ihm nicht viel nutzen würde, wenn er sich aus diesem eisernen Griff befreien könnte.

Er war deshalb klug genug, die Entschuldigung mit einem Kopfnicken zu akzeptieren, und seine Faust wurde sofort losgelassen. Aber seine Gefährtin wurde noch immer festgehalten, und sein Zorn richtete sich jetzt gegen James.

»Lassen Sie sie sofort los, wenn Sie keinen Riesenärger haben wollen. Ich...«

»Beruhigen Sie sich, MacDonell«, sagte Anthony leise. »Er tut ihr nichts. Vielleicht erlauben Sie uns jetzt, Sie hinauszubegleiten?«

»Das ist nicht notwen...«

»Drehen Sie sich mal um, guter Mann«, fiel James dem Schotten ins Wort. »Es ist sehr notwendig, dank dem lauten Organ meines lieben Bruders.«

Er klemmte sich die Kleine unter den Arm und ging auf die Tür zu. Ihr Protest erstarb rasch, als er etwas fester gegen ihre Rippen drückte. Da MacDonell keine Klagen von ihr hörte, folgte er James. Anthony bildete die Nachhut, nachdem er einige Münzen für das nicht servierte Bier auf den Tisch geworfen hatte. Er sah, daß alle Männer im Raum das Mädchen lüstern an-glotzten. Wie lange mochte es wohl in der Taverne gewesen sein, ohne daß jemand die Verkleidung durchschaut hatte? Sinnlos, sich darüber jetzt den Kopf zu zerbrechen. Ihre enge Hose hätte jetzt zwei-fellos jeden der Kerle verführt, die Kleine zu begrap-schen, wenn James sie nicht wie ein Paket weggetra-gen hätte.

Anthony gab sich aber nicht der Hoffnung hin, daß sie die Kneipe ohne weiteren Zwischenfall verlassen könn-ten. Er holte die anderen nur ein, weil die Kellnerin plötzlich scheinbar aus dem Nichts aufgetaucht war und sich besitzergreifend bei James einhängte, wodurch sie ihn zwang stehenzubleiben.

Als Anthony näher herankam, hörte er sie fragen: »Sie woll'n doch nicht etwa schon gehen?«

James schenkte ihr ein betörendes Lächeln. »Ich kom-me später wieder, meine Liebe.«

Ihre Miene hellte sich auf. Ohne das Bündel unter sei-nem Arm auch nur eines Blickes zu würdigen, teilte sie ihm mit: »Ich mach' um zwei hier Schluß.«

»Dann also um zwei.«

»Zwei ist eine zuviel, finde ich.« Ein muskelstrotzender Seemann versperrte James den Weg zur Tür.

Anthony trat seufzend neben seinen Bruder. »Du hast wohl keine Lust, sie abzustellen und diese Sache selbst zu erledigen, James?«

»Ich bin nicht gerade erpicht darauf.«

»Das dachte ich mir schon.«

»Halt du dich da raus, Freundchen!« warnte der Seemann Anthony. »Er hat kein Recht nich', hier reinzustolzieren und uns gleich zwei von unsern Weibern wegzuschnappen.«

»Zwei? Gehört dieses kleine Gassenmädchen etwa dir?« Anthony betrachtete das Bündel, das die Wollmütze hochgeschoben hatte und ihm mörderische Blicke zuwarf. »Gehörst du ihm, Schätzlein?«

Sie war klug genug, heftig den Kopf zu schütteln. Der Seemann war zum Glück ein häßlicher roter Kerl, sonst wäre ihre Antwort vielleicht anders ausgefallen, vor lauter Wut über ihre demütigende Situation. Anthony hätte ihr nicht einmal einen Vorwurf daraus machen können, denn James hielt sie fester als unbedingt notwendig, und es war auch nicht jedermanns Sache, wie ein Mehlsack in der Luft zu hängen.

»Ich glaube, damit wäre die Sache wohl erledigt.« Es war eine reine Festellung, denn Anthony hatte jetzt endgültig genug, um so mehr, als er wußte, daß nur er an diesem Schlamassel schuld war. »Wenn du jetzt vielleicht die Güte hättest, den Weg freizumachen.«

Der Seemann rührte sich nicht von der Stelle. »Er bringt sie hier nicht raus!«

»Ach, verdammter Mist!« murmelte Anthony verdrossen, bevor er dem Kerl einen Kinnhaken versetzte.

Der Seemann landete ein ganzes Stück entfernt auf dem Boden. Sein Kumpel erhob sich schwerfällig, war aber bei weitem nicht schnell genug. Ein Treffer warf ihn auf seinen Stuhl zurück, und er griff sich an die blutende Nase.

Anthony drehte sich langsam im Kreis, eine Braue fragend hochgezogen. »Noch jemand?«

MacDonell gratulierte sich grinsend zu seinem Entschluß, den Engländer nicht anzugreifen. Kein Mann im Raum verspürte auch nur die geringste Lust, die Herausforderung anzunehmen. Alle hatten erkannt, daß sie es mit einem Meisterboxer zu tun hatten.

»Das hast du sehr ordentlich gemacht, lieber Junge«, beglückwünschte ihn James. »Können wir jetzt gehen?«

Anthony verbeugte sich tief und richtete sich grinsend wieder auf. »Bitte nach dir, Bruderherz.«

Draußen stellte James die Kleine auf die Füße. Im Schein der Lampe über der Tür konnte sie ihn zum erstenmal deutlich sehen, und sie zögerte den Bruchteil einer Sekunde, bevor sie ihn kräftig ins Schienbein trat und die Straße hinabrannte. Er rannte fluchend hinter ihr her, sah aber schon nach wenigen Metern ein, daß es sinnlos war, und machte kehrt.

Er fluchte wieder, als er feststellen mußte, daß auch MacDonell verschwunden war. »Verdammt, wo ist denn der Schotte abgeblieben?«

Anthony lachte so laut, daß er die Frage nicht verstanden hatte. »Was ist?«

James rang sich mühsam ein Lächeln ab. »Der Schotte — er ist weg!«

Anthony drehte sich suchend um. »Nun, Undank ist eben der Welt Lohn, alter Junge. Schade, ich wollte ihn doch noch fragen, warum sie sich umgedreht haben, als du ›Cameron‹ gerufen hast.«

»Zum Teufel damit!« rief James. »Wie soll ich sie denn wiederfinden, wenn ich nicht weiß, wer sie ist?«

»Sie wiederfinden?« Anthony kicherte schon wieder. »Mein Gott, was bist du nur für ein schrecklicher Vielfraß, Bruder! Was willst du denn mit einem Weib, das dich tätlich angreift, wenn ein anderes die Minuten bis zu deiner Rückkehr zählt?«

»Die Kleine hat mir gefallen«, gab James zu, fuhr aber achselzuckend fort: »Aber du hast vermutlich recht. Die Kellnerin tut's auch.«

Trotzdem betrachtete er noch einmal bedauernd die leere dunkle Straße, bevor er Anthony zur Kutsche folgte.

Kapitel 25

Roslynn stand im Empfangszimmer am Fenster, eine Wange ans kühle Glas gepreßt, die Hände in die blauen Vorhänge gekrallt. Sie stand nun schon eine halbe Stunde so da, seit sie das Eßzimmer verlassen hatte, nach einem ungemütlichen Abendessen mit Jeremy und seinem Vetter Derek, der vorbeigekommen war, um ihn zum Ausgehen abzuholen.

Zumindest hatte Derek Malorys Besuch Roslynn etwas abgelenkt. Der älteste Sohn des Marquis war ein hübscher junger Mann, etwa in ihrem eigenen Alter, mit widerspenstigem blondem Haar und braun-grünen Augen. Er machte in seinem Abendanzug eine blendende Figur, und Roslynn stellte nach kürzester Zeit fest, daß er dabei war, in die Fußstapfen seiner Onkel zu treten — ein weiterer Weiberheld in einer Familie, der es ohnehin nicht daran mangelte. Aber Derek hatte zugleich noch etwas Jungenhaftes an sich, und dadurch wirkte er harmlos und sehr charmant.

Auf die Neuigkeit von der Heirat seines Onkels reagierte er wie Jeremy — zuerst ungläubig, dann aber begeistert. Er war auch der erste, der sie Tante Roslynn nannte, ganz ernsthaft, was ihr zunächst einen gelinden Schock versetzte. Sie war jetzt wirklich die Tante einer ganzen Schar von Nichten und Neffen. Durch ihre Eheschließung hatte sie plötzlich eine große Familie, eine sehr herzliche und liebevolle Familie, wie Jeremy ihr versichert hatte.

Doch nun waren Jeremy und Derek weggefahren, und Roslynn blieb wieder ihren trüben Gedanken überlassen. Sie merkte kaum, wie die Zeit verging, während sie am Fenster stand und auf den Verkehr auf dem Piccadilly hinausstarrte.

Einerseits machte sie sich schreckliche Sorgen. Etwas mußte Anthony zugestoßen sein. Er war verletzt und konnte ihr keine Nachricht zukommen lassen. Das war die einzige Erklärung dafür, daß sie ihn den ganzen Tag nicht zu Gesicht bekommen und auch nichts von ihm gehört hatte. Andererseits war sie während des stundenlangen Wartens aber auch immer wütender geworden, besonders, als Derek gekommen war und sie ihm Anthonys Abwesenheit nicht erklären konnte. Er ging einfach seinen üblichen Beschäftigungen nach, ohne auch nur einen Gedanken daran zu verlieren, daß er jetzt eine Ehefrau hatte, die sich vielleicht Sorgen um ihn machte.

Diese widerstreitenden Gefühle hatten ihr den Appetit geraubt, als das Abendessen serviert wurde, das sie in der Hoffnung, Anthony würde doch noch kommen, um mehr als eine Stunde verschoben hatte. Und jetzt wuchs ihre Angst immer mehr, schnürte ihr fast die Kehle zu.

Verdammt, wo blieb er nur? Dies war erst der zweite Tag ihrer Ehe. Hatte er das total vergessen? Sie hätten diesen Tag zusammen verbringen sollen, um einander besser kennenzulernen.

Endlich hielt eine Kutsche vor dem Haus. Roslynn rannte aus dem Zimmer und winkte ungeduldig ab, als Dobson zur Tür gehen wollte. Sie riß sie selbst auf, als Anthony noch ein ganzes Stück entfernt war, und musterte angsterfüllt seine hohe Gestalt. Er schien unverletzt zu sein. Ihm war nichts zugestoßen. Sie wollte sich ihm in die Arme werfen, aber gleichzeitig hätte sie ihn ohrfeigen mögen. Statt dessen stand sie mit ineinander verkrampften Händen da, um weder dem einen noch dem anderen Verlangen nachzugeben.

Als Anthony sie in ihrem hellgrünen Kleid mit zartem weißem Spitzenbesatz in der Tür stehen sah, begrüßte er sie mit einem strahlenden Lächeln. »Mein Gott, du bist wirklich eine Augenweide für einen müden Kämpfer, Liebling! Ich kann dir gar nicht sagen, was für einen scheußlichen Tag ich hinter mir habe.«

Roslynn trat nicht beiseite, um ihn ins Haus zu lassen, sondern blieb auf der Schwelle stehen. »Warum hast du mir nichts gesagt?«

Ihr schottischer Dialekt verriet ihm, daß dicke Luft herrschte. Er trat einen Schritt zurück, um sie besser sehen zu können, und bemerkte erst jetzt die zusammengepreßten Lippen und das eigensinnig vorgeschobene Kinn.

»Ist etwas, meine Liebe?«

»Weißt du, wie spät es ist, Mann?«

»Ah, das ist es also.« Er kicherte. »Hast du mich sehr vermißt, Liebste?«

»Dich vermißt?« fauchte e. »Du eingebildeter Hammel! Von mir aus kannst du tagelang wegbleiben, wenn du willst. Aber die elementare Höflichkeit verlangt immerhin, daß man Bescheid sagt, wann man nach Hause zu kommen gedenkt.«

»Du hast völlig recht«, nahm er ihr den Wind aus den Segeln. »Und ich verspreche dir, daran zu denken, wenn ich nächstes Mal versuche, deinen lieben Vetter zu finden.«

»Geordie? Aber − wozu denn?«

»Um ihm die freudige Nachricht von unserer Hochzeit zu überbringen, warum denn sonst? Oder hast du noch nicht daran gedacht, daß er nach wie vor eine Gefahr für dich darstellt, solange er nichts von deinem neuen Familienstand weiß?«

Roslynn errötete vor Scham. Er kam todmüde nach Hause, nur weil er ihr helfen wollte, und sie fiel wie eine Furie über ihn her!

»Entschuldige bitte, Anthony.«

Ihre zerknirschte Miene war unwiderstehlich. Er zog sie an sich, bis ihr Kopf auf seiner Schulter lag. »Dummes Mädchen«, neckte er sie zärtlich. »Du brauchst dich nicht zu entschuldigen. Ich finde es schön, daß jemand sich um mich sorgt. Und du hast dir Sorgen um mich gemacht, stimmt's? Deshalb doch auch das ganze Theater?«

Sie nickte zerstreut. Ihr war ein starker, widerlich süßer Geruch in die Nase gestiegen, der an seinem Jackett zu haften schien, ein Geruch wie – wie Parfüm, billiges Parfüm. Sie hob den Kopf und entdeckte einen dünnen gelben Faden auf seiner Schulter – nein, ein blondes Haar. Sie zupfte es vom Stoff, aber sie mußte lange ziehen, bis es zwischen ihren Fingern herabhing – ein mindestens 30 cm langes blondes Haar! Vielleicht hätte sie es trotz der helleren Farbe für ihr eigenes Haar gehalten, aber dazu war es viel zu strohig.

»Ich wußte es!« zischte sie, unbändigen Zorn in den Augen.

»Was wußtest du? Hör mal, was ist jetzt schon wieder in dich gefahren?«

»Das da!« Sie hielt ihm das Haar vor die Nase. »Es ist nicht meines, und du wirst wohl nicht behaupten, daß es von dir ist!«

Anthony nahm ihr stirnrunzelnd das Haar aus den Fingern. »Es ist nicht, was du denkst, Roslynn.«

Sie trat einen Schritt zurück und verschränkte die Arme auf der Brust. »Oh? Ich nehme an, es war eine unverschämte Dirne, die sich ihr unaufgefordert auf den Schoß setzte und den Geruch ihres billigen Parfüms verbreitete, bevor du sie loswerden konntest?«

Großer Gott, stöhnte er inwendig, *muß sie den Nagel auf den Kopf treffen?* »Es war tatsächlich...«

»Verdammt, du kannst nicht einmal deine eigenen Märchen erfinden!« kreischte sie.

Es war wirklich lachhaft, aber Anthony wagte nicht zu lachen, solange sie so in Rage war. Deshalb erklärte er ganz ruhig: »Um genau zu sein – es war eine Kellnerin. Und sie wäre mir nicht auf den Schoß gehüpft, wenn ich nicht gezwungen gewesen wäre, sämtliche Tavernen nach deinem Vetter abzusuchen.«

»O ja, schieb die Schuld für deine Untreue jetzt auch noch auf mich! Das ist typisch Mann! Ich werde dir sagen, was man mir wirklich zum Vorwurf machen kann – daß ich dir letzte Nacht geglaubt habe! *Diesen* Fehler werde ich bestimmt nie wieder begehen!«

»Roslynn...«

Sie sprang zurück, als er nach ihr greifen wollte, und schlug ihm die Tür vor der Nase zu. Anthony fluchte unflätig vor sich hin, während er sich umdrehte und vergewisserte, daß die Straße leer war. Und zum Glück war James in der Kutsche zu White's weitergefahren, um dort die Stunden bis zu seinem Rendezvous mit der Kellnerin totzuschlagen. Es wäre schlichtweg unerträglich gewesen, wenn sein Bruder Zeuge dieses absurden Auftritts geworden wäre, denn er hätte es sich nicht nehmen lassen, schallend zu lachen und Anthony an die Freuden der Ehe zu erinnern.

Verdammt! Sie hatte ihn aus seinem eigenen Haus geworfen! Ein krönender Abschluß eines Tages, der nicht schlimmer hätte sein können. Wenn jemand davon Wind bekam...

Anthony warf wütend den Kopf in den Nacken. Es war *sein* Haus. Was hatte sie sich eigentlich dabei gedacht, ihn aus seinem eigenen Haus zu werfen?

In seinem Zorn war er nahe daran, die Tür einzutreten, doch dann kam ihm der Gedanke, sein Glück zunächst mit der Klinke zu versuchen. Als er feststellte, daß die Tür nicht verschlossen war, warf er sie mit übermäßigem Schwung auf. Der Krach verschaffte ihm eine flüchtige Befriedigung, vermochte seine Wut aber nicht zu dämpfen, ebenso wenig wie die Tatsache, daß sein holdes Eheweib auf halber Treppe wie angewurzelt stehengeblieben war.

»Komm sofort wieder herunter, Lady Malory! Wir haben unsere Diskussion noch nicht beendet.«

Zu seiner Verwunderung gehorchte sie sofort und kam steif auf ihn zu, doch nur, um ihn aus nächster Nähe einen Blick abgrundtiefer Verachtung zuzuwerfen.

»Wenn du nicht gehst, gehe ich!« erklärte sie und stolzierte tatsächlich auf die geöffnete Tür zu.

Anthony packte sie am Handgelenk und wirbelte sie herum. »Den Henker wirst du! Du verläßt dieses Haus nicht, und ich auch nicht. Wir sind verheiratet, erinnerst du dich daran? Verheiratete Menschen leben zusammen, soviel ich gehört habe.«

»Du kannst mich nicht zwingen hierzubleiben!«

»Nein?«

Er konnte es, und es brachte Roslynn nur noch mehr in Wut, daß sie ihm dieses Recht gegeben hatte.

Sie entriß ihm ihre Hand und rieb sich das Gelenk, an dem am nächsten Morgen bestimmt ein blauer Fleck zu sehen sein würde. »Dann ziehe ich mich eben hier in ein leerstehendes Zimmer zurück, und falls du dazu etwas zu sagen hast, dann spar dir deine Worte fü einen anderen Zeitpunkt auf.«

Sie wandte sich wieder zur Treppe, aber eine Hand auf ihrer Schulter zwang sie, sich umzudrehen. »Ich ziehe es aber vor, dich hier und jetzt zu äußern, meine Liebe. Du verurteilst mich voreilig.«

»Du hast das Beweisstück mit nach Hause gebracht, Mann, und es spricht Bände!«

Er schloß für einen Moment die Augen, um nicht die Fassung zu verlieren. »Selbst wenn das stimmte, was nicht der Fall ist, müßtest du mir die Chance geben, mich zu verteidigen. Dein Verhalten ist auf jeden Fall sehr unfair.«

»Unfair?« Sie erdolchte ihn förmlich mit ihren Blicken. »Ich erspare dir nur die Mühe, denn ich würde dir jetzt ohnehin kein Wort mehr glauben.«

Wieder versuchte sie sich abzuwenden, und wieder riß

er sie zurück. »Verdammt, Weib, ich habe Cameron gesucht!«

»Vielleicht, aber du hast dabei einen kleinen Umweg gemacht. Doch was soll's? Ich habe es dir ja selbst erlaubt.«

Er hätte sich die Haare raufen mögen. »Und warum führst du dann einen solchen Spektakel auf?«

»Du hast mich belogen! Du hast mir weisgemacht, daß es anders sein würde, und deshalb werde ich dir nicht verziehen!«

Sie drehte ihm beleidigt den Rücken zu. Diesmal war es seine herausfordernde Stimme, die sie zurückhielt. »Noch einen Schritt weiter, und ich lege dich übers Knie!«

»Das würdest du nicht wagen!«

Seine Augen verengten sich zu schmalen Schlitzen. »Im Augenblick, mein Schatz, täte ich nichts lieber. Und jetzt hör mir gut zu, denn ich sage das nur einmal. Und ob du mir glaubst oder nicht, ist mir offen gesagt egal. Die unverschämte Dirne, wie du dich ausgedrückt hast, ist nur ihrer Arbeit nachgegangen. Sie hat mir ein Angebot gemacht, und ich habe es abgelehnt. Das war alles.«

In eisigem Ton fragte Roslynn hoheitsvoll: »Bist du fertig?«

Nach seinen wiederholten vergeblichen Versuchen war es jetzt Anthony, der sich auf dem Absatz umdrehte und entfernte.

Kapitel 26

Zum erstenmal seit ihrer Kindheit weinte sich Roslynn an diesem Abend in den Schlaf. Daß Anthony keinen Versuch machte, sie in ihrem neuen Zimmer zu stören, war eine große Erleichterung, und doch vergoß sie auch darüber bittere Tränen. Sie haßte ihn, wollte ihn nie wiedersehen, aber sie war an ihn gebunden.

Wenn sie nur nicht eine so naive kleine Närrin gewesen wäre! Aber sie hatte sich einreden lassen, daß sie eine normale Ehe führen könnten, und jetzt bezahlte sie ihre Leichtgläubigkeit mit Groll und Verbitterung, mit Gefühlen, die sie in dieser Intensität nie zuvor verspürt hatte. Einen Vormittag lang hatte sie wie auf Wolken geschwebt, und das machte den jähen Sturz um so unerträglicher. Sie würde ihm nie verzeihen, daß er sie jeder Chance auf Glück beraubt hatte.

Warum hatte er es nicht einfach bei ihrer Ausgangssituation belassen? Warum hatte er Hoffnungen in ihr geweckt, nur um sie am nächsten Tag zu zerstören?

Nettie, die über den Vorfall nicht aufklärt zu werden brauchte, weil der ganze Haushalt den lauten Streit ungewollt mitbekommen hatte, war klug genug, den Mund zu halten, während sie Roslynn beim Umzug half. Und am nächsten Morgen legte sie ihrem Schützling kalte Kompressen auf die Augen und enthielt sich zum Glück weiterhin jeglicher Kommentare. Roslynns Augen waren wirklich stark geschwollen, und auch darin war nur dieser Schuft schuld. Er ruinierte ihr Aussehen!

Doch Netties Kräuterextrakt beseitigte alle Spuren der schlimmen Nacht, die Roslynn hinter sich hatte. Bedauerlicherweise gab es keinen ebenso wirksamen Heiltrank gegen ihren Kummer. Doch als sie in einem leuchtend gelben Kleid, das in krassem Gegensatz zu ihrer düsteren Stimmung stand, nach unten kam, war ihr nichts davon anzumerken — ein wahres Glück, denn im Empfangszimmer warteten Besucher, auf den ersten Blick als Malorys zu erkennen. Ihr Mann war jedoch nicht zu sehen, Gott sei Dank!

Nun ging es also los, und das ausgerechnet heute, wo sie nicht wußte, ob sie Anthonys Anblick überhaupt ertragen könnte. Und sie hatte keine Ahnung, in welcher Laune er herunterkommen würde. Vielleicht würde er

sich etwas von den Problemen anmerken lassen. Sie jedenfalls würde es nicht tun.

Sie setzte ein herzliches Lächeln auf. Daß sie sich mit
ihrem Ehemann nicht verstand, war schließlich noch lange kein Grund, die übrige Familie zu brüskieren.

James sah sie als erster und sprang sofort auf, um die
Vorstellung zu übernehmen. »Guten Morgen, liebes Mädchen. Wie du siehst, sollst du begutachtet werden. Meine
älteren Brüder, Jason und Edward – die errötende Braut.«

Jason runzelte die Stirn über James' Ausdrucksweise.
Beide Brüder waren groß, blond und grünäugig. Jason
sah wie eine ältere Ausgabe von James aus und hatte sogar ebenfalls jene Ausstrahlung von rücksichtslosem
Durchsetzungsvermögen. Edward war das genaue Gegenteil, gutmütig und verträglich, sehr fröhlich, aber zugleich ein hervorragender Geschäftsmann.

Beide Männer erhoben sich. Edward umarmte Roslynn
herzlich; der zurückhaltendere Jason küßte ihr die Hand.
Jeremy, der natürlich nicht mehr vorgestellt zu werden
brauchte, zwinkerte ihr nur zu, und sie dankte Gott, daß
wenigstens er und James jene häßliche Szene in der Halle
nicht miterlebt hatten.

»Du kannst gar nicht ahnen, welche Freude das für
mich ist, meine Liebe«, sagte Jason mit warmem Lächeln,
während er sie zum Sofa führte und neben ihr Platz
nahm. »Ich hatte schon jede Hoffnung aufgegeben, daß
Tony jemals heiraten würde.«

»Ich dachte auch nicht, daß der Junge monogam werden könnte«, fügte Edward fröhlich hinzu. »Aber ich bin
entzückt, daß ich mich geirrt habe. Wirklich entzückt.«

Roslynn wußte nicht, was sie darauf sagen sollte, denn
es hatte sich ja erwiesen, daß Anthony keineswegs bereit
war, mit seiner Ehefrau vorlieb zu nehmen. Aber seine
Brüder wollten offenbar so gern daran glauben, daß sie
es nicht übers Herz brachte, sie zu enttäuschen. Sie durfte sie aber auch nicht in dem Glauben lassen, daß es eine
Liebesheirat gewesen war.

Zögernd begann sie: »Es gab gewisse Gründe für unsere Heirat, über die ihr Bescheid wissen solltet...«

»Wir sind schon darüber informiert, meine Liebe«, fiel Edward ihr ins Wort. »Reggie hat uns von deinem Vetter berichtet. Aber das spielt keine Rolle. Tony hätte diesen entscheidenden Schritt nie gewagt, ohne sich selbst ganz sicher zu sein.«

»Er hat es getan, um mir zu helfen«, widersprach Roslynn und erntete drei ungläubige Blicke. Trotzdem beharrte sie: »Wirklich, so war es.«

»Blödsinn!« erwiderte Jason unverblümt. »Tony ist kein edler Ritter, der selbstlos Damen in Not rettet und all sowas.«

»Ganz im Gegenteil!« kicherte Edward.

James gab ebenfalls seine Meinung zum besten. »Man braucht dich ja nur anzusehen, liebes Mädchen, um zu wissen, welche Motive der Bursche hatte. Und ich kann ihm daraus wirklich keinen Vorwurf machen.«

Roslynn errötete heftig, als er ihr anzüglich zugrinste, doch zum Glück kam Jason ihr zu Hilfe. »Laß diese dummen Bemerkungen!« wandte er sich tadelnd an den jüngeren Bruder.

»Ach, gib doch nicht so an, Jason. Seit ihrer Eheschließung droht ihr von mir ohnehin keine Gefahr mehr.«

»Als ob dich das jemals abgehalten hätte!« rieb Jason ihm unter die Nase.

»Du hast recht«, erwiderte James ungerührt und fuhr schulterzuckend fort: »Aber meine Schwägerinnen verführe ich denn doch nicht.«

Roslynn wußte nicht, daß das nur ein freundschaftliches Geplänkel war, und sie konnte auch nicht wissen, daß diese Brüder ihre Streitigkeiten von Herzen genossen.

»Meine Herren, bitte«, versuchte sie zu vermitteln. »Ich bin sicher, daß James es nicht böse gemeint hat.«

»Da siehst du's alter Knabe«, wandte sich James selbstzufrieden an Jason. »Aber nicht bei mir. Ich finde es viel amüsanter, nicht so leicht durchschaubar zu sein wie du, Bruderherz!«

Edward lachte. »Jetzt hat er es dir aber gegeben, Jason! Du siehst im Augenblick wirklich etwas grimmig aus.«

»Ja«, fiel James einfrig ein. »Du siehst so grimmig aus, daß das neueste Mitglied unserer Familie noch glauben wird, daß du tatsächlich wütend bist.«

Jasons Miene hellte sich auf, als er sich Roslynn zuwandte. »Tut mir leid, meine Liebe. Was mußt du...«

«Sie hält dich für einen Thyrannen, und damit liegt sie ziemlich richtig«, unterbrach James ihn unverfroren, ohne sich von dem neuerlichen strafenden Blick einschüchtern zu lassen.

»Aber nein, keineswegs«, griff Roslynn wieder begütigend ein. »Ich bin selbst ein Einzelkind, und es ist deshalb sehr interessant für mich, eine große Familie zu beobachten. Aber wer ist nun eigentlich der Schiedsrichter in dieser Familie?«

Ihre Frage erntete herzliches Gelächter, mehr noch als sie gehofft hatte. James war, wenn er lachte, noch attraktiver als sonst. Auch Jason sah man plötzlich an, daß er mit seinen 46 Jahren noch ein verteufelt gut aussehender Mann war, und er wirkte bei weitem nicht mehr so einschüchternd wie zuvor. Edward bekam durch das Lachen etwas noch Liebenswerteres. O Gott, diese Malorys waren für das Gleichgewicht einer Frau wirklich gefährlich! Und sie hatte einen Malory geheiratet!

»Ich habe euch doch gesagt, daß sie ein Juwel ist«, sagte James zu seinen Brüdern. »Glaubt ihr mir jetzt, daß sie gut zu Tony paßt?«

»Scheint so«, meinte Edward, während er sich die Lachtränen aus den Augen wischte. »Aber du hast doch gesagt, sie sei Schottin. Ich höre nicht den geringsten Dialekt.«

Eine ruhige Stimme von der Schwelle nahm James die Antwort ab. »Der bricht nur in Situationen größter Erregung durch, und meistens völlig unerwartet.«

James konnte es natürlich nicht lassen zu frotzeln: »Das weißt du natürlich aus Erfahrung, stimmt's?«

»Natürlich«, bestätigte Anthony, den Blick auf seine Frau gerichtet.

Roslynn ballte ihre Hände zu Fäusten, als sie ihn lässig im Türrahmen lehnen sah, mit verschränkten Armen und gekreuzten Beinen. Wie konnte er es wagen! Aber wenn er anzügliche Bemerkungen machen wollte — bitte sehr, damit konnte sie ebenfalls aufwarten!

Mit einem honigsüßen Lächeln sagte sie in breitestem Dialekt: »Übertreib mal nicht, Mann, ich murre nur, wenn ich wirklich Grund dazu habe.«

James gab wieder seinen Senf dazu. »Nun, dann hast du ja nichts zu befürchten, Tony, nicht wahr?«

»Wann sticht dein Schiff denn nun in See?« konterte Anthony, worauf James schallend lachte. Die beiden älteren Brüder und Jeremy umringten Anthony und gratulierten ihm mit gutmütigen Rippenstößen. Roslynn beobachtete wutschnaubend diese fröhliche Szene. Er wollte also so tun, als wäre alles in Ordnung. Nun, solange seine Familie hier war, konnte sie das auch, zumindest, wenn er ihr nicht zu nahe kam. Aber genau das tat er. Er nahm Jasons Platz auf dem Sofa ein und legte seinen Arm um ihre Schulter, ganz der zärtliche Ehemann.

»Hattest du eine angenehme Nacht, Liebling?«

»Geh zum Teufel!« zischte sie, lächelte aber, um den Schein zu wahren.

Anthony lachte leise vor sich hin, obwohl sein Kopf bei der geringsten Bewegung zu zerspringen drohte. Dank dem Eigensinn seines holden Eheweibs hatte er jetzt einen mächtigen Kater. Am liebsten wäre er im Bett geblieben, aber das war unmöglich gewesen, nachdem Willis ihn über den Besuch der älteren Brüder informiert hatte. Verdammt ungelegen! In Gegenwart anderer konnte er den Streit mit Roslynn natürlich nicht ausfechten.

Das hätte er gleich in der Nacht tun sollen. Aber als

Narr, der er war, hatte er ihr Zeit lassen wollen, die Sache zu überschlafen und zur Vernunft zu kommen. Um nicht ihre Tür einzutreten, hatte er sich betrunken. Es wäre viel vernünftiger gewesen, die Tür einzutreten. Noch zorniger, als sie ohnehin schon gewesen war, hätte sie gar nicht mehr werden können. Verdammt! Den Trottel, der das Märchen in Umlauf gebracht hatte, Frauen seien zärtliche, anschmiegsame und gefügige Wesen, sollte man erschießen!

Anthony beschloß, sich im Augenblick nicht weiter um Roslynn zu kümmern, ließ seinen Arm aber liegen, wo er war. »Na, Eddie, wo hast du denn deine ganze Brut gelassen?«

»Sie kommen, sobald Charlotte alle beisammen hat. Übrigens möchte sie für dich und Roslynn eine Party geben, nachdem wir schon die Hochzeit verpaßt haben. Keine große Angelegenheit — nur die Familie und ein paar Freunde.«

»Warum nicht?« stimmte Anthony zu. »Wir können unser Glück ruhig ein bißchen zur Schau stellen.«

Er lächelte inwendig, als er Roslynn laut vernehmlich nach Luft schnappen hörte.

Kapitel 27

»Ich war gestern schon einmal hier, weißt du, aber du hattest soviel Gäste...«

»Und da bist du gleich wieder gegangen?« Roslynn, die gerade ein Brötchen mit Butter bestrich, warf Frances einen vorwurfsvollen Blick zu. »Das hättest du nicht tun sollen.«

»Ich wollte nicht stören.«

»Fran, es war nur seine Familie, die mich kennenlernen und ihm gratulieren wollte. Du hättest überhaupt nicht gestört, ganz im Gegenteil, ich hätte mich riesig gefreut. Kannst du dir vorstellen, wie verloren ich mir unter dem ganzen Malory-Clan vorkam?«

Frances trank einen Schluck Tee, zupfte an der Serviette auf ihrem Schoß, zerkrümelte den unberührten Kuchen auf ihrem Teller. Roslynn beobachtete sie mit angehaltenem Atem. Sie wußte, was kommen würde, was noch nicht gesagt war. Und sie fürchtete sich davor, besonders jetzt, da sie ihre überstürzte Heirat selbst so bereute. Es war das erste Mal seit dieser Hochzeit, daß sie Frances sah. Als sie vorhin unerwartet gemeldet wurde, gerade als Roslynn sich an den Frühstückstisch setzen wollte, wußte sie, daß sie bald nicht nur das verführerische Essen zu verdauen haben würde, sondern auch jede Menge Kritik.

Sie versuchte, das unangenehme Thema noch ein wenig hinauszuschieben. »Ich hoffe, du hast dir neulich nicht soviel Sorgen gemacht?« Du lieber Himmel, war es wirklich erst vier Tage her, daß sie sich in Geordies Gewalt befunden hatte?

»Nicht zuviel Sorgen?« Frances lachte bitter auf. »Du bist aus meinem Haus entführt worden. Ich fühlte mich in gewisser Weise verantwortlich.«

»Nein, dich trifft überhaupt keine Schuld. Geordie war einfach zu trickreich für uns. Aber ich hoffe, daß du verstehst, warum ich an jenem Abend nicht deine Rückkehr abwarten konnte.«

»O ja, das verstehe ich. Du konntest natürlich nicht bei mir bleiben, nachdem er dich dort ausfindig gemacht hatte. Aber der Brief, den du mir vorgestern geschickt hast — *das* werde ich nie verstehen können. Wie konntest du nur, Ros? Ausgerechnet Anthony Malory!«

Nun, da war sie, die gefürchtete Frage, die sie sich auch selbst ständig stellte. Die Antworten waren nicht stichhaltig, zumindest nicht in ihren eigenen Augen, aber vielleicht würden sie Frances genügen.

»Nachdem Nettie und ich an jenem Abend dein Haus verlassen hatten, bin ich hier vorbeigefahren, um Anthony zu sehen.«

»Nein?!«

Roslynn zuckte zusammen. »Ich weiß, daß es in höchstem Maße unschicklich war, aber ich habe es trotzdem getan. Er hatte mir auf Silverley seine Hilfe angeboten, mußt du wissen. Reginas Mann kannte meine Heiratskandidaten lange nicht so gut wie Anthony, und er hatte sich erboten, gewissen Gerüchten über diese Herren nachzugehen – nun ja, und nachdem Geordie mich entführt hatte, durfte ich keine Zeit mehr verlieren. Ich bin hierhergekommen, um von Anthony einen Namen zu hören – den Namen des Herrn, den er mir am ehesten als Ehemann empfehlen konnte. Den Heiratsantrag wollte ich dem Glücklichen dann selbst machen.«

»Nun gut, das kann ich verstehen – auch wenn es gegen die Etikette verstößt«, sagte Frances. »Du warst verängstigt und verstört und konntest bestimmt keinen klaren Gedanken fassen. Aber was ist dann passiert? Wie konnte es dazu kommen, daß du Sir Anthony geheiratet hast?«

»Er hat mich belogen«, erklärte Roslynn, den Blick auf das Brötchen in ihrer Hand gerichtet. »Er hat mir eingeredet, daß keiner meiner fünf Herren in Frage käme, daß ich keinen von ihnen heiraten dürfe. Oh, du hättest einige der schrecklichen Geschichten hören sollen, die er vorbrachte – und mit welchem Bedauern in der Stimme und Mimik er sie vorgebracht hat! Ich bin überhaupt nicht auf die Idee gekommen, daß er lügen könnte.«

»Und woher weißt du es dann?«

Roslynn lachte kurz auf. »Er hat es mir gebeichtet, nachdem wir verheiratet waren. Hat mir ganz arrogant alles gestanden.«

»Dieser eingebildete Schuft!«

»Ja, das ist er.« Roslynn seufzte. »Als ich an jenem Abend herkam, war ich ziemlich verzweifelt, und als ich dann auch noch hörte, daß ich praktisch wieder ganz am Anfang stand, wußte ich natürlich nicht mehr, was ich machen sollte.«

»Und deshalb hast du ihn gebeten, dich zu heiraten«, folgerte Frances. »Nun ja, zumindest verstehe ich jetzt, wie es dazu kommen konnte. Du hast vermutlich geglaubt, du hättest keine andere Wahl.«

»Ganz so war es nicht«, mußte Roslynn zugeben, auch wenn sie soeben beschlossen hatte, ihre Verführung nicht zu erwähnen. Alles brauchte Frances nun auch wieder nicht zu wissen. »Selbst in jener hoffnungslosen Situation habe ich Anthony als Heiratskandidaten nicht in Betracht gezogen. Verdammt, ich war sogar bereit, nach Schottland zurückzukehren und einen Bauern zu heiraten. Es war Anthony, der mir vorschlug, lieber ihn zu heiraten.«

Frances riß vor Staunen den Mund auf. »*Er?*« Sie erholte sich aber rasch von dieser Überraschung. »Ich dachte natürlich, du hättest − ich meine, du hast ja gesagt, daß du darauf eingestellt seist, selbst den Heiratsantrag zu machen, weil die Zeit so drängte. Und als du dann plötzlich überhaupt keine Zeit mehr zu verlieren hattest, nach dieser Entführung... Na ja, da dachte ich natürlich... Er hat dir wirklich einen Antrag gemacht?«

»Ja, und ich war genauso überrascht wie du. Ich hielt es sogar für einen Scherz.«

»Aber es war keiner?«

»Nein, es war ihm völlig ernst damit. Ich habe natürlich abgelehnt.«

Frances brachte ihren Mund wieder nicht zu. »Tatsächlich?«

»Ja, und dann bin ich nach Silverley weitergefahren.« Frances brauchte nicht zu wissen, daß sie erst am nächsten Morgen dorthin aufgebrochen war. »Aber dann habe ich meine Meinung doch noch geändert. Anthony bot mir einen Ausweg aus einer hoffnungslosen Situation an, und ich beschloß, die Sache wie eine Art Geschäftsvereinbarung zu betrachten. Ich bin immer noch nicht dahintergekommen, warum er mich heiraten wollte, aber jedenfalls hast du jetzt die ganze Geschichte gehört.«

Frances lehnte sich zurück. »Nun, ich hoffe nur, daß du es nicht bereuen wirst. Um deinetwillen werde ich um das Wunder beten, daß Sir Anthony sich als zweiter Nicholas Eden erweisen möge.«

»Großer Gott, nur das nicht!« rief Anthony, während er ungezwungen ins Zimmer schlenderte. »Ich kann diesen Kerl nicht ausstehen.«

Die arme Frances bekam einen hochroten Kopf und wäre am liebsten im Erdboden versunken. Roslynn warf ihrem Mann einen wütenden Blick zu. »Spielst du gern den Horcher an der Wand?«

»Aber nein.« Sein Grinsen strafte seine Worte Lügen. »Die Verstärkung ist also eingetroffen, was?«

Jetzt errötete auch Roslynn. Ihr fiel ein, daß sie sich am Vortag jedesmal, wenn er versucht hatte, mit ihr zu sprechen, rasch entfernt und mit irgendeinem Mitglied seiner Familie geplaudert hatte, die zum Glück bis zum späten Abend geblieben war. Und jetzt waren sie wieder nicht allein, nur mit dem Unterschied, daß diese Besucherin auf Roslynns Seite war. Der Ausdruck ›Verstärkung‹ war durchaus treffend, obwohl Frances natürlich keine Ahnung hatte, worauf er anspielte.

»Gehst du aus?« fragte Roslynn hoffnungsvoll.

»Ja, ich will die Suche nach deinem lieben Vetter fortsetzen.«

»Oh! Und dabei wieder einen kleinen Umweg machen?« Sie lechzte nach seinem Blut. »Dann sehe ich dich also — irgendwann, nehme ich an.«

Anthony stützte sich mit den Händen auf den Tisch und beugte sich vor, um ihr aus nächster Nähe in die Augen zu schauen. »Du wirst mich heute abend sehen, meine Liebe, darauf kannst du dich verlassen.« Er richtete sich wieder auf und fügte mit ironischem Lächeln hinzu: »Einen schönen Tag wünsche ich den Damen. Jetzt könnt ihr nach Herzenslust weiter über mich herziehen.«

Er schlenderte genauso ungezwungen hinaus, wie er gekommen war, und ließ Roslynn in ohnmächtiger Wut zurück, während Frances sich unbehaglich fühlte, weil sie die Spannung zwischen dem Ehepaar deutlich gespürt hatte. Die Haustür wurde gleich darauf laut zugeschlagen.

Roslynn schnitt eine Grimasse. Frances warf ihr einen fragenden Blick zu. »Ist er über etwas verärgert?«

»Das kann man wohl sagen.«

»Und du bist es auch?«

»Frances, ich möchte nicht darüber sprechen.«

»So schlimm ist es also. Nun, ich kann dazu nur sagen, daß du diese Ehe eingegangen bist, obwohl du gewußt hast, was für ein Typ Mann er ist. Ich glaube nicht, daß es einfach sein wird, mit ihm zu leben, aber du mußt eben das Beste daraus machen und darfst vor allem nicht zuviel erwarten.«

Das war lachhaft. Sie hatte überhaupt nichts erwartet, bis Anthony ihr eingeredet hatte, daß er sich ändern könnte. Und keine vierundzwanzig Stunden später hatte er das Gegenteil bewiesen. Einen Monat oder auch nur eine Woche später, das hätte sie noch verstehen können, aber am nächsten Tag außer ihr? Und jetzt schien sie einfach nicht imstande zu sein, zu ihrer anfänglichen nüchternen Einschätzung seines Charakters zurückzukehren und ihn als das zu kazeptieren, was er nun einmal war und immer bleiben würde.

Anthonys Gedanken gingen ähnliche Wege, während er sich in die wartende Kutsche warf. Er hatte jedes Recht, wütend zu sein, und er *war* wütend, wahnsinnig wütend. Eine Geschäftsvereinbarung! Was hatte er denn von dieser Geschäftsvereinbarung, so wie die Dinge jetzt standen?

Eigensinniges, unvernünftiges, nervtötendes Weib! Und unlogisch noch dazu. Wenn sie nur einmal von ihrem gesunden Menschenverstand Gebrauch machen würde, müßte sie sofort einsehen, wie absurd ihre Beschuldigungen waren. Aber nein, sie wollte nicht einmal darüber sprechen. Jedesmal, wenn er es versucht hatte, war sie ihm mit einem falschen Lächeln auf den Lippen ausgewichen und hatte sich sozusagen hinter seiner eigenen Familie verschanzt. Und seine Familie war ganz begeistert von Roslynn. Nun, warum auch nicht? Sie war charmant, intelligent – nur nicht in gewissen Dingen – und bildschön, und sie sahen in ihr seine Retterin. In Wirklichkeit war sie eher eine Teufelin, die ihn in den Wahnsinn treiben sollte.

Nun, er wollte verdammt sein, wenn er sich durch den Eigensinn einer Frau noch einmal um den Schlaf bringen ließ! Sie gehörte in sein Bett, anstatt im Zimmer gegenüber ihren albernen Groll zu nähren. Heute abend würden sie sich aussprechen, bei Gott, und zwar ohne jedwede Unterbrechung.

Wie könnte er nur James und Jeremy für diesen Abend loswerden, ohne James einweihen zu müssen?

Kapitel 28

Kurz nachdem Frances gegangen war, stürmte Jeremy mit einem Stapel Zeitungen unter dem Arm ins Zimmer und berichtete fröhlich, daß die Heiratsanzeige zwei Wochen lang in jeder Ausgabe erscheinen würde. Roslynn vergewisserte sich, daß die Anzeige in allen Zeitungen veröffentlicht war, mußte Anthony in dieser Hinsicht aber trotzdem recht geben. Sie konnten nicht sicher sein, daß Geordie die wichtige Neigkeit lesen würde, und sie mußte Anthony dankbar sein, daß er trotz seiner Verärgerung versuchte, ihren Vetter zu finden.

Wenn Geordie nichts von ihrer Heirat wußte, war sie vor ihm noch immer nicht in Sicherheit. Vielleicht dachte er sich zur Stunde einen neuen Plan aus, wie er sie entführen und vor den Altar schleppen könnte. Er wußte, wo sie sich aufhielt – zumindest wußte er, daß ihr Gepäck hierher gebracht worden war. Und wenn es ihm gelang, sie noch einmal in seine Gewalt zu bringen, und wenn sie ihm dann selbst sagen mußte, daß sie einen anderen Mann geheiratet hatte – es war nicht auszudenken, was er ihr im Zorn antun könnte!

Sie beschloß deshalb, das Haus vorerst lieber nicht zu verlassen. Ihre Umgestaltung der Räume konnte sie auch in Angriff nehmen, indem sie die Lieferanten zu sich ins Haus bestellte. Sie gedachte sehr vieles zu ändern, und sie würde sich auch nicht der Mühe unterziehen, Anthony vorher zu fragen. Außerdem hatte sie ihre ursprüngliche Absicht aufgegeben, die Ausgaben von ihrem eigenen Vermögen zu bestreiten. Wenn er tief in seinen Geldbeutel greifen mußte, um die Rechnungen zu bezahlen, würde er es sich in Zukunft vielleicht zweimal überlegen, bevor er sich mit weiteren Lügen ihren Unmut zuzog.

Eine innere Stimme sagte ihr, sie sei schrecklich gehässig. Aber Roslynn wollte nicht auf dieses bessere Ich hören. Sie würde Anthonys Geld ausgeben, so als wäre er ein Krösus. Vielleicht würde sie sogar darauf bestehen, daß er für sie ein neues Haus baute, etwa einen hübschen Landsitz, aber selbstverständlich erst, wenn sie dieses Haus hier gründlich umgestaltet hatte. Es war ohnehin kein besonders großes Haus, und es hatte nicht einmal einen Ballsaal. Wie sollte sie hier denn große Feste veranstalten?

Wenn ihr der Sinn danach stünde, könnte sie den verfluchten Kerl finanziell sogar ruinieren. Ja, das wäre vielleicht gar keine so schlechte Idee. Welch reizvolle Vorstellung – ein gedemütigter Anthony, der zu ihr kommen und um ein kleines Taschengeld bitten mußte! Das wäre eine gerechte Strafe für die maßlose Enttäuschung, die er ihr bereitet hatte.

Aber Roslynn verweilte an diesem Tag nicht allzu lange bei ihrer genüßlichen Rachsucht, denn Anthonys unmißverständliche Ankündigung, daß er abends eine Aussprache erzwingen würde, beunruhigte sie mehr, als ihr lieb war. Ihre Nervosität steigerte sich im Laufe des Nachmittags immer mehr, und als James sie während des Abendessens informierte, daß er und Jeremy den Abend in Vauxhall Gardens verbringen würden, hätte sie am liebsten gebeten, mitkommen zu dürfen. Warum mußten sie ausgerechnet heute abend beide ausgehen, selbst wenn das die Regel und nicht die Ausnahme sein sollte? Anthony war zwar noch nicht zu Hause, aber sie zweifelte nicht daran, daß er sehr bald auftauchen würde.

Aber sie wollte sich den beiden Junggesellen nicht aufdrängen. Sie war doch kein Feigling, sagte sie sich immer wieder vor, doch sobald sich die Tür hinter Vater und Sohn geschlossen hatte und Roslynn mit den Dienstboten — *Anthonys* Dienstboten, denn Nettie zählte nicht — allein zurückblieb, stellte sie fest, daß sie doch ein Feigling war.

Zum Schlafengehen war es eigentlich noch viel zu früh, doch sie zog sich trotzdem in aller Eile auf ihr Zimmer zurück. Dobson sollte Anthony ausrichten, sie fühle sich nicht gut und wolle unter gar keinen Umständen gestört werden. Ob er sich daran halten würde, blieb natürlich abzuwarten.

Sie wollte jedenfalls gewisse Vorbereitungen für den Fall treffen, daß er trotzdem käme. Deshalb zog sie ihr solides Baumwollnachhemd an, das für kalte Winternächte im schottischen Hochland gedacht war, und versteckte ihre Haare unter einer häßlichen Nachtmütze, die sie sich von Nettie lieh, weil sie selbst überhaupt keine besaß. Sie vervollständigte ihren Aufzug mit einem dicken Morgenrock, den sie normalerweise nur nach dem Baden trug.

Sie spielte mit dem Gedanken, auch noch Netties Nachtcreme dick aufzutragen, entschied dann aber, daß das doch was übertrieben wäre. Es könnte Anthony zum Lachen bringen, anstatt ihn abzuschrecken.

In ihrer Vermummung hielt sie es unter der Bettdecke nicht lange aus. Aber vielleicht würde es sogar einen natürlicheren Eindruck machen, wenn sie mit einem Buch in der Hand ruhte. Sich schlafend zu stellen, solange es noch so früh war, hatte wenig Sinn, weil Anthony es ihr sowieso nicht abnehmen würde.

Nein, es durfte nicht so aussehen, als wollte sie ihn absichtlich meiden; vielmehr mußte sie so tun, als wäre sie tatsächlich indisponiert. Dann würde er gezwungen sein, sie in Ruhe zu lassen. Aber vielleicht hielt er sich ohnehin daran, daß sie nicht gestört werden wollte. Falls er überhaupt nach Hause kam...

Verdammt, das alles hätte sie sich sparen können, wenn Dobson den Zimmerschlüssel gefunden hätte, um den sie ihn schon gestern gebeten hatte. Aber andererseits könnte ein Mann wie Anthony es vielleicht als Herausforderung ansehen, wenn sie ihn aussperrte und auf diese Weise demonstrierte, daß sie nicht mit ihm sprechen wollte, weder jetzt noch in naher Zukunft. Nein, so war es besser. Sollte er ruhig kommen, wenn er wollte! Sie würde ihm schon zu verstehen geben, wie rücksichtslos es war, sie zu stören, wenn sie sich so miserabel fühlte.

Das einzige Buch, das sie zur Hand hatte, war eine langweilige Sammlung sentimentaler Sonette, das jemand, der vor ihr in diesem Zimmer logiert hatte, vergessen haben mußte. Aber sie konnte es nicht riskieren, sich einen anderen Lesestoff aus der kleinen Bibliothek in Anthonys Arbeitszimmer zu holen, denn möglicherweise würde er gerade in diesem Moment nach Hause kommen, und dann wäre ihre ganze sorgfältige Inszenierung umsonst gewesen.

Sie gab den Versuch zu lesen schnell wieder auf. Beim Durchblättern hatte sie festgestellt, daß es zum größten Teil Liebesgedichte waren, doch obwohl sie normalerweise durchaus eine Ader für diese Kunstgattung hatte, war sie im Augenblick wirklich nicht in romantischer

Stimmung. Außerdem konnte sie etwas Zeit zum Nachdenken gut gebrauchen. Sie mußte versuchen, sich über ihre Gefühle klarzuwerden, und sie mußte eine Strategie für ihr weiteres Vorgehen planen. Konnte sie sich beispielsweise auch noch morgen krank stellen?

Zum Glück hielt sie den Gedichtband noch in der Hand, als Anthony, ohne anzuklopfen, ihr Zimmer betrat. Doch es nutzte ihr nicht viel, denn er ließ sich nicht so leicht täuschen.

»Sehr amüsant, meine Liebe«, sagte er trocken, mit unergründlicher Miene. »Hast du den ganzen Tag gebraucht, um dir das auszudenken, oder ist diese Idee dir erst gekommen, als du dich von aller Welt — sprich von meinem lieben Bruder samt seinem Sprößling — im Stich gelassen sahst?«

Sie zog es vor, diese Frage zu ignorieren. »Ich bat darum, nicht gestört zu werden.«

»Das weiß ich, Liebling.« Er schloß die Tür mit einem aufreizenden Lächeln. »Aber ein Ehemann darf seine Frau stören — zu jeder Zeit, an jedem Ort, auf jede beliebige Art und Weise.«

Seine anzügliche Bemerkung trieb ihr eine heiße Röte in die Wangen, was ihm natürlich nicht entging. »Ah, du hast offenbar Fieber«, stellte er fest, während er sich dem Bett näherte. »Na ja, kein Wunder, nachdem du dich so warm vermummt hast. Oder ist es vielleicht eine Erkältung? Nein, du hast dir nicht die Mühe gemacht, durch Kneifen zu einer roten Nase zu kommen. Jetzt weiß ich's — natürlich Kopfweh! Sehr vernünftig, denn dabei braucht man keine sichtbaren Symptome vorzutäuschen.«

Seine Ironie brachte sie derart in Wut, daß ihr herausrutschte: »Du Schuft! Selbst wenn ich welches hätte, wäre es dir völlig egal!«

»Das würde ich nicht unbedingt sagen.« Er setzte sich aufs Bett und spielte am Gürtel ihres Morgenrocks. Sein Lächeln war humorvoller, seit sie ungewollt zugegeben hatte, nicht unpäßlich zu sein. »*Hast* du Kopfweh?«

»Ja!«

»Lügnerin!«

»Ich gehe eben bei einem Meister in die Lehre.«

Er lachte. »Ausgezeichnet, meine Liebe. Ich hatte gerade überlegt, wie ich das heikle Thema anschneiden sollte, aber du hast es mir abgenommen.«

»Welches Thema?«

»Welches wohl? Wollen wir jetzt auf dumm spielen?«

»Wir spielen überhaupt nichts. Du wirst jetzt dieses Zimmer verlassen!«

Sie sagte es ohne große Hoffnung, daß er es tun würde, und natürlich dachte er nicht im Traum daran zu gehen. Statt dessen lehnte er sich zurück, stützte sich bequem auf einen Ellbogen auf und studierte mit ausdrucksloser Miene ihre Aufmachung.

Plötzlich beugte er sich vor und riß ihr die Nachtmütze vom Kopf. »So ist's besser.« Er ließ die Mütze auf seinem Finger kreisen, während er die rotgoldenen Locken betrachtete, die ihr jetzt offen über die Schultern fielen. »Du weißt, wie sehr ich deine Haare liebe, und du hast sie nur versteckt, um mich zu ärgern, stimmt's?«

»Du bildest dir viel zuviel ein.«

»Vielleicht«, sagte er sanft. »Vielleicht habe ich aber auch genug Frauen gekannt, um genau zu wissen, was in ihren Köpfen vorgeht, wenn sie sich für irgendein eingebildetes Unrecht rächen wollen. Kaltes Essen, kalte Schultern, kalte Betten. Bis auf das kalte Essen hast du mir schon alles geboten, und das kommt vermutlich demnächst auch noch.«

Sie warf das Buch nach ihm. Er wich mühelos aus.

»Wenn du handgreiflich werden möchtest, Liebling, so bin ich dafür genau in der richtigen Stimmung. Ich glaube, wenn ich Cameron heute gefunden hätte, hätte ich den Kerl zuerst über den Haufen geschossen und erst hinterher Fragen gestellt. Du solltest dich also lieber etwas in acht nehmen.«

Er sagte das so ruhig, daß sie seine Worte nicht ernst

nahm. Sie hatte sich so in ihre eigene leidenschaftliche Wut hineingesteigert, daß sie nicht bemerkte, wie verändert er war. Er hatte sich völlig unter Kontrolle. Er sprach in eisigem Ton. Er war zornzig.

»Wirst du jetzt endlich verschwinden?« keifte sie. »Ich will noch nicht mit dir reden, Mann.«

»Das sehe ich.« Er schleuderte ihre Nachtmütze durchs Zimmer. »Aber es ist mir ziemlich egal, ob du willst oder nicht, meine Liebe.«

Sie schnappte nach Luft, als er sie bei den Schultern packte, und stemmte sich mit aller Kraft gegen seine Brust. Er ließ sie gewähren – zumindest für den Augenblick.

»Erinnere dich an deine erste Bedingung für diese Ehe, Roslynn. Du wolltest unbedingt ein Kind von mir haben. Ich habe dem zugestimmt.«

»Du hast auch der zweiten Bedingung zugestimmt und dich genau daran gehalten. Erst deine Lüge hat alles verändert, Mann!«

Jetzt erkannte auch sie, wie zornzig er war. Sie sah es an dem kalten Funkeln seiner Augen und an der ganzen Kinnpartie. Er war plötzlich ein anderer Mann, ein furchteinflößender Mann – ein faszinierender Mann. Er weckte in ihr irgendwelche undefinierbaren primitiven Gefühle. Vor lautem Gebrüll hatte sie keine Angst. Aber dies? Sie wußte nicht, was er als nächstes tun würde, wozu er fähig war, aber ein Teil von ihr wollte es herausfinden.

Doch Anthony war zwar zornig, aber nicht völlig außer sich. Und jener Funke von Begehren, den er in ihren Augen entdeckt hatte, als sie ihn von sich wegstieß, hatte ihn etwas weicher gestimmt. Sie begehrte ihn nach wie vor, sogar in ihrer Rage. Nachdem er das jetzt wußte, beschloß er zu warten, bis sie ihren Groll überwunden haben würde. Es würde keine angenehme Wartezeit sein, aber er wollte nicht, daß sie am nächsten Morgen zeterte, er hätte sie vergewaltigt. Damit würde er ihr nur einen neuen Anlaß zum Groll liefern.

»Du hättest dich wirklich kräftig in die Nase kneifen sollen, meine Liebe, dann hätte ich vielleicht an deine Unpäßlichkeit geglaubt.«

Roslynn glaubte sich verhört zu haben. »Oh...«

Sie stieß ihn mit aller Kraft von sich, und er räumte widerstandslos ihr Bett. Mit einem gezwungenen Lächeln blickte er auf sie herab.

»Ich übe mich in Geduld, aber ich warne dich – Geduld ist nicht die stärkste Seite des Mannes und sollte nicht überstrapaziert werden, speziell dann nicht, wenn er sich überhaupt nichts hat zuschulden kommen lassen – *noch* nicht.«

»Ha!«

Anthony ignorierte ihren Ausruf und ging zur Tür. »Es wäre eventuell eine Hilfe, wenn du mir wenigstens sagen könntest, wie lange du mich zu bestrafen gedenkst.«

»Ich bestrafe dich nicht«, erklärte sie kalt.

»Nein, Liebling?« Er drehte sich auf der Schwelle noch einmal kurz um. »Nun, du solltest nur nicht vergessen, daß beide Partner dieses Spiel spielen können.«

Was er damit wohl gemeint haben könnte, beschäftigte Roslynn während der ganzen Nacht.

Kapitel 29

Ein linker Gerader. Noch einer. Ein linker Haken, gefolgt von einem rechten Cross. Der Mann war k.o., und Anthony trat zurück und fluchte, weil der Kampf so schnell zu Ende gewesen war.

Knighton warf ihm ein Handtuch ins Gesicht und sprang, ebenfalls fluchend, in den Ring, um Anthonys Gegner zu untersuchen. »Mein Gott, Malory! Kein Wunder, daß Billy sich heute drücken wollte, nachdem er dich gesehen hatte. Ich sage ja immer, daß der Ring sich hervorragend eignet, um Frust abzureagieren, aber für dich ist das nichts.«

»Halt den Mund, Knighton«, knurrte Anthony, während er die Boxhandschuhe auszog.

»Ich denke gar nicht daran«, konterte der ältere Mann verärgert. »Ich wüßte gern, wo ich jemanden hernehmen soll, der dumm genug ist, mit dir in den Ring zu steigen. Eines sage ich dir ganz offen − ich bemühe mich erst wieder um einen Trainingspartner für dich, wenn du mit dem Weib im Bett warst und wieder ein normaler Mensch bist. Bleib bis dahin weg von meinem Boxring.«

Anthony hatte Männer schon aus viel geringeren Anlässen k.o. geschlagen, aber Knighton war sein Freund. Trotzdem war das Verlangen, ihn k.o. zu schlagen, fast übermächtig, denn Knighton hatte seinen Finger genau auf die schmerzende Wunde gelegt. Anthony stand mit geballten Fäusten da und sah vor Wut alles wie durch einen Schleier. Erst James' Stimme brachte ihn etwas zur Besinnung.

»Na, hast du wieder Probleme, Partner zu finden, Tony?«

»Nicht, wenn du noch immer bereit bist, mir einen Gefallen zu erweisen.«

»Sehe ich wie ein Vollidiot aus?« James blickte in gespieltem Erstaunen an sich hinunter. »Und dabei dachte ich, ich wäre heute besonders elegant gekleidet.«

Anthony mußte lachen und entspannte sich etwas. »Als ob du nicht überzeugt wärst, mit mir kurzen Prozeß machen zu können.«

»Selbstverständlich könnte ich das. Daran besteht nicht der geringste Zweifel. Ich habe nur keine Lust dazu.«

Anthony beschloß, es nicht auf einen Versuch ankommen zu lassen, da er mit seinem Bruder im Augenblick ja keinen Streit hatte.

»Ich werde den Eindruck nicht los, daß du mich verfolgst, alter Junge. Ist irgendwas Besonderes?«

»Ich habe ein Hühnchen mit dir zu rupfen — außerhalb des Boxrings natürlich.«

Anthony sprang hinunter und griff nach seinem Rock. »Machen wir erst einmal, daß wir hier wegkommen.«

»Ich spendiere dir einen Drink.«

»Wenn du mehr als einen spendierst, bin ich mit von der Partie.«

Bei White's herrschte nachmittags immer eine beruhigende Atmosphäre, in der man sich wunderbar entspannen, Zeitung lesen, Geschäfte abschließen, über Politik diskutieren, Gerüchte austauschen oder — wie Anthony es vorhatte — sich betrinken konnte, ohne von Frauen gestört zu werden, die hier zum Glück keinen Zutritt hatten. Um diese Zeit waren meistens nur solche Mitglieder hier anzutreffen, die mehr im Klub als zu Hause lebten. Die Scharen vom Mittagessen hatten sich schon verlaufen, und für die zu erwarteten Scharen zum Abendessen und die Spieler war es noch zu früh am Nachmittag, obwohl einige wenige Whistpartien im Gange waren.

»Wer hat eigentlich all diese Jahre meine Mitgliedschaft aufrechterhalten?« erkundigte sich James, nachdem sie es sich bequem gemacht hatten.

»Soll das heißen, daß du noch immer Mitglied bist? Und ich dachte, du hättest nur als mein Gast Zutritt.«

»Sehr komisch, lieber Junge. Aber ich weiß genau, daß Jason und Eddie sich nicht darum gekümmert hätten.«

Anthony runzelte die Stirn, weil sein Bruder ihm auf die Schliche gekommen war. »Na ja, ich bin eben ein sentimentales Arschloch. Es sind ja auch nur ein paar Guinee im Jahr, nicht der Rede wert. Ich wollte einfach nicht, daß dein Name von der Liste gestrichen wird.«

»Oder warst du dir so sicher, daß ich eines Tages zur Herde zurückkehren würde?«

Anthony zuckte mit den Schultern. »Das auch, und wer aufgenommen werden will, steht ewig auf der Warteliste. Ich wollte nicht, daß du zu Brook's abwanderst.«

»Malory!« Ein rotbäckiges Klubmitglied hatte Anthony

erspäht und schoß auf ihn zu. »Ich bin gestern bei dir vorbeigekommen, aber Dobson sagte, du seist nicht zu Hause. Ich wollte von dir nur eine kurze Auskunft. Es geht um eine kleine Wette, die ich mit Hilary abgeschlossen habe. Sie hat nämlich diese Anzeige in der Zeitung gelesen. Du wirst es nicht glauben, Malory, aber da stand, du hättest geheiratet. Ich wußte natürlich, daß das unmöglich du sein kannst. Eine zufällige Namensgleichheit, weiter nichts. Ich habe doch recht, oder? Es ist nur ein blöder Zufall.«

Anthony umklammerte sein Glas so fest, als wollte er es zerbrechen, ließ sich aber sonst keinen Unmut über die Frage anmerken. »Es ist nur ein blöder Zufall«, wiederholte er die Worte des anderen.

»Wußt ich's doch!« rief der Rotbackige. »Das muß ich Hilary erzählen. So leicht habe ich schon lange keine fünf Pfund gewonnen.«

»War das klug?« fragte James, als sie wieder unter sich waren. »Stell dir nur mal vor, was passiert, wenn er jetzt überall herumposaunt, daß er aus deinem eigenen Mund gehört hat, du seist nicht verheiratet. Das kann doch bis zu Prügeleien mit anderen führen, die es besser wissen.«

»Verdammt, das ist mir scheißegal!« knurrte Anthony. »Wenn ich das Gefühl habe, verheiratet zu sein, werde ich es auch zugeben.«

James lehnte sich mit einem leichten Lächeln auf den Lippen zurück. »Ah, das laute Wehklagen hat also schon begonnen!«

»Ach, halt die Klappe!« Anthony leerte sein Glas und begab sich an die Bar. Er kam nicht mit einem vollen Glas, sondern gleich mit einer ganzen Flasche zurück. »Ich dachte, du hättest mit mir ein Hühnchen zu rupfen. Nur zu. Du bist im Augenblick keineswegs der einzige.«

James tat ihm den Gefallen, das weitaus interessantere Thema vorerst fallenzulassen. »Ganz wie du willst. Also, Jeremy hat mir erzählt, Vauxhall sei deine Idee gewesen und nicht seine. Warum hast du dich hinter dem Jungen versteckt, wenn du uns für den Abend los sein wolltest?«

»Habt ihr euch nicht amüsiert?«

»Darum geht es nicht. Ich lasse mich nur nicht gern manipulieren, Tony.«

»Aber gerade deshalb habe ich dem Jungen ja die Nachricht zukommen lassen.« Anthony grinste. »Du hast mir selbst erzählt, wie schwer es dir fällt, ihm etwas abzuschlagen, seitdem du ein so treu sorgender Vater geworden bist.«

»Verdammt, du hättest dich doch direkt an mich wenden können! Oder hältst du mich für so unsensibel, daß ich kein Verständnis dafür hätte, wenn du mit deiner jungen Frau einen Abend allein verbringen möchtest?«

»Komm hör auf, James. Du bist so sensibel wie ein Nilpferd. Wenn ich dich gestern gebeten hätte, abends auszugehen, wärest du extra zu Hause geblieben, nur um zu sehen, warum ich dich los sein wollte.«

»Glaubst du?« James grinste. »Na ja, vermutlich hast du sogar recht. Ich hätte mir vorgestellt, daß du und die kleine Schottin splitterfasernackt im Haus herumlaufen wolltet, und du wärest mich nie losgeworden, denn das hätte ich um nichts in aller Welt versäumen mögen. Aber Scherz beiseite — wozu wolltest du denn mit ihr allein sein?«

Anthony schenkte sich wieder ein. »Das spielt jetzt keine Rolle mehr. Der Aend verlief nicht so, wie ich gehofft hatte.«

»Es gibt also tatsächlich Regen im Paradies?«

Anthony stellte die Flasche geräuschvoll auf dem Tischchen neben seinem Sessel ab. »Du wirst es nicht glauben, wessen sie mich beschuldigt!« explodierte er. »Sie glaubt, ich wäre mit dieser kleinen Mistbiene von Kellnerin ins Bett gegangen!«

»Vorsicht, mein Junge, ich habe schöne Erinnerungen an Margie.«

»Du hast sie also getroffen?«

»Du glaubst doch wohl nicht, daß ich mir ein so hübsches Ding entgehen lasse? Obwohl das kleine Teufelsding in Hosen mir... Na ja, was soll's...«

James goß sich ebenfalls einen weiteren Drink ein, selbst verwundert über die Tatsache, daß er jenem Mädchen noch immer nachtrauerte. »Warum hast du deiner Holden denn nicht einfach erzählt, daß Margie für mich reserviert war? Ich meine, wir haben zwar früher manchmal Frauen brüderlich geteilt, aber doch nicht an ein und demselben Tag. Das wäre etwas unappetitlich, findest du nicht auch?«

»Du hast völlig recht, aber meine liebe Frau traut mir alles zu, auch Geschmacklosigkeiten. Und mir ist es denkbar zuwider, erklären zu müssen, daß ich überhaupt nichts verbrochen habe. Das müßte nun wirklich nicht sein. Ein bißchen Vertrauen könnte nichts schaden.«

James seufzte. »Tony, mein Junge, du hast noch sehr viel zu lernen, was frisch gebackene Ehefrauen betrifft.«

»Du hattest wohl schon eine, daß du ein solcher Experte bist?« höhnte Anthony.

»Das nun nicht gerade«, erwiderte James gelassen. »Aber der gesunde Menschenverstand sagt doch jedem, daß dies für eine Frau eine sehr schwierige Zeit ist. Sie ist noch verdammt unsicher und nervös, fühlt sich in ihrer neuen Rolle noch nicht ganz wohl. Vertrauen? Ha! Die ersten Eindrücke sind viel wichtiger, als du glaubst. Leuchtet dir das ein?«

»Ich sehe nur, daß du keine Ahnung hast, wovon du redest. Wann hast du zuletzt auch nur den Ellbogen einer Dame gestreift? Captain Hawkes Geschmack geht doch in eine völlig andere Richtung.«

»Nicht ganz, mein Junge. Gewiß, das Piratenleben hat den Nachteil, daß man in der Auswahl gewisser Etablissements nicht allzu wählerisch sein darf. Und es ist schwer, alte Gewohnheiten wieder abzulegen. Aber mein Geschmack unterscheidet sich im Grunde nicht von deinem. Ob nun Herzogin oder Hure — sie muß nur hübsch und willig sein. Und *so* lange ist es nun auch wieder nicht her, als daß ich die Eigenheiten der Herzogin vergessen hätte. Außerdem sind sie in einer Hinsicht alle gleich, mein Junge — die Eifersucht macht sie zänkisch und unausstehlich.«

»Eifersucht?« murmelte Anthony verdutzt.

»Herrgott, Mann, darin besteht doch das Problem, oder?«

»Daran habe ich nicht gedacht — aber jetzt, wo du's sagst... Ja, es könnte sein, daß sie deshalb so unvernünftig ist. Sie ist so wütend, daß sie nicht einmal darüber sprechen will.«

»Knighton hatte also recht.« James lachte schallend. »Was ist nur aus deiner Finesse geworden? Du hast doch weiß Gott genügend Erfahrung in solchen Dingen, um zu wissen, wie man...«

»Hört, hört!« fiel Anthony ihm verärgert ins Wort. »Hier spricht derselbe Mann, der erst vor wenigen Tagen einen ordentlichen Tritt vors Schienbein einstecken mßte. Was ist nur aus Hawkes Finesse geworden...«

»Halt die Klappe, Tony«, knurrte James. »Wenn du diesen Namen weiter so herumposaunst, ende ich noch am Galgen. Hawke ist tot. Vergiß das bitte nicht.«

Anthonys Laune besserte sich etwas, als er die finstere Miene seines Bruders sah. »Beruhige dich, alter Junge. Diese Burschen hier haben doch von Tuten und Blasen keine Ahnung. Aber ich werd's mir merken. Nachdem du Hawke offenbar abgemurkst hast, sollten wir ihn wirklich in Frieden ruhen lassen. Aber du hattest es mir nie erzählt. Und was ist aus deinen anderen Piraten geworden?«

»Manche sind ihre eigenen Wege gegangen. Andere haben wieder auf der ›Maiden Anne‹ angeheuert, obwohl sie jetzt unter neuer Flagge segelt. Sie warten sehnsüchtig darauf, daß die Reise losgeht.«

»Und wann wird das sein, wenn ich fragen darf?«

»Beruhige dich, alter Junge«, warf James ihm seine eigenen Worte an den Kopf. »Es macht mir soviel Spaß zuzusehen, wie du dein Leben versaust, daß ich vorläufig noch nicht den Anker lichten kann.«

Kapitel 30

Es war fünf Uhr nachmittags, als George Amherst den beiden Malory-Brüdern vor der Sandsteinfassade des Hauses auf dem Piccadilly aus der Kutsche half. Sie waren wirklich auf seine Hilfe angewiesen. George lächelte; er schmunzelte die ganze Zeit, seit er im Klub auf die beiden Herren gestoßen war und vermittelnd in das tumultartige Geschehen eingegriffen hatte. Er mußte einfach grinsen, ob er wollte oder nicht. Noch nie hatte er Anthony so total betrunken erlebt. Und was James betraf, so war es äußerst komisch zu sehen, wie dieser normalerweise so schüchterne Malory sich über den Zustand seines Bruders fast totlachte, obwohl er selbst alles andere als nüchtern war.

»Das wird ihr gar nicht gefallen«, sagte James, während er einen Arm um Anthonys Schultern schlang, wodurch beide fast das Gleichgewicht verloren.

»Wem?« fragte Anthony herausfordernd.

»Deiner Frau.«

»Frau?«

George stützte Anthony hastig, als die Brüder taumelten, und steuerte mit ihnen auf die Tür zu. »Großartig!« kicherte er. »Du fliegst fast aus dem Klub raus, weil du Billings verprügelt hast, dessen einziges Verbrechen darin bestand, dir zur Hochzeit zu gratulieren, und jetzt weißt du überhaupt nicht mehr, daß du eine Frau hast.«

George mußte sich auch erst an diesen Gedanken gewöhnen. Er war völlig sprachlos gewesen, als Anthony am Vortag bei ihm vorbeigekommen war, um ihm die große Neuigkeit persönlich mitzuteilen.

»Wenn du lachst, George — oder auch nur schmunzelst —, werde ich dir eine neue Nasenform verpassen!« hatte Anthony gedroht. »Ich muß vorübergehend den Verstand verloren haben. Das ist die einzig mögliche Erklärung. Also bitte keine Glückwünsche. Beileidsbekundungen wären eher angebracht.«

Danach war aus ihm kein Wort mehr herauszubringen gewesen, weder wer die Frau war, noch warum er sie geheiratet hatte und warum er es bereits bereute. Aber George war sowieso nicht überzeugt davon, daß sein Freund diesen Schritt wirklich bereute, denn Anthony hatte ihn auf die Suche nach einem Vetter seiner Frau mitgeschleppt, der eine Gefahr für sie darstellte. Anthonys Wunsch, sie zu beschützen, war unverkennbar. Ebenso sein Wunsch, nicht über sie zu sprechen. Am unverkennbarsten war aber sein Zorn, der den ganzen Tag dicht unter der Oberfläche gebrodelt hatte. George war sehr erleichtert gewesen, daß sie den Kerl nicht gefunden hatten, denn es hätte schreckliche Folgen haben können.

Eine zufällige Bemerkung von James, als George die Brüder aus dem Klub geschoben hatte, war ganz aufschlußreich gewesen. »Du bist zufällig an eine geraten, die genauso temperamentvoll ist wie du selbst, Tony. Keine schlechte Sache bei einer Frau. Zumindest wird sie dich ganz schön auf Trab halten, wenn schon nichts anderes.« Und er hatte gelacht, sogar als Anthony lallte: »Wenn du selbst einmal heiratest, Bruderherz, hoffe ich nur, daß du an eine gerätst, die so süß ist wie die kleine Viper, die dich neulich getreten hat, anstatt dir für deine Hilfe zu danken.«

Die Tür wurde geöffnet, noch bevor George klopfen konnte. Dobsons Miene war zunächst völlig ausdruckslos, doch das änderte sich rasch, als James seinen Bruder losließ und statt dessen an dem Butler einen festeren

Halt suchte. Jetzt spiegelte Dobsons Gesicht eine Mischung aus Überraschung und Sorge wider.

»Wo ist Willis, lieber Junge? Ich glaube, ich werde bei meinen Stiefeln Hilfe brauchen.«

Die Stiefel waren nicht das einzige, wobei er Hilfe benötigen würde, dachte George grinsend, während der magere Dobson sich abmühte, den viel größeren Lord zur Treppe zu bringen.

»Sie sollten vielleicht lieber noch einige Dienstboten rufen, Dobson«, schlug George vor.

»Ich befürchte«, keuchte Dobson, ohne sich umzudrehen, »daß sie im Auftrag der gnädigen Frau unterwegs sind, Mylord.«

»Verdammt!« explodierte Anthony unerwartet. »Was fällt ihr ein, meine Leute einzuspan...«

George brachte ihn mit einem Rippenstoß zum Schweigen. Die betreffende Dame war aus dem Empfangszimmer getreten, stand mit den Händen in den Hüften da und ließ ihre Blicke von einem zum anderen schweifen. Ihre Augen funkelten gefährlich. George schluckte. Das war also Anthonys Frau? O Gott, sie war atemberaubend schön – und unglaublich wütend.

»Ich bitte um Verziehung, Lady Malory«, begann er zögernd. »Ich habe die beiden im Klub getroffen. Sie haben ein bißchen zu tief ins Glas geschaut, deshalb hielt ich es für vernünftig, sie nach Hause zu bringen, damit sie ihren Rausch ausschlafen können.«

»Und wer sind Sie, Sir?« erkundigte sich Roslynn eisig.

George hatte keine Gelegenheit zu antworten. Anthony schnaubte wie ein Stier und lallte sodann: »Aber, aber, meine Liebe, du mußt doch den guten alten George kennen! Das ist doch der Bursche, der für dein Mißtrauen gegenüber dem männlichen Geschlecht verantwortlich ist.«

Heiße Röte schoß George in die Wangen, als sie ihn aus schmalen Augenschlitzen wütend anstarrte. »Hol dich der Teufel, Malory?« zischte George, während er

Anthonys Arm von seiner Schulter stieß. »Ich überlasse dich der Gnade oder Ungnade deiner Frau. Etwas Besseres hast du nach dieser Entgleisung nicht verdient.« Er hatte zwar keine Ahnung, was Anthony mit seiner dummen Bemerkung gemeint hatte, aber so stellte man doch seinen besten Freund niemandem vor, schon gar nicht der eigenen Frau.

George nickte Roslynn flüchtig zu. »Ich hoffe, daß wir uns ein andermal unter angenehmeren Umständen wiedersehen, Lady Malory.« Er entfernte sich verärgert und machte sich nicht einmal die Mühe, die Haustür zu schließen.

Anthony starrte ihm verdutzt nach, während er wenig erfolgreich versuchte, mitten in der Halle das Gleichgewicht zu halten. »Habe ich etwas Falsches gesagt, George?«

James mußte darüber so lachen, daß er und der bedauernswerte Dobson auf der Treppe zwei Schritte rückwärts taumelten. »Du bist einmalig, Tony! Entweder erinnerst du dich an gar nichts oder an mehr, als gut für dich ist.«

Anthony drehte sich torkelnd um und blickte zu James empor, der inzwischen die halbe Treppe hinter sich gebracht hatte. »Was, zum Teufel, soll das heißen?« schrie Anthony, erhielt als Antwort aber nur ein weiteres Lachen.

Als es ganz danach aussah, als würde Anthony jeden Moment auf der Nase liegen, eilte Roslynn herbei, zog seinen Arm über ihre Schulter und packte ihn um die Taille. »Es ist einfach unglaublich, Mann«, brachte sie zähneknirschend heraus, während sie ihn vorsichtig zur Treppe lotste. »Wie kannst du nur um diese Tageszeit in solchem Zustand nach Hause kommen? Weißt du, wieviel Uhr es ist?«

»Selbstverständlich«, erwiderte er empört. »Es ist — es ist — ganz egal, wieviel Uhr es ist, aber wohin sollte ich denn sonst kommen als nach Hause?«

Er stolperte über die unterste Stufe und riß Roslynn mit sich zu Boden.

»Verdammt, ich sollte dich einfach deinem Schicksal überlassen!« schimpfte sie.

In seiner Trunkenheit mißverstand Anthony ihre Worte. Er schlang seinen Arm um sie und drückte sie so fest an seine Brust, daß sie keine Luft bekam. »Du darfst mich nicht verlassen, Roslynn! Das erlaube ich nicht.«

Sie starrte ihn ungläubig an. »Du... O Gott, bewahre mich vor Betrunkenen und Narren«, murmelte sie wütend, während sie ihn von sich schob. »Los jetzt, du törichter Kerl. Steh auf.«

Irgendwie brachte sie ihn die Treppe hinauf und in sein Schlafzimmer. Als Dobson gleich darauf auf der Schwelle erschien, winkte sie nur ab, warum, hätte sie selbst nicht sagen können. Sie hätte seine Hilfe eigentlich gut gebrauchen können. Aber es war eine einmalige Situation, Anthony so hilflos daliegen zu sehen. Nachdem ihre erste Wut verraucht war, genoß sie diese Situation. Und daß er vermutlich ihretwegen in diesem Zustand war, war ebenfalls sehr befriedigend. Aber stimmte das überhaupt?

»Würdest du mir vielleicht erklären, warum du am hellichten Tag betrunken nach Hause kommst?« erkundigte sie sich, während sie sich daran machte, ihm den Stiefel auszuziehen.

»Betrunken? Allmächtiger Himmel, Frau, das ist ein abscheuliches Wort. Ein Gentleman betrinkt sich nicht.«

»Oh, was tut er denn dann?«

Er stemmte seinen anderen Fuß gegen ihr Gesäß, bis der Stiefel endlich ausgezogen war. »Der richtige Ausdruck ist – ist – verdammt – ist...«

»Betrunken!« wiederholte sie selbstzufrieden.

Er grunzte, und beim zweiten Stiefel stemmte er sich so fest gegen sie, daß sie fast das Gleichgewicht verlor. Als sie sich wütend umdrehte, grinste er ihr mit Unschuldsmiene zu.

Sie warf den Stiefel auf den Boden und zerrte an seinem Rock. »Du hast meine Frage nicht beantwortet, Anthony.«

»Welche Frage?«

»Warum bist du in diesem abscheulichen Zustand?«

Diesmal bemängelte er ihre Wortwahl nicht. »Warum trinkt ein Mann wohl ein Gläschen zuviel, meine Liebe? Entweder er hat sein Vermögen verloren, oder ein Verwandter ist gestorben, oder aber sein Bett ist leer.«

Jetzt war sie an Reihe, eine Unschuldsmiene aufzusetzen. »Ist jemand gestorben?«

Er legte seine Hände auf ihre Hüften und zog sie zwischen seine Beine. Er lächelte, aber es war kein fröhliches Lächeln. »Wenn du mit dem Feuer spielst, Liebling, wirst du dich verbrennen«, warnte er sie.

Roslynn lockerte mit einem Ruck seine Krawatte. »Schlaf deinen Rausch aus, *Liebling*.«

Sie drehte sich auf dem Absatz um.

»Du bist eine herzlose Person, Roslynn Malory«, rief er ihr nach.

Sie schlug wütend die Tür zu.

Kapitel 31

Anthony erwachte mit rasenden Kopfschmerzen. Er setzte sich fluchend auf und zündete die Lampe neben seinem Bett an. Auf der Kaminuhr war es einige Minuten nach zwei. Draußen herrschte tiefe Dunkelheit. Er fluchte wieder, als ihm klar wurde, daß er mitten in der Nacht aufgewacht war. Sein Kopf drohte zu zerspringen, und bis zum Morgen waren es noch etliche Stunden.

Was, zum Teufel, war nur in ihn gefahren? Nun ja, er wußte natürlich, was ihn rasend machte, aber er hätte sich besser beherrschen sollen. Er erinnerte sich vage, daß George ihn und James nach Hause gebracht hatte.

Und zuvor war im Klub irgend etwas vorgefallen... O Gott, ja, er hatte Billings verprügelt! Das hätte er nicht tun sollen. Billings war ein netter Kerl. Er würde sich bei ihm entschuldigen müssen, wahrscheinlich mehr als einmal. Und war George nicht wütend weggegangen? Anthony konnte sich nicht mehr genau erinnern.

Er betrachtete mißmutig seine zerknitterte Kleidung und schnitt eine Grimasse. Fieses Weibsstück! Sie hätte ihn wenigstens ausziehen und zudecken können, denn schließlich war sie ja schuld daran, daß er sich so betrunken hatte. Und war sie nicht auch noch schnippisch gewesen? Wenn er sich nur besser an alles erinnern könnte!

Anthony beugte sich vornüber und massierte sanft seine Schläfen. Nun, sogar zu dieser nachtschlafenden Zeit hatte er verschiedene Möglichkeiten. Er könnte versuchen, wieder einzuschlafen, aber es würde ihm wahrscheinlich nicht gelingen, denn er hatte schon mehr Stunden geschlafen als gewöhnlich. Er könnte sich auch umziehen und im Klub Whist spielen... Falls man ihn nach dem Skandal vom Nachmittag überhaupt einlassen würde. Oder er könnte genauso gehässig wie seine liebe Frau sein, sie aufwecken und sehen, was dabei herauskam. Nein, er fühlte sich viel zu miserabel, um der Lust zu frönen, auch wenn sie wider Erwarten entgegenkommend wäre.

Er mußte lachen und verzog vor Schmerz das Gesicht. Am vernünftigsten war es zweifellos zu versuchen, seinen Kater bis zum Morgen loszuwerden. Ein Bad wäre jetzt herrlich, aber er wollte die Dienstboten nicht mitten in der Nacht aus dem Schlaf reißen. Nichts hinderte ihn jedoch daran, etwas zu essen.

Jeder Schritt hallte schmerzhaft in seinem Kopf wider, als er langsam den Raum verließ. Unter der Zimmertür seines Bruders schimmerte Licht. Er klopfte an, trat aber unaufgefordert ein und sah James nackt auf der Bettkante sitzen, den Kopf zwischen den Händen. Anthony hätte fast gelacht, unterließ es aber lieber.

Ohne aufzuschauen, knurrte James leise: »Sprich bitte im Flüsterton, wenn dir dein Leben lieb ist.«

»Hämmert auch in deinem Schädel ein kleiner Mann herum?«

James hob langsam den Kopf und bedachte seinen Bruder mit einem mörderischen Blick. »Einer? Mindestens ein Dutzend, und jeden einzelnen habe ich dir zu verdanken, du verdammter...«

»Zum Teufel, du warst es doch, der mir einen Drink spendieren wollte! Wenn also jemand das Recht hat, sich zu beklagen...«

»Einen Drink, nicht einige Flaschen, du Arschloch!«

Ihre erhobenen Stimmen ließen beide vor Schmerz zusammenzucken.

»Hmmm, ich glaube, du hast recht.«

»Nett, daß du es wenigstens zugibst«, schnaubte James, während er sich wieder die Schläfen massierte.

Um Anthonys Lippen begann es unwillkürlich zu zukken. Es war schon zum Lachen, was ihre Körper durch ihre Exzesse erdulden mußten. Aber James' Körper wies eigentlich keinerlei Abnutzungserscheinungen auf. Anthony hatte seinen Bruder nicht mehr nackt gesehen, seit er damals ins Schlafzimmer jener Gräfin gestürzt war, um James zu warnen, daß ihr Ehemann bald eintreffen würde. Seitdem waren mehr als zehn Jahre vergangen, und James hatte sich sehr verändert. Er strotzte nur so von Kraft, und die Muskelpakete an Brust, Armen und Beinen waren wirklich phänomenal. Er mußte sie sich beim vielen Klettern an der Takelage während seiner zehnjährigen Piratenlaufbahn erworben haben.

»Weißt du, James, du siehst geradezu gemeingefährlich aus.«

James schüttelte über diese unerwartete Bemerkung den Kopf, blickte flüchtig an sich herab und grinste Anthony zu. »Die Damenwelt scheint das aber nicht zu stören.«

»Das kann ich mir lebhaft vorstellen«, schmunzelte

Anthony. »Wie wär's mit einem kleinen Kartenspiel? Ich könnte jetzt beim besten Willen nicht mehr einschlafen.«

»Wenn du mich dabei mit Brandy verschonst, gern.«

»Himmel, mit Alkohol könntest du mich jetzt jagen! Nein, ich dachte an Kaffee, und außerdem ist mir eingefallen, daß wir das Abendessen verpennt haben.«

»Wir treffen uns in einigen Minuten in der Küche.«

Roslynn nahm müde am Frühstückstisch Platz. Auch in dieser Nacht hatte sie sich stundenlang von einer Seite auf die andere gewälzt, ohne Schlaf zu finden, und diesmal konnte sie nicht einmal jemand anderem die Schuld daran geben. Sie hatte Gewissensbisse verspürt, weil sie Anthony nachmittags so ungnädig behandelt hatte. Das mindeste wäre doch wirklich gewesen, ihn auszuziehen und zuzudecken, sie aber hatte ihn einfach liegengelassen und sich nicht weiter um ihn gekümmert. Immerhin war er ihr Ehemann. Sein Körper war ihr vertraut, also wäre nichts Peinliches daran gewesen.

Im Laufe des Abends war sie mehrmals nahe daran gewesen, ihn doch noch ordentlich zu Bett zu bringen, hatte es dann aber doch unterlassen, weil sie befürchtete, er könnte aufwachen und ihr Verhalten falsch auslegen. Und nachdem sie selbst zu Bett gegangen war, hatte sie natürlich erst recht nicht mehr in sein Schlafzimmer gehen können, denn einen Besuch im Nachtgewand hätte er mit Sicherheit mißdeutet.

Sie ärgerte sich über ihre Schuldgefühle. Er verdiente überhaupt kein Mitleid. Wenn er sich betrinken und sie dafür verantwortlich machen wollte, so war das seine Sache. Und wenn er jetzt einen mordsmäßigen Kater hatte, so geschah ihm das nur recht. Für Exzesse mußte man eben bezahlen. Warum hatte ihr dann aber die Vorstellung, daß er hilflos auf seinem Bett lag, die Nachtruhe geraubt?

»Wenn das Essen so miserabel ist, daß du es nur mit

finsterer Miene anstarrst und unberührt stehenläßt, sollte ich vielleicht lieber im Klub frühstücken.«

Roslynn blickte auf und war so perplex über Anthonys plötzliches Auftauchen, daß sie nichts anderes herausbrachte als: »Das Essen ist ganz in Ordnung.«

»Wunderbar!« rief er fröhlich. »Dann darf ich mich zu dir setzen?«

Er wartete ihre Antwort gar nicht erst ab und ging zur Anrichte, wo er seinen Teller mit verschiedenen Speisen füllte. Roslynn betrachtete wütend diese tadellos gekleidete hohe Gestalt. Er trug ein dunkelbraunes Reitjackett, eine Wildlederhose und glänzende Schaftstiefel. Er hatte kein Recht, an diesem Morgen so blendend auszusehen und so frohgemut zu sein. Er müßte ächzen und stöhnen und seine Dummheit verfluchen.

»Du hast lange geschlafen«, sagte sie kühl, während sie mit der Gabel in ein fettes Würstchen auf ihrem Teller stach.

»Oh, ich bin gerade von meinem Morgenritt zurückgekommen.« Er nahm ihr gegenüber Platz und warf ihr einen fragenden Blick zu: »Bist du denn erst jetzt aufgestanden, meine Liebe?«

Es war nur gut, daß sie den Bissen noch nicht zum Mund geführt hatte, sonst hätte sie an Anthonys scheinbar unschuldiger Frage leicht ersticken können. Wie konnte er es wagen, sie um die Genugtuung zu bringen, ihn wegen seines Zustands vom Vortag zur Rede zu stellen? Und genau das tat er, indem er hier seelenruhig dasaß und herzhaft frühstückte, so als hätte er die herrlichste Nacht seines Lebens hinter sich.

Anthony erwartete keine Antwort auf seine Frage. Er beobachtete amüsiert, wie Roslynn ihr Essen hinunterwürgte und so tat, als wäre er überhaupt nicht vorhanden. Sie zu reizen, bereitete ihm ein diebisches Vergnügen.

»Mir ist vorhin in der Halle ein neuer Wandbehang aufgefallen.«

Sie würdigte ihn keines Blickes, obwohl es eine grobe Beleidigung war, den teuren, antiken Stücken nachempfundenen Gobelin einfach als Wandbehang zun bezeichnen. »Eigenartig, daß er dir nicht schon gestern nachmittag aufgefallen ist.«

Bravo, Liebling! Er lächelte inwendig. Sie wollte ihn wegen gestern nicht ungeschoren davonkommen lassen.

»Und einen neuen Gainsborough haben wir ja auch«, setzte er die Konversation mit einem anerkennenden Blick auf das herrliche Gemälde an der Wand zu seiner Linken fort.

»Der neue chinesische Rosenholzschrank und der Eßtisch müßten heute geliefert werden.«

Sie hielt ihre Augen noch immer auf den Teller gerichtet, aber ihr plötzlicher Stimmungswechsel entging Anthony nicht. Anstatt vor mühsam unterdrücktem Zorn zu kochen, schnurrte sie jetzt förmlich vor Zufriedenheit.

Anthony konnte sich nur mit größter Mühe das Lachen verbeißen. Sie war so leicht zu durchschauen, seine süße Frau. In Anbetracht ihrer derzeitigen Antipathie gegen ihn war es wirklich nicht schwer zu erraten, was sie im Schilde führte. Daß eine Frau ihren Unmut am Geldbeutel des Mannes ausließ, war ein uralter Trick. Und aus früheren Bemerkungen Roslynns hatte er entnommen, daß sie glaubte, sein Geldbeutel vertrage nicht allzu viel Unmut.

»Du verschönst also unser Heim?«

Ein leichtes Schulterzucken und eine honigsüße Antwort: »Ich wußte, daß du nichts dagegen haben würdest.«

»Selbstverständlich nicht, meine Liebe. Ich wollte es selbst vorschlagen.«

Sie hob ruckartig den Kvpf, faßte sich aber sofort wieder. »Ausgezeichnet, denn ich habe erst einen kleinen Anfang gemacht. Und es wird dich bestimmt freuen, daß die Sache bei weitem nicht so teuer wird, wie ich anfangs dachte. Bisher habe ich nur viertausend Pfund ausgegeben.«

»Sehr schön.«

Roslynn starrte ihn ungläubig an. Sie hatte mit allem möglichen gerechnet, nur nicht mit dieser Gleichgültigkeit. Ob er vielleicht dachte, daß sie ihr eigenes Geld ausgab? Dann würde der Schuft bald eines Besseren belehrt werden, wenn die Rechnungen ins Haus flatterten.

Sie war so verärgert über seine Reaktion − vielmehr über das Ausbleiben einer Reaktion −, daß sie seine Gegenwart nicht länger ertrug. Sie erhob sich und warf ihre Serviette auf den Tisch, konnte sich aber nicht den dramatischen Abgang verschaffen, der ihre Stimmung etwas gehoben hätte, weil ihr etwas Wichtiges eingefallen war. Sie durfte nicht riskieren, daß er wieder in diesem Zustand nach Hause kam.

»Ich habe Frances für heute abend zum Essen eingeladen. Falls du also entgegen deiner üblichen Gewohnheit, spät nach Hause zu kommen, mit uns zu speisen gedenkst, so bitte nur in nüchternem Zustand.«

Anthony konnte nicht verhindern, daß es um seine Lippen zuckte. »Brauchst du wieder Verstärkung, meine Liebe?«

»Das nehme ich dir sehr übel«, erklärte sie eisig, bevor sie hoheitsvoll aus dem Zimmer rauschte. Allerdings konnte sie es dann nicht lassen, sich auf der Schwelle noch einmal umzudrehen. »Nur zu deiner Information, Mylord − ich mißtraue keineswegs allen Männern, wie du mir gestern törichterweise unterstellt hast, sondern nur den Weiberhelden und Angebern!«

Kapitel 32

»Das is' er, gnäd'ger Herr!«

Geordie Cameron hätte den kleinen schnauzbärtigen Mann ohrfeigen können. »Welcher der beiden, du Idiot?«

Wilbert Stow zuckte nicht einmal mit der Wimper. Er hatte sich inzwischen an die Beleidigungen des Schotten gewöhnt, an seine Ungeduld, seinen Jähzorn, seine Arroganz. Wenn Cameron ihn nicht so gut bezahlen würde, hätte er ihm schon längst einmal gesagt, was er ihn mal könne. Vielleicht hätte er ihm sogar schon die Gurgel durchgeschnitten. Aber der Kerl spuckte nun einmal dreißig englische Pfund aus, und das war für Wilbert Stow ein Vermögen. Deshalb hielt er wie immer den Mund und ließ die Beschimpfungen über sich ergehen.

»Der Dunkle«, erklärte er und bemühte sich um einen servilen Ton. »Das ist der, dem das Haus gehört. Sir Anthony Malory heißt der Kerl.«

Geordie setzte ein Fernglas an die Augen und konnte Malorys Gesichtszüge deutlich erkennen, als dieser sich seinem blonden Gefährten zuwandte. Das also war der Engländer, der in den vergangenen Tagen die Slums nach ihm durchkämmt hatte, das war der Bursche, der Roslynn versteckte. Oh, Geordie wußte genau, daß sie sich dort aufhielt, obwohl sie nicht zu sehen gewesen war, seit Wilbert und sein Bruder Thomas das Haus abwechselnd observierten. Hierher waren ihre Sachen gebracht worden, und hierher war diese Lady Grenfell nun schon zum zweitenmal zu Besuch gekommen.

Roslynn hielt sich wohl für sehr schlau, nur weil sie das Haus nie verließ. Aber sie hier zu beschatten war viel einfacher als in der South Audley Street, wo es nur von einer Kutsche aus möglich gewesen war, was immer auffallen oder verdächtig wirken konnte. Dieses Haus hingegen lag genau gegenüber Green Park, und hinter den Bäumen im Park konnte man sich wunderbar verstecken. Roslynn konnte keinen Schritt machen, ohne von Wilbert oder Thomas gesehen zu werden, und in der Nähe stand eine leere Kutsche, mit der sie ihr folgen konnten. Das ganze war nur noch eine Frage der Zeit.

Aber zunächst einmal würde er sich mit diesem englischen Geck beschäftigen, der sie versteckte und der ihn durch sein Herumschnüffeln in den letzten fünf Tagen schon zweimal zu einen Umzug gezwungen hatte. Nachdem er jetzt wußt, wie der Dandy aussah, würde es kinderleicht sein, mit ihm abzurechnen.

Geordie senkte lächelnd das Fernglas. *Bald, Mädchen! Bald wirst du für den ganzen Ärger bezahlen. Du wirst dir noch wünschen, du hättest dich nicht gegen mich gestellt wie deine blöde Mutter und wie der Alte, mögen sie beide in der Hölle schmoren!*

»Möchtest du noch einen Sherry, Frances?«

Frances blickte von ihrem fast vollen Glas zu Roslynn hinüber, die sich gerade das zweite Glas einschenkte. »Entspann dich doch, Ros. Wenn er bis jetzt nicht hier ist, kommt er vermutlich nicht mehr, meinst du nicht auch?«

Roslynn rang sich ein gezwungenes Lächeln ab. »Anthony taucht absichtlich immer dann auf, wenn man ihn am wenigsten erwartet, nur um mich nervös zu machen.«

»Und du *bist* nervös?«

Roslynn gab einen Laut von sich, der ein Lachen sein sollte, sich aber mehr wie ein Stöhnen anhörte, trank einen großen Schluck Sherry und nahm wieder neben Frances auf dem neuen Sofa Platz. »Dumm von mir, nicht wahr? Schließlich muß er sich ja anständig benehmen, wenn du hier bist, und ich habe ihm gesagt, daß du kämest.«

»Aber?«

Roslynns Lächeln hatte mehr Ähnlichkeit mit einer Grimasse. »Er verwirrt mich mit seinen vielen verschiedenen Stimmungen. Ich weiß nie, was mich erwartet.«

»Daran ist doch nichts Ungewöhnliches, meine Liebe. Wir haben doch auch unsere Launen. Hör auf, dich verrückt zu machen. Sag mir lieber, was er zu dieser neuen Einrichtung gesagt hat?«

Roslynn kicherte jetzt fröhlich. »Er hat sie noch gar nicht gesehen.«

Frances machte große Augen. »Heißt das, daß du ihn vor dem Kauf nicht gefragt hast, ob ihm die Sachen gefallen? Aber diese Möbel sind so − so...«

»Zierlich und feminin?« schlug Roslynn augenzwinkernd vor.

Franes schnappte nach Luft. »Großer Gott, du hast es absichtlich getan! Du hoffst, daß er die Sachen scheußlich findet, habe ich recht?«

Roslynn ließ ihre Blicke zufrieden durch den Raum schweifen, dem sie durch die eleganten Satinholzmöbel eine völlig neue Atmosphäre verliehen hatte. Jetzt sah er so aus, wie ein Empfangszimmer aussehen mußte, das nun wirklich zur weiblichen Domäne gehörte. Adams war berühmt für seine kunstvoll verzierten und verschnörkelten Möbel, die natürlich nicht jedermanns Geschmack waren, aber ihr persönlich gefielen die vergoldeten Gestellte an den zwei Sofas und Sesseln, und besonders gut gefielen ihr die Polsterbezüge aus Samtbrokat mit ihrem Muster von silbernen Blumen auf olivgrünem Grund. Die Farben waren nicht feminin. Hier hatte sie eine Art Kompromiß geschlossen. Aber ansonsten entsprachen die Möbel zweifellos mehr dem Geschmack einer Frau als dem eines Mannes. Und wenn dann noch eine neue Tapete hinzukam...

»Ich glaube nicht, daß Anthony die Sachen scheußlich finden wird, Frances, und falls doch, so wird er wahrscheinlich schweigend darüber hinwegsehen. So ist er eben.« Sie zuckte die Achseln. »Aber wenn er seinen Unmut wider Erwarten zum Ausdruck bringen sollte, kaufe ich einfach etwas anderes.«

Frances runzelte die Stirn. »Ich glaube, du bist viel zu sehr daran gewöhnt, Geld aus dem Fenster zu werfen. Du vergißt, daß dein Mann nicht so reich ist wie du.«

»O nein, das ist das einzige, was ich nicht vergesse!«

Nach kurzem Schweigen seufzte Frances: »Darum

geht es also. Nun, hoffentlich weißt du, was du tust. Männer reagieren in Geldfragen manchmal sehr komisch, weißt du? Manche zucken nicht einmal mit der Wimper, wenn sie zwanzigtausend Pfund verlieren. Andere gehen bei einem solchen Verlust hin und erschießen sich.«

»Mach dir keine Sorgen, Frances. Anthony gehört bestimmt zur sorglosen Kategorie. Möchtest du jetzt vielleicht noch etwas trinken?«

Frances betrachtete wieder zuerst ihr eigenes, noch immer halbvolles Glas, dann Roslynns leeres. Sie schüttelte den Kopf, aber nicht als Antwort auf die Frage ihrer Freundin. »Du willst die Sache auf die leichte Schulter nehmen, Ros, aber du kannst mir nicht weismachen, daß du nicht soch etwas Angst vor seiner eventuellen Reaktion hast. War er sehr — unangenehm, als ihr diese Auseinandersetzung hattet, über die du nicht sprechen willst?«

»Es war keine Auseinandersetzung«, erwiderte Roslynn steif. »Und unangenehm ist er ständig, seit ich ihn geheiratet habe.«

»Na ja, du warst auch nicht gerade von überwältigendem Charme, als ich euch beide zusammen gesehen habe. Ich nehme an, daß seine Laune von der deinigen abhängt, meine Liebe.«

Roslynn verzog über diese weise Bemerkung nur den Mund. »Er kommt offenbar nicht zum Essen nach Hause, und sein Bruder und Neffe sind ausgegangen. Wir sind also ganz unter uns und können bestimmt ein angenehmeres Gesprächsthema finden.«

Frances grinste. »Bestimmt, wenn wir uns sehr große Mühe geben.«

Roslynn mußte lachen und entspannte sich endlich ein wenig. Frances' Gesellschaft tat ihr gut, auch wenn sie die Ratschläge ihrer Freundin nicht hören wollte.

Sie stellte ihr Glas ab und erhob sich. »Komm, Dobson wartet nur darauf, daß wir im Eßzimmer Platz genommen haben, um mit dem Servieren zu beginnen. Wart nur, bis du den neuen Tisch siehst, der heute nachmittag geliefert wurde. Sehr elegant, aber ganz schlicht.«

»Und zweifellos wahnsinnig teuer?«

Roslynn kicherte. »Das auch.«

Arm in Arm verließen sie das Empfangszimmer, um sich in das kleine Eßzimmer zu begeben, das bisher nur ein Frühstückszimmer gewesen war, weil Anthony als Junggeselle nur sehr selten zu Hause gespeist hatte, woran sich seit seiner Hochzeit im übrigen nicht viel geändert hatte. Etwa auf halbem Wege blieb Roslynn stehen, denn Dobson war gerade dabei, die Haustür zu öffnen. Sie versteifte sich merklich, als Anthony eintrat, doch als sie dann seinen Begleiter entdeckte, blieb ihr einfach die Luft weg. Er hatte es tatsächlich gewagt, George Amherst mitzubringen, obwohl er wußte, daß Frances hier sein würde. Seinen Freund hatte er offenbar nicht eingeweiht, denn George war wie angewurzelt stehengeblieben, als er Frances gesehen hatte.

»Großartig!« sagte Anthony fröhlich, während er dem Butler Hut und Handschuhe überreichte. »Wir kommen gerade rechtzeitig zum Essen, George.«

Roslynn ballte die Hände zu Fäusten. Frances' Reaktion war um einiges dramatischer. Sie stieß einen leisen Schreckensschrei aus, riß sich mit aschfahlen Gesicht von Roslynn los und rannte ins Empfangszimmer zurück.

Anthony schlug seinem Freund auf den Rücken, um ihn aus der Erstarrung zu lösen. »Na, was stehst du denn noch wie eine Salzsäule hier herum, George? Geh zu ihr!«

»Nein!« schrie Roslynn, bevor George auch nur einen Schritt machen konnte. »Haben Sie noch nicht genug Unheil angerichtet?«

Doch auch ihre schneidende Verachtung war jetzt nicht mehr imstande, George aufzuhalten. Roslynn wirbelte auf dem Absatz herum, um das Empfangszimmer vor ihm zu erreichen und ihm die Tür vor der Nase zuzuwerfen. Aber sie hatte nicht mit Anthonys Eingreifen gerechnet. In wenigen Sätzen stand er neben ihr, packte sie mit eisernem Griff am Handgelenk und zog sie auf die Treppe zu.

Außer sich vor Wut, kreischte sie: »Laß mich los, du...«

»Aber, aber, meine Liebe, mäßige dich bitte«, fiel er ihr energisch ins Wort. »Ich finde, daß wir die Dienstboten mit lauten Szenen in der Halle nun wirklich genug ergötzt haben. Wir brauchen keine weiteren zu inszenieren.«

Sie mußte ihm in diesem Punkt recht geben und senkte deshalb die Stimme, was an ihrem Zorn aber nichts änderte. »Wenn du nicht...«

Er preßte ihr einen Finger auf die Lippen. »Jetzt hör mir mal zu, Liebling. Sie weigert sich, ihn anzuhören. Es wurde langsam Zeit, daß man sie dazu zwingt, und hier kann George das endlich tun − ohne unliebsame Störungen.« Er grinste ihr zu. »Hört sich das nicht irgendwie bekannt an?«

»Keineswegs«, fauchte sie. »Ich habe dich angehört. Ich habe dir nur nicht geglaubt.«

»Störrisches Ding!« schimpfte er. »Na ja, das ist jetzt auch nicht weiter wichtig. Du kommst jetzt mit, während ich mich zum Abendessen umziehe.«

Ihr blieb gar nichts anderes übrig als mitzukommen, denn er trug sie praktisch die Treppe hinauf. Doch sobald sie in seinem Zimmer waren, riß sie sich los. Sie hatte nicht einmal bemerkt, daß Willis neben dem Bett stand.

»Das ist das Abscheulichste, was du je getan hast!« explodierte sie.

»Freut mich, das zu hören«, erwiderte er fröhlich. »Und ich dachte bisher, meine abscheulichste Tat sei...«

»Halt den Mund! Halt endlich den Mund!«

Sie stieß ihn beiseite, um zur Tür zu gelangen. Er packte sie bei der Taille, setzte sie in den Klubsessel am Kamin, stützte sich mit den Händen auf den Armlehnen auf und beugte sich vor, so daß sie gezwungen war, sich an die Rückenlehne zu pressen, um wenigstens einen kleinen Abstand von ihm zu wahren. Aus seinem Gesicht war jede Spur von Humor gewichen. Seine Miene war ausgesprochen grimmig.

»Du wirst hier ruhig sitzenbleiben, liebe Frau, andernfalls binde ich dich an diesem Sessel fest. Hast du mich verstanden?«

»Das würdest du nicht wagen!«

»Ich würde es sehr wohl wagen, meine Teure.«

Er hielt ihren mörderischen Blicken völlig ungerührt stand und blieb über sie gebeugt stehen, bis sie es für geraten hielt, zunächst einmal nachzugeben.

Zum Zeichen ihrer Unterwerfung senkte sie die Augen und zog die Beine auf den Sitz hoch, um es sich bequem zu machen. Anthony richtete sich auf, aber seine frühere gute Laune wollte sich nicht wieder einstellen. Er hatte erkannt, daß er sich selbst gehörig geschadet hatte, indem er George half. Roslynns Zorn auf ihn war erneut aufgelodert. Nun, sei's drum. George hatte nach all diesen Jahren eine Chance verdient. Was waren im Vergleich dazu einige Wochen dicke Luft? Nichts − nur die reinste Hölle.

Er wandte sich mit finsterer Miene vom Sessel ab, daß sein Kammerdiener vor Schreck unwillkürlich einen Schritt zurücktrat, was ihm endlich Anthonys Aufmerksamkeit einbrachte. »Vielen Dank, Willis.« Seine betont beherrschte Stimme verbarg den Aufruhr in seinem Innern. »Sie haben wie üblich eine vorzügliche Wahl getroffen.«

Roslynns Kopf fuhr herum, und sie starrte zuerst Willis und dann die Kleidungsstücke an, die sorgfältig auf dem Bett ausgebreitet waren. »Du wußtest also, daß du zum Abendessen nach Hause kommen würdest?«

»Selbstverständlich, meine Liebe«, erwiderte Anthony, während er sein Jackett ablegte. »Ich sage Willis immer Bescheid, wann ich seine Hilfe benötigen werde.«

Sie warf Willis einen anklagenden Blick zu, und der arme Kammerdiener bekam einen hochroten Kopf. »Er hätte es mir sagen können«, sagte Roslynn, an Anthony gewandt.

»Das gehört nicht zu seinen Aufgaben.«

»*Du* hättest es mir sagen können.«

Anthony überlegte kurz, ob es für ihn von Vorteil sein könnte, wenn ihr Zorn sich an diesem unwichtigen Thema abreagierte. »Du hast völlig recht, Liebling. Und das hätte ich auch getan, wenn du heute morgen nicht schmollend aus dem Zimmer gerauscht wärest.«

Sie sprang mit funkelnden Augen aus dem Sessel auf, bevor ihr seine Drohung einfiel und sie sich vorsichtshalber wieder hinsetzte. Die Stimme hatte sie jedoch nicht verloren. »Das ist nicht wahr! Wie kannst du etwas Derartiges behaupten?«

»Oh?« Anthony sah sie über die Schulter hinweg an. Um seine Mundwinkel spielte ein leichtes Lächeln. »Wie würdest du deinen Abgang denn sonst nennen?«

Er ließ sein Hemd in Willis' ausgestreckte Hand fallen. Roslynn wandte hastig ihren Blick ab. Anthony hätte fast laut gelacht. Das neue Thema verbesserte zumindest seine Stimmung, wenn schon nicht die ihrige. Und daß sie ihn nicht unbekleidet sehen wollte, war höchst interessant.

Er setzte sich auf die Bettkante, damit Willis ihm die Stiefel ausziehen konnte, aber sein Blick ruhte weiterhin auf seiner Frau. Sie hatte eine neue etwas frivole Frisur mit vielen kleinen Locken. Es war viel zu lange her, daß seine Finger in diesen herrlichen rotgoldenen Haaren gewühlt hatten, und es war viel zu lange her, seit er seine Lippen auf die zarte Haut ihres Nackens gepreßt hatte. Sie hatte ihren Kopf abgewandt, aber ihr Körper war im Profil zu sehen, und er betrachtete fasziniert ihre volle Brust.

Um sich selbst und Willis nicht in Verlegenheit zu bringen, wenn er seine Hose auszog, schaute sie rasch beiseite. »Weißt du, meine Liebe, mir ist nach wie vor nicht klar, warum du heute morgen so schlechte Laune hattest.«

»Du hast mich provoziert.«

Er hatte Mühe, sie zu verstehen, weil sie beharrlich in die Gegenrichtung starrte. »Und ich dachte, ich hätte mich geradezu musterhaft verhalten.«

»Du hast gesagt, Frances sei meine Verstärkung!«

Diesmal war ihre Stimme nicht zu überhören. »Du wirst es vermutlich für sehr unfein halten, Liebling, wenn ich dich darauf hinweise, daß du schon lange vor der Erwähnung deiner Freundin ausgesprochen übel gelaunt warst.«

»Du hast völlig recht«, zischte sie. »Es ist unfein von dir, das zu sagen.«

Er sah, daß ihre Finger die Armlehnen umklammerten. Sie fühlte sich in die Ecke gedrängt. Das hatte nicht in seiner Absicht gelegen.

Er sagte deshalb in ruhigem Ton: »Übrigens, Roslynn, ich möchte dich bitten, das Haus nicht ohne mich zu verlassen, bis ich deinen Vetter ausfindig gemacht habe.«

Der plötzliche Themawechsel kam ihr sehr gelegen. Normalerweise hätte sie schnippisch geantwortet, sie sei schon von allein auf die Idee gekommen, daß es vernünftig sein könnte, eine Zeitlang im Haus zu bleiben. Jetzt aber war sie dankbar, daß er nicht weiter in sie drang, was ihre Laune beim Frühstück betraf.

»Selbstverständlich«, stimmte sie ohne weiteres zu.

»Möchtest du in den nächsten Tagen irgendwohin?«

Gezwungen zu sein, seine Gesellschaft zu ertragen? »Nein«, versicherte sie rasch.

»Ausgezeichnet. Aber falls du deine Meinung ändern solltest, sag mir bitte Bescheid.«

Mußte er so verdammt vernünftig und entgegenkommend sein? »Bist du noch nicht angezogen?«

»Ehrlich gesagt...«

»Malory!« tönte es gedämpft durch die Tür, doch im nächsten Moment stürmte George Amherst ins Zimmer. »Tony! Du wirst...«

Roslynn war nicht interessiert daran, was er ihrem Mann so dringend mitzuteilen hatte. Sie rannte an ihm vorbei zur Tür hinaus, wobei sie ein kurzes Stoßgebet zum Himmel sandte, daß Anthony nicht wieder versuchen möge, sie mit Gewalt zurückzuhalten.

Sie hastete die Treppe hinab und stürzte ins Empfangszimmer. Frances stand mit dem Rücken zu ihr vor dem weißen Marmorkamin, drehte sich aber gleich darauf um, und Roslynn schnürte es vor Mitleid die Kehle zu, als sie die großen Tränen in den Augen ihrer Freundin sah.

»O Frances, es tut mir ja so leid«, rief Roslynn, während sie Frances in die Arme schloß. »Das werde ich Anthony nie verzeihen. Er hatte kein Recht, sich einzumischen und...«

Frances trat etwas zurück und fiel ihr ins Wort: »Ich werde heiraten, Ros.«

Roslynn stand wie vom Blitz getroffen da. Nicht einmal das strahlende Lächeln, das Frances ihr schenkte, ein Lächeln, wie sie es von ihr seit Jahren nicht gesehen hatte, konnte sie davon überzeugen, daß sie richtig gehört hatte. In Frances' Augen standen doch Tränen...

»Warum weinst du denn dann?«

Frances lachte zittrig. »Ich kann nichts dagegen machen. Ich war so töricht, Ros. George sagt, daß er mich liebt, daß er mich immer geliebt hat.«

»Und du – du glaubst ihm?«

»Ja.« Und noch einmal, mit größerem Nachdruck: »Ja!«

»Aber, Fran...«

»Sie versuchen doch nicht etwa, sie umzustimmen, Lady Malory?«

Roslynn zuckte zusammen, und als sie sich umdrehte, erntete sie den unfreundlichsten Blick, den sie je von einem Mann bekommen hatte. Georges graue Augen waren eisig, und in seiner kalten Stimme hatte ebenfalls eine unüberhörbare Drohung mitgeschwungen.

»Nein«, murmelte sie unbehaglich. »Es würde mir nicht im Traum...«

»Gut!« Seine finstere Miene machte schlagartig einem bezaubernden Lächeln Platz. »Denn nachdem ich jetzt weiß, daß sie mich noch liebt, lasse ich nicht zu, daß jemand einen Keil zwischen uns treibt.«

Seine auf Frances ruhenden Augen strahlten sehr viel Wärme aus, und sie verstand, daß er mit ›jemand‹ auch sie selbst meinte und genoß seine subtile Warnung.

Sie umarmte die völlig verwirrte Roslynn und flüsterte ihr glücklich ins Ohr: »Verstehst du jetzt, warum ich nicht an seiner Aufrichtigkeit zweifle? Ist er nicht wunderbar?«

Wunderbar? Dieser Mann war ein Weiberheld, ein Wüstling. Wie oft hatte Frances sie davor gewarnt, solchen Männern auch nur ein Wort zu glauben, und jetzt wollte ihre Freundin ausgerechnet jenen heiraten, der ihr das Herz gebrochen hatte.

»Ich hoffe, du verzeihst uns, wenn wir uns jetzt verdrücken, meine Liebe«, sagte Frances. Errötend fügte sie hinzu: »George und ich haben soviel zu besprechen.«

»Ich bin sicher, sie hat vollstes Verständnis dafür, daß wir jetzt allein sein möchten, Franny«, kommentierte George, während er einen Arm um Frances' Taille legte und sie ungehörig eng an sich zog. »Schließlich ist sie ja selbst jung verheiratet.«

Roslynn schnappte laut vernehmlich nach Luft, aber die beiden hörten zum Glück nichts, weil sie sich selig in die Augen schauten. Irgendwie mußte sie aber doch ein paar passende Worte herausgebracht haben, denn eine Minute später stand sie allein im Zimmer und starrte wie betäubt zu Boden, während in ihrem Innern ein solcher Aufruhr herrschte, daß keines der widerstreitenden Gefühle die Oberhand gewinnen konnte.

»Ich sehe, daß du die frohe Botschaft vernommen hast.«

Roslynn wandte sich langsam zur Tür, und einen Augenblick lang vergaß sie beim Anblick ihres Mannes alles andere. Er trug einen eleganten smaragdgrünen Satinrock und ein schneeweißes Spitzenjabot, und er hatte seine schwarzen Haare der neuen Herrenmode zum Trotz zurückgekämmt, aber sie waren so weich, daß sie ihm bereits wieder in großen Wellen über die Schläfen fielen. Er sah einfach hinreißend aus, es gab kein anderes Wort dafür.

Doch dann nahm sie gereizt wahr, daß er in seiner üblichen lässigen Haltung im Türrahmen lehnte, die Arme über der Brust verschränkt − und daß er von Selbstgefälligkeit nur so triefte. Sie stand ihm im Gesicht geschrieben, in dem arroganten Lächeln, in den ironisch funkelnden blauen Augen. Der Schuft spreizte sich wie ein Pfau und trug diese unerträgliche typisch männliche Überheblichkeit zur Schau.

»Hat dir die Erkenntnis, daß du soviel Lärm um nichts gemacht hast, die Sprache verschlagen, Liebling?«

Er mußte es ihr natürlich direkt unter die Nase reiben. Ihre Hände ballten sich zu Fäusten, und sie knirschte mit den Zähnen. Ihre widerstreitenden Gefühle wurden jetzt von einem einzigen beherrscht: Wut. Aber er war noch nicht am Ende. Offenbar lechzte er nach ihrem Blut.

»Ich sehe ein, daß es ziemlich niederschmetternd sein muß, wenn ausgerechnet jene Frau, die dein Mißtrauen gegen Männer genährt hat, plötzlich ins feindliche Lager überwechselt und einem Mann der übelsten Kategorie − einem Wüstling − ihr Vertrauen schenkt. Das wirft ein ganz neues Licht auf die Dinge, nicht wahr?«

»Du...« Sie beherrschte sich im letzten Moment. Nein, sie würde nicht wieder wie ein Marktweib keifen und sich zum Gespött der Dienstboten machen. »Ihr Fall und der meinige lassen sich erstens überhaupt nicht miteinander vergleichen«, stieß sie wütend zwischen den Zäh-

nen hervor, »und zweitens wird sie morgen früh schon
wieder zur Vernunft kommen.«

»Da ich George sehr gut kenne, wage ich das zu bezweifeln. Deine Freundin wird morgen früh nur an eines
denken — an die hinter ihr liegende Nacht. Kommt dir
das irgendwie bekannt vor?«

Obwohl sie nach Kräften dagegen angekämpft hatte,
schoß ihr die Röte in die Wangen. »Du bist geschmack-
los, Anthony! Sie haben vieles zu besprechen.«

»Wenn du meinst, mein Schatz.«

Sein herablassender Ton brachte sie nur noch mehr in
Rage. Natürlich hatte er recht. Sie wußte es genauso gut
wie er. Es war ja geradezu peinlich klar gewesen, warum
George und Frances es so eilig hatten, allein zu sein.
Aber das würde sie Anthony gegenüber niemals zuge-
ben.

»Ich glaube, ich bekomme Kopfweh«, sagte sie steif.
»Wenn du mich also entschuldigen würdest...« Sie
mußte an der Tür stehenbleiben, weil er noch immer im
Rahmen lehnte. »Würdest du mich bitte vorbeilassen?«
zischte sie.

Anthony zog langsam seine Beine ein und beobachtete
amüsiert, wie sie sich mit dem Rücken zu ihm hastig vor-
beischlängelte, um jede Berührung zu vermeiden. »Feigling«, rief er ihr leise nach und fuhr grinsend fort: »Ich
glaube, ich bin dir noch eine Lektion im Sessel schuldig?«

Er hörte sie nach Luft schnappen, und dann rannte sie
auf die Treppe zu. Sein Gelächter folgte ihr. »Ein andermal, Liebling!«

Kapitel 33

Zwei Tage nach Frances' unerwartetem Verrat, wie Roslynn die Versöhnung ihrer Freundin mit Amherst insgeheim verbittert bezeichnete, schritt sie auf die weit geöff-

neten Flügeltüren von Edward Malorys großem Ballsaal zu, blieb aber plötzlich stehen und zwang dadurch auch ihre beiden Begleiter stehenzubleiben. Die vielen Kutschen vor dem Haus hatten zwar auf zahlreiche Gäste hingedeutet, aber daß an die zweihundert Personen in dem riesigen Raum versammelt sein würden, hatte sie dann doch nicht erwartet.

»Ich dachte, dies sollte ein kleines Fest nur für die Familie und für Freunde sein«, wandte sie sich stief an Anthony. Diese Party wurde schließlich für sie beide veranstaltet, da hätte man ihr doch wenigstens Bescheid sagen können. »Keine große Angelegenheit — das waren die Worte deines Bruders, wie ich mich genau erinnere.«

»Für Charlottes Begriffe ist das wirklich nur ein Fest im kleinen Kreis.«

»Und vermutlich sind das alles *deine* Freunde?«

»Ich muß dich leider enttäuschen, Liebling, aber so bekannt bin ich nicht«, grinste Anthony. »Als Eddie von ein paar Freunden der Familie gesprochen hat, muß er wohl an den gesamten Freundeskreis jedes einzelnen Familienmitglieds gedacht haben. Aber du bist völlig passend gekleidet, meine Liebe.«

Ihre Kleidung bereitete ihr keine Sorgen. Das moosgrüne Abendkleid aus Seidenkrepp mit kurzen schwarzen Spitzenärmeln, tiefem Dekolleté und hoher Taille eignete sich für jeden Ball. Schwarze Abendhandschuhe und Satinschuhe vervollständigten ihre Garderobe, aber es war der Diamantschmuck — Ohrringe, Kollier, Armbänder und mehrere Ringe —, der sie in ihren Augen sogar für eine Vorstellung bei Hofe repräsentabel gemacht hätte.

Sie sagte nichts mehr. Anthony hörte sowieso nicht richtig zu, weil er seine Blicke durch den Ballsaal schweifen ließ. Das gab ihr die Gelegenheit, ihn kurz zu betrachten, bevor sie hastig wieder wegschaute.

Sie hätte eigentlich sehr stolz darauf sein müssen, daß zwei der bestaussehenden Männer von London, Anthony und James, ihre Begleiter waren, aber sie hatte jetzt wichtigere Dinge im Sinn. Sie überlegte krampfhaft, wie sie es anstellen sollte, der Nähe ihres Mannes so schnell wie möglich zu entfliehen. Nach der unerträglichen Kutschfahrt, während der sie neben ihm hatte sitzen müssen, war sie ein einziges Nervenbündel.

An sich waren die Sitze breit genug, um Abstand halten zu können, aber Anthony hatte sie absichtlich an sich gezogen und den Arm um ihre Schultern gelegt, und sie hatte sich ihm nicht entziehen können, weil James ihnen gegenüber saß und sie leicht amüsiert betrachtete. Aber genau deshalb hatte Anthony sich ja soviel herausgenommen. Er hatte gewußt, daß sie ihm vor seinem Bruder keine Szene machen würde.

Aber es war die reinste Hölle gewesen, eine qualvolle Seligkeit, Seite an Seite mit ihm zu sitzen, seine Hüfte und seinen Schenkel zu spüren. Und er hatte seine verdammte Hand nicht eine Sekunde stillgehalten. Seine Finger hatten unablässig ihren nackten Arm zwischen dem kurzen Ärmel und dem ellbogenlangen Handschuh gestreichelt. Und obwohl sie steif wie ein Brett dagesessen war, hatte sie nicht verhindern können, daß ihr Atem schneller ging, ihr Herz zum Zerspringen klopfte, ihre Haut unter seinen Fingern verräterisch prickelte und ihr Erschauern ihm verriet, wie wirkungsvoll seine *unschuldigen* Berührungen waren.

Die Fahrt schien eine Ewigkeit gedauert zu haben, obwohl es nur wenige Blocks bis zum Grosvenor Square waren, wo Edward Malory mit seiner Frau und seinen fünf Kindern wohnte. Und obwohl Roslynns Puls sich normalisiert hatte, seit sie wieder etwas Abstand zu Anthony halten konnte, so wußte sie doch genau, daß sie ihm noch nicht so schnell entkommen konnte, denn dieses Fest fand ja ihnen zu Ehren statt, und deshalb erforderte es die Etikette, daß sie während des Vorstellungsdefilees zusammenblieben. Bei den vielen Gästen würde das endlos dauern. Aber sobald sie es hinter sich hatte...

Alle Malorys waren versammelt. Sie entdeckte Regina und Nicholas, die neben einigen von Edwards Sprößlingen standen; Jason und sein Sohn Derek hielten sich am Buffet auf, zusammen mit Jeremy, der seiner Tante Charlotte bei den letzten Dekorationen geholfen hatte, für die offenbar jede Blume in Charlottes Garten geopfert worden war. Roslynn sah auch Frances und George sowie verschiedene andere bekannte Gesichter.

Und dann wurde es plötzlich still im Saal. Man war auf die Hauptpersonen des Abends aufmerksam geworden. Roslynn stöhnte innerlich, als Anthony einen Arm um ihre Taille legte, ganz der zärtliche Ehemann. Würde er sich an diesem Abend immer neue Freiheiten herausnehmen? Es hatte ganz diesen Anschein, denn er ließ sie auch nicht los, als Edward und Charlotte zu ihnen traten, mit einer kleinen Schar von Gästen im Schlepptau. Die Vorstellungen nahmen ihren Lauf, und dann mußten Roslynn und Anthony als die Ehrengäste auch noch den Ball eröffnen, was der Schuft natürlich ebenfalls schamlos ausnutzte.

Bald lernte sie auch seine Freunde kennen, die allesamt auf den ersten Blick als wollüstige Weiberhelden zu identifizieren waren. Alle musterten sie unverhohlen, flirteten mit ihr, machten anzügliche Scherze. Sie waren amüsant. Sie waren verwegen. Und sie baten sie um einen Tanz nach dem anderen, wodurch sie endlich von Anthony getrennt wurde. Als sie schließlich um eine kleine Verschnaufpause bat, war er nicht mehr zu sehen, und sie konnte sich entspannen und den Abend genießen.

»Also wirklich, Malory, spielst du nun eigentlich Karten oder nicht?« fragte der Ehrenwerte John Willhurst erbittert, als Anthony sich zum drittmal in weniger als einer Stunde vom Tisch erhob.

Die beiden anderen Spieler hielten unwillkürlich den Atem an, als Anthony die Hände auf den Tisch stützte und sich zu Willhurst hinüberbeugte. »Ich will mir ein wenig die Beine vertreten, John, aber wenn dir das nicht paßt, weißt du ja, was du tun kannst.«

»Nein – keineswegs«, brachte John Willhurst heraus. Er war ein Nachbar von Jason und kannte das aufbrausende Wesen der Malorys zur Genüge. Wie hatte ihm das nur passieren können? »Ich könnte selbst noch einen Drink gebrauchen.«

Willhurst sprang hastig vom Tisch auf, während Anthony abwartete, ob die beiden anderen Spieler ebenfalls irgendwelche Einwände erhoben, was aber nicht der Fall war.

Anthony nahm gelassen sein Glas zur Hand, so als wäre er nicht soeben noch nahe daran gewesen, einen alten Freund der Familie zu fordern. Er verließ das Kartenzimmer und blieb wie zuvor am Eingang zum Ballsaal stehen. Seine Blicke schweiften suchend über die Menge.

Der Teufel sollte sie holen! Er konnte sich nicht einmal auf ein einfaches Kartenspiel konzentrieren, wenn sie irgendwo in der Nähe war, und deshalb hatte er in dieser kurzen Zeit schon fast tausend Pfund verloren. Es war die reinste Hölle! Er konnte nicht in ihrer Nähe sein, ohne sie zu berühren, aber er konnte sich auch nicht von ihr fernhalten.

Am anderen Ende des Saals versetzte Conrad Sharp James einen Rippenstoß. »Da ist er schon wieder.«

James folgte Connies Blick und schmunzelte über Anthonys finstere Miene, als seine Frau auf dem Tanzparkett an ihm vorbeiwirbelte. »Sein Gesicht spricht Bände«, kommentierte James. »Ich würde sagen, daß mein lieber Bruder gar nicht glücklich ist.«

»Dem könntest du leicht abhelfen, wenn du ein paar Worte mit der Dame wechseln und sie über den tatsächlichen Sachverhalt aufklären würdest.«

»Ja, vermutlich könnte ich das.«

»Aber du wirst es nicht tun?«

»Es Tony so leicht machen? Also wirklich, Connie! Es ist doch viel amüsanter zuzuschauen, wie er sich mühsam durchwurstelt. Er ist einfach nicht daran gewöhnt, daß jemand ihm die kalte Schulter zeigt, und ich glaube, er wird sich noch tiefer in die Scheiße reiten, bevor er da schließlich wieder rauskommt.«

»Falls er rauskommt.«

»Wo bleibt dein Glaube, Mann? Die Malorys gewinnen am Ende immer.« James grinste. »Außerdem wird sie allmählich schwach. Hast du das noch nicht bemerkt? Sie hält ständig Ausschau nach ihm. Wenn es jemals eine verliebte Frau gab, so heißt sie Lady Malory.«

»Sie weiß es wohl nur noch nicht?«

»So ist es.«

»Worüber grinst ihr beide denn so hämisch?« fragte Regina, die mit Nicholas zu ihnen getreten war.

James nahm sie kurz in den Arm. »Über die Schwächen der Männer, Süße. Wir können manchmal Riesenarschlöcher sein.«

»Sprich bitte nur für dich selbst, alter Knabe«, brummte Nicholas.

»Mich selbst nehme ich natürlich aus«, erwiderte James, während er seinen angeheirateten Neffen ironisch musterte. »Du hingegen bist geradezu ein Prachtbeispiel, Montieth.«

»Na großartig!« seufzte Regina, bedachte beide mit einem tadelnden Blick und hängte sich bei Conrad Sharp ein. »Connie, würdest du mich retten, indem du mit mir tanzt? Ich habe es wirklich satt, ständig Blutspritzer von ihren Hieben abzubekommen.«

»Liebend gern, Naseweis«, lachte Connie.

James schnaubte, als die beiden sich aufs Tanzparkett begaben. »Sie nimmt kein Blatt vor den Mund, was?«

»Du weißt ja noch nicht einmal die Hälfte«, knurrte Nicholas vor sich hin. »Versuch mal, auf dem Sofa zu schlafen, weil deine Frau wütend auf dich ist.«

James konnte einfach nicht anders. Er lachte schallend.

»Großer Gott, du auch? Das ist ja köstlich, Junge. Zum Brüllen komisch! Und womit hast du dieses grausame Schicksal verdient?«

»Ich habe dir nicht verziehen, das ist es.« James' Gelächter auf seine Kosten besserte seine Stimmung nicht gerade. »Und sie weiß das. Jedesmal, wenn du und ich einen Wortwechsel haben, fällt sie später über mich her. Wann, zum Teufel, verläßt du London endlich?«

»Diese Frage scheint von allgemeinem Interesse zu sein«, kicherte James. »Vielleicht bleibe ich ganz hier, lieber Junge, wenn das zur Folge hat, daß du öfter mal aufs Sofa verbannt wirst.«

»Du bist wirklich eine Seele von Mensch, Malory.«

»Freut mich, daß du das endlich einsiehst. Wenn es dich übrigens tröstet – ich habe dir längst verziehen.«

»Wie großmütig! Du warst doch von Anfang an im Unrecht.«

»Und wer hat mich ins Gefängnis gebracht?« brummte James, nun nicht mehr amüsiert.

»Ha! Das war erst, nachdem du mich zusammengeschlagen hattest und ich wochenlang das Bett hüten mußte«, betonte James säuerlich.

»Das ist eine verdammte Lüge!«

»So? Du kannst doch nicht leugnen, daß meine Brüder dir die Daumenschrauben anlegen mußten, um dich zum Altar zu bringen. Ich wollte, ich wäre damals auch hier gewesen...«

»Aber das warst du doch, alter Junge – du hast dich in dunklen Gassen versteckt und mir aufgelauert.«

»Versteckt? Ich und versteckt?« tobte James.

Nicholas stöhnte. »Jetzt hast du mit deinem verdammten Gebrüll was angerichtet.«

James folgte seinem Blick und stellte fest, daß Regina nicht mehr tanzte. Sie stand auf dem Tanzparkett und starrte ungnädig zu ihnen herüber, während Connie sich vergeblich den Anschein gab, ihre erhobenen Stimmen nicht gehört zu haben.

»Ich glaube, ich könnte jetzt einen Drink gebrauchen«, sagte James. »Mach's dir auf dem Sofa bequem, Junge.« Er schlenderte zum Buffet. Als er dabei an Anthony vorbeikam, mußte er natürlich eine Bemerkung loswerden. »Du und Montieth seid Leidensgefährten, lieber Junge. Er hat den gleichen Grund zur Klage, hast du das gewußt?«

»Tatsächlich?« Anthony suchte in der Menge nach Nicholas und fügte trocken an: »Er hat aber offenbar entdeckt, wie er da Abhilfe schaffen kann.«

James lachte, als er sah, daß Nicholas seine Frau küßte, ohne sich um das Aufsehen zu kümmern, das sie damit erregten. »Verdammt, das ist eine gute Idee! Er hat Regan auf wirklich elegante Weise den Mund gestopft, das muß man dem Kleinen lassen.«

Aber Anthony hörte diesen Kommentar nicht mehr. Er hatte Roslynn wieder einmal über irgendeinen dummen Scherz ihres Tanzpartners lachen gehört, und nun riß ihm endgültig der Geduldsfaden. Er bahnte sich einen Weg zu dem Paar und klopfte Justin Warton nicht allzu sanft auf die Schulter.

»Ist was, Malory?« fragte Lord Warton, dem Anthonys Gereiztheit nicht entgangen war.

»Aber nein«, lächelte Anthony gezwungen, während er Roslynn am Arm packte, bevor sie ihm entwischen konnte. »Ich hole mir nur zurück, was mir gehört.« Er nickte Warton kurz zu und tanzte mit seiner Frau im Arm davon. »Na, amüsierst du dich, Liebling?«

»Ich *habe* mich amüsiert«, erwiderte Roslynn mit abgewandtem Blick.

Nur der festere Druck seiner Finger auf ihrer Taille verriet, daß ihr Hieb gesessen hatte. »Sollen wir dann vielleicht nach Hause fahren?«

»Nein«, murmelte sie hastig.

»Aber wenn es dir doch keinen Spaß macht...«

»Es *macht* mir Spaß«, knirschte sie.

Er lächelte auf sie hinab, zog sie enger an sich, sah den

beschleunigten Puls an ihrem Hals und fragte sich, was sie wohl täte, wenn er Montieths Strategie anwandte.

»Was würdest du tun, mein Schatz, wenn ich diesen Tanz mit einem Kuß beenden würde?«

»Was?«

Endlich schaute sie ihn an, und sofort tauchten ihre Blicke ineinander. »Das versetzt dich in Panik, stimmt's? Warum eigentlich?«

»Du irrst dich gewaltig, Mann.«

»Ah, der schottische Dialekt bricht auch schon durch, ein sicheres Zeichen...«

»Halt den Mund!« fauchte sie und kam vor Aufregung beim Tanzen völlig aus dem Takt.

Anthony grinste erfreut und beschloß, sie im Augenblick nicht weiter am Haken zappeln zu lassen. In einem Ballsaal etwas anzufangen, war nicht nur unpassend, sondern führte auch zu nichts.

Sein Blick blieb auf ihrem Diamantschmuck haften, der bei jeder Bewegung im Licht funkelte, und er fragte in völlig neutralem Ton: »Was schenkt ein Mann einer Frau, die schon alles hat?«

»Etwas, das man nicht kaufen kann«, antwortete Roslynn geistesabwesend, weil sie nur daran dachte, was sich am Ende dieses Tanzes ereignen könnte.

»Vielleicht sein Herz?«

»Vielleicht – nein – ich meine...«, stammelte sie, atmete tief durch, um wieder einen klaren Gedanken fassen zu können, und fuhr in bitterem Ton fort: »*Dein* Herz will ich nicht, Mann, jetzt nicht mehr.«

Eine Hand spielte mit ihren Schläfenlocken. »Aber wenn es dir schon gehört?« fragte er leise.

Sie geriet in den mächtigen Strudel seiner blauen Augen, schmiegte sich unbewußt fester an ihn und bot ihm ihre Lippen dar. Für einen Moment hatte sie völlig vergessen, wo sie waren, und sie hatte auch ihren Groll vergessen. Doch dann fiel ihr alles wieder ein, und sie rückte hastig von ihm ab.

Wütend auf sich selbst, zischte sie: »Wenn dein Herz mir gehört, kann ich damit machen, was ich will, und dann bekommst du es in kleine Stücke zerschnitten zurück.«

»Herzloses Weib!«

»Aber nein.« Sie rang sich ein gequältes Lächeln ab und bemerkte zum Glück nicht, wie amüsiert er war. »Mein Herz sitzt genau am rechten Fleck, und dort bleibt es auch.«

Sie riß sich von ihm los und eilte auf seine älteren Brüder zu. Nur in deren Nähe fühlte sie sich vor Anthonys anzüglichen Scherzen und scheinbar harmlosen Berührungen sicher.

Kapitel 34

George klopfte kräftig, trat etwas zurück und pfiff eine fröhliche Melodie vor sich hin. Gleich darauf öffnete Dobson die Tür.

»Sie haben ihn um etwa fünf Minuten verfehlt, Mylord«, sagte der Butler, noch bevor George überhaupt den Mund aufgeamcht hatte.

»Verdammt, und ich dachte, ich wäre sogar etwas zu früh dran«, rief George, fuhr aber unverdrossen fort: »Na, macht nichts. Er wird nicht schwer zu finden sein.«

Er schwang sich wieder in den Sattel seines rotbraunen Hengstes und ritt zum Hyde Park. Er kannte Anthonys bevorzugte Pfade, denn er hatte ihn schon oft bei seinen Morgenritten begleitet, allerdings immer nur nach durchfeierten Nächten, wenn es sie beide noch nicht ins Bett zog. Extra aufgestanden war George so früh am Morgen noch nie, weder zum Ausreiten noch zu sonstigen Zwecken — bis vor kurzem.

Er pfiff immer noch vor sich hin, denn er fühlte sich wie im siebten Himmel. Jahrelange Gewohnheiten waren in den letzten drei Tagen völlig über den Haufen geworfen worden, aber er hätte nicht glücklicher sein können. Er ging früh zu Bett, er stand frühmorgens auf, und er verbrachte den ganzen Tag mit Franny. Nein, er könnte wirklich nicht glücklicher sein, und das verdankte er einzig und allein Anthony. Aber er hatte bisher noch keine Gelegenheit gehabt, ihm zu danken, und deshalb hatte er beschlossen, mit ihm auszureiten.

Sobald er im Park war, ritt er schneller, um seinen Freund einzuholen, aber es dauerte trotzdem ein Weilchen, bis er ihn ein ganzes Stück weiter vorne erspähte, und auch das nur, weil Anthony an der Startlinie der langen Rennbahn, auf der er immer seinen Galopp absolvierte, eine kurze Pause einlegte. George hob den Arm, aber noch bevor er seinem Freund etwas zurufen konnte, fiel ein Schuß.

Er hörte diesen Schuß, konnte aber nicht glauben, was passiert war. Er sah, daß Anthonys Hengst sich hoch aufbäumte. Fast konnte man meinen, Pferd und Reiter würden einen Purzelbaum rückwärts schlagen. Anthony landete tatsächlich auf dem Boden. Das Pferd kam wieder auf die Vorderbeine, war aber so erschrocken, daß es schnaubend und seine Mähne schüttelnd scheute, einen Busch streifte, noch mehr erschrak und durchging. Und knapp zwanzig Meter von Anthony entfernt sprang ein rothaariger Mann auf ein Pferd, das im Gebüsch versteckt gewesen war, und galoppierte davon.

Das alles hatte sich in wenigen Sekunden abgespielt, und Anthony lag noch am Boden. George stockte der Atem, als er begriff, was geschehen war. Doch dann setzte Anthony sich zum Glück auf, fuhr sich mit der Hand durchs Haar, und Georges leichenblasses Gesicht bekam wieder etwas Farbe. Er blickte dem fliehenden Rotschopf nach, und als er feststellte, daß Anthony bereits aufstand, offenbar völlig unverletzt, zögerte er nicht länger und nahm die Verfolgung auf.

Anthony hatte sein Pferd gerade dem Stallknecht übergeben, als George hinter ihm auftauchte. Das hatte ihm
gerade noch gefehlt! Er war nicht in der Stimmung für
Georges Freudentaumel. Nicht, daß er ihm sein Glück
mißgönnt hätte. Er wollte nur nicht daran erinnert werden, daß ihm selbst nicht voviel Glück beschieden war.

»Du bist also ohne fremde Hilfe nach Hause gekommen«, stellte George fest und grinste über Anthonys finstere Miene. »Keine gebrochenen Knochen?«

»Offenbar hast du gesehen, wie ich aus dem Sattel
flog? Vielen Dank auch, daß du mir geholfen hast, meine
Schindmähre einzufangen.«

George schmunzelte über seinen Sarkasmus. »Ich
dachte, daß dir dies hier vielleicht lieber wäre.« Er überreichte Anthony einen Zettel.

Die Adresse sagte Anthony nichts. »Ist das ein Arzt?
Oder ein Abdecker?«

George lachte jetzt laut. Er wußte genau, daß Anthonys Lieblingspferd keinerlei Gefahr drohte. »Weder
noch. Du wirst dort den Rothaarigen finden, der dich
als Zielscheibe benutzte. Übrigens ein komischer Kauz,
hat sich nicht einmal vergewissert, ob er dich wirklich
getroffen hat. Hält sich wohl für einen Meisterschüt-
zen.«

Anthonys Augen funkelten. »Du bist ihm also zu dieser Adresse gefolgt?«

»Nachdem ich gesehen habe, daß du dich aufrappeln
konntest, versteht sich.«

»Versteht sich.« Anthony lächelte jetzt endlich. »Besten Dank, George. Bis ich wieder im Sattel saß, war von
dem Kerl natürlich nichts mehr zu sehen.«

»Ist das der Bursche, den du überall gesucht hast?«

»Darauf könnte ich jede Wette eingehen.«

»Wirst du ihm einen Besuch abstatten?«

»Worauf du dich verlassen kannst.«

Der kalte Glanz in Anthonys Augen verursachte George ein gewisses Unbehagen. »Brauchst du Gesellschaft?«

»Diesmal nicht, alter Junge«, erwiderte Anthony. »Diese Begegnung ist seit langem überfällig.«

Roslynn öffnete die Tür zum Arbeitszimmer, blieb aber auf der Schwelle stehen, als sie Anthony am Schreibtisch sitzen und Duellpistolen reinigen sah. Sie hatte nicht gewußt, daß er von seinem Morgenritt schon zurückgekommen war. Sie hatte absichtlich in ihrem Zimmer gewartet, bis sie ihn weggehen hörte, denn sie wollte möglichst jede Begegnung mit ihm vermeiden, nachdem sie sich auf dem Ball so töricht benommen hatte.

Anthony hatte sich natürlich köstlich darüber amüsiert, als sie Jeremy unbedingt mit nach Hause nehmen wollte, obwohl der Junge dagegen protestierte. Anthony wußte genau, warum sie nicht mit ihm allein sein wollte, nicht einmal während der kurzen Kutschfahrt. James hatte den Ball mit Conrad Sharp schon früher verlassen, und so war nur Jeremy als Retter aus höchster Not in Frage gekommen. Sie hatte sich einfach nicht getraut, mit Anthony allein zu sein.

Und jetzt war sie doch wieder allein mit ihm. Sie hatte sich aus seiner kleinen Bibliothek mit neuem Lesestoff versorgen wollen. Aber er hatte nicht einmal aufgeblickt, als sie hereingekommen war. Vielleicht konnte sie sich unbemerkt zurückziehen.

»Wolltest du etwas Bestimmtes, meine Liebe?«

Er schaute noch immer nicht auf. Roslynn knirschte mit den Zähnen. »Nichts, was nicht warten könnte.«

Anthony würdigte sie endlich eines Blickes, interessierte sich aber offenbar nur für das Buch, das sie krampfhaft umklammert hielt. »Ah, der liebste Gefährte von alten Jungfern und Witwen! Mit einem guten Buch geht der Abend relativ schnell vorbei, wenn man nichts Besseres zu tun hat, nicht wahr?«

Sie hätte ihm das Buch am liebsten an den Kopf geworfen. Mußte er jedesmal, wenn sie sich sahen, Anspielungen auf ihre Entfremdung machen? Konnte er sie nicht völlig in Ruhe lassen, bis sie sich mit seiner Untreue abgefunden haben würde? Er benahm sich so, als wäre *sie* der schuldige Teil.

Diese Ungerechtigkeit machte sie aggressiv. »Wieder einmal ein Duell, Mylord! Ich habe gehört, daß dies zu deinem Lieblingsbeschäftigungen gehört. Mit einem Ehemann, dem du die Hörner aufgesetzt hast, nehme ich an?«

»Keineswegs, Liebling. Ich dachte daran, dich zu fordern. Wenn du mein Blut fließen siehst, bekommst du vielleicht doch Mitleid, und wir können unseren kleinen Krieg beenden.«

Es dauerte mindestens fünf Sekunden, bis sie ihren Mund wieder schließen konnte. »Mach keine dummen Scherze.«

Er zuckte mit den Schultern. »Dein lieber Vetter ist hartnäckig. Er glaubt offenbar, dich doch noch heiraten zu können, wenn er deinen derzeitigen Ehemann beseitigt.«

»Nein!« Roslynns Augen waren schreckensweit aufgerissen. »Ich hätte nie gedacht...«

»Nicht?« fiel er ihr trocken ins Wort. »Mach dir keine Vorwürfe, Liebling. Ich habe von Anfang an mit dieser Möglichkeit gerechnet.«

»Heißt das, daß du mich geheiratet hast, obwohl du wußtest, daß du damit dein Leben in Gefahr bringst?«

»Gewisse Dinge lohnen den Einsatz des Lebens – zumindest dachte ich das damals.«

Der Hieb hatte gesessen, und er war so schmerzhaft, daß sie in ihr Zimmer rannte, wo sie ihren Tränen freien Lauf lassen konnte. O Gott, sie hatte geglaubt, daß alles überstanden sein würde, sobald sie heiratete. Sie hätte sich nie träumen lassen, daß Geordie versuchen könnte, ihren Mann umzubringen. Und ihr Mann war Anthony! Sie könnte es nicht ertragen, wenn ihm ihretwegen etwas zustieße.

Sie mußte etwas unternehmen. Sie mußte Geordie finden und selbst mit ihm reden, ihm ihr Vermögen geben, alles, was er wollte. Nur Anthony durfte nichts geschehen.

Roslynn trocknete ihre Tränen und ging wieder nach unten, um Anthony ihren Entschluß mitzuteilen. Sie würde Geordie abfinden. Ihm ging es ja ohnehin nur um das Geld.

Aber Anthony war schon weggegangen.

Kapitel 35

Anthony begriff jetzt, warum es weder ihm selbst noch seinen Agenten nicht gelungen war, Cameron ausfindig zu machen. Der Schotte hatte die Hafengegend verlassen und sich ein Zimmer.in einem besseren Stadtteil genommen, trotz der hohen Preise, die während der Saison verlangt wurden. Der Vermieter, ein sympathischer Mann, erzählte, daß Cameron erst seit wenigen Tagen hier wohne und im Augenblick zu Hause sei. Ob er allein war, wußte der Wirt nicht. Aber das war Anthony auch egal.

Der Rothaarige hatte sich unter dem Namen Campbell eingetragen, aber Anthony zweifelte nicht daran, Cameron gefunden zu haben. Er fühlte sich geradezu beschwingt. Sobald er mit Roslynns Vetter abgerechnet hatte, würde er sich auch mit ihr selbst beschäftigen. Sie hatte ihn jetzt lange genug nach ihrer Pfeife tanzen lassen!

Das Zimmer war im zweiten Stock, die dritte Tür auf der linken Seite. Anthony klopfte leise, und schon nach wenigen Sekunden wurde die Tür aufgerissen, und er stand endlich Geordie Cameron gegenüber. Die weit aufgerissenen hellblauen Augen des Mannes verrieten eindeutig, daß er seinen Besucher wiedererkannt hatte.

Sobald der Schotte den ersten Schock überwunden hatte, versuchte er, Anthony die Tür vor der Nase zuzuschlagen, doch eine Hand drückte so kräftig dagegen, daß die Klinke Geordie aus der Hand rutschte und er zurückspringen mußte, um von der Tür nicht getroffen zu werden, die jetzt weit aufflog.

Wut und Furcht stiegen gleichzeitig in ihm auf. Der Engländer hatte von ferne nicht so kräftig ausgesehen. Auch nicht so gefährlich. Und außerdem sollte er jetzt eigentlich tot oder ernsthaft verwundet sein, zumindest aber völlig eingeschüchtert durch die Erkenntnis, in Geordie Cameron einen Todfeind zu haben. Und Roslynn hätte daraufhin eigentlich in Panik geraten, das Haus auf dem Piccadilly verlassen und Wilbert und Thomas in die Arme laufen sollen. So war das alles gedacht und geplant gewesen. Keineswegs aber war vorgesehen, daß der Engländer bei bester Gesundheit plötzlich hier auftauchte und sich gewaltsam Zutritt verschaffte, mit einem ominösen Lächeln, das Geordie einen kalten Schauder über den Rücken jagte.

»Es freut mich, daß wir keine Zeit damit vergeuden müssen, uns gegenseitig vorzustellen«, sagte Anthony, während er ins Zimmer trat. »Ich brauche Ihnen auch nicht zu erklären, weshalb ich hier bin. Hören Sie zu – ich gebe Ihnen eine faire Chance, was man von Ihnen heute morgen nun wirklich nicht behaupten konnte. Sind Sie Gentleman genug, um meine Forderung anzunehmen?«

Der ruhige, ungezwungene Ton ließ Geordie neuen Mut schöpfen. »Ha, ich bin doch kein Narr, Mann!«

»Darüber ließe sich streiten, aber ich habe eigentlich auch nicht erwartet, daß wir das auf die übliche Art erledigen würden. Also, sei's drum.«

Geordie sah den Schlag nicht kommen. Der Kinnhaken schleuderte ihn gegen den kleinen Eßtisch, dessen wackelige Beine unter seinem Gewicht nachgaben. Er landete auf dem Fußboden, sprang aber sofort wieder auf. Der Engländer legte währenddessen in aller Ruhe sein Jackett ab. Geordie bewegte sein Kinn hin und her, stellte fest, daß nichts gebrochen war und schielte zu seinem eigenen Jackett hinüber, das auf dem Bett lag. In der Tasche steckte eine Pistole. Vielleicht könnte er an die Waffe kommen...

Er hatte keine Gelegenheit dazu, denn kaum daß er den ersten Schritt in Richtung Bett gemacht hatte, wurde er herumgerissen. Eine Faust landete dicht über seiner Gürtellinie, die andere auf seiner Backe. Er ging wieder zu Boden, und diesmal kam er nicht so schnell auf die Beine. Der verdammte Engländer hatte Fäuste aus Stein.

Anthony trat auf ihn zu. »Das war für heute morgen. Und jetzt kommen wir zur eigentlichen Sache.«

»Ich kämpfe nicht mit Ihnen, Mann«, knirschte Geordie. Er hatte einen Blutgeschmack auf der Zunge, denn seine Zähne hatten die Backe aufgeritzt.

»O doch, das wirst du, mein Freund«, erwiderte Anthony seelenruhig. »Dir bleibt nämlich gar keine andere Wahl. Dein Blut wird fließen, ob du dich nun verteidigst oder nicht.«

»Sie sind ja verrückt!«

»Nein.« Anthonys Ton wurde plötzlich scharf und bedrohlich. »Ich meine es verdammt ernst.«

Er bückte sich, um Geordie auf die Beine zu stellen. Geordie trat nach ihm, aber Anthony schob sein Knie vor und riß ihn hoch. Und dann trafen die steinharten Fäuste wieder Geordies Kinn. Diesmal taumelte er nur ein Stück zurück und hatte Zeit, seine eigenen Fäuste zu heben, bevor Anthony sich näherte. Geordies rechter Haken traf ins Leere. Er krümmte sich vor Schmerz, als zwei Volltreffer in seiner Magengrube landeten. Noch bevor er wieder Luft bekam, hatte er aufgeplatzte Lippen.

»Ge-nug!« stammelte er.

»Noch lange nicht, Cameron«, widersprach Anthony, dem keinerlei Anstrengung anzusehen war.

Geordie stöhnte, und er stöhnte noch lauter bei den nächsten beiden Hieben. Die rasenden Schmerzen machten ihn fast wahnsinnig. Er war noch nie im Leben verprügelt worden, und er hatte nicht den Charakter, Prügel wie ein Mann einzustecken. Er begann zu schreien und wild um sich zu schlagen. Als er endlich einen Treffer landete, lachte er, nur um gleich darauf, als er die Augen einen Spalt weit öffnete, feststellen zu müssen, daß er die Wand getroffen und sich dabei drei Knöchel gebrochen hatte. Anthony wirbelte ihn herum, und im nächsten Moment prallte sein Schädel gegen die Wand. Während er langsam zu Boden glitt, stellte er fest, daß jetzt auch seine Nase gebrochen war.

Er dachte, damit sei es zu Ende. Er war besiegt, das wußte er. Alles tat ihm weh, und er blutete. Aber es war noch nicht zu Ende. Anthony zog ihn am Hemdkragen hoch, lehnte ihn an die Wand und schlug zu, als hätte er einen Sandsack vor sich. Geordies Versuche, den Boxhieben auszuweichen, waren völlig sinnlos.

Nach einer scheinbaren Ewigkeit hatte er es dann doch überstanden. Er saß auf dem Boden — aber er saß nur deshalb, weil die Wand ihm als Rückenstützte diente. Er blutete aus Mund, Nase und mehreren anderen Gesichtsverletzungen. Zwei Rippen waren gebrochen. Auch der kleine Finger der linken Hand war gebrochen, bei einem seiner sinnlosen Abwehrversuche. Ein Auge war zugeschwollen, aber mit dem anderen Auge sah er, daß Anthony mit Widerwillen und Verachtung auf ihn herabstarrte.

»Verdammt, Cameron, Sie verschaffen einem nicht die geringste Befriedigung!«

Das war komisch, und Geordie versuchte zu lächeln, aber seine Lippen waren völlig taub, so daß er nicht wußte, ob es ihm gelungen war. Mühsam brachte er ein einziges Wort hervor: »Bastard!«

Anthony ging vor ihm in die Hocke. »Soll ich vielleicht weitermachen?«

Geordie stöhnte. »Nein — nein...«

»Dann paß jetzt mal gut auf, Schotte. Davon könnte nämlich dein Leben abhängen, denn wenn ich mir dir noch einmal vorknöpfen muß, benutzte ich nicht mehr meine Fäuste. Sie gehört jetzt mir, und ihr Vermögen auch. Ich habe sie vor einer Woche geheiratet.«

Geordie schüttelte seine Benommenheit ab. »Sie lügen! Sie hätte Sie nur geheiratet, wenn Sie diesen blöden Ehevertrag unterschrieben hätten, und das würde kein Mann mit etwas Grips tun.«

»Da irrst du dich gewaltig, mein Junge. Ich habe ihn unterzeichnet, und zwar vor Zeugen — und nach der Trauung habe ich ihn verbrannt!«

»Das geht doch gar nicht, wenn es Zeugen gab.«

»Ich habe wohl vergessen zu erwähnen, daß es sich bei den Zeugen um Verwandte von mir handelte.«

Geordie versuchte vergeblich, sich etwas aufrechter hinzusetzen. »Na und? Sie bekommt trotzdem alles zurück, wenn ich sie zur Witwe mache.«

»Du lernst offenbar nichts dazu.« Anthony packte Geordie wieder beim Kragen.

Geordie griff rasch nach seinen Handgelenken. »Ich hab's nicht so gemeint, Mann, wirklich nicht, ich schwör's!«

Anthony ließ ihn los, weil er es jetzt für wirkungsvoller hielt, seine Lüge auszubauen. »Ob ich bald sterbe oder nicht, Schotte — dir kann das völlig egal sein. Gemäß meinem neuen Testament fällt mein gesamter Besitz, einschließlich des Vermögens meiner Frau, an meine Familie, die natürlich dafür Sorge tragen wird, daß es meiner Witwe an nichts fehlt. Aber ansonsten bekommt sie nichts. Sie hat an ihrem Hochzeitstag alles verloren — und du ebenfalls!«

Geordies unverletztes Auge verengte sich vor Wut. »Sie muß doch einen Mordshaß auf Sie haben, weil Sie sie so reingelegt haben.«

»Das ist mein Problem, nicht wahr?« Anthony erhob sich. »Dein Problem besteht darin, in deinem gegenwärtigen Zustand London noch heute zu verlassen. Wenn du morgen noch hier bist, Schotte, lasse ich dich wegen deines kleinen Manövers von heute morgen verhaften.«

»Sie haben keine Beweise, Mann.«

»Nein?« Anthony grinste. »Der Graf von Sherfield hat alles mit angesehen und ist dir hierher gefolgt. Wie hätte ich dich sonst finden können? Wenn meine Aussage dich nicht ins Gefängnis bringt, so tut seine es mit Sicherheit.«

Im Hinausgehen hörte Anthony den Schotten murmeln, wie er London denn verlassen solle, wenn er nicht einmal aufstehen könne.

Kapitel 36

Roslynn sah Anthony zum Glück nicht, als er nach Hause kam. Als er gebadet und sich umgezogen hatte, war ihm von dem Kampf nichts mehr anzusehen. Er hatte nicht einmal an den zarten Knöcheln irgendwelche Abschürfungen oder Verletzungen von Camerons Zähnen, weil er vorsichtshalber Handschuhe getragen hatte. Trotzdem war er angewidert von dieser Geschichte. Mit einer Memme zu kämpfen, war wirklich alles andere als befriedigend. Er hatte so schlechte Laune, daß er nicht die geringste Lust verspürte, seinen Vorsatz auszuführen und nun auch noch Roslynn zur Vernunft zu bringen.

Er wollte sie im Augenblick nicht einmal sehen und bedauerte es regelrecht, daß sie aus dem Empfangszimmer trat, als er das Haus gerade wieder verlassen wollte.

»Anthony?«

Er wunderte sich über ihren sanften Ton und ihre unübersehbare Unsicherheit. Das sah ihr so gar nicht ähnlich. »Was gibt's?«

»Hast du — hast du Geordie zum Duell gefordert?«

»Er hat gekniffen«, knurrte Anthony.

»Du hast ihn also gesehen?«

»O ja. Du kannst dich von nun an unbesorgt frei bewegen. Er wird dich künftig in keiner Weise mehr belästigen.«

»Hast du...«

»Ich habe ihn nur davon überzeugt, daß er London verlassen sollte. Und er wird verschwinden, auch wenn er dazu vielleicht eine Tragbahre benötigen wird. Warte mit dem Abendessen nicht auf mich. Ich gehe in meinen Klub.«

Er verließ das Haus, und sie starrte die geschlossene Tür an und fragte sich, warum seine kurz angebundene Art sie so verstörte. Sie müßte jetzt eigentlich erleichtert sein und sich freuen, daß Geordie eine ordentliche Tracht Prügel bezogen hatte, denn sie war sich fast sicher, daß Anthony ihn auf diese Weise zur Vernunft gebracht hatte. Statt dessen war sie aber zutiefst deprimiert über Anthonys Schroffheit und kalte Gleichgültigkeit. Sie hatte ihn im Laufe der vergangenen Woche in vielen verschiedenen Stimmungen erlebt, aber dieses Benehmen war neu, und es gefiel ihr gar nicht.

Sie begriff, daß sie zu lange gezögert und eine Entscheidung aufgeschoben wurde. Es war höchste Zeit, daß sie in bezug auf ihre Beziehung mit Anthony einen Entschluß faßte. Andernfalls würde die Entscheidung über ihren Kopf hinweg fallen. Sie mußte sich noch heute, bevor Anthony nach Hause kam, darüber klarwerden, was sie nun eigentlich wollte.

»Nun, Nettie?«

Nettie, die dabei war, Roslynns Haare zu bürsten, hielt in dieser Beschäftigung inne und betrachtete ihre Herrin im Spiegel. »Willst du das wirklich tun, Mädchen?«

Roslynn nickte. Sie hatte Nettie endlich alles erzählt, angefangen mit ihrer Verführung an jenem schicksalhaften Abend, über die Bedingungen, die sie vor der Hochzeit gestellt hatte, bis hin zu Anthonys Treueschwüren und seiner Untreue gleich am Tag danach. Nettie war bestürzt gewesen, hatte aber auch mit ihrem Ärger über beide Ehepartner nicht hinter dem Berge gehalten. Roslynn hatte ihr nichts verschwiegen, und zuletzt hatte sie ihr auseinandergesetzt, zu welchem Entschluß sie gekommen war. Sie wollte die Meinung ihrer Zofe hören, wollte Zustimmung finden.

»Ich glaube, du machst einen großen Fehler, Mädchen.«

Aber gerade das wollte sie nicht hören. »Warum?«

»Du willst ihn nur benutzzen. Glaub mir – das wird ihm denkbar zuwider sein.«

»Ich werde das Bett mit ihm teilen«, betonte Roslynn. »Wie sollte ich ihn da nur benutzen?«

»Du willst aber nur eine Zeitlang das Bett mit ihm teilen.«

»Er war einverstanden, als ich sagte, daß ich ein Kind von ihm wolle.«

»Das glaube ich gern, Aber damals war nicht die Rede davon, daß er dich in Ruhe lassen solle, sobald das Kind gezeugt ist, oder?«

Roslynn runzelte die Stirn. »Ich will mich doch nur schützen, Nettie. Ständige Intimitäten mit ihm... Ich will ihn nicht lieben!«

»Das tust du schon jetzt.«

»Das ist nicht wahr!« Roslynn drehte sich auf dem Hocker abrupt um und starrte ihre Zofe mit funkelnden Augen an. »Und ich werde ihn auch nie lieben. Das werde ich zu verhindern wissen. Und zu meinem Entschluß soll er sich selbst äußern. Ich weiß überhaupt nicht, warum ich dich eigentlich eingeweiht habe.«

Nettie war völlig unbeeindruckt von diesem Wutausbruch. »Dann geh eben hin und trag ihm die Sache vor. Ich habe ihn vorhin in sein Zimmer gehen sehen.«

Roslynn wandte betreten ihren Blick ab. Ihr war fast übel vor Nervosität. »Vielleicht sollte ich doch lieber bis morgen warten. Er war nicht besonders gut gelaunt, als er wegging.«

»Der Mann war noch keine Sekunde gut gelaunt, seit

du aus seinem Schlafzimmer ausgezogen bist«, brachte Nettie ihr in Erinnerung. »Aber vielleicht begreifst du jetzt, wie töricht dein Vorhaben ist...«

»Nein«, schnitt Roslynn ihr das Wort ab, schon wieder fest entschlossen, ihren Plan auszuführen. »Es ist nicht töricht. Es ist reiner Selbstschutz.«

»Wenn du meinst, Mädelchen.« Nettie seufzte. »Aber denk daran, daß ich dich gewarnt habe.«

»Gute *Nacht*, Nettie.«

Nachdem Nettie sich entfernt hatte, saß Roslynn weitere zehn Minuten vor ihrem neuen Toilettentisch und starrte in den Spiegel. Sie hatte die richtige Entscheidung getroffen. Sie hatte Anthony nicht verziehen und würde ihm niemals verziehen. aber mit dem jetzigen Arrangement bestrafte sie letztlich nur sich selbst. Sie konnte entweder weiter ihren Groll nähren und Anthony von sich fernhalten oder aber ein Kind bekommen. Sie wollte ein Kind. So einfach war das.

Aber dazu mußte sie ihren Stolz überwinden und zu Anthony gehen. Nach seiner heutigen Kälte hegte sie kaum Zweifel daran, daß sie den ersten Schritt machen müßte. Aber er mußte sich mit der zeitlichen Begrenzung einverstanden erklären. Sie brachte es einfach nicht mehr fertig, ihn so zu akzeptieren, wie er nun einmal war, obwohl das bei der Eheschließung ihr fester Vorsatz gewesen war. Ehrlich gesagt, wollte sie ihn, so wie er war, nicht mehr haben. Sie wollte ihn mit keiner anderen Frau teilen müssen, sie war egoistisch genug, ihn ganz für sich allein besitzen zu wollen. Aber nachdem das ein unerfüllbarer Wunsch war, mußte sie innerlich auf Distanz bleiben, mußte sich immer wieder in Erinnerung rufen, daß sie nie die einzige Frau in seinem Leben sein würde.

Roslynn beschloß, rasch zu handeln, bevor der Mut sie wieder verlassen würde. Sie eilte aus ihrem Zimmer und klopfte laut an Anthonys Tür, doch danach hätte sie am liebsten kehrtgemacht. Ihr zweites Klopfen fiel so leise aus, daß außer ihr niemand hören konnte. Doch das erste hatte vollauf genügt.

Willis öffnete die Tür, nahm ihr Nachtgewand zur Kenntnis und entfernte sich unauffällig. Roslynn trat zögernd ein und schloß hinter sich die Tür. Anthony war nicht zu sehen, aber ihr Blick fiel auf das Bett. Es war leer, aber die Decke war zurückgeschlagen. Ihre Wangen röteten sich, und ihre Hände wurden schweißnaß. Schlagartig kam ihr zu Bewußtsein, weshalb sie hergekommen war — um mit Anthony ins Bett zu gehen. Obwohl sie ihn noch gar nicht zu Gesicht bekommen hatte, klopfte ihr Herz plötzlich zum Zerspringen.

Anthony ließ sie währenddessen nicht aus den Augen. In ihrem weißen Seidennegligé, das ihre Figur umschmeichelte, war sie einfach atemberaubend schön. Der geöffnete Morgenmantel war ebenfalls aus dieser dünnen Seide; nur die langen Ärmel waren aus einem durchsichtigen Material, das ihre Haut durchschimmern ließ. Das Haar fiel ihr in rotgoldenen Wellen offen über den Rücken, und er verspürte den mächtigen Drang, es durch seine Finger gleiten zu lassen. Und sie war barfuß!

Er überlegte, was sie wohl zu ihm geführt haben mochte. Nur zwei Motive kamen in Frage. Entweder wollte Roslynn ihn mit diesem aufreizenden Negligé nur quälen und gedachte, sich gleich wieder auf ihr Zimmer zurückzuziehen, oder aber sie war hier, um seinen Qualen ein Ende zu bereiten.

Doch aus welchem Grund auch immer sie gekommen war — fortlassen würde er sie nun nicht mehr. Sein erzwungenes Strohwitwerdasein war endlich vorüber!

»Roslynn?«

Sie hörte die Frage in seiner Stimme. Er wollte wissen, warum sie hier war. Verdammt, würde sie es tatsächlich in Worte fassen müssen? Lag es denn nicht auf der Hand? Willis hatte sofort begriffen, als er sie im Negligé gesehen hatte, und das war peinlich genug gewesen. Aber Anthony würde darauf bestehen, daß sie es aussprach. Sie hätte wissen müssen, daß er es ihr nicht leicht machen würde.

Sie wandte sich in die Richtung seiner Stimme. Er saß in dem großen Klubsessel, und sie wurde nur noch verlegener, als ihr einfiel, daß er neulich gedroht hatte, sie daran festzubinden, und als ihr außerdem einfiel, daß er sie gezwungen hatte, in diesem Sessel sitzenzubleiben, während er sich umzog. Jetzt betrachtete er sie aufmerksam, mit unergründlicher Miene, und sie konnte plötzlich kein Wort hervorbringen.

Ihr Herz schlug noch schneller, seit sie ihm gegenüberstand. Er trug über einer weiten Hose jenen silberblauen Morgenrock, den er auch in der Nacht ihrer Verführung getragen hatte, und diese Erinnerungen ließen ihre Wangen wie im Fieber erglühen und versetzten sie wider Willen in Erregung.

»Nun, meine Liebe?«

Roslynn räusperte sich, aber es half nicht viel. »Ich — ich dachte, wir könnten...«

Sie brachte es einfach nicht über die Lippen, während er ihr in die Augen schaute.

Anthony verlor die Geduld. Sie sollte endlich aussprechen, was er hören wollte. »Wir könnten *was*? Es gibt viele Dinge, die du und ich tun könnten. Was schwebt dir denn so vor?«

»Du hast mir ein Kind versprochen!« platzte sie heraus und seufzte erleichtert, weil sie es nun endlich hinter sich hatte.

»Ziehst du wieder hier ein?«

Verdammt, sie hatte die Einschränkung zu erwähnen vergessen. »Nein, ich... Wenn ich schwanger bin, wird ja kein Grund mehr bestehen...«

»Daß du mit mir schläfst?«

Trotz des Zornes in seiner Stimme und in seiner Miene hielt sie an ihrem Entschluß fest. »Genau.«

»Ich verstehe.«

Die beiden harmlosen kleinen Wörter hörten sich aus

seinem Mund so ominös an, daß sie erschauderte. Nettie hatte sie ja gewarnt, und jetzt konnte sie an dem eisigen Blau seiner Augen und an den zusammengebissenen Zähnen erkennen, wie zornig er war. Trotzdem blieb er ruhig im Sessel sitzen, und auch seine Stimme war völlig beherrscht, als er sagte: »Das entspricht nicht unserer ursprünglichen Vereinbarung.«

»Seitdem hat sich alles verändert«, rief sie ihm ins Gedächtnis.

»Nichts hat sich verändert. Du brütest in deinem mißtrauischen Kopf nur allerlei dummes Zeug aus.«

Sie zuckte zusammen. »Wenn du nicht einverstanden bist...«

»Du rührst dich jetzt nicht vom Fleck, Roslynn«, fiel er ihr barsch ins Wort. »Ich muß deine neueste Bedingung erst einmal verdauen.« Er stellte sein Brandyglas ab und faltete die Hände auf dem Schoß, ohne Roslynn aus den Augen zu lassen. Seine Stimme blieb ruhig oder doch zumindest beherrscht, als er konstatierte: »Du willst dich also vorübergehend meines Körpers zu Zuchtzwecken bedienen?«

»Du brauchst nicht vulgär zu werden.«

»Wir sollten die Dinge doch wenigstens beim Namen nennen, meine Liebe. Du willst einen Zuchthengst, weiter nichts. Die Frage ist nur, ob ich überhaupt imstande bin, diese Rolle zu spielen. Es wäre eine ganz neue Erfahrung für mich, völlig unbeteiligt zu bleiben. Und ich bin mir nicht so sicher, ob ich bei einem rein mechanischen Einsatz überhaupt funktionsfähig sein werde.«

Er war so wütend auf sie, daß er sie am liebsten übers Knie gelegt und mit einer ordentlichen Tracht Prügel zur Vernunft gebracht hätte. Aber er würde ihr genau das geben, was sie verlangte, und danach abwarten, bis sie zugab, daß es nicht das Richtige war.

Roslynn kamen schon jetzt leichte Zweifel. Aus seinem Munde hörte sich die Sache so – so animalisch an. Und was zum Teufel meinte er mit ›mechanisch‹? Er hatte doch selbst gesagt, daß der Akt sich ohne Begehren nicht vollziehen ließe. Natürlich hatte er das in der Hochzeitsnacht behauptet, als er auch geschworen hatte, daß er keine Frau außer ihr haben wolle, und wahrscheinlich war diese Behauptung ebenso eine Lüge gewesen wie seine Treueschwüre. Aber sogar jetzt sagte er ja, daß er nicht sicher sei, ob er dazu imstande wäre. Verdammt, er hatte sie doch von Anfang an begehrt! Wie könnte er da nicht funktionsfähig sein, wie er sich ausgedrückt hatte?

Ein ruhiger Befehl schreckte sie aus ihren wirren Gedanken. »Komm her, Roslynn.«

»Anthony, vielleicht...«

»Willst du ein Kind?«

»Ja«, murmelte sie.

»Dann komm her.«

Sie näherte sich ihm langsam und ein bißchen ängstlich. Er war ihr unheimlich, wenn er sich so kalt und beherrscht gab. Und sie wußte genau, daß unter dieser ruhigen Oberfläche sein Zorn weiterglomm. Trotzdem schlug ihr Herz mit jedem Schritt schneller. Sie würden miteinander schlafen. Wie, das spielte keine Rolle. Sie schaute unwillkürlich zu dem leeren Bett hinüber, bevor sie ihren Blick wieder Anthony und dem Sessel zuwandte. Und dann fiel ihr plötzlich Anthonys Drohung ein, er schulde ihr eine Lektion in einem Sessel. Sie blieb wie angewurzelt stehen.

Aber sie war schon viel zu nahe herangekommen. Anthony griff nach ihr und zog sie auf seinen Schoß. Sie wollte sich seitlich hinsetzen, aber er hinderte sie daran und zwang sie, mit dem Rücken zu ihm gerade zu sitzen. Diese Position steigerte noch ihre Nervosität, weil sie sein Gesicht nicht sehen konnte. Aber vielleicht entsprach genau das seiner Absicht. Sie wußte einfach nicht, was sie davon halten sollte.

»Du bist steif wie ein Brett, meine Liebe. Muß ich dich daran erinnern, daß das deine Idee war?«

»Nicht in einem Sessel.«

»Ich habe nicht gesagt, daß es hier stattfinden würde —
aber auch nicht das Gegenteil. Was spielt es denn schon
für eine Rolle, wo? Zuerst einmal muß geklärt werden,
ob ich überhaupt einsatzbereit bin.«

In ihrer Position, auf seinen Schenkeln sitzend, konnte
sie nicht sehen, daß er äußerst einsatzbereit war, und das
schon seit dem Moment, da sie das Zimmer betreten hatte. Sie spürte, wie er nach ihren Haaren griff, aber sie
konnte auch nicht sehen, daß er die seidigen Locken
zärtlich an seine Lippen und Wangen drückte und dabei
selig die Augen schloß.

»Anthony, ich denke . . .«

»Psst!« Er zog ihren Kopf bei den Haaren zurück,
beugte sich etwas vor und flüsterte ihr ins Ohr: »Du
denkst viel zuviel, meine Liebe. Versuch's doch mal zur
Abwechslung mit etwas Spontanität. Vielleicht würde es
dir gefallen.«

Sie war still, als er den Morgenrock über ihre Schultern
hinabgleiten ließ, als seine Hände an ihren Armen ent-
langfuhren, die Ärmel herunterschoben und dann wieder zu den Schultern zurückkehrten. Er fuhr fort, sie zu
streicheln, ihre Schultern, ihren Nacken, aber sie merkte
rasch den Unterschied zu seinen früheren Liebkosun-
gen. Sogar als er in der Kutsche auf der Fahrt zum Ball ihren nackten Arm gestreichelt hatte, war seine glühende
Leidenschaft spürbar gewesen. Jetzt hingegen berührte
er sie scheinbar völlig unbeteiligt und gleichgültig, so als
gehörte Streicheln eben zum notwendigen Ritual. Ganz
mechanisch — o Gott!

Sie konnte es nicht ertragen, so nicht. Sie versuchte
aufzustehen, aber er wölbte seine Hände um ihre Brüste
und zog sie zurück.

»Du bleibst hier, meine Liebe. Du bist mit deinen ekelhaften Bedingungen hier angerückt, und ich habe zugestimmt. Jetzt ist es zu spät für einen erneuten Meinungs-
umschwung.«

Roslynns Kopf fiel an seine Brust. Seine Hände waren

nicht untätig gewesen, während er redete. Sie hatten ihre Brüste geknetet und gedrückt, und ihr wurde dabei immer heißer, und ihr Körper versteifte sich vor sehnsüchtiger Erwartung. *Er* mochte nichts empfinden, aber sie empfand um so mehr, sie glaubte zu zerschmelzen und war ihren Sinnen wehrlos ausgeliefert. Jetzt war es ihr sogar egal, ob er dabei unbeteiligt blieb oder nicht.

Seine Hände streichelten ihren Bauch, ihre Hüften und Schenkel, abwechselnd sanft und kräftig – und keineswegs mehr rein mechanisch. Doch solche feinen Unterschiede vermochte sie nicht mehr wahrzunehmen. Ihr seidenes Nachthemd wurde langsam hochgeschoben, wobei seine Finger zart über ihre nackte Haut strichen, höher und immer höher. Schließlich berührte seine Hand ihre Schamhaare und blieb dort liegen.

»Spreiz deine Beine«, befahl er leise, und sie spürte seinen warmen Atem dicht an ihrem Ohr.

Sie versteifte sich sekundenlang, aber seine Worte hatten sie wider Willen bis in die Zehenspitzen hinein erschauern lassen. Ihr Herz hämmerte in der Brust, und sie hielt den Atem an, während ihre Knie ein klein wenig auseinanderrückten. Seine Hand verharrte regungslos auf den krausen rotgoldenen Haaren, während er mit der anderen Hand ihr Nachthemd noch höher schob und wieder an ihren Brüsten spielte, diesmal direkt auf der Haut, nicht mehr durch die weiche Seide hindurch.

»Breiter, Roslynn!« kommandierte er.

Sie spreizte ihre Schenkel, bis ihre Knie über die seinigen hinausragten und ihre Beine an seinen Unterschenkeln entlangstreiften. Doch das genügte ihm noch immer nicht. Er spreizte nun auch seine eigenen Schenkel, um sie noch weiter zu öffnen. Erst dann glitt seine Hand von den Schamhaaren in die Tiefe, und er führte einen Finger in sie ein.

Roslynn stöhnte tief in der Kehle, wölbte seinen Rücken, grub ihre Finger in seinen Morgenrock. Sie war sich all dessen nicht bewußt, aber ihm entging nicht die geringste Kleinigkeit. Ihr lustvolles Keuchen war Balsam für seine Seele. Daß er seine Begierde noch derart unter Kontrolle hatte, war ihm selbst unbegreiflich, aber viel länger würde er es nicht mehr aushalten.

»Es spielt keine Rolle, nicht wahr?« Seine Frage war bewußt grausam, um seinen Zorn neu zu entfachen. »Hier? Auf dem Bett? Auf dem Fußboden?«

Sie schüttelte als Antwort heftig den Kopf.

»Im Augenblick könnte ich dich ohne weiteres dazu bringen, deine verdammten Bedingungen zu widerrufen. Das weißt du doch, Liebling?« Sie konnte nur mit einem Wimmern antworten. »Aber ich tu's nicht. Du sollst im Gedächtnis behalten, daß du selbst es so und nicht anders gewollt hast.«

Seine Worte drangen nur noch wie aus weiter Ferne an ihre Ohren. Sie wurde von dem lodernden Feuer verzehrt, das er in ihr entfacht hatte. Und nun griff es auch auf ihn über, und er warf endlich seine eiserne Selbstbeherrschung über Bord.

Ohne Vorwarnung schob er sie auf seinen Beinen ein Stück nach vorne, um seine Waffe zücken zu können, dann hob er sie hoch, nur um sie im nächsten Moment förmlich zu pfählen. Ihr leiser Aufschrei war Ambrosia in seinen Ohren. Ihre Hände umklammerten seinen Kopf, da sie keinen anderen Halt finden konnte. Sie lehnte sich an ihn und kostete den Genuß aus, ihn tief in sich zu spüren, während er zärtlich ihren Oberkörper streichelte.

Er gönnte ihr und sich diesen kurzen Moment tiefer Harmonie, bevor er sich energisch ins Gedächtnis zurückrief, daß dies kein Liebesakt war, daß er ihr sozusagen nur als Mittel zum Zweck diente. Zum Teufel mit ihr und ihren blödsinnigen Bedingungen! Er wollte sie küssen, sie mit all der Zärtlichkeit und Leidenschaft nehmen, die er für sie empfand. Aber er beherrschte sich. Sie sollte später mit Widerwillen an diesen Akt zurückdenken und einsehen, daß sie von ihm mehr wollte als nur ein Kind.

Deshalb griff er nach ihren Händen und legte sie auf die Armlehnen des Sessels, lehnte sich vor, bis sie aufrecht saß und ließ sie in dieser Position, während er selbst sich wieder zurücklehnte. Sie warf ihm über die Schulter hinweg einen erwartungsvollen Blick zu. Er wußte, daß sie von ihm eine Führung, eine Anleitung erhoffte. Sie ahnte noch nichts von der Vielfalt verschiedenster Positionen, und sie konnte auch nicht wissen, daß in dieser speziellen Position ihr die aktive Rolle zufiel.

Er wählte absichtlich wieder grausame Worte. »Du wolltest dich meines Körpers bedienen. Jetzt steht er dir zur Verfügung. Reite auf mir!« Sie machte große Augen, aber er ließ ihr keine Zeit zu Protesten. »Los!«

Sein Ansinnen trieb ihr die Schamröte in die Wangen. Aber sie spürte ihn tief in sich und wußte, daß etwas geschehen mußte, und wenn er nichts tat...

Es war leicht, sobald sie ihren Rhythmus gefunden hatte, und es war herrlich, selbst das Tempo zu bestimmen und verschiedene Variationen ausprobieren zu können. Anthony mußte ihr schließlich Einhalt gebieten, denn sie erwies sich als so geschickte Reiterin, daß er befürchten mußte, zum Höhepunkt zu kommen, bevor auch sie soweit war. Er sagte sich, daß er eigentlich nicht auf sie warten, daß er ihr die Erfüllung versagen sollte. Sie brauchte überhaupt keine Lust zu empfinden, um zu einem Kind zu kommen. Aber das konnte er ihr einfach nicht antun, ob sie es nun verdienen würde oder nicht.

Er setzte sich auf, raubte ihr die Bewegungsfreiheit, indem er einen Arm um ihre Taille schlang, und stimulierte sie mit der anderen Hand an ihrem Lustzentrum, bis sie den Gipfel der Leidenschaft fast erreicht hatte. Dann ließ er sie ihren Ritt vollenden, und sie erlebten gleichzeitig den Höhepunkt.

Sie lehnte sich an ihn, erschöpft, selig, und er gönnte ihr einen Moment wohliger Entspannung, gönnte auch sich selbst den Genuß, sie in seinen Armen zu halten –

aber wirklich nur einen kurzen Moment. Dann setzte er sich aufrecht hin und schob sie von seinem Schoß.

»Geh ins Bett – in mein Bett. Du wirst hier schlafen, bis du schwanger bist.«

Seine kalte Stimme riß sie jäh aus ihrer Euphorie, versetzte ihr einen Schock. Sie drehte sich nach ihm um. Er knöpfte gelassen seine Hose zu, und erst jetzt kam ihr zu Bewußtsein, daß er sich nicht entkleidet, ja nicht einmal den Gürtel seines Morgenrocks geöffnet hatte. Und sie selbst trug auch ihr Nachthemd.

Tränen traten in ihre Augen. Als Anthony das bemerkte, verzerrte sich sein Gesicht vor Zorn.

»Hör sofort auf zu heulen«, knurrte er, »sonst versohle ich dir den Hintern. Du hast genau das bekommen, was du haben wolltest.«

»Das ist nicht wahr!« rief sie.

»Nein? Hast du etwa mehr erwartet, obwohl du für die Lust einen Zeitplan festgelegt hast?«

Sie wandte ihm den Rücken zu, damit er ihre Tränen nicht sehen konnte, und suchte Zuflucht in seinem Bett. Am liebsten wäre sie in ihr eigenes Zimmer geflüchtet, aber sie wagte es nicht, solange er in dieser Stimmung war. Sie weinte jetzt vor Scham, denn er hatte recht. Sie hatte geglaubt, es würde alles so sein wie bei jenen früheren köstlichen Liebesspielen. Daß sie etwas ganz anderes bekommen hatte, war ihre eigene Schuld. Und sie schämte sich jetzt auch, daß sie trotzdem Genuß verspürt hatte.

Sie war so sicher gewesen, die richtige Entscheidung getroffen zu haben. O Gott, warum hatte sie nur nicht auf Nettie gehört? Warum war sie immer so egozentrisch, warum dachte sie nie an die Gefühle anderer Menschen, nur an ihre eigenen? Wenn Anthony ein derartiges Ansinnen an sie gestellt hätte, wenn er ihr erklärt hätte, daß sie sein Bett nur mit ihm teilen solle, bis sie schwanger sein würde, daß er von ihr nichts anderes wolle als nur ein Kind – sie wäre völlig niedergeschmettert gewesen und hätte ihn für den grausamsten und herzlosesten Menschen der ganzen Welt gehalten. O Gott, wofür mußte er jetzt *sie* halten? Sie hätte einer so geschmacklosen Bedingung nie zugestimmt. Sie wäre wahnsinnig gekränkt gewesen − und wütend, genau wie er.

Zum Glück liebte er sie wenigstens nicht, sonst könnte sie es sich nie verziehen, derart auf seinen Gefühlen herumgetrampelt zu sein. Aber auch wenn er sie nicht liebte, so begehrte er sie doch, und er war eifersüchtig und wollte sie mit niemandem teilen...

Wie Schuppen fiel es ihr plötzlich von den Augen, daß diese Gefühle verschiedene Ausdrucksformen der Liebe waren. Aber er hatte doch selbst gesagt, daß er sie nicht liebte! Nein, er hatte nur gesagt, es sei zu früh, von Liebe zu sprechen. Aber er hatte auch nie widersprochen, wenn sie erwähnt hatte, daß er sie ja nicht liebte. Nein, er liebte sie bestimmt nicht. Aber wenn er sie nun doch liebte?

Und wenn er vielleicht doch die Wahrheit gesagt hatte und ihr überhaupt nicht untreu gewesen war? Wenn dem so wäre, gäbe es für ihre Verhaltensweise keinerlei Entschuldigung. Nein... Nein! Sie konnte sich doch nicht in jeder Hinsicht irren, konnte doch nicht völlig im Unrecht sein.

Sie setzte sich auf und sah, daß er noch immer im Sessel saß und das Brandyglas wieder in der Hand hatte. »Anthony?«

Er würdigte sie nicht einmal eines Blickes, und die Bitterkeit in seiner Stimme war unüberhörbar. »Schlaf jetzt, Roslynn. Den Zeitpunkt für unsere nächste Paarung bestimme ich!«

Sie legte sich wieder hin. Glaubte er wirklich, daß sie ihn zu einer weiteren ›Paarung‹ hatte einladen wollen? Nein, er war nur garstig, und sie konnte es ihm nicht einmal verübeln. Sie würde in nächster Zeit auf noch viel mehr schlechtere Laune und Sarkasmus gefaßt sein müssen, denn sie konnte sich nicht vorstellen, wie sie ihre groteske Vereinbarung rückgängig machen sollte.

Sie konnte nicht einschlafen. Und Anthony ging nicht zu Bett.

Kapitel 37

Es war erst halb acht, als Roslynn am nächsten Morgen die Treppe zur Halle hinunterging. Sie errötete noch in der Erinnerung an die unvermutete Begegnung mit James, als sie vorhin im Negligé aus Anthonys Zimmer geschlüpft war. James trug noch einen Abendanzug und war offenbar nach einer durchfeierten Nacht nach Hause gekommen. Er wollte gerade in sein Zimmer gehen, als er Roslynn gesehen hatte, und er hatte es natürlich nicht lassen können, sie genauestens zu betrachten, von Kopf bis Fuß. Und es war ihm nur zu deutlich anzusehen gewesen, daß er sich köstlich amüsierte, als sie mit glühenden Wangen in größter Verlegenheit in ihr Zimmer gerannt war. Am liebsten hätte sie sich unter der Bettdecke verkrochen und wäre nie wieder hervorgekommen. Welche Schlüsse mochte James daraus ziehen, daß sie zwar einerseits die Nacht in Anthonys Bett verbracht hatte, sich aber andererseits doch wieder in ihr Ausweichquartier zurückzog? Aber was Anthonys Bruder über ihr seltsames Verhalten dachte, sollte ihr eigentlich egal sein. Sie hatte genügend andere Probleme, die ihr Kopfzerbrechen bereiteten.

Als erstes mußte sie die Rechnungen für ihre Neuanschaffungen finden, bevor Anthony sie zu sehen bekam. Sie sah inzwischen ein, wie kindisch es von ihr gewesen war, ihm finanziellen Schaden zufügen zu wollen. Für eine Frau ihres Alters war das ein unverzeihlich verantwortungsloses Verhalten. Hinzu kam aber noch, daß sie befürchtete, die Entdeckung, daß sie auf seine Rechnung und seinen Namen Unsummen für überflüssige Dinge ausgegeben hatte, könnte das Faß zum Überlaufen bringen, nachdem er jetzt ohnehin so wütend auf sie war.

Ihr blieb nicht viel Zeit. Anthony hatte zwar noch im Sessel geschlafen, als sie aus seinem Zimmer geschlichen war, aber er stand früh auf, um seinen Morgenritt zu absolvieren. Sie wollte aus dem Haus sein, bevor er herunterkam. Nachdem Geordie für sie jetzt keine Gefahr mehr darstellte, konnte sie die Bank aufsuchen und anschließend alle Rechnungen persönlich bezahlen. Dann würde sie wenigstens in dieser Hinsicht ein reines Gewissen haben, wenn sie Anthony unter die Augen trat. Und sobald sie das erledigt hatte, mußte sie sich überlegen, wie sie diese schreckliche Vereinbarung rückgängig machen könnte, ohne ihren Stolz einbüßen zu müssen. Sie hatte die halbe Nacht über dieses Problem gegrübelt, ohne zu einem brauchbaren Resultat gekommen zu sein.

Sie legte ihre Handtasche und ihre Haube auf einen Stuhl in Anthonys Arbeitszimmer und ging zu seinem Schreibtisch. Ihre kurze braune Jacke, mit Goldborte dezent verziert, und das schlichte rotbraune Kleid waren nicht nur die passende Garderobe für geschäftliche Erledigungen, sondern entsprachen auch ihrer düsteren, deprimierten Stimmung, die fast schon an Verzweiflung grenzte, weil sie nicht wußte, wie sie aus der Grube herauskommen sollte, die sie sich selbst gegraben hatte.

Die oberste Schublade enthielt Haupt- und Kontobücher, in der zweiten lagen Privatbriefe, die sie nicht anrührte. In der dritten Schublade fand sie endlich, wonach sie gesucht hatte. Rechnungen über Rechnungen, manche nicht einmal geöffnet. Das war typisch für den Adel, und darauf hatte sie auch gehofft. Rechnungen pflegten monatelang ignoriert zu werden, ja manchmal blieben sie sogar noch länger liegen. Sie stellte erleichtert fest, daß auch die Rechnungen der fünf Geschäfte, in denen sie eingekauft hatte, nicht geöffnet worden waren.

Sie konnte der Versuchung nicht widerstehen, den übrigen Inhalt der Schublade wenigstens flüchtig durchzusehen. Eine Schneiderrechnung über fünfhundert Pfund erstaunte sie nicht, die Rechnung eines Juweliers über zweitausend Pfund schon eher. Und sie glaubte ihren Augen nicht zu trauen, als sie auf die Rechnung eines Squire Simmons über dreißigtausend Pfund stieß, wofür, das war nicht einmal ersichtlich.

Und das waren nur drei von mindestens zwanzig Rechnungen, die sich in der Schublade stapelten!

War Anthony bereits verschuldet? Verdammt, und sie hatte diesen Schuldenberg noch um beträchtliche Summen erhöhen wollen. Er wäre bestimmt fuchsteufelswild geworden, wenn er ihre Rechnungen gesehen hätte. Ein wahres Glück, daß er es offenbar vorzog, lästige Dinge dieser Art zunächst einfach zu ignorieren.

Sie würde nachher bei der Bank für ihn ein Konto eröffnen, auf das sie ihm gemäß dem Ehevertrag zustehende Summe von ihrem Konto überwiesen werden sollte. Danach stand ihr die unangenehme Aufgabe bevor, diese Geldfragen mit Anthony zu besprechen, denn sonst würde er ja nicht wissen, daß er über eine beträchtliche Summe verfügen konnte.

»Hallo!«

Roslynn zuckte erschrocken zusammen und schob die Rechnungen im Schutze des Schreibtischs hastig in ihre Rocktasche. Zum Glück war es nur Jeremy, dem sie natürlich keine Rechenschaft schuldig war. Viel schlimmer wäre es gewesen, wenn Anthony sie beim Stöbern in seinem Schreibtisch ertappt hätte.

»Du bist ja früh auf!« sagte sie gespielt munter, während sie hinter dem Schreibtisch hervorkam und ihre Haube aufsetzte.

»Derek holt mich gleich ab. Wir fahren aufs Land, zu einer wilden Party, die vielleicht mehrere Tage dauern wird.«

Er sprühte nur so vor Vorfreude und Lebenslust. Roslynn wünschte plötzlich, sie hätte Anthony in diesem Alter gekannt. Er hatte vermutlich genauso ausgesehen wie Jeremy, aber sie konnte sich nicht vorstellen, daß er jemals so leicht zu durchschauen gewesen war, auch nicht im zarten Alter von siebzehn Jahren.

»Weiß dein Vater Bescheid?«

»Selbstverständlich.«

In ihr erwachten unerklärlicherweise mütterliche Instinkte. »Was verstehst du eigentlich unter einer *wilden* Party?«

Jeremy zwinkerte ihr ausgelassen zu. »Es werden keine Damen da sein, aber jede Menge Frauen, wenn du verstehst, was ich meine.«

»Weiß dein Vater *das* auch?«

Er lachte über ihre mißbilligende Miene. »Er hat gesagt, daß er vielleicht selbst vorbeikommt.«

Roslynn errötete unwillkürlich. Ihr stand natürlich nicht das Recht zu, Einwände zu erheben, wenn sein Vater einverstanden war. Der Junge war ja auch alt genug. Aber ihr Sohn würde sich mit siebzehn noch nicht mit Frauen amüsieren, dafür würden sie unbedingt sorgen – falls sie jemals einen Sohn haben würde.

Sie griff seufzend nach ihrer Handtasche »Nun, dann wünsche ich dir...« Sie brach mitten im Satz ab. Nein, sie würde ihm keine schönen Träume wünschen, denn sie konnte einfach nicht billigen, daß er in diesem Alter schon amourüse Abenteuer hatte, obwohl sie zugeben mußte, daß er schon wie ein erwachsener Mann aussah. »Also, dann bis bald.«

»Gehst du aus?« erkundigte er sich besorgt. »Ist das nicht gefährlich?«

»Nein.« Sie lächelte. »Dein Onkel hat dafür gesorgt, daß es nicht mehr gefährlich ist.«

»Sollen wir dich vielleicht irgendwohin begleiten? Derek muß jeden Moment hier sein.«

»Nein, draußen wartet schon eine Kutsche, und einer der Diener begleitet mich, obwohl ich nur zur Bank möchte. Sei ein braver Junge, Jeremy«, fügte sie zu seinem Kummer noch hinzu.

Die Bank war noch geschlossen, als die Kutsche dort ankam. In ihrer Hast, nur ja schnell aus dem Haus zu kommen, hatte sie nicht bedacht, daß es sehr früh am Morgen war. Um nicht einfach herumsitzen zu müssen, ließ sie den Kutscher mehrmals langsam um den Block fahren, bis die Bank endlich ihre Tore öffnete.

Es nahm mehr Zeit in Anspruch, als sie gedacht hatte, das Konto für Anthony zu eröffnen. Ein Grundkapital von hunderttausend Pfund und monatlich weitere zwanzig – das stand ihm gemäß ihrem Ehevertrag zu. Und wenn er so hoch verschuldet war, wie sie inzwischen glaubte, so müßte ihm dieses Geld sehr zustatten kommen. Ob er ihre Mitgift zu schätzen wissen würde, war allerdings eine andere Frage. Die meisten Männer wären sehr erfreut. Aber sie war sich nicht so sicher, daß Anthony zu diesen Männern gehörte.

Als sie die Bank nach einer knappen Stunde verließ, war auf der Straße eine Prügelei im Gange, ein ungewohnter Anblick in diesem vornehmen Stadtviertel. Sowohl ihr Kutscher als auch der Diener, der sie begleitete, verfolgten interessiert das Geschehen.

Plötzlich legte sich ein Arm von hinten um ihre Taille und schnürte ihr förmlich die Luftzufuhr ab. Gleichzeitig stach etwas Hartes und Spitzes sie in die Seite.

»Keine krummen Sachen diesmal, sonst hab'n Sie ein scharfes Messer zwischen den Rippen!«

Sie gab keinen Mucks von sich. Im ersten Moment war sie viel zu überrascht, und dann jagte seine Drohung ihr schreckliche Angst ein. Am hellichten Tag, direkt vor einer Bank – es war einfach unglaublich. Ihre Kutsche stand keine zwei Meter entfernt, aber der Kerl führte sie um den Wagen herum, während die allgemeine Aufmerksamkeit noch immer der Prügelei zugewandt war. Ob es sich dabei um ein Ablenkungsmanöver handelte? Wenn Geordie dahintersteckte... Doch nein, das konnte ja gar nicht sein. Anthony hatte ihn doch sehr nachdrücklich gewarnt, und da würde er es nicht wagen – oder doch?

Sie wurde in eine alte Kutsche gestoßen. Die dunklen Vorhänge waren zugezogen, und ihr Entführer schloß hinter sich die Tür. Als sie sich vom Boden erheben wollte, wurde sie grob daran gehindert.

»Machen Sie kein' Ärger, M'lady, dann passiert Ihnen auch nix«, sagte er, während er ihr ein Tuch in den Mund stopfte und ihr die Hände auf dem Rücken fesselte. Nach kurzer Überlegung fesselte er ihr vorsichtshalber auch die Füße. Mit einem unsympathischen Lachen zog er den Dolch aus ihrem Schuh. »Mit dem werden Sie nich' noch mal auf mein' Bruder losgehn können.«

Roslynn stöhnte inwendig. Er war also einer jener Männer, die schon einmal versucht hatten, sie zu entführen – einer jener Männer, die für Geordie arbeiteten. Ihr Vetter mußte verrückt sein, daß er noch immer versuchte, sie in seine Gewalt zu bekommen. Er wußte jetzt, daß sie verheiratet war. Was, zum Teufel, wollte er von ihr? Ihr brach unwillkürlich der Angstschweiß aus, als ihr die einzig mögliche Antwort einfiel. Geordie wollte sich dafür rächen, daß sie seine Pläne durchkreuzt hatte.

Der Mann stieg aus und ließ sie einfach auf dem Boden liegen. Gleich darauf setzte sich das alte Gefährt in Bewegung.

Roslynn drehte sich auf die Seite und versuchte sich aufzusetzen und den Knebel mit der Zunge aus ihrem Mund zu schieben. Es war ihr fast schon gelungen, als die Kutsche langsamer wurde und sie den Kutscher rufen hörte: »Das reicht, Tom!«

Eine Sekunde später wurde die Tür aufgerissen, und ein Mann sprang herein. Sie erkannte in ihm jenen Kerl, den sie damals auf der Oxford Street mit dem Messer verletzt hatte. Seine Lippe war blutig, und er war völlig außer Atem. Die Prügelei war also tatsächlich ein Ablenkungsmanöver gewesen. Dieser kleine Ganove hatte

wahrscheinlich irgendeinen harmlosen Passanten angegriffen, nur damit es niemandem auffiel, daß sie von seinen Komplizen entführt wurde. Und sie hatte sich ja
auch wie ein Lamm zur Schlachtbank wegführen lassen,
eingeschüchtert durch die Messerspitze an ihren Rippen.

Tom hob sie grinsend hoch und setzte sie auf den Sitz.
Er schob ihr den Knebel wieder fest in den Mund, wobei
er amüsiert den Kopf schüttelte. Zumindest schien er
nicht nachtragend zu sein. Er betrachtete sie grinsend,
und schließlich lachte er lauthals.

»Mann o Mann, Sie sind ja wirklich 'ne Wucht und ei-
gentlich viel zu schade für das Arschloch, von dem wir un-
sere Mäuse kriegen.« Sie versuchte vergeblich, trotz des
Knebels etwas zu sagen. »Ich dacht' schon, wir würden
Sie nie schnappen, aber jetzt hat's doch noch geklappt.
Seien Sie vernünftig, dann passiert Ihnen nichts.«

Mit ganz ähnlichen Worten hatte sie auch sein Bruder
gewarnt. Und wenn sie nun nicht ›vernünftig‹ war? Was
würde dann geschehen? Eine dumme Frage, nachdem
sie an Händen und Füßen gefesselt war und auch nicht
um Hilfe schreien konnte.

Kapitel 38

Tom warf sie sich über die Schulter wie einen Mehlsack,
um sie ins Haus zu tragen, nachdem Wil, der kleinere
der Brüder, sich vergewissert hatte, daß die Luft rein
war. Roslynn schöpfte sofort neue Hoffnung. Man hatte
sie also irgendwohin gebracht, wo jemand sie sehen und
den Männern unbequeme Fragen stellen könnte. Vielleicht bräuchte sie nur einmal laut zu schreien, um befreit
zu werden.

Da sie mit dem Kopf nach unten hing, sah sie nur sehr
wenig von dem Gebäude, in das sie gebracht wurde.
Aber auf der anderen Straßenseite erspähte sie Häuser

mit Sandsteinfassaden. Dies schien eine gediegene Wohngegend zu sein.

Geordie war also in ein besseres Stadtviertel umgezogen. Kein Wunder, daß es Anthony soviel Zeit und Mühe gekostet hatte, ihn ausfindig zu machen. Aber es hatte sowieso nichts genutzt, daß er Geordie schließlich doch gefunden hatte. Und sie war Geordie in die Falle gegangen, eben weil sie sich in Sicherheit geglaubt hatte. Verdammt, warum mußte Geordie aber auch ein so sturer Schotte sein, den nichts zum Aufgeben bewegen konnte?

Sie wurde eine Treppe hinaufgetragen, Wil klopfte an eine Tür, noch einige Schritte, und dann wurde sie auf einem Stuhl abgesetzt. Ihre gefesselten Handgelenke schmerzten nach der langen Fahrt, aber sie ignorierte diesen Schmerz und suchte wütend nach Geordie.

Als sie ihn neben dem Bett stehen sah, ein gefaltetes Hemd in der Hand, offenbar beim Packen eines Koffers, der offen auf dem Bett lag, starrte sie ihn völlig perplex an. Wären die karottenroten Haare nicht gewesen, sie hätte ihn nicht erkannt.

Sie schnitt unwillkürlich eine Grimasse. Er sah einfach schrecklich aus. Er sah so aus, als gehörte er ins Bett, anstatt Koffer zu packen. Großer Gott, was hatte Anthony nur mit ihm gemacht! Geordies ganzes Gesicht war dick geschwollen und blau und grün verfärbt. Ein Auge war völlig zugeschwollen, und auch das andere ließ sich nur einen Spalt weit öffnen. Seine Nase war offenbar gebrochen. Seine Lippen waren blutverkrustet. Und er hatte mehrere häßliche Platzwunden auf den Wangen und über den Augen.

Er starrte die beiden Ganoven, die sie hergebracht hatten, wortlos an, und Wil und Tom starrten ihn ebenfalls an, als hätten sie ihn noch nie gesehen. Hatten sie nicht gewußt, daß er Prügel bezogen hatte? War sie vielleicht nur irrtümlich entführt worden?

So war es tatsächlich. Geordie warf sein Hemd wütend

in den Koffer und griff sich im nächsten Moment stöhnend an die Rippen. Die unbedachte, heftige Bewegung hatte einen rasenden Schmerz zur Folge. Wilbert und Thomas Stow standen verdutzt herum und wußten nicht, was sie von der Situation halten sollten.

Geordie stieß ihnen gleich darauf ordentlich Bescheid. Durch die geschwollenen Lippen redete er ziemlich undeutlich, aber seine Stimme zitterte vor Wut. »Ihr Vollidioten! Habt ihr denn meine Nachricht nicht erhalten? Ich habe doch extra jemanden losgeschickt, der euch finden sollte.«

»Is' das die Nachricht?« Tom zog einen Zettel aus der Tasche. »Wir können nich' lesen, gnäd'ger Herr«, erklärte er achselzuckend und warf das Papier auf den Boden.

Geordie stieß einen undefinierbaren Laut aus. »Das hat man nun davon, wenn man englische Trottel engagiert!« Er deutete mit steifen Finger auf Roslynn. »Ich will sie nicht mehr haben. Sie hat den verdammten Engländer geheiratet.«

Wilbert und Thomas fanden das offenbar sehr komisch, denn sie brachen in schallendes Gelächter aus, und Roslynn konnte beobachten, wie Geordies Gesicht sich vor Wut rotviolett verfärbte, wo es nicht grün und blau war. Wenn die Entführung sie nicht sowohl mitgenommen als auch empört hätte, hätte sie die Situation vielleicht auch ganz amüsant gefunden.

Nicht so Geordie. »Raus mit euch beiden, aber schnell!«

Das Gelächter verstummte urplötzlich. »Sobald wir unser Geld bekommen haben, gnäd'ger Herr!«

Trotz der höflichen Anrede war Wilberts Ton alles andere als respektvoll. Der kleine schnauzbärtige Mann starrte Geordie sogar ausgesprochen drohend an. Ebenso sein Bruder. Und Geordie war verdächtig still geworden. An die Stelle des Zorns war jetzt ein anderes Gefühl getreten. Roslynn konnte es kaum fassen — er hatte Angst! Hatte er vielleicht kein Geld, um die Ganoven zu bezahlen?

Geordie hatte tatsächlich nur soviel Geld, wie er unbedingt brauchte, um nach Schottland zurückzukehren. Er hatte vorgehabt, seine Helfer von Roslynns Geld zu entlohnen. Roslynns vieles Geld, das der Engländer einfach abkassiert hatte. Es war einfach ungerecht. Und jetzt würden die beiden Stows ihn wahrscheinlich umbringen. Und in seinem Zustand konnte er sich nicht einmal wehren.

Roslynn war es inzwischen unbemerkt gelungen, den Knebel wieder mit der Zunge zu lockern, und nun spuckte sie ihn aus. »Löst mir die Fesseln, dann bekommt ihr euer Geld von mir – im Austausch gegen meinen Dolch.«

»Ihr rührt sie mir nicht an!« kommandierte Geordie.

Roslynn fiel wütend über ihn her. »Halt die Klappe, Geordie! Weißt du, was mein Mann mit dir machen wird, wenn er von dieser Sache erfährt? Wenn ich mir vorstelle, wie du hinterher aussehen wirst, muß ich sagen, daß du jetzt noch ein sehr hübsches Gesicht hast. Er schlägt dich zu Brei, wenn du ihm noch einmal zwischen die Finger gerätst.«

Das bedeutungsvolle ›noch einmal‹ entging Wilbert und Thomas nicht, aber sie hätten ohnehin nicht mehr auf Geordie gehört. Sie hatten zwar schon einige Männer umgelegt, aber einer Frau hatten sie nie zuvor etwas zuleide getan. Dieser Auftrag hatte ihnen von Anfang an nicht so recht gefallen, und sie hatten ihn nur angenommen, weil der Schotte ihnen einen so fürstlichen Lohn versprochen hatte – für ihre bescheidenen Verhältnisse ein kleines Vermögen.

Wilbert trat vor und zerschnitt Roslynns Fesseln mit ihrem eigenen Dolch. Dann überreichte er ihr das Messer, sprang aber vorsichtshalber sofort außer Reichweite.

Roslynn war ganz überrascht, wie glatt die Sache gegangen war. Sie war alles andere als sicher gewesen, daß die beiden Rüpel ihr gehorchen würden. Sie fühlte sich jetzt schon wesentlich wohler. Und sie hatte offenbar richtig vermutet, denn wenn Geordie Geld gehabt hätte,

hätte er seine Helfer bestimmt schnell entlohnt, nur damit sie gefesselt blieb. Statt dessen hatte er sich aber auf das Bett gesetzt, hielt sich die Rippen und ließ seinen Blick müde von den Ganoven zu Roslynn und wieder zurück schweifen.

»Wieviel?« fragte sie, während sie aufstand.

»Dreißig Pfund, Mylady.«

Sie warf ihrem Vetter einen verächtlichen Blick zu. »Du bist ein Geizkragen, Geordie. Zwei so zuverlässige Männer wie diese hier hättst du wirklich etwas großzügiger behandeln können.«

»Vielleicht hätte ich das getan, wenn sie dich geschnappt hätten, bevor dieser Dreckskerl dich geheiratet hat!« fauchte er.

Roslynn konnte noch kaum glauben, daß sie bei dieser Konfrontation, vor der sie sich lange Zeit so gefürchtet hatte, Oberwasser gewonnen hatte. Es war ein äußerst befriedigendes Gefühl. Sie zog einige Banknoten aus der Tasche und reichte sie Wilbert. »Das dürfte genügen, meine Herren.«

Die beiden Brüder bekamen leuchtende Augen beim Anblick der fast fünfzig Pfund. Wilbert warf einen begehrlichen Blick auf die Handtasche. Roslynn wollte sich nicht anmerken lassen, daß ihr nun doch wieder etwas mulmig wurde.

»Schlagt euch das lieber sofort wieder aus dem Kopf«, warnte sie energisch. »Und wenn ihr nicht aussehen wollt wie der da« — sie deutete mit dem Kopf auf Geordie — »solltet ihr mir lieber nie wieder unter die Augen kommen.«

Die beiden Ganoven grinsten, als die kleine Frau *ihnen* drohte. Aber sie waren gut bezahlt worden. Wenn der Schotte nicht schon so übel zugerichtet gewesen wäre, hätten sie ihm vielleicht selbst ein bißchen die Fresse poliert, um sich für seine Beschimpfungen zu revanchieren. So aber waren sie rundum zufrieden und zogen grinsend von dannen.

Auf dem Treppenabsatz verging ihnen jedoch schlagartig das Grinsen. Der Mann, der langsam die Treppe heraufkam, war kein anderer als der vornehme Herr, dessen Haus sie in den letzten zehn Tagen observiert hatten und der offenbar der Ehemann der rothaarigen Dame war. Er sah nicht bedrohlich aus, er schaute sie nicht einmal an, und doch mußten die Brüder plötzlich daran denken, daß der jämmerliche Zustand des Schotten das Werk dieses Mannes war.

Wilbert zückte sein Messer, um sich etwas sicherer zu fühlen, hielt es aber eng an den Schenkel gepreßt. Das lässige Auftreten des reichen Knilchs täuschte aber gewaltig. Er hatte das Messer gesehen und blieb stehen. Sie hörten ihn laut seufzen, bevor er sagte: »Verdammt. Aber wenn's sein muß, bringen wir's eben hinter uns.«

Wilbert und Thomas verständigten sich mit einem Blick, bevor sie gleichzeitig angriffen. Ihre Attacke ging aber anders als erwartet aus. Der Adlige wich in letzter Sekunde aus und drückte sich an die Wand. Thomas verlor das Gleichgewicht und purzelte die Treppe hinab. Und Wilbert verlor sein Messer, bevor er wußte, wie ihm geschah. Als er es in der Hand des Adligen sah, rannte er die Treppe hinab, zerrte seinen stöhnenden Bruder auf die Beine und zog ihn mit sich, auf die Straße hinaus.

Oben im Zimmer lief Roslynn wütend vor einem verbitterten Geordie auf und ab. »Du bist eine so gemeine, bösartige, verabscheuungswürdige, schändliche Kreatur, daß mir dafür einfach die Worte fehlen, Geordie Cameron. Es ist eine Schande, daß du den Namen Cameron trägst. Du hast ihm nie Ehre gemacht.«

»Du etwa?«

»Halt die Klappe, Mann! Nur wegen dir bin ich jetzt verheiratet. Wegen dir *mußte* ich heiraten, obwohl ich es gar nicht wollte, zumindest nicht auf diese Weise.«

»Und du hast dabei auch noch das ganze Geld verloren, du blöde Kuh!« schoß Geordie zurück. »Ha, wie mich das freut! Wenn ich das Vermögen der Camerons schon nicht haben kann, weiß ich wenigstens, daß du es auch nicht mehr hast, weil er dich ausgetrickst hat.«

Roslynn blieb stehen und starrte ihn verwundert an. »Was redest du da?«

»Er hat mir erzählt, daß er deinen tollen Ehevertrag verbrannt hat«, berichtete Geordie glucksend. »Der schlaue Kerl hat dich wirklich sauber reingelegt. Er hat jetzt die ganzen Piepen, und auch wenn er abkratzt, kriegst du sie nicht zurück, weil er nämlich alles seiner eigenen Sippe hinterläßt. An einen feinen Ehemann bist du da geraten, Kusine!«

Sie konnte sich nur mit Mühe das Lachen verbeißen, aber wenn Anthony sich schon die Mühe gemacht hatte, Geordie diesen Bären aufzubinden, würde sie ihm bestimmt nicht auf die Nase binden, daß es nicht stimmte. Es war wirklich eine glänzende Idee von Anthony gewesen, Geordie auf diese Weise zu überzeugen, daß ihr Vermögen für ihn unwiederbringlich verloren war.

»Immerhin ist er mir noch lieber als du, *Vetter!*«

Er wollte aufspringen, ließ sich aber mit einem lauten Stöhnen wieder aufs Bett fallen. Ohne jedes Mitleid stichelte Roslynn weiter.

»Du hättest verduften sollen, als du die Gelegenheit dazu hattest. Wenn mein Mann herausfindet, daß du noch hier bist, bleibt von dir nur noch ein nasser Fleck übrig. Mit ihm ist nicht zu spaßen, wie du ja feststellen konntest. Aber du hast es nicht besser verdient, nachdem du versucht hast, ihn zu töten.«

»Ich wollte ihm nur etwas Angst einjagen, damit er dich aufgeben sollte. Ich wußte da noch nicht, daß du den Kerl geheiratet hast. Und für diesen Schuß hat er mir nur einige wenige Boxhiebe verpaßt. So zugerichtet hat er mich dann nur deinetwegen. Und ich sage dir, ich konnte mich erst heute morgen vom Boden aufrappeln.« Das hörte sich sehr nach einer Jammertirade an. »Aber du hast ja jetzt mit eigenen Augen gesehen, daß ich beim

Packen bin, da brauchst du diesem verdammten Spartaner doch nichts zu erzählen.«

Spartaner? Ja, bisweilen hatte Anthony wirklich ein wenig Ähnlichkeit mit diesem strengen Stamm, der für seine Disziplin und militärische Tapferkeit berühmt gewesen war. Anthonys Selbstbeherrschung war einfach phänomenal, wenn er wollte, aber ansonsten war er temperamentvoll wie ein Schotte. Man brauchte sich doch nur mal anzusehen, wie er Geordie zugerichtet hatte, ohne selbst auch nur einen Kratzer davonzutragen. Man könnte ja meinen, das ein Pferd auf dem armen Geordie herumgetrampelt wäre.

»Ich erzähle Anthony nichts, wenn du wirklich abreist«, versprach sie.

»Du bist wirklich ein herzensguter Mensch, Mädchen.«

Sein bitterer Sarkasmus war nicht zu überhören, und sofort geriet sie wieder in Zorn. »Wenn du von mir Mitleid erwartest, Geordie, so muß ich dich enttäuschen. Ich habe nicht das geringste Mitleid mit dir, dazu hast du zuviel auf dem Kerbholz. Dir war wirklich auch das schäbigste Mittel recht, um mich in deine Gewalt zu bringen.«

»Ich habe dich geliebt!«

Diese Worte schnürten ihr die Kehle zu, raubten ihr den Atem. War das möglich? Er hatte es ihr im Laufe der Jahre oft gesagt, aber sie hatte ihm nie geglaubt. Warum hatte sie dann diesmal das Gefühl, daß er die Wahrheit sagte? Oder hatte er sich nur selbst etwas eingeredet?

Sie sagte leise: »Wenn das stimmt, Geordie, dann beantworte mir bitte ehrlich eine Frage. Hast du in das Boot meiner Mutter ein Loch gebohrt?«

Sie fürchtete sich vor seiner Antwort. Er hob langsam den Kopf vom Bett und setzte sich noch langsamer auf. »Warum hast du mich das nicht gleich damals gefragt, als es aktuell war, Ros? Warum hat der Alte mich nie gefragt? Nein, ich habe ihr Boot nicht angerührt. Ich war unten am See, weil ich nach Würmern suchte, die ich dem Koch in den Suppentopf schmuggeln wollte. Aber ich war überhaupt nicht in der Nähe der Boote.«

»Aber dein Gesicht, als man es dir sagte? Alle haben gesehen, daß du entsetzt warst.«

»Ja, weil ich ihr den Tod gewünscht hatte. Sie hatte mir nämlich an jenem Morgen eine Ohrfeige gegeben. Natürlich meinte ich es nicht ernst, aber als dann der Unfall passiert war, hatte ich das Gefühl, ich sei daran schuld.«

Roslynn verspürte eine leichte Übelkeit. Jahrelang hatten sie ihn zu Unrecht verdächtigt. Und er hatte genau gewußt, was sie insgeheim glaubten, aber er hatte sich nie verteidigt, sondern nur immer stärkere Ressentiments gehegt. Er war ihr jetzt auch nicht sympathischer als bisher, aber ein Verbrechen hatte er nie begangen...

»Es tut mir leid, Geordie, wirklich.«

»Aber du hättest mich trotzdem nie geheiratet, nicht wahr – ich meine, auch wenn du die Wahrheit gewußt hättest?«

»Nein, und du hättest nicht versuchen sollen, mich zu zwingen.«

»Ein Mann ist zu allem fähig, wenn er verzweifelt ist.«

Was mochte sein Hauptmotiv gewesen sein – Habgier oder Liebe? Sie fragte ihn nicht danach. Aber sie überlegte, ob ihr Großvater vielleicht ein anderes Testament gemacht hätte, wenn er die Wahrheit gewußt hätte. Irgendwie glaubte sie das nicht. Er hatte Geordies Schwäche immer verabscheut, weil das für einen Mann von Duncans Charakterstärke ein unverzeihlicher Fehler war. Sie selbst war nicht so unerbittlich. Und sie verspürte Gewissensbisse, daß sie Geordie für den Tod ihrer Mutter verantwortlich gemacht hatte, während es nur ein entsetzlicher Unfall gewesen war.

Um ihr schlechtes Gewissen zu beschwichtigen, würde sie ihm das Geld in ihrer Handtasche hier lassen, mit dem sie die Rechnungen hatte bezahlen wollen. Zehntausend Pfund waren für sie nicht viel, aber für Geordie würden sie doch ein kleines Startkapital sein, und vielleicht würde er es dann doch noch zu etwas bringen.

Roslynn wandte ihm den Rücken zu, um das Geld aus der Tasche zu holen, ohne daß er es sah. Er sollte es erst finden, nachdem sie gegangen sein würde.

»Ich helfe dir beim Packen, Geordie.«

»Du brauchst mir keinen Gefallen zu erweisen.«

Sie ignorierte seine Verbitterung und ging zur Kommode. In einer offenen Schublade lagen noch mehrere Kleidungsstücke. Sie schob das Geld dazwischen und legte den ganzen Stapel in seinen Koffer. In seine Nähe zu kommen, war ein Fehler gewesen. Er packte sie plötzlich am Handgelenk. »Ros...«

Die Tür öffnete sich, und er ließ sie los. Sie würde nun nie erfahren, was er ihr hatte sagen wollen. Aber sie wollte zu seinen Gunsten annehmen, daß er sich hatte entschuldigen wollen. Doch im Augenblick spielte das keine große Rolle mehr.

»Es war so still im Zimmer geworden, daß ich befürchtete, ihr hättet einander umgebracht«, erklärte Anthony.

Sie fragte ihn nicht, warum er hergekommen war. Statt dessen konstatierte sie: »An Türen zu horchen scheint eine schlechte Gewohnheit von dir zu sein, Mylord.«

Er stritt es nicht ab. »Es kann aber sehr nützlich sein, und mitunter ist es hochinteressant.«

Sie wußte, daß dieses ›mitunter‹ sich auf jene Unterhaltung zwischen Frances und ihr bezog, die er belauscht hatte. Was er damals gehört hatte, hatte ihm mißfallen. Aber diesmal hatte sie nichts gesagt, worüber er verärgert sein könnte. Er machte zwar eine finstere Miene, aber inzwischen kannte sie die feinen Unterschiede. Er war verärgert, aber nicht sehr verärgert. Vielleicht schwelte dieser Zorn noch von der letzten Nacht in ihm.

»Geordie steht im Begriff abzureisen, wie du siehst«, sagte sie, während sie auf ihren Mann zuging.

»Und da wolltest du dich wohl verabschieden?« erwiderte Anthony trocken. »Wie rücksichtsvoll, meine Liebe.«

Sie ging nicht darauf ein. »Wenn du hergekommen

bist, um mich nach Hause zu bringen, so bin ich dir sehr dankbar. Ich bin nämlich ohne Kutsche hier.«

Sie hoffte, daß ihn das zum Aufbruch veranlassen würde, daß er Geordie in Ruhe lassen würde. Sie legte keinen gesteigerten Wert darauf, Anthony in jener Stimmung zu erleben, in der er mit Geordie abgerechnet hatte. Sein forschender Blick bereitete ihr Unbehagen. Und dann schweifte sein Blick zu Geordie hinüber. Roslynn wußte, daß ihr Vetter jetzt Todesängste ausstehen mußte.

»Ich bin in einer Stunde weg«, beteuerte Geordie hastig.

Anthonys intensiver Blick ruhte noch einen Moment auf ihm. Dann nickte er kurz und führte Roslynn aus dem Zimmer. Sie wußte, daß jeder Versuch, ihren Ellbogen aus seinem Griff zu befreien, sinnlos wäre. Draußen stand keine Kutsche; ein Straßenjunge hielt Anthonys Pferd am Zügel.

Roslynn beschloß anzugreifen, bevor er es tun würde. »Was wolltest du denn hier?«

»Dich nach Hause bringen, was sonst?«

»Du wolltest dich vergewissern, ob er weg ist, stimmt's? Denn das ich hier sein würde, konntest du ja gar nicht wissen.«

»Das auch.«

Sie knirschte mit den Zähnen. »Oder hast du es *doch* gewußt?«

»Erst als ich hörte, wie du dem armen Mann an den Kopf warfst, er sei eine gemeine, bösartige, verabscheuungswürdige und schändliche Kreatur.«

Er hatte also von Anfang an vor der Tür gestanden. Hatte sie vielleicht doch etwas gesagt, das er nicht hätte hören dürfen? Nein, diesmal nicht. Aber sie war noch immer gereizt.

»Du hättest gut daran getan, auch seine Männer zu vertreiben, die das Haus noch immer observiert haben — vom Park aus, nehme ich an. Sie sind mir zur Bank gefolgt und...«

»Ja, Jeremy sagte mir, daß du zur Bank wolltest. Stell dir meine Überraschung vor, als ich dich statt dessen hier fand.«

Das hörte sich fast so an, als glaubte er ihr nicht. »Verdammt, Anthony! Ich wußte doch gar nicht, wo er sich aufhielt. Wie hätte ich ihn denn finden sollen, selbst wenn ich gewollt hätte, was nicht der Fall war? Diese Ganoven, die für ihn arbeiteten, wußten einfach noch nicht, daß er aufgegeben hatte.«

»Plausibel«, meinte er, während er dem Jungen eine Münze zuwarf und sich in den Sattel schwang. Dann beugte er sich herunter und streckte ihr seine Hand entgegen. Sie zögerte. Auf dem ganzen Heimweg dicht neben ihm zu sitzen war im Augenblick kein sehr verlockender Gedanke. Sie wäre viel lieber mit einer Mietkutsche gefahren, aber auf der Straße war keine einzige zu sehen.

Sie ließ sich von ihm hochziehen und saß gleich darauf zwischen seinen Beinen. Ihre Beine lagen über seinem Schenkel. Sie errötete, weil sie gezwungen war, ihre Arme um ihn zu legen. Es wurde ein Ritt, der sie völlig aus der Fassung brachte und ihr das Hauptdilemma deutlich vor Augen führte. Von seiner Wärme eingehüllt, mit seinem männlichen Geruch in der Nase, überlegte sie krampfhaft, wie sie die Vereinbarung rückgängig machen und ohne irgendwelche Bedeutung in sein Bett zurückkehren könnte.

Kapitel 39

Der Ritt zum Piccadilly dauerte eine Ewigkeit, aber Roslynn wünschte, er würde überhaupt niemals enden. Sie befand sich in einem Zustand stiller Euphorie. Eingelullt vom ruhigen Schritt des Pferdes und von Anthonys Herzschlag dicht an ihrem Ohr, konnte sie der Realität entfliehen und sich geborgen und glücklich fühlen.

Als sie dann plötzlich auf ihre Beine gestellt wurde, war sie einen Augenblick lang noch so benommen, als wäre sie abrupt aus einem herrlichen Traum gerissen worden. Sie starrte den zerknitterten Briefumschlag vor ihren Füßen gut fünfzehn Sekunden an, bevor sie mit Schrecken begriff, was das war, und sich hastig danach bückte. Doch Anthony war schneller als sie.

Roslynn stöhnte innerlich. Sie hatte diese dummen Rechnungen total vergessen. Daß eine davon aus ihrer Rocktasche gefallen war, war schlimm genug. Daß Anthony sie aufgehoben hatte, war eine Katastrophe, denn sie konnte nicht hoffen, daß er sie ihr einfach zurückgeben würde. Das tat er auch nicht. Er öffnete sie!

»Anthony!«

»Die Rechnung ist an mich interessiert«, sagte er ruhig.

Sie schickte sich an, ins Haus zu gehen, so als könnte sie damit einen Schlußpunkt unter die Sache setzen, aber er hielt sie am Arm zurück, während er die Rechnung studierte.

Als er endlich etwas sagte, hörte sich seine Stimme nur neugierig an: »Dürfte ich fragen, was du damit vorhattest?«

Sie sah ein, daß es keinen Ausweg gab, und wandte sich ihm zu. »Es ist eine Rechnung für die Möbel, die ich gekauft habe.«

»Das sehe ich, meine Liebe. Ich habe dich aber gefragt, was du damit vorhattest.«

»Ich wollte sie bezahlen. Deshalb...«

Sie verstummte, als sie sah, daß er ihre Rocktasche betrachtete. Ihr Blick wanderte nach unten, und sie stellte bestürzt fest, daß ein weiterer Umschlag hervorschaute. Sie mußten während des Rittes hochgerutscht sein. Und bevor sie etwas sagen konnte, hatte Anthony seine Hand in ihre Tasche geschoben und brachte die restlichen Rechnungen zum Vorschein.

»Wolltest du die hier auch bezahlen?«

Sie nickte, doch da er sie nicht ansah, murmelte sie: »Ja.«

»Wäre es dann nicht angebracht gewesen, sie gleich auf deinen Namen ausstellen zu lassen anstatt auf meinen?«

Sie konnte nicht verstehen, daß er so ruhig blieb. »Ich — das wollte ich auch, aber ich habe es vergessen.«

»O nein, so war es nicht«, widersprach er, und sie verlor fast den Mut, doch im nächsten Moment verblüffte er sie mit der amüsierten Feststellung: »Du bist keine gute Geschäftsfrau, meine Liebe. Ich hätte diese Sachen für den halben Preis finden können, den du dafür bezahlt hast.«

Er stopfte die Rechnungen in seine eigene Tasche, was sie insofern ärgerte, als es genau das war, was sie von ihm erwartet hatte. »Es sind *meine* Anschaffungen«, rief sie ihm ins Gedächtnis.

»Aber sie zieren *mein* Haus.«

»Ich habe diese Sachen gekauft«, beharrte sie, »und ich werde sie auch bezahlen.«

»Nein, das wirst du nicht. Du hattest ursprünglich durchaus nicht die Absicht, sie zu bezahlen, also lassen wir's doch dabei.«

Er lächelte ihr zu. Er lächelte!

»Sei doch nicht so eigensinnig, Anthony. Du hast genug andere Gläubiger. Ich will bezahlen, was ich...«

»Mach dir keine Sorgen, Liebling«, fiel er ihr ins Wort, während er seine Hände auf ihre Schultern legte. »Ich hätte dich wohl nicht in dem Glauben lassen sollen, daß ich mich nur mühsam über Wasser halten kann, aber du hattest soviel Freude bei der Vorstellung, mich ruinieren zu können, daß ich es nicht übers Herz brachte, dich zu enttäuschen.« Er kicherte, als sie schuldbewußt zu Boden blickte, und hob ihr Kinn an. »Die Wahrheit ist, daß du hundert Häuser umgestalten könntest, ohne daß ich mit der Wimper zucke.«

»Aber du kannst doch nicht reich sein!«

Er lachte zufrieden. »Es macht sich bezahlt, wenn man einen Bruder hat, der in Geldangelegenheiten ein Genie ist. Edward hat goldene Finger, könnte man sagen. Er kümmert sich um die Finanzen der ganzen Familie. Wenn das Stadthaus dir trotz der vielen Mühe, die du dir damit gemacht hast, noch immer nicht gefällt, sagen dir meine Landsitze in der näheren Umgebung vielleicht mehr zu oder die in Kent, Northampton, Norfolk, York, Lincoln, Wiltshire, Devon...«

»Hör auf!«

»Bist du so enttäuscht, daß ich dich nicht wegen deines Geldes geheiratet habe, meine Liebe?«

»Du bekommst trotzdem etwas davon, laut Ehevertrag. Ich habe heute morgen für dich ein Konto eröffnet, auf das dieses Geld überwiesen wird.« Gott sei Dank war jetzt wenigstens das schon gesagt!

Er amüsierte sich köstlich. »Dann wirst du eben noch einmal auf die Bank gehen und es statt dessen für unsere Kinder anlegen müssen. Und wenn wir schon einmal bei diesem Thema sind, Roslynn − für deinen Unterhalt komme ich auf. Ich bezahle deine Kleidung, deinen Schmuck, alles, was deinen Körper schmückt.«

»Und was soll ich dann mit *meinem* Geld machen?« fragte sie scharf.

»Was immer du möchtest, solange du es nicht für Kleidung, Essen und Wohnen ausgibst. Vielleicht solltest du mich in Zukunft fragen, bevor du etwas von deinem Geld kaufst. Auf diese Weise können wir Streitigkeiten vermeiden.«

Sie war wütend, weil ihre Unabhängigkeit eingeschränkt wurde. Aber ihr Frauenherz war entzückt. Das Wort ›Kinder‹ ging ihr nicht mehr aus dem Kopf. Es deutete darauf hin, daß ein Ende ihrer Probleme in Aussicht war, obwohl bis dahin bestimmt noch viel Zeit vergehen würde.

»Könnten wir diese Diskussion nicht vielleicht im Haus fortsetzen?«

Anthony grinste über ihren neutralen Ton. Er hatte seinen Standpunkt klargemacht, und es freute ihn, daß sie offenbar keinen Groll mehr gegen ihn hegte. Sie machte ihm, aus welchen Gründen auch immer, ein Friedensangebot, und er würde ihr auch eines machen.

»Zum Thema Geld ist zunächst einmal alles gesagt, glaube ich.« Anthony führte sie ins Haus. »Aber einem anderen Thema müssen wir uns sofort zuwenden.«

Roslynns Herzschlag setzte aus, aber sie war nicht ganz sicher, ob sie ihn richtig verstanden hatte, und wollte sich lieber keinen falschen Hoffnungen hingeben. Doch er nahm ihren Arm und geleitete sie tatsächlich in sein Zimmer. Sogar als er die Tür schloß, wußte sie nicht so recht, was er vorhatte. Er durchquerte den Raum, zog sein Jackett aus und warf es auf den verdammten Klubsessel.

Sie starrte mit gerunzelter Stirn auf diesen Sessel. Oh, sie hatte darin ihre Lektion gelernt, wie er ihr angedroht hatte. Sie verspürte wieder einen leichten Groll, aber gleichzeitig versetzte allein die Tatsache, daß sie wieder in diesem Zimmer weilte, sie in starke Erregung.

»Komm her, Roslynn.«

Er saß auf dem Bett und knöpfte langsam sein weißes Batisthemd auf. Ihr Herz klopfte noch schneller. Er sah so unglaublich verführerisch aus, aber sie könnte es nicht ertragen, noch einmal ›mechanisch‹ genommen zu werden.

»Du — du kannst Begehren wohl simulieren?«

»Simulieren?« Seine Brauen schossen in die Höhe. »Ah, ich verstehe. Du glaubst noch immer nicht an Spontanität, stimmt's, Liebling? Komm und hilf mir mit den Stiefeln, ja?«

Sie tat es, weil er ihre Frage noch nicht beantwortet hatte und weil sie nicht weglaufen wollte, bevor sie es ganz genau wußte. Garstige oder sarkastische Bemerkungen könnte sie ertragen, nicht aber ein völliges Fehlen von Leidenschaft.

»Du bist nervös«, stellte er fest, als sie sich nicht umdrehte, nachdem sie ihm beide Stiefel ausgezogen hatte. »Das brauchst du nicht, meine Liebe. Du solltest dich meiner bedienen, wann immer sich eine günstige Gelegenheit bietet.«

Er sah, wie sie sich versteifte, und bereute seine Worte. Er hatte seinen Standpunkt letzten Abend zur Genüge klargestellt. Sie würde es nicht wieder vergessen. Aber noch einmal wäre er dazu einfach nicht imstande.

Er zog sie zwischen seine Beine, legte seine Hände auf ihre Brüste und schmiegte seine Wange an ihr Jäckchen. Ihr Kopf fiel zurück. Sie wölbte sich seinen Händen entgegen. Er zog sie aufs Bett hinunter.

»Simulation, meine Liebe? Ich glaube nicht, daß du und ich zu solchen Kunststücken imstande wären.«

Er preßte seine Lippen in glühender Leidenschaft auf ihren Mund. Es war herrlich, genauso, wie sie es in Erinnerung gehabt hatte, ein verzehrendes Feuer, gegen das keine Vernunft ankam. Die letzte Nacht war vergessen. Er küßte sie jetzt, als hinge sein Leben davon ab, er vorenthielt ihr nichts, und die Seele der Frau erblühte in seinen Armen.

Kapitel 40

»In zwei Tagen geht die Reise los, Tony«, war das erste, was James von sich gab, als er das Eßzimmer betrat.

»Brauchst du meine Hilfe beim Packen?«

»Spiel nicht den wilden Mann, Kleiner. Du weißt selbst, wie gern du mich hier hattest.«

Anthony stieß eine Art Grunzen aus und widmete sich wieder seinem Frühstück. »Wann hast du das denn endgültig beschlossen?«

»Als ich gesehen habe, wie hoffnungslos verfahren

deine Situation ist. Ehrlich, es macht einfach keinen Spaß mehr zuzuschauen.«

Anthony legte seine Gabel hin und starrte verdutzt auf den Rücken seines Bruders, der an der Anrichte seinen Teller füllte. Anthony glaubte, in den vergangenen zwei Wochen große Fortschritte gemacht zu haben. Er brauchte Roslynn jetzt nur zu berühren, und schon lag sie in seinen Armen. Er konnte beim besten Willen nicht einsehen, was daran hoffnungslos sein sollte. Bald würde sie auch zugeben, daß sie ihn genauso brauchte wie er sie. Sie würde ihre Torheit zugeben und auf ihre absurden Bedingungen verzichten. Doch bis es soweit war, würde er sich genauestens an diese Bedingungen halten.

»Könntest du mir deine Bemerkung vielleicht erklären?«

James nahm ihm gegenüber Platz und sagte zufrieden: »Mir gefällt dieses Zimmer jetzt sehr gut. Was hat es dich gekostet?«

»Komm zur Sache, James.«

Ein Schulterzucken. »Das liegt doch auf der Hand, mein Junge. Sie hält sich zu allen möglichen Tages- und Nachtzeiten in deinem Zimmer auf, aber wenn ihr euch nicht gerade hinter jener Tür vergnügt, hat man das Gefühl, ihr wärt euch völlig fremd. Wo ist nur deine Finesse geblieben, für die du einst so berühmt warst. Die Frauen haben dir doch in Scharen aus der Hand gefressen. Oder ist sie dagegen immun?«

»Das geht dich nichts an, weißt du das?«

»Ich weiß.«

Anthony beantwortete seine Frage trotzdem. »Sie ist nicht immer dagegen, aber sie ist auch nicht wie andere Frauen. Sie hat so schreckliche Ideen – und ich will, daß sie aus eigenem Antrieb zu mir kommt, nicht nur, weil ihre Sinne ihr keine andere Wahl lassen.«

»Soll das heißen, daß sie – nicht zu dir kommt?« Als Anthony ihn nur finster anstarrte, kicherte James. »Jetzt sag nur nicht, daß das kleine Mißverständnis in bezug auf die süße Margie noch immer nicht ausgeräumt ist?«

»Du erinnerst dich sogar noch an ihren Namen?«

»Ehrlich gesagt, habe ich sie ziemlich oft wiedergesehen. Sie ist wirklich ein niedlicher Käfer.« Aber der kleine Satansbraten, der ihn vors Schienbein getreten hatte, war nicht mehr in der Taverne aufgetaucht, obohl James in erster Linie deshalb immer wieder hgegangen war. »Ist dir nie die Idee gekommen, deiner Holden die Sache zu erklären.«

»Das habe ich ja getan, und ein zweites Mal werde ich es bestimmt nicht tun.«

James seufzte über eine derartige Sturheit, obwohl dieser Charakterzug bei ihm genauso stark ausgeprägt war. »Stolz kann eine Vorstufe zur Narretei sein, mein lieber Junge. Du bist jetzt fast einen Monat verheiratet. Wenn ich gewußt hätte, daß du so einen Schlamassel anrichten würdest, hätte ich der Dame selbst ernsthaft den Hof gemacht.«

»Nur über meine Leiche!« fauchte Anthony.

»Wir sind ganz schön empfindlich, was?« grinste James. »Reg dich ab. Du hast sie nun einmal gewonnen. Aber was du dann mit dem Preis gemacht hast, kann man nur als jämmerlich bezeichnen. Ein bißchen Romantik könnte gewiß nichts schaden. Schließlich ist sie dahingeschmolzen, als sie dich zum erstenmal im Mondschein zu Gesicht bekommen hat.«

Anthony verspürte den heftigen Drang, seinem Bruder an die Gurgel zu springen. »Was ich wirklich am allerwenigsten brauche, sind deine weisen Ratschläge, James. Ich habe meine eigene Strategie, was meine Frau betrifft, und sie funktioniert, auch wenn du davon nicht überzeugt zu sein scheinst.«

»Eine verdammt komische Strategie ist das — Feinde bei Tag, ein Liebespaar bei Nacht. Ich selbst hätte einfach nicht die Geduld dazu. Wenn sie nicht dem ersten Ansturm erliegen...«

»...sind sie der Mühe nicht wert?«

»Manche schon. Aber es gibt einfach zu viele andere süße Dinger, die nur darauf warten, einen zu trösten.«

»Aber ich habe Roslynn bekommen.«

James lachte. »Ein Punkt für dich. *Ist* sie der Mühe wert?«

Anthonys Antwort bestand in einem Lächeln, das sich langsam auf seinem Gesicht ausbreitete. James' Gelächter verebbte. Ja, er konnte sich durchaus vorstellen, daß sich bei der kleinen Schottin ein bißchen Geduld wohl auszahlen könnte. Was aber Anthonys Strategie betraf, so stand für James fest, daß sein lieber Bruder sich – vulgär ausgedrückt – immer tiefer in die Scheiße ritt. Es würde ihn gar nicht wundern, wenn Roslynn bei seiner Rückkehr nach England sehr viel mit Jasons Frau gemeinsam hätte, der jeder Vorwand recht war, ihrem Mann ausweichen zu können.

Nettie tauchte in der Tür auf. »Entschuldigen Sie, Sir Anthony, aber Lady Roslynn möchte gern mit Ihnen sprechen.«

»Wo ist sie?«

»In ihrem Zimmer, Mylord. Sie fühlt sich nicht wohl.«

Sobald Nettie außer Hörweite war, knurrte Anthony: »Verfluchte Scheiße!«

James schüttelte tadelnd den Kopf. »Siehst du? Du hörst, daß deine Frau krank ist, und anstatt um sie besorgt zu sein...«

»Halt die Klappe, James, denn du hast nicht die geringste Ahnung, was los ist. Wenn sie sich nicht wohl fühlt, so heißt das, das ihre Gebete erhört worden sind. Mir ist es schon gestern morgen aufgefallen, als sie... Verdammt, James, sie will mir sagen, daß ich bald Vater werde!«

»Ah, aber das ist doch großartig!« rief James begeistert, doch als er Anthonys düstere Miene sah, fragte er zögernd: »Oder etwa nicht?«

»Nein, es ist total beschissen!«

»Um Himmels willen, Tony, wenn du heiratest, mußt du dich doch auch auf Kinder einstellen...«

»Das weiß ich selbst, du Idiot! Ich möchte ja auch Kinder haben. Ich freue mich auf dieses Kind. Nur die damit verbundenen Konditionen sagen mir überhaupt nicht zu.«

James lachte, weil er ihn falsch verstanden hatte. »Das ist eben der Preis der Vaterschaft. Großer Gott, es sind doch nur ein paar Monate, in denen du nicht mit ihr schlafen kannst. Und dich abreagieren kannst du leicht anderswo.«

Anthony erhob sich. Seine Stimme war ruhig, aber eisig. »*Wenn* ich mich anderswo abreagieren wollte und *wenn* es nur ein paar Monate wären, könntest du recht haben, Bruderherz. Aber mein Bett wird leer sein, sobald meine liebe Frau mir ihren Zustand ankündigt.«

James war total perplex. »Wessen lächerliche Idee war das denn?«

»Meine ganz bestimmt nicht.«

»Soll das heißen, daß sie nur zu dir gekommen ist, weil sie ein Kind wollte?«

»So ist es.«

James schnaubte. »Ich sage es nur ungern, alter Junge, aber ich habe den Eindruck, daß man deinem Weib ordentlich den Hintern versohlen müßte.«

»Nein, sie muß nur zugeben, daß sie einen großen Fehler begangen hat, und letztendlich wird sie das auch. Die große Frage ist nur — wann? Denn wenn dieser Zustand sehr lange anhält, werde ich den Verstand verlieren.«

Kapitel 41

Schwacher Tee und Zwieback, hatte Nettie kategorisch erklärt. Kein sehr verlockendes Frühstück, aber immerhin besser als die heiße Schokolade und das Gebäck, nach deren Genuß sie vorhin kaum noch den Nachttopf erreicht hatte. Sie hatte schon vermutet, daß sie schwanger war, als vor einer Woche ihre Menstruation ausgeblieben war. Und vor drei Tagen war sie dann ganz sicher gewesen, denn da hatte sie zum erstenmal jene scheußliche morgendliche Übelkeit verspürt, die erst gegen Mittag verging. Seitdem war es mit jedem Tag etwas schlimmer geworden. An diesem Morgen nun hatte sie fast eine Stunde in der Nähe des Nachttopfes bleiben und sich immer wieder übergeben müssen. Sie hoffte von Herzen, daß es morgen früh nicht so schlimm sein würde, denn da fand Frances' Hochzeit statt. Sie war sich gar nicht sicher, daß sie in der Lage sein würde, daran teilzunehmen, und auch das trug dazu bei, daß sie äußerst deprimiert war, anstatt sich über ihren Zustand zu freuen.

Trotz des Zwiebacks, an dem sie lustlos geknabbert hatte, hatte ihr Magen sich noch nicht ganz beruhigt. Sie mußte sich immer wieder ins Gedächtnis rufen, daß sie sich nichts so sehr wünschte wie ein Kind. Aber warum konnte sie nicht zu jenen glücklichen Frauen gehören, denen diese Übelkeit erspart blieb? Und daß sie schon so früh darunter zu leiden hatte! Sie hatte ihre schändliche Vereinbarung mit Anthony erst vor zwei Wochen getroffen, und bereits eine Woche später hatte sie vermutet, schwanger zu sein, was nur die Erklärung zuließ, daß ihre Vereinbarung völlig überflüssig gewesen war, weil das Kind mit größter Wahrscheinlichkeit schon in der Nacht ihrer Verführung gezeugt worden war.

Roslynn stellte die Teetasse vorsichtig auf dem Tischchen neben dem Sofa ab. Auch abrupte Bewegungen ließen ihren Magen rebellieren, wie sie vor einigen Tagen mitten im Liebesspiel entsetzt festgestellt hatte. Es war ihr gelungen, durch größte Konzentration die Übelkeit zu überwinden, und Anthony hatte nichts davon gemerkt. Und dann hatte sie sich noch zwei Nächte gegönnt, hatte es herausgeschoben, ihm die Neuigkeit mitzuteilen. Aber jetzt konnte sie es nicht mehr länger hinauszögern. An diesem Morgen hatte sie sein Zimmer gerade noch verlassen können, bevor er aufgewacht war. Und wenn die Übelkeit nun mit jedem Tag schlimmer würde, konnte sie morgens ohnehin nicht mehr mit ihm der Lust frönen. Sie mußte ihm sagen, daß sie ein Kind erwartete, bevor von selbst darauf käme und ihr vorwerfen könnte, daß sie sich selbst nicht an ihre eigenen Bedingungen halte.

O Gott, wie verhaßt ihr diese Vereinbarung doch war! Anthony war in diesen zwei Wochen so herrlich verliebt gewesen, zumindest im Schlafzimmer. Er hatte sie so oft geliebt, daß ihm für eine andere Frau einfach die Kraft gefehlt hätte, das wußte sie genau. Sie hatte ihn während dieser Zeit ganz für sich allein gehabt, und jede Nacht war ihr wie ihre Hochzeitsnacht vorgekommen, mit solcher Leidenschaft und Zärtlichkeit hatte er sich ihr gewidmet.

Aber außerhalb des Schlafzimmers war er ein völlig anderer Mann gewesen, entweder gleichgültig oder kalt und sarkastisch, nie freundlich oder gar herzlich. Und Roslynn wußte, daß jene Bedingung daran schuld war, daß er ihr auf diese Weise demonstrieren wollte, wie verabscheuungswürdig er diese Vereinbarung nach wie vor fand.

Und jetzt war die schöne Zeit vorüber. Aber Roslynn wollte nicht, daß sie vorüber war. Verdammt, sie hing an Anthony, aber durch ihre eigene Torheit würde sie ihn jetzt verlieren. Vorübergehend, hatte sie verlangt. Und es waren nur zwei kurze Wochen geworden...

»Du wolltest mich sprechen?«

Er war ins Zimmer getreten, ohne anzuklopfen. Seit jenem Abend, als sie sich unpäßlich gestellt hatte, war er nicht mehr hier gewesen. Jetzt brauchte sie ihm das Unwohlsein nicht mehr vorspielen.

Anthony betrachtete flüchtig die neuen Möbel, bevor seine kobaldblauen Augen sich auf sie richteten. Sie mußte wieder gegen eine Übelkeit ankämpfen – aber diesmal war Nervosität die Ursache.

»Ich bekomme ein Kind!« platzte sie heraus.

Er stand vor ihr, die Hände in den Taschen. Sein Gesichtsausdruck veränderte sich nicht, und das war das Schlimmste. Er hätte zumindest ein klein wenig Freude über das Kind zeigen können – oder seinen Unmut. Unmut wäre ihr im Augenblick lieber gewesen. Sie hätte jetzt sogar jenen kalten Zorn begrüßt, den sie erlebt hatte, als sie mit ihrer Bedingung zu ihm gekommen war.

»Wie schön für dich«, sagte er völlig gleichgültig. »Deine Besuche in meinem Zimmer sind also beendet?«

»Ja. Es sei denn...«

»Es sei denn?« fiel er ihr absichtlich schroff ins Wort. »Mir liegt es völlig fern, deinen Bedingungen zuwiderzuhandeln, Liebling.«

Sie biß sich auf die Lippe, um diese Bedingungen nicht in seiner Gegenwart laut zu verfluchen. Sie hatte vergessen, was sie ihm hatte sagen wollen, als er sie unterbrochen hatte. Aber er hatte es ja nicht hören wollen. Und sie hatte gehofft und gebetet, daß *er* darauf bestehen würde, diese Vereinbarung zu vergessen, daß er von ihr verlangen würde, wieder ganz in sein Zimmer zu ziehen. Er hatte es nicht getan. War es ihm inzwischen egal?

Sie starrte zum Fenster hinüber, und obwohl es doch ein so erfreuliches Thema war, klang ihre Stimme gedrückt und tonlos, als sie sagte: »Ich werde ein Kinderzimmer benötigen.«

»James reist in zwei Tagen ab, dann kannst du sein Zimmer entsprechend einrichten.«

Sie hatte den Eröffnungszug gemacht, aber er reagierte nicht darauf. Er hätte jetzt *diesen* Raum vorschlagen können, der seinem Schlafzimmer gegenüberlag und deshalb für ein Kinderzimmer besonders gut geeignet wäre.

Sie schaute weiter aus dem Fenster, ohne etwas wahrzunehmen. »Es ist doch auch dein Kind, Anthony. Welche Farben wären denn nach deinem Geschmack?«

»Das überlasse ich ganz dir, meine Liebe. Übrigens bin ich heute zum Abendessen nicht hier. Wir feiern im Klub Georges Abschied vom sorglosen Junggesellendasein.«

Sein abrupter Themawechsel traf sie empfindlich. Offensichtlich hatte er weder an dem Baby noch an ihr irgendein Interesse, denn er entfernte sich, ohne ein weiteres Wort zu verlieren.

Auf dem Korridor schlug Anthony mit der Faust gegen die Wand. Und Roslynn weinte in ihrem Zimmer heiße Tränen.

Sie hatte sich noch nie im Leben so miserabel gefühlt, und all das war nur ihre eigene Schuld. Sie konnte sich nicht einmal mehr erinnern, warum sie diese blödsinnige Bedingung überhaupt gestellt hatte. Doch, jetzt fiel es ihr wieder ein. Sie hatte befürchtet, daß sie sich in Anthony verlieben könnte, wenn sie ständig sein Bett teilen würde. Nun, es war sowieso passiert. Nettie hatte recht gehabt.

»War es die Mitteilung, die du erwartet hast?«

Anthony drehte sich um und sah James vor seinem Zimmer stehen. »Ja.«

»Deine Strategie funktioniert also doch nicht so perfekt, oder?«

»Hol dich der Teufel, James! Könntest du nicht vielleicht schon einen Tag früher abreisen?«

Kapitel 42

»Warum sagst du es ihm nicht einfach, Ros?«

»Ich kann nicht«, erwiderte Roslynn und trank nervös einen großen Schluck Champagner.

Sie hatten sich ein wenig von den anderen Partygästen abgesondert. Eine richtige Party war es eigentlich nicht, nur ein gemütliches Beisammensein von Frances' Freundinnen im Hause ihrer Mutter. Es war schließlich nicht nur den Herren vorbehalten, am Vorabend der Hochzeit zu feiern. Doch Roslynn war absolut nicht nach Feiern zumute, obwohl sie inzwischen akzeptiert hatte, daß Frances selig über diese Heirat war. Roslynn freute sich aufrichtig über das Glück ihrer Freundin – aber ihr war davon nichts anzusehen.

Ihre deprimierte Stimmung war Frances nicht entgangen, und sie befürchtete, daß Roslynn noch immer gegen ihre Verbindung mit George sein könnte. Um Frances zu überzeugen, daß dem nicht so war, hatte Roslynn ihr die Wahrheit gestehen müssen.

»Wenn das so einfach wäre...«, setzte Roslynn nun an, wurde aber sofort von Frances unterbrochen.

»Aber es ist ganz einfach. Du brauchst nur zu sagen: Ich liebe dich. Drei kleine Worte, meine Liebe, und alle deine Probleme werden gelöst sein.«

Roslynn schüttelte den Kopf. »Dir kommen diese Worte leicht über die Lippen, weil du weißt, daß George deine Liebe erwidert. Aber Anthony liebt mich nicht. Das ist ein gewaltiger Unterschied.«

»Warst du denn liebenswert?«

Roslynn schnitt eine Grimasse. »Nein. Man könnte sagen, daß ich seit unserer Hochzeit ständig ein widerliches Ekel war.«

»Nun, du hattest dafür ja auch gute Gründe. Das war wirklich abscheulich von Sir Anthony, aber du sagst, du seist fast sicher, daß er nur dieses eine Mal gestrauchelt ist. Es liegt jetzt nur an dir, meine Liebe. Du kannst ihm sagen, daß du ihm diesen Fehltritt verziehen hast und einen Neuanfang machen möchtest, oder du kannst so weitermachen wie bisher.«

Eine herrliche Wahl, dachte Roslynn, deren Groll tief im Innern noch immer schwelte. Warum sollte sie all diese Konzessionen machen? Anthony hatte sich ja nicht einmal entschuldigt.

»Ein Mann wie Sir Anthony wird nicht ewig warten, weißt du«, fuhr Frances fort. »Du treibst ihn einer anderen Frau direkt in die Arme.«

»Die sucht er sich schon ganz allein«, entgegnete Roslynn bitter.

Aber sie mußte Frances recht geben. Wenn *sie* Anthonys Bett nicht teilte, würde eines Tages eine andere Frau ihren Platz einnehmen. Aber das hatte sie ja schon gewußt, als sie ihre Bedingung stellte. Nur hatte sie damals noch nicht zugeben wollen, daß sie darunter leiden würde. Aber es würde wahnsinnig weh tun, denn sie liebte ihn.

Roslynn kam um elf nach Hause und hatte kaum ihren Abendmantel und ihre Handschuhe ausgezogen, als die Tür wieder geöffnet wurde und Anthony und George über die Schwelle torkelten. Dobson konnte ein Seufzen nicht unterdrücken. Roslynn hatte das Gefühl, diese Szene schon einmal erlebt zu haben. Allerdings waren diesmal die Rollen vertauscht, denn es war Anthony, der seinen Freund stützte. George sah aus, als würde er gleich einschlafen.

»Du kommst früh nach Hause«, sagte Roslynn in betont neutralem Ton.

»Der alte Junge hat sich einen Mordsrausch angetrunken, und da hielt ich es für vernünftiger, ihn zu Bett zu bringen.«

»Aber warum hast du ihn nicht zu ihm nach Hause gebracht?«

Anthony zuckte die Achseln. »Alte Gewohnheit, meine Liebe. Wenn wir uns früher zusammen eine Nacht um die Ohren geschlagen haben, ist George am Ende meistens hier gelandet. Er hat sogar ein eigenes Zimmer. Nein, halt, das ist ja jetzt dein Zimmer.«

Sie tauschten einen langen Blick, bis George murmelte: »Was ist los? Wer hat mein Zimmer?«

»Nur keine Angst, alter Junge. Meine Frau wird es dir für heute nacht bestimmt überlassen, nicht wahr, meine Liebe?«

Roslynns Herzschlag setzte kurz aus. Hatte er George

absichtlich mitgebracht, damit sie umziehen *mußte?* Und sie konnte nur in sein Zimmer umziehen.

»Machen Sie sich meinetwegen keine Umstände, Lady Malory.«

Sie verstand ihn, obwohl er schrecklich lallte und bei diesen Worten nicht sie, sondern Dobson anschaute. »Es macht mir keine Umstände, George«, beruhigte Roslynn ihn. »Ich brauche nur einen Augenblick...«

»Bitte beeil dich«, mischte sich Anthony ein. »Der Kerl ist verdammt schwer, weißt du. Und wenn ich ihn irgendwo hinsetze, steht er mir nicht wieder auf. Hol dir nur schnell die Sachen, die du unbedingt brauchst.«

Sie suchte in aller Eile ihre Sachen zusammen, während Anthony George auf das Bett fallen ließ. Georges Zimmer? Also gehörten die Sonette, die sie gefunden hatte, George. Diesen Geschmack hätte sie einem Weiberhelden nicht zugetraut. Man konnte eben nie wissen. Frances hatte wohl doch Glück.

Sie hastete aus dem Zimmer, denn Anthony hatte schon begonnen, seinen Freund zu entkleiden. Im Korridor blieb sie stehen und starrte auf die Tür von Anthonys Zimmer. Das hatte er doch wohl gemeint? Wo sollte sie denn sonst auch schlafen? Jeremy und James waren zwar wahrscheinlich noch nicht zu Hause, aber sie würden nach Hause kommen. Und es gab nur diese vier Räume hier oben.

Sie betrat zögernd das Zimmer und rechnete damit, daß Willis auf Anthony warten würde. Aber der Raum war leer. Entweder hatte Anthony diese Sache geplant, oder aber er hatte seinen Kammerdiener noch nicht informiert, daß er sich in Zukunft wieder bereithalten solle. In den beiden letzten Wochen hatte Willis das Zimmer nämlich nur betreten, wenn Anthony ihn gerufen hatte. Aber für Londoner Begriffe war es auch noch früh am Abend, und Willis würde Anthony bestimmt nicht so früh zurückerwarten.

Roslynn seufzte. Sie wußte nicht, was sie von der Sache halten sollte. Aber sie würde sich diese günstige Gelegenheit nicht entgehen lassen. Sie hätte sich selbst nichts Besseres ausdenken können. Sie würde ihren Stolz nicht zu Grabe tragen und nicht zugeben müssen, was für eine Närrin sie gewesen war. Sie konnte Anthony jetzt einfach zeigen, daß sie nichts dagegen hatte, hier zu sein, daß sie sogar hier sein *wollte*.

Sie begann sich auszuziehen und stand im Hemd da, als Anthony das Zimmer betrat. Sein Blick ruhte kurz auf ihr, bevor er sich in sein Ankleidezimmer begab. Roslynn legte sich rasch zu Bett. Sie wünschte, er hätte irgend etwas gesagt. O Gott, wie sie das an ihre Hochzeitsnacht erinnerte! Und sie war jetzt auch nicht minder nervös.

Als er zurückkam, trug er nur einen Morgenrock. Sie selbst hatte wenigstens daran gedacht, ein Nachthemd anzuziehen. Sie wollte nicht *zu* deutlich zeigen, worauf sie aus war.

Aber sich selbst gestand sie es ein, während sie Anthony betrachtete, der die Lampen löschte. Die goldenen Tupfen in ihren Augen hatten einen wollüstigen Glanz. Sie hatte ihn in den beiden letzten Wochen so oft gehabt. Sie hatte festgestellt, daß es ihr bei weitem noch nicht genügte. Sie würde von ihm nie genug bekommen.

Es war jetzt dunkel im Zimmer. Silberne Mondstrahlen fielen durch die Fenster ein. Ihre anderen Sinne reagierten schneller als die Augen, die sich erst an die Dunkelheit gewöhnen mußte. Sein Geruch stieg ihr in die Nase, als er näher kam. Und als er sich hinlegte, hielt sie den Atem an. Gleich würde er sich zu ihr hinüberbeugen. Sein Mund würde im Dunkeln ihre Lippen suchen, er würde sie leidenschaftlich küssen...

»Gute Nacht, meine Liebe.«

Sie riß die Augen weit auf. Verdammt, er hatte ihren Umzug in dieses Zimmer also doch nicht geplant! Er hielt sich genau an ihre Bedingung, er würde sie nicht mehr anrühren, nachdem sie jetzt schwanger war. Das war gemein. Wie *konnte* er nur, wenn sie direkt neben ihm lag und ihn wahnsinnig begehrte?

»Anthony...«

»Ja?«

Sein scharfer Ton raubte ihr den Mut. »Nichts«, murmelte sie.

Sie lag da und wünschte, sie hätte auf der Party mehr als nur zwei Glas Champagner getrunken. Aber sie hatte sich zurückgehalten, weil sie an ihre morgendliche Übelkeit gedacht hatte, die sie irgendwie in den Griff bekommen mußte, um Frances' Hochzeit nicht zu versäumen. Sie hatte ja nicht gewußt, daß sie keinen Schlaf finden würde. Noch in der vergangenen Nacht hatte sie sich an Anthony schmiegen und den Kopf an seine Brust legen können. Welch einen Unterschied doch ein einziger Tag machen konnte. Nein, nicht der Tag. Ihre verdammte Bedingung.

So ging es einfach nicht. Sie mußte...

Sie hörte Anthony stöhnen, und gleich darauf zog er sie an seine Brust. Sein Kuß war wild, voller entfesselter Leidenschaft, die sie beide immer mehr entflammte. Roslynn war so erleichtert und so selig, daß sie sich ihm rückhaltlos hingab. Sie würde ihren Stolz besiegen. Sie liebte ihn. Sie würde es ihm sagen müssen, aber jetzt war dafür nicht der richtige Zeitpunkt. Später, wenn sie wieder einen klaren Gedanken fassen konnte...

Kapitel 43

Alles schien sich gegen Roslynn verschworen zu haben, um sie an einem Gespräch unter vier Augen mit Anthony zu hindern. Nach dem Liebesakt in jener Nacht war sie sofort eingeschlafen, und am nächsten Morgen hatte Anthony sie geweckt und ihr mitgeteilt, George sei gegangen, sie könne also ihr Zimmer zurückhaben. Ganz kühl und nüchtern hatte er das vorgebracht, so als wäre die Nacht nicht gewesen. Und noch bevor sie ihm etwas hätte sagen können, war ihr übel geworden, und sie hatte ihr Zimmer in allerletzter Sekunde erreicht.

Dann hatte die Trauung stattgefunden, und das anschließende Mittagessen hatte sich bis zum späten Nachmittag hingezogen. Und dann waren James und Anthony zusammen ausgegangen, um James' letzten Abend an Land würdig zu begehen, und Roslynn hatte schlecht geschlafen, weil ihr der Gedanke, was die beiden wohl so alles treiben mochten, keine Ruhe gelassen hatte. Sie waren jedenfalls erst im Morgengrauen nach Hause gekommen.

Und an diesem Morgen nun hatte sie sich in aller Eile fertigmachen müssen, um zum Hafen zu fahren, wo sich anläßlich des Auslaufens der ›Maiden Anne‹ der ganze Malory-Clan versammelt hatte. Jetzt stand sie etwas abseits, neben Jeremy, während James' Brüder ihn umarmten und ihm eine gute Fahrt wünschten. Auch Roslynn hatte James zum Abschied geküßt, sehr flüchtig, unter Anthonys wachsamen Augen, was James natürlich sofort kommentiert hatte.

»Du wirst ihn bestimmt schrecklich vermissen, Jeremy?«

Der Junge grinste ihr zu. »Na ja, er wird wohl nicht ewig wegbleiben. Und wahrscheinlich werde ich gar keine Zeit haben, um ihn zu vermissen. Weißt du, er hat mir jede Menge Verhaltensmaßregeln gegeben. Ich soll mich eifrig meinen Studien widmen und mir keinen Bast... äh – also, ich soll nicht in Schwierigkeiten geraten, und ich soll auf Onkel Tony und natürlich auch auf dich hören und mich überhaupt so benehmen, daß er stolz auf mich sein kann.«

»Ich bin sicher, daß du das alles spielend schaffst.« Roslynn rang sich ein Lächeln ab, aber die Hafengerüche waren Gift für ihren Magen, und sie wußte, daß sie sich rasch in die Kutsche begeben mußte, wenn sie sich nicht in aller Öffentlichkeit übergeben wollte. »Ich glaube, jetzt bist du an der Reihe, um dich von deinem Vater zu verabschieden, Junge.«

Jeremy wurde nicht nur von James, sondern auch von Conrad fest umarmt und mußte sich von letzterem auch noch einmal anhören, was er zu tun und zu lassen hatte. Die Gezeiten waren seine Rettung. Für die ›Maiden Anne‹ wurde es allmählich höchste Zeit auszulaufen, und die beiden Männer mußten an Bord gehen.

Wegen eines Katers, den er Anthony zu verdanken hatte, hätte James fast etwas Wichtiges vergessen. In letzter Minute rief er Jeremy noch einmal zu sich und händigte ihm einen Brief aus. »Sieh zu, daß deine Tante Roslynn das bekommt, aber so, daß Tony es nicht sieht.«

Jeremy schob das Blatt in die Tasche. »Es ist doch wohl kein Liebesbrief, oder?«

»Ein Liebesbrief?« schnaubte James. »Verschwinde, aber schnell! Und paß auf...«

»Ich weiß, ich weiß.« Jeemy hob abwehrend die Hände und rief lachend: »Ich tu nichts, was du nicht tätest.«

Er rannte die Laufplanke hinab, bevor sein Vater ihm wegen seiner Unverschämtheit die Ohren lang ziehen konnte. James drehte sich lächelnd um und stieß fast mit Connie zusammen.

»Worum ging's denn?«

James war klar, daß Connie gesehen hatte, wie er seinem Sohn den Brief übergab. Schulterzuckend erklärte er: »Ich habe beschlossen, doch die gute Fee zu spielen. Ich befürchte nämlich, daß Tony sonst auch noch in hundert Jahren verzweifelt herumrudert und keinen festen Boden unter die Füße bekommt.«

»Ich dachte, du wolltest dich nicht einmischen«, rief Connie ihm ins Gedächtnis.

»Na ja, immerhin ist er ja mein Bruder. Obwohl er es eigentlich nicht verdient hat, daß ich ihm helfe, nachdem er mir letzte Nacht so übel mitgespielt hat.« Connie warf ihm einen fragenden Blick zu, und James grinste trotz seines Brummschädels. »Der Schuft hat mich zum Saufen verführt, nur damit ich mich heute hundsmiserabel fühle.«

»Aber du mußtest natürlich mithalten.«

»Selbstverständlich. Ich konnte mich doch von dem Kleinen nicht unter den Tisch trinken lassen, oder? Aber jetzt übergebe ich erst mal dir das Kommando. Ich bin im Augenblick echt geschafft. Komm dann später in meine Kajüte.«

Eine Stunde später bediente sich Connie in der Kapitänskajüte mit Whisky und nahm James gegenüber am Schreibtisch Platz. »Du machst dir doch keine Sorgen um den Jungen, oder?«

»Um diesen Schlawiner?« James schüttelte den Kopf, wurde durch die heftige Bewegung daran erinnert, daß er immer noch Kopfweh hatte, und trank wieder einen Schluck von dem Tonic, das Connie ihm aus der Kombüse hatte bringen lassen. »Tony wird schon dafür sorgen, daß dem Burschen nichts passiert. Ich glaube, wenn jemand sich hier an Bord Sorgen machen wird, so bist du es. Du hättest einen eigenen Sohn haben sollen, Connie.«

»Wahrscheinlich habe ich irgendwo einen. Ich habe ihn nur noch nicht gefunden. Und du hast bestimmt außer Jeremy auch noch andere Söhne, von deren Existenz du nichts weißt.«

»Großer Gott, einer genügt mir!« rief James in gespieltem Entsetzen. »Und was hast du mir jetzt alles zu berichten? Wie viele von der alten Mannschaft waren noch aufzutreiben?«

»Achtzehn. Und die Reihem aufzufüllen, war auch nicht schwer. Bis auf den Bootsmann, wie ich dir ja schon gesagt hatte.«

»Wir haben also keinen an Bord? Das ist für dich eine zusätzliche Belastung, Connie.«

»Ja, das wär's tatsächlich, wenn ich nicht gestern zufällig doch noch einen Mann gefunden hätte. Das heißt, er hat sich freiwillig gemeldet. Er und sein Bruder wollten als Passagiere mitgenommen werden. Als ich ihm sagte, daß die ›Maiden Anne‹ keine Passagiere befördert, erbot er sich anzuheuern. Ein hartnäckigerer Schotte ist mir noch nie begegnet.«

»Noch ein Schotte? Als ob ich mit denen in letzter Zeit nicht genug zu tun gehabt hätte! Weißt du, ich bin schon heilfroh, daß du dich an deine schottischen Vorfahren nicht mehr erinnern kannst, Connie. Zuerst die zermürbende Suche nach diesem liebenswerten Vetter von Roslynn, und dann noch der kleine Satansbraten aus der Taverne samt ihrem Gefährten . . .

»Ich dachte, die Kleine hättest du dir aus dem Kopf geschlagen?«

James runzelte als Antwort nur die Stirn. »Woher weißt du überhaupt, daß dieser Schotte von der Takelage was versteht?«

»Ich habe ihn auf Herz und Nieren geprüft. Ich würde sagen, der Mann hat sein Zeug im Griff. Übrigens behauptet er, schon früher als Quartiermeister, Bootsmann und Schiffszimmermann zur See gefahren zu sein.«

»Wenn das stimmt, können wir ihn gut gebrauchen. Ausgezeichnet. Gibt's sonst noch was Besonderes?«

»Johnny hat geheiratet.«

»Johnny? Mein Schiffsjunge Johnny?« James' Augen schleuderten Blitze. »Allmächtiger Himmel, er ist doch erst fünfzehn! Was zum Teufel ist denn in ihn gefahren?«

Connie zuckte mit den Schultern. »Er sagt, er hätte sich verliebt und brächte es nicht fertig, die kleine Frau zu verlassen.«

»Kleine Frau?« schnaubte James. »Dieser Dreikäsehoch brauchte doch noch eine Mutter und keine Frau.« Sein Schädel dröhnte wieder, und er trank den Rest Tonic.

»Ich hsbe aber einen neuen Schiffsjungen für dich gefunden. MacDonnels Bruder . . .«

James verschluckte sich am Tonic. »Wer?«

»Verdammt, James, was hast du denn?«

»Sagtest du eben MacDonell? Heißt er mit Vornamen zufällig Ian?«

»Ja.« Connies Augen funkelten fröhlich. »Großer Gott, das ist doch nicht etwa der Schotte aus der Taverne?«

James wischte die Frage mit einer ungeduldigen Geste vom Tisch. »Hast du dir den Bruder genau angesehen?«

»Jetzt, wo du mich fragst — nein. Ist so ein kleines, mageres Kerlchen, versteckt sich hinter dem großen Bruder. Mir blieb keine andere Wahl als ihn zu nehmen, weil Johnny mir erst vor zwei Tagen mitgeteilt hat, daß er in England bleibt. Aber du willst doch wohl nicht sagen...«

»Genau das.« James lachte plötzlich. »O Gott, Connie, das ist wirklich köstlich! Weißt du, ich habe überall nach dieser kleinen Hexe Ausschau gehalten, aber sie und ihr Schotte waren aus der Gegend verschwunden. Und jetzt fällt sie mir plötzlich in den Schoß.«

Connie grunzte. »Na ja, ich sehe schon, daß du eine angenehme Fahrt haben wirst.«

»Darauf kannst du Gift nehmen.«

Und während die ›Maiden Anne‹ England hinter sich ließ, dachte James an die Pflichten, die sein neuer Schiffsjunge im Laufe der Zeit übernehmen würde... O ja, dies würde wirklich eine sehr angenehme Reise werden!

Kapitel 44

»Gehst du wieder fort?«

Anthony hatte gerade seine Handschuhe anziehen wollen. »Ja.«

Roslynn ging auf ihn zu. Sie waren vor etwas mehr als einer Stunde vom Hafen zurückgekommen, und nun hatte sie endlich ihren ganzen Mut zusammengenommen, um mit Anthony zu sprechen. Sie mußte diese Sache endlich hinter sich bringen.

»Ich möchte gern mit dir reden.«

»Selbstverständlich.« Er deutete auf das Empfangszimmer.

»Nein, oben.« Sie errötete, als er fragend die Brauen hob, und fügte rasch hinzu: »In meinem Zimmer.«

Jeremy war irgendwo im Haus, und sie durften bei diesem wichtigen Gespräch nicht gestört werden. »Dort können wir uns in Ruhe unterhalten.«

»Also gehen wir rauf.«

Sein Ton klang gleichgültig. O Gott, er würde es ihr nicht leicht machen! Und was, wenn ihn nun alles, was sie ihm zu sagen hatte, überhaupt nicht interessierte? Vielleicht würde sie sich nur lächerlich machen...

Roslynn rannte die Treppe hinauf, während Anthony ihr sehr langsam folgte. Er befürchtete, daß sie ihm wieder etwas Unangenehmes zu eröffnen hatte. Es war noch viel zu früh, um von ihr das zu hören, worauf er sehnlichst wartete. Vermutlich würde es noch Wochen dauern, bis sie zugab, daß sie nicht gern allein schlief. Und dann würde er endlich gebieterisch auftreten und verlangen, daß sie vereinbarungsgemäß in jeder Hinsicht seine Frau war.

Roslynn saß schon auf der Chaiselongue, als er das Zimmer betrat. Er nahm auf dem Hocker vor ihrem Toilettentisch Platz und spielte nervös mit den Parfümflaschen, während er darauf wartete, daß sie das Gespräch eröffnete. Als ihm ein Blatt Papier zwischen die Finger geriet, spielte er damit zunächst genauso geistesabwesend wie mit den Flakons. Doch dann erkannte er plötzlich James' Schrift, und nun war sein Interesse geweckt.

»Anthony, könntest du mich wenigstens anschauen?« Er richtete seine zu schmalen Schlitzen verengten Augen auf sie, und sie senkte rasch die Lider. »Ich weiß nicht so recht, wie ich es sagen soll – ich – Anthony, ich hatte unrecht.«

»Unrecht?«

»Es war falsch von mir, Bedingungen für unsere Ehe

711

zu stellen. Ich – ich würde gern einen neuen Anfang machen.«

Sie blickte hoch. Mit Zorn als Reaktion auf ihre Worte hatte sie nun wirklich nicht gerechnet, aber er war unverkennbar wütend.

»Könnte das hier vielleicht etwas mit deinem plötzlichen Umschwung zu tun haben?« Er schwenkte das Blatt Papier zwischen den Fingern.

»Was ist das?« fragte sie verständnislos.

»Stell ich nicht dumm, Roslynn. Du weißt genau, was das ist«, sagte er scharf.

Sie vergaß vorübergehend, daß sie eine Versöhnung angestrebt hatte, und paßte sich seinem Ton an. »Nein, ich weiß es nicht! Wo hast du den Zettel denn her?«

»Er lag auf deinem Toilettentisch.«

»Unmöglich. Ich habe mich nach der Rückkehr vom Hafen umgezogen, und das da lag *nicht* auf meinem Toilettentisch.«

»Das werden wir gleich geklärt haben.«

Er war wütend über James' Einmischung, aber noch viel wütender war er auf Roslynn. Wie konnte sie ihn wochenlang Höllenqualen leiden lassen und dann urplötzlich, nur wegen ein paar Zeilen, zugeben, daß sie unrecht hatte? An ihrer Zerknirschung lag ihm nichts. Er wollte, daß sie ihn ohne jedes Wenn und Aber liebte. Und bald würde er sie soweit haben. Dann – und erst dann – würde er sie davon überzeugen, daß sie ihn zu Unrecht beschuldigt hatte, daß er ihr niemals untreu geworden war.

Er ging zur Tür, riß sie weit auf und rief nach Jeremy. Entweder hatte James ihr den Zettel beim Abschiednehmen zugesteckt, was unwahrscheinlich war, denn er – Anthony – war nicht von ihrer Seite gewichen, oder aber James hatte den Brief seinem Sohn gegeben, damit dieser ihn ihr zukommen ließ. Er würde in dieser Hinsicht jedenfalls keine Lügen von ihr dulden!

Als der Junge den Kopf aus seinem Zimmer am Ende

des Korridors heraussteckte, fragte Anthony ihn streng: »Hat dein Vater dir aufgetragen, meiner Frau etwas zu übergeben?«

Jeremy stöhnte. »Verdammt, Tony, ich dachte, du wärest weggegangen. Ich habe den Zettel eben erst hingelegt... Du solltest ihn nämlich nicht sehen«, schloß er betreten.

Anthony zerknüllte das Papier. »Schon gut, Junge. Mach dir deswegen keine Gedanken.«

Er schloß die Tür und ärgerte sich über sich selbst, über sein Mißtrauen und seine törichte Unterstellung. Sie hatte James' Briefchen nicht gelesen. Und das bedeutete... Verdammt, er hätte sich ohrfeigen mögen. Ausgerechnet in diesem entscheidenden Moment hatte er sie unterbrochen und ihr Vorwürfe gemacht!

Sie hatte sich von der Chaiselongue erhoben, ihre Augen funkelten vor Empörung, und sie streckte die Hand nach dem Zettel aus. »Wenn du mir das bitte geben würdest!«

Sie war in ihren schottischen Dialekt verfallen, ein unverkennbares Zeichen, daß sie sehr wütend war. »Hör zu, Roslynn. Es tut mir leid, daß ich falsche Schlüsse gezogen habe. Der Brief ist nicht wichtig. Was...«

»Was wichtig ist, entscheide ich lieber selbst. Der Brief lag auf meinem Toilettentisch und war folglich für mich bestimmt, nicht für dich.«

»Dann lies ihn eben.«

Er streckte seine Hand aus. Das zerknüllte Papierknäuel lag lose darauf. Sie griff danach, kam aber nicht dazu, den Brief zu lesen, denn Anthonys Finger legten sich um ihre Hand, und dann zog er sie in seine Arme.

»Du kannst das später lesen«, sagte er sanft. »Erzähl mir erst, was du damit gemeint hast, daß du unrecht hattest.«

Sie vergaß den Brief. »Ich habe es dir doch schon gesagt... Diese Bedingungen... Ich – ich hätte nie Bedingungen für unsere Ehe aufstellen dürfen.«

713

»Stimmt. Ist das alles?«

Er lächelte ihr zu, und es war jenes unwiderstehliche Lächeln, das sie dahinschmelzen ließ. »Ich hätte nicht so zu dir kommen dürfen — ich meine, nur wegen des Kindes — aber ich hatte Angst, daß ich mich zu sehr an dich gewöhnen würde...«

»Und du hast es getan?« Seine Lippen berührten ihre Wange, ihren Mundwinkel.

»Was?«

»Dich viel zu sehr an mich gewöhnt?«

Sie konnte nicht antworten, denn seine Lippen lagen auf ihrem Mund, raubten ihr den Atem, riefen einen süßen Schwindel hervor. Sie schob ihn von sich. »O Mann, wenn du mich so küßt, werde ich nie alles sagen, was ich zu sagen habe.«

Er lachte leise. »Das alles war nicht notwendig, Liebling. Du bist von völlig falschen Voraussetzungen ausgegangen. Du hast geglaubt, ich würde dich ewig das Blümchen-rühr-mich-nicht-an spielen lassen. Falsch! Und du hast geglaubt, ich hätte deine absurden Bedingungen akzeptiert. Wieder falsch!« Er küßte sie leidenschaftlich, bevor er fortfuhr: »Ich hasse es, dich enttäuschen zu müssen, Liebling, aber du kannst deine ungewöhnlichen Forderungen nur so lange durchsetzen, wie ich es dir erlaube. Und ich hätte dir höchstens noch ein paar Wochen Zeit gegeben, um zur Vernunft zu kommen.«

»Und dann?«

»Dann wäre ich hier eingezogen.«

»Tatsächlich?« Sie spielte auf entrüstet, aber ihre Lippen zuckten. »Auch ohne meine Erlaubnis?«

»Das werden wir jetzt nie erfahren.« Er grinste. »Was wolltest du mir sonst noch sagen?«

Er blickte sie warm und zärtlich an, sein Mund war nur wenige Zentimeter von ihrem entfernt, und er hielt sie eng an sich gedrückt. Und plötzlich war es wirklich nicht schwer, es auszusprechen. »Ich liebe dich.«

Er preßte sie so fest an sich, daß sie keine Luft bekam. »O Gott, Roslynn, ich dachte schon, ich würde diese Worte nie von dir hören! Liebst du mich wirklich? Obwohl ich oft so ein dummes Arschloch war?«

»Ja.« Sie lachte, entzückt über seine Reaktion.

»Dann lies jetzt James' Brief.«

Das war das letzte, was sie in diesem Augenblick erwartet hätte. Aber ihre Neugier war geweckt, und so glättete sie das zerknüllte Papier. Es war ein sehr kurzer Brief.

Nachdem Tony zu störrisch ist, um es Dir zu sagen, dachte ich, daß Du es wissen solltest, daß die kleine Hure sich an jenem Abend mit mir begnügen mußte, obwohl Tony ihre erste Wahl war, so wie er ja auch Deine erste Wahl war. Grund zur Klage hatte sie allerdings nicht. Dein Verdacht war unbegründet, liebes Mädchen. Ich glaube wirklich, daß Tony Dich liebt.

Roslynns Augen waren feucht, als sie zu ihm emporblickte. »Wie kannst du mir jemals verzeihen, Tony?«

»Du hast mir doch auch verziehen, nicht wahr?«

»Aber du warst unschuldig!«

»Psst, Liebling. Das spielt jetzt alles keine Rolle mehr. Du bist immer noch die einzige Frau, die ich begehre. Ich habe dich schon begehrt, als ich dich zum erstenmal sah. Da hast du mir nämlich deinen süßen kleinen Hintern so verführerisch präsentiert, als du in den Ballsaal der Crandals spähtest.«

»Anthony!«

Er nahm sie lachend noch fester in den Arm, damit sie nicht nach ihm schlagen konnte. »Es stimmt aber, meine Liebe. Ich war völlig fasziniert.«

»Du warst ein Weiberheld!«

»Das bin ich noch heute«, versicherte er. »Und es würde dir bestimmt nicht gefallen, wenn ich plötzlich ein Moralapostel würde, oder? Es würde dir nicht gefallen, nur im Dunkeln geliebt zu werden, keusch bekleidet, ohne Hautkontakt — aua!« Sie hatte ihn gezwickt. »Ich will dich nicht ärgern, meine Liebe. Ich führe dir nur vor Augen, wie Justin Warton den Liebesakt vollzogen hätte.« Er kicherte. »Natürlich hätte er sich die Lippen danach geleckt — na, na, nicht mehr zwicken!«

»Dann sei einmal ernst.«

»Es ist mein voller Ernst, liebes Mädchen.« Seine Finger wühlten in ihren Haaren, zerstörten ihre Frisur. »Als du im Mondschein auf mich zugerannt kamst, raubte deine Schönheit mir den Atem. Am liebsten hätte ich dich gleich dort genommen. Und welcher Art waren deine Gefühle?«

»Ich — ich habe bedauert, dich nicht haben zu können.«

»Ja?« fragte er leise, während seine Daumen ihre Wangen streichelten. »Und willst du mich jetzt auch noch haben?«

»Ich habe dich immer gewollt, Anthony«, flüsterte sie und schlang die Arme um seinen Nacken. »Ich habe dagegen angekämpft. Ich dachte, ich würde dir nie vertrauen können.«

»Vertraust du mir jetzt?«

»Mir bleibt nichts anderes übrig. Ich liebe dich — obwohl du mich nicht...«

Er legte einen Finger auf ihre Lippen. »Oh, du süßes dummes Mädchen! Hast du nicht gelesen, was James schreibt? Meine ganze Familie weiß, daß ich dich wahnsinnig liebe, ohne daß ich es ihnen hätte sagen müssen. Warum weißt du es dann nicht?«

»Du liebst mich?«

»Hätte ich dich sonst geheiratet?«

»Aber warum hast du mir das nicht gesagt?«

»Du wolltest mich nicht heiraten, Liebling«, brachte er ihr in Erinnerung. »Ich mußte dich praktisch dazu zwingen. Und später hast du dann alles mögliche versucht, um mich auf Distanz zu halten. Hättest du mir damals geglaubt, wenn ich dir gesagt hätte, daß ich dich liebe?«

»Aber...« Es gab kein Aber mehr. Sie küßte ihn, und ihr Herz wollte vor Freude fast zerspringen.

»O Anthony, ich bin ja so glücklich, daß du mich liebst. Und ich werde nie, nie wieder so töricht sein, das schwöre ich dir...«

Zwischen seinen Küssen flüsterte er: »Du kannst so töricht sein, wie du willst – solange du nicht aufhörst, mich zu lieben.«

»Das könnte ich nicht, selbst wenn ich wollte. Und du?«

»Niemals, Liebste. Darauf kannst du dich verlassen.«

»Anthony, darf ich mir etwas wünschen?«

»Alles, was du willst.«

Sie brachte es kaum über die Lippen. »Glaubst du – glaubst du, wir könnten es noch einmal im Sessel probieren?«

QUELLENVERZEICHNIS

WILDES HERZ / Savage Thunder

Copyright © 1989 by Johanna Lindsey
Published by Arrangement with Avon Books The Hearst Corp.
Copyright © der deutschen Ausgabe 1991
by Wilhelm Heyne Verlag GmbH & Co. KG, München
Aus dem Englischen von Uschi Gnade
(Der Titel erschien bereits in der Allgemeinen Reihe
mit der Band-Nr. 01/8165 in der 5. Auflage.)

LODERNDE LEIDENSCHAFT / Tender Rebell

Copyright © 1988 by Johanna Lindsey
Copyright © der deutschen Ausgabe 1990
by Wilhelm Heyne Verlag GmbH & Co. KG, München
Aus dem Englischen von Alexandra v. Reinhardt
(Der Titel erschien bereits in der Allgemeinen Reihe
mit der Band-Nr. 01/8081 in der 6. Auflage.)

HEYNE
BÜCHER

Karen Robards

... Romane über das Abenteuer der leidenschaftlichen Liebe

04/108

Außerdem lieferbar:

Feuer der Sehnsucht
04/1

Die Augen der Katze
04/13

Das Mädchen vom Mississippi
04/25

Sklavin der Liebe
04/41

Piraten der Liebe
04/52

Freibeuter des Herzens
04/68

Tropische Nächte
04/82

Feuer für die Hexe
04/94

Wilhelm Heyne Verlag
München

HEYNE
BÜCHER

Catherine Coulter

... Romane von tragischer Sehnsucht und der Magie der Liebe

04/104

Wilhelm Heyne Verlag
München